民族作家：文化认同与生命寻根

——文学湘军的江华现象

聂茂 ◎ 著

中南大学出版社
www.csupress.com.cn
·长沙·

总序：中国经验与文学湘军的赓续和发展

雷　达

一

习近平指出，推动文艺繁荣发展，最根本的是要创作生产出无愧于我们这个伟大民族、伟大时代的优秀作品。文艺是铸造灵魂的工程，好的文艺作品就应该像蓝天上的阳光、春季里的清风一样，能够启迪思想、温润心灵、陶冶人的情操，能够扫除颓废萎靡之风。文学创作与文学批评彰显出来的真善美和向上向善的力量，能引导人们增强道德判断力和荣誉感。向往和追求讲道德、尊道德、守道德的生活，实现中华民族伟大复兴的中国梦，文学创作和文学批评有着不可替代的作用和价值。

毋庸讳言，文学既有中心地带，又有边缘集群，即文学具有地域性，这是一个基本事实。一个国家文学的繁荣与发展是由一个个地域性文学的繁荣与发展支撑起来的。而地域性文学的发展，既与整个国家的政治、经济、文化的发展息息相关，又与一个地域的民族气质、审美情趣、生活习俗密不可分。《文心雕龙》称北方的《诗经》"辞约而旨丰"，南方的《楚辞》"耀艳而深华"时，就明确提及地域与文学的关联性。丹纳在《英国文学史》引言中，把地理环境与种族、时代并列作为决定文学的三大因素。地域性对 20 世纪以来的中国文学的影响非常深刻，如京派作家和海派作家等地域性作家群对中国现代文学的贡献是显而易见的。

世界与中国、中国与湖南原本就是互为彼此、互为关联的命运共同体。如何认识包括文学湘军在内的中国文学在世界文学大家庭的位置，某种程度上决定了今天我们对中国历史、现实和未来的理解；而我们对地域性作家群的认知，也取决于我们对中国文学乃至世界文学的合理想象。

湖南是一个拥有悠久文化传统和深厚历史根基的文学大省，湖湘文化成为许多湖南作家创作的精神资源和价值追求。湖南作家自觉地把"感时忧国"和"敢为人先"作为人生的要义，把"经世致用"和"文以载道"作为写作的基本原则，有着普遍的政治情结、现实关切和使命意识。沈从文、丁玲、周立波等一大批作家为五四运动以来的新文学谱写了浓墨重彩的一章。中华人民共和国成立后，经过近40年的积淀，至20世纪80年代，形成了老中青三代蔚为壮观的湖南作家群。改革开放最初的12年，湖南作家在全国性文学大奖中获奖的有30多人次。首届茅盾文学奖，莫应丰和古华双双获奖。全国优秀短篇小说评选中，周立波、韩少功、蔡测海、彭见明、何立伟等人的作品榜上有名，1979年至1985年，连续7届共9部作品获得殊荣，成为全国唯一的"七连冠"省份。与此同时，孙健忠、水运宪、谭谈等4人的作品获全国优秀中篇小说奖，湖南作家因此获得了"文学湘军"的美誉，这标志着湖南文学进入了黄金时代。

二

然而，20世纪80年代末及整个90年代，湖南文学进入一个沉静期。与此同时，文学陕军以及北京、上海等文学中心地带的作家佳作频出，风光无限。人们不禁要问：为什么在中华人民共和国成立之初，湖南作家创作的长、中、短篇小说接连斩获全国性大奖，崛起的文学湘军为中国文坛瞩目？为什么文学湘军的历史题材、民族题材和官场小说创作一直处于全国领先水平？为什么从20世纪80年代末到90年代的10多年时间里，除少数民族文学获大奖外，湖南作家的作品竟无一篇获全国性大奖？文学湘军究竟怎么了？

对上述问题的耙梳、厘清与回答，正是中南大学教授、博士生导师聂茂先生的"中国经验与文学湘军发展研究"书系创作的时代背景和书写初衷。老实说，我跟聂茂以前不熟，但晏杰雄是我的博士生弟子，与聂茂是关系亲密的同事，他俩共同努力，为文学湘军在全国发声做了不少工作。杰雄多次跟我说起聂茂的文学创作和学术成就。有一天，我收到一本聂茂赠送的《名作家博客100》一书，感觉作者眼光很独特，视角很新颖，是一部有较高学术价值的开创性的著作。接着我了解到聂茂本人从20世纪80年代开始进行文学创作，在《人民文学》《诗刊》等发表过不少作品，《散文选刊》《小说月报》和《读者》也转载过其不少作品，《文艺报》和《理论与创作》等报刊还发表过有关他作品的评论文章，他还获得过包括湖南省青年文学奖在内的一些大奖，算得上名副其实的文学湘军中的重要成员。1999年3月聂茂出国留学，2003年8月取得博士学位，2004 年 7 月被中南大学以海外高层次人才引进，当年即由助教直接破格晋升为教授、学科带头人。这套书系就是 10 多年来聂茂在教学之余集中思考的智慧结晶，非常有雄心，非常有勇气，也非常不容易。

　　某种意义上说，包括聂茂在内的文学湘军的这些经验、生活、故事就是中国经验、中国生活、中国故事的缩影。20 世纪 80 年代初期文学湘军的辉煌是中国新时代文学辉煌的一部分。而 20 世纪 80 年代末到 90 年代以来，湖南文学经历了 10 余年的沉静期，它是市场经济条件下文学失去轰动效应和作家日益边缘化的真实写照。喧哗与骚动之后，包括文学湘军在内的中国文学开始呈现平稳的态势，走向成熟，彰显从容与自信。这个时期全国涌现出一大批传播中国核心价值和文学理想的精品力作，唐浩明的《曾国藩》、阎真的《沧浪之水》、彭见明的《玩古》以及残雪、王跃文、何顿等人的小说融思想性、艺术性于一体，充分展示了中华文化和美学精神，为文学湘军赢得了新的声誉和尊重。而 21 世纪以来的 10 余年（截至 2016 年底），文学湘军又有 15 位作家的 16 部作品获得全国性文学大奖，其中，田耳的《一个人张灯结彩》、欧阳友权的《数字化语境中的文艺学》、王跃文的《漫水》先后斩获鲁迅文学奖，阎真和何顿分别凭借《活着之上》和《黄埔四期》成为备受社会关注的第一届和第二届路遥文学奖得主。

　　文学评论工作者应深入研究这些有筋骨、有血肉、有温度的作品，弘扬主旋律，传递正能量。聂茂抓住时机，顺势而为，聚焦"中国经验与文学湘军发展研究"这个宏大课题，对包括文学湘军在内的中国作家在历史进程中书写和记录中国人民伟大实践的优秀作品给予充分阐释和及时评判，积极为传承与赓续中华文化基因、实现中华民族伟大复兴的中国梦提供应有的学理支撑。本书系紧紧围绕"中国经验与文学湘军"这个主题，透视其丰富多样、特色各异的创作形态，将个体研究与群体融合、思想资源与现实际遇、文本剖析与路径追溯、精神辨析与文化解读、审美阐发与理性反思结合起来，探讨新时期以来中国作家为什么创作和以怎样的方式表达，形成了自己的文学热点；面对不断涌现的现实生活和文学理想，文学湘军又有着怎样丰富的内涵、复杂的创作心理和个体的审美追求，以及对国家未来、民族前途有着怎样的价值预判。这样多维度、多层面的深入研究，强化了问题意识、前沿意识、批判意识和整合意识，使得本书系既具学理深度、学术高度，又具现实针对性和实践指导意义。对于聂茂这样的创作动因和学术成就，我感到很欣慰，并为之鼓掌。

三

所谓经验，通常是指过去发生的事情。其隐含的意义在于：人在过去的所为在现在形成的与现在相关的"历史记忆"。经验既是国家的、集体的，也是民族的、个人的，是一种可供选择、自然积累的回顾、省思、体味与总结。所谓中国故事，当然是指发生在中国历史和中国社会上的一切事情，中国故事不只是中国作家的个人经验，它的读者也不仅仅局限在中国，而是面向全世界、面向全人类的。从这个意义上，文学湘军的写作不仅仅是局限在地域性上，也不仅仅是对湖湘文化精神资源的汲取，而是以更加宏阔的视野，去发现中国元素、中国气质、中国精神和中国智慧。换言之，文学湘军将以什么样的思想情怀和艺术立场为我们这个时代、为有着命运共同体的人、为整个世界提供精彩的生活样本、文化镜像和价值观念？对这些问题的考察和思考，正是聂茂学术聚焦和研究重心之所在。

可以说，"中国经验与文学湘军发展研究"书系是聂茂从事中国现当代文学特别是对新时代文学和文学湘军研究 10 余年的集中奉献；倘若算上他文学创作的前期积淀，则是其近 30 年置身文学现场，观察、感受、参与和见证中国人民的伟大实践、中国作家书写中国经验的总体思考和学术结晶。

该书系共由 7 部专著组成，分别是：《人民文学：道路选择与价值承载》《家国情怀：个人言说与集体记忆》《民族作家：文化认同与生命寻根》《湘军点将：世界视野与湖湘气派》《政治叙事：灵魂拷问与精神重建》《70 后写作：意境阔阔与韵味悠长》以及《诗性解蔽：此岸烛照与彼岸原乡》。这 7 部专著以国内外最新学术成果为基础，全方位、多角度、立体式地对世界视野下中国新时期文学的精神资源、叙事模式与创作风格，中华优秀文化的赓续与传承、家国情怀、人民文学与文学湘军的深刻关联，70 后作家的创作特点，以及改革开放以来文学湘军的文化记忆、生命寻根、文本特征、审美态势及创作成就、困境与突围等，进行了全面客观、深入细致的总结、阐释、评论和分析，回答了伴随着经济崛起的中国作家应当以怎样的文化自觉和文化自信来书写中国故事，彰显中国立场、中国道路和中国价值等重大命题，该书系对重塑科学、健康、锋利的文学批评精神具有很强的针对性、学术性、理论性和前瞻性，对中国新时期文学，特别是湖南文学的繁荣和发展具有重要的理论价值与现实意义。

据悉，本书系自 2006 年开始启动，各部专著既相互独立，又相互关联，既相互支撑，又相互印证。作者立足于世界视野下中国经验的思想结构与内在逻辑，深入探讨了中国作家无论是个人言说还是集体记忆所共同拥有的家国情怀，重点阐释了人民文学对中国作家道路选择与价值承载的重要意义，对民族作家心路历程所彰显出来的文化认同与生命寻根给予了积极的肯定，并从制度层面和诗性追求上对政治叙事中的灵魂拷问与精神重建做出了全面细致的学理分析。中华美学和中华优秀文化的赓续和发展，有助于增强中国人民的文化自信、政治自信和道路自信，这样的研究充分体现了问题意识与创新精神，为新的历史时期重塑国家形象、凝聚人心和提高民族自信心提供了理论支持。中国文学和中国精神之于世界意味着什么？可以说，历史上没有任何一个时代像今天的中国这样丰富而深邃，对中国经验与文学湘军的文化源头、内部机制、审美特征等全方位、多角度的深入分析，是文学评论工作者在借鉴、吸纳人类丰富经验的同时，更多地关注中国立场、中国智慧、中国价值的客观需要，因而本书系具有丰富的文学理论价值和重大的学术原创价值。

　　近年来，伴随着中国经济崛起和世界对中国的关注，有关中国经验的文学评论文章或专著不少，有关文学湘军的评论文章或专著亦有一批，但将中国经验与文学湘军关联起来并做全方位的考察和研究的则并不多见。同时，学界关于文化自信和世界视野下中国文学的发展现状、机遇与挑战等方面的学术成果虽有一批，但是，由于依据理论的偏颇和研究方法、解释框架、价值导向等方面的缺陷，这些成果存在明显不足：一是多以现代西方理论和方法作为阐释立场，而非依据中国理论的内在资源确定和解读包括文学湘军在内的中国文学的发展变化，对中国文学所呈现出来的鲜明的中国特色和中国作家对人民文学追求的价值导向等研究发掘得不够；二是多遵循现代学科知识逻辑，而非针对中国传统社会与现代学术的浑融性提出的整合性解释框架，因而在对澄明中国文学对社会、文化、政治问题等层面的思考与实践上缺乏自信，对文化建设与中华文化传承的重要性也认识不够；三是多坚持"检讨中国"的刻板模式与审美知识的自主性立场，贬斥国家主义和功利主义的政治美学理念，不能发现中国制度优势所蕴含的合理性和普遍性价值，对中国文学在全球化语境下所形成的中国模式、中国智慧和中国道路的诠释缺乏全局性眼光，对包括文学湘军在内的中国当代文学发展也缺乏前瞻性和针对性的指导意义。而"中国经验与文学湘军发展研究"书系力图弥补这些缺憾，聂茂十年磨一剑，他不仅对湖南作家的研究做出了创新性和开拓性的贡献，而且对全国其他省份的文学研究亦有积极的启迪意义。

四

　　繁荣文艺创作，离不开文艺批评的健康发展。聂茂作为一名作家型教授，对"中国经验与文学湘军发展研究"有着先天的优势和个性特色，其开阔的国际视野，深厚的理论基础，丰富的创作经验，为整个书系的质量提供了保障。

　　"中国经验与文学湘军发展研究"书系的可贵之处在于，它站在全球化语境下，以中国经验和中华诗学的艺术立场，对传统文化视域下中国当代作家与作品，特别是对湖湘文化视域下文学湘军的研究做一次总结，使之成为该领域研究的代表性著作，为日后学术同行的相关研究提供重要的学术资源。纵观整个书系，我认为作者主要从以下五个方面做出了积极探索和不懈努力。

　　第一，夯实了世界视野下中国当代文学研究的学理基础，提升了中国精神和中国优秀文化在世界图景中的重大价值与时代意义。作者以中国经验与文学湘军为切入点，把中国智慧、中国道路、中国模式置于世界文学视野下，对改革开放以来文学湘军的巨大成就、内部构成、创作特点、叙事路径、审美趣味，以及中华传统优秀文化与湖湘文化之间的赓续、传承与发展的动态过程进行整体把握和深刻阐释，深入分析中国作家如何在世界图景中认识自己，将中国精神、文化建设与中华文化传承等一系列关乎民族盛衰、国家兴亡的重大课题呈现在世人面前。

　　第二，探究了中国作家的家国情怀和对人民文学执着追求的心灵冲动。该书系立足全球化语境下中国文学的宏大背景和湖湘文化丰厚的理论场域，研究新时代以来中国作家为什么心怀家国情怀，对人民文学的创作诉求产生强烈的心灵冲动，并探寻包括文学湘军五少将在内的70后作家的集体崛起的社会深层原因。

　　第三，重新认识和发掘了中国制度优势与中华诗性对中国作家创作资源所提供的深厚底蕴与精神投射的启迪意义。该书系针对中国当代文学，特别是文学湘军的创作与研究、评价中存在的问题和困惑，以中国制度优势和湖湘文化为切入口，聚焦"诗性追求"及其时代认知这一具有共同性、源头性和枢纽性的考察角度，对中国文学在新的历史条件下如何塑造自己、中国作家如何为丰富人类的精神生活做出贡献进行深入思考，全面厘清文学湘军的政治地缘、创作特色与形成路径，审视当前小说创作为何出现丰富、复杂乃至矛盾对立的现实尴尬。

　　第四，探寻民族作家的心路历程，增强民族团结和民族文学的影响力。湖南是全国少数民族大省，沈从文等作家在现当代文学史上留下了厚重的一页，改革开放以来中国巨大的社会变革创造了丰富的中国经验，也带给中国民族文学取之不竭的创作资源。中国作家坚持自己的个性和品格，充分展示中华民族的精神命脉和命运共同体。作者以江华瑶族作家群为例，用"解剖麻雀"的方式，找出了他们的文化传承及其与汉文化的共生共融的关系，深入分析了他们作品的审美特征、身份认同和民族寓言等，着力思考面对强势文化的挤压，他们的文明何以保存，他们的文化何以弘扬，他们的文学何以生存。每个民族都有自己的梦想，"中国梦"当然也包含江华瑶族的作家群"作家梦"。通过从文学、民俗学、叙事学和传播学等视角对江华瑶族作家群及其作品的集中考察，可以获得探寻全国少数民族作家心路历程的钥匙，为民族文学的繁荣和发展提供实证意义。

第五，彰显了中国当代文学为实现"中国梦"的重要意义。该书系运用历史的、人民的、艺术的、美学的观点评判和鉴赏作品，聚焦人民文学的丰富性和家国情怀的书写启示以及 70 后作家写作的新的艺术特质，揭示了优秀作家应选择怎样的叙事路径，才能充分彰显传统文化价值和功能内涵，才能彰显文学创作和文学批评为先进文化建设和民族伟大复兴的"中国梦"服务的终极意义。

总之，本书系以马克思主义为指导，站在全球化视野下，立足中华传统文化特别是湖湘文化对文学湘军的影响这一价值目标，综合运用社会学、文化学、文艺学和传播学等多种方法，全面概括中国新时期以来文学湘军的总体特征和创作规律，探索应该怎样认识和表现颇具中国特色的地域文化及时代意义，为文化自信背景下如何讲好中国故事、如何建立健康有序的文学批评提供了新的研究视角，是当代中国文学特别是文学湘军研究的新收获。

（作者系我国著名文学评论家、中国小说学会会长、兰州大学博士生导师）

目　录

绪论　全球化语境下民族文学的意义之境

　　"民族文学"一般的定义是指少数民族作家的作品，在这个意义上，民族文学则可有或可无地使用本民族语言和文字进行创作，也可有或可无地对本民族的题材进行甄别筛选。诚然，歌德率先提出了"世界文学"的口号，而今天这个命题则仍然困扰着各个国家和民族的作家们。日益膨胀的经济全球化浪潮席卷了领域内的其他政治、文化等意识领域。改革开放以来，我国民族文学受到了外来文化和外国文学的影响，尤其是存在主义学说、生态主义学说、结构主义、精神分析学说、解构主义、后结构主义、女性主义、历史分析等文艺思想的影响。总体来看，全球化一方面给民族作家们以启迪，让他们继续一个劲儿地钻入民族文化、自然生态等"井"中，准备着"坐井观天"；另一方面则是对民族文学的日益解构。德里达曾描述过"解构的一个主要策略"："解构这个对立命题归根到底，便是在一特定时机，把它的等级秩序颠倒过来"①。由此可见，"世界文学"无论从哪方面来说，对"民族文学"的影响不容小觑，而且，更多的是文学的中心也会对"民族文学"的影响力造成一定的消解，强势的民族文学不断随着全球化的趋势和大流，一路狂奔，弱势的民族文学则可能是懈怠，甚至一蹶不振。当然，这些正面或负面的波及是融合在一处的，也正因为如此，更容易造成一种心理上的松懈，对待本民族文学时，总是追溯之前取得的可喜成绩，而忽略当下及未来发展的后劲。如何试图突破 20 世纪 50 年代的取材方法、单纯的意识形态表现以及情节雷同、人物形象呆板，需注意从民族文化、民族风俗、民族心理、民族生态等新方向，开展民族文学活动。

　　然而，对当前文学领域的"渗透"现象似乎还应该有多一层的忧虑，因为除了世界性的因素，还包含着很多非世界性的因素，如假世界性、伪全球化。马

---

① ［法］德里达. 立场. 余碧平译. 巴黎：巴黎出版社，1972：56－57.

克思、恩格斯说过"民族的片面性和局限性日益成为不可能，于是由许多民族的和地方的文学形成了一种世界的文学"①。因此，各民族性无论在何时都存在着"上帝式"的不平等。费孝通也曾提出"中华民族的多元一体格局"②，逐渐，所有的民族认同一种或者多种价值观，无比团结的"集体无意识"。其实，这个观点的弊端在后期可能会逐渐显现，在学术领域上，未免显得过于单薄和站不住脚，同时也不利于国家和民族的繁荣与稳定，看似是要加强团结，却可能会造成反面影响。在这个过程中，一民族被其他民族"消弭"或取代，成为一种必经的过程，它有了物质观下的不可逆转性，不以人的意志为转移。但是在全球化或伪全球化的"基石"之上，我们还是有一定的选择，有一定案例的参照。这也是本书《民族作家：文化认同与生命寻根》的契机所在。虽然民族性在全球化这个大潮流中有被"剔除"的危险，加上伪全球化的"清洗"，可它从汇入这一进程中来之前，历史就规定了它原本的使命，这也是超越其自身并使其本身在更大程度上实现自我所能抓住的"救命稻草"。别林斯基也说过："只有又是世界性的，又是人民性的文学，才能是真正人民性的文学，有此无彼，则不该存在，也不可能存在。"③因此，确立一种科学意义上的多民族文学史观尤为重要。

在这种背景下，我们有必要对某一真正带有"民族性"的作家作品进行深入剖析，以学理性的眼光和客观化的立场进行研究，旨在解剖麻雀，试图廓定中国民族文学的现状、问题和症结。那么，"民族文学"的活力该以何种载体或媒介为生存土壤？"人民，是一个民族最具生命力的部分，是一个民族的活力之源。"④可以说，人民性乃是"民族文学"能够朽木逢春，而不至于在全球化浪潮中迷失、惊恐的一个"良药"。"对于一个作家的民族意义的估计永远依赖于他的创作的人民性这个问题的解决。"⑤

"在文学中，人民性是描写民族的东西的最高艺术形式。"⑥谢皮洛娃如是说。普希金对民族性的问题也有过探索的过程，他文学的高起点赋予了他义不容辞的责任感，他本人也深知，对文学的民族性的关注，也势必是一个值得关

① 　［德］马克思，恩格斯.共产党宣言.载中共中央编译局.马克思恩格斯选集.人民出版社，1995：276.
② 　费孝通.中华民族多元一体格局.中央民族学院出版社，1989.
③ 　［德］马克思，恩格斯.共产党宣言.载中共中央编译局.马克思恩格斯选集.人民出版社，1995：276.
④ 　马建辉.全球化语境中文学的民族性与人民性的问题.河北学刊，2001（6）.
⑤ 　［俄］谢皮洛娃.文艺学概论.罗叶等译.人民文学出版社，1958：564.
⑥ 　同上书，第61页。.

注的文学"高地"。如何体现民族文学的民族性就是创造民族文学的无愧之作也被提上了日程。毋庸置疑，普希金有着宽大胸襟的，他对何一种民族的文学创作都没有心理上的偏执色彩，所以他起先就对"丘赫尔别凯尔求助于编年史、民歌与民间故事，别斯图热夫则主张反对繁育的污染以纯洁俄罗斯语言。"①等观点，持怀疑态度，他表明要创作优秀的民族文学作品，并非是简单的单一民族因子的"揉搓"或加工。各个民族并非不是互相推进的，文学作为诸民族间艰深文化接触中最敏感的部分，是花蕊，常常会不知不觉中，黏合其他民族的成分，也不能否认要辨认其作品是属于某一民族，是困难的，其中心还是作家这一角色在其中的作用，或者是题材。要知道，普希金曾扎进 18 世纪俄罗斯文学的良好传统中，企图用英雄史诗或讽刺故事诗来治疗民族诗歌的"痼疾"，在"皇村学校就读时，就开始模仿拉吉舍夫和卡拉姆津，创作《鲍瓦》这种以俄罗斯传说人物为题材的史诗"。② 普希金一直传播着他认为的"民族性"的实质，这种表达并不是直白的宣泄或口号，而是有着切身的意义的。他认为民族文学不是上流社会的沙龙文学，也不是市民街头巷尾消遣的通俗文学，而应该面向社会各个阶层，针对不同阶层的问题和生存境遇发出切实的疑虑，以待能够在民族文学循序渐进的发展中，寻得一个历史的契机，进而老树开新芽，"枯木逢春"。

　　尽管民族性和人民性是属于两个不同的定义：民族与世界相悖，人民与贵族相斥。但两者存在这一个"关联点"，这个"关联点"在普希金以后的文学实践中，变得尤为明显而透彻——两者能够和谐并存，互为补充，这就好像是藤壶可以固定在鲸或者一些软体动物的贝壳上，既得到了栖息地，又得到了"宿主"的保护，它们是共生共存的。在中国，民族与少数民族人民缝合度是颇为紧密的，"少数民族文学"的概念虽然不是一个十分周延的科学范畴，但是它还有着一定的人民的意义。而在 1830 年 11 月，普希金写出《论民众戏剧与波戈金的〈女长官玛尔卡〉》，他指出"使用民众的语言，反映民众的心声抒发民众的激情，激起民众的共鸣"③。虽然所指为戏剧领域，但是就文学的共性来看，是可以和散文、诗歌、小说等题材相提并论的。普希金小说《戈留欣诺村的历史》和《上尉的女儿》的农民和农民革命领袖的形象，童话诗《脸蛋红的批评家》《神父和他的帮贡巴尔德的故事》的农民形象，都不无深刻地触及农民生存的本

---

①　陈训明.普希金关于文学民族性与人民性的论述.国外文学，2002(2).

②　陈训明.普希金关于文学民族性与人民性的论述.国外文学，2002(2).

③　[俄]普希金.普希金全集(第 11 卷).莫斯科：莫斯科出版社，1996：177 - 180.

质问题。尤其是 1832 年开始创作的《杜波洛夫斯基》。在这部小说中普希金亲自到发生过农民起义的地方采风，收集写作素材，包括民谣歌曲、故事等。普希金对农民命运的谦卑书写，为其后创造诗体小说《叶甫盖尼·奥涅金》这一"俄罗斯生活的百科全书"提供了早期的研究成果。主人公奥涅金成为俄罗斯文学史上的第一个"多余人"的形象。在他的身上，可以窥见贵族青年的奢侈浮华与苦闷彷徨，西欧的资产阶级革命及俄国的卫国战争八法，封建的农奴制国家遭遇震荡，俄国人民的民族之情迅速得到激发，民族的觉醒也唤醒着早先接受过西方思想的贵族青年，反叛、摆脱原先的牢笼，看上去制度的锁链是生锈了，但更为根深蒂固的阶级性还在，贵族青年们想有所作为却不能。正因为普希金作品的民族性和人民性的结合，果戈里才言："实际上，我们的诗人中没有任何人超过他，也没有任何人比他更有权被称为民族诗人。"也正因如此，别林斯基才称他为不可多得的"俄罗斯民族诗人与人民诗人"[1]。中国的文学受苏联文学的深厚影响，也可从其民族的发展过程窥探一二。

"人民群众是历史的主体和革命的主力军，作为代表人民群众的政党"[2]其作品自然而然不能脱离人民群众，也必须以"人民性"作为自己的实践指向。在党的十七大报告中就明确指出："《共产党宣言》发表以来近一百六十年的实践证明，马克思主义只有与本国国情相结合，与时代发展同进步、与人民群众共命运，才能焕发出强大的生命力、创造力、感召力。"这一科学论断是对 160 年马克思主义的实践经验的一个总结，不偏不倚地把民族性、时代性与人民性等文学发展关键词提出，揭示其深刻的内在联系，为马克思主义的未来发展指明正确道路。

20 世纪后期，"现代性"给了中国多数文学指明了一条可攀引之路，从哲学出现到各个学科，似乎都在研究着"现代性"之后的出路，相关理论也是不胜枚举。虽说"现代性"是当下的一种时新提法，但民族文学与其又有多少关系呢？"现代性"的历史与现实的讲述方式，这也是民族文学的背景之一，"现代性"的结构与话语，有着一种冲击的力量，自然而然地像病毒一样扩散着，渗透到每一个少数民族作家的心中以及他们的作品中。"现代性"的理论，它蛰伏着，在等待时机。在外来冲击和内发裂变的时间段落下，总体的范围已然改变，环境的改变，心态自然不在。就貌似两个谈爱的年轻人，以前相爱，时过境迁，物

---

① ［俄］维索钦娜. 万分珍惜的形象. 莫斯科：莫斯科教育出版社，1989：90.

② 艾四林，王贵贤. 民族性、时代性和人民性与马克思主义的发展. 清华大学学报（哲学社会科学版），
2008(1).

是人非，心态自然就变了。"现代性"是转型的过程和结果，藏族作家阿来的《尘埃落定》依据其生活经验的丰富性，并不囿于单一的民族题材，广泛涉及权利、英雄、宗教、信用、仇杀、爱情等话题，都具有不同程度的"现代性"意义，它不仅特殊，而且更加普遍。《人民文学》主编施战军曾言：新世纪中国小说呈现的两大创作特征之一是"对边地生态与少数民族生活的审美观照，都指向现代性的反思和对人的精神理想的建构"①。

　　民族性与人民性结合是挽救颓势的民族文学的一个方向之一，构建全球化时代的地域主义文学或许也可以成为另一种可行的办法。在全球化的背景下，各个国家和民族都在博弈之中，输赢都是相对而言的，全球化不仅给发展中国家带来危机感，发达国家也不能避免，美国也如此。"文学地域主义研究在全球化时代回归，不仅在于其社会意义和文化功能"②，能够联系原本淡漠的人际关系和身份认同，也有其独特的审美价值。原本是蒙古族作家的萧乾，曾因其为少数民族深感自卑，其后跟随母亲进关多年，父亲是蒙古族，母亲是汉族，姓吴。中华人民共和国成立后，少数民族的身份提高了，他填的还是汉族，他认为自己身上并没有多少蒙古族的意识和特征。萧乾的这一转变过程是现代民族自我形成的过程，同时也是一个空间的现代认知过程。少数民族需要寻找一个认同的空间，是与地域、文化以及空间的归属感紧密相连的。无论中国以何种姿态面世，是"多元化"还是"国家文学"的框架加以限制和规范的"民族文学"——虽然中国共产党信奉的是世界无产阶级都是兄弟，跨越了民族、地域、国家的界限——但地域的阐释意义都存在着，尽管，中华民族的不断分分合合，版图的不断变化，但是各个民族性格的形成是渐进的，有区分的。从而使得特定的地域成了可以凝聚、鼓动运动主体的过程，赋予空间"民族感"的过程。

　　今日研究少数族裔，其中的意义就是，从国家叙述的权力之下，寻求另外的叙述文学的可能性，也是对民族—国家内部的文化平衡的一种措施，对某一单一模式的补充和丰富。随着少数民族主体的建立，它的发展也就渐渐跨越了社会与政治的设定。

　　"文学批评地域主义是一种新的文化研究模式，是将地域文学文本置于更广阔的文化、政治、历史和地理中去考察。"③地域主义有了相对民族的概念，

①　施战军.新世纪少数民族题材小说一瞥.http：//www.chinawriter.com.cn，2009 年 12 月 10 日查询。
②　刘英.全球化时代的美国文学地域主义研究.国外文学，2010(2).
③　刘英.全球化时代的美国文学地域主义研究.国外文学，2010(2).

以这种新的框架来考察民族文学，不难发现地域文学与全球化的互动关系，也不难发现民族文学与全球化的互动关系。如凯瑟的小说《安东尼娅》就源于她在内布拉斯加大草原度过无忧无虑的童年时光，不仅描写了对美国印第安文明的崇拜，还有来自瑞典和波希米亚等欧洲移民文化的热情；华裔美国作家汤婷婷的《美猴王》(*The Tripmaster Monkey*, 1989)不仅是来自与其本身华夏民族文明的"猴"这一形象的想象，也融合了旧金山多元文化。

在多层次文化的幕布之下，中国少数民族有时偏安一隅，对本民族题材自得其乐。其实，单个意义的部分不再可能独立地获得其价值和阐释。全球化时代的地域主义应不再局限于以传统乡土题材的书写而沾沾自喜，也不应封闭在狭隘的民族阈限之内。无论其笔下的视野表现得有多么淋漓尽致，也会把触角伸向城市和国际大都市，这是一种新的尝试。例如，以"空间理论"考察加兰(Hamlin Garland)的中西部小说，就会发现场景在乡村与城市不断变换，舒适与压力同在，美好与沉重并存，城乡的二元对立荡然无存。每一个地区对待全球化都应该采取谨慎、合理的态度，与地域和全球互动，在保持开放包容的姿态同时，应保持地方独特的魅力。

斯大林说：民族是"人类在历史上形成的一个有共同语言、共同地域、共同经济生活以及表现于共同文化之上的共同心理素质的稳定的共同体"。[1] 应该说，由于地理风情、民族习俗、创作基础等多方面的原因，江华文学有其独特的个性，无法代表其他的民族。但作为弱少民族，是有着代表意义的。在长期被统治阶层打压，进而迁徙的山地民族，瑶族文化的弱势，自然不能和藏族、回族、苗族等少数民族的影响媲美。分析江华文学，也就能够找到其他民族文学的部分问题症结之所在。山水、风土人情是民族文学的必备要素之一，鲁迅也曾写信给广东的罗清祯说要多表现地方色彩，在其他人看来，往往能增加知识开拓眼界。清华大学人文学院教授汪晖在第十二届全国政协会议上就提出目前高校教育和研究对少数民族的文化传统、边疆区域的历史遗产研究不够，而对英美社会科学的研究处于强势状态，这种区域学科研究的不合理有待改善，这是一个漫长且艰巨的过程，目前已有的努力也应该提升到一个更为系统的水平。[2]

从发生学的角度看，学者邹建军认为："任何作家的成长都不可能离开特定的自然地理环境，任何作品的创作也只能是在特定的自然环境中发生的。因

---

① ［苏］斯大林.斯大林全集(第四卷).中共中央编译局译.北京：人民出版社，1956：246.

② 汪晖.把基层的呼声如实传递到中央.光明日报，2016-3-7(5).

此，我们将这种与生俱来的因素，称为'文学发生的地理基因'。"①从地域、地理的视点出发，能寻找当代少数民族文学发展的内在源动力。一般来说，少数民族作家偏安一隅，生活经验也是有限的，如长期生活在鄂温克民族的乌热尔图，他曾经当过猎人、工人，也就形成了他别具一格的猎人心理素质与气质，文学风格也是"文如其人"——张扬和内敛，沉静与豪壮多者统一。沈从文是湘西灵土下孕育的一方"乡土之子"，他以湘西淳朴风情和"希腊小庙"为参照，写出了《八骏图》《绅士的太太》《都市一妇人》等城市生活题材，这种不在场的写作就表现得充满隔阂与陌生，原有的湖南湘西民族基因对其浸染，潜移默化地影响了他的审美心理和审美题材。这是不同于旅游者居高临下的文化视点的，因为旅游者通常大部分是类似于小说《迷雾》主人公奥古斯特"闲荡者"的角色。但基因融合的另一特征是出现新症状，民族作家们离开故土，或非民族作家扎根民族性地域，都有可能有意识或无意识地将创作视野投向乡村以外的世界。如贾平凹的《秦腔》描写陕地的民俗文化，这部作品没有他原来作品的清朗，更多呈现的是生活的原初状态，更倾向于奇崛怪诞。贾平凹在《秦腔》中的美学范式就是去除全球化下的和谐的美学风格，逃离应该有的乡土关怀，阉割人的精神完整性，历史和文化在小说中一滴滴漏下来。其新作《极花》中的"极花"更是带有浓厚的地域性质，"极花"就是类似冬虫夏草的一种保健品，在小说中，当地人用它招徕媳妇，寓意多子多福，儿孙满堂。

《尚书·禹贡》称天下为"九州"，它就是一种疆域地理的划分，隋唐时期从隋炀帝的 190 个郡到唐天宝年间的 300 多个府郡，皆承袭"九州"而来。其实，自秦朝设郡县，统一后实现度量衡一致，"书同文，车同轨"，在这其中也蕴含着一个巨大深刻的时空转型，民族性格铭记到了地理空间之中，特定的地域、民族也成为了运动的主体。其后中国成为一个民族众多，有着 960 万平方公里土地的多民族国家，自然民族文学的丰富性可见一斑。中国少数民族文学的发展是多元的，从自发的民间文学到自觉的创作；从传统走向现代。不同的生活环境和发展历史造就了不同的驶向，"五四"新文化的大潮令中国青年振聋发聩，而各民族也因为物质基础的不同，各方面的差异性愈渐显现，现代性也参差不齐。在这样的机构关系中，汉族文学尤其有着深厚的历史渊源，民族传统。而少数民族则是天生劣势。从人类学的层面来看，"如果一个文化因素放到另一个文化系统中，它便可能失去其原有意义与功能"。② 在中国逐渐向现

---

① 肖太云.文学地理学维度下的中国当代少数民族文学扫描.民族文学研究,2012(5).
② 何圣伦.中国少数民族文学现代化进程中的民族性问题思考.文艺争鸣,2015(7).

代化的进程中，民族文学在主流文化的影响下，强势的文化掌握着多元素结构文化中的话语权，随之而来的是被汉化、被压制。

同时，文学的核心在于经验的表达，那些善于讲故事的人，尤其是擅长以私人经验为主要故事内容的人——成为了市场经济下的宠儿，经验获得了解放，越来越膨胀，由此所建构起来的文学景观，成为了主流。于是，新闻在讲事故，网络帖子在讲故事，畅销的文学读物里离不开故事的渲染、抒情的泛滥。在这样的一片喧嚣与骚动之中。很容易让人以为文学走向繁荣，但是这些所面对的更多的是公共趣味，响应的是消费和市场的需求；在经验的形式上，它被普世化，自我消遣。本雅明说："经验贬值了……而且看起来它还在贬，在朝着一个无底洞贬下去。无论何时，你只要扫一眼报纸，就会发现它又创了新低，你都会发现，不仅外部世界的图景，而且精神世界的图景也是一样，都在一夜之间发生了我们从来以为不可能的变化。"①更令人担忧的其实是千人一面的写作思维："自我指涉的欲望世界"②使用着同一具身体；"乡村与传统文化"都为之凋敝；类似的"知识分子生存困境"；大同小异的"官场情节"；层出不穷的"救赎之路"。个人人性的背后，活跃着的是一种更为隐蔽的公共空间，年轻一代的小说家更是由于生活面的狭窄，文本内容无非是拿一点情爱故事反复设计，缺少活泛的灵感。诚如耿占春所言，在信息主宰一切的今天，我们熟悉图文搭配的诙谐幽默，"人人都记得的一件事，谁也不会对它拥有回忆或真实的经验。这反映了经验的日益枯萎，这也表现了人与经验的脱离，人不再是经验的主体……我们生活在并非构成自身经验的生活中"。③

在这种情况下的写作很大程度上是对当代生活的简化和改写，生活其实远比小说精彩，很多作家都很有默契地选择那些习以为常的生活，把周遭的世界简单化、概念化。"一个民族的历史被简化为几个事件，而这几个事件又被简化为具有倾向性的阐释。"④没有经验的差异，就是没有个性的写作，也没有独特的想象。但民族的经验还是独特的，尤其是少数民族，其经验是个别的，偏僻的，是贴着感觉的末梢生长的；它之于文学的重要意义，就在于能够训练作家的气质，也能解放作家的气质。老舍是一个很好的典范，我们可以从他的小

① ［德］本雅明.载汉娜·阿伦特编.启迪：本雅明文选.张旭东，王斑译.北京：生活·读书·新知三联书店，2014：291－292.
② 王春林.不知天集：王春林文学批评编年.太原：北岳文艺出版社，2016：75.
③ 耿占春.回忆和话语之乡.桂林：广西师范大学出版社，2003：181－182.
④ ［法］米兰·昆德拉.小说的艺术.董强译.上海：上海译文出版社，2004：22－23.

说里读到很多种声音。江华瑶族作家帕男也有两幅笔墨，一是新闻的简洁明快，二是诗歌和散文的尽情畅然。

公共经验铺天盖地之时，研究少数民族和弱小国家的文学就有了重要的标示性意义。鲁迅与周作人首次合作翻译《域外小说集》，不是基于商业的角度和轰动性效应，以欧美和苏俄等大国文学和流行文化为研究对象，而是把东欧小国家如捷克斯洛伐克、匈牙利等小国家的作家作品作为对象，避开中心，站在边缘，剔除了文学研究之外的因素，以学术性的眼光和独具匠心的思维，切开弱小民族文学的断面，取得了规律性的认识。

一般来说，对中国少数民族的认识是始于史诗、歌谣、神话、传说，在多民族文学审美的密切注视下，中国少数民族文学就得从庞大的社会功能中找到其比较单纯的艺术审美功能，使其从狭小的民族文化圈走向多民族甚至全球生态圈。从民族神话到民族史诗，从盘古开天地到《格萨尔》《江格尔》《玛纳斯》，这些古老的民族文化表现形式无一不展现着民族文化的勃勃生机、民族群体的文化意识和审美需求。在远古时代，各个民族用自己不同的方式或"吟"或"唱"或讲述着本民族的神话传说，随着史诗、叙事诗等多种文化表现形式的出现，这些民族将"说"和"唱"结合，并用自己独特的方式表现，这些多样化的形式无一不在倾诉着各自民族特殊的个性化情怀时，它们都是独特文化心态的表达样式。如江华瑶族诗人李祥红的《盘王的传说》以是原始初民想象力为主要载体，建构神秘、奇幻的艺术世界。

而神话与地理山川也有着一定的渊源，在藏族神话体系中，本来念青唐古拉和纳木错是一对恩爱夫妻，他们生活在美丽的藏北高原，相依相伴，形影不离。有一天，念青唐古拉为找寻走失的牛羊到了另一片牧场，遇见了美艳绝伦的少女羊卓雍错，念青唐古拉不能自持和羊卓雍错坠入了爱河，忘记了一切，也忘记了正在等他回家的妻子纳木错。纳木错以为丈夫遇到了凶险，日夜哭泣，最终变成了一汪清澈的湖水。日子一天天过去，念青唐古拉突然想起了他的妻子，他愧疚、急切地赶回家，看见了变成湖水的纳木错，悔恨和自责让他日夜矗立在湖边不眠不休，后来他变成了俊朗的雪山，日夜守候在她身旁，而孤独的羊卓雍错也变成了美艳动人的羊湖。以这类神话为题材的文学作品也数不胜数。

另外，在全球化语境中的文化研究有一个突出的倾向：极其重视被主流文化排斥的边缘文化。因此，1990 年在美国召开的以文化研究为主题的国际研讨会，其确定的文化研究课题就包括"种族与少数民族"以及"民族性和民族特征"等。有了比较成熟的主流文化，中国少数民族则倾向于表现祭祀、情感交流、文化传承的古歌民谣。通常，他们生活在满是汉语包围的环境中，在接受和掌握了一定的汉文学的观念和写作技巧之后，一些少数民族作家也开始进行文学创作，如黄永玉的《无愁河的浪荡汉子》、孙健忠的《醉乡》、蔡测海的《家园万岁》、李祥红的《姨婆》、陈茂智的《理发师三题》、黄爱平的《边缘之水》、周龙江的《静静向你走来》等，这些是站在民族边缘的有力作品，能够保存自己的一席之地。但是，他们的文学行为很大程度上需要借助汉字来进行，所以，中国少数民族的文学创作受到遮蔽也是不争的事实。在同一价值评判标准下，少数民族文学作家会趋向于去迎合大众的口味，而产生民族自卑感。因此，对本民族文化立场和审美意识的动摇，也是中国少数民族作家创作文学作品面临搁浅的原因。毕竟文字、语言两者都有的民族只是少部分，大多数他们只有属于自己的民族语言。依靠口头文学传承的少数民族自然缺少一种固定的承接载体，多有不确定性和不准确性。在传统的口头叙事过程中，导致叙述结果的因素复杂多变，在不同文化环境下叙述同一事件时，叙述者按照个人兴趣和当时的叙述氛围临时组织叙述材料和表述的语言，这样的叙事形式和语言具有多变性和不确定性，因此不能把口头叙事作为固定的个人文本看待。口头叙事是一种广泛而深刻的文化现象，它具有条件性的叙述方式和个性化的解释模式，呈现给我们的并不仅仅只是叙事的内容和叙事行为本身，更重要的是这种传统表达方式中以互动的形式共享的文化知识和文化模式。口头叙事的主体是个人，这就决定了这种叙事方式不可能没有个人选择的空间和对事件自由的解释。民族文化传统决定着叙事题目和叙事内容，个人使用的叙事框架来源于本民族共同的叙事惯例，讲述者个人的兴趣和观点则可以通过叙述惯例和传统知识来表达。再者是理解文化模式，讲述是一种表演文化现象，也是口头传统的一种表现形式，一定语言环境和条件下产生的口头叙事意义体现的是一个群体的口头传统，而不仅是机会或者场合的即时现象。一定的文化习惯和口头传统对个人讲述和语境理解及进展产生决定性的作用。口头叙事的生命力和存在意义取决于民族共享的文化知识和已经形成的叙事惯例，它要求讲述者深刻理解传统文化和表达惯例，否则口头叙事将失去其特有的文化魅力，沦为语言表达的一种形式。

民族文学在人民性、地域主义、公共经验的多重交织之中，确定属于自己本民族的文化身份是迫在眉睫的问题，而这似乎也与其他因素并不矛盾。"主要诉诸文学和文化研究中的民族本质特征和带有民族印记的文化本质特征。"①西方理论身份认同（Identities）的专著文集，引起许多学术证明的新理论话题。受其影响，我国的文学研究也会考察民族文学的相关问题，当作一种特殊的文化形态进行关注。比如地域文化、民俗文化和宗教文化等，如肖太云的《文学地理学维度下的中国当代少数民族文学扫描》、龙长顺《试论当代少数民族文学的民族特色》、覃乃昌《我国南方少数民族创世神话创世史诗丰富与汉族没有发现创世神话创世史诗的原因——盘古神话来源问题研究之八》、刘奇葆《用文学的光芒照亮中国民族的精神世界》、周建江《"中国多民族文学史观"创建并确立过程中不容忽视的若干问题》等。凡是涉及民族文学，无不涉及其在整个民族中的话语权和其文化身份的探讨，这些作品都提供了不同的角度和方法，也拓展我们的研究范围和学术视野。然而，不可否认，这其中还有很多偏颇的地方，不少研究者都倾向于在研究一种民族的文学时，以此种民族文学为核心，有着极端的自豪和自傲感。例如，回族文学的研究者就宣称："文化的自觉使得这批作家，凭借着民族文化充足的底气，构建着回族文学的辉煌殿堂，使得回族文学丰富多彩，异彩纷呈。"②显然，这样的论述过分地以研究的民族为中心，对他者文化则表现了情不自禁的忽略。这样的研究难免会"落人口实"，留下诸多遗憾。在全球化语境下写作的民族作家们，不可避免地卷入多元文化视角中，他们的身份也不再单一，而变得复杂和容易混淆，对他们的文化也有相应的破坏，但是就像纳西族作家李寒谷、白朗一样有意无意地在纸上遗留一些事像，"像黑夜的菊花，故乡丽江在历史的铜镜里摇晃着丰腴的身段"。③民族作家应该以一种开放的心态，抱着谦卑和守拙的态度，以多元的文化眼光，将差异化为一种新鲜的血液，融入本民族的文化力量，形成兼容并包的宏阔胸襟。回族作家张承志曾提出过"文化持有者的内部眼光"，在少数民族的研究中，知识精英以高奥艰涩的学科原理和教授训练来俯视民族文学的山河文化，而如果要真正地让少数民族民众主体有文化上的主导意识，得把其文学看成一个单向的维度空间，在地理、人文、心理上要有换位思考的能力，才能真正出现"民族文学"的身份认同感。

在这个基础上，弱小民族文化需要扶持，亦更需要关怀，但其自身无须自傲和自卑，更不能寄希望于他人的扶持和关怀，而应全身心投入到本民族文化

① 朱斌.当代少数民族文学文化身份研究的反思.民族文学研究，2012(4).

② 同上。

③ 白朗.月亮是丽江的夜莺：一个纳西族人对故乡的人文追述.重庆：重庆出版社，2007：183.

的发掘和推广中去。作为民族文学的创作主体，少数民族作家应树立伟大抱负，以自觉的民族意识弘扬和传承民族文化，创作出不负时代和各个民族的优秀作品，这是民族文学的发展所在，也是民族文学的希望所在。

第一章　中国民族文学的生存境遇与艺术特征

在全球化语境下，民族文学面临着前所未有的挑战和日益严峻的发展态势，生存空间日益缩小。在电影、电视、网络和杂志等文化载体的助阵下，全球化以潮流性的思维和强势文化的姿态蚕食民族文学的话语空间，将民族文学微弱的声音覆盖，裹挟了民族文学单薄的身躯。它们或者以极富商业化的思维揣度人性的缺点，以极富策略性的方法收编民族文学，或者以世界经典的姿态俯视民族文学，让民族文学自惭形秽，缴械投降。

民族文学应当重视和保护自身特色，扎稳民族的根，留住民族的魂。同时各个民族、特别是弱小民族也要自信和努力，正确认识全球化给民族文学带来的契机。从网络资源中吸收有利于自身发展的技术力量和生存技艺，借助网络让民族文学发扬光大；结合民族文化，从世界文学中汲取营养，创作出生命力强大的经典文本。唯其如此，民族文学才能在全球化的夹缝中突围，找到自己的生存位置和存在价值。

之所以强调对世界文学的借鉴和营养的汲取，是因为经典的文学作品能够跨越时间和空间的界限与读者产生共鸣，具有较强的世界性。它们经历了时间的淘洗和各国各族文化的共同筛选存留下来，成为世界文化的经典，对人类文明和各国民族文学的发展产生了不可磨灭的影响和作用。例如东方文化中泰戈尔的诗歌和中国的唐诗，西方文化中的古希腊神话和莎士比亚的戏剧等，各个国家、各个民族的读者和作家从这些经典的作品中得到艺术、哲学、道德和意识上的熏陶，提升了人的精神追求和生活品质。

第一节　文学场域中的民族书写

我们常常会有这样的阅读认知：本民族读者对其他民族的某些文学作品或

多或少会有兴趣，常常产生共鸣，但并不能说这样的文学作品就具有了世界性。例如歌德曾经高度评价过一部中国传奇，称赞"中国人在思想、行为和情感方面几乎和我们一样，使我们很快就感到他们是我们的同类人，只是在他们那里一切都比我们这里更明朗，更纯洁，也更合乎道德。在他们那里，一切都是可以理解的，平易近人的，没有强烈的情俗和飞腾动荡的诗兴……"①这部中国传奇一定程度上契合了歌德的审美诉求，能够被接纳和欣赏。歌德是具有世界影响力的作家，他所接纳和欣赏的作品似乎顺理成章地具有了世界性，但是事实上，这部传奇的世界性并不强，并非经典之作，甚至中国本民族读者都对这部作品不甚熟悉。所以即使某部作品具有鲜明和突出的特征，被其他民族所接纳，甚至被其他民族的某些或个别读者（哪怕是像歌德这样大师级的人）所欣赏，但是我们仍不能以强弱界定文学作品的世界性。民族性并非天然的封闭围城，虽然由于风土人情、国家地理和心理结构的差异，民族文学的表现内容千差万别，但凡是能引起其他民族共鸣的文学作品都深刻地触及了人性，这是文学作品世界性的具体表现。因此，作品中体现出来的"人性"和"人文关怀"是判断民族文学经典性的一个重要维度。沈从文的作品之所以能够在一段时间的沉默之后愈加耀眼，是因为他一直在构筑自己的"希腊小庙"，而这个独特的小庙不仅属于作家本人，更属于湘西世界里的芸芸众生，因而也代表了中国民族特质原始民性的一部分。

　　加西亚·马尔克斯在《百年孤独》中，以过去、将来、现在共存的时空交错感创造了不可复制的经典，那段"许多年以后，面对行刑队，奥雷良诺·布雷西亚上校将会回想起，他父亲带他去看冰块的那个遥远的下午"的开头，已经成为世界各国作家争相模仿的典范。但是那种直接套用的模仿除了衬托《百年孤独》的伟大外，还说明文学的世界性可以超越时空的藩篱。《百年孤独》那来源于神话的原始意象，正如荣格所说："是在同时用千万个人的声音说话……他在我们身上唤醒所有仁慈的力量，正是这些力量，保证了人类能够随时摆脱危险，度过漫漫长夜。"②其中赐予人的陶醉感，颇具艺术审美性。

　　但文学艺术的审美性是一个驳杂而抽象的范畴，容易走向两个极端，在概念的科学性和内涵的丰富性之间失去平衡。前者把文学作为严肃的学科予以精细的界定，失去了艺术的润泽和质地；后者以审美性为圭臬，却让艺术的范式失去了规约，弹性有余，品相不足，如是，艺术反而沦为了审美的懦夫和科学

---

① ［德］爱克曼.歌德谈话录.朱光潜译.人民文学出版社,1978：92.

② ［瑞士］荣格.心理学与文学.冯川,苏克译.上海三联书店,1987：122.

的笑柄。

　　需要指出的是，这种时空的交错不仅仅是对马尔克斯句式的直接模仿。一些作家的作品也有明显的时空交错感，与马尔克斯形成了隔空呼应，但是没有任何模仿的痕迹。如李祥红的《夜舞长鼓》："在那收了秋的空旷谷场上/在树脂幽香的熊熊篝火旁/狂舞的人群/狂热的呐喊/声音伴着火光哟/猛烈地撞击着夜空。"不得不说，这首诗歌有着强烈的在场感，像"谷场上""篝火旁"这些词语，而"在场"即为时间的印证，随后是一片"狂热的呐喊""撞击夜空"。自古中国古代无数文人墨客在星空的意象中感怀联想，这些自然的意象的不可逆转性是不由分说的。在这首诗歌中，不妨将"夜空"也看作诗人一种情绪的宣泄，是一种自然的，非变异的。正是这种非变异不同于北岛的《雨夜》："让墙壁堵住我的嘴唇吧/让铁条分割我的天空吧/只要心在跳动，就有血的潮汐。"[1]这是一种压抑已久的力量，需要释放。与北岛的"在场"不同，瑶族人在表达个人压抑的情感时，更多地通过庄重的仪式，并透过这种仪式更能看出其原始民性的淳朴与厚重："这些古老的热歌劲舞/这些似迷似妄的瑶台仙乡/这些如痴如醉的男人女人/这些振人心魄的声声长鼓/是对神灵的祭祀哟/那舞似林涛汹涌/那踏歌而舞的声音哟/早已将山边的朝阳震醒/走潮。"在这里，"走潮"作为瑶族盘王祭祀中的一段舞蹈，它仿佛鲤鱼上滩那种腾跃生命的过程，寓意瑶族迁徙的极其艰难……这样的诗歌给人一种极富异域风情的印象，篝火、长鼓、歌舞，但是诗歌的意绪并不限于此，在诗人看来，长鼓是对"神灵的祭祀"和"先祖的崇敬"，这种活动与其说是群体性娱乐，不如说是一种仪式，所有瑶民都在这个共同的意义空间里驰骋，表达自己对民族最纯粹、本真的质朴情感。

　　李祥红的这首《夜舞长鼓》时空交错感很强。诗人一开头就把镜头定格在过去，描述了几个充满符号性的场景：空旷谷场上的昂扬歌声和浓烈的舞蹈、充溢这树脂幽香的熊熊篝火旁的瑶台仙乡，那里热歌劲舞、长鼓振振。诗人说这是对"神灵的祭祀哟，是对先祖的崇敬，持续了千百年的歌舞"。"长鼓舞"是属于祭祀仪式中非常重要的一环，"通过它传达神灵和祖先对瑶家惠泽的信息"。[2] 早在南宋范成大的《桂海虞衡志》中就有记载"铙鼓，瑶人乐，状如腰鼓，腰长倍之，上锐下侈……"[3]"那男人的号子喊得震天地响/那女人的歌声唱

① 北岛.北岛诗歌集.海口：南海出版公司，2003：15.

② 黄小明，陈利敏.论瑶族"还愿"仪式中"长鼓舞"的多元文化性——广西恭城瑶族民间舞蹈现状田野调查.北京舞蹈学院学报，2008（3）.

③ 广西壮族自治区编辑部.广西瑶族社会历史调查（第八册）.南宁：广西民族出版社，2009：100.

得震天地响……/ 她们负了神的旨意/要渡那二十姓瑶民过苦海 /声声旗语传递着水路的平安/十二兄妹要远徙/寻找着她们梦中的圣土/失落的家园/风暴为她们而来/惊涛为她们而来/雷鸣电闪为她们而来/鲤鱼也为她们而来/一起走潮吧。"

端阳、盘王、刀梯是瑶族特有的民族活动和地域性符号，赤脚踩刀、嘴衔稻穗、锣鼓号子则构建了一个充满生命强力和民族活力的异域世界，但除此之外，我们看到的是具有世界性的共性要素，风浪下的信念、险滩下平静、走潮的鲤鱼共同构成了诗歌的主体性框架。"年年的端阳水/年年的桃花汛/鲤鱼走潮的日子未有穷期/十二兄妹的后代/那些盘王的子民/在祖先新生的那一天/依然用走潮的形式将锣鼓号子歌声/搅拌成潮/将信念力度和美/作为感恩/鲤鱼走潮/连同这种舞蹈/因之也成为一个民族的/一段历史/上刀梯"。瑶族的民俗表演丰富多彩，上刀梯是其中之一，表现瑶族人民以山为家，历险峰、建家园的艰辛历程。其中我们看到了少数民族独有的精神风貌，寓含了当下社会的缺失元素：力量、冒险和勇气。现代社会的安逸已经让人失去了本能性的内在力量，阳刚难觅，柔美难寻，暧昧的界限消泯意味着公众审美的羸弱，更印证了社会的病态。

因此，民族文学的发展不仅是一种自救，更为世界提供了多样化的营养。营养元素的缺失直接造成人格缺钙和精神萎靡，当你看到"锋利的刀刃一律向上，把刀梯当作登山的路"，你一定不会把这当成舞台上的杂技表演，它仅仅是一种生活方式，这种生活方式与昏暗酒吧里的神情迷离形成了鲜明对照。生命强力的彰显和民族活性的释放为民族文学的审美属性标识出了崭新的维度，"等刀梯的汉子/站在最后一级刀口上/俯视着仰望他的人群/嘴里衔着金黄的稻穗/哦，上刀梯/他只是从容地走了走/很短的光景/却有一百年一千年一万年/他爬的这刀梯/只有十二级二十四级/却是他的民族走过的漫长历史/爬这刀梯/就是效仿自己的先辈/体会创业的艰难/生存的不易"。"刀梯"虽锋利，那上"刀梯"的汉子却只当作一种仪式，如此从容不迫，这种特有的民族情感，恰似是一种冥冥之中的力量在推动他前行，将走"刀梯"与民族走过的漫长岁月相勾连，不仅是延伸了诗歌意蕴的层次空间，更将时间的遥远拉到眼前，窥探过去的秘密，知晓未来的不可知。诗歌内容充当着人神沟通的功能，赞美先人，祈求来年的平安和富足，就艺术层面而言，诗歌显示出来的不仅是民族活力层面的审美属性，更体现了诗人卓越的艺术技巧和高超的语言控制力，过去、现在、将来相互交错，构成了瑶族生活的古老画卷和遥远回忆，所以文学的世界性首先是艺术形式的超越性。

文学在全世界的这种共通性，也可以说文学具有世界性，但是却不能与"全世界的文学"和"文学方面的世界主义"画等号。马克思说："资产阶级，由于开了世界市场，使一切国家的生产和消费都成为世界性的了……物质的生产是如此，精神的生产也是如此，各民族的精神产品成了公共的财产。民族的片面性和局限性日益成为不可能，于是由许多种民族和地方的文学形成了一种世界的文学。"①。拉丁美洲米斯特拉尔(1945年)、阿斯图里亚斯(1967年)、聂鲁达(1971年)、马尔克斯(1982年)、帕斯(1990年)、略萨(2010年)等6位先后获得诺贝尔文学奖，这并非偶然，依照马克思主义文学观，此处的"世界的文学"并非通常意义上时空界限的消泯，而是综合了世界各个民族优点的最优秀的"世界的文学"，当然，这种通常意义上的"世界的文学"客观上并不存在。不仅如此，"文学的世界主义"也几乎也不存在，例如"中世纪的欧洲是属于世界主义的，它被基督教和拉丁文化统一起来，文艺复兴时期，共同的人文主义则把欧洲的作家们结合起来，到了18世纪，欧洲竟然法国化、哲学化了。这时期三个阶段的世界主义实际上是时间长短不一的语言统一时期——至少是承认一种被普遍运用，并受到热爱的语言占了优势的时期。随着浪漫主义的出现，民族独创性被肯定了"。② 许多文艺理论和实践都证明了这一点。所以从本质上讲，文学的世界性和文学的"世界主义""世界文学"的意义范畴并不重合。

各民族文学作品在思想内容、艺术形式等方面展现出的差别和独有个性，我们称为文学的民族性。在文学的民族性问题上，产生了众说纷纭的见解，"民族的眼睛"和"民族的精神"是两个核心关键词。果戈里说："真正的民族性不在于描写农妇的无袖长衫，而在于具有民族的精神。诗人甚至在描写异邦的世界时，也可能有民族性，只要他是以自己民族气质的眼睛、以全民族的眼睛去观察它，只要他的感觉和他所说的话使他的同胞们觉得，仿佛正是他们自己这么感觉和这么说的。"③也就是说民族性并不表现在作品中描述的异域环境或人物外在形貌，而是表现在作家对内在民族气质的展现，作品要完全融入本民族生活的精髓，让本民族读者认为作家塑造的人物正是他们自己，从内心升起一种亲切感。鲁迅曾从反面列举过这种形近而神远的例子，即使外在的形貌模仿得再真实，内在的东西依然会暴露其本质，从多侧面、多角度对文学民族性进行的分析，一定要把握最本质的关键词，所以民族性是个性与共性的辩证统

---

① ［德］马克思.共产党宣言.中共中央马恩列斯著作编译局译.北京：人民出版社，1997：27.

② ［法］马法·基亚.比较文学.北京：北京大学出版社，1983：1.

③ ［德］马克思.共产党宣言.中共中央马恩列斯著作编译局译.北京：人民出版社，1997：68.

一。一方面，它是一个民族心理结构、风俗习惯和生活方式的形象性再现；另一方面，把民族性放在全球化文学的语境中，作家所在民族就只是个体，其鲜明性体现为不同于普适性的异域风情。

20世纪以来，无论是民族作家老舍、萧乾，还是湖南民族作家沈从文，再到江华作家黄爱平、李祥红等无不证明了这一点。老舍如同文坛的全能冠军，在各种文体上都展现了大师风采。而且在社会政治的外因褪去之后，借政治上位的昔日巨匠退出神坛，老舍成为少数几个依然被高度评价的作家之一，他在各种文学样式上都有绝活，留下了系列性经典。长篇小说《四世同堂》的绝响、三幕话剧《茶馆》的长盛不衰，均为中国20世纪文学的最高经典和最具世界影响力的代表作。萧乾集作家、记者、编辑、翻译家和国际社会活动家于一身，每一方面都有杰出建树。《萧乾文集》《梦之谷》《人生采访》《未带地图的旅人》和翻译作品《好兵帅克》《培尔·金特》《尤利西斯》等，都在国内外文坛享有盛誉。作为蒙古族作家，他的《万里赶羊》《草原即景》《时代正在草原上飞跃》等，不仅名重一时，而且是传世精品。沈从文以田园牧歌的笔调为多灾多难的中国人营造了一个如诗如画的桃花源，中篇小说《边城》给千年百代默默无闻的苗族人民送去最"清凉的慰藉"，苗族从边城走进了世界，沈从文也从边城走向了世界。江华瑶族作家群中的李祥红让我们看到了一个别样的世界，《姨婆》展现了迥异于汉族文明的别样世界，还原了富有生命强力的女性形象。"姨婆"敢爱敢恨，与传统汉族女性形成了截然的反差，这是个性和民族性，但就瑶族而言，这又是共性，这种女性人物形象在瑶族并不鲜见。

构成民族文学性的基本细胞是民族题材，但并非所有的民族题材作品都可以称之为民族文学，只有那些熟稔本民族的历史发展历程，熟悉本民族的文化传统，了解本民族的语言符号，将自己与本民族的一草一木融为一体，与本民族劳动人民同呼吸、共命运，并具有深厚的文字功底和丰富民族语言积累的诗人和作家才能创作出具有真正民族性的文学作品。例如莎士比亚的英国文学作品，鲁迅的《孔乙己》，泰戈尔的《飞鸟集》等，这些作家用他们与生俱来的本民族思维和抒情方式为这些经典作品打上了深刻烙印，使之具有典型的民族文学性。而一些具有民族文学性的作品则是对这个概念的误读，如张承志的《黑骏马》取材于蒙古族和草原生活，但却是用作者本民族的精神和思维分析解读草原生活，精神内涵并不具有民族性。当然，我们更不能认为作者是哪个民族的，他的作品就具有其本民族的民族文学性，典型例子就是李准和他的《大河奔流》《李双双小传》，作者是蒙古族的后代，作品则反映黄泛区人民的抗日斗争，二者在民族性上无任何关系。就江华瑶族文学的整体面貌而言，尽管大部分都是民族题材，但是现行的分类标准依然以作家族裔作为划分民族文学的依据。在 2012 年 4 月江华瑶族自治县文学艺术界联合会编印的《神州瑶都——江华文艺作品选》中，仅从目录就可以看出浓厚的民族气息，在小说、散文和诗歌三种题材的作品中，总共入选了 136 篇，其中题目可以直接体现瑶族题材的有 69 篇，占总数的 49.6%，基本为半数。从严格意义上说，其余的一半作品不能划入民族文学的范畴。

关于文学作品创作的民族性，别林斯基认为："每个民族都有两种哲理：一类是学究式的、书本的、郑重其事的、节庆才有的；另一类是日常的、家庭的、习见的。这两种哲理通常在某种程度上彼此接近，只要谁想描写一个社会，他就必须认识这两种哲理，尤其是必须研究后一种。"[1]部分当代作家缺乏对这两种哲理的体会和思考，不了解传统民族文化和风俗，文化积淀较少，他们的作品只是一些符号的堆积和表面的敷衍，关注浅显的表象，缺乏更有价值的民族精神，也和真正的民族性毫无关联。有些民族文学作品和本民族的关系仅仅停留在作家的族籍上，即作家属于哪个民族，而对于作品中的民族则无从谈起。

对民族性的理解定义着民族文学性的存在和发展状态。真正富有生命力的民族性是开放的、发展的、富有朝气的，而不是封闭、狭隘、故步自封的，它是不拒细流、奔涌向前的长河，也是不畏风浪，勇往直前的航船。李祥红的《姨婆》[2]没有任何直接性的民族性信息，灌注大量的民族文学符号，告诉读者，这是一个瑶族女人的传奇故事，但有一定阅读经验的读者能够得出这样的结论：姨婆是中国少数民族妇女，她的行为和性格根本不在中国传统女性的伦理范围内，三从四德、男耕女织、闺房女红、莺声燕语、相夫教子，这些传统文化女性的特征，姨婆都没有，她的精神内核和少数民族是一致的，所以李祥红的《姨婆》是民族文学的优秀作品。从这个意义上说，民族文学不是单一维度的民族性题材，更不是直接显现某个民族的某个侧面，它可以有多重维度的艺术传达。

文学的民族性和世界性互为因果，相辅相成。在世界文学艺术的花园中，各民族的艺术形式争奇斗艳，是人类文化发展繁荣不可或缺的组成部分。中国的莫高窟、法国的凯旋门、希腊的帕特农神庙，这些蜚声世界的文化艺术瑰宝无不在向人们传达着清晰的时代信息：民族的才是世界的！这一观点大大开阔了我们的视野，将民族性从狭隘的定义中解放出来，并赋予它更深刻、更广泛

---

[1]　［俄］别林斯基.别林斯基论文学.梁真译.上海：新文艺出版社，1958：72.

[2]　江华瑶族自治县文学艺术界联合会.神州瑶都——江华文艺作品选，2012 年编印，第 2 页。

的意蕴。当然，在我们从世界性的角度重新审视民族文化的同时，也不应该忽视了民族性的根本地位，尤其是文学的民族性，较之其他艺术质素具有更加稳固、基础和不可动摇的特征。影响深远的 1789 年法国大革命在全世界范围内的各个领域产生了巨大影响，但是最先出现反作用力的即是以柏克为代表的民族保守主义。无论雨果、拜伦、契诃夫等文坛巨匠的作品被多少个国家和民族的读者所推崇，他们的文化积淀有多么宽广和深厚，他们依然属于自己的国家和民族，而且他们的文学民族性带有独特的个性色彩，无法复制和模仿。就江华文学而言，陈茂智的《归隐者》具备了较强的民族性和一定程度的世界性，尽管其艺术高度与上述巨匠相比还有很大差距，但是小说中充溢的民族气息却长久地留在读者的心里，其独特的个性色彩无法复制和模仿。任何一个到瑶族旅游的背包客和发烧友都无法真正理解瑶族文化的精髓，无法写出瑶民那种朴实、豁达、乐天的精神风貌。

　　能够为世界所欣赏的具有鲜明民族色彩的作品，必然会展现出民族文化中积极的、开放的、发展的、独特鲜明的特征，与民族的狭隘性、保守性相对而立。这类作品汲取了其他民族文化中的营养成分，赋予作品美好的感情，挖掘人性中珍贵的特质，能够超越时空，激起古往今来一代代读者心中的共鸣。同样是法国著名作家，莫里哀的作品影响力在国外大大超越拉辛，就是因为莫里哀的作品较之拉辛更加开放，具有更广泛的人道主义和亲切的人情味。湘西作家是中国民族文学中最具影响力的群体之一，他们的作品同样在具备鲜明民族性的同时，又具有开放、发展的共同要素，如对人性的感知等，"湘西作家几乎都是少数民族作家，他们天然地书写本民族历史、内心感受和精神变迁。湘西几代文人身上有极其鲜明的性格特征，湘西子弟多有游侠气，他们大气、豪迈、血性、刚烈，带着一股狠劲，这种性格力量刚好成就了湘西作家。同时，他们也有一种深藏于内心的自卑，这种性格走向反面就容易使人轻狂、傲慢、极端自恋。湘西作家常面临着这样的内心焦灼和精神困境，在文学越来越边缘化的大环境下，作家需不断地进行精神突围，带着大悲悯、大感动，在历史与现实、虚构与想象、日常感知与形象类型化等问题上有精准的把握"。① 马列主义认为，"古往今来每个民族都在某些方面优越于其他民族"。也就是说，每个民族都是独特的，都拥有其他民族无法超越的优点和长处，这些不同之处正是各个民族最珍贵的特质，人类应该珍视并发展这些独特性。为了丰富和提高整个民族文学的质量，使人类生活更加理想化和多样化，世界各民族应加强交流和接

---

① 卓今.地域文学的变迁与赓续——谈谈湘西文学.人民日报，2012－10－12.

触，相互学习，相互借鉴，在巩固本民族优点的同时学习其他民族长处，取长补短，共同发展，共同提高。我们应该看到，这个提高和发展并非一蹴而就，它是一个各民族不同元素相互碰撞、融合、升华的繁杂过程，在此求同存异的发展过程中，各民族特性被不断完善和发扬，从而各民族文化共同发展、共同繁荣。真正的世界性是一种理想化的追求，是世界各民族文化发展的终极目标，简单地以求同来达到世界性，会使民族文化走向没落的边缘，只有相同而没有矛盾和差别的世界也只是一潭绝望的死水。民族特质并非一成不变，只有在相互影响和映衬下，这些优点才会更加生动，更有经久不衰的生命力，文学的世界性和民族性之间的关系也是如此。民族文学既要保持自己独特的个性色彩，不盲目否定自己，又不能闭目塞听拒绝汲取外来的营养价值，应该以开放的心态充实、丰富自己。"信息化时代，民族文化的延续面临着威胁与挑战，民族精神的更新与重塑成为摆在湘西文化人面前的重大课题，年轻一代的湘西作家开始对自己的文化进行深刻的思考与探索。在坚守民族文化立场上有一个从自发到自觉的过程，老一辈作家的作品大多带有明显的少数民族标识，作品更多的是介绍民间文化，如对山歌的引用，奇异风俗的罗列。新一代作家在这方面有意突破，作品的主体构建在理解和把握上向更深更广的领域突进，着力对民族精神进行深层次的剖析和解读。"①

　　总之，文学的民族性与世界性之间互为表里，这种关系和规律是民族文学得以充分发展的根基，它建立在开放、并存、借鉴、互补的民族文化氛围和健康格局之上，世界文坛也因各个民族文学的健康发展而繁荣。因此，全球化语境对民族文学的发展具有两面性，一方面，全球化的同质性在一定程度上会削弱民族文学的个性；另一方面，全球化的浪潮也会把民族文学的成果以最快的速度传播到全世界，极大地推进民族文化的经典化过程。在远古时代，加西亚·马尔克斯的《百年孤独》因为不可能获得了诺贝尔文学奖而声名远播，成为世界文学史上不朽的经典。从这个意义上说，全球化对民族文学而言，既是挑战，更是机遇。

---

① 卓今.地域文学的变迁与赓续——谈谈湘西文学.人民日报，2012 – 10 – 12.

第二节　民族性写作与人类性写作

民族性写作与人类性写作之间既非相互排斥，也非相互融合，任何以简单化思维衡量两者关系的做法都有失偏颇。综合近代以来的各种争论，无非"体"与"用"，"形"与"质"。中国文学可以充分吸收西方文学的表达方式，没有必要担心失去自己的根。比如西服已经成为中国的主流服装之一，这是形的变化，而在质的层面上，中国人的思想、伦理、道德、观念等依然是民族的。

民族性的语义范畴很广，引起的争论也很多。维德根斯坦认为语言本身存在一定的歧义性，英美新批评派认为语言就是一个复义系统，复义导致语言表达的无尽可能性。从这个意义出发，作家本意和读者接受之间的差距很大，语言与思想的同一性日益受到挑战，能指与所指的间隙很难弥合，所以概念的界定常常引发争议。

中国作家的精神个性和传统依然是民族的，比如中国诗歌经历了从经典古诗到现代新诗的沿革与流变，形式发生了革命性的变化，格律、对仗和意象都被重置，写出来的诗歌完全不同，其形式感与外国诗歌已基本一致，但精神气质却截然不同。中国现代化的时间不长，对现代社会的批判和城市文明病的嘲讽没有那么强烈，乡土情怀和自然旨趣依然是主流。也就是说，中国诗歌尽管形式发生了翻天覆地的变化，但是其精神底色依然是农耕社会背景下的自然流泻。如极力主张"三美"的诗人闻一多（1899—1946）在《死水》（1926）末尾，用了一个极其不祥的比喻来形容当时的中国，以至于想到他后来被国民党特务暗杀，就更觉恐怖的言辞："这是一潭绝望的死水／这里断不是美的所在／不如让给丑恶来开垦／看他造出个什么世界。"

相比之下，中国民族文学关注风俗、衣饰和场景，物性的回归较为明显，但不够细致，物性背后没有人性，更谈不上神性，缺少俄罗斯文学那种单纯和深入，缺少敬畏和敬仰，作家在作品中的地位太高，自己的情绪感太强，甚至经常溢出来，就是通常所说的情感饱满，但这种饱满是幼稚的自以为是，而非成熟的深沉外显。接受美学的代表人物们更倾向于接纳读者作为文学作品完成的标志。"作品的美学价值并不是早就存在于作品本身的不可捉摸的东西，而是在阅读过程中，作者与读者相互作用的产物。不定和空白正是促成这种互相作用的桥梁。它们促使读者寻找作品的意义，赋予不确定的意义以确定的内容。"①

　　民族文学的重要特征之一是讲述中国故事，禅宗、道家、儒学不一而足。比如禅宗佛学，作为一种来自印度宗教的舶来品，进入中国后，逐渐形成了新的特点，作家在作品中谈禅论佛，所以谈的是中国的禅，论的是中国的佛。陈茂智的长篇小说《归隐者》中，主人公在香草溪谈禅论易，读者这个时候已经意识不到"禅"和"易"的边界，更觉察不到印度文化与中国文化的背景差异。作家在作品里谈论禅宗，就不是印度禅，而是中国禅，其中渗透的都是中国文化，融入了中华民族的思维方式和人生体验。但一个作家如果就此打住，就很难获得世界性。

　　民族性写作与作家的民族身份认同之间存在着紧密的联系。在中国文学史上，清初著名词人纳兰性德是满人，在很长一段时间里，尽管很多人对他的词作耳熟能详，却并不能与名字直接对应，基础语文教学中基本没有涉及，但是文学的力量具有强大的共通性，尽管是满人，却打动了无数的汉人。纳兰性德诗词的精彩，是他个人才华的精彩，这种精彩与他的满族身份无涉，却与他的贵族身份有关。在他自己看来，民族身份不是标签和印记，作品对满族的影响力还不及汉族，这才是民族性写作与世界性写作的真正融合，就是说，读者在享受作品时，并不以族裔单论其成就，如老舍。

　　另一种作家的方式正好与此相反，民族文化只是壳，故事还是那些故事，但是精神已经置换成了另一种内容，借以表现自己的哲学观念和价值取向，主人公可能是一个特立独行的思想家，或者被社会边缘化的异化者，这样个体经验就转化为普适价值，民族性成为表现全人类思想的背景，作品哲学观与人类共同的生存困境融合。

　　人类性应该建立在民族性的基础之上，展示普遍的人性真实与情感真实，寻找别具异域情调的宗教文化传统和民族思维情趣。尽管全球化使遥远的天涯海角变得触手可及，但是地理距离的拉近和时空概念的缩小不能消除心理和习俗的差异，因此作为表现人性、人情和人味的文学，应该为这个世界留下人类原初自然的呼吸与神秘，将神性写作与当代写作充分融合。而且这种写作为文学注入了新的活力、景观和审美形式，但是中国民族文学依然缺少神性写作。

　　取得世界性成就的作家，一定是民族性与人类性结合的典范。文学是语言的艺术，能够获得世界性的认可，就是对其语言艺术高度的接受。莫言的作品语言脱离了传统知识分子的温文尔雅，不拘泥于典雅文学的定格，而是带着民

①　乐黛云.比较文学与中国现代文学.福州：福建教育出版社，2015：5.

间的野性和不羁的想象力，充分发挥了汉语奇诡多变的魅力。莫言的故事多发生在山东高密，但作品兼具民族性与普适性。作家通过小说，把人物的个体思想变成全人类的思想，从而告诉不同民族的读者，人性的深处不是栅栏和藩篱，还有同源同根的灵魂共鸣。从表层看，内容是民族的、中国的，但其精神内核却是世界的。

全球化的本质是现代化，是信息技术和工业文明的直接碰撞，任何一种使用便捷、运行流畅的东西都可以瞬间击垮对方多年堆积的大厦，比如苹果手机，当全世界的人排队购买的时候，没有因为国家和民族的不同带来使用体验的不同，这是全球化的直接动力，文化同样如此，如好莱坞电影。一方面，它让全世界瞬间共有了这种文化，另一方面，地域化特色和民族化特征在这种摧枯拉朽攻击面前节节败退，直至一败涂地。

在这样的语境下，民族生活、民族文化逐渐失去其原始属性，失去民族的内在生命力。全球化以无所不在的力量统摄着社会的每一个角落，人成为工具和生产、消费中的一个环节。全球生活方式也渐趋统一化，所有人用一样的电脑、一样的键盘，全球的电影院放映同一部影片，所有的流行元素迅速复制粘贴到世界的每一个角落。尽管经济基础不同，但是农村的孩子也是在智能手机上玩游戏，在电视机前看动画片，而不是到田野里奔跑，在小巷里摔跤，在小溪里游泳。成年人同样如此，作家的生活空间也被挤压，冥想成为奢侈，思考让位于匆忙，文学差异性仅剩作家个性，而没有了民族性。

所以民族文学受到了严峻挑战，焦虑成为民族文学生存样态的关键词。在全球化语境下，纯文学的思想空间被压缩。

第三节　民族文学的境遇与挑战

在全球化语境的文学场域中，弱小民族的生存空间受到挤压，各民族的自我书写更应突出本民族的特色。中国民族文学具有世界性因素和世界性意义，应该按照中国的价值标准判定。民族文学的普适性价值不是西方文学大国的价值，而应该是世界各民族优秀作品的共同属性，如美好的人性、人道主义、世界和平、人与自然的和谐等。世界性与西方性的混淆容易使民族文学失去自我，世界包括西方与东方，应当坚持中国的价值标准，增强东方意识，西方文学大国的价值尺度不应成为估量中国民族文学水准的标准，更不能把它们的价值标准强加于世界。

"民族的也是世界的，世界的也是民族的"适用于包括文学在内的各种艺术性形式。但一个显而易见的事实是，民族文学与世界文学之间很难形成有机统一，民族性书写与世界文学语境之间总有隔膜。世界文学很少关注中国民族文学的成果，中国民族文学也没有让世界为之侧目，其中的原因很多，但最核心的一点是，中国民族文学在艺术表现方式上还有很大的完善空间。

把民族文学置于全球化语境中进行分析，使具有浓重民族色彩和地域特点的民族文学在保留自身民族性的基础上超越了地域的文化界限，进而升华为世界文学，体现出超民族、超国别的特点。在经济、科技、文化等一体化加深的背景下，民族文学将面临怎样的生存发展状态？只存在于理论上的超越民族界限的世界文学能否实现？这是我们要在此讨论研究的问题。

在世界经济一体化趋势明显加强的背景下，民族主义意识淡化的趋势加强，世界主义的定势思维正在形成。不远的未来，世界化了的年轻人在风尘仆仆的疲累中却找不到心灵归属感的孤寂和苦闷，但是民族文学的当代建构与具有"越族"、"去国"特征的世界文学必然相伴而生。把民族文学置于全球化语境中进行研究，就是要在学术视域、学理范式、实践探索等方面揭示它们之间的关系，阐明它们的不同，并从本体论和认识论的视角进行观察分析，探索它们之间的关联部分，讨论民族文学走向世界文学的必然性。

仅从民族构成要素的角度分析，与其他民族相比，瑶族的独有文化属性甚至要更单薄一些，因为瑶族基本没有形成自己的语言体系，历史也不悠久。如果使用同一种语言文字的族群，承续连续的文化并有共同的利益诉求就可以称之为民族，那么民族产生的根源是可以追溯的。中世纪后期的欧洲，受当时人文主义思潮的深刻影响，作为个体的人的需求开始被重视并得到满足，当个人需求发展到单靠家庭和家族已经不能满足的时候，就对社会提出了更高的要求，需求的无限膨胀必然需要约束，因此民族一词的身份设限最为合适。在一个完整健康的社会里，社会责任和权利的分配要对对象进行选择和设定，无限制的分配会导致整个社会系统的崩溃。这样的需求使人们开始发挥想象力，大胆设计和创造"民族"，最终出现了民族的划分。法国 1789 年大革命首创的国歌和国旗使民族的概念走向具体化、形象化，此后对民族的形象包装越来越多，也越来越改变着人们对它的认识，"民族"一词开始进入人们的感觉意识层面，并留下了深刻的印记。

因为语言系统的缺失，这种印记在瑶族文学那里基本停留在口头传说阶段。独特的民族文化也相对稀薄。在"世界文学"的概念尚未形成之时，一些多民族国家已经产生了许多用本民族语言文字创作的作品，反映了本民族的文化心理。这些从形式到内容千差万别的文学作品已经具有了独特的审美意识和审美标准，并在发展过程中形成了自己的继承关系和文化传统。随着各民族的历史发展，那些优秀的民族文学作品和理论著作中具有本民族特色的文艺观点、艺术方法、艺术形式和艺术风格不断积累、形成和完善，共同构成了本民族的文化传统。

从学术的角度理解，这种现象标志着民族国家的建构开始摆脱依附性，具有了独立自觉的意识。文学是多种社会意识形态中的一种，在初创时期，民族文学通过运用民族共同语塑造的作品形象反映社会生活风貌，表达作者的思想和情感价值取向。在"世界文学"一词还未被赋予现今含义的时期，多民族国家保留下来的运用本民族语言创作的书面和口头作品，具有自己独特的民族文化传统，有着共同的审美趣味和文化心理结构。这些风格和形式各异的文学作品在形成之后也就具有了各自的继承关系和文化传统，它是各个民族最具特色的文艺观点、艺术方法、艺术形式和艺术风格等在长期历史发展过程中逐渐积累形成的总和。可以说，欧洲社会史就是一部民族发展史。法国大革命之后，欧洲的社会语言中，"民族"就等同于"国家"，例如"联合国"在英语中是"United Nations"，就是"联合族"的意思，用我们今天的标准衡量，这种理解是不严谨、不全面的。首先，国家产生的原因是政治利益的需求，属于政治学的概念范畴，"国家利益"和"国家意识"是它存在的重要纽带。进入 21 世纪，在全球复杂多变的后现代背景下，人们需要一个强有力的国家政体，以坚定的国家意识和完整长远的国家利益，应对金融危机、新科学技术加速发展、资本创新和全球化时代等一系列人类发展中的难题。在此需求下，"国家"所代表的集体利益逐渐明确和强大，国家作为利益集体的地位凸显，它越加注重提升自己在世界系统内的形象，并努力在世界层面的思想对话中掌握主动权。有了这样明确的奋斗目的，"国家的价值"也开始逐渐累积，并在累积的过程中不断"提纯"，充实新的内容，去伪存真，最终成为时代精神的标志和世界文化的重要组成部分。在这个意义上，国家和民族有着本质的不同。其次，受文艺复兴的影响，人们的民族意识被唤醒，中世纪以后的欧洲成立了许多国家，由于这些国家都使用同一种语言，具有相同的文化和文化心理结构，因此较少出现多民族国家和民族问题。这些客观事实造成了民族文学与国家文学（或称国别文学）本质的不同，这种差异源于国家民族构成的不同，在民族结构单一的民族的表现不甚明显，而在多民族构成的国家里则比较突出。国别文学和民族文学的形成状态完全不同，前者的形成依赖于自然状态，后者则是基于对政治性、地域性、国家利益和国家意识的考量而进行的人为划分。

即使是在多民族国家，国家文学也是由统一的官方语言进行创作。如果不涉及国家或国别界限，那么我们的研究意义就被淡化了，失去了它原有的价值而变成一纸空谈，因而用全球化研究的视野分析民族文学，原因就在于，民族文学的审美属性更容易划入整一的范畴。

瑶族作家群使用汉语写作，但心理结构和审美属性仍保留了瑶族文学的共性。帕男的现代性气质源于其经历的驳杂和曲折，磨难生活促使帕男作品形成了极具现代性的品格，尽管这种契合缺少有意识的汲取和梳理，但他的作品依然以江华为背景、瑶民为对象，以瑶族文化为根。世界许多地区把"民族"的名称作为国家独立的旗帜，特别是16世纪先后沦为殖民地的诸多地区，那些曾经被奴役和压迫地区的人们争相使用"民族"的口号建立独立国家。人类族群的生存边界起初非常模糊，而随着历史的发展，逐渐形成了人类历史文化传统的血缘、语言、习俗、宗教、生存、区域等，他们用自己有形和无形的文化遗存为人类划分了较为明确的族群生存边界。这个时期的民族文学范畴不断扩大，有时还会和以地域命名的文学相混淆而出现谬误，原因在于这个时期的文学具有了凝聚民意和调动各种资源的社会功能。只是这样的良好状态并未持续多久即被打破，尤其是那些近代成立不久的国家的民族文学，受到了很大影响。就文学发生的层次而言，纯粹的、不掺杂外来元素的民族文学是不存在的。人们也尝试着从文化多元主义思想的角度打破民族文学过于单一的局面。不同族群的艺术表达可以有更多的表现形式，在全球化时代，人类族群之间天然的交流方式对于民族之间界限的瓦解力异常复杂和巨大，由此造成的族群离散和族群融合也给"民族"带来了一些冲击。在这样恶劣的生态环境中，民族文学的各种变异体不断涌现，民族文学想要生存与发展，只有扩大自己外延和内涵的层次与范围，重新整合各种民族文学变异体，寻求新的发展方向。

作为瑶族的一个分支，湖南江华瑶族文学也是如此，它是零碎的，没有类似于《格萨尔王》这样的史诗性作品出现。但需要指出的是，以语言作为衡量民族文学属性载体的科学性有待商榷。中国是一个以汉族为主体的多民族国家，以汉族书写表现本民族的思想感情、风俗习惯、心理结构应该成为判断民族文学的显性特征。民族文学的形成原因决定了它内在文化结构的独特性，并对某种精神传统具有依赖性。换句话说，民族文学有自己独特的历史传统，这些传统文化并非相互割裂或者独立，而是具有传承关系。各民族文学的形成和发展过程都不是独立完成的，无论是形成中还是形成后，他们始终相互影响、相互促进、共同发展，这是客观规律。季羡林先生曾说："一个民族的文化发展约略可以分为三个步骤：第一，以本民族的共同的心理素质为基础，根据逐渐形成的文化特点，独立发展。第二，接受外来的影响，在一个大的文化体系内进行文化交流；大的文化体系以外的影响有时也会渗入。第三，形成一个以本民族的文化为基础、外来文化为补充的文化混合体或者汇合体。文学是文化的重要表现形式，文学的发展规律不能脱离文化的发展规律。……同文化汇合一样，文学的相互交流和影响也是异常复杂。这三个步骤只是一个大体上的轮廓而已。"[1]由此可见，民族文学的这种特征具有规律性，而且它不只存在于多民族国家，不同国家和不同民族的文学之间也存在，因而还具有普遍性。歌德的"世界文学"概念认为，文学的地位和艺术、科学一样，彼此平等，都是世界的重要组成部分。艺术和科学能够跨越民族成为世界共同的文化财富，文学也要摆脱民族的桎梏，汲取世界各国文学的优秀精华，在继承传统的前提下相互交流，相互提高，把民族文学变成全人类都共享的优秀文化资源。继歌德之后，马克思和恩格斯在《共产党宣言》中提出的"世界文学"也被人们熟知，并产生了巨大影响。马克思和恩格斯观点的涵盖面已大大超越了歌德从纯文学角度对世界文学的理解，它不仅包括了文学和艺术，还包括了科学、哲学和历史等全部的精神产物，不仅为文学研究的视域开辟了新的疆界，还在本体论、认识论、方法论等学理层面引发了诸多的议论，将世界文学的内涵和外延提升到了一个新的高度。文学研究界对"世界文学"内涵阐释各不相同，但在各民族运用自己语言创作的文学作品隶属不同的有机体这一点上，它们是相同的。这种在文学世界性、整体性方面的共同审美标准，使我们不至于在研究具体文学现象时被局部表象所迷惑，失去民族文学研究的价值。它指导我们将研究对象作为世界文学有机体在某一方面、某一区域的典型代表，赋予区域性的民族文学真正的世界意义和价值。

　　既然世界文学并非封闭的、自足的、僵死的概念，我们就无须为它划定范围。自从19世纪20年代歌德提出"世界文学"的概念以来，它就一直在发展，无论从深度上挖掘其内涵，还是从广度上扩大其研究的外延范围，"世界文学"始终呈现出流变式的动态变化。社会经济的发展对包括世界文学在内的文化有着决定性的影响，这是一个必然发生的发展过程。正是这种变化才产生了包括世界文学在内的文化的更新换代和与时俱进，才能使其永葆生机和活力。当前全球经济正在步入一体化进程，呈现出错综复杂的问题和状态。适用于全球的制度框架在一定程度上对同质文化之间的交流和异质文化之间的冲突起到了润滑剂的作用。在此背景下，人们自然也就把着眼点放在全球的高度，更加注重政治、经济和文化在全球范围内的关系融合。现代科学技术的不断发展使人们

---

① 季羡林.简明东方文学史.北京：北京大学出版社，1987：117.

的出行更加方便快捷，大大扩展了活动范围，在一定意义上缩短了人与人之间的空间距离。世界人口的逐年增长，各个国家各个民族之间的政治经济文化交流日益频繁也在潜移默化地拉近人与人之间的心理距离，不同国家、不同种族之间的人们相互了解、相互交流的机会和可能性也大大增加。人们的审美和认知进入多元化时代，对世界文学的呼唤也日益强烈，对世界文学的需求已经从最初的美好幻想进入到了实质性的精神渴望和思想追求中。"文学间的民族界限被抹掉了，因而每一民族对于世界艺术文化的 独特贡献被融合在某种认为构造的'全球'文学之中。"①

"大山里，时令比山外晚些，尽管已是农历四月，山上仍满开着热闹的清明花。山黛无暇欣赏，只随手在路边采了几朵，放在嘴里细细咀嚼，感受酸甜的清香。临近寨子的时候，山黛发现门前大瑶河上好好的一座吊桥竟塌在河里，已不能行走。隔了河，山黛回不了家，就对着对面山喊起来。她喊的是她阿公。"②

这是具有少数民族风情的小说，作品中仅有山黛和阿公，如同沈从文《边城》中的翠翠和爷爷。尽管小说中有矛盾、冲突和不安，但是那种纯真的感情和淳朴的思想为现代社会注入了一股清新的空气。作家用桃花源般的笔法再造了一个如诗如画的"边城"。事实上，每个民族和国家都有自己的文学，只要她们能够跨越异质文化之间的壁垒，就进入到了世界文学的范畴，也就成了世界文学，但是民族文学自身与生俱来的独特性不可能完全消失。如何满足全球化背景下人类对于文学作品这一精神产物的需求，是我们从理论角度分析研究世界文学建构的目的，也是我们在本节讨论的主要问题。

在全球化进程中，人们对世界文学给予了越来越多的关注和研究，赋予了"世界文学"跨越民族文学和国家文学（或称国别文学）界限的国际性。文学研究的结构性变化已经从民族、国家扩大到了世界，这已经跨越了研究范围和研究数量上的突破，上升到了对国际维度的思考标准。各族各国均找到了新的发现和了解世界的方式，这种方式已经让他们实现了相互之间良好的沟通、借鉴和欣赏。事实证明，这种方式无论其内涵还是外延都取得了长足发展。对于缺乏共同的语言文化和历史背景的广大读者而言，他们自身的审美价值取向（即兴趣和需要）决定着对世界文学的接受和理解程度。在阅读和欣赏世界文学作

---

① ［苏］聂乌帕科耶娃.美国比较文学的方法论及其与反动社会学和反动美学的联系.见：于永昌等.比较文学研究译文集.上海：上海译文出版社，1985：337-353.

② 陈茂智.静静的大瑶河.见：杨金砖.永州当代文学作品选.北京：中国文史出版社，2006.

品时，读者主动调动和集中自己的才能常识和审美趣味，对文学作品的价值产生相对稳定的判断体系，只有完成了这个过程，世界文学才拥有了真正的读者和真正的世界意义。也正是如此，对于世界范围内的不同民族、不同国家、不同文化背景的读者而言，世界文学是一种内涵意义和审美价值兼具的精神食粮。真正的世界文学作品能够超越其原始语境，在脱离了作品产生区域的语言和文化环境之后，依然得到广泛认同，并正确解读其美学意义，重塑世界文学作品的灵魂，并使其大放异彩。如果能够表现人类的共同情感，引起精神的共振，民族文学与世界文学之间的鸿沟间就升起了经典的鹊桥，"近代两部巨大的史诗，《神曲》和《浮士德》，又是欧洲史上两个重要时期的缩影。一个指出中世纪的人生观，一个指出我们这个时代的人生观。两者都表现两个最高尚的心灵在各自的时代中所达到的最高的真理……许多完美的作品都表现一个时代一个种族的主要特征；一部分作品除了时代和种族以外，还表现几乎为人类各个集团所共有的感情与典型"。①

一个毋庸置疑的事实是，在文学研究和阅读领域，"世界文学"的影响力显著提升，无论是其他少数民族文学，还是江华瑶族文学，都不可能把自己限定在狭小的空间内，更不可能固步自封，仅仅以传统的手法就能在世界文学的阵营中占据一席之地。而要如聂乌帕科耶娃正确地指出马克思主义的比较文学应"揭示每一个民族文化中的普遍性和特殊性的辩证统一，以深刻了解它对世界文化的贡献，确定它在不同阶段和不同社会条件下发展的规律性，促进富于民主主义的民族文化的进一步发展"。②

原因首先是现代科技的飞速发展，尤其是互联网的应用和普及，降低了世界文学作品的阅读门槛，扩大了阅读受众的群体，使读者有了更多阅读方式的选择，这也在很大程度上为世界文学的发展创造了有利条件。首先，电视机和摄影技术的普及使人类步入了"读图时代"。适合大众口味的视觉"甜点"迎合了后现代文化的需求，这种一目十行、直截了当的快餐式阅读，无意中刺激了读者浮躁、急功近利的心理，在这个科技发展日新月异，信息更新以秒为单位计算的时代，已经很少有人能静心品读一部文学作品或者世界文学经典，人们似乎已经忘记了阅读文字、摩挲纸张的那种舒心惬意，而是对各种世界经典名著改编、翻拍的影视剧津津乐道。文化快餐在普及经典的同时，也对世界经典

①　[法]丹纳.艺术哲学.傅雷译.北京：人民文学出版社，1963：363 – 364.

②　[苏]聂乌帕科耶娃.美国比较文学的方法论及其与反动社会学和反动美学的联系.见：于永昌等.比较文学研究译文集.上海：上海译文出版社，1985：337 – 353.

文学作品造成误读和曲解，给世界文学带来了较大的负面影响。图片阅读的直观性和便捷性在大大提高阅读的效率的同时，也在改变着人们阅读的体验，丢失了文化所应有的厚重底蕴。读图时代正瓦解着民族文学和文化的传承，影响着人格塑造的健全性，改变着人们已有的对自己精神家园构造的传统求知方式。各类大众的"快餐文化"正在逐渐取代已经融入人类传统文化血脉的"文字阅读文化"，这些早已违背了"文学"的存在意义。文本阅读本就是由作者将自己看到的和理解的生活事实加以提炼、总结和组合，用文字语言的形式来表情达意，再由读者根据这些抽象文字符号信息的意义，发挥想象和联想重塑经典的过程。这个过程中有读者对作品的重新认识和个性理解，因此也是读者参与作品创作的过程。人类的再造想象能力、形象思维能力都会在这个"事实—文字—事件"的逻辑转换过程中得到锻炼和提升。试想，变成了观众的读者只是一味地接受展现在图片上的"事实事件"，大脑和意识直接跳过这一逻辑转换过程，那么人类退化的就不只是深度参与信息转化的功能了，还有创造性思维的弱化。这样的后果已经危及了人类思维的发展、物质文明和精神文明的延续，而不再只是世界文学的阅读问题了。其次，在全球性的文化交流方式中，世界文学已经占据一席之地，成为了人们以娱乐消遣为目的的重要阅读内容。互联网与生俱来的开放性决定了进入互联网的任何文字信息都失去了私密性和读者界限，只要能够看懂作品的语言，或者借助翻译媒介就可以了解其艺术和思想内容，这一点，任何个人的、民族的、国家的，哪怕是再具有个性色彩的文学作品都不例外。世界文学也因此能够迅速而广泛地进入人们日常生活的各个方面，区域个性和个体化文学的神秘面纱也被揭开。互联网等媒介凭借其自发性、自由性、开放性和公开性成为了世界文学形成和传播的最佳手段。但传播媒介并不能代替世界文学最根本的形象思维功能，更不能决定世界文学的价值好坏，况且互联网在线阅读的方式本身就是一种浏览而非"品读"，它的优势在于对信息量的获取而非对文字句段的欣赏和思考，因此要对作品内容进行深度阅读是很困难的，也就更谈不上文本细读了。这样看来，虽然通过互联网可以使更多的人了解并接触世界文学作品，却也阻碍了其自身美学价值的发掘和实现，经典的魅力被封存，作品也很难成为经典而被人们熟知。

在世界文学史上，这种探索从未止步。歌德最早从文学的普遍性规律的认识角度提出"世界文学"这一词，马克思和恩格斯又从经济学角度将它阐释为一种满足世界市场需求而出现的精神产品，但是那些经过时间的淘洗和地域的拣择，享有世界声誉具有永恒价值的文学"至道"和"经典鸿论"也赋予了它另一重含义。"经典"的持久性、典范性和权威性的来源是历史文化的积累与人类的精神文明发展。在一个时代、一个民族、一种文学形式中，只有那些经过时间沉淀下来的、思想深刻、文化内涵丰富并能够被人们普遍接受和承认其意义和价值的优秀文学作品才能称之为"经典"。当代美国极富影响力的文学理论家、批评家哈罗德·布鲁姆在《西方正典》一书中也曾有过关于"经典"的精彩论述："经典的陌生性并不依赖大胆创新带来的冲击而存在，但是，任何一部要与传统做必胜竞赛并加入经典的作品首先应该具有原创魅力。"①

英国的批评家柯莫德在《关注的形式》（1985）也曾提出："经典，它不但取消了知识和意见的界限，而且成了永久的传承工具；不过经典无法抗拒理性，也就当然能被解构。如果人们对经典不以为然，他们也可以设法去摧毁它。"

从本体论的角度来看，不同的文化语境对经典的定义和阐释不同。这些具有深刻的哲理性和丰厚的文化性的世界文学作品在很大程度上提高了人类的感受性，丰富了读者的人生经验，为人们打造了一个奇幻瑰丽的精神世界。经典的世界文学作品之所以能够使人百读不厌，就在于它以理性的态度，思考探索人的生命、理念、思想和人类的生存状态等这些人生意义的问题，分析和阐释物质产品和精神产品的文化特征和文化现象，观照人类意识的存在精神状态。哲理和文化是世界文学作品中两个永恒主题，也是世界文学这条大河生生不息的源头活水。鲜明的时空性和独特的审美性也是世界经典文学作品的一大特征。文学的观照对象是人心、人性与人欲，因此，文学即人学，它能使不同时代、不同地域甚至不同种族的人跨越时间和空间的界限，产生身临其境和感同身受的美感。文学作品的品读过程也是一种审美过程，读者通过预设、期待、前理解和后发现等心理过程重新感知作品的审美标准，体会作品的美学内涵，发现和发掘作品的潜在美学资源，从而在领略作品魅力的同时达到净化心灵的作用。

受世界经济一体化潮流的影响，世界文学的影响力不断加强，因此民族文学需要摆脱自身族裔属性的局限，扩大受众范围，使民族精华真正成为世界经典，而不是直接否定和摒弃现有的民族文学。还应该看到的是，作为世界文学支撑的民族文学特定的历史地位和意义正在日渐削弱，由一族一国建立起的民族文学亟须顺应时代发展的要求，克服自身的局限性，唯其如此，才能使世界文学健康成长，进而建立起世界文学和民族文学的良性生态循环。

江华瑶族作家群在世界文学和民族文学良好的生态环境方面还有很大发展空间，如何把现代性的艺术表现手法植入瑶族题材的创作之中，是一个极具挑

---

① ［美］哈罗德·布鲁姆.西方正典.江宁德译.南京：译林出版社，2011：5.

战性的课题。吴镇的词《渔父》与《芦滩钓艇图》所搭配的比例大有出入，但书、画、词的含义交融，堪称微型宇宙："红叶村西夕照余，黄芦滩畔月痕初。轻拨棹，且归欤。挂起渔竿不钓鱼。"

　　传统题材有传统的表现方式，民族题材有民族性的场域氛围，现代性技法的使用或多或少地会稀释传统的意境，冲淡民族性的特定生态。因此如何把两者有机地结合在一起，既不留下明显的接缝，也不制造有伤美感的伤疤，而是实现两者的平滑对接，是一个严肃的课题。世界文学和民族文学存在本质不同，民族作家运用本民族的语言文字创作，能够表现民族社会状况和心理结构，带有民族主义色彩。世界文学则是超越了民族语言和民族心理等界限的全世界各民族的精神共有物，它是全人类的精神财富，是世界主义的一种反映形式，这种具有世界性特征的文学作品已经摆脱了民族性的局限，成为了真正的"世界文学"。

　　然而，在民族文学走向世界，为世界各民族读者接受，成为世界文学的过程中，比较文学和总体文学起到了重要的沟通转化的作用，在逻辑和学理上为二者建立了紧密的联系。民族文学和世界文学都属于文学范畴，只是分类方法不同而已。不同民族和国家之间的长期交流和融合产生了世界文学，这种世界各民族人民的精神文化结晶就是文学研究的终点和目标。因此法国著名文学学者艾金伯勒（又译艾田伯）指出："比较学者的首要任务，是反对一切沙文主义和地方主义。他们必须最终认识到，没有对人类文化价值几千年来所进行的交流的不断认识，便不可能理解、鉴赏人类文化。"①

　　无论是黄爱平、李祥红、帕男，还是陈茂智、周龙江和其他江华瑶族作家，都没有明确的世界意识和全球化视野。现代派的各种表现手法鲜有出现，现实主义仍然是主流。站在世界文学的高度审视各个民族和国家的文学，综合民族文学或国别文学的研究成果，把不同的民族文学和国别文学放在一起比较，目的是发现它们之间内在的基本规律，并以此建立起相互影响、取长补短的联系机制，最终使二者达到高度的融合，这样的研究方法也使文学研究的意义更加深刻。法国文学家梵·第根在《比较文学论》（1931）一书中提出的总体文学（又称一般文学）在学理角度为民族文学向世界文学的过渡指明了方向。梵·第根认为，总体文学的研究对象既不是某个国家的某位作家或作品，也不是国与国之间作家的创作关系，而是对同一文化传统下的某一区域小说创作规律的总体

---

① ［法］艾田伯.比较文学之道：艾田伯文论选集.胡玉龙译.北京：生活·读书·新知三联书店，2006：122.

把握。后经由 20 世纪 40 年代美国学者韦勒克和沃伦在《文学理论》(1942)一书的修正和补充，形成了总体文学现在的概念，即"为了发现普遍性规律而对同质文化传统背景下某一区域或地域那些跨越国家民族或语言界限的文学现象进行的全面、综合性的研究"①。比较文学的研究方法扩大了世界文学研究范畴的外延和内涵，在一定程度上促进了世界文学在理论上的发展和完善，它使世界文学不仅可以在纵向上从历史的时间性原因方面研究作品形成的时代差异，也能够在横向上从民族、国别、地域的空间角度来认识和分析作品。甚至一些对比较文学持有异见的学者也不得不承认"'世界文学'取代了不同民族文学背景下作品与作者的基本差异，成为比较文学的研究对象"②。

全球化视角在民族文学顺利走向世界文学的过程中起到了至关重要的作用，正是由于它的介入，带有强烈民族色彩和地域特点的民族或国别文学才能实现对异质文化界限的跨越，才表现出了"越族""去国"的本质特征，完成了向世界文学的蜕变。与此同时我们也应该看到，即使成为了世界文学，民族文学天然具有的民族特质会在相当长的历史时期内存在，哪怕是国家灭亡，其民族性也依然会被保留在世界文学作品中，因为"民族的就是世界的，世界的也是民族的"。从这个角度来看，民族文学走向世界文学仅仅是万里长征迈出了第一步，要使二者真正的合二为一，不分你我，使世界文学的理论种子在现实的土壤中开花结果，还需要一个相当长的历史时期。即使是像鲁迅这样的作家，也冷静地看待民族文学在艺术技巧上与世界文学的差距，所以在被提名诺贝尔文学奖时，才会婉言谢绝，这是对中国民族文学所处历史阶段的客观认识。在《孔乙己》中，他以小伙计为叙述人，实现了叙事视角的转换，《狂人日记》中，他以现代心理学分析的方法刻画狂人，都是世界文学的有效借鉴。湖南作家韩少功就深受法籍捷克斯洛伐克作家米兰·昆德拉的影响，其《马桥字典》《暗示》在文体变革和小说范式上的尝试也是深受世界文学熏陶的产物。在江华瑶族作家群的作品中，对世界文学的借鉴还很少，艺术表现手法单一，无论是帕男、李祥红，还是陈茂智、周龙江和黄爱平，均在使用传统的艺术表现手法。我们并不排斥现实主义和传统抒情的表现方式，但是在江华瑶族作家群的作品长期停留在传统表现阶段时，还是应该积极汲取世界文学的精华，创作出既有民族风情，又有世界气度的江华瑶族文学作品。

---

① [美]韦勒克，沃伦.文学理论.刘象愚译.北京：生活·读书·新知三联书店，1984：47.
② [法]艾田伯.比较文学之道：艾田伯文论选集.胡玉龙译.北京：生活·读书·新知三联书店，2006：122.

第四节　中国当代民族文学的艺术特征

在经济文化日趋一体化的时代，不同领域之间的联系加强，文化交流与沟通的重要性显著提高，民族与民族、文化与文化、文学与文学之间的传统壁垒被打破，彼此之间的对话越来越频繁，新的沟通与交流方式正在形成。马克思和恩格斯早在 19 世纪就对资产阶级及其开拓的市场对世界的生产与消费结构产生的变化做出了精确预测："一切国家的生产和消费都成为世界性的了。""物质的生产是如此，精神的生产也是如此。各民族的精神产品成了公共的财产。民族的片面性和局限性日益成为不可能，于是由许多种民族和地方的文学形成了一种世界的文学。"[①]

时间的纪元跨入 20 世纪，经济一体化、全球化的浪潮席卷而来，各个民族的文化迅速走向世界，世界文学也日益发展起来。多种文化的并存状态衍生了跨文化思维，这种具有强烈反传统色彩的思维方式以强大的召唤力对当代人的思维产生了震撼性的影响。各种各样的文化交流方式和汇通现象在人们的生活中泛滥，并通过各种方式和渠道直接或间接地影响着人们的生活。已经置身于和正在步入现代场景的人们正在被各种新的政治思维、经济模式、社会心理、传统观念、意识形态等精神理念所影响和改变。在这一极具现代性的跨文化潮流中，中国文化也一扫过去稳重庄严的传统形象，以迎合与参与的积极姿态进入到现代场景中。

一、浓郁的民族风情

民族地区的自然环境、生活习俗和文化风貌有着截然不同的区分性特征。藏族与维吾尔族、壮族不同，苗族和瑶族也不同。因此不同地域的民族文学显现出迥异的艺术风貌。从地理位置看，少数民族地区大多位于我国的边疆，内地的少数民族聚集区也分布在与自治区域接壤的交叉地带。如湘西与贵州接壤，湘南的江华瑶族自治县与广西接壤。少数民族地区地域辽阔，总面积超过我国国土面积的半数以上，人口稀少，物产丰富，草原和森林面积所占比重大。这些独特的地理风貌和自然环境也影响了民族地区的生产和生活方式，更影响着民族地区人们的性格习俗，包括物质层面的服饰、建筑、器具等，精神层面包括意识、禁忌、节日、制度等。他们与大自然和谐相处，性格豪爽，率真乐

---

① ［德］马克思，恩格斯. 共产党宣言. 陈望道译. 北京：人民出版社，2004：71.

观。民族地区的山水风物孕育着这里的作家，影响着他们的作品。"湘西地处武陵山脉莽莽群山之中，曾被形容为'中国的盲肠'。它怪石林立，田薄土稀，不适合农耕；高山阻隔，交通闭塞，也不宜商贸。在地理位置上它北抵鄂西，西接渝黔，南连桂北，土家族、苗族、侗族、汉族各民族杂居一起，是汉文化与西南少数民族文化的冲击地带。"①这也是湘西文学之所以形成差异性的重要特点之一。如陈茂智的《静静的大瑶山》，"山黛的喊声在大山里传得很远。她看见自己家的木楼好好的挂在青山之间，木楼周围的竹子被风吹得摇啊摇的，时不时从空隙处将木楼的门映现出来。大门紧紧地闭着，倒是门左边的竹竿上晾着阿公那熟悉的青色褂子和宽裆裤子。山黛这才放了心，知道阿公在家，没走多远。山黛知道阿公的耳朵灵着呢，他不管是在林子里打柴也好、狩猎也好，听到她的喊声肯定会忙不迭地往家里赶。"②无处不散发着浓郁的民族风情。

我们看到，沈从文的《边城》、老舍的《四世同堂》、阿来的《尘埃落定》、迟子建的《额尔古纳河右岸》等都充溢着浓郁的民族风情。阿来谈《尘埃落定》获得成功的原因时，尤其强调他在藏族民间资源开掘和运用的扎实工作。迟子建为了写《额尔古纳河右岸》曾一度多次回到这个地区。沈从文和老舍更是从未离开过苗族和满族的根。仅从其作品的意象就可见一斑，而作品的意象也直接体现了民族文学浓郁的民族风情。

二、鲜明的民族个性

从某种程度上说，民族个性和民族心理比语言更能显示民族性。事实上，很多民族已经失去了自己的语言，瑶族没有形成自己的语言，回族很少使用自己的语言，但不可否认的是，因为稳定的民族个性和民族心理，民族差异性依然非常明显。民族个性和民族心理包括民族观念、民族精神、民族思维方式、民族文化传统和民族感情等。"藏族相见互赠哈达已成为其风俗的一个标志。不同等级的人敬献哈达时有不同的俗规：献时躬身以双手捧献给对方，若受者与献者的地位相当，要双手正立捧接，并回赠自己的哈达给赠者，方为不失礼；若受者地位较高，则将哈达献于其受乘之马上，或座前之几上，受者只须俯首以示领之；若受者地位很高，献者只能把哈达搭于受者脚上，受者可安坐不动。一般人平常相遇，一方点头吐舌，对方微笑点头为礼。青海、甘肃一带的藏族

---

① 卓今.地域文化的变迁与赓续.人民日报，2012 - 10 - 12.
② 陈茂智.静静的大瑶河.见：杨金砖.永州当代文学作品选.北京：中国文史出版社，2006.

平常相遇，一般只伸出双手，掌心向上，同时弯腰以示恭敬为礼。"①翻看任何一个当代藏族作品，降边嘉措的《吉祥的彩虹》、通嘎的《你在呓语，那不是歌谣》、阿宁·扎西东主的《雪域，灵魂的世界》、才旦的《香巴拉的诱惑》，无论描写的内容在那个维度，都有关于哈达的意象和礼节。蒙古族则不同，"蒙古族相见有敬鼻烟壶的风俗，鼻烟壶蒙古语俗称'呼呼尔'，按照古老的风俗，客人至家中，主人将有烟粉或药粉的鼻烟壶敬献于客人面前，让其嗅一嗅。若是同辈，须用右手互相交换，得双方都把对方的壶烟吸一下，再互换回来；若是长辈，则要待其坐定后，自己站着交换，吸过后，稍微向上举一下，再用双手捧给长辈，把自己的烟壶换回；若是妇女，在献烟壶时还须轻轻碰一下自己的前额，并慢慢躬身，再用双手递给长辈"。② 我们读哈斯乌拉的《虔诚者的遗嘱》、齐·敖特根其木格的《难当的女婿》、玛拉沁夫的《爱在夏夜里燃烧》都可以看到这些充满异域风情的细节。

三、多元性与整一性的统一

中国是一个多民族国家，各个民族在长期的发展过程中都形成了极具特色的文化。由于社会经济发展的不平衡、地理条件的分布和政治历史背景的差异，不同民族的文学有不同的特点，这就造成了中国民族文学风格的多元性。由于少数民族大多生活在我国边疆地区，土地面积广阔，呈现出整一的特点。多元与整一，体现了中国民族文学形态的个性与共性。并且，正是有了多元与整一的特色，才使得中国民族文学形态显得异彩纷呈。

民族文学形态的多元与整一的特色突出呈现在宗教神话中。宗教与神话是两种不同的文化现象，但具有极其密切的联系。从艺术的角度来说，它们之间存在着同根同源的亲缘关系，都源于人类社会早期对自然的畏惧而产生的虚幻意识，不同的是，由于理论的系统性和精神彼岸的寄托性，宗教显示出强大的生命力。今天宗教中的许多仪式与远古时代非常相似，因此宗教神话和巫术魔法有着天然的趋近性。在远古社会，人和自然的矛盾是主要矛盾，各种无法预知、无法防范、无法处理的自然现象让人们对自然望而生畏。这种无力感直接推动了宗教和神话的产生。"任何神话都是用想象和借助于想象以征服自然

---

① 林建华.符号学与少数民族文学.广西右江民族师专学报,2004(2).
② 同上。

力，支配自然力，把自然力加以形象化。"①由于生产力低下，人类对整个世界的认识还处于非常原始的阶段，他们常常以想象解读无法解释的各种现象。把想象等同于未知世界，而且这种想象以类比方法为基本思路，产生了对自然界的人格化过程，也就具备了原始宗教崇拜的雏形。万物皆有灵气，山川江海、雷电狂风都有神秘的力量支配，这种神秘的力量就是神或者造物主，图腾崇拜的意识由此产生。除此之外，祖先历史在不断演化过程中逐渐神化，伴随着图腾的延伸，融合成为极富民族共性的祖先崇拜。

在这一意义上，中国民族宗教神话的产生与生成是一致的，但其宗教神话内容却有多种。如各民族有关氏族起源的神话就多种多样，藏族神话有什巴杀牛化万物、猕猴生人等多种，瑶族有盘王的传说，珞巴族也有"九个太阳"的传说。景观形式各有不同，但共同点是一致的，门巴族和珞巴族都把猴子视为本民族的始祖，瑶族的始祖是一只犬，哈萨克族视白天鹅为始祖。

四、深厚性与神秘性的统一

神秘性是中国民族文学的又一突出特性。这一特性的形成与中国民族审美文化浓重的神话色彩分不开。因此，任何民族的历史都伴随着神话崇拜和宗教活动。早期人类对整个世界的认识还处于极为蒙昧的状态，他们认为，自然生命之上有一种超自然的东西，能够支配人类的所有行为，它是所有自然现象的幕后设计者，即便是人停止了生命运动，这种东西仍然存在，它就是灵魂，这是宗教活动产生的原初意识。人类对大自然的依附和畏惧是宗教和神话产生的根本原因。这是因为，一方面自然界为人类提供了基本的生存条件，人类所有的索取都直接来自大自然，任何气象条件的变化都有可能造成生存的威胁和挑战，如长时间的暴雨或者山洪，就让人类早期的狩猎变得异常艰难；另一方面，劳动工具、生活用品以及生活环境等都要依赖大自然的赏赐，成为了早期人类生存必不可少的物质前提。也就是说，人们对自然条件的依赖度极高，无法抗拒来自自然界的任何变化，希望神秘的力量能够佑护自己生存下去，因此往往采取表达愿望的宗教仪式活动。民族审美文化在萌发、发展、成熟的过程中和宗教文化结下不解之缘，信仰崇拜与审美体验交织，从而促使民族审美文化带有鲜明的宗教色彩。在远古时期，宗教信仰是凌驾于一切之上的精神支柱。鲁迅在《中国小说史略》中论及《山海经》时说："所载祠神之物多用糈（精米），与

---

① ［德］马克思.政治经济学批判·导言.见：中共中央马克思恩格斯列宁斯大林著作编译局.马克思恩格斯选集（第二卷）.北京：人民出版社，1995：113.

巫术合，盖古之巫书也。"①也有专家认为，"古代楚国或楚地的巫师们留下的一部书"②因为与巫术、宗教、神话之间的联系，民族文学大多充满了神秘色彩。"神秘文化的熏陶，超验世界的感知，是湘西作家与生俱来的财富。地域文学与文化发展构成一个共生互补的文明生态，文学传统好的地区通常文化积淀深厚，由这种厚重文化催生出来的文学，又大大促进了区域文化发展，湘西在这方面是一个典型。"③

---

① 鲁迅.中国小说史略.北京：人民文学出版社，1995：66.

② 袁珂.山海经写作的时地及篇目考.中华文史论丛，1978(7).

③ 卓今.地域文化的变迁与赓续.人民日报，2012－10－12.

第二章 湖南民族文学的书写亮点

　　湖南文学中的当代民族文学创作取得了巨大的成就，是中国民族文学版图上最闪亮的明星之一。

　　与其他少数民族文学一样，湖南少数民族文学作品也充满了神秘的气息，这是湘文化的韵味所在。湘文化与楚文化原属同一个文化体系，巫风盛行，想象奇诡，蕴含超验的感知，对异能的推崇，这些因素是文学的厚土，也是文学与生俱来的财富。自沈从文始，湘西已经从地理意义上的名词，逐渐转化为文化和文学意义上的专属。谈及湘西，人们脑中总是浮现那个如诗如画的桃花源——湘西世界。自沈从文之后，一大批文化名人脱颖而出，包括文学领域内的许多作家。

　　进入湘西，我们看到的是那个与现代文明完全不同的世界，那里的风俗依旧如故，那里的人们依旧淳朴，那里的山水依旧美丽，那里至今依旧保持着未被现代世界同化的本真。市场经济中的各种人性扭曲、道德退化都没有习染湘西，人性的高贵与纯真成为优秀作家最肥沃的土壤。面对商品经济的巨大冲击，纯文学作家、读者大幅减少，社会关注度急剧下降的环境下，湖南民族文学创作依旧保持着正常的发展态势。"'文学湘西'是现当代中国文学版图中的一个异象，20世纪以后的中国，没有哪个地方像湘西这样，出现过三次大的文学浪潮，第一次文学浪潮以沈从文为代表；第二次浪潮有一大批作家，他们是孙健忠、蔡测海、彭学明、张心平、吴雪恼等；第三次浪潮是新世纪以来，规模不小的一批创作势头正旺的作家，有被称为文学湘军'五少将'的田耳、于怀岸等。"①

　　画家黄永玉的长篇小说《无愁河上的浪荡汉子》，为湖南当代民族文学的发

① 卓今.地域文化的变迁与赓续.人民日报,2012 – 10 – 12.

展标识出了新的高度。他用这部 70 万字的史诗般的作品，再现了一个神秘的湘西。也许只有在艺术上臻于完美、对湘西倾注了全部感情的人，才会写出这样一部精神内涵、风俗展现、想象奇诡俱佳的小说。土家族作家彭学明来自湘西，他以长篇散文《娘》让轻浮的世界重新回归沉重，让读者在心灵世界得到洗礼，感悟出亲情的根和精神的魂其实来自母亲的挚爱。社会缺乏感恩，缺少忏悔，缺失思考，而那位善良和苦难的母亲给了我们美丽心灵，我们却无从感知。

与此同时，湖南民族文学创作有着鲜明的代际特征。原因在于，湖南民族地区大多位于几个省份的接壤地带，如湘西与贵州接界，湘南与广西接界，这些地区植被茂盛，土地贫瘠，交通闭塞；同时，这些地区在长期的农耕制社会中处于边缘位置，是朝廷罪犯流放之地，甚至形成了著名的流放文化；因此从古至今，湖南都不曾成为中国文化的中心。但正是这两个地区的地理因素、历史渊源，分别造就了地域性的作家群：湘西作家群和江华作家群。从地理意义上讲，湘西北抵鄂西，西接渝黔，南连桂北，土家族、苗族、侗族、汉族各民族杂居一起，是汉文化与西南少数民族文化的冲击地带，这就形成了多元共生的文化结构。

这种地理位置和文化形态熏陶出了具有独特风貌的民族文学。"湘西作家几乎都是少数民族作家，他们天然地书写本民族历史、内心感受和精神变迁。湘西几代文人身上有极其鲜明的性格特征，湘西子弟多有游侠气，他们大气、豪迈、血性、刚烈，带着一股狠劲，这种性格力量刚好成就了湘西作家。同时，他们也有一种深藏于内心的自卑，这种性格走向反面就容易使人轻狂、傲慢、极端自恋。湘西作家常面临着这样的内心焦灼和精神困境"。[①] 这些既矛盾又共生的性格特征是湘西少数民族与汉族在长期的共融中形成的积淀。大气、豪迈、血性、刚烈，唯其如此，他们才能在封建统治的夹缝中生存下来，但是伟大的作家必须拥有更加博大的人文情怀，更加柔软的悲悯，更具人性的观照。实际上，在新的历史时期与改革开放的时代气息相对应的潮流下，湘西文学的确表现出了开放包容的民族情怀，取得了巨大的创作实绩，其艺术水平和作品数量达到了地域文学所能企及的高峰。"近 10 年来，他们每年在各级报刊发表的各类文学作品 2800 余件，其中很多作品发表在《人民文学》《收获》《当代》《花城》《诗刊》《中国作家》等权威刊物上；每年有四五部长篇小说出版；发表的各类作品先后获得各种文学奖，其中田耳的《一个人的张灯结彩》曾获第四届鲁迅文学奖，张心平的纪实散文《发现里耶》获第八届全国少数民族文学创作

---

① 卓今.地域文化的变迁与赓续.人民日报，2012 - 10 - 12.

'骏马奖'，向启军的中短篇小说集《南方》获湖南省第三届毛泽东文学奖，于怀岸仅 2007 年一年就发表中短篇小说 25 篇，女作家龙宁英的散文集《山水的距离》获湖南省首届文学艺术奖。"①

应该说，湖南的民族文学有着较为明显的代际特征，老一辈民族作家的写作无论是题材选择、风格塑造，还是心理皈依和精神指向等方面，都带有鲜明的传统民族特征。作品中有大量的民族文化内容，如山歌的引用、风俗的描写、衣饰的刻画、山水的背景都以明确的符号告诉读者，作品在讲述哪个民族的故事，哪个民族的秘史。读者无须剖开作品的肌理就能窥出其中的风情，诗歌的意象和小说人物的语言、衣饰和行为等都指引读者阅读的路标，清晰而显豁。而新一代作家生活在改革开放的时间维度、民族地理的地域维度的坐标系中，利用信息化、网络化、科技化，吸收了世界文学的艺术表现手法，他们不再在作品中烙上显眼的民族标志，而是以其为背景，自然而然地散发民族性的气质。因此如何在新的时代背景下刻画民族精神，成为新一代作家面临的崭新课题与严峻挑战。甚至在他们看来，把自己作为少数民族作家，品评作品之前，先说明前提，置于特定的评判体系内，在一定程度上是对民族文学的轻视。实际上，很多读者并不知道，田耳、彭学明和黄爱平等人是少数民族作家，这从侧面说明了民族文学的艺术水准和影响力。因为即使放在同一个评价体系内，他们也毫不逊色。从题材上说，新一代作家的精神普适性更强，对题材的处理更加自信。他们并不是把民俗、民风忠实地搬到作品中，而是赋予作品更加宽广的生命内涵。田耳的《衣钵》、黄青松的《名堂经》、龙宁英的《古歌》、陈茂智的《归隐者》都在当代文坛产生了较大影响。他们或者叙述刚毕业大学生的职业选择，或者解读成语，或者探寻土司源流，但是都融入了浓重的民族文化元素，试图在现代文明与民族文化的体系中找到稳定的精神支点，以自觉的共通性表达展现普适性的价值尺度。

第一节　沈从文与湘西文学

在当今中国文坛，少数民族作家群是一支力量强劲且不容忽视的创作队伍。20 世纪中期，湖南这片美丽的地域成长了一位令人十分自豪的大文学家，他就是苗族作家沈从文。沈从文是一名土生土长的湘西人，他满怀着游子在外的浓烈乡愁，用欣赏美的眼睛来看待湘西的事和物，他用古朴诗意的语言，将

---

① 卓今. 地域文化的变迁与赓续. 人民日报，2012 – 10 – 12.

笔触伸向故乡的山水人情。他构筑的"湘西世界"是一个四周围绕着爱意、情意、暖意的"希腊小庙",那里有静静伫立在边城小溪旁的白塔,那里有在小溪中缓缓划动的方头渡船,那里还有淳朴善良的湘西人。文学的"湘西世界"是一个充满着神秘和魅力的地方,只要一说起湘西,一想起湘西,人们心中总会带着几分兴奋和神往,脑海中也会马上浮现出湘西的美景,仿佛置身其中领略到了湘西独特的魅力。沈从文作为20世纪少数民族作家的标志性人物,引导着越来越多的少数民族文学作家将目光投向湘西,将笔触伸向湘西,他们迅速地在文坛上大量涌现,如雨后春笋破土之势,少数民族作家已经形成一个阵容强大的群体,影响着中国文坛的发展。

湘西是一片充满着魅力和神秘的地域,它有着几千年的历史演进中所积淀的传奇故事和富有民族风情的地域文化。它"曾是一块被时代放逐,却被文学收容与膜拜的土地,因为文明的疏远,它蛮荒苦难;因为文学诗意的抚摸,它又变得美丽神秘"①。从20世纪沈从文出色地构筑起文学中的"湘西世界"以来,这片名为"湘西"的地域性乡土在漫长的历史进程中,经过冲刷与洗涤,又经过几代文学家们的诗意叙述与书写,已经不仅仅是一个地理空间的概念,"湘西"这个文学形象的内涵正在不断地丰富,它正逐渐演变成一个指涉"湘西"这个地域所生成的充满诗情画意的诗学空间,在读者心中形成了一个独特的、完整的、神奇的、个性的、可感知的文学形象。

需要指出的是,文学作品中的湘西已不仅仅局限于依据地域所划分的行政区域——湖南湘西土家族苗族自治州,而是指涉广义的历史大湘西。湘西在地缘上处于"云贵高原和长江中下游平原交界一带",在文化上,处于"中南荆楚文化板块与西南少数民族文化板块的接缘之地"②。在历史前进的潮流中,湘西地区的"大西南文化"不断地受到各种多元文化的渗透和影响,主要是受到来自神秘浪漫的"荆楚文化"的渗透,另外还接受来自"中原汉文化"的濡染以及"巴蜀"文化的影响。湘西用包容的心态接受多元文化的交融,在融会贯通的过程中,也形成了湘西文化浪漫的、富于想象的、特色鲜明的文化特征。

在这块被称为"中国的盲肠"的地域,土家族、苗族、侗族、汉族各民族杂居一起,是汉文化与西南少数民族文化的冲击地带。千百年来,他们与主流文化抗争、碰撞、交流、融合,形成多元共生的多层次文化结构。因此,湘西文化

① 黄丽梅.出走:三位湘西作家创作的共同主题.中央民族大学学报(社会科学版),1985(87).
② 张永中.远离与回归——简论湘西当代作家对本土语言的探求.吉首大学学报(社会科学版),1996(1).

具有一种与其他少数民族地区不一样的气魄和风采。生于斯长于斯的作家们，长期吸收日月之精华，畅饮山川之甘露，感受湘西沃土上优美的风景、淳朴的民风，沐浴着湘西大地上古老悠久的文化传统和文学底蕴；这些因素对作家们的共同影响，为一代又一代的现当代作家们投身于湘西乡土写作或湘西民族写作打下了最初的基础，这是因为怀着一种对故乡生活的感激和向往之情在写作，写出了最真实最感人的文学作品，并在中国文坛上获得了辉煌灿烂的成就。

在这样的文化熏陶下，20世纪二三十年代，被誉为"湘西代言人"的苗族作家——沈从文，他用美丽的文字为世人揭开了湘西世界的神秘面纱，在世人眼前展现了一个诗意浓浓、情意绵绵、瑰丽传奇的湘西，构建了人性的理想家园，同时也让湘西走出了文学的荒漠，走入了一片文学的绿洲；韩少功将湘西世界"寓言化"和"象征化"，构筑了一个寄寓他"寻根"追求的奇诡、异化的湘西。除了这两位大家，还涌现出了许多湘西作家，他们几乎都是少数民族作家。

"文学湘西"是现当代中国文学版图中的一个异象，20世纪以后的中国，没有哪个地方像湘西这样，出现过三次大的文学浪潮，第一次文学浪潮以沈从文为代表，第二次浪潮有一大批作家，他们是孙健忠、蔡测海、彭学明、张心平、吴雪恼等，第三次浪潮是新世纪以来，规模不小的一批创作势头正旺的作家，有被称为文学湘军"五少将"的田耳、于怀岸等。这些深深扎根于湘西的本土作家们满怀着爱的激情，将他们浓郁的乡土情怀和强烈的民族意识用湘西题材的文学作品书写出来，并天然地书写本民族历史、人民内心感受和民族精神变迁。为人们展现了一个瑰丽多姿、民情淳厚并附有时代气息的活力湘西。不同的阶段、不同的作家怀揣着不同的情感、不同的理解，用他们各具特色的文学作品对湘西地域的景和人进行了不同的诠释，这些跟湘西息息相关的文学作品让湘西文学的内涵变得更加丰满、厚重、绚丽多姿。

湘西的这几代文人身上有极其鲜明的性格特征，湘西子弟多有游侠气，他们大气、豪迈、血性、刚烈，带着一股狠劲，这种性格力量刚好成就了湘西作家。同时，他们也有一种深藏于内心的自卑，这种性格走向反面就容易使人轻狂、傲慢、极端自恋。湘西作家常面临着这样的内心焦灼和精神困境，在文学越来越边缘化的大环境下，作家需不断地进行精神突围，带着大悲悯、大感动，在历史与现实、虚构与想象、日常感知与形象类型化等问题上有精准的把握。站在人性的起点，以开放包容的民族情怀，创作出优秀的文学作品。湘西作家也不愧于这片土地赋予他们的灵气，他们创造的很多作品发表在《人民文学》《收获》《当代》《花城》《诗刊》《中国作家》等权威刊物上。每年都有四五部长篇小说出版。孙健忠的长篇小说《醉乡》获全国第二届少数民族文学奖，《甜甜的刺莓》获全国首届优秀中篇小说奖，短篇小说《留在记忆里的故事》获全国首届少数民族文学奖。田耳是《人民文学》签约作家，他的《一个人的张灯结彩》曾获第四届鲁迅文学奖。蔡测海的小说《远处的伐木声》获全国第二届优秀短篇小说奖。向启军的中短篇小说集《南方》获湖南省第三届毛泽东文学奖。

　　虽然物质、都市、文明、喧嚣都把偏远的湘西遗忘在一个宁静的角落，但它是令人向往、令人心醉的一块文学的沃土，它淡然地等候着能读懂它、能欣赏它的文学家为它笔耕不辍，为它树立一个独一无二并充满着诗情画意的文学形象。

　　自20世纪二三十年代开始，沈从文以一个"乡下人"的姿态，砰然闯入中国现当代文坛，他对都市生活的失望及对湘西故土的怀念之情牵引着他把文学创作的目光投向湘西，他对湘西故土还存在强烈的归属感，让他将自己的生命和灵魂都附着于故乡的山川树木，他用对湘西的欣赏的眼光来看待这里的山山水水和人文风情，文学作品中闪动的诗意灵动的文字带领世人第一次走进这块被称为"中国文化的盲肠"的地方，将陌生而神秘的湘西近距离地推到人们眼前。

　　在那个时代的人们印象中，湘西是穷乡僻壤，它与世隔绝、贫穷落后，是最原始野蛮、文明最不开化的所在。但沈从文在都市生活中看到的是物欲横流的社会，感受到的是城市的浮躁与喧嚣，遭遇的是现实与理想的格格不入，在都市生活的沈从文种种不如意，他的内心深深地渴望着能回归湘西世界——那片纯洁的圣地。他以一种与都市人习惯思维相迥异的角度，用全新并富有个性的眼光重新审视过去的生活，并给予故乡新的审美评价，呈现出的是湘西世界的纯美风景和质朴人情。相比于都市生活的嘈杂喧闹和都市人的冷漠自私，湘西愈发显得幽静宜人，湘西人也更加显得亲切可爱，沈从文在对湘西的追寻中，从故乡之景、故乡之人的身上看到了人性的光环，同时他也在追寻的过程中获得了"乡下人"的优越感和自豪感。沈从文觉得湘西人悠然自在、简单朴实的生活方式中彰显出的才是人生的真谛，也只有这种生活才应该成为人们崇尚追求的生活状态。

　　因此，沈从文讴歌湘西秀美的山川，称赞人民质朴的民风，展示故乡迷人的风情，用文学作品的方式呈现出湘西最美丽的一面，也打破了外人对湘西的偏见和蔑视。

　　湘西的风景优美，是一隅自然的伊甸园。沈从文用富有诗意极具韵味的语言向人们展示了美丽生动的湘西生活，用行云流水、笔翰如流的文笔细致地勾勒出故乡的景致。在中篇小说《边城》中，故事的发生地——茶峒，那里的轻风细雨，那里的山川溪流，那里的黄昏月夜，还有渡船、白塔、油坊和吱吱作响的水车……这些无不给人一种美的感受。这些源自沈从文笔下的景物清新明丽，边城仿佛都是玲珑剔透的并充满着灵性，使读者时刻感受到了一股小说内容情景中的朦胧情意。短篇小说《三三》开篇就对杨家水碾及其周围环境进行刻画，那一群会唱歌的水车唱出的依依呀呀的歌声永远在小城中飘荡，也永远在读者的心中回荡。

沈从文笔下的湘西的一草一木、一山一水都融入了他最真挚的念乡之情，他用极尽细腻的笔触呈献给人们从未知晓的一块太平之地，一处理想中的桃花源。

沈从文在他详细题材的文学作品中倾力彰显生命的活力和人性的光环，他刻画的人物：翠翠与傩送、萧萧与花狗、媚金与豹子，这些人物都是湘西世界中极为平凡的人物，他们演绎的是底层劳动者的情爱故事。古代文学作品中描写的爱情故事大多是才子配佳人的模式，例如《西厢记》中的崔莺莺与张生，《凤求凰》中的司马相如和卓文君，而从现代史上的作品来看，沈从文描写的爱情故事与许多现代作家描写的爱情故事存在很大差异，巴金描写的爱情多为封建大家庭制度下压抑男女而酿成的悲剧或是青年人同封建家长制做斗争勇敢追求恋爱自由；茅盾叙述的是较为典型的"革命＋恋爱"的故事，故事发生的背景是革命风暴风起潮涌的时代，故事的男女主人公都怀抱着革命的伟大抱负；郁达夫则赤裸地揭露出年轻知识分子的原欲和性爱需求，这种爱情是压抑并带有些许变态心理的爱情。而沈从文则是注重用自然、朴实、细腻的文字来刻画底层劳动人民原始的、朦胧的、令人向往的爱情故事，展现的是在未受金钱、物欲污染的健康淳朴的生活状态下，人们对待爱情的心态及追求情爱的表达方式。沈从文让人们用欣赏的眼光来看待底层劳动人民纯美的爱情，描绘了湘西人民重情、痴情的一面。无论是故事内容还是表现方式，在现代小说领域都是极具创新意义的，对中国现代文学的发展具有举足轻重的作用，也促进了湘西文学的繁荣与发展。

世人通过沈从文最初构筑的"文学湘西"进一步走进"现实的湘西"。人们被文学中的"湘西世界"以及这里的神秘文化所吸引，走进"现实的湘西"来一探究竟。新中国成立后，尤其是改革开放后，凤凰古城、吉首乾州古城、花垣边城、永顺王村、猛洞河等地吸引着许多人前来湘西旅游观光。人们在沈从文笔下的翠翠、萧萧、小寨客栈以及沅江西水的排客中探寻现实的湘西。某种程度上文学带动了湘西的旅游，同时旅游事业的发达又给湘西带来了前沿文化、时尚元素，这些文化因素与湘西本土文化产生新的碰撞和融合，催生出新的湘西文明。

沈从文构筑起"文学湘西"以来，将湘西带入了文学多元化的语境下，各类文化冲击着湘西的本土文化，湘西的本土文化面临着威胁与挑战，民族精神的更新与重塑成为摆在湘西文化人面前的重大课题，年轻一代的湘西作家开始对自己的文化进行深刻的思考与探索。在坚守民族文化立场上有一个从自发到自觉的过程，老一辈作家的作品大多带有明显的少数民族标识，作品更多的是介绍民间文化，如对山歌的引用，奇异风俗的罗列。新一代作家在这方面有意突破，作品的主体构建在理解和把握上向更深更广的领域突进，着力对民族精神进行深层次的剖析和解读。如孙健忠的《舍巴日》以女主人公"掐普"走过的路来象征文明的变迁，从原始社会—农耕社会—商业文明社会—现代社会，从中揭示了土家族民族历史的变迁过程和民族心理的嬗变过程。

他们通过深刻自审，自觉走出文化变迁带来的精神困境，将湘西元素巧妙地呈现，进行一种人类共通性的表达。城市化的步伐在加快，湘西作家开始关注城市与乡村之间的文化裂变。湘西作家自觉负有一种责任，要用文学的力量来更新文化与重塑文化。

湘西出好作家、好文学，始自沈从文。近20年来中国文学面临很多挑战，湘西文学创作依旧保持着一种强劲势头。新世纪以来，已成气候的"湘西作家群"延续了前辈的辉煌，保存了人才实力，取得骄人的成绩，为新时期文学做出了贡献，为湘西文学大发展大繁荣带来了活力。

湘西在湖南文学乃至中国文学中依然占据着重要地位。田耳的《天体悬浮》获第十二届华语文学传媒大奖，成为近年湘西文学的重要收获。作品中，符启明聪明伶俐，个性张扬，可谓人精。这是一个兼具典型性和独特性的人物形象，他在各种关系中左右逢源，风生水起，最终从地位低下的辅警一跃成为炙手可热的房地产大佬。作品既有时代大幕的背景，也有湘西的自身特色。

李怀荪的《湘西秘史》堪称百科全书式的历史文化小说。作品以三代人的爱恨情仇阐释外来民族与湘西土著的交融过程，时间跨度长达半个多世纪。小说的重点是文化融合，这种融合交杂着心理的阵痛、传统的扬弃和未来的憧憬。既有浓郁的湘西地域风情，也契合了民族融合的普遍性文化母题。李怀荪特别重视历史文化呈现过程中的物质载体，对地方戏曲和巫傩文化的记录与描写细致入微，以此折射了湘西人对人生的价值判定和对生死的基本态度。小说的叙述语言和人物语言截然不同：叙述语言简明直接，与普通语言并无二致，人物语言的特色却很强，掺杂了湘西特色的方言俚语、神秘符咒语言、地方戏和人物对话，这些都给小说增添了别样的趣味，增加了小说的文化含量。

黄青松的《毕兹卡族谱》写一支居住花桥的少数民族的历史文化生活。毕兹卡是土家族人的自称。小说极具原生态色彩，最大程度地保留了花桥的传说和习俗、情感和生活方式，甚至人物语言也保留了土家族的特色，体现了土家族文化绵延不绝的生命力和文化韧性。苗族刘萧《篁军之城》可谓湘西文学的个案性叙述。小说以湘西独有的一支戍边军事力量镇篁军为题材，展现湘西文化的刚猛和血性。篁军的兴衰存亡是中国百年历史的缩影。篁军驻扎的小镇——镇篁镇充满了奇诡的风俗和魔幻的色彩。在这里，男人世代为军，出生入死，以战争为使命、以权斗为光荣，女人则守候一生所爱，直至生命枯萎，这些都构成了古老神秘的地域文化。张景龙的《湘西土司王》写湘西第一代土司王彭士愁在古溪州的崛起与发展历程，展现了湘西元素的文化性和故事情节的传奇性，为我们展示了边地神奇瑰丽的洞天世界。

作为古老文明的绝响，湘西文化还有很大的发掘空间。这种文化仪式以及由此衍生的作品将成为中国文学的地标性存在，并为在现代文明中炙烤和不安的灵魂提供滋润和慰藉。湘西作家通过对湘西的书写把神秘的湘西文化全面地展现在世人面前，显示了湘西文学在艺术和文化上的活力。他们的创作实绩和趋势表明，中国当代文学中的"湘西文学"现象仍将持续，也会迸发出更强大的力量。

第二节　孙健忠：民族文学的赓续和承继

孙健忠是继沈从文后湘西作家的代表性人物，他被誉为土家族文学的奠基人，曾先后创作出中短篇小说《留在记忆里的故事》（获全国首届少数民族文学短篇小说奖）、《甜甜的刺莓》（获全国首届优秀中篇小说奖）、《倾斜的湘西》（获全国第四届少数民族文学奖）、《猖鬼》等，还著有《醉乡》（获全国第二届少数民族文学长篇小说奖）和《死街》等长篇小说。孙健忠始终保有对文学创作的冲动，怀着坚定的"作家梦"和"文学梦"来为土家族文学代言，他以繁荣土家族文学为天职，记录土家族历史与现实，不断超越自身的创作实践和创作理念，专注于土家族社会生活和民族精神心理的文学表达。孙健忠在他前期的作品中大都颂扬土家族人民的勤劳善良，描绘土家族地理风情的美丽和独特，而后期的写作则以自觉的民族文化寻根意识，深入土家族的历史内部，对古老的土家族文化之根进行深入的探索和发掘，并毫不留情地、赤裸裸地对土家族文化中存在的"劣根性"加以揭露和剖析。作家通过对土家族文化劣根性深层次的批判与超越，最终上升到对整个国民和整个人类的批判，从而表达一种人类终极关怀的文学目的。

"少数民族文学是少数民族在长期的生产劳动中和生活中创作的口头文学作品。"①少数民族由于其文化、习俗、观念的特异性而形成了极具特色的少数民族文学，在中华民族文学的广阔版图上增添了浓墨重彩的一笔。土家族人民在多元文化交融的背景下，利用生产实践，发挥集体的聪明才智，创造出了形式各异而又神秘朴厚的土家族民间文学。

土家族主要分布在湘鄂渝黔毗连的武陵山地区，即湖南省西部的永顺、龙山、保靖、桑植、古丈等县，没有本族文字，通用汉文。土家族民间文学主要由篇幅浩瀚的神话传说和离奇诡异的民间故事构成，为世世代代的土家族民族成员通过口耳相传顽强保留下来。土家族人们"凭借语言的各种资源来发现和揭示真理，如各种记忆的手法、公式化的表达方式和寓言"②，使得通过口耳相传的民间文学可以见证土家族历史的变迁，可能成为该民族思想和观念的内容，成为发掘土家族深层文化心理的一面镜子，从而更加深入地了解土家族的民族理性。

正是在此基础上，土家族民间文学资源十分宝贵，是一笔受益终身的精神财富。因此，对土家族民间文学的赓续与承继就成为一项十分重要的任务。而在一定程度上，土家族文学作为土家族民间文学的接班人，可以说正通过对土家族民族特色的神话传说、民歌民俗等民间文学资源的吸收和利用进行独具民族特色的文学创作，承担着土家族民间文学的赓续任务。因为没有本民族文字，土家族文学的特色在于：只能运用其他民族的语言来书写本民族的过去和现在，以及遥想未来。相对于土家族文学采取的被动语言，这不同于有自己民族的语言而采用其他民族语言的其他少数民族所做的主动选择，这意味着在一定程度上，土家族可能更容易受到其他民族文化的影响而发生变化。因此，阅读土家族文学文本，土家族作家作为域外写作者的心理特征几乎一览无余，一方面可以看到土家族作家们力图通过对土家族民间文学的吸收来保持本民族的主体性，另一方面又不得不被动反应来自"他者"的审视，久而久之抗争与坚守，深情与哀怨几乎成为土家族文学不可避免的主旋律。

在继承土家族民间文学的基础上，小说、诗歌、散文等文学体裁竞相迸发。冉冉的诗歌创作，叶梅、唐敦权的小说创作，彭学明、杨盛龙的散文创作，无不

---

① 赵志忠.中国少数民族民间文学概论.沈阳：辽宁民族出版社，1997：1.
② ［美］尼尔·波兹曼.娱乐至死.章艳译.桂林：广西师范大学出版社，2004：23.

从写作题材、创作策略上深深浸淫着土家族的民族风情，和他们对本民族的深情关怀。"衡量一个民族作家是否成熟，关键要看他是否具备了鲜明的民族特征，是否秉承了悠久的民族传统文化精神，是否会在红尘万丈的现代社会中坚持本民族的思维习惯和表述方式，是否可以针对这个时代提出本民族的看法和阐述立场。"①然而，对于土家族民间文学，不仅仅需要继承，还要在继承的基础上去发现新问题、新现象，于创新中延续土家族民间文学的独特性。在文化乃至文学大交融的时代，由一个没有自身文字的民族来成为具有自身"民族主体性"的少数民族作家，挑起延续土家族民间文学生命的大旗，其中的艰难可想而知。但这也是众多土家族作家们的奋斗目标，他们在创作中努力保持土家族风情的原汁原味的同时，也在主体性关照下以审慎眼光看待本民族的闭塞与开放，落后与发展。这其中，孙健忠作为具有代表性的土家族作家，将予以重点介绍。

　　"孙健忠是土家族历史上第一个有影响的作家，历史的要求和自身的努力把他推上了土家族文人文学奠基者的地位。"②作为土家族文学的奠基者，孙健忠自觉吸收土家族的民间文学资源，用具有土家族特色的方言俗语、奇特景色和奇异风俗，为我们展开了一幕幕土家族人民的全方位的生活风景画，从而将土家族文学带入了中国文坛的视野，孙健忠也首次将大量具有土家族特色的神话、传说、寓言进行了消化和接受，向我们比较全面地展示了土家族的民族性格和文化心理，并予以较为理性的审慎眼光。而在他为土家族民间文学歌唱和吸收的过程中，对土家族民间文学的深入了解，以及内在的审视，构成了其在文学创作过程中的基本写作视角。

　　作为土生土长的土家族人，被外祖母带大的孙健忠从小就听着土家族民间故事、神话传说和民歌民谣长大，土家族千奇百怪的民间文学资源成为他最初的文学熏陶，也催生了他的文学梦想的发芽。如《醉乡》，融入了其童年时代的印象。随着年龄的增长，孙健忠开始认识到民间文学的重要性，他不再停留在被动地接受土家族民间文学的熏陶，而力求主动挖掘民间文学资源的道路，于20世纪中后期两次响应中央和文联领导们的号召，深入土家族人民生活，向处于生活底层的土家族人民学习，与土家族乡亲亲切交往，后来还主动下农村"安家落户"，与农民搭邻居，挂职为洛塔一个生产队的副队长，"以一个文学

---

①　刘保昌.民族文化精神的再现与重铸——土家族文学创作实际与困境.西南民族大学学报(人文社科版),2008(12).

②　龙长顺.孙健忠作品的乡土气息和民族特色.求索,1982(6).

工作者的身份……留心观察他们的性格、习惯、表达情感的方式，了解他们的过去和现在……那些活在他们嘴上的故事和传说，令我倾倒的《摆手歌》和《哭嫁歌》，更是我艺术学习的必修课，从中吸取了丰富的养料。"①从中获得了比较珍贵的语料知识、创作灵感，在其参与的土家族民间文学调查中也让孙健忠更加加深了对土家族斑斓的民间文学的认识和理解，收集到了众多写作素材的同时，他也将这些宝贵的民族资源与自己的小说创作实践相结合，不仅加强了小说的文化底蕴，扩大了小说的艺术张力，同时也为小说增添了一笔民族文化色彩，加强了民族文化质感。

　　土家族民间文学首先作为一种宝贵的写作素材进入孙健忠的文本。其创作于 20 世纪 60 年代初期的小说里，存有大量对土家族民间文学的引用，穿插了大量民间故事、神话传说、民歌等。例如《一只镶银的咚咚喹》创作于 1962 年，是一篇儿童作品。小说讲述的是关于土家族传统乐器咚咚喹由来的故事。《湘西民族志》中对咚咚喹这种民族乐器作了如下解释：咚咚喹，是土家族的一种乐器，五寸来长的小竹管，很像箫，是极具浓郁民族特色和生活气息的民族乐器。小说中的咚咚喹借一个土家族小后生卡铁之手送给了一个叫杨歌的小姑娘，杨歌在土家山寨里依靠卡铁的帮助学会了吹咚咚喹。《一只镶银的咚咚喹》歌颂了多才多艺、善良淳朴的土家族人，也进一步深化了文中土汉两族新型民族互帮互助关系的表达。区别于一味的固守民间文学，孙健忠则是在继承民间文学优秀资源的基础上，根据时代的发展情况在小说中加入了新的内容，赋予了小说新的美学意义。《木哈达的狗》发表于《湖南日报》上，向读者展现出较为丰富多彩的土家族民间文学在时代新生活的冲击下可能发生的在传统信仰方面的改变。土家族传统民间故事"狗盗粮种"中一只通灵性的狗，跑到天上去偷粮种拯救土家族人。这正说明了土家族人历来和狗的情谊很深，从来不吃狗肉。而小说中的木哈达与曾救过他性命的大黄狗之间的感情更是深厚，不容置疑。但在这个前提下，善良的木哈达眼看为了治理土家寨的旱情而操劳过度极度虚弱的刘超，竟狠心杀死了自己心爱的伙伴——大黄狗。这一次的杀害不仅使大黄狗在文中一方面起了给英雄续命的神奇作用，另一方面却也打破了土家族人历来爱护狗的传统，在一定程度上，可以说是对土家族传统信仰悄悄支离破碎的一首淡淡的挽歌。民间文学作为土家族生活的镜子，对民间文学历史发展演变的表述，也使其作品获得了一种历史感。《烧龙》中正月初四必玩的兽灯都成为作家描写的对象。在对这些对象历史更迭的描述中，也使文本获得了一

---

① 　孙健忠.我的梦《代后序》.见：甜甜的刺莓.昆明：云南人民出版社，1982：173.

种历史感，如《烧龙》中由吠驼家玩龙灯，烂柴家玩猫灯，老村长家玩狮子灯，再到吠驼家玩龙灯，兽灯更替的历史其实正是阿乡人的历史。作为喜爱唱歌的民族，民歌也成为其宝贵遗产，在其长篇小说《舍巴日》中就出现了大量的民间歌谣，其中的"舍巴歌"作为土家族的一部具有特殊风格的创世纪史诗，透露出丰富而复杂的民间文学气息。

文学泰斗茅盾提出："神话是初民的知识积累，其中有初民的宇宙观、宗教观、道德标准，是民族历史最初期的传说和对于自然界的认识，等等。"① 除了将民间文学作为素材进行引用之外，孙健忠的小说还存在由于对土家族民间文学的内质的理解而对土家族神话传说的继承和创新，描述出了神、鬼、人共生的充满灵异色彩的土家族人民的生活世界。正如张福山、傅光宇曾在他们编著的《试论神话中的灵性、神性和人性》中所谈到的："神话无论多么离奇荒诞、诡谲变幻、不可思议，它仍然是不同时期现实生活的反映。"② 《哦，罂粟花》中的至圣长老到了晚上就会幻化成人形与烟铺女儿在庵堂中幽会，庵堂中常发出"咯咯"的笑声。这里赞扬的是神与人的缠绵爱情，在至圣长老的原形——石峰被炸毁后，烟铺女儿为之殉情，但当老革命离世后，已经逝去的至圣长老和烟铺女儿竟然都出现在老革命的送葬队伍中。小说淡化了人与神的身份，模糊了生与死的界限。渗透出浓烈的神话色彩。《猖鬼》中的恶鬼面目狰狞，却能眨眼之间幻化成一个风度翩翩的少年，清唱骚情之歌来勾走少女甜甜的心，其中的鬼已不再是凶神恶煞的鬼，而是通人性、懂人情的鬼。《烧龙》中也描写了大量的神话传说，如阿乡族人是从老峒泉水里诞生测，谷雨捉雷公等等。这些故事的穿插引用，为文本平添了几分奇特的灵异色彩。这些描写被评价为具有湘西土家族特色的"类神话或现代神话的特征"③，它们共同构建出湘西文学神秘而荒诞、奇特而怪异的神魔系统。

孙健忠对土家族民间文学在题材方面的大量运用，必然会对其叙事、风格产生影响。就叙事而言，不按常规几乎成了另一种常规。首先，情节的奇妙显而易见，《死街》中五召家养的三只脚的鸡、石顺家"人妖"在小茅屋里交欢，木子家突然无缘无故地长出墙基来以及十八子家永远嗡嗡作响的房子，黑狗还通神性，能看透世间之事，说出无知的人类无法讲出的哲理名言，窝坨街的人还可以返老还童，眼泪还拥有让人起死回生的功效……这些几乎不可能的事情在

---

① 茅盾.中国神话研究初探.茅盾评论文集.北京：人民文学出版社，1978：242.
② 张福山，傅光宇.试论神话中的灵性、神性和人性.思想战线，1982(3).
③ 凌宇.重建楚文学的神话系统.长沙：湖南文艺出版社，1995：128.

土家族人们的生活竟成了习以为常的事情；其次，小说文本的时间似乎也受到了扭曲，《死街》中窝坨街的太阳永远静止地斜停在天角，只有白天，永无黑夜；最后，一些土家族特有的民间文学资源也成为其文本的叙事线索，如《烧龙》中的兽灯，《舍巴日》"舍巴歌"中的部分歌谣——"滔天的洪水退了，世间上没有人了，只剩下葫芦船上的两兄妹，阿哥叫布所，阿妹叫雍尼……"①作为小说的叙事线索在文章中多次出现。

而这些民间文学不仅构成了孙健忠文本中的题材因素、故事来源，更是对其文本风格产生了重要影响，使其初步形成了神秘而诗意的写作风格。神秘最主要体现在那些"不可能"发生的事件却实实在在地发生了。无论是《哦，罂粟花》中至圣长老与烟铺女儿的婚姻出人意料地顺利，烟铺女儿竟然挚爱着至圣长老，甚至认为其脚下的两块石头是她与至圣长老生下的孩子，在"老革命"打算炸毁至圣长老并祈求她和自己离开时，这位妇女竟然像早有预谋似的穿着黑衣，并坚决表示要为其丈夫——至圣长老守孝，还是在这篇文本中，族人包括烟铺女儿和老革命对"紫微星"的崇拜，坚定地相信只有"紫微星"亮两人才能在一起，不亮则会触犯守护神至圣长老而使当地的劫难难以渡过，这样的信仰直到烟铺女儿死去，可以说也是牢牢地存在着。另外，孙健忠自觉运用土家族民间文学时，也不自觉具有独具特色的土家族风情：诗意的幻想，浪漫的苦涩。《猎鬼》中一丝不挂的船夫口中的民歌，表达着生活的艰辛，也坦然诉说着心中的渴望，撩拨着沿河女儿们的心，"大王大拐大摇摇"②摇晃着甜儿的心，让甜儿在梦中飘荡，踩着筏子，在苍翠竹园的掩映下，上滩又下滩，鸟儿一样飞奔，直抵一座无与伦比的花园。可以说，甜儿的幻想与渴望与《边城》中翠翠的心荡神摇几乎如出一辙，孙健忠在对甜儿恋情诗意的描述中，使文本具有了诗一般的梦幻气质，而对甜儿恋情构成阻挡的具有民间性质的法师的驱魅运动、养父有预谋的杀人活动也为文本增添了一丝苦涩。《我是黑鲩》中孤儿"我"进入峒河，在渴望中，"我"竟真的被峒河接纳，变成了一条真真正正的黑鲩，在渔人的捕捞中，成为了案板上的屠宰品，文本神秘而悲哀的气质油然而生。

"不是温柔富贵之乡，并不因为新政策的实行，石头变成了米和肉，泉眼里流出油和酒。在新的生活天地里，……不可能没有叹息和眼泪，甚至还有极端折磨人的痛苦。"③随着土家族交通的便利，与外界接触机会的逐渐增多，土家

---

① 孙健忠. 魔幻湘西. 长沙：湖南文艺出版社，2013：529.

② 孙健忠. 魔幻湘西. 长沙：湖南文艺出版社，2013：4.

③ 孙健忠. 谈醉乡. 小说界，1984(1).

族人民在保守与开放，毁灭与新建中的矛盾也愈加深刻。而这些，正是孙健忠在心系土家族、继承土家族民间文学的基础上，对生产土家族民族文学的沃土上的一种审视、批判和深沉的关怀。《舍巴日》中独眼老惹对土地固执迷恋，与对外面世界坚决否定，为此竟不惜以死明志，《死街》中的窝坨街人们在如一潭死水般的日复一日的生活中几乎为此磨光了自身作为独立个体的生命意识，和对外界最基本的好奇，对新鲜事物只知一味排拒，他们甚至可以每天照看着蚂蚁，封闭，如牛一般地生活而不自知。如果说《舍巴日》和《死街》在一定程度上更侧重批判了土家族人民在精神和心理程度上的封闭保守，那么在《回光》中，则通过老爹和牛保观察出了其在思想层面上的落后和愚昧。老爹在弥留之际对几可称作"镇宅之宝"的电灯泡的留恋不舍，对电灯泡未能放出如同"耀眼的太阳"的光芒的遗憾，以及由此引发出的对"狡猾"的溪州人的嫉恨，都能使人感受到老爹对新事物的无知——以为只要有电灯泡而不接入电就可以让其发光，和追求——在可以获得比电灯泡强几百倍的财物、女人面前依然选择了电灯泡，并因此，老爹甚至让其儿子牛保再次发起"打溪州"的运动，报仇雪恨。殊不知，时代在不断发展，当时的条件如今已完全过时，甚至形同腐朽。然而，即使是老爹这样毫无胜利可能性的要求，也让儿子牛保深信不疑，这不禁让人对土家族老一辈甚至年轻一辈竟也如此地与时代脱钩的现状产生担忧，这样的年轻一代真的能够带领土家族人民用上电灯，在黑暗中也能看见光明吗？封闭贫穷着的土家族人民在要求发展、祈求进步时，对新事物的渴望能否上升到一个比较科学的认识上来？

对此，《烧龙》中似乎给出了答案。老八街在逐渐开放，越来越多的人走出去，但依然让作者忧心。拖山作为走出去的第一代人，以优异的学业成绩考取了县城的简易师范，却因为对写作的投入过度，对城市生活的不习惯，最后只得退守家中，成为老八街里农民不像农民，城里人不像城里人，村里人人可欺，甚至连疯狗都敢咬的一个尴尬的存在。老村长蒲得元的儿子、孙女成为走出去的范例，儿子成为了掌有大权的高官，孙女也成为了一个优秀的工程师，然而，走出去了不仅意味着回来的不可能，也在一定程度上意味着对阿乡人在心理层面的隔膜。蒲得元的儿子和孙女都很孝顺，却都不理解这位老人坚守老八街的理由，不理解对这个生活了一生的地方的留恋，甚至可以说成为了埋葬老八街的帮凶。他们要求蒲得元搬出去，却没有想过多去留恋下这个曾经生养过他们的地方。在他们眼中，修水坝作为具有现代化意义的基础设施理所当然，尽管受到了阿乡人的全体反对，仅认为这是不理解所致，却不知道一旦这老峒生养的地方被淹没在水里，阿乡人则从此如同无根的孤魂野鬼游荡在世间，找不到生根发芽的地方。而这是阿乡人难以释怀的生存之根，也是孙健忠对土家族在现代化过程中出路的担忧，土家族人如谷雨等能在村庄被淹没之际挖到黄金，难道不也在侧面上说明了他们生活世界的宝贵价值？也许，我们可以将这黄金理解为土家族人的宝贵遗产，谷雨们正在尽力抢救着，并遵从着爷爷的遗愿玩起了猫灯，但随着水坝事宜的逼近，船夫们、乡亲们日复一日焦虑地饮酒度日，一旦失去这宝贵的遗产，阿乡人玩兽灯时的快乐和荣耀还能再现吗？或者，没有了老峒，阿乡人还称其为阿乡人吗？

一般来说，民间文学资源的传承、引用、延续承担着双重美学功能。一方面，使少数民族作家得以承袭了大量的土家族的优秀民间文学资源，为其日后的民族化写作打下了坚实的文学基础；另一方面，民间文学资源的积累进一步开发了其文学创作性思维，启发作者探寻本民族历史文化的深层意识的同时，探讨土家族人民的现实出路。

第三节　黄永玉：无愁河的诗意想象

黄永玉学识广博，极具艺术天分，在写作、绘画、木刻、雕塑等方面颇有造诣。作为美术家的黄永玉闻名中外，在法国、日本、意大利和德国等地都举办过画展。相比绘画，黄永玉放在艺术追求首位的其实是写作。他曾说过："文学在我的生活里面是排在第一的。"[1]

作为黄永玉的忘年之好，李辉对于黄永玉的文学作品了然于心。在《主题变奏七十弦》一文中，黄永玉的文学创作被李辉分成几个时期。1943—1963 年是黄永玉创作的尝试期，主要作品有散文《火里凤凰》，剧本《儿女经》；1964—1976 年是潜在写作期，这一阶段中黄永玉经历了"文革"，命运坎坷，诗歌《老婆呀，不要哭》在这个时期写就；自 1977 年至今是自觉与丰收期。这个阶段黄永玉开始出版多部作品，有《永玉六记》《沿着塞纳河到翡冷翠》《太阳下的风景》等，其中诗歌《曾经有过那种时候》获中国作协首届全国诗歌大奖。[2]

虽然黄永玉到了 83 岁才放下画笔，进行小说《无愁河的浪荡汉子》的创作，但这部小说在他心中酝酿已久。从 20 世纪 40 年代开始，黄永玉就着手写《无愁河的浪荡汉子》，其间经历了时代的动荡，故只能断断续续地积累素材。时至今日，黄永玉才得以用最安稳的状态和纯粹的心境去延续这部小说。黄永玉

---

① 黄永玉. 黄裳浅识. 中华读书报, 2006 – 6 – 28.

② 李辉. 主题变奏七十弦——黄永玉文学创作概述. 书城, 2012(9).

在创作期间，有这样的感想："我感到周围有朋友在等着看我，有沈从文、有萧乾在盯着我，我们仿佛要对对口径，我每写一章，就在想，要是他们看的时候会怎么想。如果他们在的话，哪怕只有一个人在。比如如果萧乾还活着，我估计他看了肯定开心得不得了。表叔如果看到了，他会在旁边写注，注的内容可能比我写的还要多。"①对于表叔沈从文一直没有完稿的小说《长河》，黄永玉总是心存遗憾和惋惜，在黄永玉看来，《长河》的篇幅应该要如同小说《战争与和平》那般，而且如果《长河》能完成创作，或许是一部最能反映他们湘西文化的大作。

《无愁河的浪荡汉子》共计划写三部，截至 2016 年已出版第一部《朱雀城》上、中、下卷和第二部《八年》上卷，故本文主要以《朱雀城》的文本进行分析。第一部《朱雀城》有 80 多万字，但时间跨度只有短短的 11 年。小说中包罗万象，天文地理、花虫鸟兽、市井小巷、三教九流、衣食住行、风俗民情，应有尽有。这部长篇小说夹杂着自传成分，不仅展示了 20 世纪二三十年代湘西世界的人文地理风貌，也蕴含了黄永玉童年时期的心路历程和自身的生活体验。在这部作品中黄永玉注入了爱、怜悯和感恩，把历史用另外一种画卷式的面貌呈现给读者。

绘画艺术之所以能够在黄永玉的小说中生成，一是黄永玉同绘画艺术有着深厚的渊源，本身具有良好的绘画艺术修养，二是散文画的理论和实践对黄永玉的小说创作有着深刻的渗透。

一、诗人的想象与绘画艺术的渊源

黄永玉的父母皆具有艺术才能，能文善画，从小给黄永玉营造了浓厚的艺术氛围，父母的潜移默化、言传身教给黄永玉打下了学习的基础和培养了良好的艺术修养。

从年谱的记载，黄永玉与木刻的最早结缘，应该是 1946 年客居福建洪濑芙蓉国光中学时期所创作的 11 幅芙蓉风景木刻，此时他 22 岁。黄永玉高度评价张乐平所绘的抗日连环画《王八别传》，并且承认张乐平对自己的国画创作影响巨大。从这一时期的版画《讲故事》也可以看出，黄永玉对于人物造型和线条的运用，颇具张乐平漫画的神韵。在 1950 年黄永玉创作的木刻《邻家的女孩》中，有丰富的植物和山水背景，因为这年夏天，黄永玉与五弟黄永前徒步湘西采风作画两个月，期间在明清旧宣纸上画了大量的风景、人物和苗族生活场景，这

---

① 　张新颖.要是沈从文看到黄永玉的文章.小说评论，2016(1).

奠定了黄永玉以画入文的部分艺术来源。

而中央美术学院给予黄永玉的影响，一是他1953年进入中央美院后，因为时任院长的徐悲鸿重视造型基础而恶补素描。在中央美院，他第一次"认识到了绘画世界中的几样绝活："三面五调子""明暗交接线""形体""虚实""反光"，尤其是"反光"让他着迷。第二个影响是黄永玉被美院领导派到北京著名的荣宝斋研习木刻艺术。在这里，黄永玉得到技师田永庆指教，学到了完整的水墨套印技法。上述两件事情，看起来和黄永玉的文学创作似乎没有直接关系，但是仔细观察他的小说中对风景空间的把握，对人物形象的立体性的感悟和表现，可以看到这些学习和研究，基本构成了黄永玉以画入文的知识结构。

中国现代作家中有很多都与绘画艺术有着不解的渊源，在其小说创作中也会自觉地应用绘画的思维及其创作技法。鲁迅的小说充满了各种具有反抗精神的人物，强调了一种生命的张力、灵魂的震颤。这种灵魂搏斗中的冲突与张力恰恰与表现主义绘画的思维模式相一致。凌叔华喜作文人画，文人画的特征在其小说中有着很浓重的表现。凌叔华小说的笔触有一种柔和之美，不似鲁迅小说一样充满了线条坚硬的笔触，多由点染的水墨画和线条细腻的工笔写生所构成。张爱玲小说读来是一种现代画派的意味，一方面她常常将现实事物用抽象、夸张以及变异等手法，达到对人物心理和命运的直接揭示，另一方面她从民间的非英雄化的个人主义角度对人生和人性进行思索，这同后期印象派画家所强调的抒发个人主义的主观情感，表现真实的世界，又有很大的相通之处。而黄永玉小说《无愁河的浪荡汉子》以画入文的绘画技法很大程度上得益于"散文画"的创作实践和理论的影响。

语言的描写功能在主张白话文替代文言文的进程下得到了更加宽广的发展空间，一些散文家不认同"白话"不能做"美文"的旧观点，尝试用构图、线条和色彩的艺术手段来达到用白话文作画的创新目的，用文字当做画笔，描绘出诗情画意般的散文。著名散文家朱自清在描述梅雨潭的瀑布时，用非常细腻的语言将场景中出现的各种绿色加以分辨，整篇文章仿佛一个调色盘，调制出浓墨重彩的不同色泽，好似一幅"梅雨潭瀑布图"。在冰心的散文《往事》中，她用行云流水般的笔触诉说着儿时的记忆，用色清丽，往往简单几笔就勾画出一幅幅充满自然之情、人间之爱的灵动之画。紧接着这几个场景又连结成章，冰心将其名曰"生命历史中的几页图画"。就像冰心说过的那样，这些散文"重叠着无数快乐的图画，憨嬉的图画，寂寞的图画和泛泛无着的图画"。①

---

① 冰心. 冰心文集(第3卷). 上海文艺出版社, 1984: 19.

在散文家们反复进行艺术实践的现实基础下，叶圣陶提出了"散文画"的写作方法："绍虞说孙福熙君的《赴法途中漫画》可称为'散文画'，是一种综合的艺术作品。孙君那篇文章随意取所见，用画家的手段表现出来，而又不单是写实，处处流露作者的情思。"①鉴于此，"散文画"的写作特征大致可以总结为：借鉴绘画艺术的技法抒发作者的情思，不追求有意地描摹现实，注重写意性。随后，也有很多艺术家开始倡导将文学和绘画进行融合，使文学作品具有绘画之美。郭沫若直言不讳地说"小说，我说它是用文字表现的绘画"②；丰子恺极力主张"绘画美与文学美的综合"③；闻一多认为诗歌应该具备"绘画美"。

有了以文作画的实践基础和"散文画"的创作理论，黄永玉也开始在散文中加入绘画技法。黄永玉是享誉海内外的知名画家，然而他给自己的定位却是"文学第一、雕塑第二、木刻第三、绘画第四"。散文是黄永玉进行文学创作的主要形式。自 1984 年以来，黄永玉出版的散文集将近 10 余部。散文《太阳下的碎屑》中的湘西如同画卷一般地展现在了读者的面前，既有近景、中景、远景的各种视角转换，也有各种颜色的相互交替，使得画面一下子鲜活了起来。黄永玉在法国写生时创作了散文集《沿着塞纳河到翡冷翠》。在这一段旅途中，他一边画，一边把线条和色彩加上文学家的思维将心中所想表达出来，讲述了这段旅途中的思考。黄永玉在《比我老的老头》中，为每一个他心目中有着重要位置的大师配上了漫画肖像，而对于这本散文集里谈及的十年浩劫，黄永玉借用了讽刺画、漫画的手法，怒骂与讥笑，讥讽与恭维。在《离梦踯躅——悼念风眠先生》的结尾，他写道："九十二岁的八月十二日上午十时，林风眠来到天堂门口。'干什么的？身上多是鞭痕？'上帝问他。'画家！'林风眠回答。"④黄永玉用这种戏谑的口吻达到讽刺画的效果，借以表达自己对文艺界浩劫、大师受难的痛心。

黄永玉不仅用绘画技法写散文，也在小说《无愁河的浪荡汉子》的写作中进行"以画入文"的尝试。"散文画"对小说《无愁河的浪荡汉子》的渗透主要体现在小说创作中对构图、线条、色彩等技巧的运用，从而生成了一种蕴含深远的绘画之美，以下将一一赘述。

---

① 叶圣陶.文艺谈(十五).晨报,1921(4).

② 郭沫若.沫若文集(第 10 卷).北京：人民文学出版社,1963：223.

③ 丰子恺.音乐与文学的握手.小说月报,1992：8.

④ 黄永玉.比我老的老头.北京：作家出版社,2005：8.

二、绘画美：《无愁河的浪荡汉子》

这部小说的绘画美，首先是从"构图"上表现出"散文画"的某些构图美感来的。黄永玉打破了小说按照时间顺序的传统写法，进行客观的画面式描绘，然后从中生发出小说的思想和主题。小说中的时间停止了流动，取而代之的是人物的心理情绪和思想的变化和流动，这些思想情绪在一幅幅各式各样的空间画面对比中呈现出来。此外，黄永玉还运用留白的艺术手法，把无限的思想感情蕴含于有限的文字当中，令人慨叹，回味深长。

众所周知，中国画构图讲究"计白为墨"，就是说，适当地在画面留下空缺能收到用墨的效果。接受过绘画专门训练的黄永玉深谙空白设计的艺术技巧，着重通过留白使小说的内容在无形中扩大，同时又带给读者悠长而高深的遐想。

小说《无愁河的浪荡汉子》反映的生活面很广，从乡土生活面貌到社会现实动荡，写了这座边城由盛而衰的时代历史隐忧，还有像王伯、萧朝婆这样很多个人的辛酸疾苦。然而黄永玉习惯截取生活的一角来反映时代的变迁。如文中写道：

"鸦片这东西总爱跟朱雀城的人开玩笑，忽然一下子捆了三几个穷鸦片鬼到赤塘坪矸了脑壳，说是严禁鸦片；不到十天半月，烟馆的灯笼又重新亮了起来，紧紧松松，跟当局的经济收入怕是有点关系。"①

黄永玉不直观地描写社会呈现了哪些显著的重大变化，刻意留下空白，而是通过政府对鸦片的反复态度让读者充分调动生活经验明白其暗含的时代变迁，显得舒缓自如，从容不迫，不给读者造成压迫之感。

"听人家讲，镜民先生(序子的爷爷)在北京跟谭嗣同他们是知交，很侠义的人格。"

"听说不久前他陪一个名叫毛润之的人走遍了大半个湖南，做个什么调查报告回来。"

"他父亲跟朋友结伙谋刺袁世凯未遂，只身逃亡东北匿藏一二十年。"

黄永玉把大事件巧妙地安插在看起来琐碎的日常生活中，晚清变法维新、共和制、新民主主义革命等风云人物似乎在笑谈中一笔带过。时代大事件在朱雀城人的日常生活中虽然看起来影影绰绰、若有若无，但实际上深刻地影响着他们的人生。湘西王的衰败使朱雀镇陷入困境，序子的大家庭风光不再，贫寒

---

① 黄永玉.无愁河的浪荡汉子·朱雀城.北京：人民文学出版社，2013.

时时来袭。张家开始辞退保姆，序子的弟弟子光在保姆春花家蹭吃蹭喝，张家跟人借钱遭遇冷眼，序子只身去德胜营讨债艰辛而屈辱。这一遥远而稀薄的背景时时笼罩着每个朱雀人的命运，但作者有意把它处理得轻描淡写或是留有空白，使得小说生成一种富有想象力的文本。

在王伯因为隆庆被豹子吃了而悲痛出走的情节中，黄永玉的描写并没有涉及序子如何失望伤心，而是仅仅截取了几个镜头：

"好长好长久的日子，序子听到有人提起王伯，总有几分钟的凝神。"

"从此，序子多了一些动作。喜欢坐在城垛子看河，看天上的云。躲在小校场边看远远那一片单调的平地，溪涧边水中飘摇的柔草。"

淡淡几笔，不露锋芒，只借助几个细微动作，就让人心领神会。序子遭受陡然的精神打击和心理剧变，使人沉哀入骨，有妙语移神之感，一种难以抑制的人生悲凉倾泻而出，也弥补了人物心绪的空白。小说中的西域遗子祇怀子是怎么流落到这朱雀城的？寡妇大伯娘经历了什么事变得如此冷漠？赵广森的老婆到底何许人也竟从不露面？程斗南先生家的钢琴又有何来头？小说中许多人和事物的来龙去脉黄永玉也全无交代，他把这些重要的背景材料统统忽略掉，有意呈现空白，让读者自己慢慢去联想，体悟小说味外之味、尺幅千里的意境。

优秀的文学作品往往在笔墨未染处包含丰富而深刻的意蕴，总把绝妙的东西和深刻的内涵留给读者去思考和想象，达到"不着一字，尽得风流"的艺术效果。黄永玉在文本中对空白艺术的自觉运用，使文本超越了日常经验感受，迸发出深广幽远的意蕴。

不仅如此，黄永玉的这部小说还精心营造了一个画簿式的空间结构。所谓"画簿式"的术语是朱光潜在分析废名的小说《桥》提出的。对于"画簿式"这种结构，方锡德有这样的见解："现代作家冲破了注重情节的写作结构，对时间不再有连贯性的要求，追求'散文画'的画境，创造了新的写作结构，这样的结构就叫做'画簿式'结构。"①传统绘画强调"画中之白，即画中之画，亦即画外之画也"②，所以黄永玉不仅讲究在每一幅图画中设置空白，也注重在画面与画面之间留取适当的空白，将片段的场景排列在一起，使之产生独特的空间效果，对读者具有一定的吸引力。

通常的观点认为，小说是传统意义上时间的艺术，但是小说《无愁河的浪荡汉子》，时间并非是贯穿全文的线索，在对情节的推动上没有起到主导作用。

---

① 方锡德.中国现代小说与文学传统.北京：北京大学出版社，1992：258.

② 华琳.南宗抉秘.俞剑华.国画论类编.北京：人民美术出版社，1957：296.

小说《无愁河的浪荡汉子》第一部《朱雀城》有 80 多万字，但是叙事时间跨度上只有短短的十几年，以 12 岁的序子背井离乡为结尾。小说整体上还是按照时间顺序写成，但每一章节的时间连接并不紧密，且无必然的因果联系，使得小说的时间具有模糊性和消解性。小说由一幅幅生活的画卷组成，形成一种时间的缓慢流动甚至是停滞状态，弥漫于小说中的是一种"散文画"淡雅的思绪和情感。小说中接踵而来的就是一个个场景：跳大神、放河灯、野台子戏、江淮的流浪父女唱《霸王鞭》、朱雀城人初见照相术跟留声机、赤塘坪刑场砍脑壳……这些场景处于一种并列状态，跳跃性极大，要从时间上来理顺是较为困难的。但只要读者换一个角度，用空间性的阅读方式看小说，文中组织在一起的一个个场景就像人民英雄纪念碑那般的组画。黄永玉叙述视野中的所有人共同构成了一幅人生的画卷，虽然有一个作为线索的主要人物序子，但是其他人物的命运也和主要人物同等重要，从而使小说的意义不仅仅只是限于一个主要人物的故事，而是升华到普遍意义的哲思层面。

与此同时，现代小说家对绘画艺术中线条艺术的借鉴和融合，主要表现为在描绘小说中的人物或环境时所使用的手法。在塑造形象时，黄永玉运用肖像漫画笔法勾画出人物的姿态，展现出人物的特征。在描绘事件场景时黄永玉不做细致入微、面面俱到的描绘，只用白描勾勒出能表现与人物心境和与故事相关的关键线条。

肖像漫画不按照美术中严格的人体构造比例来勾画人物，而是找到人物最具特色的一个部位，例如方脸、大耳朵、小眼睛，再进行夸张化的表现。黄永玉将这种"肖像漫画"的技法运用到文学创作中，通过简洁、传神的笔法描绘出人物的典型特征，进而观照到人物的心理活动。在散文集《比我老的老头》中，黄永玉回忆了 20 多位艺术大家，有沈从文、钱钟书、林风眠、张乐平等，琐屑杂事信手拈来，语言风趣幽默。但相比之下，散文集中最有特色的应该是黄永玉对这些名人的肖像刻画，可谓"入木三分""力透纸背"。这种特色既源于黄永玉的画家身份，又有赖于他以画入文的写作手法。

黄永玉在小说《无愁河的浪荡汉子》的写作上也运用了"肖像漫画笔法"。小说《无愁河的浪荡汉子》描写的生活面广，涉及的人物众多，如果没有让人眼前一亮的独有特征，就会在读者的视野中一闪而过。

"孙瞎子大悬胆鼻子，上嘴唇却是短于下嘴唇，满脸络腮胡，修整地蹩脚极了，矮而瘦，上半身单薄。"

文中此处的孙瞎子一出场就以悬胆大鼻和扁长的大下巴夺人眼目，参差不齐的络腮胡又体现了孙瞎子的邋遢性格。文中诸多的人物，黄永玉只用一两句话带过。"韩山翘着二郎腿，晃悠着他闪人眼的黄色皮鞋"，表示韩山这个人赶潮流和爱显摆；"一个顽皮的大扁脸向他笑"，写天真活泼的苗伢崽；"脸像被猪油打漆过，脖子和头脑一般粗，好像是一根柱子"，这是沉稳憨实的苗族猎人隆庆。黄永玉的"肖像漫画笔法"用寥寥几笔完成人物的勾画，无须细致地描摹小说人物的神情和心理，就让读者一下知晓人物性格特点。

黄永玉的这种写法不禁让人想起了顾恺之论画时说的"迁想妙得"，即一幅画不仅仅描写外形，而且要表现出内在神情，要靠内心的体会，把自己的想象迁入对象形象内部去，这就叫"迁想"。经过一番曲折之后，把握了对象的真正神情，是为"妙得"。小说中的"肖像漫画笔法"也正是通过这般的艺术过程达到绘形显神、以外显内的艺术效果。

此外，文学创作中的"白描"表现为用朴实无华的语言进行叙述，极其简练，不加以修饰，又不失意蕴。黄永玉在描绘景物和人物的过程中，较注重它们的神韵而不是外在形态，故也采用了白描这一写法。这种写法使小说的行文更加轻快、明朗，不似西方传统小说中大段写实场景的冗长乏味。

黄永玉在勾描他所热爱的湘西世界时，也借用了简约而不失神韵的白描。吊脚楼底下的鸬鹚船、船头铁丝网成的火把、观景山树上的老鸦群、巍峨的四座城楼子这些用寥寥几笔勾勒出来的景物让读者看到的是纯净自然的乡野风光，画面澄清、有质感。通过这种白描勾勒的方式，黄永玉将湘西世界的乡村气息和文化氛围从行文中强烈突显了出来。

"后头一层比一层高的树，不晓得要高到哪里去，面前半个世界崭亮，脚底下一小片平坝和高高低低小山坡，天边五颜六色的群山，老远弯弯曲曲的小河，还有好多房顶，眼睛睁大一点：那是人，那是牛，那是狗。"

这段文字的白描手法给了整个画面一个强大的背景，层层叠叠的高树连在一起，下面是平直的堤坝、起伏的山坡和蜿蜒曲折的河流。黄永玉没有写河水是如何的汹涌，但是写了天边的群山就在这条河的旁边，足够读者想象河面是如何的宽广，河水是如何的清凉了，而人与生灵最后也随着读者的想象以最美的、最冷静的姿态出现在读者的眼前。粗略的线条，快速的构图，层次的恰当搭配让小说的画面语言充满了力量。画面简洁凝练，达到了栩栩如生的观看效果，同时又显得劲力十足。黄永玉描绘的这些画面跟原来生活中一样自然，没有矫饰的企图，没有外加的华彩。白描式的语言给读者绘制了一幅清清爽爽的画面，保留了景物特有的本色，流畅与韵味，精练与含蓄都被含纳在这简单而又别具匠心的画面里。

黄永玉对于白描这一绘画技法的吸收绝不只是技巧上的，同时也是一种精神追求。它不仅体现在形式层面，更包含了丰富的内涵。黄永玉将他的情感内化于文本的字里行间，以这种方式来完整地传达他的情感。小说的感人力量不是来自作者的情感偏向，而是来自对人物、事件的客观呈现以及叙事结构、艺术形象的整体，这就颇似白描的特征：直接描写人物的行动、语言，从而体现人物活动的时代、环境，体现人物的心理，不用或少用解释性、评价性的叙述。这种写作方式在小说中多有体现，当因共产党身份逃亡在外的序子父母终于可以回家时，一家人团圆吃饭的气氛却是异常低沉。一桌人都各想各的心事，被一股政治低压笼罩。作者没有着力渲染他们的愁苦，只是将每个人吃饭的嘴巴用白描的手法简单地描绘成金鱼的嘴巴，光动，不出声音，一种不言而喻的怅然顿时弥漫于字里行间。黄永玉将人物心理上对未知命运的惶恐都隐藏在波澜不惊的白描式叙述中，却收到了更加发人深省、震撼人心的艺术效果。黄永玉很少刻画血与泪的人生，很少抒写峻急愤恨的感情，一切都表现得那么舒缓中和，我们或许能体悟到黄永玉小说的"以画入文"，也多隐匿了自己对现实人生的抗争，试图超越血与泪的现实存在，在心灵的一隅保持了一块纯粹的审美的文学园地。

作为一名大画家，对色彩艺术的偏爱也无疑带进了小说创作中。文本中，黄永玉作为有意识地进行绘画式的文学创作者，以旁观者甚至是观光者的视角细致入微地感知并描述周围的世界。他不仅是在视觉上，在嗅觉、触觉方面对气味的芳香、温度的冷暖也尤为敏感。这种现象是一种艺术家的敏感，是作为文学创作者，同时兼具有绘画天分的艺术家们普遍的特点。色彩大致上有两种作用，一是感官上的视觉作用，二是心理上的作用，即表情达意。

人类对色彩的认识经历了从原始的色彩本能发展到充分认识色彩本质的过程，这是一个逐渐摒弃关注外在色彩，从色彩外向感觉不断自觉地向内在色彩感知的转换过程，而导致这种转换实现的必备中介就是人的创造性想象。每一块色彩，都凝聚着艺术家的生命感触和闪烁着生命的光辉，从而色彩也成为了一种"有意味的形式"。正由于色彩这种强烈的视觉效应，所以它得以渗透到各种艺术样式之中，多层次立体地反映着人们精神生活和情绪变化。深入分析，我们会发现这种色彩与想象、创造的关系对于文学创作是同样适用的。黄永玉的小说创作特别注重色彩的运用，可以说，正是这些带着各种不同色彩的词语在直观上引导着读者从语言文字走向绘画的联想。

在绘画的色彩处理上，有一种方式叫作"统调"，指的是创作者会选择一种色彩涂抹在图画各处，形成这幅画的主色调来统领全图。这种技法在黄永玉的小说中也有多处采用，如：

　　"三月间，朱雀地域漫山油菜花嫩黄颜色，梨、李、桃、杏、桐和路边棘花都相继开了……对门河油菜地从喜鹊坡一直漫到雷草坡高头去了，几里路黄成一片。"

　　这里，黄色成为了统御整个画面的主调。远远望去，油菜花的嫩黄色分布在画面的各处，与或白或粉的梨花桃花完美结合在一起，使得整幅画面的色彩协调而不失清新亮丽，给人以无限温馨、淡雅、唯美的视觉印象。

　　"路由青石板铺就，几口用残的大绿瓦盆栽着些不值钱的青艾、翠蕨和虎耳草、山七。西北角落里有棵年纪不小、满开粉色花的"十姊妹"，老而弥笃，还在使劲向墙面瓦顶攀爬。"

　　这处描写也用大面积不同色度的绿作为主色调，与具有点缀性的粉进行组合，将巷子一角自然的绿色性情和生命的活力表现得朦胧而又诡秘，给予读者幽静神秘，意味深长的品读效果，仿佛春天的温暖与明媚即将来临，无不展现出生机勃勃的诱人气息。

　　色彩除了具有直接的视觉效应之外，它还具有情感意蕴。在小说创作中，作家为追求一种含蓄凝练又蕴含深意的艺术高度，大多都会考虑使用色彩的这种象征意义。特定颜色在特定文化中都有确定的意义和意味，它们被赋予了感情和象征的意义，给人不同的情绪体验和情感冲动。黄永玉对色彩的独特感知方式凝结着他的生活思考和人生体验，这使色彩表现成为具有文眼意义的形象，并相对独立地在文中发挥作用。

　　色彩的冷暖具有直接指向人的心灵的作用。鲜艳明丽的色彩多用来表达快乐、愉悦的心情，素雅的色调多代表一种宁静、雅致的心境，而凝重、暗淡的颜色则预示着心理的沉重。

　　"老远的深秋流光展延到岛上，几株又瘦又高的乌桕正闪着朱丹。砣砣牛大石头上长满两三寸厚的青苔。岛右的水静静地流动，倒影晃动光闪，几个妇女在岸边杵衣洗菜，甚至还有个人在上游钓鱼。这光景真像是瞎编的。"

　　小说中黄永玉在描绘湘西世界时多是运用一些红黄绿的暖色调，处处透着一种不管不顾的明媚气息，一种美好和向往。这样的画面描绘出来的是小城人安逸自然的生活状态，不但人与人之间自然自在，人、自然然和物之间也是互不侵害、和平相处。万物和众生无有拣择的爱惜，大俗大雅间传递着对黄永玉对故乡的炽热浓情和美好憧憬。

　　当描绘朱雀城的风俗活动时，黄永玉用色明亮、艳丽，万寿宫里的各式香炉、烛台、锣鼓架子，宫外的五彩缤纷的纸扎神物，玄坛上盛装出席的老老少少，夜里几百盏闪耀的荷花灯，营造出热闹非凡的气氛。但是在黄永玉的笔下，这些喧哗的场面都以荒凉寂寥的氛围描写终结。通过色彩上明暗、冷热的转换和对比，给读者呈现的是人间繁华后的物是人非，一股虚无的人生悲凉深深袭来。这或许也是黄永玉心中对逝去的故乡文化的怀念，对精神文明的呼喊。色彩产生的如此情感能量正是小说审美感染力、思想深化力的源泉之一。

黑色是一种代表阴暗、肃穆、沉重等感觉的色彩，小说中描绘隆庆时这样写道：

"隆庆包着黑苗帕，看起来像根柱子：黑衣、黑腰巾、黑裤、黑绑腿，草鞋。"

通身的黑色着装不禁使人联想到不幸和死亡，代表生命中所遭受的黑暗、冰冷的际遇，带给人压抑和绝望，而这种色彩的暗示作用也在隆庆出外打猎被豹子生吞的悲惨结局中得到验证。小说中的黑色隐喻生命在黯然地消逝，在一定程度上也开启了读者对生与死，文明与愚昧，光明与黑暗，精神与物质，以及人与命运等对立关系的思索。

相比起一般的文字词语来说，小说《无愁河的浪荡汉子》中所使用的色彩语言更能直观地表现事物，能直接地唤起我们相应的情感体验和审美感受，同时也能增强小说行文的抒情因素，其书写的镜头感能更好地传达作家用平白的叙事语言难以达到的形而上的精神意蕴，具有更强的艺术感染力，在塑造人物形象、表达创作意图上，确实具有独到的作用。

三、中国传统审美的现代回归

"人叫头发做烦恼丝/八十岁的年纪/几乎是光了头发/且留给少男少女们烦恼去吧"。黄永玉曾在他的诗集《一路唱回故乡》①里以如此这般老玩童式的"自画像"开头。这个比很多人都要"老"开头，实在是"狡猾"出性情，"狡猾"见智慧。黄永玉的文字，最实在，最真情。虽然他在表示"我写诗，自命不是诗人"，恰恰表达了他对诗歌的谦卑与敬尊。因此，拿严格的诗歌创作标准去点评一个从不自诩为诗人的作品实在是自找没趣，因为无论绘画、雕刻还是写文，黄永玉始终坚持一个"玩"字和"真"字。方家所谓"缺失意境""没有诗的结构""语言太过直白，太接近口语，少了些味道"云云，倘若按其标准"更正"过来，恐怕黄永玉的"味道"早就消失殆尽！如《死就死，"走"什么》《老就老吧》一类的诗歌，光看标题就觉得"另类"。又如《警告游客》一诗"如果街上有个妹崽，看你一眼、或是/对你笑一笑，你千万不要妄想/她在爱你，这只是一

①　黄永玉.一路唱回故乡.北京：作家出版社，2006.

种礼貌。要小心，她哥哥很可能是个/阉猪的"，这样的诗句，无论你是否读得习惯，都同样在表达一个黄永玉。而口语化的诗句，在一定程度上，则是真正回归了诗歌的原汁原味，诗本与歌不分家，随口吟唱。自秦灭以后，《诗经》以其口耳相传、易于记诵的特点而得以保存。反观当今文学圈流行的微信诗更是一时炙热，口语诗的真性情也未必不是诗歌体裁发展的一种趋势。

　　故乡的人与事，大时代的跌宕起伏，个人情感心虚的瞬间感受，都昭示出一个俏皮、睿智、敏感的老头的所思所想。作者与读者之间讲究一个气场，刻意限定于某个框架之内不是在探讨诗歌文本的美，而是将美感模式化。据悉，这本诗集出版后的一个夏日，在北京王府井的涵芬楼书店的诗歌朗诵会上，黄永玉特地选择普通话与湘西凤凰家乡话重复吟诵诗集中的诗歌，以准确传达蕴含在诗歌中的情感与意境。这种颇带行为艺术的乡村歌吟是任何诗歌解读都难以替代的。

　　黄永玉的诗歌，既继承着文化人寄闲情逸志于文字的传统，颇有古代小品的风雅韵味；更有历经世事变迁后的人生机趣与智慧。如果说真性情是黄永玉诗歌独有的表达方式，那么人生智慧的参透便是其精神内核。"刹那间，一掠而过的/八十个冬天/剩下的斑驳痕迹/我的珍宝/别人的默然"——一年又一年的春花秋月，留给这个"无愁河上的浪荡汉子"的，除了如歌如泣的"像文化一样的忧伤"，除了对心灵故土真挚的吟唱，便是他对那些面对"生和死很不苟且"的前辈与朋友们的真情礼赞，更是"悟已往之不谏，知来者之可追"的人生练达与对生命的敬畏。某种意义上，故乡的根永远牵动游子的肚脐。黄永玉率性而作，回归传统，字里行间充满着对故土、故人与旧时光的追忆与热望。

　　众所周知，在"五四"反传统的浪潮下，作家们大多吸收了西方类似戏剧的小说结构，过分注重用时间和情节去构造小说，因此往后的作家多把情节和人物当作小说的核心。西方的现实主义小说和西方绘画艺术也有相通之处，塑造一个典型人物就足以支撑起整个小说，借鉴的就是绘画中的焦点透视法。而中国的"散文画"讲究的是画簿式的空间结构，没有突出的中心点，而是将人生百态进行陈列，更像是中国著名的长篇画卷《清明上河图》。

　　黄永玉不是一个守旧的创作者，他的创新力并没有随着年龄而衰退，而是越发迸发出鲜活的生命力。他摒弃了小说的传统写法，将绘画因素汇入小说，择取绘画理论的精华，使小说的结构具有开放性和自由性。黄永玉希望自己的小说具有中国山水画那般海纳百川、气壮山河的大容量，不受条条框框的约束，写作时将大千世界的万物信手拈来，自由自在地叙述，看似无章，实际上却又像一条小河，包纳了日月山川、鸟兽生灵以及善恶美丑，最终汇成一条史诗般的历史长河。

《无愁河的浪荡汉子》或许好就好在用"以画入文"的技法破除了当下小说的陈框旧矩，既让小说的容量得以扩充，又不显山露水地表达主题思想。黄永玉力求画质文心、和谐统一的艺术手法拓展了小说的文体形式，另一方面也为当代文学批评体系的发展提供了参考。

中国文学的传统是主情。随着抒情诗从古至今的发展，中国文坛上营造了一种含蓄抒情的文化氛围，但由于白话文逐渐取代了文言文，中国古典诗歌也随之消没。在民族危机重重的历史环境下，创作者们运用的抒情方式多为直接剖白。尽管这些抒情作品在情感上有明显的抒情性，但在意义层面上却不够深刻。正如郑伯奇指出的那样是形成了"只有喊叫，只有呻吟，只有哀怨，只有冷嘲热骂"①的抒情主义的特征。直到"五四"以来的散文家尝试用"散文画"的理论进行创作实践，写意的抒情性在小说中才有更加突出的表现地位。现代小说融合了绘画因素，吸收中国古典诗画的优点，使小说的表达有一种言不尽意的韵味。此时，"以画入文"的写作方法就表现了那个时期的文学在传统审美上的回归。

中国古代诗歌注重与绘画艺术的结合，讲求"以画入诗"，讲求含蓄和意境，在这一点上，黄永玉的小说正继承了这种诗画精神，进而"以画入文"。黄永玉运用留白设计、白描勾勒和色彩渲染等绘画技巧描绘出一幅幅的画面，使之充斥于小说之中。这些带有意味的画面与小说中的人物和情节共同营造出一个强大的充满内涵的意境，使读者看到文字就能够体会到其中的情绪和氛围。黄永玉继承了古代诗歌的创作精神，采用客观描述的方式，让事件和人物自己去展现，而从不直白地表露其真实的目的，用各种风格的笔触描绘出一幅幅与人物事件相符合的图画，进而含蓄地表达思想和内涵。这种"以画入文""以象造境"的含蓄的表达方式无疑是对中国传统诗画精神的继承，也是对"五四"初期抒情性小说直露、缺乏意味的纠正。

在黄永玉独具绘画性的文学笔触下，读者更加直观地接触和了解了文中20世纪二三十年代的朱雀城。绘画艺术和文学艺术相辅相成，一方面增加了文本的感染力，另一方面形成小说特有的绘画之美。黄永玉之所以能让其小说中展现出绘画美：一是黄永玉自身绘画天赋所积淀的底蕴，二是现代作家以文作画的创作实践和"散文画"创作理论的提出，对黄永玉的小说创作产生了深远的影响。绘画之美的体现在小说中俯拾皆是。首先黄永玉运用空间结构，将小说进

---

① 方锡德.中国现代小说与文学传统.北京大学出版社，1992：258.

行"画簿"式的展现，摒弃传统小说的时间顺序写法。同时，为了留给读者更丰富的遐想，黄永玉还注重在描绘每幅画面时留下"空白"。再者，黄永玉借助绘画中的白描技法和肖像漫画笔法勾勒小说中的艺术形象，包含了无穷的韵味。另外，对色彩格外敏感的黄永玉，以画家的独到眼光描绘出了一幅幅色彩绚丽的画面，不仅带给读者视觉享受，也让读者体味其中的情感意蕴。通过"以画入文"这一写作方法，小说《无愁河的浪荡汉子》完成了中国传统审美的现代回归和文体形式的创新拓展，更重要的是，小说也因此获得了跨越时空的艺术魅力和恒久的生命力。

第四节　蔡测海的精神家园

蔡测海的创作数量并不多，他保持了一贯的清醒与持续的思考。《家园万岁》是蔡测海历时六年潜心完成的长篇小说。作为一部精心打磨的著作，蔡测海断断续续地写"三川半"这个地方的小说写了将近 20 年。在接受采访时，蔡测海说："《非常良民陈次包》写的是'草民生活中的恶'，而第二部《家园万岁》则关注了人性的善。将要写作的第三部作品，是关于'饥饿'，讲述物质的贫乏和精神的荒蛮。[1]"如果说《非常良民陈次包》是一部"三川半人物考"；那么《家园万岁》就是"三川半"的一部编年史。在书的封皮上，蓝底白字印有如下的内容："著名作家蔡测海历时六年打造的中国本土政治文化作品，一个三川半的历史，就是一部民间史诗。[2]"

作品大致描述了从清朝的"改土归流"到改革开放时期农业税废除近 300 年的乡土中国政治文化，作者模糊了时间的观念，主人公赵常是这段历史的一个缩影，他的一生是与这段历史融合在一起的。一花一世界，赵常身上所承载的爱恨情仇，折射出三川半这个小地方从它开天辟地到波诡云谲的战争再到和谐井然的社会秩序的建立过程。在一定程度上，三川半也是中国的一个缩影，它曾经封闭独立、自给自足，而今摒弃旧念，积极融入一个更加宽广的舞台，这些都绝妙地契合了中国的发展路径。

聂震宁在本书的序言里说道："他不喜欢矛盾冲突，因为他没有长刺的灵魂。他也不设计大起大落的故事情节，他娓娓道来，行云流水，从善如流，决定了他的语言和叙事。他出语不伤人，叙事不伤心。他完全靠语言和诗意把小

---

① 吴娟. 蔡测海：表达小人物的喜与悲. 时代周报, 2011 – 5 – 6.

② 蔡测海. 家园万岁. 北京：北京大学出版社, 2013.

说写下去，也让人读下去。①"好一个"没有长刺的灵魂"，细细品读完，会明白何为"大音稀声，大象无形，大爱无言"，那些平淡如水而又寓意深远的故事一如三川半山林间沁人心脾的雾气，一直在心间缭绕，久久不去，净化了喧嚣的都市生活中浮躁的人心。

《家园万岁》是一次充满善意与诚意的写作，三川半这片神奇的土地，孕育着爱恨情仇各种复杂的感情，但是这一切体现在《家园万岁》的字里行间都是平淡的。"怎样为汉语语言提供新的元素；怎样在语言上下功夫，使书面语言民间化，民间语言书面化，但不觉得别扭②"是蔡测海一直关注的问题。"一语天然万古新，豪华落尽见真淳。"这是元好问对陶渊明诗句的至高评价，如今用它来形容蔡测海的小说语言之美亦不为过。作为一本中国本土政治文化小说，《家园万岁》的用词遣句并没有贴上政治标签，它通过平淡而真淳的词句来折射出中国本土的政治文化生活。文学的语言增强了政治文化的可读性，政治文化反过来使得文学作品更加真实可感。

一、善意之作，平淡中见真淳

首先，在遣词造句方面，《家园万岁》没有华丽的辞藻，有的只是平实的话语，作者用自己民族喜闻乐见的方式解构了庙堂话语。而正是这种平淡言语的简单构造，产生了一种神奇的化学效果。仔细推敲、斟酌，别有一番风味，如"杀，是人的手段；灭，是神的手段。杀死，不是灭亡。""女人是三重的性，畏是女儿，爱是妻子，怜是母亲。"又如"一句话直到它长青苗的时候，才知道它是多年以前种植的"。又或者是老人给赵常开的强心方，方子如下："好肚肠，一条。慈悲心，一片。温柔，半分。道理，三分。信行，要紧。中直，一块。孝顺，十分。老实，一个。阴骘，全用。方便，不拘多少。"文中诸如此类简单却意蕴丰沛的字句，不胜枚举，"豪华落尽见真淳"，越是平实质朴的话语越是值得品味。

蔡测海曾说过："语言像阳光一样，让事物显影，让事物有色、有声，语言给事物以生命。阳光不会让一块石头发芽，语言能让一块石头成为语言的石头。阳光照不到的地方，于是长满青苔；在阳光照不到的地方，语言说它是阴影。人不可及，语言可及，于是有了诗歌、戏剧、小说，还有一种特别的文体——散文。语言同人的关系，如鱼跟水的关系，语言之水无始无终，鱼生于

---

① 蔡测海.家园万岁.北京：北京大学出版社，2013.

② 吴娟.蔡测海：表达小人物的喜与悲.时代周报，2011－5－6.

水，人生于语言。生，或者死。"①蔡测海也多次表明，写作是一种语言的长途跋涉，小说语言是他的一种语言意识，一种自觉地审美追求。"正是因为在深究语言问题，《家园万岁》被他视为自我精神的修复，要讲究精神积淀，建立自己的'语言品牌'，而不是超市里的萝卜白菜。②"

其次，《家园万岁》里的感情色彩也是平淡的。在三川半，没有甜到发腻的爱情；没有感天动地的亲情；亦没有惊心动魄的仇恨，它所蕴含的爱恨情仇都是平淡，但却都饱含着温暖人心的善意。

在三川半这片神奇的土地之上，爱如小河流水，不汹涌，却悠长。一如刘艺凤、何露和赵常之间生死相依的爱，瘸子老五和菊花之间阴阳两隔的遗憾之爱。即便如此，作者的叙事风格宛如行云流水，文中并没有大起大落的故事情节，作者追求的不是紧扣心弦让读者欲罢不能的荡气回肠的爱情故事，他给人的是一声回味悠长的轻叹。

解放那年，刘艺凤病死了。临终前她对何露说："大都督也没有了，你要改嫁就嫁个好人，不改嫁就和老头子一起过日子。"何露说："我都嫁了男人了，还嫁谁呀？"赵常重病时也对何露说，我死了你就去嫁人，何露一边流泪一边笑："你放心，我这辈子只嫁你这个男人。"赵常一直到老对何露的称呼都是"小姑娘"。作者仿佛是一个面无表情的说书人，用不带任何感情色彩的语气为读者讲述了一个生死相伴的故事。但也就是因为平淡的、不掺杂"说书人"情绪的感情故事，才令人久久不能忘怀。

说到瘸子老五和菊花的故事，抗日战争时期，菊花将自己的处子之身交给了计划参军的瘸子老五。当瘸子老五当了团长后回到三川半找菊花时，她已经在解放前一年死了，留给他的是三十九双一脚大一脚小的布鞋。从他从军到她逝世，菊花每年都会亲手为他做一双鞋，年复一年，三十九载。何等刻骨铭心的感情，一如苏武在《留别妻》中写的"生当复来归，死亦长相思"。但是即使是这种阴阳两隔的悲伤故事，作者也没有浓墨重彩地去渲染这种情绪，他如法官一般，正襟危坐在宣读一个事实。也就是因为这种平淡客观的语气，使得故事更显真实、深入人心。

《家园万岁》里的恨也是平淡的，上善若水，在这片土地上，恨都被如水的善意化解了。蔡测海笔下的三川半宛如一个与世隔绝的地方，但是它并不是一个"黄发垂髫，怡然自得"的世外桃源，它有纷争的战火以及不断更迭的朝代。

---

① 蔡测海.语言如此灿烂.中国邮政报，2004 – 5 – 15.

② 吴娟.蔡测海：表达小人物的喜与悲.时代周报，2011 – 5 – 6.

但是作者并没有浓墨重彩描述弥漫着硝烟及伤痛的战争，他侧重于为读者描绘一个充满善意的社会。即使有战争、有滔天的罪恶，最后的结局都是完满的。作者始终坚信"人之初，性本善"，《家园万岁》里没有十恶不赦的绝对的坏人。比如龙二，他为了一己私利，做过许多伤天害理的事。但当三川半缺粮时，他没有过多的推辞就答应补满粮仓，纵然他从中也获得了不小的收益，我们却无法将他简单地定义为坏人。

阎连科在《四书》①中塑造的"作家"这一形象，因为其人物名字的大众化，加之小说中"受活村"的音乐、教授等角色的劳动改造、大炼钢铁等运动为框架，活剥出一个不好不坏的人，他在背后记录着一切人的一举一动，他也因为在《罪人录》书上写了音乐和教授私下交往、通男女之欢的秘事，而受其他人诟病，其后他种出"血玉米"也被人偷走，只剩下几株。最后，当他把其他人都送走后，他救赎自己，默默找回本真的自我，重复着西西弗的神话故事。

三川半的"善意"可以通过这两个事例体现出来。其一，龙二的父亲龙金宝被刘金刀所杀，彭锭也是被刘金刀的无心之失害得家破人亡，杀父之仇、灭门之恨都是不共戴天的仇恨，因为心存善念，这些都在一席之间泯灭了。其二，抗日战争时期，不慎坠落在三川半的日本军人要回国时，书中如此写道："再见黑泽民，借给你上帝之手，捧着阳光捧着这三川半的阳光，这泥土，回去，回到你的祖国。再见，黑泽民。用这阳光，洗净我们的手，我们的心，我们的胸怀。我们都是由神召唤而来，我们是手足兄弟。"这应该是整本书里抒情最为直接的地方，作者相信"人之初，性本善"。大爱无疆，世间所有的仇恨都可以用爱和善意去感化乃至泯灭。

二、诚意之作，随意处见苦心

首先，从谋篇布局上我们可以看出，作者苦心为读者打造了一个结构严谨、情节完整的故事。《家园万岁》是作者历时六年潜心著成的佳作。开篇，作者以"有一种游戏，叫做回来"这样一句简洁的让人迷惑的话拉开了故事的序幕，也就是从这句话开始，我们就被作者带进了这个叫做"回来"的游戏。主人公赵常在一开始写了一封信，贴上大龙邮票，他要把这封信寄给这个世界上另一个叫做赵常的人。阅读至此，作为一个普通的读者不得不说有种丈二和尚摸不着头脑的感觉，但也就是这样的开篇成功地吸引了读者继续往下探究的欲望。在书的结尾，赵常临终前收到了这封贴有大龙邮票的信，"一封信走久了

---

① 阎连科.四书.台湾：麦田出版社，2011.

也会很累，它现在到了收信人手里也该好好休息一下了"。至此，这个名为"回来"的游戏结束，前后交相呼应的结构为读者呈现出一个完整的故事，让读者的情感有了寄托。

其次，《家园万岁》大致讲述了中国从"改土归流"运动到农业税废除这段时间中国本土的政治文化生活，赵常的人生轨迹一直是本书的潜在的主线。除此之外，"青苗"二字也是贯穿故事始终的，而故事中的王安石的《青苗法》和贾思勰的《齐民要术》更是由彭锭交给龙二，龙二再给赵常，最后，这两本书甚至被赵常带到了美国，"青苗"在这里并不仅仅是实物，而是有所指的。它是一种希望，预示着一个蓬勃发展的未来；它也是一种信念，作者希望把它种植在读者心中，引导人们找回丢失的善意、责任心以及思考。作者的良苦用心由此可见一斑。

最后，文中的多个故事情节都有映射现实社会问题，发人深省。比如书中的第五十八部分如此写道："不知道是世界出了毛病，还是人出了毛病？赵常总觉得哪里不对劲，浑身上下不舒服，把手脚不知道放在哪里？热的时候太热，像把人放进炉灶里。冷的时候太冷，人好像冻在雪地里的麻雀。[1]"这是赵常的疑惑，无人能解。这也是对现今环境问题的一种发难。又如金玲子因和王开明偷情，被如是逼死后，"洪市码头的报馆出了篇文章，标题是：'红颜学林冲雪夜奔走，须眉不英雄羞煞新娘'。如是派下人背了钱袋子收买那些报纸，不想越买越多。报馆赚了一大笔钱。报馆就像一只大口袋，机会来了，钱就往口袋里钻[2]"。不难看出，这其中隐含着对现今新闻媒介的讽刺之意。文中诸如此类折射现实问题的桥段不胜枚举，有心之人自然能品出个中滋味。作者在后记里写道："我们把一些东西丢了，没想到要找回来，后来就忘记了。忘记了，才算真正的丢失。"通过这些如若能唤醒民众沉睡的记忆，从而促使他们去找回丢失的"善意""责任心"和"思考"，也就不枉作者的一番苦心。

总之，《家园万岁》是蔡测海一次满怀善意和诚意的写作，于平淡中见真淳，从随意中见苦心。一如在文中被多次提及的"青苗"，通过《家园万岁》的创作，作者希望将善意与责任心深深地种植在读者的心里，通过岁月的浇灌，让它们生根发芽。假以时日，"沿河两岸，油菜花开得热闹，遍地青苗"。阅读此书，读者们可以先从序言和后记着手，然后带着作者提及的"善意"和"责任心"去仔细品味、认真"思考"，也许能唤醒人们内心某些沉睡的东西，发现一个不

---

[1] 蔡测海. 家园万岁. 北京：北京大学出版社，2013.

[2] 同上书。

受侵害的万岁家园。

第五节　彭学明：作品语境与灵魂维度的重建

在当代少数民族作家中，彭学明是比较独特的一位，他以书写湘西为主题的一系列散文给中国文坛吹来了一股久违的清新空气。《新华文摘》《散文选刊》《中国文学》《散文·海外版》等刊物先后转载其作品 30 余篇，多种精品选集收入彭学明散文 20 多篇。《人民日报》《人民日报》(海外版)《文艺报》《文学报》《中国青年报》《中华读书报》《理论与创作》《写作》《书与人》、中央人民广播电台、《海峡之声》电台等数十家报刊电台纷纷撰文，专题报道评介了彭学明的成长事迹和文学成就，称他为"犹如沈从文再世""土家族的小沈从文""中国散文的一面旗帜""湘西爱情鸟"等。1995 年 7 月 28 日至 8 月 2 日，《散文选刊》《散文百家》《散文·海外版》《芙蓉》《九州诗文》5 家期刊社联合召开了作品研讨会，《人民日报》等 14 家新闻单位报道了研讨会的消息。《散文百家》等 4 家刊物分别将他与冰心、巴金、艾青、臧克家等老一辈著名作家一道列为中国当代散文百家。在国家科研课题《中国当代散文史》和《中国散文美学》等论著中，他被列为卓有成就的著名作家专章论述。

作为一个地域特色鲜明，语言精致华美的散文作家，彭学明的多篇作品被各种版本的大学、中学教材所采用，其中《白河》《庄稼地里的老母亲》《鼓舞》《跳舞的手》《阳光》等五篇散文分别入选教育部初中语文第三册、第五册、第六册和高中语文第六册教材，《湘西女人》《一墨乌镇》《祖先歌舞》和《庄稼地里的老母亲》等七篇散文分别入选多种版本的大学语文教材。部分作品被翻译成英、法、俄等文字介绍到国外。散文集《我的湘西》获第十届中国图书奖，散文集《文艺湘军百家文库·彭学明卷》获第七届少数民族骏马奖。

出生于湘西且以湘西为主要写作题材的彭学明，和沈从文有相似的精神原点和生活背景。沈从文笔下的湘西世界成为了许多读者心中永远的精神田园，纯真的翠翠、迤逦的湘西风情，给无数的读者留下了美丽的回忆。新时期以来，接过湘西书写接力棒的是彭学明，湘西是苗族、土家族和汉族的杂居地区，彭学明是土家族，和流淌着苗族血液的沈从文一样，他们都深爱着湘西，是湘西的一个组成部分。沈从文说，自己永远是一个乡下人，言下之意，即使生命的大部分时间都在天津、北京等大城市度过，但在心理上，自己的精神之根永远在湘西，彭学明同样如此。他们共同构筑的文学湘西为读者提供了一个诗意栖居的世界。

　　彭学明对自己的民族有着刻骨的记忆和深沉的爱。特别是长篇叙事散文《娘》的横空出世，标志着彭学明的创作达到一个新的高峰。这是一部寓含了伟大母爱和心灵忏悔的时代力作，与其说这种忏悔大多源于对母亲的误会和不解，不如说，是作家忽视了娘的心理感受，导致终生的不安和愧疚。"娘不是城市的瓷砖，而是乡间的泥瓦。她不习惯牢笼一样的生活。"对娘来说，城市并未带来生活的便利和物质的富足，而是牢笼。"你们那哪是楼房，那么高，像住到悬崖陡坎上，哪个时候倒了掉下去都不晓得。你们那街道的路不是人走的，是车跑的，走到街上，就像走到蛇窝窝里，时时刻刻提心吊胆，怕被车咬了。"娘是乡下的娘，根是乡下的根，没有了根，灵魂就会漂泊，没有皈依。所以，作品在母爱表达和心灵忏悔的主题下刻上了乡土的底色。

　　母爱是世界上最高尚的爱，最纯粹的爱，最无私的爱。母爱是文学作品中永远写不完的原始母题。古今中外文学史上，有关母亲、母爱的文学作品数不胜数，各种各样的母亲形象层出不穷，各种各样的表现方法几乎写尽，因此，一般作者很难在这个题材上有什么大作为、大突破。然而，彭学明倾注全部情感，以灵魂颤抖的方式写出了《娘》，他不带任何功利，既没有想要"文以载道"，又没想要以文化人或以己警世。作者只是尽一个写作者的本分，说出"心里的爱、心里的悔、心里的痛和心里的话，只是以一个儿子的名义和娘说话、给娘检讨、向娘忏悔，并力求救赎"①。这样的一部自传体散文在完成最初的 6 万字后，《黄河文学》在 2011 年第 10 期以最快的速度发表，岂料反响空前；2012 年一开年，《散文选刊》用连续三期超长篇幅进行转载，还加载了作者补充的两万字，且每期都有编者按，这是该刊自创刊以来转载最长的一部作品；同年第 2 期的《中华文学选刊》和第 4 期的《新华文摘》也都破纪录进行了大篇幅转载。

　　与此同时，2012 年元月，湖南文艺出版社以最快的速度出版了 10 万字《娘》的单行本；同年 5 月，知识产权出版社组织最强编辑力量，出版了 15 万字《娘》的完整版，且首版 3 万册上市不到两个月便一抢而空。2012 年 2 月 17 日、3 月 7 日和 5 月 18 日，新华社先后三次面向全国发布有关《娘》的通稿，倾情推荐，这是新华社历史上第一次面向全国播发一部作品的通稿。贾平凹、阿来、张炜、陈忠实、刘震云、唐浩明、李敬泽、雷达、张守仁、胡平、孟繁华、贺绍俊、朱向前、王必胜、李建军、施战军等文学大家和著名专家学者都给予了高度评价，几乎每天都有读者和网民在写博客和微博推荐《娘》，赞美《娘》。一时

---

① 　佚名.《娘》是我的泣血忏悔录.北京晚报，2012 - 06 - 02.

间，读《娘》、哭"娘"、议论"娘"、寻找"娘"成为一种文化热点和社会现象。那么，这部作品究竟有什么独特的魅力，能够在今天海量般文字信息中，刚一出版，就引起文坛如此的强烈震动，社会普遍关注，好评如潮，形成沉闷的图书市场上难得一见的文化事件？

正如一名叫"小虫花季"的网友在给彭学明的留言中指出的那样：人人都有娘，但彭学明的《娘》却是一个集苦难之大成的娘，书中有屈辱的娘，有卑微的娘，有濒死的娘，有挣扎的娘，有饱含血泪的娘，有韧性的娘，有不屈的娘，有战胜时间、命运的娘，有饱含大爱、无私、正直、伟大的娘。如果说罗中立的《父亲》是油画父亲的里程碑，那么，彭学明的《娘》就是文字娘的里程碑！在作家的叙述中，他叛逆而暴戾，他拿刀示爱，极端伤害了娘。同时，他又自尊自强，敢于直面自己进行灵魂忏悔。我们从中看到了自己和自己娘的影子。是"娘"的艰难人生打动了读者，是作者犀利的忏悔震撼着读者。这里的忏悔比卢梭的忏悔更真诚。爱与真诚，是文学、是人生，是真正能感动天下的原因！①

在新媒体语境下人们的情感被各类电子读物频频冲击的今天，一部文学作品能够让人痛痛快快流下眼泪来，实在是太难太难了。可彭学明的《娘》做到了。我从网上查阅到许多关于《娘》的评论，专家的，读者的，各个行业，各个层次的人都有，而且也都讲到了自己的感动和流泪，也都作出了各种解读或评论，各个角度，各种视野，职业的，非职业的，应有尽有。但是，我发现，很少有人去对这部作品的语境进行深入的分析和挖掘。换句话说，这部作品为什么会产生如此大的反响，甚至不少单位纷纷对该书进行团购？为什么该书会给各个不同年龄、不同层次的读者以强大的震撼？其深层的原因究竟是什么？

必须承认：一部作品能否获得成功，除了本身独特的艺术特色和作品灵魂的重建外，作品发表的时间节点、触及社会的热点问题和当时主流的价值导向也有很大的关系。当一部文学作品受到社会各个阶层欢呼的时候，我们应当重视对作品语境的分析。所谓作品语境，主要包括历史语境、时代语境、政治语境、文化语境和审美语境等五个维度的语境。下面，本节将以彭学明的《娘》为个案，对该作所获得的空前的成功进行具体的语境阐释，从一个侧面见证作家的个性与作品的品质。

一、历史语境：忠孝文化是中华民族共同的价值观

文学评论家牛学智认为：《娘》并不单单是彭学明个人的文学创作，它实在

---

① 彭学明新浪博客，2012 年 6 月 10 日查询。

是"我们"或"他们"一部集体的生命履历。"娘"的生命过程，命运遭际，精神创伤，是中国历史和社会的缩影。因此，彭学明的《娘》将带给人们精神生活领域的一次情感思想启蒙运动。①

之所以如此，在笔者看来，历史语境在其中起到了发酵的作用，这种发酵的关键点是"孝文化"或忠孝文化。忠孝文化是中华民族几千年传承下来的优秀民族文化，忠于祖国是华夏儿女的神圣使命，孝敬父母是炎黄子孙的家庭责任。孙中山先生定义中国文化价值观是"忠孝、仁爱、信义、和平"八个字，他把"忠孝"二字放在首位，突出了中国历史的内在动力和发展方向，这种共同的价值观是《娘》引起人们情感共鸣的前提条件。②

这种历史语境带给我们的深层认识是：人类面对娘/母亲的姿态，往往是圣洁、崇高和爱的姿态。娘/母亲作为我们看到的生命具象与生命来源，其呈现出来的姿态具有原始的底蕴与旨意。娘/母亲在我们原初的意识里是第一个向我们展示高大与强壮的角色，一个值得我们信赖和依靠的角色。她是我们生命的最先到达者，娘/母亲也因此成为人类最温馨和最为古老的力量，成为一种最具普适性质的崇高价值。我们在隐秘的生命里自觉把乳头当成了生命的源头，图腾成了一种生命崇拜，这样的感知让母爱变得神秘而又现实，娘/母亲是丧失了界限之后的神灵与俗世的完美结合。因此，娘/母亲有时候和神一样高格，有时候又是直接构筑人伦现实生活的主要而普遍的肉身。也正因为此，娘/母亲也成为一种带有禁忌的形态，即娘/母亲是一个不能被亵渎的大写的形象。③ 一旦这个形象被扭曲，被侮辱，必然就会激起社会的公愤！比如，该书有不少细节是令人反感和憎恨的，作者写他对娘的怨恨，写他看到继父暴打母亲时的"快乐"，写他读中学时看到母亲被误抓之后对娘的怒斥，等等，这样的情节必然与传统的审美相背离，与受众接受心理发生剧烈的情感冲突。因而有网友指出：《娘》让我看得心堵，觉得不像少数民族的那种美好情感，或者那种情感被扭曲了，完全也体会不到沈从文笔下湘西风土人情的美感。有的只是压抑的扭曲的人性与尊严，总之看得特别憋屈，看完令人特别痛恨文中的"我"。更有读者尖锐批评："我认为彭学明是世界上最不孝、最蠢的人。我是一边哭着一边读完这篇叫《娘》的文章的，实在让人难以想象，如果小时候的彭学明还能

---

①　牛学智.彭学明的《娘》属于中国.创作与评论，2012(2).

②　聂茂.苦难叙事的力量与湘西精神的书写——与作家彭学明对话.创作与评论，2012(5).

③　陈原.与自己的灵魂中的耻辱短兵相接——读彭学明长篇散文《娘》.创作与评论，2012(5).

让人同情和谅解，那长大后的有了一定地位的彭学明就让人无法理解了。"①

彭学明就是用这样一种"冒天下之大不韪"的勇气，用解剖刀划开自己的灵与肉，直面自己的"丑陋"和"无知"。整个文本的叙述，彭学明不是用"你"来叙述，也不是用"她"来叙述，而统统用"娘"。在彭学明看来，用"娘"来作为人称叙述，用一次等于多叫了娘一次。娘在世时，他没有很好地叫过，现在醒悟了，想多叫几次娘。另外，从文字结构上，"娘"在甲骨文里的象形表意就是"一个跪着为我们做饭的女人"，这原是老祖宗最本色的定义。而彭学明从中进行延伸新的语意，得出的感悟是：娘由"女"字和"良"字组成，即"女"字后面紧跟了一个"良"，意思是：娘永远是最好的。

二、时代语境：作家塑造着时代也被时代塑造

一个作家与时代发展的关系是非常紧密的，作家塑造着时代，也同时被时代所塑造。具体到彭学明的《娘》这个文本上，可以说，是多灾多难的时代造就了彭学明的"娘"，反过来，是九死一生的"娘"造就了彭学明写出这部杰出的散文作品。②

尤其值得深思的是，当前中国的家庭，大多数都是独生子女，像80后、90后甚至更年轻的一代人，这些人大都是以个人和自我为中心，都有过当一个"小皇帝"的优越感，他们习惯于把父母所做的一切都视为天经地义、理所当然的，索取的多，奉献的少，不懂得感恩和回报。彭学明《娘》的出版，让他们看到，原来世界上的一切并非理所当然。这本书会促使他们反思：要珍惜，要知足，要学会感恩，要认真检讨自己对待父母冷漠的态度，要警惕自己对待父母有没有像书中描写的无情？③

浙江绍兴县钱清镇中心小学陈建新老师每次上语文课都给同学们读一节《娘》，学生自发地写了不少读后感，其中一个叫陆鑫锋的小朋友写得比较有代表性，他写道：如果要想学会做人，首先你得学会感恩。如果你没有一颗感恩的心，那么你就不是人，也不配当人。以前，我似乎从不懂得感恩，总觉得这是娘上辈子欠我的，一定要给我。然而，读了《娘》后我才知道：娘并没有什么欠我的，只有我欠娘的，我欠娘的东西，恐怕我一辈子都还不清。但是，娘是

---

① 新浪网友留言.彭学明的新浪博客.2012年5月16日查询。

② 聂茂.苦难叙事的力量与湘西精神的书写——与作家彭学明对话.创作与评论，2012(5).

③ 聂茂.苦难叙事的力量与湘西精神的书写——与作家彭学明对话.创作与评论，2012(5).

不会让我还的，因为儿是娘身上的一块肉。娘，是世上最高贵的职位。①

《黄河文学》执行主编闻玉霞声称要自费购买自己主编、刊有《娘》的这期杂志送给天下儿女，让儿女们知道"娘"是怎么回事。闻玉霞之所以这样做，除了太过感动，还因为这部作品有别所有"娘"的形象、又共通所有"娘"的形象，无论对文学和社会，都意义非凡。它不但有助于我们重新认识娘，也有助于我们重新认识自己。②

的确，在重新认识自我方面，许多跳出农门、来到城里的人感触尤深，大家普遍认为：《娘》不仅照见了我的母亲，也照见了我的青春年少时的叛逆和无知，自私和愚蠢，我曾让自己的母亲忍受过怎样的精神伤害啊。我恐惧有母亲的地方就会有争吵，我一边同情母亲一边厌恶母亲。读完《娘》，我终于意识到："有一个吵闹不休的母亲是很不幸，可是没有母亲一定更不幸。"③

其实像彭学明这样的人，在社会上有一大批，都是从农村吃过无数的苦，依靠升学"跳出农门"来到城里打拼，并从城市底层或社会边缘人奋斗成为主流社会的人。目前，这些人大多人到中年，是社会的中坚力量，既是国家的栋梁，又是社会的脊梁，还是家里的顶梁柱，这些人都是上有老，下有小，都有过"在外面风光、在家里难受"的苦闷，也都有过跟"娘"战争的痛苦经历，都有过一次次粗暴地对待"娘"、又一次次后悔，而"娘"一次次宽容、又一次次退却的不堪回忆。正因为此，彭学明的《娘》刺痛了成千上万这样的中国人近乎麻木、矛盾和痛苦纠结的神经：我哪里是在读《娘》，这分明是在审判自己，是一个自我跟另一个自我的打架。我的娘又何尝不是这样呢？到现在为止我还要抽出很多精力与自己的妻子较劲，看起来在莫名其妙地发火④，其实有很多难以言说的苦闷堵在心里无处诉说，《娘》让大家找到释放压抑情感的文学读本。

三、政治语境：优秀作品是和谐社会的重要力量

英国前首相撒切尔夫人指出，一个只能出口电视机而不是思想观念的国家，是成不了世界大国的，这充分说明了思想文化建设的重要性。⑤ 在新的历

---

① 彭学明新浪博客，2012 年 6 月 10 日查询。

② 同上。

③ 王明亚. 娘是一条崎岖的路. 创作与评论，2012(5).

④ 牛学智. 彭学明的《娘》属于中国，创作与评论，2012(5).

⑤ 栖梧冲：《湘西民俗与湘西地方民族精神》，http://blog.sina.com.cn/zxj101，2011 年 11 月 8 日查询。

史时期，中国政府对文化发展提出了新的更高要求。中国要在新一轮世界文化竞争中抢占先机，必须将思想建设放在文化建设突出重要的位置，要在向世界展示传统民俗民情的过程中，努力发掘与推介中国各地民族的核心价值观和民族精神，以此增强全球化下民族文化的核心竞争力。

彭学明认为，在这个功利化和物质化的社会，他越来越感到娘恩的伟大，也因此更加怀念娘。他写作的直接诉求是"写娘恩、鞭己过、抒己悔、救己灵魂。"他甚至没有把《娘》的写作叫创作，因为没有任何创造的成分，文本内容都是真实的记录。写的时候没有顾虑，只有痛苦和眼泪。①

文化铸造灵魂。只有科学才能帮助人类实现预期目标；也只有真理才能引导人类实现和谐发展；只有信仰和理想能够凝聚人心，使人同心同德、和谐发展。② 某种意义上，忠孝文化与和谐社会的建构，忠孝文化与社会主义先进文化的建设，忠孝文化与文化强国的深刻关联，等等，都是当下政治语境生动而具体的体现。党的十七届六中全会通过的《中共中央关于深化文化体制改革推动社会主义文化大发展大繁荣若干重大问题的决定》指出："优秀传统文化凝聚着中华民族自强不息的精神追求和历久弥新的精神财富，是发展社会主义先进文化的深厚基础，是建设中华民族共有精神家园的重要支撑。"由此可见，《娘》的发表和出版适逢其时，这也是为什么作为中国共产党宣传喉舌的新华社连续发表三次通稿、倾情推荐该书的原因所在③。

具体而言，由于历次政治运动，特别是"文革"十年的破坏，我们这个社会早已成了没有"娘"的社会。我们把"娘"弄丢了。行为失范，道德下滑，思想迷茫，情感空虚。彭学明把"娘"从历史的迷途中请了回来，试图为自己为社会给出一种精神推力。扪心自问：在社会急剧转型的关键时期，我们究竟用什么来医治因经济发展大大超速于心灵建设这种全民共识下遗留的精神后遗症？传统的优秀品质能否直接拯救当下的社会顽疾？曾经支撑"娘"顽强坚守人类普适性品质的内外环境已经发生了极大的变化，中国传统社会应该在怎样的现代化进化中，适应当代社会的发展需要而创新的思想武器和精神火炬？在这个物欲权欲横流的时代，当我们都丢失了娘和娘的精神世界时，彭学明代表着整个中国和世界在发问和寻找。作者不但为自己和读者找回了娘，也为自己的读者找回了被人们越来越疏远的文学作品和越来越抛弃的文学价值。这不是一个人的

① 佚名：《〈娘〉是我的泣血忏悔录》，载《北京晚报》，2012-06-02.

② 网友科学思考留言，彭学明新浪博客，2012年2月1日查询。

③ 聂茂.苦难叙事的力量与湘西精神的书写——与作家彭学明对话.创作与评论，2012(5).

娘，而是整个中国乃至整个世界的娘，这不是一个儿子的灵魂忏悔，而是整个中国乃至整个世界的儿子的心声。正是这个意义上，《娘》是关于母爱这个主题的最伟大的祭文，是我们这个时代最为珍贵的文学经典教材和亲情教育读本。①

正因为此，《娘》的出版不仅获得了图书销售上的空前成功，作家彭学明也赢得了政府高层、知识精英和广大读者的普遍尊敬：湖南省委宣传部于 2012 年母亲节那天召开《娘》的座谈会；湘西自治州委宣传部也于此前召开了《娘》的作品研讨会；怀化学院和历城职业中等专业学校开展"读彭学明《娘》征文活动"；广西女子监狱给服刑犯人朗读《娘》；湘西保靖县县委宣传部举办了"读《娘》书、颂母爱、感母恩"系列活动；山东省一名人民警察把《娘》作为教材教育那些家庭不和的人；红网保靖站除实时跟踪报道保靖县读《娘》的新闻外，400 多人的 QQ 群每天都在讨论《娘》；一批读者千里迢迢前去彭学明娘的坟前进行悼念。彭学明的老家湘西和湖南省直属各单位更是将《娘》作为最好的礼物送给来宾……大家纷纷反思自己，校正自己，更好地懂得了感恩和孝顺②，也更加珍惜和维持和谐美好的生活。

四、文化语境：现代性拥有崇高的美学

众所周知，当下社会是一个市场经济时代，各类消费文化、通俗文化、媒介文化和数字化文化等快餐式的文字大行其道，对于一大批年轻人来说，他们习以为常地沉浸在大众文化中，吃麦当劳，看球赛，留恋好莱坞电影，娱乐至死，他们活得很轻，轻得近乎可怕。③ 昆德拉说《生命不能承受之轻》，他们实在是活得太"轻闲"、太"轻松"、太"轻飘"了，正如詹姆逊在《文化转向》一书中所论述的，"如果说现代性还拥有崇高的美学的话，那么后现代性则完全抛弃了崇高，抛弃了美的自律状态，转而推崇美所带来的快感和满足。"④ 在这样的后现代文化语境下，《娘》的出现，体现了作家的担当和责任，他激发年轻人走出消费文化，走出快餐文化，走出享乐文化，感受一下生活的质感和"重量"，感受一下中国底层百姓生活的苦难与沧桑。

有读者指出：彭学明这样敢于剖析自己灵魂的作家，值得我们从心里尊

---

① 张建永.最珍贵的文学经典教材和亲情教育读本——对彭学明自传体散文《娘》的感悟和追问.创作与评论.2012(5).

② 佚名.《娘》是我的泣血忏悔录.北京晚报，2012－6－2.

③ 聂茂.苦难叙事的力量与湘西精神的书写——与作家彭学明对话.创作与评论，2012(5).

④ 刘剑梅.我在美国的教学生涯.刘再复新浪博客，2012 年 7 月 3 日查询.

重。这是儿子真诚的忏悔，是天空对大地的眼泪。人世间其实没什么永恒，亲人的缘分只有一次，要好好珍惜共聚的时光，无论相处多久，下辈子都不会再见。因此，在落寞失意的时刻，在异乡苍凉钟声的余韵里，娘的那一头白发飘零的身影总是以同样的姿势时时浮现在眼前，让我独自一遍遍体验人生的酸楚与凝重、生命的悲欣与欢愉以及至善至美的人间亲情。我深知思念是抵达骨髓的疼痛，走得越远，心中的疼痛会越长。①

　　读者的这种认识是令人高兴的。彭学明用承担大量的历史和民族苦难的生活之"重"，引导这一拨年轻人对自己的现实际遇和文化认同获得一种新的反思、新的观照和批判的能力。彭学明在一篇访谈中坦言：《娘》的迅速轰动和持续发酵，《娘》的文学影响和社会影响，让我始料不及。我创作几十年，第一次看到了文学影响人心和社会的力量。这本书是我灵魂深处献给娘和全世界的歌哭，希望娘和全世界都能听到。这本书是我发自内心写给娘和全世界的检讨书，希望娘和全世界都能看到。这部书也是我以血淋淋的教训，提供给天下儿女的一个反面教材，希望天下儿女有所警醒。②

　　这种警醒告诫大家：如果懂得感恩，就应及时行动。不要让"子欲养而亲不待"的痛苦再度发生。也有人认为，文本中的"我"是一种典型的"孝而不顺"，他实有一颗"孝"的心，却从不让娘"顺心"，难道真的是爱之深恨之切吗？为什么人总要到失去了才会珍惜？为什么要等到人死了才来忏悔？③

　　某种意义上，正是后现代碎片化的语境，让《娘》的厚重凝结成一个生动真实、有血有肉的整体。彭学明用"娘"一生的卑微与屈辱、坚韧与顽强，构成了"娘"平凡中的伟大。"娘"的伟大彰显出作者的丑陋与残暴，追恨与忏悔。这样的一份人格的伟大，我们读了，都是《娘》生命与文本的参与者，又都是见证者。我们每个人都在这样的爱的链条上，是承受者，又是传播者。但这样的大爱，我们如何经历，经历之后如何面对，是值得我们每个生命都要深刻反思的。④ 有一点可以肯定，最大被逼视者，应该是我们每一个自己。

五、审美语境：灵魂维度的价值与意义

　　有学者认为，《娘》是继沈从文《湘行散记》之后又一部具有重要意义的文

---

① 网友粒尘留言. 彭学明新浪博客，2012 年 2 月 7 日查询.。

② 佚名.《娘》是我的泣血忏悔录. 北京晚报，2012 – 6 – 2.

③ 新浪网友. 直逼心灵深处的拷问. http：//sdlglj. blog. 163. com，2012 年 8 月 20 日查询。

④ 陈原. 与自己的灵魂中的耻辱短兵相接——读彭学明长篇散文《娘》. 创作与评论，2012(5).

学作品。娘作为一个"历史性"概念出现在我的生命中，又以"符号化"的方式从"我"的记忆里淡出，这一切都与现代文明的冷硬与荒寒有着极大的关系。在这里还有一个不可忽视的问题，就是《娘》的朴实性具有沈从文《湘行散记》的朴实性，对已逝童年的梦境与记忆，对"自我"与"历史"的关系构成了《娘》的现实主题。①

著名文学批评家李建军指出：天下至文皆情文。优秀的追怀之作，往往具有情往会悲、文来引泣的力量。《娘》是我近年读到的为数不多的"情文"和最感人的散文。我读《娘》流了泪。能让人流泪的作品，就是有精神、有境界的作品，就是值得用心去读的作品。②

所谓"有精神、有境界的作品"讲的就是文本的审美语境，也就是文学艺术本身的语境。一个作品的产生除了和作家所处时代的历史、政治、文化等真实环境有关之外，还与他们在文学艺术发展链条上的创作生态有关。当前，如同对食品安全的关注一样，文学艺术的纯粹和质量的优劣也越来越受到社会有识之士的关注和重视，当食品安全成为杀伤国民头号社会问题的时候，那么，作为精神食粮的文学作品，是否也存在假冒伪劣产品呢？答案是肯定的。当前的文学艺术，粗制滥造的作品太多，煽情的，低俗和媚俗的太多，有毒的书、劣质的文字太多，文化掮客和玩主太多。真正贴着大地、带着泥土芬芳的作品不多。因此，对美的呼唤，对纯粹艺术品的向往，对文学经典的期待，成为大家普遍关切的话题。《娘》的出现，带来了一股新鲜空气，一种返璞归真的价值取向，一种忏悔之中的骨头和力量。③

《散文选刊》主编、著名编辑家葛一敏表示：《散文选刊》之所以破纪录地选发长达近 8 万字的长篇散文《娘》，是应广大读者的强烈要求，当伪亲情充斥文坛的时候，《娘》带给我们强大的真实力量。她认为这部近年来最为质朴、最为饱满、又最为让我们动容和震撼的《娘》，穿越了所有的时间隧道，过滤了所有的精神渣滓和文学渣滓，把人类共生共有的娘和母爱，复杂的亲情和人性，深刻的思考和追问，钉子一样钉在我们的心灵上、精神里和骨肉中，留给了当下文坛，树立了散文坐标。④

解放军某部一名叫戴立的文学爱好者在彭学明博客上留言，他深深地感叹

---

① 兰喜喜.《娘》是真诚与自由的言说.创作与评论，2012(5).

② 彭学明.娘.长沙：湖南文艺出版社，2012.封面推荐语。

③ 聂茂.苦难叙事的力量与湘西精神的书写——与作家彭学明对话.创作与评论，2012(5).

④ 彭学明.娘.湖南文艺出版社，2012.封面推荐语。

道：工作生活中越来越感到文学是思想的翅膀。特别在军队，特别需要内力，我一直在寻找榜样，我从彭学明笔下的母亲身上看到了女性应有的内在力量。没有哪个女人如此震撼我。彭学明笔下的母亲感动了我，用双脚寻找内心，寻找生命的平衡，我生命里的很多东西被唤醒。前年去涟源，看到山间巴掌大的土地种上了小苗，不禁感动是这山间小苗撑起了这个民族，泥土里的力量如此强大。彭学明的母亲和天下所有女人，就是我们这个民族的泥土和小苗。

是的，一个人，只有当他了解生存的意义与人生的价值的时候，才能确定人的灵魂维度。人之一生的关键是灵魂的建设。如果只有知识和技能，那么人还是平面的，只有长度和宽度。然后，年龄增加了，知识增多了，长度和宽度也相应增长了，但是缺少一个东西，就是人文维度或灵魂维度。只有拥有了这种维度，人，才会有深度，生命才是立体的。生命质量就是要求人要具有内在深度，具有完整的立体的生命。①

新乐府运动倡导者白居易曾在《与元九书》中提出"文章合为时而著，歌诗合为事而作"的创作主张，其关切点在于："直歌其事，裨补时阙。"《娘》的这部作品，彭学明写得很撕裂，也很克制；很粗糙，也很细腻。这是作家在写作上设置的难度，是挑战自我的一次尝试。而在思想上和精神上的则是作家灵魂深处的忏悔意识。因为忏悔，所以疼痛。这是一种文化自觉，一直隐含在写作中，成为推动文本前进的动力。

总之，一段时间以来，我们对食品问题的担忧实在是太多了，许多东西不敢吃。文学作品也一样，想读，却又怕浪费时间或怕受其毒害。在这样的社会环境下，生命的质量就会降低，人们容易犯一种"缺钙症"，或者说"贫血症"，这是文化的贫血症和文化的缺钙症，即缺少人文的钙，灵魂的钙，缺少情感本体与伦理本体的钙。彭学明的这部《娘》，之所以如此轰动，说到底，就是给这个时代补充血液，就是给广大读者补充钙质。从这个意义上说，我们应该感谢彭学明，感谢作家撕裂自己，用真诚的忏悔，血的教训，肉的痛苦，泪的呐喊，让我们触摸自己的良心，触摸发烫的灵魂。

第六节　《湘西秘史》：历史与时代撞击下的民族志

评论者刘起林认为：从某种民间性的文化视野和价值立场出发，重新建构20世纪中国的历史叙事。这类作品往往依托中国本土、民间的文化资源，重新

---

① 刘再复新浪博客，2012 年 7 月 3 日查询。

设立审视现代中国历史的意义框架，以一种"民族秘史"的叙事范式，来超越红色文化本位的"正史"叙事①。《湘西秘史》在这方面作出了难能可贵的努力。某种意义上，"'湘西'是一个地理、文化与历史的综合实体，是现代理性带走了人们对于世界的诗意化想象之后，当代想象中所剩不多的神秘符号之一"。②李怀荪的《湘西秘史》正是以其传奇性、故事性和神秘性，唤醒人们诗意的想象和理性的思考。

《湘西秘史》以"长河小说"的构建形式，娴熟地以湘西民俗为背景，通过叙述张、龙、刘、麻、石等家族的盛衰成败、荣辱浮沉，展示了千年古镇浦阳的盛衰过程，并通过对各阶层、各个职业的描写，全面概括了湘西人的生存世界和精神世界。作品题材的新奇性和传奇性是显而易见的，对湘西民俗细致准确的描写更是吸引人的眼球，无愧于"史"的称号。然而，正如沈从文在《凤凰集》提到的，这些新奇和神秘"背面所隐藏的悲惨，正与表面所见出的美丽成分相等"。在湘西民俗、风气与习惯的浸润下，湘西人有着无奈但必须吞咽的"苦酒"般的人生。

一、湘西女性：氏族遗风与封建宗法的承受者

凌宇曾在《从边城走向世界》一书中，将"湘西"界定为一个原始氏族遗风与封建宗法关系并存的社会。前者意味着自然性、原始性、野性的遗存，后者则是规范性、强制性的体现。两者看似矛盾，在湘西女性那里却奇异地融合在一起。

湘西女性在原始氏族遗风下的张扬与恣肆。这主要体现在女性对爱的主动且大胆的追求。刘金莲不满未婚夫张复礼的恶行，转而喜欢上了又丑又矮但诚实可靠的麻大喜，为了表达自己的心意，她不顾女儿家颜面，半夜进入麻大喜的房间，声明她是麻大喜的人，甚而，她为了反抗婚姻并和麻大喜在一起，一个人冒着风雪去麻家寨，表明自己就是麻家的人了。除了刘金莲，张玉凤、兰花等人对爱大胆追求的勇敢亦让人佩服。张玉凤几乎是炮制了刘金莲的追爱过程，送手帕、扔戒指，再加上语言上的大胆，玉凤由痴情衍生出来的大胆让人难以招架；兰花则是直接以处子之身表明自己真正的心意。

湘西女性在封建宗法关系下的压抑。一曲哭嫁歌唱尽了女儿的心思。作者笔下的湘西女性，婚前与婚后有着较为鲜明的对比。婚前，她们能够自由地寻

---

① 刘起林.红色记忆的审美流变与叙事境界.北京：中国社会科学出版社，2015：63.

② 周会凌."自我"与"他者"审美歧途中的"湘西形象".吉林大学学报，2015（3）.

找爱情，发泄自己的情绪，可以向父母撒娇、耍泼；婚后，她们要想着怎样讨得丈夫的欢心，全家人的欢心，怎样稳固自己的地位，刘金莲讨好公婆，主动请缨收购桐籽，步行70里山路只为收购桐籽，少女时代的娇媚被生活的重担一一磨平。这，只是普遍现状。压抑到极致的女性莫过于寡妇了。湘西多寡妇，对她们却只有"好媳妇"的称呼，刘金莲守着活寡，人前光鲜，架子摆得十足，努力做着身为"好媳妇"应该做的事，但再多行为也弥补不了当年的一次报复，洗不掉流言碎语，"指背煞"跟随着她的一生甚至她的儿子、儿媳；邬月娥为"冲喜"嫁入杜家，没享受过一点新婚的喜悦便成了寡妇，唯一的寄托却只有过继来的儿子安放，安放享受着从未做过真正女人的邬月娥的母爱。在一个个伸手不见五指的黑夜里，湘西的寡妇们一遍又一遍地寻找着"乾隆通宝"，发泄着自己无法实现的渴望。她们唯一能够发泄自己渴望、委屈的途径，只有"乾隆通宝"。与之相对应的是，身在湘西的寡妇们尚且可以如刘金莲和邬月娥一样相互熨帖，而身在汉口的小芸却只能在芳草第，默默以泪品尝荒草般的人生。在这里，作者因为对受难女子的书写已不仅仅局限于湘西这一地区，而获得了一种普遍意义。

封建宗法关系对自己的压抑，湘西女性是没有知觉的，但对苦难的感知却是敏锐的。湘西女性以其特有的宿命观对抗苦难。邬月娥成为寡妇，从来没有责怪过身为媒婆的刘金莲，认为这都是自己的命；小芸郁郁而终，从来没有怪过丢下自己不管的张复礼，认为这是自己的命。她们以一种宿命观品尝自己的苦果，却不忍责怪任何人。正是对苦难的共同感知，湘西女性以一种宽容和体谅，体贴对方的不容易，试图消除对方的负罪感，阿春对刘金莲的体谅与刘金莲对阿春的体谅，这两个曾经肆意张扬过青春的女子都竭力将曾经的错误怪到自己身上，竭力诉说对方的好与善，她们默默忍受苦果的姿态着实让人心酸，在某些程度上，这也消除了小说的悲剧色彩。

另外，露娜作为西方女子，且是女权主义者，与湘西女性形成了较为鲜明的对比。在许多人看来，湘西本来说是封闭的代名词，来了一个露娜，这本身就是一个异数。露娜可以和丈夫詹姆斯一起来中国做生意，刘金莲们却成为丈夫眼中甚至心中的绊脚石被远远丢在一边，声称让媳妇代替自己孝敬父母。湘西男性可以出走，女性却不能出走，她们执着而痴情地固守着夫家的一切，任劳任怨。并且，由于露娜的身份及其文化背景，使得对这些湘西女性的观照有些特殊的视角。露娜赞美刘金莲忍辱负重、坚强不屈的品格，认为"是任何西方女性所望尘莫及的"[①]，赞美娄听雨是"一个了不起的女性，是中国的娜拉"[②]，露娜的评价虽然不那么准确，但从侧面体现了女性生存的艰难及其令人敬佩的品格和精神。

二、湘西原始风俗的真实写照

湘西风俗浸润着湘西人情世俗、经济、政治等各个方面，湘西人生于斯，死于斯，既创造了极具地方特色的风俗，又依赖于这风俗。书中以浦阳为中心，描绘了浦阳一带的风土人情。对以浦阳为代表的湘西风俗的细致描写，成为《湘西秘史》的特色部分，同时，在小说结构、人物心理等方面也起着巨大的作用。

湘西风俗作为历史和时代的见证者，目睹人世沧桑，甚至因果轮回。全书以万寿宫"上会"始，也以万寿宫"上会"终。往日"西帮"的三十六罗汉变为十八罗汉，转而变为十二罗汉，"西帮"日渐衰落，摇摇欲坠，乃至万寿宫"上会"因经费不足被迫中止。护航神鸦护送着一批批船客，见证着同伴的死去和金替身的到来；当船把佬戳穿金神鸦只是镀金的之后，护航神鸦又见证着洪水包裹着张复礼和玉凤的生命扬长而去。生命正如水逝，神鸦作为保护航行平安的吉祥物，或谄媚，或正义，或贪婪，但毕竟是这些长期与险山恶水打交道的人们乞求生存的信仰。

湘西风俗是湘西山民心目中的救命神医。巫医一家，对湘西人来说，生老病死，医生救不了的，找老司，老司救不了的，找医生。老司和医生都救不了，那就只有认命了。当刘昌杰病情严重时，刘邬氏想起了"拜星辰"；火儿瘦得皮包骨，阿春和石老黑想起了"烧火胎"；当瘟疫袭来，"游船掳瘟"开始了，当据说携带着瘟疫的船离浦阳镇越来越远时，瘟疫似乎也离浦阳镇的百姓而去，果然，那次瘟疫没传到浦阳。老司是沟通阴阳的使者，为在阳界的人求得安康，但老司的法术不总是尽如人意，本借了18年阳寿的张恒泰只多活了5年，虔诚地"拜星辰"也没能挽回刘昌杰的命，三天即驾鹤西去，这些遗憾似乎都成了老人们的命数和缘法。作者通过印秀才和张复礼的对话戳穿了护航神鸦的说法，对于救那么多湘西人性命的老司却是不忍揭破的。

湘西风俗是人们情感的精神寄托。麻大喜将自己对刘金莲的爱意刻进了观音像上，刘金莲靠固执而执着地给酷似自己的观音像上香表达自己的一些"忘

---

① 李怀荪.湘西秘史.北京：作家出版社，2015：964.

② 同上书，第965页。

不了"，二人之间的情感交流全通过观音进行，观音已经成为二人情感和信仰的寄托。湘西人们相信那些吉祥的预兆，只要老司掷出的卦是吉卦，他们就相信事情一定会获得顺利，比如邬月娥就因为老司掷出的吉卦相信杜英孝一定会好起来，才坚持要嫁给杜英孝。湘西人相信老天给出的预示，因此，几乎每一个职业开始前都有个祭天仪式，以示吉凶，船把佬、排古佬之类的职业尤信这个，蜈蚣旗被吹落，杀鸡掩煞却没有砍中公鸡的脖颈，这些对于排古佬来说都是不祥的预兆。

湘西风俗具有叙事的推动功能，甚至本身就充当情节的一部分。书中人物的一个念头想起要做某个法事，虽然没促进情节的发展，但使书中的情节便得到缓冲，调节紧张气氛，如当刘昌杰弥留之际，刘邬氏想起"拜星辰"。湘西风俗亦可充当有效情节，推动故事发展。龙法胜要给火儿"抛牌过印"，在哪儿做成为关键，在龙法胜家做，火儿便成为龙法胜的上门女婿，在火儿自己家做，旺儿就成为上门女婿，这是关系火儿与兰花幸福的大事。"抛牌过印"最后在火儿自己家举行，火儿、兰花和旺儿的感情纠葛便得到了交代，火儿多年不娶也有了原因可循。促进故事出现小高潮的是修普光寺，麻大喜为雕刻观音再次回来，麻大喜与弟媳阿彩会有怎样的结局，麻大喜和刘金莲的感情又会有怎样的牵绊，这些疑问一下子使故事紧张了不少。请老司"踩桥"，做"翻解道场"，这些风俗将火儿抬到幕前，交代了火儿的所思所想。

另外，浦阳镇百姓的闲言碎语似乎也成了当地见怪不怪的风俗之一。浦阳镇百姓的嘴巴是厉害的，逼得张复礼、刘金莲几次离开浦阳镇避风头，最后竟把唯一有可能重振浦阳的张钰龙也逼走了；浦阳镇百姓的嘴巴是盲目的，别人说啥他们就信啥，长疤子等人轻而易举地利用浦阳镇百姓的嘴巴传着刘金莲的流言蜚语；浦阳镇百姓的嘴巴是谄媚的，龙永久被"打瓜金"，龙永久摆摆架子便压下了这些人的嘴巴；浦阳镇百姓的嘴巴是八卦的，爱打听私密的，关于刘金莲的流言从刘金莲做女儿到她成了奶奶，这些流言从未停歇。然而，浦阳镇百姓的嘴巴有时候又是最接近真相的，不然，刘金莲等人就不会如此害怕那些百姓的嘴巴了。作者笔下的浦阳镇百姓，活画出了浦阳镇的落后、封闭和保守，从这一层面来说，作者为浦阳镇的衰落分析出了一个可靠的理由。

作品的叙述方式有些特点，可以视为真实再现历史与时代撞击下的地方志。其主要特点表现在：首先，人物写到哪，介绍哪儿的风俗习惯或景色，张恒泰要筹备万寿宫"上会"，作者便开始写万寿宫的来由和"上会"的来由。其次，填充式叙述，为了详细而全面地展示湘西各行各业的状况，作者总是让笔下人物、事件出现一些转折或空缺，相应的，湘西的历史文化便写进去了，如张复礼忍受不了家中的生活，想外出，正好张复万从汉口回来，想要浦阳这边补个东家过去，再如船上缺船把，便出现了招人时的一连串富有地方特色的问题和对答。再次，正述与复述共生，已经发生了的较重大的事，往往有人再复述一遍，例如复述打虎匠之死，之前的正述部分已经交代得很清楚了，却还要再复述一次，这样的重复虽然显得有些累赘，但却在一定程度上加深了打虎匠的英雄色彩和悲剧气息。最后，英国人詹姆斯和露娜的加入，使得作品叙述有了一个新奇的角度，他们对事件的不同看法都可以作为对湘西人看法的一个补充，达到了复调的效果，丰富了读者的视角，成为一部反映瑶族人民精神历程的有深刻穿透力和现实镜照意义的书，是新世纪瑶族文学的新收获。

第三章　新时期以来瑶族文学的审美生成

第一节　江华瑶族文学发展慨况

江华地处湘南边陲，境内多大山，以"千里大瑶山"名闻遐迩。因瑶族人口众多，1955 年被批准成立江华瑶族自治县。清代以前，江华本土鲜有影响的文学人才和文学作品，瑶族的神话传说多以民间歌谣形式口耳相传，如《盘王大歌》《过山榜》等。一些文人大家，多为江华的山川风物所吸引，到此游历，如东汉的蔡邕，唐代的元结、刘禹锡，明代的徐霞客等，在江华均有题咏和游历记录。在江华任职的文人也多在从政之余偶有撰写诗文，由于历史条件所限，仅有少数作品刊印成书，流传后世，如宋代李长庚《冰壶集》、唐彦范的《阳朔文集》、胡良的《西蜀文选》、蒋敬修的《文稿十三卷》，清代唐澈的《澹泉诗稿》《寻乐图文集》等。中国共产党建党之初，江华籍早期党员李启汉、陈为人、韦汉，均以文采、理论著称。李启汉少时即有文名，所写文章冠绝一时。1921 年 8 月，李启汉任中国劳动组合书记部总干事兼《劳动周刊》编辑，发表大量文章。1927 年 10 月，陈为人任中共满洲省委书记兼宣传部长；1932 年负责"中央文库"的管理工作。老一辈无产阶级革命家江华，在井冈山时期曾任毛泽东秘书，留有著述《江华在浙文集》《追忆与思考》以及大量诗文。

新中国成立后，县文化馆和县文联先后出版了《江华文艺》《阳华》等刊物，《江华报》开辟了文艺副刊、专栏，为文学爱好者提供了习作园地，涌现了一批文学业余创作者，在省级以上刊物发表作品的有李本贤、王建文、蒋钟谱、赵登厚、郑德宏、李本高等。

改革开放以来，江华文学发展进入了一个新时期，涌现了一大批文学作者，创作和发表了一些在外有影响的文学作品。赵登厚、黄爱平、周龙江、吴冯飚(江南雨)、张建新、叶燕波、文治平、安守科、李祥红、陈茂智等均有作品在省级以上报刊发表，赵登厚、黄爱平、周龙江、张建新、江南雨等先后成为湖南省作家协会会员。黄爱平以诗歌创作见长，1983年起，先后在《诗刊》《人民文学》《民族文学》等20多家刊物发表大量诗歌作品；周龙江的散文诗以清丽、凝练的格调，描绘了江华大瑶山秀美的风光和奇异的风土人情，深受读者喜爱；江南雨于1991年在大型文学刊物《芙蓉》发表中篇小说《酋长和他的部落》，当年湖南文艺出版社在江华召开江南雨小说作品研讨会，对该作品给予了高度评价和推介，他编剧创作的电影《故园秋色》获得1998年中国电影华表奖最佳故事片奖。

进入21世纪以来，江华文学创作进入繁荣发展的时期，小说、诗歌、散文、报告文学、文学评论等各种文学门类都取得了较大的成果，文学创作队伍空前壮大。2004年成立了江华瑶族自治县作家协会，创办了《瑶族文学》杂志，笔会、文学采风、作品研讨会等各种文学活动也比较活跃。黄爱平、李祥红先后加入中国作家协会，陈茂智、唐崇慧、郑万生、孙春涛、周生来、陈永祥、魏佳敏、孙春涛、彭式昆、文霖、唐自水、蒋祖智、金锦云、于春林、贾章雄、刘朝善、蔡文波、罗智等先后加入湖南省作家协会，诗歌创作方面，黄爱平出版了《边缘之水》《黄爱平诗选》两部诗集，2008年，《黄爱平诗选》获得第三届毛泽东文学奖、第九届全国少数民族文学创作骏马奖；周龙江出版了诗集《静静地向你走来》，李祥红在《人民文学》《诗刊》《中国作家》《民族文学》等刊物发表大量诗作，出版了诗集《沧桑瑶山》，由他作词的歌曲《大瑶山我的亲娘》获得2013年湖南省精神文明建设"五个一工程"奖；金锦云出版了诗集《一朵微笑》，《文艺报》发表文章对其诗歌创作进行了评论推介；唐崇慧、刘朝善等人的诗歌创作来势较好，在多家报刊发表了为数众多的诗歌作品。小说创作方面，陈茂智创作成果颇丰，在《民族文学》《湖南文学》《小说月刊》等省级以上刊物发表大量中短篇小说，小小说《山魂》获得《小小说选刊》2012年至2013年全国优秀作品奖，并入选《黄冈语文读本·高三语文》教材和高考试题精练等多种选本，短篇小说《田野花开时》《小薇》先后获得首届、第二届"永州文艺奖"，2006年出版了中短篇小说集《静静的大瑶河》，2012年出版了长篇小说《归隐者》，2013年11月，《文艺报》、湖南省文艺评论家协会、《创作与评论》杂志社联合举办"瑶族作家陈茂智长篇小说《归隐者》研讨会"，《文艺报》《创作与评论》《湖南日报》《长沙晚报》《湖南工人报》《民族论坛》等报刊对其作品进行了评论推介；农民作家唐自水创作出版了长篇小说《女人命》。散文创作方面，老作家彭世昆出版了散文集《漕滩露宿》，陈永祥出版散文集《山里那些嫂子》，永州市作家协会、永州市文艺评论家协会于 2012 年 8 月在江华举办彭世昆、陈永祥作品研讨会，对两人的创作及作品进行了评论推介；魏佳敏出版了长篇散文《怀素》、蒋祖智出版了散文集《大瑶山的芬芳》；蔡文波出版了散文集《我的大瑶山，我的潇水河》，张华兵出版了散文集《穿越潇贺古道》等；罗智在网络文学创作领域也颇有建树，出版了三部长篇小说；文霖积极参加各级文学征文评奖活动，作品获奖众多。报告文学创作方面，张建新、郑万生、贾章雄、于春林、陈茂智也创作发表了不少作品，贾章雄出版了报告文学集《山之魂，海之韵》。在文学评论方面，周生来、陈茂智等在《文艺报》《创作与评论》《文坛艺苑》等报刊都发表了多件作品。

在湘南这样一个偏远的瑶族聚居区，涌现如此众多的文学作者，发表和出版了数量庞大的各类文学作品，并以整体出击的姿态，在"文学湘军"的阵容里列阵展示，形成了颇具实力的瑶族作家群，实属罕见。

第二节　主流价值浸润下瑶文化的野性生命力

就江华瑶族作家群创造的文化性格而言，尽管有着可以归纳为同一个范围的属性，热情、善良、勤劳、智慧等，但却各有千秋，如李祥红《姨婆》中的姨婆就在这些人物的性格之外，泼辣直爽；陈茂智的《理发师三题》中的项上舒是一个非常有个性的人物，小说开头就说，"项上舒，本不姓项，叫舒秉如，衡阳人，风城有名的理发师，他的店铺就在河边街临老县衙那一段。项上舒只是他店铺的招牌，估计是取项上人头舒服之意"。理发师在旧社会是一个被人轻视的职业，但是作家一开头就让"项上舒"充满了传奇色彩，仅仅名字就让人感觉与众不同，因为手艺神奇，别人竟然忘记了他的本名，以绰号呼之，充分说明他的影响力。而实际上"项上舒"的传奇远不限于特殊的手艺，更为关键的是，他竟然能"看你的命相八字，在修面按摩之际，又将你的骨相拿捏得一清二白，把你的前世今生说得八九不离十"。一个国军的军长没有守住风城，投降日军，而他竟然知道这位国军军长后来自杀成仁而不可得，所以提前提醒了副官。这样的本事简直要被读者"惊为天人"，但是作家告诉你，他是一个理发师！这样的传奇人物在江华到处都是，也许就是一个裁缝，也许是一个厨子，总之这是一个文化积淀极为深厚的地方，藏龙卧虎，不可小觑。

在李祥红和陈茂智的人物形象塑造中，可以从侧面看出江华瑶族人的性格，即善良、本分、勤劳，又智慧、聪明，他们没有与之相匹配的身份，也没有惊天动地的丰功伟绩，他们就是普通人，但是他们是这片土地的真正主宰者，他们沉浸在诗意人生里，活出了一种新的境界。这种朝着人性之根和诗意之源探索的整体性创作特征与上世纪 80 年代肇始的寻根文学有一定的相似之处。"对文化习俗以及民间的'味'的展示。创作寻根文学的不少作家都在展示一种被主流文化遮蔽和遗忘的习俗。诉诸中国传统文化的问题和文化负面因素的揭示，实际上是延续了鲁迅式的文化批判。着重于挖掘传统文化中非常野性的原欲，展现一种生机勃勃的、被正统文化一直遮没的民间的生命力。"①

应该说，寻根文学是一个极为驳杂的文学思潮，上述三个分类基本涵盖了寻根文学的整体概貌，与之相比，江华瑶族作家群的作品有第一类和第三类的某种程度上的重合。习俗之味的展示是江华瑶族作家群的一个标签性符号，他们总是不厌其烦地把各种瑶族习俗显现出来：

"盖草的墨水当街卖/丁乙的茶油不煮菜/卢娘娘的口水治百病/瘸腿的百顺走世界……"

"天皇皇，地皇皇/善人有事问仙娘/仙娘有口难对答/逼起走阴问城隍/城皇庙前有石狮子/城隍庙内有土地堂/土地公婆来引路/先见头殿楚江王/今有青砖来相告/阴司有他二爹娘……"

这里的人们对香草溪有着超乎寻常的感情，在介绍香草溪时，吴盖草对程似锦说，"一定要带程似锦上拔贡山去看一看；看了，你才晓得香草溪有多美，才晓得这个地方是个宝。他说，这么好一个地方到哪里去找啊，谁破坏了谁就是罪人！"尽管香草溪很美，但那种美非常孱弱，在与现代性的直接对抗中，代表着和谐、自然和美好的香草溪完全处于下风，这段对话似乎预示着香草溪的某种命运，所以盖草才说"谁破坏了谁就是罪人"，香草溪的自足性是封闭状态下的田园牧歌，但是这里的人们只能寄希望于现代人的自我觉悟，自然本身无力自足。

陈茂智擅长在情节的夹缝里展现人物的精神世界和背后的文化景观，他知道在什么地方发力，怎么发力，发力的分寸，所以他有时会把叙述的对象对准书房。判断一个人的文化素养和精神世界通常是看他看什么书，鲁迅在《祝福》中精致描述了"四叔"的书房，他的书架上是《康熙字典》《近思录集注》《四书衬》读者由此判断四叔的文化人格，落后、保守、虚伪。同样，陈茂智也经常使用这种方法，当程似锦跟着吴盖草时，"中央迎面而立的是两个硕大的书柜，书柜里整整齐齐装满了书。隔着书柜玻璃，程似锦浏览了一下，这些书以文学和历史类居多，多是较早的一些版本，都很上档次，有很多在书店里根本见不着。

---

① 吴炫.新时期文学热点作品讲演录.桂林：广西师范大学出版社，2004：78.

有两个书格子让程似锦眼睛一亮，里面的书分类很明晰，一个是《易经》专柜，一个是线装书专柜。《易经》专柜清一色是与《易经》有关的书籍；而线装书专柜很杂，收的都是线装书，大多古旧"。程似锦吃惊不已，"没想到在这个偏僻的深山寨子里，还有这样一户人家，竟还有如此丰厚的藏书"，僻壤穷乡出刁民，或者在这样一个封闭的地方，人们一定是蛮夷之辈，纵然不是刀耕火种，也无暇经史子集，更谈不上博学睿智，但是盖草就是这样，不但看书，而且书多，文学、历史应有尽有。盖草精研《易经》，作家用了两个词"专柜"和"线装"，可见盖草对《易经》的熟悉程度。《易经》是中国文化和哲学思想的源头之一，中国人对世界、宇宙和生命的认识大多来源于《易经》。而且值得注意的是，盖草看的不是现代改编的白话版《易经》，而是线装的古籍！这让那些附庸风雅的职业文人自愧不如。"程似锦问盖草，最近看什么书？叫他把好看的书推荐一两本给他。盖草说，也没什么书可看了，刚回来只带了几本新书。他走进隔壁的卧室里，拿出两本书来，一本是《了凡四训》，一本是《六祖坛经》，说这两本书都经得读。程似锦拿了《六祖坛经》，说那我就先看这本吧。盖草很高兴地说："你借书不贪，一次只拿一本，是真的爱书之人，也是真懂得看书之人。似锦，你这朋友果然没让我看错！"似锦呵呵一笑，说："我看书就这样，选定一本，得从头至尾一路看完，不会东翻翻西翻翻。"盖草说："你跟我一样。"盖草不但读《易经》，精研中国易学文化，而且对禅学也有涉猎，《六祖坛经》是佛家经典，因此盖草不是某个流派和思想的信徒，而是博学杂取，达到了儒释道合一的境界。"似锦又问盖草读《易经》有何心得，盖草说，《易经》早已把世界上的人和事都看透了，世界上所有的一切无外乎'生生化化'四个字。似锦问他这四个字怎么讲，盖草说，事物也好，人生也好，其实很简单，世界就是阴阳变化，人生就是生死祸福。打个比方说吧，就像你，你到香草溪来，原本就是来看风景享福的，该说是福吧；谁想到生了病，被狗咬了，眼看要死，这是祸吧；但你遇到了好人，百顺救了你，卢阿婆救了你，根普老人救了你，这又是福吧；他们救了你对你来说真是福吗？还不一定。人生啊，就这样祸福相伴走过一生……盖草感慨说，《易经》里六十四卦，没一卦完全好，没一卦完全坏，都是生生化化，好的可以变成坏的，坏的又可以变成好的，这就是'易'，'易'就是变化。"

这是《归隐者》中程似锦和吴盖草的一段对话，其中以"易"为话题，谈及对生命、对世界、对人生的看法，解读生活中发生的凡此种种。"他看着盖草，突然问了一句，如你，用易经来说，人生的生死祸福又如何解？盖草说，你是说我现在单身这个样子吧，其实也很简单。我这么大年纪还没讨老婆，是祸吧；

可没老婆有没老婆的好处啊，可以少些夫妻间的争吵，可以多一些自由，多好啊，这就是福吧；有了自由但没有孩子，老了病了没人照顾，这又是祸吧；但没有孩子就少些操劳，这又是福吧……哈哈，这样讲有些勉强，易经其实不用这么讲，讲具体了就一点味道没有，一点意思没有。天机不可泄露，人生不可详解。"福祸之间辩证关系这种严肃而深奥的问题，在盖草和程似锦的对话中轻松自如，得其意而忘其形，福祸的因果相连如同有老婆和没老婆之间的关系，单身无牵无挂，拥有自由，但是却没有孩子，晚年凄凉。程似锦和吴盖草的对话让我们再次回到寻根文化的思路上去，"'寻根'小说对传统现实主义文学的超越，主要体现在追求个性中对意识形态与工具性的游离与超越。五四时期，在'为人生'文学观念的支配下，开辟的现实主义文学潮流"。①

从本质意义上说，盖草更像是一个文人，对待自己的书要好过自己。"程似锦看了看书柜四周，担心漏雨把书都淋坏了。还好，书柜整个地方没一点雨渍。他看见书柜上方盖了好多镜框玻璃，猜想可能是遮雨遮灰尘用的，就问盖草。盖草回答说是。盖草说，当年他砌这座新房子办了酒席，那时流行送镜屏，收到的镜屏足有上百块。这些东西挂在墙上也没多大用处，破的破，送的送人，还选了些好的把背面的油漆刮了做了窗户玻璃，后来出去怕屋子漏雨淋坏了书，就把它们用来盖书柜。"房子漏水，他们首先想到不是吃穿住用等日常生活用品是否受损，而是书的情况，生活中多余的资源都用来保护书籍，除了将生活中的旧物再利用之外，盖草还自制香草，保护书籍。香草是人格高洁的隐喻，"程似锦问，书放久了最怕虫。盖草说，不怕的，我在书柜里放了香草。香草驱虫，虫闻到香气不敢挨边。盖草打开一面书柜，一股清香扑出来，好闻得很"。对于藏书常见的问题，如受潮和虫蛀，盖草都有简单而有效的办法，或者用镜框防护，或者用香草防虫，文人智慧在这里发挥得淋漓尽致。

由此，作家将两人的思路引向香草，这在中国文学中是一个极具象征意义的意象，因为这是屈原的自喻。"善鸟香草，以配忠贞；恶禽臭物，以比谗佞；灵修美人，以媲于君；宓妃佚女，以譬贤臣；虬龙鸾凤，以托君子；飘风云霓，以为小人。"程似锦情不自禁朗声诵道。盖草说："这是汉代王逸《楚辞章句》为《离骚》序的句子吧。香草美人，是屈原《离骚》中最醒目的两类意象，他所追求的理想世界，人要美，草也香。其实，人世间哪个时候能做到这一点呢！见程似锦听得认真，盖草接着说，唐代刘禹锡也有一首写香草的诗："湘水流，湘水流，九疑云物至今愁。君问二妃何处所？零陵香草露中秋。"据说这是他专为祭

---

① 贺桂梅. 人文学的想象力——当代中国思想文化与文学问题. 郑州：河南大学出版社，2005：78.

祀湘妃所写，曲牌就叫《潇湘神》。盖草说："刘禹锡这首诗，让我一直猜想，诗中的'香草'可能不再是草，而是一个地名，你看，湘水、九嶷、零陵都是地名，'君问二妃何处所？零陵香草露中秋'，就是告诉我们，娥皇、女英二妃所葬的地方在零陵香草，也就是我们香草溪这个地方。"程似锦听了，觉得有些道理。对于盖草，他从心里越发敬佩。"

陈茂智把香草溪的河流、香草和山川写得极富想象力。谢有顺曾在《二十世纪以来写风景写得最好的作家是鲁迅和沈从文——关于风景、感官和故乡的一些随想》写道"在当代文学中很久没有听到一声鸟叫，很久没有目睹一朵花的开放，也很久没有看到田野和庄稼的颜色了。今天的作家，普遍耽于幻想，热衷虚构，唯独不会看，不会听，不会闻，也就是说，他们已经习惯了用头脑写作，而从来没有想过，作家有时也是要用耳朵写作、用鼻子写作、用眼睛写作的。他们只记得自己有头脑，没想到自己有心肠，也没想到自己还有眼睛、鼻子、耳朵、舌头。"就这个意义上说，江华瑶族作家群对风景的感受能力是一流的。

《香草溪》与"寻根文学"有着相似的精神皈依，"'寻根'小说对历史的另一个超越就是此期文学现代主义实践误区的省思与超越。'寻根'小说创作思维的历史转型与这一时期的现代主义文学实践具有同一的指向性，都是中国文学寻求现代性的一种方式。只不过，向民族自我的撤退与回归，在思维方式上是逆向的，是其图像魔幻现实主义文学那样通过对民族文化与集体记忆的'寻根'来重建对历史、现实、人和世界的认识"①。江华瑶族作家同样致力于展现传统文化中野性的气息，表现生机勃勃的民间生命力，莫言在《红高粱》中的"我爷爷""我奶奶"都是民间生命强力的代表。李祥红在《姨婆》中就描写了姨婆的形象，姨婆抽旱烟，能打退土匪，这和中国传统文化中的女性人物形象形成了截然的反差，女性不再是天然的弱者，她们同样是具有强大生命力的主体，这是一种被传统文化遮蔽的民间生命力，李祥红重新把它展现了出来。

第三节　瑶族文学的外化与催生

一、历史视野下的瑶族文学

瑶族文学素有"瑶族人民大百科全书"之称，其内容涵盖范围之广，令人惊

---

① 贺桂梅.人文学的想象力——当代中国思想文化与文学问题.河南大学出版社，2005：78.

叹。大到历史、哲学、宗教，小到民间风俗习惯，都与瑶族文学产生了形态各
异的化学反应，这些化学反应相互融合，进而塑造了一个多元统一的文化大系
统。而就瑶族文学与瑶族历史的关系来看，从宏观上大致可以分为两部分：历
史对文学的作用和文学对历史的反作用。

　　首先，瑶族历史对瑶族文学的决定作用主要指的是同一阶段的历史对文学
具有决定作用。文学来源于生活，而生活在时间标尺上的不断回溯即构成历
史。正如英国的迈克尔·英伍德在《海德格尔》中说的："历史并非消逝远去的
事物，它正是我们当前的状况。"从某种意义上来说，文学来源于历史，历史决
定文学。历史在不同阶段的发展，都会作用于人民，而人民则会通过各种各样
的方式来表现历史。文学即是表现方式之一。瑶族人民在进行文学创作的时
候，往往习惯于从历史生活中取材，历史因素融入文学创作，这就使得瑶族文
学带有当地的历史特色。比如《盘王的传说》，它取材于当地戎狄与平王的作战
历史，但是大众改变了历史发展走向，加入了人民对既定历史的翻盘期待，从
而使整个文本充满了神秘的历史色彩。

　　其次，瑶族文学对瑶族历史的反作用主要表现在两个方面：瑶族文学与瑶
族历史的表层对应关系与深层对应关系。瑶族文学与瑶族历史的表层对应关系
是基于民间口头创作和传播上的，主要包括直接对应关系、间接对应关系和艺
术性对应关系。一是瑶族文学中的某些部分是对瑶族历史的直接真实的反映。
文学来源于生活，而生活在时间标尺上的不断回溯即构成历史。从某种意义上
来说，文学来源于历史，所以，文学对历史的忠实记录是最基本的，这也体现
了民间文学"文史合一"的特点。诸如《大藤峡的传说》《金龙出大洞》《豆腐八
王》等民间传说，都是以文学形式对瑶族历史进行直接真实的记述。① 二是瑶
族文学中的某些部分是对瑶族历史的间接反映。"瑶族具有悠久的历史，只是
阶级压迫、民族歧视和生活环境的艰难，阻碍了瑶族历史的发展进程，使之无
法与汉族的进步保持同步。"②在这些历史的艰难困苦中，瑶族人民所产生的复
杂情感和辛酸感受，既是历史文书较容易忽略的，也是它所不屑记载的。在这
样的历史背景下，瑶族人民只能通过自己来抒发内心情感，由此产生了不少的
民间故事、歌谣等。诸如《桃源桐》《梅山桐》《千家桐》这三首瑶族著名的记事
古歌，就是由民间创造，并间接反映瑶族历史的文学作品。三是瑶族文学中的
某些部分是对瑶族历史的艺术性反映。艺术性反映可分为艺术化改写和艺术性

---

① 黄书光等.瑶族文学史.桂林：广西人民出版社，1988.
② 何颖.瑶族文学与瑶族历史的关系.民族文学研究，1992(4).

描写。艺术化改写，就像之前所提到的李祥红的《盘王的传说》，通过艺术加工改写历史，使之符合民众要求和文本的逻辑性，其中所贯穿的民族精神同样从侧面反映了瑶族历史的深层文化特质。而就艺术性描写而言，大部分瑶族民间的文学作品都运用了各种各样的修辞手法和表现方式，来描写瑶族人民的生活、风俗以及自然风光和山川美景，在发挥着认识和教育功能的同时也使大家获得了美的感受。比如动人心弦的瑶族情歌、丰富有趣的动物故事等，虽然它们只是对瑶族历史的艺术性描写，但文学反映生活的真理不变，它们依旧对瑶族某一特定时期的历史做出了间接的艺术性反应。

瑶族文学与瑶族历史的表层对应关系所涵盖的三个部分，本质上都体现出了文学来源于历史同时反作用于历史的系统关系。瑶族文学并不等同于瑶族历史，即使是直接反映历史的文学，也存在一定的艺术加工和修饰。从这个意义上来说，表层对应关系中的三个部分是具有共通性的，即都具有或多或少的艺术性。

除此之外，对瑶族文学与瑶族历史关系的研究只停留在表面是远远不够的。我们必须要深入下去，从整个人类社会的总体结构出发，对瑶族文学所反映的瑶族历史结构作长时期的考察。瑶族文学与瑶族历史的深层对应关系主要体现在以下两个方面：一是瑶族文学反映出瑶族历史内部的本质结构，并揭示其内在的生成、发展、变迁的社会规律和逻辑思维。就人类社会的整体而言，其总体的发展趋向是从低级到高级，呈现出渐进性和层次性的特点。"发展的深层的根本动力来自生产力水平的不断提高，内在功能在于人类文明的进步指向。"①而由于在发展过程中的各民族的生产方式与生产水平不同，导致各民族文学也在其基础上呈现出明显的差异性。瑶族文学作为瑶族社会历史的艺术性反映，以文学的方式向众人展现了瑶族历史内部的本质结构及其内在的发展规律。诸如瑶族布努支系的创世史诗《密洛陀》等作品，都从不同程度上反映了瑶族历史发展的状况。

从哲学层面来看，某个民族的社会发展进程与全人类的社会历史进程是整体与部分的关系，并且这种关系是横向的。以瑶族的社会发展进程为例，无论是远古、古代还是近代、现当代，都与同一时期的人类整体社会状况有着共通性，总体上反映出社会发展的基本规律。但同时，瑶族由于受自身的生产力水平的决定以及地理环境等的影响，使瑶族文学又具有自身所独有的民族性和唯一性，在整个人类文学中散发着独特的光芒。二是瑶族文学本质上反映了瑶族

① 何颖.瑶族文学与瑶族历史的关系.民族文学研究，1992(4).

社会群体心理结构。"瑶族社会群体心理结构，是瑶族特定的生存方式、思维方式、价值观念、审美情趣等在长期的历史发展中积淀的结果。"①它本身具有隐秘性，是存在于社会结构的深层之中，并主要蕴含在瑶族文学当中的神话意象里。从这样的心理结构出发，无论是思维观念还是社会行动，都在潜移默化中受到了它的影响，这种影响是缓慢的，也是深刻的，没有太多的外在表现性，却深入骨髓，成为瑶族人民的本质特性。

若要剖析瑶族的社会群体心理结构，则主要还是从瑶族文学当中的神话意象出发。瑶族三个具有特色的文化系统主要包括盘瓠文化系统、密洛陀文化系统和拉伽文化系统，其中尤以盘瓠文化系统最为突出。例如，江华诗人李祥红的《盘王的传说》讲述的就是该系统。瑶族人民信奉的盘王又叫"盘瓠"，汉代《后汉书·南蛮传》曾有记载："高乃氏有犬戎之寇，帝患其侵暴，而征伐不克，乃访募天下有能得犬戎之将吴将军头者，购黄金千镒，邑万家，又妻以少女。时帝有畜狗，名曰盘瓠，令之后，盘瓠遂衔人头，造阙下。"于是盘瓠得以与公主结婚，受了赏赐，被封为盘王，后世子孙免除瑶税。这一充满了民族自豪感的传说，贯穿以还盘王愿、跳长鼓舞、唱盘王歌、过盘王节等民间习俗，将整个盘瓠文化的神秘感不断强化和神圣化，使之在瑶族文化中的地位大大提升。除此之外，盘瓠文化在发展过程中，其文化内核逐渐积淀为"先有瑶，后有朝"的观念，这样的思维不仅维护了瑶族人民的尊严，同样也大大增强了瑶族人民的自信心和精神气节。也正是由于像"先有瑶，后有朝"这样的文化积淀的产生，才使得瑶族的社会群体心理结构具有了其独有的民族特色。若是按照历史真实面貌来书写，既不符合神话的定义，又不能成长为瑶族人民的精神支柱，更不能形成瑶族文化内涵的独特性和唯一性，在创造该神话时，是有一定依据和取舍的。

盘王的传说，是一种民族文化强大生命力的标志，其精神血脉根植于瑶族的文化土壤里。透过流传千年的神秘的盘王的传说，我们看到的是瑶族的历史发展进程：农耕、征战、祭祀、婚恋、打猎以及各种风俗习惯等，同时也折射出了整个人类社会的历史发展以及我们中华民族的精神内蕴。

历史视野下的文学发展是一种客观事实，瑶族文学的发展同样离不开他们的历史，江华瑶族文学的发展同样离不开这条规律。我们应该明白，文学的研究需要历史的参考和衡量，同时也要融合经济、政治、社会等多项因素；历史的研究也离不开文学的影响，同样受制于人类文明所创造的各种社会结构。因

---

① 何颖.瑶族文学与瑶族历史的关系.民族文学研究，1992(4).

此，无论我们研究文学还是研究历史，都不应该孤立地对待，而应该将其放在整个社会大环境里综合考量，从总体上推动学术的进一步发展。

二、叶蔚林文学中的瑶族基因

按照传统文学理论的解释，生活经验和人生阅历是作品的基石，也就是说，作品形成什么样的风格、什么样的题材、什么样的内容取决于作家生活在什么样的历史语境和地域情景中，无论是屈原的浪漫主义，还是以《诗经》为代表的现实主义都不可能产生现代主义的因子，意识流和黑色幽默的作品只能出现在 20 世纪。有评论认为 20 世纪的人类经历了太多的苦难，只能把人生看成无意义的碎片，信仰在现实的轰击下已经坍塌了，上帝不能给人精神上的支撑，亲人就在眼前失去宝贵的生命，在战争的炮火中血肉模糊，但是无能为力，每天祈祷上帝，关键时刻上帝没有任何回应，你再告诉他生命中更多的是亮色，并非总是灰暗，他相信？春秋战国也是冷兵器肆虐的年代，几万、几十万人在刀光剑影的冲刺中倒下，日日如此，年年屠戮，连年征战，无休无止，出现意识流了吗，出现黑色幽默了吗，事实上，春秋战国依然是一个充满了思想活力、制度解放、人性复苏的光辉时代，这个历史断面呈现出前所未有的亮色，精神昂扬，气象万千，所以任何文学形态都是特定时代、特定背景、特定地域的产物。

叶蔚林的经历十分丰富，参过军，部队在广西的十万大山的密林里，工作、生活、战斗，全都发生在这里，所以在叶蔚林的作品里，韧性、不屈、乐观的底色一直洋溢在各种题材的文本中。20 世纪 60 年代起，叶蔚林从部队退役，转业到湖南，按照国家的军人安置政策，完全可以分配到国家机关、国营企业和事业单位，但是他主动要求下放到农村，带领全家人到湘南山区的江华落户，也许就是从这个时候起，叶蔚林的艺术风格就注定与此紧密相连，事实也正是如此。

他一直强调文学要有"根"，每个作家都要有根，你得知道自己在哪，要走到什么地方，在你的作品中得有一片属于自己的世界，自己的土壤，叶蔚林的根就在中国南方的某个村庄土地，或者说是湘南的农村。世界文学史上的无数事实证明，把世界尽收眼底的宏大叙事都已经被历史遗忘，反而是一生在邮票大小土地上思考的作家却不朽了。鲁迅经典作品的背景都在绍兴小镇，那个叫鲁镇的地方凝结了中国文学最丰富的图景，孔乙己的茴香豆和咸亨酒店、沙滩上的一轮明月、儿时的百草园和三味书屋、水乡之岸的社戏，鲁迅一写小说就是回到这里，你让他写都市，韵味和质地就差了很多，根本支撑不起一个文学大师的基本要素。沈从文同样如此，他写的都市题材要比鲁迅多，《八骏图》《绅士的太太》等，也堪称现代文学史上的经典，但是与《边城》相比无疑损色三分，哪怕是像《湘行散记》这样的散文也回荡着天地之间的灵气，洋溢着冲淡随性之美，所有的僵硬、笨拙和不适一扫而空。莫言一写作就回到高密，那里的高粱地散发着生命的气息、野性的味道和灵魂的不屈。余华的作品基本都发生在浙江乡镇和农村，那里有温润的空气，有余华熟悉的声音，《活着》和《许三观卖血记》这些当代文学上的经典无一不是以江浙小镇为背景，更不用说像加西亚·马尔克斯、帕斯捷尔纳克这样的作家。

叶蔚林对湘南的农村极为熟悉，他在农村生活了几十年，农民会干的活，他都会；农民想什么，他都知道；甚至他会说一口地道的湘南方言。你走在他生活的村里，别和他聊文学，就谈农村的喜和悲，侃吃喝拉撒，不预先知道，根本猜不出来他就是叶蔚林。他已经深刻地融入农村，成为其中的一分子，变成基因，融入血液，铸成性格。这样，他的文字一出手就是湘南，就在江华，这种经历使叶蔚林有了根，知道灵魂该安放在什么地方，精神该往哪里对接。叶蔚林大部分的生活经历就是十年部队军旅和30多年的农村生活，他的小说和散文作品几乎全部写的是农村和农民。他太熟悉这片土地，《在没有航标的河流上》《蓝蓝的木兰溪》《五个女子和一根绳子》，作品的血肉和精气都很结实。他笔下的农村是天地之间的大美，题目都无须提炼，大多以富有农村情调的意象连缀，航标、河流、木兰溪等莫不如此，农民和农村给了他最多的灵感和血液，只有在这里，他才自信；只有回到农村，他才自如，并非矢志不渝，而是乐在其中。正是这些富有农村气息的经典使叶蔚林在当代文学史上镌刻上了自己的名字。

当代很多作家出身于高校，得到系统的写作训练和文学熏染，即使不是毕业于高等院校，也在鲁院或毛院进修过，莫言、韩少功、马原、格非均在此列，格非甚至是文学博士，在清华大学当教授，马原毕业于辽宁大学，任教于同济大学，与他们不同，叶蔚林的学生生涯不长，只读到了中学，但叶蔚林的文字功底极好，虽文凭很低，但境界很高；起点很低，大多靠自己乐此不疲地读书，阅读了大量的经典书籍和笔记野史。这点和沈从文极为相似。即使在部队当兵期间，他依然勤于读书，精于思考。很多读者经常在无尽的书山中迷失，不知读书的最大困惑也许是选择的两难，哪些是注水猪肉的二道贩子图书，哪些是智慧精华的独创；即使是经典的精华，也不知道哪些适合自己。叶蔚林没有这样的困惑，他的生活背景决定了无论是在乡村，还是在兵营，都不可能有无尽的书山可爬，也没有窗明几净的专用读书空间，但是在那个特定的年代里，由于特殊的历史原因，苏俄作家的作品被翻译和出版的最多，托尔斯泰、契诃夫、陀思妥耶夫斯基、普希金、高尔基、肖洛霍夫的作品都被大量推介到中国，在那个历史时期，这是一串笼罩着神圣光环的名字，饶有意味的是，即使不从意识形态的角度解读，这些作家依然是世界文学史上堪称标杆的尺度，这是历史的巧合，这种巧合也成就了叶蔚林！以一定范围的精读取代漫无边际的泛读，让叶蔚林的作品与俄罗斯文学实现了精神的相通和气质的契合。尽管叶蔚林当时读遍了当时所能找到全部俄国作家的作品，虽然称不上浩繁卷帙，较少涉猎到欧美作家的作品。但是这种深度体悟和反复咀嚼，使叶蔚林的语言直觉达到了惊人的程度。

叶蔚林尤其推崇屠格涅夫，在屠格涅夫的作品中，他体会到了文字优美，意境清新，有苦难而无艰涩的如浅流溪水的作品，容易让人进入惬意的阅读氛围。这也是叶蔚林的艺术风格，读什么样的书，成就什么样的人，叶蔚林概莫能外。即使在 20 世纪 80 年代中国改革开放之后，很多欧美作家的作品开始大量译介，进入中国，他也如痴如醉地阅读，但是作品中俄罗斯文学的风格烙印很难抹去。依然如屠格涅夫一样的浅浅淡淡，透彻明亮。

从思想活性上来讲，叶蔚林的作品一直保持着自我扬弃的姿态。他的文字并非如泥石流一般排山倒海，而是如坚韧的高山，众多坚硬的石头堆成了山的挺拔，任何一块石头都不能松动，都在自己的位置上自信地立在那里，换下一块，他周围石头的位置都要位移或者翻转，失去了原来的姿态。这就是叶蔚林的文字，精雕细琢，严谨苛刻，自信故我，如同有个性的生命，一旦写在纸张上，就形成了独一无二的存在，不能抹去，不能修改，从从容容。

叶蔚林是一个传统的人，中国文化中"天行健，君子以自强不息；地势坤，君子以厚德载物"的理念深刻地烙在作家的血液里，阴/阳、男/女、阳刚/柔美等范畴无意识地在叶蔚林的作品中显现，成为了叶蔚林所有作品的母题，无论是小说，还是诗歌，这种无意识原型撑起了作家全部的文气和心脉，也正是这种无意识，使叶蔚林的作品与文化传承之间平滑过渡，没有痕迹。中国作家经常有意识地在自己的作品中植入某种"高明"的理念，或者表现为阶级意识形态，或者是宗教信仰，或者是某种新型的文化理论，而在叶蔚林的作品中，根本找不到任何自以为是的理念，即使有无意识原型，也是评论家的总结。理念于作品如同人体上的肌肉，自身机体上的肌肉有活性，且协调灵活，健康自然，而植入的组织，无论手术如何成功，都终身伴随着不可避免的排斥。文学的道理同样如此，叶蔚林笔下的人物与中国传统文化中的思想契合，男的刚强，女的柔美，没有《水浒传》中另类的女汉子，也没有中性的特征，这里是田园牧歌式的生活，人性的光辉和纯净的品格是叶蔚林作品的重要特点。

对于叶蔚林来说，体裁从来都没有表达的禁区，他在散文和小说等文体间自由驰骋，也许只有这样，才能释放他无尽的创造天才和对生活的体悟。从短篇小说、中篇小说到散文，他都有经典的作品问世，唯独没有长篇小说。长篇小说有其独特的范式，从结构、题材和叙述，长篇小说都与短篇小说、中篇小说迥然不同，并非仅仅是篇幅的扩充和拉长。据叶蔚林的朋友回忆，他曾经写过一篇以"文革"为题材的长篇小说，内容是曾经轰动全国的湖南道县杀人事件，选择这样的题材说明叶蔚林当时的文学境界还停留在传奇的重述阶段，题材的独特性、内容的传奇性和情节的冲突性共同构成了彼时叶蔚林对长篇小说的全部理解。而文学的质地并非取决于题材本身，而是表达的艺术性。在一定程度上说，《战争与和平》和《安娜·卡列尼娜》并不比街头巷尾的《知音》与《故事会》传奇多少，但是文学的品质与此无关。当时叶蔚林也许并未认识到这一点，他带着已经写了十几万字的作品到上海，让巴金看，巴金说写得太惨烈了，文字不应该仅仅是剧烈矛盾和传奇情节的工具，如果读者在作家引人入胜的情节中无法自拔，仅仅认识到作品的可读性，那就不是伟大的作品。没有人读过叶蔚林的这部长篇小说，但是连巴金都认为惨烈的作品，其可读性一定不会差。也许叶蔚林理解了巴金的苦衷，因此他义无反顾地烧掉了所有的手稿，这种自我否定并非因为没有得到权威的认可，而是对文学的敬仰，在叶蔚林这里，文学不是谋生的手段，也不是名利的工具，而是人生的信仰。把自己最好的作品留给世界，是每一个作家的祈望，这种洁癖会伴随作家一生。古代官窑在烧制瓷器时，要将那些有瑕疵的瓷器砸掉，只剩下成功的精品。从产品意义上讲，稍有瑕疵的作品依然有其存在的价值，有其可取的一面。但是正是由于砸碎瑕疵作品时的义无反顾成就了官窑的经典品质，叶蔚林也是如此。

江华是叶蔚林从部队转业之后定居的地方，在这片朴实的湘南土地上，他的作品已经突破了地域的界限，开始以湘南题材表现人类普遍的精神问题。20世纪80年代，叶蔚林的作品就已经名满天下，中短篇小说连续在全国范围内获奖，但这并没有让他挟名声乘势追击，在文学最好的年代里攻城略地，跨越传统文学范式的藩篱，到报告文学的园地里取功利的一瓢饮，利用自己的名声获取利益。也没有以权威自居，大肆地给后辈作家作序，不管对这些年青作家是否了解，是否读过他们的作品，都以化腐朽为神奇的笔墨，无限夸大其天才的构思和精美的文笔，虚假的姿态和虚无的文字恰好说明了这些所谓权威的不在场。叶蔚林很少给作家作序，如果答应给其他作家的作品作序，必定要精心地阅读，仔细地研究，认真地写作，坦荡、真诚、率性，还原了一个扎根于江华土地作家的全部情怀。

　　客居湖南的叶蔚林把全部的生命情思和精神温度都映现在了他的作品里。广东惠阳、广西山区、湖南江华，三个坐标的连线勾勒出了叶蔚林全部的人生轨迹，而线条内部则是叶蔚林留给读者的艺术精品和精神财富。叶蔚林在江华瑶族作家群中是一个独特的存在，他不是土生土长的湖南人，在退伍之后客居江华，但是生命的种子在这里一落地，便被江华的瑶族之风吹拂，长成了枝叶繁茂的参天大树。

　　艺术作品本身并不是简单地根植于我们所猜想的生活源头之纯清火焰。相反，艺术作品本身常常成为许多人自觉或不自觉操纵的精神产物，其中有一些是我们自己的操纵，最突出的就是有些本来根本不被看作是艺术的作品，只是别的什么东西，像作为谢恩的赠答文字、宣传、祈祷文等。与此同时，一些艺术作品则是艺术家们在形成过程中刻意进行的操纵。这就是说，艺术作品是一番谈判以后的产物，谈判的一方是一个或一群创作者，他们掌握了一套复杂的、人所公认的创作成规；另一方则是社会机制和实践。为使谈判达成协议，艺术家需要创造出一种在有意义的、互利的交易中得到承认的通货。①

　　基于这种认识，我们能够在叶蔚林的小说《在没有航标的河流上》中发现他是如何操纵想象、承续真实生活、进而完成自己的艺术创作的。作者不厌其烦地反复写给那一股劲缓慢旋转的巨大筒车就是一种"有意义的通货"，筒车是湘南地区最为常见的事物之一，是具有明显地域性的标志性景象，它那旋转的声音显现了湘南五岭的地域色彩，寓意极深，意境极满。在短篇《五个女子和一根绳子》中，那一根用苎麻搓成的绳子，不仅界定出愚昧、迷信和原始旧习的象征极限，而且表征着"地域愈南，歌辞的气息愈灵活，愈放肆，愈顽艳"②的特色。《在没有航标的河流上》中说，"只要你在潇水上游航行过，一定会产生这种奇异的感觉：天地之间的界限似乎完全不存在了；鸟儿在水底飞翔，鱼儿游上山岗；人呢，根本搞不清自己到底是在水中，还是在天上"。

三、古华作品中的瑶文化元素

　　古华作品的成功要素之一就是浸润了大量的民间文化资源，包括民歌、传说故事等，丰富的瑶文化元素使古华成为湘南文学中最具代表性的作家。民歌是人类历史上产生最早的语言艺术之一，我国各民族的民间歌谣蕴藏极为丰

---

① 　张京媛.新历史主义与文学批评.北京：北京大学出版社，1993：14.
② 　闻一多.闻一多全集.北京：人民文学出版社，1994：275.

富，形式多样，风格各异，带着浓郁的地域特色。湘南的五岭山脉一带既有委婉悠扬的汉族民歌，又有古朴深厚的瑶族民歌，古华作品中的瑶族民歌占有较大的比重，这些民歌都在古华的作品中有所体现。他的小说中既有数量极多的情歌，也可以看到一些礼俗歌和生活歌。

中篇小说《姐姐寨》(原名《丝竹园歌女》)，叙述的是五岭山脉腹地山村姐姐寨的民歌手彭竹妹的悲惨遭遇，小说的主题尽管是极左路线给人们造成的危害，但是作品并没有沦为政治的传声筒，甚至在一定程度上，瑶文化的大量注入使小说摇曳多姿，尤其是民歌的使用，作品中，作者引用了"流传在雾界山区的古老情歌——《竹鸡调》"，"姐姐乖/姐姐乖/姐姐嫁到高山崖/高山崖上高高树/日等夜盼阿哥来……姐姐乖/姐姐乖/姐姐娘家竹鸡寨/竹鸡寨内单身哥/日等夜盼姐不来/棒打鸳鸯两分开……"①这样的民歌颇具地域性和民族特色，风格隽永、朴素，曲调美妙，小说意境优美，艺术感染力强。类似于这种富于艺术感染力的情歌，在他的长篇小说《芙蓉镇》中还有很多。鲁迅先生说，"歌、诗、词、曲，我以为原是民间物，文人取为己有"②。正是认识到了民歌的原生性价值，就无须舍弃近在咫尺的资源，去追逐玄而又玄的形而上，民歌成为古华作品的重要亮点。

瑶族人受汉人传统礼教的影响很小，情感真挚。古华擅长描写男女情爱，中篇小说《贞女》中，作者为了表现青玉守节时自己内心和现实的矛盾，安排了两个月夜窗外后山上男子"唱夜歌子"求爱的情节，歌谣唱道："月亮出来亮堂堂/对直照进妹的房/妹妹房里样样有/多个枕头少个郎……月亮出来亮光光/照见妹妹夜梳妆/妹妹梳妆为哪个？/门开半扇等情郎。"古华善于贴着大地贴切着人民的心而创作，他把民间优秀文化元素纳入文本中，扩充了小说的精神空间和情感宽度。而萧家大院的先生吴朝清，在后山里讲的一天十二时辰的《想姐歌》更是情歌中的精品，从"山里姐来山里哥/听我唱个想姐歌/日里唱到月亮起/夜里唱到星子落。子时想姐半夜过"唱起，经过"丑、寅、卯、辰、巳、午、未、申、酉、戌"一直唱到"亥"时："亥时想姐夜风寒/捶着胸口哭一场/今生今世不得姐/百丈崖下见阎王。"感情真挚，意志坚定，"站在窗口下的青玉，听得心摇神荡，泪流满面……"民歌元素提升了作品的艺术感染力。这些民歌是瑶族人民自己心灵的吟唱，表现瑶族的生活和性情，还有比民歌更合适的载体吗？生于斯长于斯的古华深谙此道，"从深厚的土壤中才能长出花朵和森林。

① 古华.古华中篇小说选.北京：人民文学出版社，1982：22.

② 鲁迅.鲁迅书信集.北京：人民文学出版社，1976：492.

从最真实的生活里才能找到最真实的声音。人的情绪的流动都是对所经历的具体境遇感受的结果。只有通过你自己的经验才能进入你的心灵。人们也许会为一只羊羔寻找母亲的哀鸣动情，也许会为一只受伤的孤狼的嗥叫动情，但没有人会为八哥感动，因为它发出的只是别人的声音，与它关于自身境遇的感知无关。"①

　　古华小说中的这些情歌通过作品中的人物唱出来，情歌的内容准确地表现了人物的内心世界，而不是作家直接跳出来对人物的内心世界进行言说，以情歌为载体刻画人物的艺术方法，使古华作品的艺术达到了新的高度。除此之外，在他的小说中还引用了大量的礼俗歌及其他民谣。这些礼俗、仪式、歌谣多用于男婚女嫁、贺生送葬、新居落成、迎宾待客等场合，是瑶族民俗的最佳载体，《芙蓉镇》中胡玉英与黎桂桂结婚时说的"喜歌堂"就是很有特色的礼俗歌，歌词内容十分丰富，有《辞姐歌》《拜嫂歌》《劝娘歌》《骂媒歌》《怨郎歌》《轿夫歌》等百十首，如《辞姐歌》：团团圆圆唱个歌/唱个姐妹分离歌/今日唱歌相送姐/明日唱歌无人和/今日唱歌排排坐/明日歌堂空落落"，《轿夫歌》：新娘子/哭什么？/我们抬轿你坐着/眼睛给你当灯笼/肩膀给你当凳坐/四人八条腿/走路像穿梭/拐个弯上个坡/肩膀皮/层层脱/你笑一笑/你乐一乐/洞房要喝你一杯酒/路上先喊我一声哥……古华说："既有山歌的朴素、风趣，又有瑶歌的清丽、柔婉。欢乐处，山花流水，悲戚处，如诉如怨；高奋处，回肠荡气。洋溢着一种深厚浓郁的泥土气息。"

第四节　叶蔚林、古华对江华瑶族文学的影响

一、瑶文化题材的切入与诗意之境的营造

　　在江华当代文学史的版图上，我们津津乐道的首先是叶蔚林的创作实绩，也许叶蔚林的创作经历会给当下的江华瑶族作家群更多的启迪。叶蔚林在创作初期的小说也较为粗糙，自代表作《在没有航标的河流上》一炮走红，这篇小说获得了《文艺报》1977—1980 年度 5 个一等奖之一。他的短篇小说《蓝蓝的木兰溪》荣获 1979 年度全国优秀短篇小说奖，之后陆续发表了《酒殇》《黑谷白狐》《五个女人和一根绳子》《美丽野鸡坪》《天鹅岭林涛》《割草的小梅》《菇母山风情》等一系列以湘南菇母山的风土人情为背景，瑶文化浓郁，风格独特，语言

___
① 丁郎父.中国民间歌曲选集·选编说明.北京：金城出版社，2005：3.

优美，意境清新，地域色彩浓厚。也就是说，叶蔚林的成功可以首先归结为浓郁的瑶文化气息，关于这一点，当下的江华瑶族作家群已经吸收了其成功经验。

其次是作品的发表平台较高，能够引起足够的重视。叶蔚林的小说发表在《文艺报》上，这是中国文联的机关报，其权威性和关注度在文学界首屈一指，能够到达这个平台本身就说明叶蔚林的创作能力达到了相当高的水平。而且这个平台的传播能力极强，很容易得到国家级层面的肯定与认可。

再者，叶蔚林的创作以小说为主，具有较高的艺术价值。当下江华瑶族作家群的创作多以诗歌和散文为主，小说作品很少，长篇小说更为罕见，这就极大地限制了其影响力的拓展。"本真的生命自然散发出人性，本真的人性就是美就是诗。叶蔚林的新时期小说与中国新时期伤痕的痛切，反思的忧患，改革的喧闹相比是一种恬淡的坦然，与后新时期的先锋、实验相比更具人性的光华和对生命丰富内涵的领悟。"①

正如作家李祥红所言："我们以及县外山外的朋友们读着叶蔚林先生的文学作品，才晓得江华大瑶山的山水人情是可以上书的，故事是那么动人心弦、流芳百世的。唱着叶蔚林先生写的歌，才晓得江华瑶山除了瑶歌以外，还有瑶山瑶族的另一曲。从这些歌曲中，才晓得江华瑶山真的山美水美人更美，好美！"②这是客观事实，足见叶蔚林对江华瑶族作家的深远影响。

早在20世纪60年代，叶蔚林被时代的浪潮裹挟来到江华。他带着一家人下放到码市镇大柳村。当时的瑶山封闭、原始和贫穷，使他饱受磨难，但也有幸丰富了他人生阅历及文学素材，从而成就了他。在这边远的瑶山里，他迅速地融入瑶族同胞的生产生活中去，他的幽默风趣、热诚勤快得到了村寨里男女老少们的认可，成了大家喜爱的"瑶族一员"。自然，他也在这段经历中，吸取了宝贵的创作营养，积累了丰富的创作素材，在思想复苏和文艺的春天到来之时，写出了《蓝蓝的木兰溪》《在没有航标的河流上》《菇母山风情》《黑谷白狐》《苍鹭》《酒殇》《五个女子和一根绳子》等一系列脍炙人口的中短篇小说佳作。叶蔚林的这些具有鲜明地域特色和浓郁瑶族风情的文学名篇，也给江华这方土地增添了夺目的光彩。

通过叶蔚林作品文字、影视的口耳相传，美丽、神奇的江华大瑶山，勤劳、

———————————

① 陈敬胜.论叶蔚林新时期小说中的人文情怀.湖南工业大学学报，2008(5).

② 李祥红.源于瑶族文化的一座文学丰碑.见：叶蔚林《叶蔚林作品全集》.编后.长沙：湖南人民出版社，2012.

善良的瑶族山民，多姿多彩的瑶族民俗风情……得以在更广大的领域传扬。因此，叶蔚林在江华瑶山的特殊经历和其作品的留存，不仅是中国当代文学的特殊现象，他留下来的精神遗产已成为当代瑶族文化形态和内容的重要组成部分。

当下江华瑶族作家群的创作与之前对比可以发现，他们生存体验的强度增大，关注度与书写力度提升，而且在他们积极的书写中，从江华瑶族体验到的普适价值得到了一定的强化，所有人对朴实、善良和自然的认同是一致的。他们对江华感性体验的重视与对江华体验的普适价值的追求，建构了江华瑶族作家群的积极姿态。

二、"中国套盒"：套盒叙述与瑶文化的透视

古华的小说中还引用了一些民间故事和传说：主要是地方风物传说，故事的讲述通过小说人物说出来，是一个中国传统的套盒结构。"大套盒里容纳形状相似，但容积较小的一系列套盒，大玩偶里套着小玩偶，这个系列里可以延长到无限小……引进故事内容，并且以必要的故事出现，不是单纯的并置，共生或者具有迷人和相互作用的联合体的时候，这个手段就有了创造性的效果。"①

类似于玛格丽特·阿特伍德《盲刺客》"俄罗斯套娃"结构，故事里套着故事，就好像一只脚穿了袜子，还穿了鞋子，当然这是正常的，这部小说这么写就打破了传统的思维方式，要扭着头去看身后的人。小说主要塑造了两个女性主人公——爱丽丝和劳拉，作为妹妹的劳拉性格叛逆，冲动，骨子里有些反抗和不安，像极了奴隶的命运，一开始，她就在车祸中悲惨死去，由自己的亲姐姐爱丽丝讲述着破碎的回忆。故事里的故事是劳拉写的《盲刺客》小说里的人物波动和处境，而在这里面又有一个小伙子和一个富家女孩讲另外一个星球的故事。虚幻的故事充满爱和牺牲，这是这个流亡人唯一安全的所在。在影视作品中，后现代的风格是故事情节和画面的解构，在小说中也同样如此，《盲刺客》很典型，小说章节不是传统的常规叙事方法，而是各家报纸的剪报，通过剪报把小说的情节串联起来，作为线索进行有机融合。

古华通过小说人物语言的方式讲述，在故事中套故事，小说故事和小说人物口中的民间传说故事相互作用，相互影响，就有了"创造性的效果"：《贞女》把一个流传在清朝的贞节烈女故事和一个现代的爱情故事对比着写，《金叶木

---

① ［秘鲁］略萨. 中国套盒——致一位青年小说家的信. 见：赵德明译. 天津：百花文艺出版社，2000：84.

莲》的女主人公金叶阿妹为我们讲了她阿妈怎样不甘遭受侮辱的故事；《爬满青藤的木屋》关于瑶家阿姐——"瑶格劳玉郎"的故事等。这些小说均使用了"套盒结构"，小说人物不但讲述民俗传说，还有现代爱情故事，这些民间风俗习惯是由民族历史、生活环境和民族心理等多种因素决定的，民间传说的丰富性说明瑶族人民丰富的想象力和独有的生活情趣。

他的作品中有大量五岭山脉腹地的地方风物传说。《芙蓉镇》一开篇对"山镇风俗画""芙蓉河""芙叶河""芙蓉镇"等来历如数家珍，而且还写出了令人神往的节日，节日里人们互赠吃食，这种感受古朴民情以及变幻莫测的圩场情景，把读者带到了一个瑶族风情时间里。《贞女》中，作家对"天碑山""爱鹅滩"以及那一座座贞节牌坊的来历的描写，让人着迷，使人心动："横贯中国南部的五岭山脉的北麓，有座壁立千仞，岩飞绝顶的大石山，叫做天碑山。……天碑山下有七八十户人家的村落，叫做爱鹅滩，爱鹅即大雁，说是那时节这一带河川水面宽阔，水草丰茂，夏无酷暑，冬无严寒，为南来北往的大雁越冬栖息之地。"

民间文学对古华小说创作的影响不仅表现在内容上，而且也表现在形式方面，即古华的小说在创作方法、艺术技巧和艺术风格等方面都不同程度地受到民间文学的影响。正如普梯洛夫所说："文学要吸取民间文学，主要是对民间文学所产生的艺术原则加以创造性的采用，多方运用民间创作的多式多样的因素，同时这些因素在文学中必然会占着决定的地位，它们经过熔炼被有机地吸收到文学中来，成为内容和风格的不可分割的部分。"古华说："我觉得叙述是小说写作——特别是中长篇小说写作的主要手段，叙述最能体现一个作家的语言风格和文字功力。我读小说就特别喜欢巴尔扎克作品中的浮雕式的叙述，自己写小说时也常常津津乐道于叙述。"①《芙蓉镇》的开头"一览风扬"，对芙蓉镇的自然环境、历史沿革、野史传说、得名由来的叙述，简洁、生动。《贞女》中"爱鹅滩"的概貌，《九十九堆礼俗》中"九十九堆"的来历以及《浮屠岭》中"观音溪""娘娘庙"等的叙述，从容不迫，挥洒自如，说明古华对瑶族民族风情的体察之深。

古华小说大部分取材于湘南五岭山脉北麓汉、瑶等民族杂居山林中的人和事，情节曲折、复杂，富于传奇性、戏剧性。《芙蓉镇》《金叶木莲》《姐姐寨》《浮屠岭》《九十九堆礼俗》《贞女》全都这样，《爬满青藤的木屋》更是如此。阎纲说古华的小说，像一篇传说，带着浓厚的传奇色彩，充满传神之笔。传

---

① 古华. 古华获奖小说集. 广州：花城出版社，1984.

说——有头有尾、有故事、通俗易懂、娓娓动听；传奇——故事离奇，因奇而传，入耳难忘；传神——简约、灵动……难怪古华的作品可以同民间文学相乱真。小说《爬满青藤的木屋》中的盘青青，《姐妹寨》中的盘满牛和叶蔚林《在没有航标的河流上》中的盘老五就可视为同一瑶家的盘氏家族；古华《金叶木莲》中的赵金叶，《姐妹寨》中的赵玉竹和叶蔚林《蓝蓝的木兰溪》中的赵双环，《在没有航标的河流上》中的赵良亦可视为同一瑶家的赵氏家族。古华在《姐姐寨》里写道："山里人男耕女织，安居乐业，过着与世无争、人人亲善、山歌不离口、篾刀不离手的快活岁月。"

第五节　江华瑶族作家群：民族文学的新亮点

一、作家群的孵化与民族文学的厚土

江华瑶族自治县是湖南省永州市下辖县，位于湘、粤、桂三省（区）结合部，分别与广东、广西各三个县（市、区）相邻，是一个以瑶族为主，以壮族、汉族、苗族等十余个民族为辅聚居的少数民族自治县，是永州市唯一的少数民族自治县，也是湖南省唯一的瑶族自治县，是全国 13 个瑶族自治县中瑶族人口最多的县，被誉为"神州瑶都"。"江华文化遗产丰富，瑶族传为盘王的后裔，为纪念盘王，瑶族人民每年举行'盘王节'（时间不定，有的在农历七月，有的在农历十月）。歌唱时用瑶族的传统唱腔，男女对唱。盘王是瑶族始祖，每年农历 10 月 16 日为盘王生日，每年的这天，瑶族儿女、盘王子孙便齐聚盘王殿，高奏长鼓笙乐，敬献美酒香烛，三牲清礼，为始祖盘王贺福祈祷。"①

江华作家人数众多，文学土壤极为丰富，不仅有 2 个中国作家协会会员，有 10 多个省作协会员，而且还有 1 人获得了全国少数民族骏马奖，作家阵容来自各行各业。江华瑶族自治县桥头铺镇下刘家塘村的农民作家唐自水是湖南省作家协会会员。他是一个地地道道的农民，要从事繁重的体力劳动，但也许正是他对生活的真切体验，写下了大量的文学作品，在多家省市报刊发表多篇（部）作品，并获省、市级奖励，诗歌《冬》曾入选冰心题名的诗集《最高的星辰》一书，2009 年，他创作的 32 万字的小说体影视文学剧本《女人命》由北京大众文艺出版社出版，电视专题片《作家唐自水》也于同年播出。同是农民的李镇瑜出版了诗集《田间诗草》，用 30 多年的时间精心创作了 2000 多首诗歌，并有数

---

① 江华县人民政府网，2014 年 11 月 18 日查询。

十首诗词在国家、省、市各级获奖，年过七旬老农出诗集，是江华文学厚土的典型体现。江华的界牌还成为"诗词之乡"的试点乡镇，另外还成立了以农民为主的首个田园诗社。2014年，江华写作爱好者蒋祖智、文霖加入省作家协会，成为湖南省作家协会新会员。蒋祖智现为江华县委办副主任、县史志办主任，其代表作有《江华的故乡情》《辉煌瑶都》《神州瑶都江华风情》《中国的大法官江华》《大瑶山的芬芳》等，引起广泛关注。文霖是江华瑶族自治县白芒营镇中心校教师，在省、市以上报刊上发表大量散文、诗歌等文学作品。近年来，江华瑶族自治县致力于打造"神州瑶都"，广大江华本土笔耕爱好者们热情讴歌秀美瑶乡的风物景致、璀璨文化和瑶乡巨变，涌现出了大量佳作和优秀作者，蒋祖智和文霖就是其中的两位代表。

新时期文学风格多样，气象万千，出现了大量的经典文学作品。少数民族文学同样出现了前所未有的气象。特别是自20世纪90年代以来，江华瑶族少数民族文学创作呈现出空前繁荣的局面，涌现出大量优秀作家，如李祥红、陈茂智、周龙江、黄爱平等，呈现出艺术水平较高、风格较为统一、地域性较强等特点，是江华文学史中最大规模的作家群体，达到了自叶蔚林之后的最高水平，与此同时，其他地区的优秀作家以群体的方式出现在文坛上，如文学豫军、陕军、川军等，作家群体涌现的主客观条件都已经成熟，并按地域厘定"作家群"的概念为文学研究提供了新的思路。

在这一时期，叶蔚林等老作家成功的创作思路让江华的作家更有信心。按照他的成功经验，以瑶文化的书写为切入点，在小说、散文、诗歌等领域全面丰收，一批青年作家先后步入全国文坛，取得了可喜的成绩。江华的这支文学创作队伍要想以群体的方式立足全国文坛，得到全国评论界和读者的承认，还需更多的智慧，付出更加艰苦的努力。在朝着这个目标奋斗的起步阶段，了解全球化语境下中国文学和少数民族的现状，分析江华文学创作的优劣短长，预测江华文学创作群体风格形成的主导趋势是十分重要的。只有具备了清醒的宏观认识，才能使这支创作队伍建立起形成瑶族作家群的自觉意识，进而化为向文学创作进军的深度、广度均强大的内在力量。

二、知名民族作家的群体性涌现与地域性风格的相对统一

形成作家群需要两个基本条件：第一，是要有一定数量的成名作家，区分作家群的关键在于作家的名望到了什么层次，在什么范围内；第二，这些作家植根于自己生活地域的文化特色，并构成大体相近的艺术风格，具有较强的鲜明性。他们把自己创作的"根"深深扎在地域或者民族的土壤中，自觉开掘所在

地域的风土人情、风俗习惯、心理结构和生活方式，使他们的创作在整体上显示出嗅觉敏锐、视野开阔、思想深刻、富于艺术探索精神的特点，洋溢着浓郁而又独特的艺术风貌。所以在研究江华瑶族作家群形成时，需要把培养一定数量的成名作家和形成作家群的群体风格作为论述的出发点。作家的思想感情只有穿透了生活的真谛，根植于生活的土地，浸润地域和民族的精神风貌，才有可能得到完美的艺术外化。江华瑶族的作家们欲以群体的方式引起全国文坛的注目，还需深入开掘江华这块沃土上的风俗人情的特点，酿造独醇的艺术美酒，被读者认同，得到评论界的承认。江华这个地方的历史沿革、现实状况决定了它的文化特点。江华瑶族作家群从整体上说，纵向追溯，瑶族文化风俗是主要特点，横向来看，属于湘桂交界，山水相连，又是一个封闭的地方，文化风格单一，儒教理学思想传统束缚较少。这种富于民族风情的文化土壤和比较封闭的现实地位，对形成江华瑶族作家的群体风格既有有利的一面，即作家创作受习惯束缚较少，容易吸收新的文学观念和新颖的艺术手段，又有不利的一面，即难以得到文化传统的滋养和形成鲜明的地域风格，关于这一点我们从江华瑶族文学创作的现状可以看到，正是由于上述原因，江华的文学创作出现几种不同的风格。

江华是一个瑶族自治县，地理位置封闭，民族成分单一，容易形成特点鲜明的文学创作整体风貌，目前这种相近的创作风貌已经逐渐形成。在这个民族成分单一的文学创作队伍里，表现着故国之恋、人性之思，充溢着浓郁的民族审美趣味是十分自然的。

江华背靠大瑶山，面对沱沱河，山水相连，由山水而生成，为山水所滋养，因山水而繁衍。在江华瑶族人的心目中，这里的山水有独特的地位，除了瑶族民族风情之外，江华的魅力也主要来自山水。如果我们去追踪江华人主导性格的生成史，既不可能脱离山水，也不可能无视出入于山水之间的瑶民。一如陈茂智的长篇小说《归隐者》所描述的那样，这里的瑶民朴实、善良、勤劳，与山水融为一体，真正达到了天人合一的境界，从饮食到医药，均来自自然。和大瑶山神秘莫测雄伟壮观的风采一样，瑶民的生活也有一种浓郁的传奇色彩和乐观豁达的意味。它们积淀在瑶民的审美心理中，构成了追求神秘、奇异、坚韧相融会的审美倾向。这就容易形成文学创作上的传奇风格和自然气质，并使之成为江华瑶族作家群的主导风格。它是江华作家从事创作得天独厚的领域，有着广阔的值得挖掘和表现的空间，是江华瑶族作家群有别于其他地区的作家群的鲜明特点。

江华的相对封闭性使其成为天然的精神避风港湾，并最大程度地留存了地域民族元素，是民族历史的活化石。如果江华文学能够接受新的艺术思想，领略多种多样的艺术形式，就可以推动文学创作进入多方借鉴和多元选择的阶段。目前，部分作家自觉地进行了一些创作方法方面的探索和尝试，但总的说来，这种探索还是初步的、零星的，艺术手法还相对单一，还未引起多数作者的足够注意。

近年来，江华的文学创作已经取得了很大成绩，涌现出一批较为优秀的青年作家，这是有目共睹的事实。但是，当我们把目光放在走向全国这样一个宏大的背景上回视江华创作队伍的总体水平时，就不能不承认这支创作队伍还须深化自己的创作思想，开阔自己的艺术视野，发掘许多仍属于荒芜状态的处女地。这支创作队伍也只有在涌现出更多的成名作家、拿出更多的反映本地文化特点的优秀作品时，才有可能被认为是具有一定实力的作家群。

首先，应提高对江华历史领域的开拓力度。江华瑶族历史绵长，尽管没有形成自己的语言，以口头传说为主要形式，但是依然流传着繁多的民族故事。这块土地上留下了瑶族人辛勤劳动的汗水、温婉旖旎的爱情和无数使人欣慰、感叹或心酸的故事，更重要的是，这里有很多民族历史信息含量丰富的传奇。但是描写这方面生活的作品还不多，很多题材还没有被纳入作家的创作视野。江华瑶族作家生在这块土地上，长在这块土地上，是这块土地的赤子，这块土地的生活变迁同样渗透着他们的悲欢离合。要想创作出适合于当代人们审美特点的作品，须更新观念，获得更深刻的认识，使历史与现实在新的审美原则的基础上沟通起来。应该说，他们为此付出了艰辛的努力，并看到了蕴含在他们身上的创作潜力，期望他们写出更好的作品，以形成江华瑶族作家群文学创作群体不可缺少的历史纵深感。

其次，要超越对风俗人情的一般性摹写，使作家们的创作意识挺进到江华瑶族地区文化心理结构的深层中去，描绘具有浓郁地域色彩的风俗人情，是形成江华瑶族作家群体外向性风采的重要条件，江华的文学创作者们已充分认识到了这一点。但是，正如茅盾指出的那样："我认为单有了特殊的风俗人情的描写，只不过像一幅异域的图画，虽能引起我们的惊异，然而给我们的，只是好奇心的餍足。"①风俗的背后必须有人，有人性，有人情，风俗并不是镶嵌在社会生活之上的饰物，而是溶解在生活之中的血肉基因。它是一个民族长期生活的物化缩影，由此，作家应该倒映出历史、人文、人性，以及这片土地上生活的群落。它存在于民族和地域的群体生活之中，又往往无迹可循，它虽然常常

---

① 茅盾.关于"乡土文学".见：陈平原.20世纪中国文学资料汇编.商务印书馆，2002：216.

借助某种外在形式显示它的特殊面貌，但更多地属于人们的精神心理积淀，具有极强的稳定性。所谓对风俗描摹的超越，即是突破对风俗活动场景的一般刻画，避免沦为民族和地域的文字说明书，而应该将笔触进入处于浓厚风俗包裹之中的民族的、地域的、心理深层结构中去，用审美的、人性的眼光烛照历史覆盖在现实之上的层层投影，剖析与地理环境、水土气候相和谐的社会群体性格气质，"上海崛起于中国的东海之滨，以'十里洋场'闻名于世，而西部却长期闭塞。三十年代的'海派文学'光怪陆离，正是'十里洋扬'的绝好象征，而与上海处于同一纬度的西南都市成都却依然笼罩着相对沉闷的气息，这一点集中体现在从成都走向上海的作家巴金的一系列作品中。这样，'东部'与'西部'的分野便成为'开放'与'封闭'的某种对应象征。"①这说明，进入民族心理的内部，真正形成对民族文化心理的深刻认识，要深刻揭示传统文化与现代意识纠缠、交锋、融合的过程，以及它们所构成的这个民族的生活特征。只有实现了这种超越，才能使文学创作获得深沉的美学力度，步入全国文学创作第一流的行列。目前，这种超越意识在江华的文学创作中体现得还不够充分。

再次，江华虽然地处偏僻地域，但依然深受国家经济形势的影响，在市场经济逐渐走向深入，人们的思维意识集体转向的背景下，瑶族也不是一个与世隔绝的孤岛，他们也在传统与现代、精神与物质的过渡中纠结，那么民族性在其中经历了怎样的蜕变，传统社会在现代性面前经历了怎样的抗争，都是江华作家应该关注的领域。长远来看，这一领域的文学创作也将最终随着商品经济的进一步深入而成为历史新时期的文学主流。因为我们所处的时代是一个伟大的变革时代，人的心理、精神和欲望在多种观念的缠绕、冲撞和困惑中得到了飞跃式的更新。如果我们的文学创作对时代生活的主流表示冷淡，既无助于个体意义上的自我超越，也无助于群体意义上的创作深化，中心与边缘不是绝对意义上的分野，但是如果失去了写作的历史感，不去思考当下在历史中的价值，不了解作家群在文学史中的坐标，就会永远处于边缘地位，无论是空间意义上，还是时间意义上。在江华的文学创作队伍中，青年作家占有很大的比重，他们能够接纳新的思维，以更加客观的眼光审视江华这片土地。

形成具有一定影响力的作家群，显然不可能通过重复前辈的创作而达到，无论叶蔚林达到了什么高度，都与江华当下的文学没有任何必然性的关联，因此当下的瑶族作家群必须使艺术视角和思想水平向人性、神性和物性靠拢，将当代社会的种种现象与人的文化心理积淀联系起来加以整体观照，从传统文化

① 樊星.当代文学与地域文化.文学评论,1996(4).

与当代中国人心理结构的自然联系中，揭示在历史进程里瑶族文化形态怎样陶冶和塑造个体，以及个人是如何以群体的方式建构文化形态的。江华的文学创作要步入全国第一流的文学创作行列，还需要调整审美视角，使自己的笔触挺进到瑶族人的心理深层结构中去，揭示具有地域特点的复杂的人物内在世界。江华作家对生活的把握方式已经发生了巨大的转变，从对世间万象的体察，转变为对象的外向性特征和内向性特征双向体察，也就是说，文学创作不仅要把握人物行为的外观特征，还须深刻感受隐含在人物行为背后的支配性动因，包括本能、人性、族群等要素。文学创作本身是作家用自己的方式把握世界，把握别人的内心，把握别人的感情，也即隔皮断货，换言之，任何文学形象都是作家自我的外化、延伸和辐射，作家自我心灵的深广度决定了作品人物塑造的深广度。

最后，江华作家还须建立起更宏大的审美认知体系。从认识论的角度来说，人对客观世界乃至自己内心世界的认识，都必须通过一定的主观认知模式，文学创作中任何能够进入作家的人物原型、意象群落和情感方式，都是作家的审美认知体系选择的结果，所以说文学创作的深广度，也取决于作家审美认知体系的丰富度。包括作家的哲学意识、伦理观念、历史知识、人生理想、审美趣味和文学修养，是作家面对现实进行审美判断、审美评价和审美选择时的整个心理结构，是一个立体的、有序的、流动的、因人而异的复杂系统。江华文学创作薄弱环节之一就是审美认知体系的相对狭窄，这使其作品无法达到更为多维的审美宽度和历史厚度。总之，江华瑶族作家群还须将创作的视角伸向更为广阔的天地，将审美伸向世界文学的前沿。

需要指出的是，把江华作家群和文学湘军、文学陕军、文学豫军等放在一起研究，并非概念上的混淆，不是说在艺术成就上他们可以等量齐观。"作家群"在本节中仅仅是一个具有概括性的符号，把他们放在一起是为了说明江华瑶族作家群在文学意义上的现状、问题和症结，并以此为参照，厘定其内涵和外延。

三、地域文学的文化身份与普适性的文学理想

与政治、经济等要素不同的是，文学总是在中心和边缘之间摇摆，而且文学的中心与政治经济的中心并不重合。20世纪三四十年代，中国的政治中心在南京，而文学的繁荣却并非如此，"海派""京派"竞相绽放，与南京没有关系，中国文化发展的未来也决不在于少数中心城市文化地位的单一巩固。与经济的聚集效应不同的是，文学反而需要分散效应，大师需要思考，土地需要休

养，密度过大的林地里长不出参天大树，所以少数中心城市的文化不能代表中国文化的发展实际，反而是在传统意义上的边缘地带，文学的群落正在崛起，江华瑶族作家群即为其中的一支重要力量。在文化金字塔中，由于体制、机制和历史传统的原因，江华文学在全国范围内还缺乏认知，但他们正用创作实绩展示其价值和力量。当各地的地域文学雄心勃勃地向全国进军的时候，江华瑶族作家群反而回到自身，回到江华，以传统为创作题材，构建具有普适性的精神家园。走向全国不是走向文化中心，而是以地域性为根基，展示瑶族文化，从而把文学的关注目光自然地引向江华。因此认清自己的文化身份，重视对自己独特的地域体验的书写，并挖掘地域体验的普适价值，是江华瑶族作家群的着力点所在。

　　不可否认的是，地域文学的价值就在于其巨大的差异性，"南方谓荆扬之南，其地多阳。阳气舒散，人情宽缓和柔；北方沙漠之地，其地多阴，阴气坚急，故人则猛，恒好斗争"。这就直接导致了不同地域的文学呈现出不同的气象，"南方之文，亦与北方迥别。大抵北方之地，土厚水深，民生其间，多尚实际；南方之地，水势浩洋，民生其际，多尚虚无。民崇实际，故所著之文，不外记事、析理二端；民尚虚无，故所作之文，或为言志、抒情之体"。① 中国文化"究天人之际"的传统在"文学与地域"的话题中得到了充分的体现。但是在国家经济化进程不断加速的过程中，南北方文化的交融超过以往任何时期，地域文学希望突破地域的限制，在全国范围内寻求更大的话语权。

　　当代著名作家彭学明在谈及中原作家群时说，"中原散文个性的短板和不足，是表现中原地域和特色方面的作品还不够。没有往深处走、往大处走，纵深感不够，大气感不够，还不足以表达中原的广博和深厚。一个地域作家要形成一个群体，不是仅仅就籍贯而言，如果没有把地域特色表现得很好的话，地域作家的现象也不够。假如李佩甫跑到云南去了，作品里看不出中原的特色，人家就把他当成云南的作家了"②。这种告诫同样适用于江华瑶族作家群的创作实践，不能让读者感受不到瑶族的风情，又不能在瑶族风情里无法自拔。文字的背后必须站着一群人，有人性的光辉，有地域的情致。

　　中国作家曾经为了走向世界，积极融入以西方为中心的现代性文学中，但是经过先锋文学的苦苦突围之后，他们发现，在西方文学预置的语境中，以西方的标准衡量中国文学，难以为中国文学标识出新的高度。同理，地域文学也

---

① 刘师培.南北文学不同论.见：郭绍虞，罗根泽.中国近代文论选.人民文学出版社，1959.

② 彭学明.中原大地上的散文风貌与风骨.南方文坛，2011(5).

试图放弃自己的阵地，轻装上阵，以当下主流话语和思维进行创作。实践证明，离开母题的重新建构非但没有开创新的天地，反而失去了标识性的自我。

目前，我国的地域文学已经形成了富有特色的作家群，他们在全国范围内都有极大的影响力，比如，包括贾平凹、陈忠实、路遥等在内的陕军，韩少功、唐浩明、何立伟等在内的湘军，包括刘震云、阎连科、二月河、李佩甫在内的豫军，包括周克芹、阿来在内的川军……实际上，这些作家群均是以省为单位，能够聚集一批具有全国号召力的作家；再者，有些作家群的命名缺乏实质性意义，仅仅以作家的籍贯为依据进行了分类。以地域为标准对作家进行的单位划分，反映了一种自觉的文化意识，以及以团队方式形成合力，希望在全国增强影响力的意图；这些形成地域性的特色有利于标签性符号的叠加，背后有边缘化的明显焦灼。

江华瑶族作家群有意识地把自己放在历史的维度上审视自身，检视自己的不足，对已有巨大成就的作家群充满敬仰，因此这种焦灼是见贤思齐的自觉意识。"山东作家群既富于凝重的道义感又具有浓烈的浪漫情怀——张炜的《古船》凝重、《九月寓言》的浪漫；莫言的《民间音乐》何其空灵，《红高粱》却何其绚烂；山东，到底是孔子的故里，拥有泰山的雄浑，还拥有大海的浪漫、宽广。而陕西也在黄河流域，属'北方文化'，但地处西北，所以陕西作家群多以朴实、悲凉的风格见长，如柳青、路遥、陈忠实、贾平凹、高建群……就像贫瘠、坚忍的黄土高原一样。"[1]一直以来，江华文学缺少对自身声音的有意识的探寻和审视，进入新世纪以后，与江华的创作实绩相对应，江华文学界越来越感到在中国文坛上发出独立声音的必要。但不得不面对的几个基本问题是：第一，文学经典的欠缺，到目前为止，江华作家中尚没有产生具有经典意义的作品。文学是用作品说话的，尤其是经典作品，从这个意义上讲，江华文学的经典依然欠缺；江华作家中，真正有影响力的作家还是叶蔚林，其他作家虽然有一定的声势，也写出了较有分量的作品，但如果以经典的标准衡量，尚有较大差距。无数事实证明，经典是一种代际相传的特定的权威形式，一经确立便成为一种制约和影响人们审美品位的巨大的无形力量，"范围着人们的思想方法，支配着人们的行为习俗，控制着人们的情感抒发，左右着人们的审美兴趣，规定着人们的价值取向，悬置着人们的终极关怀（灵魂归宿）"[2]。以此为标准，江华文学中没有出现这种境界的作品。目前为止，江华文学作品一再缺席于茅盾文学

---

① 樊星. 当代文学与地域文化. 文学评论, 1996(4).

② 庞朴. 文化传统与传统文化. 中国社会科学季刊, 1993(4).

奖、鲁迅文学奖等具有全国影响力的奖项，无法在更大范围内发出自己的声音。第二，文学名人的稀少，对于以县为单元的作家群而言，与上述文学陕军、文学川军、文学豫军相比，还相去甚远，而且也没有可比性，以历史的维度要求而言，江华文学的建设依然任重道远。

传统的中国文化是以现实的"政治"文化为中心构建起来的，故而作为政治中心的首都就往往成为文化上的"首善之区"，有着极强的聚集效应，而且政权的吸附性会使大部分的精英文人到京城落户，占据最为丰富的文化资源，成为文化金字塔的塔尖，这个文化磁场有利于对其他地方外围或者外省进行文化辐射或者渗透。除了政治中心外，占据文化中心地位的城市，还可能是最早面向世界经济敞开胸怀的经济中心。此外，按照城市影响力的大小划分，还可以分为一线城市、二线城市和三线城市，一线城市是各种资源理所当然的集中地。省份同样如此，省会是通常意义上的政治、经济和文化中心，其特点与国家首都无异，领风气先河的上海同样形成了特色鲜明的作家群，"同处长江流域，上海的'十里洋场'气息（例如张爱玲、苏青、王安忆、程乃珊的小说中的情调）、南京的'六朝古都风格（叶兆言的《夜泊秦淮》系列小说是代表）、武汉的'九省通衢'的喧哗（例如方方的《落日》《黑洞》、池莉的《不谈爱情》《太阳出世》《热也好冷也好活着就好》中传达出的武汉市民的生活气息）也各具特色，绝非'南方的明丽'或'南方的清新'所能概括得了的"①。因此，少数民族自治县无论从哪个意义上可能都不占任何优势，甚至还处于边缘的位置，文学也许是个例外！

在20世纪文化空间的嬗变历程中，江华文人几乎是选择了集体沉默，鲜有大作问世，或者封闭，或者几乎是非常主动地接受了北京、上海这两个文化中心的引导，或者长沙这个地域性中心城市的吸附。据此，我们可以认为，江华文学对自身文化身份的反思与审视，有利于寻找并确立自己在湖南乃至中国文化谱系中的文化身份。

第六节　江华瑶族文学的精神资源

一、江华瑶族神话的叙述结构

神话是瑶族的重要民族资源。江华瑶族作家群的神话写作分为两种，一种

① 樊星.当代文学与地域文化.文学评论，1996(4).

是以民间传说或诗歌形式出现的神话作品，如李祥红的《盘王的传说》、王孟义的《九龙井的传说》、孙春涛的《九龙神树》、陈茂智的《九龙井》。"任何神话都是借助想像以征服自然力，支配自然力，把自然力加以形象化；因而，随着这些自然力之实际上被支配，神话也就消失了。"①但是，在人类几万年的生产生活中，已经形成了神话的文化积淀，因此在现代社会，尽管神话的形式感发生了变化，如人物、背景和情节置换成了现代场景，但神话的内核依然保留了下来。第二种不是传统意义上的神话作品，它们并不具备古典神话的核心叙述结构，如弗莱所言，神话的主人公必须是神，而且他比他人及其环境都要优越得多，或者在某一点上具有超越常人的力量和特点，不再是现实生活中的家长里短，我们这里也把它们称之为神话。如李祥红的小说《姨婆》、唐家波的散文《毛泽东，一部博大奇瑰的书》、陈茂智的小说《理发师三题》《义士三题》。这类作品主人公并不是超自然的神祇，他们不过是具有神性的人而已，并非纯粹的神话叙事。在一定程度上说，江华瑶族作家群的神话写作是一种反神话或者解神话，它们以传奇般的叙事重构传统，有一种古典的氛围。他们乐此不疲地制造种种超现实主义的神话幻象，借此激发疲软萎顿的现代人的生命强力，这种超能力还远没有达到"神"的境界，但是超乎常人。李祥红《姨婆》中的姨婆能够打败土匪，全身充满了智慧，那种民间智慧已经超越了那个时代妇女的可能性。陈茂智小说《理发师三题》中的项上舒的最大特点不是理发，而是未卜先知，能够预测未来发生的事情，只要他见过的人，都无一例外。总之，他们的类神话叙述中流露出了对传统的美化和向往，洋溢着神秘的乐观气息。

　　理发师在古代处于社会的最底层，地位低下，收入微薄。但是陈茂智却让项上舒身上笼罩上了一层神秘的超能力，他不但有意剥离了项上舒身上理发师的卑微色彩，而且还剔除了项上舒身上的所有蒙昧，所有"小民"的愚昧、天真和无知统统被过滤和净化掉。显然，陈茂智要塑造的是一个看似平常，却拥有超能力的民间英雄，这种英雄能够超越时代，超越庸常。方师长在项上舒的理发店理发，之后在和日军的战斗中失败，被俘之后，自杀而不可得，因为他的枪被卫兵带走了。师长高高在上，与理发师之间的地位悬殊，但是在小说中，作家让他们的命运实现了反转，一个能够把握自己的命运，在城破之前离开；一个被俘变节，留下人生遗恨，这种地位与能量的反差更让读者充分感受到了叙述的神话性效果。这些看似简单却言之成理的情节如同充满玄机的谶语，让人置身宿命的既定轨道。项上舒最后的逃走非但没有给读者留下世俗的鄙夷，

---

① ［德］马克思.《政治经济学批判》导言. 人民出版社，1972：113.

反而增添了他身上的神性魅力。尽管江华瑶族作家笔下的英雄人物大多属于性格单一的新神话英雄人物，但依然具有人性的隐秘，其中一个很重要的原因就是作者让人物笼罩上了一圈挥之不去的宿命迷雾。如李祥红的《盘王的传说》，盘王最终的命运结局是被人陷害，但是在此之前，作家就已经为这种悲剧性的命运埋上了伏笔，读者能够隐约感受到文字背后沉重的乐音。他们笔下人物的人生经常被一种神秘的力量所笼罩，似乎冥冥之中有神祇在召唤着他，盘王、九龙太子莫不是如此。虽然为神，但却无力反抗自己的悲惨命运，如同俄狄浦斯无法逃避自己的宿命一样，由此，《盘王的传说》不再是一部简单的英雄史诗，而是一部史诗型的悲剧神话。如果说李祥红在盘王的形象塑造中采用的是史诗型的抒情结构的话，那么陈茂智在项上舒的形象塑造中，就明确运用了现实主义的叙事模式，这种现实主义在韵味上更多地向传统回归，不以细致的刻画取胜，而是以全知全能的视角回顾那段历史。按照福斯特的说法，盘王和九龙太子都还属于"扁平人物"。

　　有意味的是，民间神话故事在《盘王的传说》里被重置之后，民间传说中的一些原有情节基本消失，这不仅是诗歌的浪漫想象，还是李祥红在当下现代性反思的世界背景下关于人类应该诗意地栖居在大地上的浪漫主义想象，更是对人存在价值的追问。显然，民间的盘王传说是一个关于民族起源的传统故事，也是瑶族初民的瑰丽史诗，而李祥红笔下的初民现象是一则脱净了人间烟火气的浪漫主义神话。换句话说，李祥红有意剥离了旧式传说的神性成分，让盘王身上仅剩下了超能力的因子，但是在情感上，盘王是人间的英雄，具有济世情怀和为民思想。以"浪漫主义"的叙述结构重述了他心目中的新神话。关于浪漫叙事，弗莱指出："浪漫故事在所有文学形式中最接近于如愿以偿的梦幻。每个时期的人都喜欢用某种浪漫故事的形式表现其理想，因为浪漫故事中德才兼备的男主人公和美丽漂亮的女主人公代表他们的理想人物，而反面人物代表对他们的支配地位的威胁因素。""浪漫故事所循环呈现的内容，表现为持续不断的怀旧情绪，以及对时间或空间里某种想象中的黄金时代的执着追求。"①

　　江华瑶族作家群的创作具有浓郁的梦幻色彩，小说的主角大多是像盘王和九龙太子这样的非人类英雄。在浪漫叙事中，性格复杂的"圆形人物"并不受到推崇，相反，单纯的"扁平人物"或者类型人物的塑造更能体现作者的叙事理想。所以我们发现，童话故事中的人物大多是"扁平人物"，英雄就是英雄，败类就是败类，正面人物就是正面人物，反面人物就是反面人物，没有中间过渡，

---

① ［加］诺思罗普·弗莱.批评的剖析.陈慧等译.百花文艺出版社，1998：277.

没有矛盾和交叉。所以神话中没有出现传统文学作品那种性格多重的人物，很少是"圆形人物"，他们甚至没有重点塑造一个所谓的反面人物，即使作品中有反面人物，也大多无名无姓，或者仅仅是作为一个角色存在。他们只是一味地精心打造自己的浪漫童话世界，最大程度地回避和淡化"反面人物"。

江华瑶族作家的作品笼罩着强烈的怀旧情绪，其中隐含着他们对人类理想的"黄金时代"的追寻与凭吊。表面上看，他们的作品大多含有浪漫主义的传奇神话，因为它的叙述主干同样写到了主要人物富有神秘色彩的爱情故事，如盘王，这无疑是江华作家群中迄今为止最为厚重、最见思想和艺术功力的作品。它展示了江华瑶族作家群的神话写作同样具有强大的想象力和概括力。但他们在强化自己的现实生活概括力的同时，并没有放弃原有的神话原型隐喻风格。

二、瑶族神话、传说和宗教仪式的书写

与 20 世纪 90 年代的很多先锋派作家不同，江华瑶族作家群的作品很少在艺术形式上进行激烈的创新，无论小说、散文，还是诗歌；小说的叙述方式都是传统的，而且是中国传统小说的基本手法，包括叙述视角和艺术结构；诗歌的格律、意境、意象等内容鲜有革新，这种整齐划一不是保守，而是一种整体性的写作策略和文化姿态。他们总是让自己以传统的方式进行创作，采用古老的小说叙述视角，用瑶族特有的意象群创作诗歌，瑶寨、瑶妹、瑶民、竹子、火种、溪流、竹篮、酒壶、泉水为基本意象，如黄爱平的诗歌，读《黄爱平诗选》，读者就很难看出时代的痕迹，不能从任何一首诗中判断诗歌背后的时代信息，所有的意象和题材都是传统的。在小说中，他们经常使用活泼凝练的瑶族民歌形式来凸现瑶族的民族特色。

他们的作品一反当下的写作传统，主要采用瑶族神话、传说和宗教仪式作为主要题材，且往往只截取单一事件而不是复杂的情节系列，由于读者早已熟悉故事情节、人物和结局，背景又被简化到了极致，所以读者的注意力放在了民俗、意境、山歌、建筑、语言等上面，从而创造了一种形式尽可能僻远、空灵以及理想的小说形式。与瑶族的文化传统、民众形象、风俗人情等相适应，江华瑶族作家群的各种艺术形式包括小说、诗歌和散文主要采用了现实主义的创作方法。语言、格律、形式、创作方法等具有历史性、概括性、集体性和民族性。

江华瑶族作家群的文化身份是多元开放和流动的。萨义德说："任何试图将世界上的文化和民族强行分割成相互独立的血统或本质的做法，都不仅会歪曲随后对这些文化和民族的表述，而且会暴露出其试图将权力加入到理解之中

以生产出像'东方'或'西方'这类类型化概念的用心。"①在建构文化身份的过程中,文化身份的建构是一个隐喻。"身份,不管东方的还是西方的,法国的还是英国的,不仅显然是独特的集体经验之汇集,最终都是一种建构。"②通过江华瑶族作家构建了一个想象的共同体。为了把江华瑶族文学从地方主义的偏狭中解放出来,让它得到更大范围的承认,他们的目光是向后的。在构建瑶族文化身份时,他们刻意将瑶族简单化、平面化和理想化,对现代社会的科学精神,对工业化、机械化和都市化等现代文明基本上持否定的态度。也许,他们所要复兴的文化已经落后于社会的发展,将自己的目光投向更广阔的文化空间乃是大势所趋。在当前全球化的背景下,国家与国家、民族与民族的交流日益频繁,少数民族文化等弱势文化在面对强势文化时,该如何来保护和发展自身的文化? 这是留给江华瑶族作家群的一个严峻课题。

三、度戒: 身份的追寻与信仰的力量

瑶族丰富多彩的生活与悠久的历史积淀,不仅成为本民族作家诗性书写的内在动力,而且为其他民族作家的精神资源。例如,王青伟,这个出生在湖南祁阳的汉人,从 20 世纪 80 年代开始从事文学创作,曾在《十月》《北京文学》《当代》《花城》等文学名刊发表过十余部中篇小说。他对江华十分向往,经常去江华采风,走遍了江华的山山水水,了解瑶民们的喜怒哀乐,对瑶族文化十分痴迷。2010 年他出版了长篇小说《村庄秘史》,该小说以民间记忆的方式复原了一个古老而又多元民族的历史想象,书一出版,即引起文坛的广泛关注。2015 年湖南人民出版社推出他的长篇新作《度戒》,该小说就是以瑶族古老的成人仪式为主题,描绘了一幅幅瑶族人的生活画卷和风俗图册。可以说,神秘的《度戒》文本,既是王青伟向瑶族神话的虔诚致敬,又是作者对以屈原"楚辞"为滥觞的巫楚文化绝妙的探寻和呈现。

(一)一个民族的心灵史诗

王青伟是一个十分会讲故事的作家,他采用马尔克斯式的叙事手法,将瑶人在追寻身份的过程中虽历九死而无悔表现得淋漓尽致,小说所彰显出来的信仰的力量更是令人热血奔涌,叹为观止。神秘的度戒仪式,盘庚的狗脸,老巫师顾长的手臂,人狗相通的灵异,以及比人更接近神的狗之群像无不牢牢吸引着读者的注意力。

---

① [美]萨义德.东方学.王宇根译.北京:生活.读书.新知三联书店,1999:447.

② 同上书,第426页。

　　现实生活中，度戒者要经过严格甚至是苛刻的考验，才能成功，这些考验包括上刀山、下火海、吞筷子、跳云台等具体仪式，它既是瑶族社会迁徙过程艰辛的反映，也是瑶族培养合格族人的重要举措。从小说而言，度戒既是盘庚个人的成人仪式，也是瑶族人民所信奉的文化图腾，仪式的繁杂过程恰恰构成了小说的叙事逻辑，它是小说结构之轴，贯穿整个文本。青伟以年过古稀的盘庚在进入度戒仪式中所产生的亦真亦幻的回忆帮助他建构起一个古老民族的心灵史诗。与其说，这是一个人/盘庚的苦难史、奋斗史和成长史，毋宁说，这是一个民族/瑶族的集体记忆。无论是老巫师的神秘咒语，鼓王的通天本领，还是老狗贝贝的人性之痛，以及那个叫四十八步原始村落的种种怪诞，都是瑶族独特的历史缩影和文化镜像。即便是老铳的声响都隐含着瑶族元素的神秘色彩，涂抹在读者的记忆中，久久不去。那令人敬畏、散发着魔力的牛号角，那无限遥远却又近在咫尺的千家峒，那带着阴冷潮湿、永远无法驱散的雾气笼罩着每一天的紧张生活，所有这一切，都是瑶族成长仪式的一部分。

　　阅读《度戒》①，我常常想起小时候，乡下人生丧嫁娶，盖房子种地也和瑶寨一样有十足的规矩。几乎每个村子都有那么一个头发花白、十分神秘的老人。谁家结婚、生子、盖房等，都要先去找他算八字，谁家死了人要先备下酒菜请他们出门烧纸，谁家娃娃夜哭、谁家有病人老是不好也都得找他去念咒。一句话，这个老人就是村子的灵魂。他就像是瑶寨里的躲在大山深处修行的老巫师。《度戒》上卷第五章里，写到了老巫师来给唱歌唱得吐血的阿爸下阴府，变成鬼魂。我小时候也见过村里的老人下阴府，凡是下阴府的老人，脸上没有一点血色，声音像极了已经去世的人。青伟在小说中写得很逼真：老巫师变成死去的阿妈，并且通狗语。老巫师将阿妈带到了阿爸面前，终止了阿爸带血的狂唱。如果老巫师不出现，阿爸就会无限制地唱下去，直到唱死为止。而在通灵的世界里，阿爸和死去的阿妈进行对话，以此恢复阿爸的神志。

　　当《度戒》里这些带着魔幻色彩的故事一次又一次震撼我的时候，我充分理解了马尔克斯笔下拉美民族的真实生活：神秘的吉普赛人带来的磁铁真的可以把整个村子里的铁器都吸走；阿尔卡蒂奥的血真的能穿过大街小巷回家给祖母报信。民族的也是世界的。既然马尔克斯让孙辈流出的血祖母马上认了出来，那么，青伟笔下牛角的象征意义又何尝不是如此？说到底，这是一种精神感知，一种生命密码。魔幻现实主义最终要写的还是现实，《度戒》采用了类似的写法，因为这些传奇本身就很真实。这种真实不是指人真的可以变成狗，打鼓

---

① 王青伟.度戒.《长篇小说选刊》2015 年 3 期，长沙：湖南人民出版社，2015.

真的能唤来惊雷，而是一种文化意义上的真实，它代表的是一种心灵感知和文化认同，是瑶人对自己传统文化的充分肯定。

（二）漂泊的宿命与身份的追寻

瑶族人民五百年间为了追寻自己失落的精神家园而不断进行大迁徙，这是一个悲壮又让人肃然起敬的民族奋斗史，青伟运用魔幻而诗意的叙事风格，既能拉开虚拟与生活的距离，增强审美感受，又能凸显瑶族人不屈不饶的精神力量。

应当看到，瑶人在追寻精神家园的过程中表达出一种身份缺失的恐慌。小说写道：盘庚曾经在萌渚岭的地方迷失过，在船舟的地方迷失过，在四十八步迷失过，在江湾也迷失过。因为迷失，所以寻找。盘庚追寻的终极目标就是魂牵梦绕的千家峒。这是"一种民族性格，这种性格叫漂泊"。在我看来，与其说瑶族人要"在永恒的漂泊中自我完善"，不如说这就是瑶族人难以摆脱的生存宿命："在永恒的漂泊中生生不息"。

盘庚一生都活在一种无法确认自己身份的折磨中。在瑶寨时，他总是忧心着度戒的事，因为一个没有度戒的男人（哪怕他年过七旬）不能算作真正的瑶人，也就没有资格回到瑶人失落的家园千家峒。而他来到江湾之后，为了躲避政府追查造反的瑶人，他不得不隐藏身份并把姓由盘氏改为王姓。在这里他娶了一个汉族女人，生了一个不愿意承认自己瑶族身份的儿子，他的牛角吹不响了，狗语也忘了，一切与瑶人有关的东西似乎都失去了原本的魔力，甚至到了政府来登记少数民族时，他却因为丢失了牛角拿不出任何能证明自己身份的东西。这种痛苦是压抑的，像咯在纸上的血。然而，无论从精神还是心理来说，他又不是一个汉人，在全部姓杨的江湾村，他是唯一一个外姓人；当妻子胡满红生下孩子后，他坚持要按瑶人的习俗，对不明就里的汉人来说，盘庚无疑是个怪人，难以理喻。

为了确认身份，盘庚来到江湾之后有过三次出走，其中第三次离开是为了寻找被儿子换了豆豆糖的牛角——这是最为重要的瑶人信物。牛角的遗失不仅象征着盘庚身份的缺失，也是整个瑶族在汉族统治之下的失语。小说中有这么一句话："我知道，自己的身份将从此失落，没有什么东西可以证明我是瑶族人，而且将来有一天要重返千家峒，缺少了那节牛角，瑶人如何进入峒口啊。"千家峒是瑶人的根，瑶人的精神家园。他们在五百年前被汉人从峒中赶出，那一刻失落的不仅是瑶人的灵魂之地，也是他们引以为豪的身份的终结。

盘庚给儿子吉生讲起瑶人离开千家峒的故事时，提到了汉人前来征税，暗示瑶人的臣服。瑶人念念不忘千家峒，既可以视为一种寻找出生地之类的精神族地，又是对身份本身的寻找，即为了在强大外族统治之下找到自己的立足之地。事实上，在瑶族人找寻千家峒的过程中，除了因本身引路信交代不清导致族人的行动停滞不前外，汉人的干预也是一个重要的因素。阿爸带领数万瑶人从四十八步出发寻找千家峒最终就是因为汉人出动武装拦截而被迫分头行动。小说写道，当江湾附近的瑶人因再次收到引路信而集结时，依旧有汉人准备好了吃喝前来劝说他们回家。不过这一次瑶人们因化身为龙犬的狗美美的出现而找到了"回家"的方向，他们最终战胜了汉人的阻隔坚定地向着福地前进。这似乎也代表着瑶族人凭借着对自身文化的深切认同，摆脱了自己因被统治而形成的失语状态。

（三）现实的残酷与信仰的力量

小说的下卷，集中写出了现实的残酷。盘庚被迫变成王庚。儿子叫王吉生，不承认自己是瑶民。父子之心严重阻隔。在江湾村，吃狗成为常态。"我"与胡满红的苦难之家。惊心动魄的打狗运动。杨老五奋力救狗，与自己的狗一起逃奔。"我"本来可以救狗却无意中走露了消息，说杨老五在家挖狗洞。"我"在失语了很长一段时间后，又突然会狗语，能够与走散归来的狗美美交谈了。胡满红粗悍而善良，愿意收下狗美美。

《度戒》末尾有这样一段话，是盘庚的心灵独白："现在，他终于明白，那个千家峒其实就在他心里。从他生下来那一刻就没有离开过，或者说从他生下来的那一刻起，他就已经陷入一个庞大族群寻找家园的宿命中，永无休止地在漂泊中寻找，在寻找中漂泊，在寻找与漂泊中不断地浮沉、跋涉、挣扎、死亡、重生，然后又继续踏上寻找和漂泊的旅途，就像所有瑶人一样，不惜付出生命作为代价，这样值吗？他常常这样追问。后来他想，是值得的。因为在这种无休无止的近乎惨烈的追寻与漂泊中，他作为一个瑶人的精神得以升华，生命得以永恒。"小说写的是信仰的力量，是瑶族的苦难，大而言之，则是整个中华民族的苦难。江湾村的打狗队让盘庚陷于恐慌和惊吓之中。经历过"文革"十年的人，应当对此感同身受。信仰是如何塌陷的？盘庚和胡满红生下的儿子竟大言不惭地叫道：狗肉还真的蛮好吃。这对盘庚来说，简直就是当头一棒。更残酷的是，那个被他藏起来的牛角号被儿子偷偷地拿给货郎当了糖巴子，他找不到自己的生命密码。他无法确定自己是谁。为了找回自我，找回自己的精神之根，他毅然远走他乡，告别那个叫江湾的村落，去满世界寻找那个换走牛角号的货郎。

然而，坚持信仰是要付出代价甚至是生命的代价。盘庚在江湾为了担负起自己神圣的使命，一而再地离开江湾去寻找千家峒，寻找回到千家峒所必需执掌的牛角，为此他不仅错过了第一个孩子的降生，甚至弄丢了狗美美好不容易帮他保下的第二个孩子。而最令人感动的是，从四十八步出发寻找千家峒时，瑶族数万人毁掉庄家，烧掉楼房，义无反顾地出发，跟随的却是一张语焉不详的信纸。每一个出发的瑶人都是自愿的，对他们来说回到千家峒的信念比生命更重要，他们每一个人都像老巫师，像李七，像阿爸一样知道这是一场需要牺牲的旅途，并愿意为此做出牺牲，就像世界各地的犹太人历尽千辛万苦、每年都要去耶路撒冷的哭墙去朝拜一样，这就是信仰的力量。盘庚的儿子吉生从一开始不认同自己的瑶族身份，到最后开始寻找精神上的千家峒，这就是信仰的原动力。

当代社会已经很少有人谈及信仰了。而信仰缺失是一件十分可怕的事情。没有信仰，就没有敬畏；没有敬畏，就可以为所欲为，无法无天。也许，这正是这部小说的文学价值和现实意义之所在。

最后值得一说的是主人公的命名。他的姓名在王青伟最初的书稿中叫作盘丙，出版的时候，改为了"盘庚"。盘丙让人想起韩少功《爸爸爸》中丙崽一类的底层人物。瑶族人的迁徙也让人想起鸡头寨人的迁徙，瑶人的信仰也与鸡头寨人迎接死亡而产生的"温暖的心灵冲动"相暗合。为了去除这些阴影，作者最终将盘丙改成了"盘庚"。我想，这种修改，是成功的。

众所周知，盘庚原本是商朝贤君的名字，他为了改变商朝不稳的社会局面，将都城迁至殷，使得原本已开始衰败的商朝重新焕发生机。"盘庚迁殷"的典故恰巧暗合了瑶人迁徙的整体故事。同时，盘庚的成长十分特殊，他不仅长着一张狗脸，而且是吃狗奶长大的，而狗正是瑶人的祖先。为了突出盘庚的特殊，他错杀了一只狗却没有被老鸹吃掉，反被盘王选为引导族人追寻家园的号手，并得到了回到千家峒所必需的牛角。小说有一条暗线：盘庚的家族有着做探路先锋的传统，他的父亲和爷爷都在寻找千家峒并发回了引路信。这些在无形中让盘庚成了由一个吃狗奶长大的底层者变成了一个手执牛角的领导者的角色。

此外，叙事视角独特，充满诗意和地域色彩，镜头语言和留白较多，画面感和跳跃性强，也是文本的特色。可以说，整部小说生动细腻地再现了天人合一、人与自然的和谐所带来的美好，彰显了作家的人文情怀。起初，我还对不断出现的汉民族（强大的外来民族）对瑶族（弱小民族）的压抑带来隐隐不安。但最终，汉人胡满红不仅对瑶民盘庚满怀歉意，充分理解，同时也用真情赢得了盘庚的信任和接纳，"庚，我们回家吧。我还想跟你生一大群胖儿子"，而盘庚则是"泪流满面"。这样的情节，质朴而自然，看到民族的和解与融合，令人振奋和温暖。

第七节　江华瑶族文学的审美特质

江华作家群的可贵之处在于，当文学的社会影响力逐渐式微，功利写作甚嚣尘上，官场文学、浴场文字、情场文痞一拥而上，猎奇、偷窥、暴露等已经成瘾，愚昧、庸俗、色情泛滥，文学对精神的观照无处寻觅，彼岸性遁形，批判性离场，而江华瑶族作家群则一直坚持文学的本真，追求诗意的文字，这在江华已成风气，风清气正佳文出，对于文学，对于读者，对于时代，都是一种欣慰和幸运。

一、乡土文学的范畴与对寻根文学的超越

江华瑶族作家群的作品基本上可以归属到乡土文学的范畴，瑶寨、瑶俗和瑶民一直是最重要的观照对象。因此，瑶乡的文学叙述形成了江华瑶族作家群的主流题材。这种主流文学的形成，一方面与江华在本质上仍然属于农业社会有关，几乎所有的作家都来自瑶族乡村，或者有过乡村生活经验。瑶寨是江华作家最重要的文化记忆；另一方面，江华是一个瑶族自治县，基本保留了瑶民生活的基本形态，包括文化、民俗和生活习惯，绝大多数的地方保留了原汁原味的瑶族记忆，不是现代意义上的城市。尤其是在这些作家的生活和成长期，现代生活还远远没有进入江华，这使得他们的童年记忆和生活经验大多以乡土为主。而乡土文学与上世纪80年代的"寻根文学"在精神气质上有着本质性的联系，"寻根文学注重风情民俗的描写；大都拒斥城市文明，有意去描写"不规范"的山民村夫的生活；虽然写的是特定风俗中的人，但却不是为了展示新旧风俗之间的斗争，而是要观照特定风俗中的国人的灵魂"[1]。

"寻根文学"一直在寻找民族的根、文化的根和传统的根，"'寻根'小说观照历史的视角既是审美的亦是认知的，但是，它的最终落脚点还是向民族传统文化的皈依，而并不在于对民族历史的精确再现。基于此，'寻根'作家没有给予历史本身太多的思量：历史是什么？小说如何承载历史？这些问题在"寻根"作品那里是从来就不具有兴奋点的"[2]。"根"在寻根那里仅仅是一种写作策略，

---

[1]　陈晓明. 现代性与中国当代文学转型. 昆明：云南人民出版社，2003：86.

[2]　路文彬. 历史想象的现实诉求——中国当代小说历史观的承传与变革. 南昌：百花洲文艺出版社，2003：217.

而对瑶族作家群而言则是写作对象和精神的皈依,因为其小众化、民族化而得以深入窥探民族气质所在,这是他们的本质性区别所在。

二、空间性的凝固与时间性的超越

江华瑶族作家群的作品没有时间性,也就是说,如果把他们的作品放在30年前或30年后,带给读者的感觉和体验都是一致的。在他们作品中,读者几乎找不到时代的痕迹,也找不到经济、政治和科技带给江华的变化,那些时代的热词如"改革""市场""腐败""IT"在江华的文学词典中几乎是真空的,无论这些词在公众口头和舆论媒体有多么高的频度,都不能影响作家对瑶族的感受,他们只是在构建心中的江华瑶族。所以他们的作品也就产生了"持久力"和"亲切感"。在中国现当代的文学版图上,有能够"超越时间和空间的"作家,却没有"超越时间和空间的"作家群,他们的创作之所以具有持久的整一性,或许正在于她率真的天性要求她听命于内心,听命于民族身份的自觉,听命于族群的基因诉求,听命于只属于她自己的生命感觉,他们的作品就是瑶族的历史之虹,是历经人生的凄风苦雨之后蓬勃而出的最炫目的华彩乐章,是岁月流逝,但纯真依旧的瑶族的文字记忆。

除了作家的个人出版作品如黄爱平的《黄爱平诗选》《边缘之水》,周龙江的《静静地向你走来》,李祥红的《沧桑瑶山》、帕男的《帕男诗选》《男性高原》,陈茂智的《归隐者》《静静的大瑶河》之外,江华瑶族自治县文学艺术联合会还先后结集有《神州瑶都——江华文艺作品选》和《江华文艺佳作选》《江华文艺新作选》,对于县级行政级别的地域而言,能够在短短十几年间有这么多的优秀作品问世,的确彰显江华深厚的文学土壤。江华作家群的创作数量和质量都非常可观,他们在小说、散文、诗歌、戏剧等方面均显示了一个作家群体的创作实力。这或许是因为,在商品经济大潮风起云涌的时代背景下,在文学作品日益空洞、"网络穿越"甚嚣尘上的新世纪创作氛围中,江华瑶族作家群以漠视的眼光看待这一切空虚的繁华,冷静地站在边缘,显示出了某种特异性和距离感,具有这个时代鲜有的个性化、审美性与孤独感。他们的作品虽然大多在瑶族的巷子和屋檐上徘徊,在瑶民的每一块青石板上流连忘返,实录自身的生活琐事,或津津乐道于民间的传奇,如李祥红的《姨婆》和陈茂智的《理发师三题》,却处处凝聚着真性情、真歌哭、真自我,充满了未加雕琢的淳朴人性和原始之力,又以写实的艺术方式诗意地呈现出来。尽管多以现实主义为底色,但无论是语言、结构方式还是作品的精神指向上都仪态万千,各有不同,因而江华瑶族作家群的作品带有了一种内在的张力,既有传统文学所追求的求真求善的审美品性，又有现代文学理论所瞩目的艺术质地与审美感觉，两者的混融、交错、伸展，使得江华瑶族作家群的作品也具有了超越时间和空间的能量。

三、在记忆与思考的断片中凝望

江华瑶族作家群的作品总是在散淡、质朴、琐碎的背后内蕴着一种震慑人心的真实感，那种真实感不是眼见为实的存在，而是回忆中断片的真实。看他们的作品，如同看到一打江华瑶寨的旧照片，或者纪录片，这种真实感穿越了时空的隧道，盈盈走向每一个时代的读者面前，令人产生与他们一起去触摸瑶寨巷子的墙壁、品尝"豆腐酿""珍珠椒""瓜箪酒"，走进"大山深处"、体味"沧桑香草园"等，我们惊讶地发现，在阅读他们的作品的同时，我们已经悄悄走进了江华的记忆之中，可以那么清晰地听到沱江的水声，感受到瑶家吊桥的风姿，甚至可以跟随他们进入寨子岭的超级石洞，体会水草丰美的生机盎然。

江华瑶族作家群作品的真实还存有一种迥异与他作的质感，一种朴拙的原始之美，这或许是因为他们在记忆的内部世界翻找到的恰恰是民族的质素，描摹的正是关于人之纯真、爱之意义、寻找身份和认同等根本性问题，这构成了江华瑶族作家群作品内在机理的厚重之基。

江华瑶族作家群作品真实性的获得在于其文本的叙事性特征与作品中包含的大量细节。他们的叙事从不弄巧，无须从西方现代主义和后现代主义那里寻找技术资源，而是以感觉和回忆的交织拼成作品的构架。作品往往是一些看似随意却是精心挑选的细节，把这些细节连缀在一起，读者会惊奇地发现，那就是一幅美丽的瑶族风情画，这体现出作家对细节本身的高度重视，更为重要的是，支撑他们不断回忆过去的就是这些当时无足轻重的细节。但是，在进入作品时，这些细节很有可能作为有意味的图式来安排，是运动的，因而它会在时间上不断伸展，成为作品的内在动力。如李祥红在《姨婆》一文中，两个具有印象性的细节在文中多次出现，形成一个印象之流，从而把姨婆的那种山野洒脱和无视社会性别角色定位的任性尽情展现，久久难以弥散。一个细节是姨婆"抽旱烟，那根两尺长，缀着翡翠烟嘴的旱烟杆总叼在嘴角"；另一个是"用头帕包了一大包稞，就跟着土匪上了路。一路上，她边走边吃，有意把稞子碎末丢了一路"。两个带有浓重符号性的细节交叠在文本中，把姨婆的智慧凸显出来，最终使小说成为一篇极具个性，又充满山野风情的小说佳构。陈茂智的《姐姐的园》中，散文开头的第一部分和第二部分先后出现了三次"红影子"，一开始就把读者引入到似真亦幻的情景之中，而实际上，姐姐疯了，但是作家先把影子打在读者的大脑幕布上，你会有一种疑惑，姐姐到底怎么了？让一个美丽姑娘失去生活信念和生命光泽的原因究竟是什么？作家无须像"五四"时期的"问题小说"那样，中心思想突出，主要阐述一个问题，如婚恋自主问题、家庭暴力问题、女性地位问题等，在这种小说中，陈茂智的目的性非常明确，首先抛出要解决的问题，然后以故事实例说明问题，小说的主旨不遮不掩。在某种程度上说，《姐姐的园》也是一个"问题小说"，但是作家并未抛出问题是什么，这就形成了一个空白结构，空白部分需要读者的想象力去完成。因此它是一个充满了张力和艺术感的小说。更为重要的是，小说中反复重现的"红影子"带有强烈的印象派手法气息。除此之外，这是一个隐含着丰富社会背景的写实性小说，但是印象主义手法的引入并无任何生硬之感，反而增强了作品的历史真实性和哲学意蕴感。在凝望记忆和印象之流时，江华瑶族作家群经常在叙事的过程中驻足停留，让文本清晰流畅，但追求瑶族风情的写作动因也使得他们常常"忘记"叙事，转入自言自语式的议论。

四、散文语言的直觉呈现

散文同其他文体不同之处，主要在于其取材之广、形式之多样，更在于其语言上的魅力。林非说：散文应以"……自由自在的优美散体文句，以及富于形象性、情感性、想像性和趣味性的表达，诗性地表现人的个体生存状态和人类的文明程度"，并特别指出："所有的散文必须具备文学性特别是诗性。这是散文能否成为美文，能否具有优美性的根本保证……"①从某种程度上说，作家和语言基本上是一个范畴里的两个概念，他们是捆绑在一起的，作家即语言，语言即作家。"说话者和读者都可以被带进他们语言环境中，透过或围绕这个环境看到不同的现实。文学作品探索各种思维习惯的环境或范畴，并且常常试图改变或者重新塑造它们，告诉我们如何思考那些我们的语言没有预见到的事情，迫使我们关注那些我们曾不假思索地用以看待世界的各种范畴"②。

这句话对作家群来说同样有效，尽管不同作家有不同的语言风格和个性，但是由于相同的民族、地域和成长背景，使他们的散文语言呈现出一定的群体共性。瑶族作家群的散文语言新颖别致，洗尽铅华，节奏明快，干净直接，而又峰回路转，曲尽其妙。当下散文呈现出两种鲜明的特征：一种是媚俗，网络

---

① 林非.中国现代散文的借鉴与研究.见：中国写作研究会华北分会.写作论.北京师范大学出版社，1984：139.

② ［美］乔纳森·卡勒.牛津通识读本：文学理论入门（中英双语）.见：李平.语言、意义和解读.译林出版社，2013.

世界中的流行语言、电视广告中的商业口号、电影大片中的主角台词，只要有认知度，能够引起读者共鸣的，吸引特定读者群体消费，可以有倾向性地使用某一侧面的语言，尽显媚俗之能事；另一种是心灵鸡汤式的无病呻吟，他不耽于充当读者的人生导师，在任何生活细节中发现放之四海而皆准的真理，末了，还不忘问一句，"是不是"，或者"原来，你一直生活在迷惑中，失去了自我"。瑶族作家群不去媚俗，因为他们根本不知道社会的"热俗点"在哪里，既不关心，也不了解。他们更不愿意去充当心灵鸡汤式的救世主，总是将语言视为自身的血肉或心声，看似随意为之的文字往往发自其内在的天性，而天性无疑最为恒久和稳定。之所以获得这样一种语言能力，恐怕在于他们在写作过程中发现，只要是忠于内心的写作就是有生命力的创作。

瑶族作家群的天性是他们共同的族群基因，这近似于人类语言的初始阶段，在这一阶段，"语言与世界尚未分离，将认识主体与世界分离，把语言从事物中分离出来，把能指与所指区分开来，以赋予理性认识以意义的情况，尚未发生"。但是，这并不意味着后退到语言的原始状态，而是希望通过凸显各种瑶族要素，取消或淡化语言的指示功能，使语言由中介化为原材料。也就是说，通过直接展示语言的物质属性，突出语言的视听效果，让读者直接地感知和把握文本。现代散文语言因现代汉语的圆熟，日益抽象化、概念化，逐渐隔离了人与世界的直接关系，也割断了人与人的直接关系。语言遮蔽了真相，瑶族作家群的语言洗尽铅华、透着纯粹、朴拙的稚气，却拉近了人与世界的关系。

五、民族的精神诗性

民族"精神诗性"是民族作家群内在生命的能动性和丰富性，是他们对江华的本能理解和感受，以及对于民族的生存方式、精神指向的触及。可以说江华瑶族作家群的创作从不同层面上都体现出精神诗性的整体追求，其最为鲜明的特征是以最平凡的生活细节、最平凡的瑶族人去表现民族的精神底色："多少座石壁阻它、压它、挤它？千回百转，不回头，不停息。"这是客观的外部环境，是真实而残酷生活的真实写照。"悬崖最是无情，把它摔下深渊，粉身碎骨，化成迷蒙的雾。"但是，生存环境的恶劣阻挡不了瑶民们寻找现代文明的决心，他们不断前进，不断受阻，甚至付出生命的代价，纵使"粉身碎骨"，与心中的理想相比，算得了什么？"在幽深的谷底，它重新集结，重整旗鼓，发出了反叛的吼声，陡涨了汹涌的气势。"倒下了，爬起来继续前行。如果不幸成为泥土地的一部分，后来者会踏着这块泥土继续前行。"猕猴可以来饮水，麋鹿可以来洗澡，白鹤可以来梳妆，毒蛇可以来游弋，猛兽可以来斗殴。这一切，都不能改变它汇流巨川大海的志向。"由于人类是有理性可思考的人，而瑶人是有信仰的民族，因此，一切天敌或天灾人祸都无法阻止他们奔向远方的决心。这是一种精神特色，也是瑶人原始、粗糙却又浪漫真实的诗性生活。

弗洛伊德曾经指出："在精神历程中，一旦形成了东西，就不再消失；在某种程度上，一切都保留了下来，并在适当的时候，假如当回复倒推到足够的程度时，它还会出现。"①"河"是瑶族人的精神历程，其中凝聚了他们从未改变的追求和向往，蕴含了瑶族人的精神诗性，更是江华瑶族的精神隐喻。

六、生态审美视域中的自然生命

生态审美视域是以人与自然的和谐共生为旨归，在作品中体现生命的互惠、相依。生态审美视域关注作品中的一切生命，赋予作品中的自然生命以前所未有的审美地位和审美意义。文本中的自然生命不再是简单的客体，而是生态的主体，而且人与自然走向天然融合。

20世纪90年代以来，随着工业化程度的提高和消费量的升级，大量的废气、废渣、废水占据了河流水道、良田和天空，连呼吸新鲜的空气、饮用干净的水源都成为了一种奢侈，因此全球生态危机加剧，我国的生态问题尤其严重，北方城市经常处于雾霾天气之中，受此影响，生态问题日益受到人们的重视，生态意识逐渐渗透到了社会生活的各个方面，而文学的生态审美也悄悄走进了人们的视野。

文学的生态审美是把人类置于地球的整体生态链之中，不再强调人是万物的主宰，改变"人类中心主义"的审美立场，以人与自然的和谐共生，实现人与自然的共存为立足点观照一切生命。这种审美立场使自然描写获得了前所未有的地位，在生态审美视域中，人对自然生命的审视，首先体现为尊重自然生态，确证自然生态的生命意义和内在价值。尊重自然生态，即尊重一切生命存在的权利，承认一切生命存在的价值。对人类来说，不仅要尊重自己的生命，更要尊重自然生物的生命，不仅从伦理视域中尊重，更应从审美视域中尊重。在文学中也应给予自然生命和人一样的尊重。

即使在文学的本质被重新定义之后，也仅仅达到了"人的文学"的高度，也就是说，"五四"以降树立的新文学，把人的位置树立到了前所未有的高度，是一种以人为中心的审美关系，所描写的自然是"人化"的自然。在文学中，人把自己置于自然之上，以自然的主宰自居。但在生态审美视域中，自然生态却不

---

① 　[德]西格蒙德·弗洛伊德.文明及其缺憾.傅雅芳译.合肥：安徽文艺出版社，1987：7.

是以人类中心主义为审美立场的"人化自然"，人类仅仅是世界的一个组成部分。

第八节　江华作家群的文化认同与身份建构

一、江华作家群的身份建构

身份是指人的出身和社会地位，是一种意识形态性的重要组成部分，它是多重因素的集纳，不是一个简单的范畴，既涉及主体具体的种族、阶级、阶层、性别、宗教、职业、语言等结构标志，又是政治制度、社会规范、文化结构、历史传统的综合体现。文化身份"主要诉诸文学和文化研究中的民族本质特征和带有民族印记的文化本质特征"。[①] 这个定义突出了两个关键词"民族本质特征"和"民族印记"。文化身份是"特定文化中的主体对自己文化归属和文化本质特征的确认"。[②] 文化身份意识是民族的区分性特征，在一个民族或国家面临外来侵略、压迫、排斥和限制的危难时刻，在跨越疆域进行流动、移居、放逐和迁徙的特殊境遇中就会变得越发强烈。在多元化的民族共存中，少数民族的主体文化身份意识尤其强烈，改变文化的茫然与保持文化的焦虑形成了矛盾的心境，形成了族群特有的文化质感。

瑶族是我国民族大家庭中的一员，在少数民族中属于人口数量较少的民族。历史上，由于封建统治者的压迫，他们一直在迁徙，迄今为止在广西、云南和湖南都形成了相对稳定的群落，其中湘南的江华就是一个民族自治县，在相似的生存环境、相同的历史背景和相近的民俗特征下，这里形成了江华瑶族作家群，有着较为鲜明的文化身份特征。

二、瑶族传统文化与国家想象

文化身份建构"需要找到一个空前广泛的统一的意识形态基础"，"这种基础是在重新发现与恢复土著曾经拥有过，而被帝国主义的一些措施所压抑的东西当中找到的。"[③]建构瑶族的文化身份，旨在从文学理性的角度研究江华瑶族作家的群体性特征，以其群体的鲜明性标识其独有的文学价值，江华瑶族作家

① 王宁.文学研究中的文化身份问题.外国文学，1999(4).

② 刘俐俐.走进人道精神的民族文学中的文化身份意识.民族研究，2002(4).

③ [美]萨义德.文化与帝国主义.李琨译.北京：生活·读书·新知三联书店，2003：298.

以瑶族文化为基本素材，对瑶族的古老神话、民间传说、灵异故事等作了系统的搜集和整理，并据此进行创作，先后出版了《神州瑶都——江华文艺作品选》《江华文艺新作选》等著作。在丰富的文化资源中，他们写出了大量具有鲜明文化识别特征的文学作品，如在《神州瑶都——江华文艺作品选》中，大部分作品以瑶族的神话、传说、民俗、山水、风土作为写作的对象，作品中直接以此为题的就有唐自水的《瑶寨酒妹》、彭式昆的《冯河瑶寨风俗淳》、魏佳敏的《瑶家物事》、蔡文波的《神奇的瑶药》、蔡成军的《探访千年瑶寨》、孙春涛的《瑶家女子》《瑶家汉子》、蒋建雄的《五月的瑶寨里》、张红玉的《瑶家美味》、黄红珍的《瑶家吊桥》等，从风俗、药物、瑶寨、女子到吊桥等，几乎涵盖了瑶族的各种风情，而且这还仅仅只是题目以瑶族命名的，以瑶族为写作对象的作品更多。

通过对瑶族古代神话的重新阐释，李祥红让古老的盘王又回到了瑶族大地。盘王也因为李祥红的再创造，具有了更为鲜活的面貌。江华瑶族作家群对民间文学也非常重视，因为它"实际上是思想中最古老的贵族，它拒绝短暂易逝、微不足道的东西，也不接纳仅仅是小聪明和俗艳之物，更拒绝粗俗的虚伪；它搜集了一代代人最质朴、最深刻的思想，所以，它堪称所有伟大艺术的发源地"。① 他们深知瑶族的神话、传奇和民间文学中凝聚了深层的民族经验和民族精神。所以，他们的作品部分取材于古老的民间故事和英雄传说，带上了浓重的民间色彩。正如霍米·巴巴所言："记忆绝不是静态的内省或回溯行为，它是一个痛苦的组合或再次成为成员的过程，是把被肢解的过去组合起来以便理解今天的创伤。"②

为了增强瑶族的存在感和鲜明性，创造出有高度文化特色的民族形象，他们不断地回忆过去，对瑶族的山寨、民俗等内容进行不断地重写，在时间上将过去与现在联结起来，在空间上则将目光投向瑶族生活的细部。萨义德认为："处在边缘地带的我们的家园的空间被外来人为了他们自己的目的而占用了，因此必须找出、划出、创造或发现第三个自然，不是远古的、史前的，而是产生于当前被剥夺的一切之中。因此就产生了一些关于地理的作品。"③他们很少写江华县城，甚至江华引以为傲的瑶族旅游产业也鲜有提及，尽管县城是江华的政治、经济和文化中心，但他们将拒斥商业性作为基本写作准则。江华瑶族作家的作品的地理空间主要是以瑶寨为中心的江华乡村，如《五月瑶寨里》《铜山

---

① ［爱尔兰］叶芝.凯尔特的薄暮.殷皋译.江苏人民出版社，2007：242.

② 陶东风.文化研究：西方与中国.北京师范大学出版社，2002：117.

③ ［美］萨义德.文化与帝国主义.李琨译.北京：生活·读书·新知三联书店，2003：317.

岭的初春》《瑶寨酒妹》等作品中，他们认为瑶寨保持着古老的文化传统，代表着淳朴自然的生活方式。这里是理想的文化空间，是宁静理想的地域，也是田园牧歌式的世界。

江华瑶族作家群的成员有的在江华，如陈茂智，有的在其他省份，如帕男在云南，有的籍贯在其他省份，在江华工作、成长，往返于江华和外面的世界，他们感受到了其间巨大的文化差异。在他们眼中，外面的世界是一个无机的、逻辑的、商业的世界，代表着势力、善变、浅薄和物欲。江华和大城市体现了物质文明和精神文明之间的鲜明对照。实际上，江华瑶族作家群中存在着两个江华瑶族形象。传统的乡村的瑶族，具有精神活力、浪漫情调和优雅气质；现代的城市化社会，则是物质性、商品性和非古典化的。后者是现代社会发展的必然产物，但是失去了对人文和人性的观照，对江华瑶族作家群来说，他们通过对瑶族家园的回忆，重新建构一个精神的乌托邦，只有回到古老而纯朴的瑶寨，回到古代英雄传奇和民间传说中去，才能找回族群的身份印记。在建构文化身份的过程中，富有浓郁民俗生活经验的传统瑶族为作家群的崛起提供了精神动力。江华在地理位置、文化格局、历史遭遇等方面都得天独厚，与现代社会物欲生活形成互补。他们认为江华代表了精神和物质、个人和社会、民族和文学高度和谐统一的理想境界，因此在塑造瑶族形象时带着浓重的乌托邦色彩。这实际上是家园回忆和族群印记的复制和投射。

虽然没有文字，但是瑶族曾经创造过辉煌灿烂的文化。在封建时代，瑶族人被歪曲为低劣、懒散、愚笨、野蛮、落后等形象，被迫四处流离，瑶族文化也因此受到了压制，文化的源流或中断，或枯竭，没有形成自己的文字，也无法将其文明记录下来，而江华瑶族作家群力图重建瑶族文化的面貌，恢复瑶族的本来形象。他们认为，瑶族村民有着淳朴、善良、包容的秉性，象征着思想的延续、行为的准则和文化的历史。陈茂智在他的散文《香草溪》中说，"来这里的背包客，多数是厌倦了城市的喧嚣、烦乱和污浊，借了一年那几天假，来这里寻点清静，找些安抚，或是体味一种未曾有过的猎奇的生活。他们的到来，让香草溪的山民猝不及防，常常是在某一天的偶一个黄昏，一个满脸胡茬的男人或者一头乱发的女人，背着一个大挎包推开你的木门"。女主人把一大桶热水提到厨灶间后面的洗澡房，指着里面那个硕大的腰盆和正用竹笕往里注水的尺子，告诉你如何往澡盆里加注热水冷水。女主人说，"洗了澡，就来吃饭"。这句话的意思是，你洗过之后，换洗的衣服就放在那里，只管来吃饭就是，别的事不用管。饭菜都是你在城里吃不到的，很家常，却很爽口；酒是低价的米酒，却是家酿，很香醇很有后劲。酒过三巡，陆陆续续会有村里的人来，偶然来串门的模样。陈茂智后来的长篇小说《归隐者》同样把香草溪作为理想田园的隐喻。在他们的笔下，江华瑶族人是善良古老的族群，拥有纯真朴实的情感，有着想象的天赋和浪漫的气质，他们喜欢讲故事，大多好客热情，但不强势，在陈茂智的散文《香草溪》、长篇小说《归隐者》和李祥红的短篇小说《姨婆》中，他们天性纯朴乐观，音乐和舞蹈牢牢扎根于其日常生活之中；《归隐者》中药妹向程似锦表达爱意时，就是通过唱山歌的形式。他们心灵单纯，到处浪游，见多识广……陈茂智笔下写了很多下层人物，如"神医"卢阿婆和"混世奇才"邓百顺，邓百顺曾经有多种职业经历，到广东等地闯荡。他们承继了瑶族人的遗风，古老的知识包含着真理，象征着自然的回归，代表了瑶族社会的无字传统。他们作品的主人公通常为瑶民，认为艺术世界永恒而纯粹，主张用艺术来陶冶民众，恢复古老的文明。

语言是民族文化的载体，承载着民族的集体记忆。所以文化身份的建构必然涉及语言问题。江华瑶族的文化传承主要以汉语为主体，但在长期的发展过程中，瑶族一直处于封闭的状态，其神话故事、风俗等民族传统主要靠口头叙述的形式进行，如关于盘王的传说，就是在民众的口头流传，是口头叙事传统的基本组成部分。

三、对民间传统与口头叙事的扬弃

随着我国经济的持续繁荣，各项文化事业不断发展，口头传统文化现象逐渐被重视。民俗文化对不同文化区域、不同民族口头文化的研究表明，口头传统文化有重要的文化内涵，保留着许多具有珍贵价值的文化信息，在现代手段统驭文化传播方式的今天仍然保持着鲜活的生命力。

运用观察、记录、积累、分析、比较不同民族的生活方式和口述传统的方法，把握一个民族的口头传统文化和象征传统，研究一个民族的群体记忆，首先是理解他人的叙事，以萨满文化圈中的口头叙事为例，猎人和渔民讲述萨满故事的逻辑表达方式传递的是一种特殊的文化意识，从动物角度理解建立的世界观和多层连贯的宇宙观是这种文化中最基本的文化模式。在萨满人的意识中，人和自然的关系、生和死的命题、二元性的对立结构都可以通过如形象变形、萨满肢解躯体等萨满文化的惯例来表达。民俗研究者必须了解讲述者的文化世界、熟悉他们的讲述方式，才能做到了解他们的叙事，分享他们的文化知识。从内在逻辑安排和表达上来看，一个完整的故事就是一个连续不断的、完整而有秩序的话题安排，而不仅仅只是句子和句子的机械组合。叙述一个事件的过程也就是对这个事件的理解和解释过程。口头叙事的意义因其叙述方式的多变性和表达条件的不稳定性而具有内涵复杂的特点，而这些意义的合成过程也牵涉到众多文化因素多维度的运作问题。

在传统的口头叙事过程中，导致叙述结果的因素复杂多变，在不同文化环境下叙述同一事件时，叙述者按照个人兴趣和当时的叙述氛围临时组织叙述材料和表述的语言，这样的叙事形式和语言具有多变性和不确定性，因此不能把口头叙事作为固定的个人文本看待。口头叙事是一种广泛而深刻的文化现象，它具有条件性的叙述方式和个性化的解释模式，呈现给我们的并不仅仅只是叙事的内容和叙事行为本身，更重要的是这种传统表达方式中以互动的形式共享的文化知识和文化模式。口头叙事的主体是个人，这就决定了这种叙事方式不可能没有个人选择的空间和对事件自由的解释。民族文化传统决定着叙事题目和叙事内容，个人使用的叙事框架来源于本民族共同的叙事惯例，讲述者个人的兴趣和观点则可以通过叙述惯例和传统知识来表达。再者是理解文化模式，讲述是一种表演文化现象，也是口头传统的一种表现形式，一定语言环境和条件下产生的口头叙事意义体现的是一个群体的口头传统，而不仅是机会或者场合的即时现象。一定的文化习惯和口头传统对个人讲述和语境理解及进展产生决定性的作用。口头叙事的生命力和存在意义取决于民族共享的文化知识和已经形成的叙事惯例，它要求讲述者深刻理解传统文化和表达惯例，否则口头叙事将失去其特有的文化魅力，沦为语言表达的一种形式。

不同的族群拥有观察世界的不同模式，以及对世界秩序的认识和看法。他们对世界的认知来源于文化中所蕴含的知识，这些不同层面的知识结构也可以叫作文化模式，在日常生活中就是族群表达传统的叙事形式。民俗学者就是要了解不同民族的文化模式，进而理解这些民族的文化。

人类对文化特殊现象的预知能力，源于个人记忆和处理、组织、观察和存储信息的能力，受公开、实践、公共的文化知识约束。这种文化意识通过各种等级的结构化概念使人们明白一般存在和语境存在之间的区别和联系。文化并不是毫无章法的孤立存在，是在各种文化片段之间连贯而有序地存在。在文化连贯的分层系统中，口头传统的形式随处可见，讲述者能够通过惯例自由表达感兴趣的内容。口头传统作为一种文化实践活动，并不是孤立存在的现象，它具有自己的文化传统。理解口头叙事意义的深刻内涵，就必须理解所属的文化传统。口头记忆在人们的生活方式和生活过程的探讨中具有重要的作用。民族的历史通常不依赖于文字的记载和解释，而仅存在于口头讲述中，因此民族史的传承和发展离不开人类学的"口头历史"。

在与民族史具有相似性的民俗史中，人们的解释兴趣源于具有社会现实倾向的民间社会。由于口头历史对民俗具有极强的主观性解释，因此只有在民俗调查过程中根据信息提供者的解释，才能对民俗的系统性和社会功能形成比较明晰的认识。民俗具有客观性特征，这种客观不简单存在于某些民俗现象和集体意识里，还需要研究者对获得的信息进行比较研究才能获得更深刻的认识。只有获得第一手经验，才能提高对文化传统的理解和说明能力。民俗表达系统对传统价值的展现复杂而繁多，它要求研究者兼顾理想和现实、超常和正常的不同状态，既要理解民俗表达系统中超常的理想标准要求，也要对日常生活的讲述和行为进行解读。人们口头表达中的好坏、罪恶、褒奖、爱、不忠、真理和公正、诚实、等级等伦理性问题的表述正是价值系统的体现，对人、神、鬼的信仰组成了人类口头传统中的社会生活，折射出人们对荣誉、美好、威望、刚毅、复仇等精神力量的理解和渴望。

在对口头传统的观察中，我们必须知道代表文化意识的民族价值原型在社群中所起的作用，了解文化价值体系方面的知识，按照社群内部的文化标准对口头传统进行观察。民族或地方文化的累积过程也是人类自身智慧不断丰富的过程，汲取了人类智慧所形成的文化传统具有满足人类生理、心理和社会需要的功能。一个灵活强大的民族文化系统不惧任何压力和挑战，即使面临恶劣的经济、政治和社会环境，也依然可以利用传统的精神资源，或者现实的冲突和差异获得重生的能量。口述传统的发生无法直接作用于民族文化的产生，但却在传播传统信息、增加信息能力、激活稳定文化部分等方面发挥着不可替代的作用。因此，口述传统是民族文化最好的说明。例如，口述传统的起源故事中身份强调的问题，通常有集体身份强调的目的，这就需要有不同的参照人群确定集体的身份，这种类型的故事往往具有民族身份的等级意识。起源故事中的不同象征表明不同民族的身份等级，说明一个群体对自己积极特征的认可往往表现在象征的保护上，不同的象征即是不同身份意识的强调。这样的故事讲述透露出民族中心主义对人类和世界的描述方式，意在贬低别的群体以提升民族自我意识，这种区别强调的方式存在对其他民族的偏见和排斥，很容易引起别族的反感而成为众矢之的。

在许多具有典型民俗现象的地区，人们置身在民俗现象中却又一无所觉，对传统价值意义的研究成果唤起了他们的民族或民俗意识，使他们开始关心身边的传统，导致传统的承担者自我估价提高，整体社群意识不断增强。民族研究可以利用某些文化信息符号对社群传统进行影响，引导以国家、民族、政治名义或商业利益释放情绪、确认身份的运动，促进传统意识的进一步觉醒，社群、民族、国家、阶级和性别权力生长与释放的主观要求非常明显。在目前世界的民俗分布状态中，边缘化的第三世界国家民族构建最为活跃，其中某些民俗象征还出现了被理想化的迹象，各种文化背景的文化解释和再造之间存在民俗权利争端，使其面临着新一轮的挑战。

第九节　江华瑶族文学的文化意向与确认方式

文化模式的汇通现象不仅仅活跃在生活领域，它也在艺术世界发挥着重要的沟通交流的作用。来自不同区域和民族的文化相互接触，相互影响，相互渗透，融入到绘画、音乐、戏剧、文学、舞蹈等艺术表现形式中，同时接受多种文化的熏陶和滋养，如法国著名画师雷蒙·饶可让的画作《交叉》蕴含着这样的哲学含义：现代人形象模糊化的原因在于人与人、文化与文化之间的联结。这一含义也是当代跨文化心态的一种集中反映。电影是现代艺术中一种极富表现力，同时又能贴近人们生活的艺术形式，它具有超强的视觉特性，甚至"连聋子也能看懂"，它既是各种艺术形式的综合体，又占据着文化汇通对话的前沿阵地。历史实践经验表明，一个民族的文学艺术要么就遵循传统，保持纯粹的单质单元根基，闭关封闭强调自我生成；要么就依托开放的现代环境，融合多元质素，强调文化发展中不可或缺的交叉性和文化之间的关联性，在世界民族文化之林立于不败之地。

在过去相当长的时间里，"世界文学"的概念被误认为是民族文学的总和或民族文学发展的极致等，随着世界文化的沟通和交流日益频繁，世界文学的概念和理想正在被越来越多的阅读群体和文学研究者所认同。正是跨文化的交流汇通使歌德为我们的描绘能够"彼此理解"，交流汇通的世界文学蓝图不再遥不可及，各民族作家已经预感到了这一理想的可实现性。

一、多元性与跨文化特征

民族文学的发展早已越过原有的藩篱，呈现出多元化的特征。这是因为，大部分作家的思维触角已不再局限于民族生活区域，而是向更大的范围伸展，如瑶族作家群中的帕男。帕男一直以瑶族作家的身份出现，实际上，由于大部分工作时间在云南，其作品深受彝族的影响，是瑶族和彝族的文化共同影响下的产物。从这个意义上讲，作家迁徙而产生的文化融合也是出现民族文学多元化和跨文化特征的重要原因。帕男说，"言是故乡却是他乡，言是他乡却又无法抽离/只有美/属于别人/也属于自己"，他乡和故乡之间就是这样的暧昧，而且民族作家都有冲出民族区域的冲动，"现在倒觉得漂泊才是一种律动。衣食无虞，高枕无忧的日子更觉得是某种假象——城市的流动，乡村的流动；物欲的流动，精神的流动以及一切不可名状的流动，我就像被凝固了，仿佛像一尊城雕，甚至本来就是一副败笔，落寞着的城雕，在这样一座貌似喧嚣的小城里，在某一隅。我向往漂泊，或许这世界本来就没有让你停止过，一直漂泊着。"①

漂泊是民族作家的一个主题性母题之一，一方面，走出民族文化的冲动使其希望看到更为广阔的世界，另一方面又始终对文化的"根"和烙印念念不忘。不问下一站在哪里，永远漂泊。"你的心就会像空中的鸟儿，飞翔是我唯一的主题。其实一生漂泊是可望而不可及的，不像风，只问出发地，而从不去问落脚点。就像风一样的自由，这是人人的梦寐、向往，是我的理想。漂泊需要整个身心，卸下所有的包袱"（《许我一生去漂泊》)②。

在精神交流日益频繁，各种思想潮流迭起的当代背景下，各民族文学的产生背景也发生着根本性的改变。一方面，随着世界经济的发展，经济落后地区的民族也从自然经济状态逐步发展到半自然半商品化的状态；另一方面，受现代化思维的影响，民族心理结构也重新进行了调整，一改自我封闭的状态，以开放的姿态面向世界。这些根本性的改变处处体现着民族文学的多元性特征，也产生了许多需要我们正视和解决的问题。

与以往历史民族状态特征相比，现代民族更突出其变动性特征。进入现代场景的民族文学必然会受到各种范畴的影响，改变其传统思路。一旦民族文学在发展过程中背离了既定方向进入无限可能性的领域，就会出现一系列必须面对和解决的问题：在当前文化及其深层表现形态（人的心理结构）发生变化的情况下，文学的民族规范意义是否还存在？区分过去时与未来时的民族文学需要我们用怎样的态度与方法理解现实文学？该如何理性看待视野拓展给民族文学强化或淡化民族性这一心理反应的结果？对民族文学来说，现代性究竟意味着什么？这些按照传统既定思路提出的问题都是从文化本位观出发，仅从一个方面片面地看问题，不免有失偏颇。我们要确认民族文化的跨时代特征，积极推进民族文学的多元化发展，必须改变过去传统的既定思维，站在跨文化的现代角度对民族文学的过去进行思考和总结，客观地分析它的现在状态，并对其未来发展方向和发展前景做出预测性的评估。

---

① 帕男.男性高原.昆明：云南民族出版社，1996：115.

② 帕男.男性高原.昆明：云南民族出版社，1996：115.

二、多元化的意蕴——参照系及其自我确认

在中西比较的参照系之外的另一个比较系统是中国各民族文学，而它自己又构成一个相对独立的世界。从总体上说，它的时态是过去式，以丰富绚烂的民间文化尤其是民间文学为土壤。在接受"民族"这一桂冠的同时，也认定了自己作为文学而生存的基础。就当下角度而言，民族文学的"过去式"所具有的充分的既定性与规范模式使其成为民族文化模式的象征。

我国有 56 个民族，各个民族都拥有独特的文化以及在这样的文化中孕育出的风姿百态。我们习惯性把丰富饱满的少数民族文学统称为"民族文学"。它的含义比较模糊和复杂，既属于抽象的比较文学的概念范畴，同时也是一种实体存在的概念，包容了各种不同价值取向的多元文化的"民族自我意识"的总和。"民族文学"在中国文学中稳固的独特性地位，标志着中国各民族文学作为一个新的比较参照系统的形成，它的比较参照范围是中国各民族文学，而不是仅有的中西比较的参照系统。在中国各民族文学的比较系统中，汉民族文学的宏大结构反衬出了民族文学单一性和独到性的特征。当我们抛开比较的意义，从民族文学实体存在的意义发现其单一独到的特点时，民族文学就有了自己的相对独立性，它与中国汉民族文学、国外各民族文学一起成为世界文学的重要组成部分。大体来说，民族文学的主体内容是过去式，丰富多彩的民间文化及民间文学是其赖以生存的重要条件，在文学一词前面被加上"民族"这一限定词的时候，也就注定了它将为文学而生。用现在的评价标准衡量，民族文学已不再是具体的民族文学作品的总和，而是一种民族文化模式的象征。

苏联当代著名民族学家勃洛姆列伊对民族及其自我意识的看法是"民族只是这样的文化共同体：它认识到自己是这样的共同体，并且把自己同其他类似的共同体区别开。民族的成员对自己的集团统一性的这个认识，通常称作民族自我意识"。[①] 民族文学在这样观念的影响下，很容易与中国文学的主流汉民族文学以平行或交叉的方式共同发展，对中国民族文化的繁荣发展起到积极促进作用。民族文学在发展的历程、存在的实体和日益显著的影响力等方面向世界传达着一个重要的信息，即中国文学并不是纯粹的单质单元，它和中国文化一样由中华各民族人民共同创造的多元化的整体。对中国文学进行全面、客观、准确的认识和评价，就必须重新审视中国文学的历史发展过程，认识过去式的中国文学形态。各个少数民族的民族文学都是在其独特的民族文化土壤中

---

① ［俄］勃洛姆列伊.民族与民族学.李振锡译.呼和浩特：内蒙古人民出版社，1985：21.

成长和发展起来的，都具有一定的独立性，是一个多元化的综合体。如果用中国汉民族传统文化的一元化观念束缚和定义民族文学，势必会使其失去独立性，继而失去各自的民族特色，也就失去了其存在的意义，因此，正确认识和客观评价民族文学中的多元化色彩和个性、程序和时空以及深沉广阔的历史情感，对于中国文学的健康发展具有积极意义。把文学的民族性放在突出强调的位置上加以审视，并将文学和"过去式"联系起来，就具有了必要性和必然性。然而，民族文学的理论意义该怎样认识和理解；如何寻求既定范畴和可能性范畴之间的平衡并使民族文学的视野扩展至过去、现在和未来三种时态的范围，这些是我们目前需要解决的问题。

从历史发展的角度审视民族文学，可以将其划分为过去、现在、未来三个时段，即三种时态（也叫"过去式"、"现在式"和"未来式"），每个时段都有不同的意义。在过去式里，只要能够得到本民族文化确认的文学形式就可以称为"民族文学"，简言之，民族文学就是民族化的文学形态。按照这样的定义标准，"民族文学"的范畴包括除汉族作家之外所有民族作家运用其本民族语言文字创作的文学作品。随着时态的逐渐转化，这样的定义标准也在悄然改变。评价民族文学的标准由单一化逐渐向多样化过渡，过去式的时态也转化为现在式。新时期的"民族文学"实践也不再只局限于一种文化的确认和评价，它越来越多地呈现出了跨越文化界限的意义，这也意味着我们不能仅用一种民族的思维习惯、判断模式和标准、情感表达方式及审美表达方式，对现代时态甚至是未来时态的"民族文学"进行观照，而应该站在跨文化的高度对其审视和研究。这样的情况和形势在五六十年代的早期"民族文学"中是根本不存在的，然而换一种思维模式来看待这些问题，我们会发现它们正预示着未来民族文学的发展趋势。当运用过去的简单的民族标杆已无法准确丈量当代民族文学的完整形态的时候，跨文化的衡量标准就应运而生了。这不是对"民族文学"进行的人为规范和要求，而是其自身发展到一定程度时产生的质的变化和提升，这种变化也必然会对我们的观照方式和理解能力提出新的要求。

通常意义上，我们对民族文学的分析分为以下几个方面。从客观事实上看，民族文学由民间文学和民族作家文学构成；站在历史的发展角度来看，由于文化背景和文化发展的不一致，导致古代、现代、当代三个阶段的文学发展极不平衡；从文学的表现形式来说，诗歌、小说、戏剧、散文、电影文学等都属于文学的范畴。这样分析的结果是无论从哪方面来看，"民族文学"似乎都可以不受干扰地自成系统。事实上，这种依赖感性经验支撑的总结方式最容易造成表面假象。民族文学并不是一个绝对化的存在系统，它的构成是一个相对的自我参照，不排斥与其他系统形成对比参照，因此，试图用"过去式"的眼光为民族文学寻找"系统"的支撑，这一做法本身就是在解构"民族文学"系统，削弱其稳固性，使其显得零碎和脆弱。由此看来，民族文学的系统化意义只有放在整体的历史的发展中讨论才能真正存在。随着时间的推移，在"过去式"和"现在式"两个不同的时间阶段里，民族文学的核心特征正在改变。早期历史上的民族文学存在背景是民族文化，其主要核心形态是民间文学，主要特征为民间文学及其与作家文学之间不可分割的紧密联系，而现代式的民族文学核心已经转化为作家文学，作家文学与民族文学之间的联系也在一定程度上有所减少。这种状态是"民族文学"发展的大势所趋和主流诉求，作为世界文学现象的重要组成部分，它并不是一种孤立的存在，因此我们应该用普遍联系的眼光看待和把握这一主要潮流。

江华实力作家帕男在《泛读永州·书卷凉亭》散文中写道："行者的快乐和潸然却并不在安睡中，而是在一路上让你卸下行囊小坐片刻的一座座凉亭里。家乡多凉亭，在通往两广的潇贺古道上，五里一短亭，十里一长亭，只是岁月流转，让一座座凉亭偏废于现代人心中和枯木荒草间。"①瑶人把自己定格为"行人"，这既是对生活和物质的寻找，又是对精神与文化传统的寻找。如果还用狭义的民族文学视野去研究当下的创作实际，无异于刻舟求剑。我们看到，帕男在这篇散文里，已经不再局限于民俗的展示和民族符号的堆积，而是更加侧重于民族地理和民族精神的阐述。但是，目前在现象性描述领域中的文学研究成果较为乐观，但同时也暴露出了不足，即我们的文学研究过于偏重感性材料和经验的积累，忽略了理论的思考和沉淀，缺乏对文学心态的洞见。现在式的民族文学是一门内容包含广泛而又复杂的课题，要想切实把握民族文学的现代式，并对其未来式作出较为准确的判断和预测，就需要我们对民族文学的现象性与理论性进行综合研究，联结民族文学的过去式和现在式，完成民族文学从简单模式向多元模式的转化。

普列汉诺夫在《没有地址的信》中写道："人的心理本性的一般规律的活动在任何时代都不会停止。但是，因为在各个不同的时代，由于社会关系不同，进入人脑里的材料就完全不一样。所以毫不足怪，它的加工的结果就完全不同了。"②从历史的角度来看，民族和民族文学随着历史的前进而不断发展变化，历史不可能停顿，民族和民族文学也一样不会停滞不前。在人类的发展史上，

① 帕男.泛读永州·书卷凉亭. http://blog.sina.com.cn/s/blog_4b339fe301000b2a.html.
② ［俄］普列汉诺夫.普列汉诺夫文选.北京：人民出版社，1996：93.

理性思考和感性经验之间的关系密不可分，人类的理性来源于生活实践中直接经验的丰富和完善，并对生活实践进行归纳和指导，民族经验和民族理性之间的关系也是如此，二者互为表里，相生相成。民族理性与民族实践相结合共同构成了民族文学的发展历史，因此，我们不能只对民族文学发展的现象史进行了解和研究，流于片面和肤浅，还应该对民族文学的心灵史进行关注和研究。

　　尽管民族文学的历史发展脉络并不是十分明晰，但民族文学的现实发展却从未停止，它一直在主动把握和调整自己或快或慢的前进步伐。在这个历史发展的过程中，民族文学表现出鲜明的形式上的多元化特征，这是民族文学过去式形态的重要表现，同时也是过去式向现代式过渡和转换的某种暗示。在各个民族文化的发展过程中，从远古时代出现的神话传说开始，文学形式的丰富和变化过程经历了史诗、歌谣、叙事诗等传统形式的完善和成熟，直至作家文学的出现，这已经不仅仅是一个民族的文化发展历史了，更是一个民族的生存历史。从民族神话到民族史诗，从盘古开天地到《格萨尔》《江格尔》《玛纳斯》，这些古老的民族文化表现形式无一不展现着民族文化的勃勃生机、民族群体的文化意识和审美需求。在远古时代，各个民族用自己不同的方式或"吟"或"唱"或讲述着本民族的神话传说，随着史诗、叙事诗等多种文化表现样式的出现，这些民族将"说"和"唱"结合，并用自己独特的方式表现，这些多样化的形式无一不在倾诉着各自民族特殊的个性化情怀时，它们都是独特文化心态的表达样式。当我们惊叹于这些相对稳定的民族文化宝库中的珍贵奇葩时，自然而然地就会联想到当代的文学表现形式以及日益成熟的民族作家群。在这个时期，由过去式向现在式的时态转化不尽相同，过渡期的特征表现明显，但这些并不妨碍民族文学创作主体从自由体现逐渐转化为民族民间文化的群体体现。玛拉沁夫与草原文化，李乔与山区文化，乌热尔图与森林文化，张承志与大漠文化，这些民族文学的创作主体与民族文化表现出的稳态与动态特征形成了鲜明的对比。这些现象表明，作家已经不再是民族文化的体现者角色，而是民族文化的创造者，他们凭借自己能够轻松驾驭一种或多种文化的才能，向世界展示了当代民族文学的风貌。

　　传统民族文化积淀的规模和稳态是独立的，保持着文化的纯粹性，而随着文学流变现象的出现，当代"民族文学"已经表现出文化之间相互重叠、相互渗透的特征。民族文化符号的代表——民族作家熟悉各个民族的文化，并以开放的心态对待自己民族以外的文化，因而他们的作品并不具有单一民族的单质特征，而是综合了各个民族的文化特点，带有多民族的综合色彩。陈茂智是瑶族作家，作品中充溢着浓郁的地域性气息。"茶园的参差错落是因为山势的起伏交错，茶树的整齐是树型的规整统一。这醉人的绿色，从这个山头铺展开来，从那个山坡浸染而去，绿意满眼，从手中采下的第一片叶子，到天边山之尽头。"①我们看到，文学流变现象中跨文化特征的形成并非一蹴而就，而是一个渐变的过程。首先，在这个历程的开始，各种不同的文化聚集在一起必然会有一个相互适应的阶段，这个时期突出强调的是比较参照下的文化差异性特征。其次，伴随这一历程出现的心理变迁和文化观念的重组，以及随之而来的对文化沟通交流的重新认识也是不可忽视的。在传统的民族民间文化的认识模式里，作品人物、题材形式和读者群都相对单一，跨文化的民族文学则要求将各个不同文化之间的作品从内容到形式进行综合的选择和借鉴，连带的读者群体也会发生重要的变化。传统的民族文化模式必须适应这种新的变化才能有所突破和创新。在目前形势下，我们不得不接受这样的推论："在某种意义上，民族的空间是有限的、特殊文化信息的凝结体，而民族间的接触则是这种信息的交换。正是在这方面，各种不同历史类型的民族共同体相互之间存在着实质性的区别。"②这个观点中"某种意义的"限制性前提暗示着民族文学现象是复杂多变的，我们看待这一现象也应该全面而灵活，在强调民族文学性的同时也不能忽略其跨文化特征的现代性意义，更不能简单地将它与民族概念结合在一起，用机械刻板的方式看待，唯其如此，我们的文学才能在强调民族化的同时推动民族文学向更广阔的领域发展。综合以上现象可以看出，当代民族文学的发展已经超越传统的单一民族文化的局限性，呈现出跨民族跨文化的交互混杂趋势。那么，这样超越文化界限的民族文学发展模式会不会失去其民族、文化和作家个人的独创性？答案是否定的。因为文化发展的大背景和大网络与文化个性的保持并不冲突，黑格尔在《美学》说，"各门艺术都或多或少是民族性的，与某一民族的天生自然的资禀密切相关"③。这里的"民族性"并不具有多重模糊含义，而是指前人"在某种意义上"和"或多或少"等比较谨慎的意义上给出的定义。从这换个角度来看，民族性的含义并非一成不变，或隐或显的民族"资禀"在各种艺术中也并非绝对存在，但是它并不神秘，而是具有可以变异、转换和超越的开放性。为此，斯大林曾经断言，"不言而喻，民族也和任何历史现象一样，是受变化法则支配的，它有自己的历史，有自己的始末"④。马克思认为各

---

① 陈茂智.江华牛枯岭茶歌.永州日报，2014 - 6 - 10.

② 费孝通.中华民族多元一体格局.北京：中央民族大学出版社，1995：32.

③ ［德］黑格尔.美学(第三卷).朱光潜译.北京：商务印书馆，1982：378.

④ ［苏］斯大林.斯大林选集(第 11 卷).中共中央编译局译.北京：人民出版社，1953：288.

民族的精神生活是"最丰富的东西"，其"各民族的精神产品成了公共的财产"的预言正在变成现实，正是这些方面的民族个性共同支撑起了"世界文学"。在这一基本前提，我们对既区别于民族性又在某种程度上综合了多民族特质的现代性形成了认识和了解，也是从这一前提的形成开始，我们开始对民族文学面向现代性的转折产生了关注。

三、诗意的阐释——从文化意向到跨文化意向

文化观念对本民族的诗学传统具有天然的影响力，我们要阐释民族文学的诗学意义，就必然要了解和研究民族文化背景，特别是对其诗学起规范作用的民族文化意义的探究。

历史上不同领域的专家学者对文化有着不同的理解和阐述。著名美国人类学家 R. 本尼迪克认为，作为思考和行动范型的"文化"贯穿于某一民族的活动之中，也是该民族区别于其他民族的重要标志。我国著名历史学家钱穆先生从另一个角度对以往的文化与民族之间的关系做出如下总结："所谓各个群体人生之不同，也可说是一种民族性的不同。由于民族性之不同而产生了文化之别相。"①我们对民族文学的认识也基于这种理论的推断，认为每一民族的特定历史传说、自然山川、生活风俗及方言俚语都受到民族文学或多或少、或隐或显的感情关怀，它们之间相互独立，但却是一个共鸣的文化圈。江华瑶族作家帕男曾经在一篇散文中论及故乡江华的腊肉："过去，只有出了正月，有亲戚拜年，才会煮些腊肉，招待客人。主人从灶台上取下腊肉，在牛栏柱头上，扳上几扳，然后丢进温水里，找来黏禾草擦洗，黄灿灿、亮晶晶，逗人溜口水。腊肉做法很是简单，土蒜、土芹菜，也就是土生土长的大蒜和芹菜作为佐料，炒熟就是了。瑶族人拜年，带的年礼中也不能缺了腊肉"②用这么长一段文字描述江华的腊肉，是因为这个层面上讲，腊肉是一个符号，象征着南方的文化圈。真正意义上的民间文学并不意味着秘史，也可能是一个生机勃勃的文化圈。其典型标志便是民间文学，这种民族文学的过去式形态正是从民间到文人阶层的血缘系统的核心。这种血缘关系的存在已经被高尔基等中外作家证实，并成为我们正在研究的时态转换期的显著特征。这里所说的转换是一个逐渐改变的过程，是一种从单元文化观念向多元文化观念的过渡。过去式民族文学的基本范畴是以民间文化为支柱的民族民间文学。作为一种文化的载体，以群体性为中

---

① 钱穆. 湖上闲思录. 东大图书股份有限公司，1984：113.

② 帕男. 江华腊肉. http://blog. sina. com. cn/u/1261674467.

心标志的民族文学(主要是民间文学)是没有个性和自由的，无论是实践还是思路都受制于民间文化的"范型"。同样是文化的载体，与之迥然不同的是以作家文学为代表的当代民族文学，现代跨文化的实践与思路使其具有个性自由创造的特征以及丰富复杂的品格。简言之，民族文学现代式的重要标志就是具有了更复杂的内涵。

尽管民族文学的现代式和过去式在本质特征上有所不同，但它们并非两个截然相反、毫无联系的时态，相反，他们的关系十分密切。许多瑶族作家的创作就是来源于过去的孩童岁月那些或深或浅的记忆。民族文学的现代式建立在过去式的基础之上，并超越过去式的优秀品质，结合时代特征和背景重新塑造了民族文学的新形象。这样看来，相较于民族文学的现代式，看似陈旧的过去式反而是一笔巨大的财富，我们要做的就是寻找他们之间神秘而微妙的转化关系，完成民族文学的自我更新。我国是一个多民族国家，不同的历史文化和大相径庭的自然环境赋予了各民族文学作品极不相同的感觉和感情。例如蒙古族文学苍凉深沉的草原气息，僚族文学细腻委婉的亚热带情调，朝鲜族文学清新明朗的地缘特色等。具有浓厚民族色彩的经典文学作品首先得到的就是本民族受众的认可和喜爱，也就是说，无论讲述者还是说唱艺人，他们的创作与听众之间要达到一种心理深层的默契和交流，这样的文学作品才能走出本民族的文化传播的"小圈子"，被更多的读者和观众所接受。同时这些"走出来"的民族文学作品也为我们窥探民族审美的心理活动打开了一扇窗户，根据这些不同民族作品中的人物、语言、行为等方面信息，我们不仅可以感知属于作者和所属民族的审美心理，更能够把握其审美情感。因此，莫洛亚称英吉利民族塑造了狄更斯，而狄更斯却塑造了英吉利民族。我们在这里对过去式民族文学的历史构成及其作用、发散途径进行分析和讨论，就是希望对现实中的当代民族文学有所启发和帮助。

四、"共名"场景中的跨民族位置

随着全球经济一体化的形成，不同文化之间沟通交流日益频繁，多元文化的并存现象普遍存在，这些现代化的新形势改变着民族文学独立存在的观念，民族文学的自我认同感下降。文化的发展正在从相对封闭逐渐走向开放，在交流与碰撞中寻求新的突破。这一现象与过去的文化和创作过程中偶尔闪现的"跨民族"交叉现象遥相呼应，且正在成为当代民族文学现实中的常态。

文学是民族的，但更是世界的。历史上古希腊史学之父希罗德曾因为提出文化可能出现并存和交流现象这一观点而被扣上"亲蛮派"的帽子流亡他乡，我们也曾忽略了一些可以看到本质的文学现象，比如莎士比亚钟情的丹麦，歌德感兴趣的东方，高尔基心中的意大利，狄更斯、卡夫卡笔下的美国，海明威眼中的西班牙等。当我们注意到这些本该是反映本民族文化的作家作品与其他民族产生微妙关系时，是否会意识到用民族来界定文学是在束缚民族文学走向更广阔的现代发展空间呢？按照"民族的即是世界的"这一观点，文化与文学跨民族的特征越明显，也就意味着其现代性越强。

中国是一个多民族国家，各民族作家由于生活环境、文化氛围、民族习俗等因素的影响，在写作过程中必然带上浓重的民族特点和地方烙印，但是在新时期文学以前，民族作家的作品并不存在鲜明的民族特征，如满族作家老舍和苗族作家沈从文，民族性甚至消失在读者的记忆和文学史的表述中，这是时代背景之下的必然产物。1949年之前，民族图存和国家救亡是时代的主题，在这一大旗的指引之下，文学的各种标签，包括民族、爱情和生活等都自觉地跟随着这面大旗前进，老舍和沈从文等作家有选择性地调整自己的写作姿态，丰富的内心世界和情感诉求让位于政治和国家，其民族身份反而不为普通读者所知晓。尽管老舍有较为明确的旗人意识，并在作品中有意识地批判旗人的愚昧、落后和无知，但是对那种精致的生活方式依然是发自内心的留恋，而且中国的少数民族作家基本上都使用汉语写作，就近现代文学而言，不存在独立的少数民族文学支系。

在21世纪之前，中国少数民族文学以意识形态为主调，强调"共名"的政治理念，充斥着毋庸置疑的二元对立思维和阶级斗争学说，也就是说，在这个时期，中国少数民族文学除了作家身份的区别性之外，再也找不到一点民族性痕迹，即使是叙述少数民族的生活，其精神内核也已经被抽空，转而与时代"共名"。

进入新时期之后，文学的格局发生了重大变化，阶级斗争、意识形态、政治身份等要素逐渐淡出公众视野，商品经济思想在社会上的主导性地位开始建立，竞争、公平、市场等概念成为关键词，少数民族文学在这个时期同样与社会"共名"，依旧没有认识到民族文学存在的独特性和区别性所在。这个时期，对汉语作家而言，寻根文学仅仅是以民族的方式获得世界文坛认可的一种手段。民族的才是世界的，这句文学的醒世恒言在拉美作家加西亚·马尔克斯获得诺贝尔文学奖之后，将中国作家的民族文化挖掘欲望推向极致。

第四章　黄爱平论：把瑶山泉封存在故园的酒壶里

　　黄爱平，男，瑶族，1962 年生于江华，中共党员，大学本科学历。1982 年参加工作，2008 年加入中国作家协会。曾任《零陵日报》编辑记者、中共蓝山县委副书记、永州市文联党组书记、主席等职。现任湖南省文联副秘书长，湖南省民间文艺家协会副主席，湖南省文联文化产业投资有限公司总经理、法人代表，系湖南省作家协会理事、湖南省少数民族文学创作委员会副主任、湖南瑶族文化研究中心常务副主任兼秘书长。著有诗集《边缘之水》《黄爱平诗选》，组诗《楚辞》《苍茫时刻》《一厘米的忧伤》《遥远的河》，长诗《茫茫大草原》，诗歌《田野岑寂》（四首）、《蛇形》（六首）、《瑶乡酒壶》（外二首）、《黄爱平的诗》（十首）、《诗三首》。1989 年获《湖南文学》杂志社青年文学大赛二等奖，诗歌《边缘之水》获 1991 年芒种杂志社全国诗歌大赛二等奖；《黄爱平诗选》获第三届毛泽东文学奖、第九届全国少数民族文学创作"骏马奖"。

第一节　黄爱平诗歌的"家园"原型及其文化内涵

　　荣格说："原型就是人类长期的心理积淀中未被直接感知到的集体无意识的呈现，因而是作为潜在的无意识进入创作过程中的，但它们又必须得到外化，最初呈现为一种'原始意象'，在远古时代表现为神话形象，然后在不同的时代通过艺术在无意识中激活转变为艺术形象。"[1]文学世界中，西方有"伊甸园"的"家园世界"，莫言有高密的"高粱地"，沈从文小说《边城》着力构筑的湘西世界，黄爱平也构建了湘南的故国家园，他们都结合了独特的文化和传统，已经远远超越了一般乡土文学意义上的地域范畴，转而上升为人类永恒栖居与

---

[1]　朱立元. 当代西方文艺理论. 上海：华东师范大学出版社，2005：168.

寻找的家园。在与现实的冲突下，在想象的象征升华中，我们不仅读到了黄爱平诗歌中故国家园的原型意义，也试图探索在构筑文学"家园"过程中的淡定与从容，以及在经历"现代化"洪流中的矛盾与挣扎，"家园"的这一文化内涵也许更值得我们关注。

"家园"这一原型在中国几千年的文学中具有两种意义，或者说分裂为现实与理想两个极端的概念。首先，"家园"有现实的意义。所谓治国、齐家、平天下的文人理想，其实就是进而为国，退而为家，昭示着在自然经济为支柱的中国，人的现实生活就是家园的生活，出世，就是背弃"家园"，也是背弃"现实"，从一定意义上说，这里的"家园"和"现实"基本上可以等同。

黄爱平诗歌中的现实家园就是作为黄爱平故乡的湘南江华。"我的写作从一开始，就不像某些诗人那样，是来源于阅读时心仪的诗歌样式，而是生活对心灵的有效灌输和启迪，于是显得有了几分枝枝叶叶，于是也有了几分原汁原味。"①作者用混合着抒情、感伤而忧郁的笔调为我们呈现出笼罩着浓郁水气的世界，他的《遥远的河》《瑶山泉》《度过秋夜的河水》《山水之间》《像风又像雨》《青翠的海》都是充溢着水气的诗篇。家园还真切地体现在黄爱平的其他作品中，由于对江华普通生命充满着炽热的感情，才抒发那些剪不断、理还乱的湘南情结。

瑶山泉的清澈和瑶乡酒壶的佳酿不断丰富着黄爱平诗歌中的家园，甚至是点滴的环境和细节，比如父亲的草帽、木椅、解放包……我们从中深深地感受到了那份亲情的亲切、熟悉和辛劳。其次，这个存在于文本中的美丽家园，是存在于作者心中的江华，所以家园也有理想的意义。"还乡"文学主题无不宣告着人类对家的依恋与憧憬，"阳光落入土道/黄叶落入土道/土道之上是天空，又蓝又高"（《父亲回家》）。作为人的生命和理想的归宿地，"家园"在文学中往往蕴含着安全、稳定、和谐的含义，"回家"的路是如此漫长/一旦你回到家里/你已经老了/你将在孤寂的群山里自言自语"（《父亲回家》）。可见，"还乡"通常是人类集体意识中最贴近于心灵的地方，是心灵最脆弱部位，它也是精神的寄托，在历史的漫漫长河中抚慰着世人的灵魂。

黄爱平一直生活在江华，尽管这是一个偏僻的地方，但是他大学毕业后还是回到了生他养他的湘南，教师、机关干部、企业厂长，江华的一山一水、一草一木都留在了他的记忆中。在他的诗篇里，故乡的人和事物在记忆中不断闪现，他选择在精神上回到了一种自然人性和活泼童年的文化土壤。当他用美妙

---

① 黄爱平. 黄爱平诗选·后记. 北京：作家出版社，2006：192.

的笔调为江华谱写恋歌时，其实，诗歌中美好的"家园"原型已经不再是作家现世中的故乡，而只存在于儿时的世界里，童年的记忆成为他构建"家园"的基本素材。一方面，黄爱平自始自终在诗歌中贯穿着追寻精神家园的母题，努力地将荒蛮的乡村诗化，使之成为家园化和理想化的土地。在这里，"瑶乡篝火、酒茶歌谣、青山绿水、溪杨灵风、游鱼虫兽、野花草树"，一切都是那么的令人向往。诗人说，"瑶山作为一个人精神的绝对内核已经刻骨铭心，身为她的子孙，在时间的连绵和空间的距离中，我不时偷偷抬头打量打量她历史的秘密和细节，深感被崇山峻岭这汉族的瑶家有其宿命般的局限性"①。

　　江华瑶族的世界是作者寻觅家园心境外化的结果，这是对理想世界的追求和记忆中乡村世界相遇后形成的似真似幻的理想境界，是黄爱平寄托灵魂的乐园。江华的现代化进程也不曾停止，面对物质文明水平的提升，诗人的心情是复杂的，公路、工厂、超市这些富有商品经济形态的东西涌入江华，现代化的趋势无可回避，这是大多数民众梦寐以求的发展方向，却令诗人怅惘，现代化的趋势让江华失去了原有的简单、朴实和纯粹，遭受着冲击，而在他的诗中，不和谐的东西往往被隐藏于深处，侧重于江华自然的美丽和民风的纯朴描写。仅从《诗选》的题目就可以看出诗人毫不掩饰的抒情冲动，从四季到人物，从时间到空间，江华的一切都是写作的对象，作者不仅为了美化江华的形象，更是为了美化心中的家园。一方面，"理想"却又并不是虚幻的乌托邦，而是立足于现实的合理想象，满足人类精神家园的永恒渴望。正如荣格所说，"为我们祖先的无数类型的经验提供形式，是同一类型的无数经验的心理残迹"②。弗莱指出，原型是一种集体仪式，这种仪式是"对作为整体的人类行为的模仿，而不是被看成对某一个个别行为的模仿"③。弗莱和荣格分别把原型理解为"类型""经验"和"集体仪式"，总之原型不是个人的个体感受，而是带有普遍性和群体性的感知，在长期的历史长河中形成的心理沉淀，抑或是全人类普遍的共性的经验凝结，即"集体无意识"。因而黄爱平诗歌中的理想家园可以理解为全人类的精神家园。从原型批评的角度看，黄爱平对精神家园、乡土人情、民俗器物及其所象征的理想归宿的向往和留恋，乃至向往和依恋根源于人类的文化恋母情节和深刻的文化记忆。在寻找家园与重造家园的征程中，江华瑶族作家群由对传统文学的坚守，逐渐演变为寻根文学的创作，尽管这种寻根和 20 世纪 80

①　黄爱平. 黄爱平诗选·后记. 北京：作家出版社，2006：190.

②　[瑞士]荣格. 心理学与文学. 冯川，苏克译. 上海：上海三联书店，1987：121.

③　[加拿大]弗莱. 神话——原型批评. 叶舒宪选编. 西安：陕西师大出版社，1987：151.

年代的寻根文学有着本质上的差别，但是有一点是一样的，"家园"是作家对存在于人类记忆深处的纯真、善良、美好的书写与追寻。

黄爱平诗歌中体现出来的自然而独特的生命感悟，不仅是一种远离"现代文明"回归本真的奢望，同时也借此来表现对于生命本意的追寻，因而"人类的精神家园"总是以传统的形式体现，这种传统不是伦理、价值和意义等形而上意义的范畴，而是具体的存在，如瑶寨、瑶药、瑶山、瑶民等。诗人作品中的江华很大程度上是非现实性的，但由于通过诗意化创造，诗歌对家园的回归意识带有了人类的集体经验，给现实中的人们以精神的慰藉，从而具有了一种本体上的意义。人类想象中永恒的精神归宿面对商品经济和市场化的冲击只能从文学作品中寻找认同。美国汉学家艾凯认为，现代化是"一个范围及于社会、经济、政治的过程，其组织与制度的全体朝向以役使自然为目标的系统化的理智的运用过程"。[①] 人们希望在保持与自然高度和谐的前提下，实现高度物质文明，也就是与生活舒适最佳化和便捷最大化，同时保持传统社会的人性美和人情美，这种期望到目前为止是无法共存的，它只能是文明发展到一定阶段的产物。在现代化进程中，人们之前稳定的精神家园在庞大的现代化进程中被拆掉。"梦中/你敲着窗户把我叫醒/絮絮地诉说/你对我绵绵的恋情/你那些亮晶晶的话/将我的心浮起/在夜空中漂来漂去/直到天明/都没有沉静"。(《春雨》)当然，自然经济由于其封闭性和自足性导致其变化非常缓慢，在此过程中形成了极为稳定的心理结构和精神资源，但是现代化进程同时也是自然经济载体消失的过程，而新的精神家园和伦理秩序尚未完全建立，对过去家园的回忆和追寻就成为了必然选择。

黄爱平诗歌坚守心灵净土的理想，有重回故园的向往。文学的本质就是固守人类精神中最稳定、最敏感、最丰富的部分，因此江华瑶族作家群普遍通过这种方式寻找家园，只不过黄爱平的诗作较为明显而已。

"不管是晴天还是下雨/只要日历翻到了五月/我总要躲开熟悉的面孔/独自走向野外"。

"五月"对于黄爱平来说是一个特殊的存在，不但是父亲离开的月份，对农家人而言，更是农忙的季节，作为家中的壮年劳动力，父亲的离开，具有精神和物质上的双重打击。"躲开熟悉的面孔/独自走向野外"，简单的句子，却把诗人和外界隔绝开来，形成了自己孤独而悲伤的独立空间，在这个独立空间里，黄爱平怀念父亲，怀念逝去的时光。

---

① 艾凯.世界范围内的反现代化思潮——论文化守成主义.张信译.北京：人民出版社,1991:5.

"父亲是在五月走的/母亲无力葬送，只能够/把幼小的儿子搂在怀中哭/借风、借雨/无力地祈祷"。

父亲离开的场景诗人历历在目，尤其母亲的悲伤和无力，令他记忆深刻，"借风、借雨""无力地祈祷"不仅展现出了母亲的无助，也显示出瑶族人民与大自然密不可分的生活状态。

"五月的花香是这样浓郁/对我是伤害，也是抚慰"。

五月的花香对诗人来说，是童年中极为深刻的回忆，五月的花香或许会令他想起他在大人们插秧的水稻田边与伙伴玩耍的情景，当然，也能让他想起，父亲正是在这个季节与他们长别，所以对他而言，无疑是"伤害"，也是"抚慰"。

"我已想不起父亲的模样"。(《怀念父亲》)

黄爱平在《父亲回家》一诗中也提到"父亲……我不认识他"，又谁说"事实上/我也不认识我自己"，父亲是根，这个根的缺失使得诗人对自我文化身份的认知感受到了迷茫和困惑，"父亲"的形象也象征了他的瑶族家园，现代化的冲击让他陷入失去自我、失去根的惶惑之中。

对父亲、老井等家园人和物的怀念是诗人家园回忆的重要方式之一。他们寻找被"现代化"迷失的自我，巧合的是，当整个社会现代化进程如火如荼的时候，湘南江华的瑶族依然故我，他们发现这种错落正好形成了奇妙的互补。于是，"返乡"就成为了他们的首选途径。从时间意义上说，他们的青少年时代在虽艰辛却悠然自得的生活中度过，之后走进现代城市、现代生活，而并未得到更加宁静的内心，也就是说他们同时经历了传统社会的后期和现代化进程的前期，这个过渡阶段最能感受彼此的差异和不足。从空间意义上说，他们既在传统的乡村瑶寨生活过，也在现代化的都市中生活过，孰优孰劣，冷暖自知。

《边缘之水》是作家在想象中一厢情愿构筑的世界，然而中国社会现实的现代化进程必然要无情地击毁小农社会的鸟语花香，而田园牧歌的吟唱被工业机器的轰鸣取代是无法避免的无奈。所谓家园的追寻并不能回到最初的梦想，在现实面前，这种"追寻"显得那么无力。但是黄爱平以两种文明形态中间人的立场对传统家园进行追寻与向往，对现代工业文化和城市文化发出了深深的追问和质疑，在审视乡村保守与愚昧的同时，家园的重构形成了对现代化的反省和批判。

黄爱平的诗歌中主体和意象是传统的，月亮、土地、小草、小鸟、老船工、古渡口、黑狗、池塘、老井等：

"月亮什么时候掉进了水里/也不晓得"。

月亮不曾掉进水里，那只是池塘中月亮的倒影。作者用孩童的视角叙述了自己儿时的回忆，"月亮掉进水里"的经历是大多数人都有的少时回忆，这样的共通感能令读者产生温暖和留恋的感受。

"我的这一点点土地/隐藏的根/充满一个孤独者永恒的深情"。

在黄爱平的诗里，"根"这个意象出现过很多次，对他而言，"根"是具有特殊含义的。他的短诗《根》中就提到"臂膀隆隆地穿越泥土"，"设法寻找心灵的安慰，便是潜入土地"，"树叶对阳光的霸占，已不能使我艳羡"，"生命纵使百倍短暂，我也不急于品尝什么空气中的维生素"，"默默地在未知的领域穿行"，"让呼吸和梦呓，在远离凡尘的世界，自由地舒展"，"黑暗中正宜探索"，由此可见，诗人的根是扎根土地的，为了寻求心灵的安慰，为了远离凡尘的世界，他的根不断往下延伸，这个过程是无助的，也是孤寂的，支撑他这样坚持的，是他心中对土地，对这个民族永恒的深情。

"怀中的草儿正尝试/如何穿一身妥当的衣裳/而鸟已说自己的名字"。

春天已至，大地苏醒，作者在这里使用了常见的比喻与拟人的手法，草儿穿衣服，鸟儿说自己的名字，这样的形容是很新奇的，万物生长，百鸟啼春，诗人将文本陌生化，视觉与听觉的结合，使得春天的画面感更加浓重。

"从去年的粮仓探向大地/农事的节拍和对话/是从后院开始的"。(《井边》)

对作者而言，家乡的春天是从"粮仓"开始的，句子中没有出现特定的人物，但人物都隐藏在句子之中。"农事"的"节拍"和"对话"，这些词语产生了形象而具体的画面感，这些人物没有在诗句中出现，但我们能"听到"他们在"后院"进行着农事的准备。作者听觉上的描写是在井边对春天的直观感受，是作者对春天最原始的回忆。

对现代化的回避从本质上来讲是江华故园的回归。他"一方面监视着在城市商业文明的包围、侵袭下，农村缓慢发生的一切，同时又在原始野性的活动中，显现都市人的沉落灵魂"[1]。现代化进程的推进不会因为诗人的缅怀而停下脚步，传统社会的消失也是历史发展的必然，从人性内心深处来讲，他们一方面既希望现代化生活的自动化程度提高，又厌恶商品经济的残酷竞争。江华瑶族世界即作者心中"家园"的无情挤压使诗人感受到了压抑，这也是城市对乡村、现代化社会对传统农业社会的压抑。另一方面，在诗人的意识里，作为家园的江华永远是春色满园："风，轻轻吹过田野/还很寒冷/我们远远地望着/在季节的边缘/年轻的母亲/梳理长长的溪流/她身边的竹篮/渐渐长出/青青的叶

① 　吴福辉.带着枷锁的笑——乡村中国的文化形态：论京派小说.杭州：浙江文艺出版社，1991：113.

子"。(《初春》)动词可以说是最性感的词，"梳理"顿时把江华家园的慈爱和温暖也梳理了出来，这其中暗含着理性自然和感性自然的交汇，那般清晰明亮。

诚如吉尔伯特·罗兹曼所说，"'有意识地把旧的最好的东西'接在一起的企图，无论是其动机多么美好而善良，都将由于现代化模式和社会其他结构相互之间的奇异依存性而注定要失败。"①因此我们不能说诗人的努力都是徒劳，而是在现代化日益加速的进程中，在欲望的炙烤下迷失的人们还是需要传统精神的宁静与和谐。虽然真正的精神家园只能在诗意的想象与审美中，黄爱平执意要回归，只能是一种悲剧。"有多少落叶，就有多少秋天的手/使劲敲打风/并伸入诗歌内部/掏空我们的五脏六肺"。(《落叶》)这种"回归自然"的悲剧通过诗歌的意象来编织，重新建立了一种时间和空间的秩序。原本被理解的回归家园与再造家园，在与现代化潮流的对抗中偃旗息鼓，甚至也可以说依附在了这一潮流上。"时间每走一步都伤害着你/这和爱情一模一样/时间慢慢会露出它的本质/这也和爱情一模一样/不同的是——/时间会忠实地陪伴你/而爱情，常常在半途中/拍下/满身灰尘，转身走了。"(《时间和爱情》)家乡的记忆如同爱情随时间飘散一样，你爱她，你不舍，你为此流连忘返，但她总归要离去，一如诗歌中的"爱情与时间"。

人类在追寻永恒的精神家园，无论是传统社会还是现代社会，甚至在现代文明日益发展的今天，宗教的影响并未受到削弱的原因就在于此。现代化不是对人类精神家园的阻断，而是让匹配度增强的过程，至于两种形态之间的过渡，必然带着阵痛和不适。只要理想和信念并存，永远的"乌托邦"就不会在人类的想象世界里消失。尽管诗意的家园往往会被现实颠覆，但是人类会执着地追寻，因为"家园"已经远远超出了避风港似的栖居地，承载了一代人心中的梦想，成为了集体记忆永恒的归宿。所以尽管多元媒介纷繁复杂的信息以各种各样的渠道充斥占据着人们的日常生活，诗人还是以一种历史的身份诉说着未知或已知的过去或将来，读者诵读这首诗，使自己置身于说这些话的位置，或者想象出另一个声音——我们常说的由作者创造的叙述者或说话者的声音——在说这些话。这样或许便能从中寻找到人类向往"家园"与追求理想的蛛丝马迹。

第二节　瑶族血液的象征：符号与隐喻之根本

对大多数生活在北方的人来说，瑶族并不陌生，但很遥远，他们散落于湖

---

① ［美］吉尔伯特·罗兹曼.中国的现代化.沈宗美译.南京：江苏人民出版社，1988：6.

南湘西等地，而江华瑶族被称为神州瑶都，其文化之鲜明性确实令人注目，从这个意义上说，它确实是一个陌生的存在。《边缘之水》是少数民族文学"骏马奖"、湖南省"毛泽东文学奖"的获奖作品——瑶族诗人黄爱平的代表作之一。全诗分为六节，每节行数不等，长则13行，短则两行，每行的字数不一。

诗名为《边缘之水》，但全诗没有地理意义上的"边缘"，也没有任何形式出现的"水"，题目中的名词没有成为诗歌的核心意象，甚至压根没有出现。实际上，这种写法在我国的传统美学中较为常见，所谓"不着一字，尽得风流"，看似虚无的意象，其实是诗歌的核心所在。诗歌开头说，"这是一种人生的态度，不能随意冠之以肯定或否定的结论"，诗人一开头就颠覆了读者对诗歌的原始印象，文学理论教材上不是说，诗歌的重要特征是语言的凝聚性吗？这种形似白话的生活口语难道就是所谓的浓缩？但正是这种看似简单朴实的诗句背后意蕴丰富，反其道而行之，达到了一种语言的陌生化效果。每个人都有自己的生活方式和生存之道，世界的魅力就在于其五彩缤纷的差异性，每个人都按自己的价值体系和标准选择属于自己的活法——你能肯定谁，又能否定谁？存在即合理，选择即命运，诗人不想去规定任何人的生活和价值观，做了盛水形状的容器，但却坚守自己人生追求之实。面对质疑，诗人说，"不要说我，在所有的瞳孔关闭之后，遁向清寂之地"，逃避从来都不是诗人的生活方式和生存姿态，因此自己不是那种在现实面前回避矛盾的隐士，所以诗人用了一个"遁"字。江华是自己的故土，自己自然无法割舍，更谈不上放弃和逃离，"我并不畏惧寒光的锋刃与血色的冷峻/也并非视神圣原则而不顾/胡乱调和生命的元素"。根据约翰·斯图亚特·密尔的名言，抒情诗就是听到的言语。通过辨别这首诗里的"寒光的锋刃"和"血色的冷峻"，大胆推测诗人黄爱平他的处境——故土的残败、他关心的事物——寻求清净之所；文学作品是对"真实世界"的有虚构性的模仿，所以抒情诗也是对个人言语的虚构性模仿。这里诗人运用了隐喻、象征等多种修辞手法，寒光的锋刃与血色的冷峻隐喻生活的多灾多难，不管生命中有再多的无奈，诗人都无所畏惧。

第三节　聚焦瑶乡：深情歌吟中的故国想象

瑶族是一个具有悠久历史和丰厚文化积淀的民族，其神秘的原始风情、传奇的迁徙旅程、独特的符号图腾，形成了充满想象的个性文化。遗憾的是，历史上由于长期受到封建统治者的精神打压，瑶族人民四处漂泊，生活极为艰辛，民族文化得不到应有的发展，没有形成自己的文字。瑶族人民的心灵表达和礼仪习俗一直借由口耳相传。新中国成立后，随着党和国家对少数民族的扶持和关怀，瑶族人民的生活日趋稳定，民族文化得到一定程度的传承和发展。但毋庸讳言的是，这种传承和发展与瑶族文化应有的深度、广度和厚度存在较大的差距。正因如此，瑶族之子黄爱平背负着本民族的传播责任和文化想象，使他的诗歌创作从一开始就处于高度的书写自觉和精神焦虑之中。

读黄爱平的诗歌，一个强烈的感受是：诗人努力展示的与其说是个人"小我"的心灵镜像，不如说他有一种迫切的"代言意识"和"载道情结"。换言之，诗人要执着表达的是一种瑶族历史文化的精神寻根，是一种瑶族人文关怀和身份追寻的现代性转述，是建立在乡村哲学和自然景观之上的对文化母语的道德想象，是理性与感性双重视域的诗性叙事与灵魂拷问。他带给读者的不仅仅是一种审美快感或文化消费，更是一种割扯不断的血缘亲情和民族大爱。

黄爱平认为："在现代文明的历史进程中，强势文化带给他的是心灵的挤压、思想的沉重和话语的边缘化，这也是全球化语境下所有弱小民族必须面对的真实境况和生存艰难。因此，他孜孜以求的就是要为本民族代言，要自觉成为瑶族文化的薪火传人。"他在诗中反复表述浓烈的"瑶山情怀"，他的诗歌文本陌生而清新、隔世而熟悉，既有较强的漂泊感，又有深层的归属感。这种民族眷恋和深情吟唱无疑是为没有文字语系的瑶族人文历史保存了"民间记忆"，缝缀一处"文化补丁"，张扬一份"民俗清单"。他的创作理想，就是要展示瑶族人民的信仰崇拜和心灵秘史。他说，在个体大幅度的放逐和巨大的文化危机感里，他心灵深处积起厚厚的一份"愁唱"。如何释放这份愁唱，获得心灵的宁静？只有诗歌的光芒能够点亮行进中的黑暗，只有诗歌的力量能够冲淡心灵的愁唱，使他满怀激情投身到民族身份的认同和文化想象的创作历程中。

在《初春》这样简短的抒写中，面对风的寒冷的严峻现实，有着强烈警醒意识的诗人"远远地望着"危机四伏的四周，他小心走进季节的边缘，走进城市的非中心地带。这种"小心"是文化想象的自觉，而内心深处，渴望的却是渐渐长出的"青青的叶子"。而《春雨》展示的既是一种自然景观，又是一种警醒的文化符号。它告诉人们：即便在梦中，诗人也会被一种声音敲醒。这是一种下意识的情感再现。大自然的造化使小草都能占有应有的位置，都有开花的声音和闻香的权利。这淅淅沥沥的春雨不停地敲打诗人的神经：我的祖先在哪里？我的家在哪里？我的精神之根在哪里？想到这些渐行渐远或消弭已久的东西，雨停了，而我的心仍然处在"漂来漂去"的苦旅中，不会"沉静"。这些展现自然景物的生态诗，不是凭空的想象，在生活中攫取的阴暗，需要诗歌来瓦解和治愈，这是黄爱平对生活的切实体悟。他非理性的想象和浪漫激情的碰触，相互促进着一股又一股的情感波涛,拍打在岸上无动于衷的、被生活所累的人们,用诗给他们一剂良药。

著名诗人艾略特十分推崇"透彻"的、"跃出诗外"的诗。他说:"要写诗,要写一种本质是诗而不是徒具诗貌的诗……诗要透彻到我们看之不见的意义,而见着诗欲呈现的东西;诗要透彻到,在我们阅读时,心不在诗,而在诗之'指向'。'跃出诗外'一如贝多芬晚年的作品'跃出音乐之外'一样。"①

这段诗论与我国古代诗评家司空图所说的"弦外之音"类似。不过,司空图诗论中所说的"弦外之音"其实来自中国传统文化中的道家和禅宗。中国道家语言符号特别重视语言的空白,讲究虚实结合。写下的语言是实,未写下的语言是虚。所以庄子有言:"筌者所以在鱼,得鱼而忘筌……言者所以在意,得意而忘言。"②(《庄子·杂篇·寓言第二十七》)简单地说,即言在此而意在彼。

黄爱平对中西诗歌理论有着深刻的领悟,他在创作中努力寻求"跃出诗外"的符意指向和"弦外之音"的美学留白,这使得他的诗在状物写景上不仅仅停留在意义表层的所指上,而着眼于精神深处的语意能指:"你只顾低头握着/油黑粗大的辫子/默默地数着一丝丝羞涩/月亮什么时候掉进了水里/也不晓得"。(《井边》)乍看是爱情诗,但文字背后其实也有着同样的精神焦虑。诗人一直执迷于自己的文化想象,执迷于本民族情感表达时那种汉化之外的具象指归。他试图从自身和时代的履历出发,去达到存在和言说的统一,从而达到永恒,或者一种诗歌与身份的平衡。换句话说,一个人长时间呆在井边,长时间看着自己,以至于忘记了天边的月亮,而美丽的月亮正是自己苦恋的对象。大而言之,这月亮又何尝不是自己对文化母语渴望的言外之意呢?

对于黄爱平的诗歌阐释,我们既要从传统的审美所呈示的物质层面上去把握,又要从汉民族的道家思想上,分析能够让诗人"去语障""解心囚"的精神路途在哪里,更要以一种解放的心灵去体验、领悟和发现诗歌中的意境和妙趣。

不妨看看《春天的虫子》——

"而鸟已说自己的名字/从去年的粮仓探向大地/农事的节拍和对话/是从后院开始的/那儿,两个老田头正交谈/旁边几棵大树,在沉默中/双鬓上沾满阳光和土"

对作者而言,家乡的春天是从"粮仓"开始的,前面的句子中没有出现特定

---

① F. O. Matthiesen. "The Achievement of T. S. Eliot. New York: Oxford University Press, 1958: 90.

② 司空图. 二十四诗品. 见:国学网——诗歌研究: http://www.guoxue.com, 2009 年 12 月 22 日查询。

的人物，但人物都隐藏在句子之中。"农事"的"节拍"和"对话"，这些词语产生了形象而具体的画面感，这些人物没有在诗句中出现，但我们能"听到"他们在"后院"进行着农事的准备。作者听觉上的描写是在井边对春天的直观感受，是作者对春天最原始的回忆。之后，作者运用了"先声后像"的表现手法，这种手法在电影中很常见，由声音引出画面，使得画面更加丰富，人物形象更加丰满。"双鬓上沾满阳光和土"写的不仅是正在交谈的老田头，也是旁边沉默着的几棵大树。

这就是春天给我最初的印象/关于它，我知道得/并不比地下的虫子更多/我感到心头一阵微痒/一些小东西，正打着哈欠/缓慢走出

地下的虫子在春天来临之时逐渐苏醒，它们从土地中钻出来，也从诗人的心头钻了出来。

诗歌有阳性和阴性之分，阴性气质常常带有受难的、凋谢的形象，表达了历史自身的安息与守持。将类似于大地这一母性特征即第二性的物象归结起来，称之为阴性集团。黄爱平对阳性集团的描写，其实是对生命本源的崇拜。他的诗更多的时候是阴性的，因为在被生命投照的世界里，他第一眼看到的是"一些小东西，正打着哈欠/缓慢走出"。在他的诗中，多次出现土地、根、鸟、粮仓、大树、阳光、春天等意象。而"土地"的隐喻，类似于艾青对太阳和土地的呼喊，他们都选择让灵魂回到最初的土地和阳光中，也是一种对生命的喜悦。

在这首诗中，诗人利用未定位、未定关系或关系模棱的词语语法，使读者获得一种自由充分的观、感、解读的心灵空间，诗人引领我们在物象与物象之间做若即若离的指意活动。文字清澈，玲珑，活跃，简洁，不但具有绘画意味，还极具电影的镜头感，甚至包括雕塑的意味。波兰诗人契斯拉佛·米沃什曾经说过，作为诗人，"他翱翔于空中。从那里俯视地球，俯视着底下的河川、湖泊、森林——也就是：一幅地图。他一方面是从远处看，一方面却又看得具体"①。（见1980年诺贝尔文学奖答谢词）。这段话的意义与艾略特、司空图等人的审美追求有着相似的精神血脉。

必须注意的是，黄爱平对自己的民族身份十分敏感，他用细腻的笔触展示心灵的脆弱和难忘的记忆。在《怀念父亲》中，他丰富的情感在苦涩中发酵和沉淀："五月的花香是这样浓郁/对我是伤害，也是抚慰。"岁月流逝了，父亲的模

---

① A mythless man is also a rootless man，语出于 The Birth of Tragedy. 见：张系国. 让未来等一等吧. 洪范书店有限公司，1984：69.

样已模糊不清，但心灵深处，却无法抹去对"吃鱼事件"遥远而甜蜜的追忆："鱼刺卡在喉咙/父亲抱着我匆匆穿过黑夜/我望见天空中一轮弯月/在父亲头上摇来摇去。"自己不小心的"受伤"因为浓浓的父爱反而成了一种温馨的记忆，成了联结自己与父亲的精神纽带："在五月，我就想摸摸/时间的厚度/让一个人听一听鸟的啁啾。"父亲去了，代表父亲那一代的文化也随之而去。这是多么的无奈，又是多么的令人怅然。

弗莱（Northrop Fry）认为，神话是一切文学作品的铸范典模，其中心神话是追求（quest），包括金羊毛、圣杯（Holy Grail）或中国的唐僧取经式的。尼采说，"一个没有神话的人也是一个无根的人"。同时，神话和文学都需要"诗一般的信仰"（poetic faith），一个民族如果丧失了这种信仰，就会成为"没有根"的民族。① 梁启超也郑重指出，"拿神话当作历史看，固然不可，但神话可以表现古代民众的心理……从神话研究，可以得着许多暗示。"②

瑶族有着自己的神话，但不少神话因为岁月的流逝而消失。黄爱平不愿让自己成为"没有根"的民族，但在追寻"诗一般的信仰"的精神旅途中，他只能依靠当下生活中的文化想象来形成和建构自己心目中的神话。例如，《稻草人》就是这样的一个范例："稻子隐藏在稻穗里/稻草人从话语里/站出来。童年，我/曾独自一个走向空旷之处。"这种类似歌谣的句子，把一切卑微、贫寒乃至丑陋都拒不迎接，只为构筑自我诗歌园地的亲近和深邃。我喜欢这样的诗，喜欢这样带有质感、意象饱满而清新的诗："磨亮的镰刀，在丰收之外/稻草人的空间比人要大/并且每一次，它都先于我/抵达某个地方，让我徒自眺望。"这样的诗有着强烈的民族意识和现代气质。类似的诗还有："有多少落叶，就有多少秋天的手/使劲敲打风/并伸入诗歌内部/掏空我们的五脏六肺"（《落叶》）。透过诗歌的意象，我们不仅感受到秋天的力量，更感受到诗人内心的隐痛和对生命之根的沉重追问。

"时间每走一步都伤害着你/这和爱情一模一样/时间慢慢会露出它的本质/这也和爱情一模一样/不同的是——/时间会忠实地陪伴你/而爱情，常常在半途中/拍下满身灰尘，转身走了"（《时间和爱情》）。黄爱平把爱情的体验当作"拍拍灰尘"，这样的想象并不是脱缰的野马，任由肆意乱闯。想象的目的也不是故意拔高现实，因为他深知，在他所处的时代，任何拔高、美化、虚拟的现实都是徒劳的。在他看来，只有诗歌才是坚定的土壤，离开现实只是空中楼

---

① Northrop Fry. Anatomy of Criticism: Four Essays. Princeton, New Jersey: Princeton University Press, 1957.

② 梁启超. 伪书的分别评价. 见: 夏晓虹. 梁启超学术文化随笔. 北京: 中国青年出版社, 1996: 164.

阁。在利益和快节奏面前，人们往往看不到真实的世界，无法保持一颗纯净的心。如果仅仅从哲理的角度来分析这首诗，就会让诗歌应有的内在的张力和丰富的表现丧失大半。事实上，这样的诗歌语义不仅仅表现在文字之上，它深层的意蕴更多的隐含在文字之下。像海明威的"冰山理论"①一样，意义的显露会根据不同的人、不同的受众对象、不同的个体经历而变化。这种变化是多义的，是不确定的。确定的东西总是有肤浅、单扁和线性的感觉。诗歌的丰富性恰恰在于意义的朦胧，它引诱读者参与其中的创作，使意义呈现最大化。

　　总之，作为瑶族文化的传唱人，黄爱平忠诚于自己对时代的观察和感受，也忠诚于本民族的文化想象。他的诗歌比较蕴藉含蓄，重视内心的开掘，而又与身份追寻的精神焦虑息息相通。很高兴地看到，诗人秉持自己的创作理想和审美追求，努力承续源远流长的瑶族血脉，彰显独特的艺术个性。这样的诗歌，不仅是本民族的，更越过了本民族的地域局限，走向新的更高的领地。

第四节　民族风格的形成与古典语境的重塑

　　诗歌是文学皇冠上的明珠，也是文学的最高形式，融音乐性、凝聚性和想象性于一体，但是当下，诗歌反而成为最被轻视的文体，因为在部分读者和专业研究者看来，当代诗歌如果不是顺口溜，就是随心所欲的感情抒发，而且连基本结构和逻辑都不讲了，总之诗歌的神圣性被消解、崇高性被解构。诗歌本应赋予的感性、知性、灵性、诗性，在当下以口语密集轰炸的网络诗歌中，失去了存在的价值。人们一边在迷茫中寻找精神家园，一边戏谑生活，感慨文学的不作为。当然，诗人因为自身精神高度与对写作难度缺少的认知与感受能力等，造成诗歌在当下书写的失望、失意、失范、失语，也是诗歌信心指数下降的重要原因之一。当下诗歌书写的整体失范与失语，让我们开始对流行的大众化"口语中心主义"写作有所警惕。既然诗歌不再神圣了，不像古典诗歌那样讲究平仄、意境和情感，干脆就把生活中所有的东西都堆到诗歌里，大众化、网络化、快餐化、一次性消费等特征，似乎让诗人逃离了诗歌书写的严肃心态、创作高度、难度的自觉意识。

　　一个饶有兴味的现象是，江华瑶族作家群的作品以诗歌为主，李祥红、黄爱平、金锦云等人的作品都以诗歌为主，从逆向角度反思当下诗歌写作的文化

---

① 海明威指出，"冰山在海里面移动很是庄严宏伟的，这是因为它有八分之一露出水面，而有八分之七是在水面之下"，"冰山理论"实际上就是要求文学创作要追求简洁、凝练和含蓄的风格。

语境，比较容易地感受到，口语写作的中心主义趋势遮蔽了诗歌书写的可能与高度，当下消费语境似乎促成了口语诗歌的泛滥，但是瑶族作家群的诗歌从意象选取到意境构制，再到情感的抒发，都是基于江华这片土地，他们没有矫揉造作，没有无病呻吟。网络语境的宽松导致诗歌写作的一次性消费与失范好像对他们没有任何影响，或者说，他们没有意识到自己已经进入了网络时代，你写你的，我写我的。如果你认为他们的诗歌思想抽象，寓意抽象，不合时宜，他们依然坚持本心，我行我素，甚至没有斥责过文坛的浮躁，也许在他们看来，诗歌也许是反向消解肤浅的最好方式，潜回内心便成为了无悔的选择。"诗歌具有音乐形式上的美感的抒情性特征外，还应该有一种思想高度、勇于担当现实、有承受人类苦难的勇气，坚守信念，执着于大爱，走向诗歌的'大我'。我把后者的有思想与人类情怀的高度'歌唱'称为诗歌的'内歌唱'，它表现出'大诗'写作的情怀，""这种'内歌唱'，不是为意识形态唱赞歌，也不是浮浅的抒情，而是触及生命死亡思考的灵魂之诗、大地之诗。优秀的诗人都是从思考'死亡'开始关注生命与现实，关注人类自身。"①可见，诗歌本身不是生活的复制，也不是口语直接书写那么简单。"诗学涉及的首要问题是：究竟是什么东西使一段语言表达成为艺术品？由于诗学的主要课题是确定语言艺术同其他艺术以及同其他语言行为之间的区别，所以被誉为文学研究诸学科之首……诗学应被视为语言学的不可分割的组成部分。"②

《诗·大序》说："诗者，志之所之也。在心为志，发言为诗。情动于中而形于言，言之不足，故嗟叹之；嗟叹之不足，故咏歌之；咏歌之不足，不知手之舞之，足之蹈之。"可见，诗歌是"情动于中而形于言"的。但问题的关键是如果仅仅是情感的抒发，诗歌就变成了生活的垃圾场和情绪的发泄地。缺乏情感节制，尤其是缺乏艺术感和语言艺术的诗歌只能是特定历史时期的旁枝末节。著名学者叶维廉把抒情分为狭义的抒情主义与广义的抒情主义。在他看来，情诗、情书可以视为狭义抒情主义的代表作。叶维廉说："对外物的抒情主义所采取的方式，与其说是戏剧式的独白，毋宁说是冥想式的独白。情诗里陷入其最后的结合是肌肤与精神二者俱有，其节拍是激动的。对外物的陷入其最后的结合（如果有的话），是一种神秘主义的结合，纯然是形而上的，其节拍缓慢，其状态是出神。"③对内情感的抒发仅仅是诗歌的一个类型，在叶维廉看来，对

①　董迎春.回归诗性，建构经典——当代诗歌书写的精神向度.广西民族大学学报，2009(1).

②　[俄]雅各布森.文学与语言研究诸问题.见：赵毅衡.符号学文学论文集.天津：百花文艺出版，2004：4.

③　[美]叶维廉.中国诗学.北京：人民文学出版社，2006：374-375.

外抒情是神性写作的一种。学者南帆认为："繁多的修辞将句型配备得灵活巧妙，从而可以承受起伏不定、闪烁回转的情绪。只有细腻的心灵才可能追踪这些情绪，身体被修辞的丛林阻挡于中途。相对于心灵的细腻，所有的身体动作都过于粗笨了。"①

江华瑶族作家群的诗歌没有对权威的颂歌。作为偏僻一隅的作家，他们也没有那种向权威和中心靠拢的意识，因此颂歌体那种直接的抒情方式并没有在他们的作品中出现。黄爱平的诗歌甚至出现了类似于屈原《天问》式的拷问，只不过不是问"天"而是问"你"。他没有那么矫情地向上天求问答案，而是以毋庸置疑的态度问"你"。在屈原的《天问》中，他对上天产生了质疑，而在黄爱平的诗歌中，"你"像恋人，也可以想象为诗人虚拟出来的一个形象，一个与诗人对话的他者形象。总之，她令诗人陶醉、倾心，所以"当你扬起曲线的长发背向我的时候/我自信我勇气和信念不会丧失"，最大的爱不是占有，而是给予他自由，尊重她的选择，这样她就有可能离开，因此诗人才会在取和弃之间痛苦徘徊。爱是平等的，也是相互的，爱是幸福的，也是苦楚的，当爱的坐标发生偏移，痛苦便可想而知。

可见，诗人的抒情不是颂歌式的，也不是一般性的自我抒情文字，它表现的是直接的歌咏式的抒情，带有节制、内敛的气质。艾略特说："诗歌不是放纵感情，而是逃避感情；诗歌不是个性表达，而是个性摆脱。当然，只有那些有情感、有个性的人才明白为什么诗歌如此。艾略特说的"诗歌不是放纵感情"其实并非是要否定这与他"客观对应物"的作诗主张的一脉相承。其他，"艾略特在多个场合下强调……诗歌的本质不是智力而是情感……他坚持的只是诗越聪明越好的观点，因为聪明的诗人兴趣可能更广、表现方式可能更成熟"。② 显然，艾略特是坚定地认同诗歌的抒情本质。

第五节　诗歌范式的开拓

中国诗歌是一种意象和意境的艺术，一种名词的艺术，姿势就是诗歌中的动作细节，如马致远的《天净沙·秋思》："枯藤老树昏鸦，小桥流水人家，古道

① 南帆.抒情话语与抒情诗.见：现代汉诗百年演变课题组.现代汉诗：反思与求索.北京：作家出版社，1998：272－273.

② Eliot, T. s.. Tradition and the individual talent. in David Lodge ed. Twentieth Century Literary Criticism: A Reader. Longman, 1972：76.

西风瘦马。夕阳西下，断肠人在天涯。"全诗没有一个动词，就是意象的连缀，成为了经典名篇，所以我国的古典诗歌讲究意象的选择和使用。动词则强调精雕细琢，一字千金，如王安石的"春风又绿江南岸，明月何时照我还"，动词的使用极简，"绿"字被作为教科书的案例屡屡称颂。现代诗歌则不同，生命的状态和生存的姿势取决于动词的使用，没有动词和姿势的现代诗歌是干瘪的。

当下诗坛是一个丧失姿势的时代，读里尔克的诗，读冯至的诗，读叶芝的诗，总让我们陷入哲理的沉思之中，诗歌在他们那里，既不言情，也不言志，是在言"哲"，那些深刻的形而上从哲学的容器里溢了出来，到诗歌、散文和小说中一展身手，而且还获得了阵阵的掌声，掌声过后，我们发现，诗歌依然是润泽心灵的清泉，哲理的玄思尽管意味深长，但不能完全填充诗歌的领地。哲理诗歌包罗万象，唯独缺乏姿势。对摄影来说，姿势是一种技术，它能定格精彩的瞬间。在意象和意境独占诗歌理论的背景下，诗歌中的动作细节，甚至会觉得这细节有点多余，对推动情节前进没有多大意义。在黄爱平的《边缘之水》中，"不要说我，在所有的瞳孔关闭之后，遁向清寂之地"（《边缘之水》），"关闭""遁向"，姿势是姿态的前奏，"你以为，我在所有的瞳孔关闭之后，遁向清寂之地"，但是诗人说，"不要以为这样，纵使在所有的瞳孔关闭之后，即使所有的人闭上了眼睛，所有人都看不见眼前你做了些什么，但是我也不会向无人的狂野逃避。""风，轻轻吹过田野/还很寒冷//我们远远地望着//在季节的边缘/年轻的母亲/梳理长长的溪流//她身边的竹篮/渐渐长出/青青的叶子。"（《初春》）所以，诗人就在我们的生活中、在天地间寻找那些没有消失的姿势，选择那些传神的动词，一种姿势代表了一种命运，万事万物都会从姿势中展现自己的生机。风在吹，我们在望，青青的叶子在生长，这就是生命的姿势。那么，什么是黄爱平的姿势，什么又是诗歌的姿势？

诗人首先要有一种诗的自觉，这种自觉不但体现在诗歌外在（如格律诗、商籁体）或内在（自由体）的节奏与韵律上，更体现在诗歌语言上。诗歌语言是与日常生活语言不同的语言，"标准语言（包括日常生活中使用的一般语言）是一种背景，而诗歌语言正是在对标准语言准则的系统违反中，使"诗歌式地使用语言成为可能"，而"没有这种可能性也就没有诗歌"。换言之，"诗歌语言的作用就在于为话语提供最大限度的前推"，而这种"前推是与自动化相对的"。有意思的是，他也看到了标准语言中常见的前推现象，比如在新闻、散文作品中。但他认为，这种前推的目的是服务于更有效的传达，即"把读者的注意力更紧密地吸引到被前推的表达方式所表达的主题内容上来"。相反，在诗歌语言中，传达作为表达目的的交流被后推，而前推则似乎以它本身为目的，它不再服务于传达，而是为了把表达和语言行为本身置于前景。同时，他认为，诗歌语言实践中所有的语言成分不可能都被前推，"任何一个成分的前推必然伴随着一个或更多部分的自动化"。而难能可贵的是，他还注意到"'前推与后推'（或译'前景与背景'）这个'二项式'在整个文化系统本身的动态演化中的辩证转化"。① 让日常语言陌生化、让日常语言变异的语言，在黄爱平的诗里，读者能时刻感受到这种诗歌语言的自觉。在《边缘之水》这首诗里，诗人显示了自己对语言的敏感，"不要说我，在所有的瞳孔关闭之后，遁向清寂之地"，生活语言中，我们大多用关闭门窗、关闭窗户这样的词语，但是诗人用"关闭瞳孔"，通过词语的语义场域内转换展现诗歌的语言艺术，这并不仅仅是在做一种文字游戏，而是通过日常用语的变化还原语言的含义，体现了诗人对事物的敏锐感知。在许多首诗歌中，我们都能体会到，诗人通过形象的描写、奇特的比喻和新颖的搭配，恢复读者已经由于重复而麻木迟钝的感觉，让人对习焉不察的日常事物产生新鲜的感受，仿佛是第一次经历这些事情。"如十八岁，在褐色的风中/孤独地飘零"（《落叶》），这句话是对落叶的感慨，但是诗人用"褐色"形容风，这分明是秋风的颜色，作家把常规感觉中对风的认识转移，我们一般情况下都以温度来形容风，但是诗人却用颜色来形容风，却没有含混季节的区分性，你一下就能知道这是秋季，这种陌生化的处理方式让读者感受到了风的存在，一下子就让读者感到诗意的魅力。可以说，黄爱平用颜色识别季节，把读者感受到秋季的肃杀和场景，充满了想象的张力。

在诗歌的比喻中，喻体和喻义之间的距离越大，张力也就越大，比喻的效果就越强烈，而能从标点符号中认识哲理，绝对不是常人可以完成的事情，体现了诗人超常的想象力。因为有这样的想象力，这样的奇妙诗句，也就觉得非常自然了，所有这些句子都展示了作者所使用的语言的生机和灵性，也同时反映了作者掌握语言的能力出类拔萃。

如果说这些奇特的句子、巧妙的构思可能会被人视为写作具体技巧的话，作者的用意却意味深长。在诗集后记里，黄爱平说，"我的词语不像某些诗人那样是'中性'的，而是在潜意识里就赋予了情感色彩。从这个层面上讲，诗歌于我的意义，与瑶山于我的意义是一致的，都是一个人通向春节内心的参照物。不同的地方可能只是程度的差异；我的瑶山情节与生俱来，几近信仰；而我的诗歌情结则多少带有'暗恋'的体验"。② 也就是说，无论是采用了什么样

---

① 陶东风. 日常生活"泛艺术化"实践的符号学反思. 当代文坛，2010（3）.

② 黄爱平. 黄爱平诗选·后记. 北京：作家出版社，2004：192.

的颜色形容季节，诗人所使用的词语都是带上了积极浓厚的感情色彩，因为对黄爱平来说，这是一种信仰，一种通往内心的参照物。足见作者并不是在把玩辞藻，以此炫耀自己对语言的控制能力，"炫技"的动机必然让读者迷失在迷宫中失去思想的指向，诗人更不是在吟风弄月，他有自己的写作伦理。"江华瑶山是我的故乡。生于斯，长于斯，大学毕业后又回到那里工作，直到而立之年，我才离开。那里的瑶乡篝火、酒茶歌谣、青山绿水、溪杨灵风、游鱼虫兽、野花草树、悲欢离合、生生死死……无不在我心中烙下了深痕。"①这就是作家的写作伦理，他不会在作品中说假大空的套话，让原本可能敏感的神经变麻木，让原来可能锐利的变迟钝，让读者丰富的情感系统变成了扁平的桌面，失去了免疫功能，肯定不会让人变得更好，而是变成文字垃圾上的牺牲品。黄爱平的诗歌不是这样，他的诗总是昂扬而不嚣张，平静而不死寂，深思而不高蹈。他观察和倾听江华大地上发生的林林总总，瑶乡篝火、酒茶歌谣、青山绿水、溪杨灵风、游鱼虫兽、野花草树、悲欢离合、生生死死……发而为诗，则奏成了生命的乐章，汇成了边缘之水。

诗人的思绪超越时空，他总能触景生情，无论是春秋四节，还是四叔三婶，哪怕是三月、九月、清明节这样的时间和节日都是诗歌的衍生地。在他笔下，让自然界充满生机的小河、让人联想起成长历程的草叶、作为母亲象征的土地，经常出现，但诗人最常描绘的，还是此种生活的各种人，他们始终是黄爱平关注的重点，老船工、山柱和水秀、村姑、邻居、情人等。在黄爱平的诗歌中，每种意象几乎都有一种姿态，用"姿态"这个词，能唤醒我们对姿态的关注。"你站着，坐着，或倾倒/做出各异的姿态/像你的发型，衣饰或化妆品/并不紧要。在频频的交换中/只有你的微笑你的魅力你的美丽/才是唯一永恒的，如天空的湛蓝。"（《某种姿态》）从"动的生活"转眼到"幸福之语"，在这种对比的叙述中，一种由动至静的日常凸显了出来，诗人拥有的一切都是栖居在平常的物质基础之上的，而他的内心对平静的日子并没有什么意见。"只有你的微笑你的魅力你的美丽/才是唯一永恒的"这句诗，或者说这个句子是非常重的。

贝内代托·克罗齐在判断诗为何物时，说过这样的话："首先就会从中得出两个经常存在的、必不可少的因素，即一系列形象和使这些形象变得栩栩如生的情感。"由生活而入诗的境界是诗人惯用的手法，他付诸自我感情，"只有""唯一"等词，有了一种自然而然的强劲，一种主动权。他从"站着，坐着，或倾倒"，能联想到女性的美，随便某种姿态，我都爱你，这才是诗人要表现的。

---

① 黄爱平.黄爱平诗选·后记.北京：作家出版社，2004：192.

第六节　《边缘之水》：心灵的厚重与轻盈

　　《边缘之水》抒发了作者对生活的挚爱、对生命的感悟以及超越人生困境的审美追求，无论什么样的地位、什么样的身份、什么样的地方，作家以感同身受的姿态写作，既非悲天悯人，也非超然处之，全方位展现了丰厚、真挚而又超脱、恬淡的内心世界。作者心灵的厚重与轻盈通过氤氲于诗作之中的民族风情、深邃而悠远的意境、清灵的意象等得以生动、深刻地展示。

　　诗是心灵的言说，是情感的流露，通过诗歌，情感从诗人传达到读者，因此，指向内心可谓诗歌的基本向度。任何成功的诗作，无不传达着诗人的心声，倾注着诗人的真情。黄爱平的诗集《边缘之水》凝结着作者深沉的生活之思、生命之思。品读、体味《边缘之水》诗行之中作者内在生命的流泻，感动于诗人心灵世界的厚重。

　　黄爱平有丰富而独特的人生经历。记者、编辑、干部、副县长、县委副书记、文联主席等，工作地点跨越报社、组织部、水电局、党委、文联等单位，生活的起承转合间呈现着人生的多样性色彩，积蓄着深邃的生命滋味。丰富的生活和工作经历造就了诗人精神的厚重，一方面作者有一种为民代言的情怀，另一方面，又在自己的内心世界里清静地耕耘，诗人敏感、真挚的诗心又不断引发其对人生、生命的审视与叩问。

　　《边缘之水》全方位地展现了诗人丰厚、真挚而又超脱、恬淡的内心世界。诗人灵动的诗句源于对生活的挚爱、对生命的感悟以及超越人生困境的审美追求。诗人写得很含蓄，也写得很唯美："风，轻轻吹过田野/还很寒冷/我们远远地望着/在季节的边缘/年轻的母亲/梳理长长的溪流/她身边的溪流/她身边的竹筐/渐渐长出/青青的叶子。"(《初春》)在春寒料峭的初春里，母亲、溪流、竹筐、田野、青叶，都开始散发出萌动的生机，年轻的母亲与初春的青叶一样，代表着春天的希望和未来的憧憬。

　　我们感动于流泻在诗集之中的生命律动。诗人以一颗爱他人、爱自然、爱一切美好事物的真爱之心，以深情滋润作品，创造出一系列表达爱的内容与爱之主题的诗作，诉说着人类精神世界里爱与美的渴望，描画着生命中的温暖和美丽。纵览《老船工》，"情"之一字触目皆见：

　　"秋天/老船工/坐在斑驳的木船上/望着空无人迹的渡口/沙滩的渡口/伸出弯弯长长的手臂/通向山里"。

　　秋天是寂寥的季节，"斑驳""空无人迹"更是加重了这种寂寥的程度，老船工独自一人在山前渡口守候，他"伸出弯弯长长的手臂/通向山里"，然而山里却长久都没有人会来光临这只小木船。

"山里沉寂荒凉/好久好久没有一人出来"。

没有人出来不只是由山里原有的偏僻所导致的，我认为，同样也有现代文明的冲击。现代化的出行方式影响了山里人，也许是新修的水泥路，也许是更大的渡口更多更现代化的渡船。老船工的木船已经变得"斑驳"，他必然在渡口度过了自己漫长的人生，在这期间，他见证了渡口的变迁。他与木船、渡口渐渐被时代所抛弃，这是一种令人失落的现实，实际上，无论老船工对此抱有什么样的态度，这种现实都是失落的。

"老船工不觉得冷清/轻轻浅浅的河水慢慢地流/喃喃地和他说着缠绵的话/日日夜夜日日夜夜/船工的岁月就这么流去了流去了"。

老船工不觉得冷清，他与河水相伴，日日夜夜，度过了漫长的岁月。"河水"是具有生命力的事物，对老船工而言，河水更是温柔的，他们互相陪伴，守候在渡口，经历了无数个春秋。逝者如斯，不舍昼夜，河水将会永远往前奔走，但老船工的岁月却是有限的。在这里，作者让时间与空间交叉相融，有限与无限的对比令人唏嘘，烘托出一种悲伤的温暖与感动来。

"犹如在梦中/自己孤身一人一辈子/是来听河水不休的倾诉/还是来守候什么远久的故人"。（《老船工》）

老船工的形象是具有代表性的，他象征了那些对大地，对乡村不离不弃的劳动人民，也象征着被现代化所冲击的乡村生活。从现实到梦境，他都是孤身一人守在渡口，没有什么特定的目的，也许是为了聆听河水的倾诉，也许是为了守候远久的故人。他没有痛苦与挣扎，也没有不甘与寂寞，他就像作者的家乡——那个偏远的小山村一样，似乎是生来就应该在那里守候着的，这是他的宿命，也是他的归宿。黄爱平用温柔的笔触描述了这样一个老船工的形象，字里行间流露出他对乡村人民与乡村生活的眷恋，以及深沉的爱。

诗歌一开头就定下了基调和底色——秋天，在中国文化的范畴里，秋天意味着悲壮和肃杀，生命凋零和消失在秋天，所以古代文人的诗歌基调通常是"悲秋"，刘禹锡"自古逢秋悲寂寥"的诗句可以作为悲秋传统的总结。黄爱平在这首诗中没有超脱"悲秋"的思路，更为重要的是，读者对秋天的定位为悲壮的期待视野，诗人却把自己对老船工的情感灌注其中，"斑驳的木船""空无人迹的渡口""沉寂荒凉的山"，有了这样的背景，我们以为老船工一定是悲情的，诗人要悲天悯人，同情老船工，但超出读者期待视野的是，一句"老船工不觉得冷清"告诉我们，孤身一辈子不是什么痛苦，也不是无奈，而是在"守候远久的故人"。我们无须用"辛苦""孤独"这样的词语为老船工的生命定性，他是人类的一尊雕塑，一个象征，一个承诺。纵观全诗，以电影镜头的手法层层推进，"老船工""木船""渡口""伸出……手臂""山""河水"。诗人以一种深入骨髓的忧郁衔接着这些跳跃的画面，构筑了从视觉到听觉，从现实到梦境的多元空间。把实看成虚，虚看成实。

诗人那颗在日常社会中久居的混沌心灵，显示的依旧是对生命哲学的朦胧阐释，《老船工》在诗人自我构筑的虚拟空间，心灵与心灵进行的一场博弈，诗人总该是要反抗的。尽管有一种坠落状态所特有的强烈的失重与不适，以致于诗歌呈现了一种冷淡的流去和荒芜感，他的诗就是如此，像一把锈钝的匕首，残酷而鲁莽地用伤痕累累的人生体验向着所有的读者解剖自己的灵魂，他是时代的漫游者又是厌世者，是不甘堕落者又是窥探者。作为漫游者，他把时间万物都纳入批判对象，因而反比别人更加清醒；而作为窥探者，他痛苦地寻找与尝试，失败之后仍是尝试。

"情"构成了诗集浓郁的底色，对爱人、对朋友、对亲人，爱情、友情、亲情等尽融其中，《寻找情人》《初恋》《从产房里出来》把这些情感的不同维度尽情展现。自然之景也是诗人深情关注的对象，只有回到自然，回到江华的山和水，作家的诗情才不可遏制地迸发，自然界的光与影、声与色、动与静被作者尽收眼底，呈现出一幅幅或色彩绮丽或活泼流动或宁静温馨的画卷。诗集中最多的是书写优美四季的诗歌，而四季中最多的是春天，诗人对春天情有独钟，《初春》《春雨》《清明》《春夜》《三月的风吹过库区》等，《春雨》是诗集的第二篇章，可见作者对此诗的偏爱。"梦中/你敲着窗户把我叫醒/絮絮地诉说/你对我绵绵的恋情/你那亮晶晶的话/将我的心浮起/在夜空中飘来飘去/直到天明/都没有沉静"(《春雨》)，春雨在诗人心中掀起的涟漪一直持续，诗歌将春雨赋予人格化的力量，而又不直接作粗浅的比喻或者拟人，诉说了诗人的自然情怀。

诗集中有首诗叫《池塘》："喧哗沉寂/针扎的翅膀无力地垂下/我清醒如昼地/陷进/命定的困境/在世人安睡的背后，浪迹/此刻，你于悠远的旷野/升起一片柔和的宁静/安慰一个孤苦的灵魂/我的妹妹，从水面中冒出头来/荷花一样清丽。"(《池塘》)一切都很沉静美好，但"妹妹"的出现，打破了诗人在前面所营造的寂静孤独的气氛，妹妹"从水面中冒出头来"，这是诗人对儿时生活的回忆，也是对那个年代，对故乡的回忆，这些回忆跟妹妹一样，如"荷花一样清丽"。

诗人观照自然、寄情自然，融入自然，在自然中收获深沉的审美体验，体会自然的无限魅力，领略生命的真纯与欢欣。无论是聚焦于人间真情，痴情于一山一水，还是流连于纯朴自然，都是诗人情系世间一切美好的具体显现。也许，《林中小湖》最为集中地昭示了诗人的深挚爱心与执着情怀："多少世纪过去了/你还站在那里/烈日没有晒皱你的皮肤/粉雪没有漂白你的长发/岁月没有模糊你的思念/你一如当初/年轻美丽。"这是为"林中小湖"所作的诗歌，时间更迭，万物变换，几个世纪过去了，世界变化万千，唯有"林中小湖"还"站在"林中，它的生命不受"烈日""粉雪""岁月"的影响，它依旧"年轻美丽"。黄爱平的诗中频繁地出现"月亮""湖""树""池塘"等既有生命力，又经年不变的意象，这不但包含着他对大自然美好事物的赞美，更隐含了他对生命的尊重与思考。

"白桦林/一代代/死亡/诞生/成长/年年有数不清的诱惑和阴影/围绕你舞蹈"，在这里，"白桦林"的"死亡"与"诞生""成长"，正是"林中小湖"永恒生命的见证者与对照，有限生命与无限生命的对比，不由得让人产生更多关于人与生命、人与自然的追问："一只漂亮的小鹿/撞死在你的脚下/一颗夺目的星星/从别后向你偷袭。""小鹿"和"星星"是在"白桦林"之后的又一个对照，一方面，"小鹿"生命的逝去和"星星"的滑落，衬托出了"林中小湖"的永久的生命与不变的生命状态，另一方面，这也在一定程度上映射出了"林中小湖"的寂寞，永恒的生命固然能让它看遍世间万物，但同时也让它身边没有永远的陪伴者，它注定是孤独的。

"你在等待什么"（《林中小湖》）这是诗人对"林中小湖"的发问，更是"林中小湖"对自己的发问，也许它在等待能够永恒陪伴自己的事物，也许它在等待结束自己这种永恒状态的死亡。无论是何者，都能引发出深刻的思考。

诗歌让人沉吟不已、回味良久，"林中小湖"本就是非常美好的意象，林的幽静，湖的荡漾，诗集渗透着关乎人生、生活的体认和思考。作者以诗人的敏感和睿智，咀嚼人生、凝眸生活，回味自然，抒发生命的感悟和痛楚，展示生活与生命的本真。诗人对生活意义的审视与叩问，对人生充满哲理意味的体验和顿悟，倾注于诗行之间。岁月更迭，时间荏苒，世纪恍惚，但"烈日没有晒皱你的皮肤/粉雪没有漂白你的长发/岁月没有模糊你的思念"，林中小湖总是美丽，原因就在于无论外界的一切怎样变化，小湖依然故我！无论在任何文化语境中，人们都在感叹时光易逝，人生无常，但在黄爱平的诗歌里，生命可以是永恒的，关键在于，虽然"年年有数不清的诱惑和阴影/围绕你舞蹈/一只漂亮的小鹿/撞死在你的脚下/一颗夺目的星星/从背后向你偷袭"，但你就站在那里，不与任何人争锋，不受外界的诱惑，诗人感受到的是生命的恒力。在追寻生命的意义与智慧的同时，诗人也体悟到个体生命在现实生存状态中的某种无奈与沉重。

"天高云淡/山坡上沉寂又沉寂/只有茅草/黄黄灿灿密密麻麻起起伏伏/那边山梁骤然响起唢呐声/热热闹闹热热闹闹/掠过/如风如梦/什么时候草丛里/站起一个年轻的女子/痴痴地望/远方"（《秋天》），诗人勾勒了一个痴情的女子形象，是秋天的情思，更是爱情的渴望，其中蕴含着个体生命的不自由情状，不过，流露于字里行间的却是天地大美的内在激情，以及面对此种束缚的淡定与从容。

最能体现诗人独特的心灵律动和感情寄托者，当属弥漫于诗集之中的超然与空灵的意绪。天地之大，世事繁杂，生命承受着太多的负累，心灵也往往沉闷而压抑，人们总是试图在压抑中寻求生命的延展空间，步入没有阻隔的荒原。在无可逃避的现实世界里，诗人超越生活的烦琐与沉重，恬然面对生命的重负，看待生活中的一切，让心灵展开翅膀轻盈地翱翔。男人，女人，牛羊，朝霞，构成了一张充溢着生命之美的画卷，也是无拘无束的还原。无论是抒发生命中的深情，体察生存的本真，还是思索生活的深味，作者往往融入了一种自然淡泊、宁静高远的境界和追求："这片荒原/不知流过了多少岁月/发生了几多故事"，因为，"荒原"是一个寂寥的词语，宽阔而荒芜，一定程度上而言，这象征了诗人的故乡，诗人的精神家园。荒原历史悠久，源远流长，经历了太多故事，正如诗人的故乡，诗人的民族。

"一群群/酱赤色的男人/大乳房的女人/赶着一群群/牛羊/慢慢地走了进去……"诗人写得很原始，充满野性的力量。男人和女人，赶着牛羊在荒原上奔波行走。这是对上句诗中"流过了多少岁月/发生了几多故事"的进一步解释说明。这是最原始的生活方式，也是人类最本真的生活状态。"多少年过去了多少年过去了/无影无踪/只有风轻轻地起伏"，诗人感叹现在这些场景已经不复存在了，当年的那些劳动者和牛羊也已经"无影无踪"。"只有风在轻轻地起伏"，现在的荒原安静寂寥，只有风在吹动，这样的画面不禁令人生出物是人非之感。

"而远方/一片如血的朝霞中/缓缓走来/一群群牛羊/一群群男人女人……"生活在继续，生命在迁徙，故事没有结束，在远方，在"朝霞"中，新的一批男人女人，新的一批牛羊，正朝着荒原走近。"朝霞"是具有生命力的，新旧交替，虽然这片荒原已经是物是人非，但生命的更迭并没有停止，他们生生不息地维持着荒原的生命力，继续着荒原的故事。

"如今那荒原上的青草/更加凄迷更加丰茂/岁月/仍在涓涓流过/故事/仍

在串串发生。"(《荒原》)终于，荒原上的青草变得"凄迷"和"丰茂"，这说明荒原上的生灵减少了，青草才能生长得繁茂。正如前言所述，"荒原"象征着诗人的家园与诗人的民族，荒原生灵的减少，也是故乡坚守者，瑶族坚守者减少的象征，现代化与城镇化让"荒原"成为了少数人坚守的故乡，尽管坚守者变少了，但在"朝霞"中，还是有男人女人走入"荒原"。诗人赞美这些人，热爱这些人，所以他说"故事/仍在串串发生"。

这是洞察人生世事的释然与平静，这是历经追寻、落尽铅华之后的素净，这是一种超越功利欲望、卸却心灵重负的审美人生境界，这是诗人在宁静的思绪中自由飞动的心灵。由此可见，《边缘之水》浸润着诗人深邃的生命体验，诗作将时间、生命、自然与人生有机融为一体，如隽永与轻柔相交织的旋律，流荡着人生的真味与深意。

与此同时，黄爱平的《边缘之水》营构了一种深沉、蕴藉而又清幽、淡远的艺术境界，既映射了诗人的心灵现实，也是诗人以丰厚而灵动的心境观照世界的结果。"词以境界为最上。有境界则自成高格、自有名句。"①意境是中国传统美学的核心范畴之一，也是中国诗歌品格的区分性要素，没有意境的诗歌犹如抽去了灵魂的生命，因此意境是抒情性文学尤其是诗歌创作所追求的艺术至境。意境乃是客观生活、自然景物与主观思想感情相熔铸的产物，是一种情景交融、活跃着生命律动的诗意空间。纵览《边缘之水》，诗人以一颗诚挚而恬淡之心，捕捉生活与自然的诗意光辉，勾勒出一幅幅清丽的艺术画面，闪耀着高远的情思之美。《边缘之水》所构筑的生机与静谧并存的意境及其所达到的表现深度与艺术效果，把江华瑶族诗歌推到了前所未有的高度，"诗人总是出其不意地创造一种静穆的氛围，使读者流连于诗歌所构建的艺术境界而忘记生活的烦琐劳顿，以外在事物作为艺术中介，释放诗人的智慧性情，表达诗人的审美情感，从而达到了'情动于中而形于言'的高层次的诗歌艺术境界"②。最具代表意味也最能昭显诗人的内心世界者，当属诗人倾情构筑的边缘——江华世界。"边缘"是解开诗集的一把钥匙。诗人自觉地站在边缘，审视着江华瑶族世界中的一草一木。作者心中流荡的"边缘"之"意"与现实中"边缘"之"境"的融合，是作者创造的圆满自在、辩证统一又包蕴着无限意味的艺术世界。在万千纷繁的世界里，人们总是熙熙攘攘地为利而来，为利而往，而实际上，江华就是一个阻隔了世间纷扰的世外桃源，它以自成体系的风土人情构建了一个自足

① 王国维. 人间词话. 见：王国维文学论著三种. 北京：商务印书馆，2001：30.

② 李骞. 智慧的诗意写作. 民族文学，2007(2).

的自然世界。诗人把诗歌的所有想象都安放在这样一个温馨、宁静的田园境界里，在高楼大厦之中找寻自然，在城市的喧嚣中感受宁静，置身于世间而超脱于世间。静对"边缘之水"，诗人摒弃了世俗杂念，用心感受自然天籁，体味花香鸟语、四季变换，自由地放飞心灵、绽放生命。

《边缘之水》寄予着诗人的审美体验和生命体验，凝结着诗人对生命真谛的领悟，恬然应对人生的意绪，是心灵家园与现实境况的叠合，是无际的心灵宇宙与有限的自然空间的统一。"边缘之水"这一艺术境界是诗人厚重而轻盈心灵世界的写照。《边缘之水》是诗集中最长的一首诗，将其放在最后，而且与诗集的名称重合，这些都说明诗人对这首诗的珍爱。

"不要说我，在所有的瞳孔关闭之后/遁向清寂之地"，《边缘之水》的整首诗当中，没有出现边缘的描写，也没有出现水的描写，诗人运用了隐喻的手法，没有描述具体的画面与意象，转而关注自己的内心世界。"我"在"所有的瞳孔关闭"之后，不会遁向清寂之地，"我"是勇敢的，是具有反叛精神的。

"我并不畏惧寒光的锋刃与血色的冷峻/也并非视神圣原则而不顾/胡乱调和生命的元素"，应当看到，文本中的"我"是反叛的，但"我"同时也是会遵循神圣的原则的。这乍看之下矛盾的二者实则是相辅相成的，"我"顺从规则，让规则调和着我生命的元素，但这并不代表我会惧怕冷峻的挑战。至此，一个勇敢而冷静的主人公形象出现在我们面前，这也是诗人对自己内心世界的写照："而你，为何苦苦徘徊于/夜与昼的趾间/在他与我之中久久拿不定主意。"这时候，诗中出现了一个特定的人物——"你"，这个"你"是谁，诗人似乎在下文中有所解释，是一名长发飘飘的女子。所以，此处诗人的发问就容易理解了。"你"在"他与我之中久久拿不定主意"，这似乎是"我"陷入了一段三角恋情，在对心爱的女子发问。爱情在诗歌中隐喻意义往往是很丰富复杂的，它与自由，与生命是密不可分的。

"当你扬起曲线的长发背向我的时候/我自信勇气和信念不会丧失/你是自由的。"诗歌中"你"的形象是唯美的，"曲线的长发"的描写勾勒出一名淡然而飘逸的女子，"我"虽然渴望得到"你"的爱，渴望在"我"与"他"的战争中胜利，"我的自信勇气和信念不会丧失"，但是，"我"不会强迫"你"做选择，我也不会使用手段让"你"投入"我"的怀抱，尽管"我"会爱你，因为，"你是自由的"。这是诗人内心世界的精神写照，诗人在不断地探求和追求，关于爱情，关于真理，关于自由，他会遇到矛盾与挣扎，但他始终坚持并固守自己的勇气和信念，并且坚信"自由"。

柔和与迷离，悠扬与清雅，凝重与沉实，都与作者的情思浑然融为一体。

品读《边缘之水》，恰如欣赏长轴画卷，一幅幅自然情景与诗人深邃、超然情怀交织而成的诗意画面，纷至沓来，在眼帘尽情舒展："寂静中/野草一个劲地狂长/小河哗哗地涨潮。"

黄爱平的《春夜》也是一首具有生命力的诗歌。诗人开篇就描写了"野草"的"狂长"，"小河"的"涨潮"，它们在寂静中默默进行着剧烈的成长，动静对比更显生动："你掀开被子/赤裸着肩臂缓缓坐起/双手轻轻地揉着/渐渐发胀的乳房/水汪汪的眼睛/怔怔地望着窗外。"

"你"是一名少女，如同"野草"和"小河"，"你"的身体正在成长与发育，"你"在深夜里坐起来，几乎是无意识地揉着自己"渐渐发胀的乳房"，少女的身体同"野草"一般，在深夜里狂长："春夜里呵/月光是那么迷茫。"其实，月光并不迷茫，迷茫的是"野草"，是"小河"，也是少女。他们对自己身体的疯狂成长感到迷茫，他们对自己生命形态的改变而感到迷茫，事实上，即便迷茫，这种迷茫也是极具有生命力的迷茫。

从审美上说，黄爱平的《边缘之水》呈现出深邃而淡远的意境，诗人厚重而轻盈的主体意绪被有机地熔铸于诗歌的意象体系之中。意象是诗歌的基本审美单元，是经过审美选择、融入了主观情意的客观景象或物象。"一首诗中的意象好比图画的颜色阴影浓淡配合在一起，烘托出一种有情致的风景出来。"①这组诗由一系列与作者内心体验相感应、相融合，闪烁着诗性光辉的意象，构成了诗歌富有深蕴的审美意境，映射着作者的心灵境界。

《边缘之水》反复出现的意象大体可分为原型性意象和独创性意象两类。原型性意象指在某种文化传统中历经一代又一代的共同创造，反复使用，拥有相对固定的文化内涵和审美情感指向的模式化意象。中国悠久的抒情文学历史形成了丰富的原型性意象系统，这些意象具有鲜明的中华印记，承载着某种共通的诗性情怀。《边缘之水》袭用了大量原型性意象，其中，春雨、渡口、落叶、月亮等最为突出。在传统文化语境中，"春雨"象征着希望和生机，生命由此得到滋润；渡口是人从此岸到达彼岸的初始地，象征着彼岸的希望；"落叶"则是秋冬的凋零，是生命从终点到起点的节点，生命的轮回总是像落叶那样，凋零，陨落，重生，这些意象绵亘千古，无言地见证着人间冷暖、世事沧桑，显然，这些意象本身即体现了沉重与清丽的美感统一、丰厚与轻盈的意蕴统一。诗人对春雨、渡口、落叶、月亮等原型性意象的吸纳、运用，既借助其凝聚的人文内蕴深切地传达了自身的意绪，又使诗歌超越了个人体验，具有了更深广的内容和

①　朱光潜.文艺心理学.合肥：安徽文艺出版社，1996：93.

更强烈的感召力。

独创性意象则是个人审美体验的结晶，产生于诗人独特的审美艺术创造。这里的独特性意象不是单一的意象。在一定程度上，更像是通过意象叠加而成的意境，如"边缘之水"，水是一个核心意象，但是诗人的"边缘之水"则具有了独特的审美韵味。"静午"也更像是一个意境，在这个意境里，"风软软地拂过青青的山坡/远处牛叫声声，划过/宁静辽阔的蓝天"，这些都是诗集中最为典型、最具艺术魅力的独创性意象。《边缘之水》是诗集开篇最后一首诗，并作为诗集的书名；不加掩饰地表明了对这个意境的挚爱。因此，"边缘之水"这一意象是诗集的主题性意象，如同乐曲的基调一样为诗集的整体乐曲定调，其在作者心目中的地位显而易见。

诗人情系"边缘之水"，缘于"边缘之水"所蕴蓄的品格与境界。"边缘之水是一种人生态度"，人不能总是站在中心，俯视芸芸众生。诗人应该站在边缘，清醒而谦卑地看着整个世界。因此"边缘"不是一个位置，而是一种心态，或者一种人生态度。"边缘之水"已成为诗人内在情愫的外化和升华，成为诗人对自我人生的期许与目标。这一具有点睛之功的独创性意象显然与作者的内在情志形成同构，极为恰切地代表了诗人的心灵。也许可以这样说，边缘之水已成为一个象征性符号，成为了这本诗集和诗人心灵的写照。读《边缘之水》，聆听诗人灵动的心音，领悟人生的智慧与美丽，感受隽永曼妙的无边诗意，心灵随之舒展而清朗。

第七节　怀念父亲：充满深情的文化眷恋

黄爱平的组诗《怀念父亲》，是一曲充满深情的亲情颂歌与对逝去岁月的眷恋。这个组诗共由三首诗组成：《五月怀想》《遥远年代的纹理》以及《回家》。细细品味着这组诗，我看到了一个儿子对父爱亲情的眷念，一个从大山里走出来的瑶乡后辈对民族、故土的热爱以及挥之不去的乡愁，还看到了一个孤独的诗人对生活生命意义本质不息的追索。

一、《五月怀想》——甜蜜忧伤的追忆之旅

"不管是晴天还是下雨/只要日历翻到了五月/我总要躲开熟悉的面孔/独自走向野外/父亲是在五月走的/母亲无力葬送/只能够将幼小的儿子搂在怀里哭/借光/借风/无力祈祷"。

这是《五月怀想》这首诗的开头几句。这是一首写实风格十分明显的诗歌，

从文本中可以得知，诗人的父亲是在五月去世的。于是对诗人而言，五月，是一块伤疤。父亲走后的每年五月，伤疤被重新揭开，诗人不可避免地要陷入到那段悲伤的回忆之中。为了掩饰悲伤，他总会独自走向野外，安静地舐舐自己的伤口。我们可以深切地感受到诗人对父亲的思念，父亲的离开是诗人心中无法抹去的痛。

父亲去世的时候，诗人还是个年幼不经事的孩子，但父亲离去的恐惧、母亲的绝望却在"我"幼小的心灵留下不可磨灭的烙印："五月的花香/是这样的浓郁/对我是伤害/也是抚慰。"在这里，可以看出诗人的矛盾：尽管五月会让"我"重新揭开尚未痊愈的伤口，会很痛，但"我"依旧始终惦念着五月。"五月的花香"代表的就是记忆中一切有关于父亲的事，有伤痛，却也会让诗人忆起一些美好的过往，让他的内心得到一丝安慰。

"我已想不起父亲的模样/我只记得/有一次吃鱼/鱼刺卡在喉咙/父亲抱着我/匆匆穿过黑夜/我望见天空中一轮弯月/在父亲头上/摇来摇去"。

父亲的模样虽已模糊，但父亲对"我"的关怀却让"我"刻骨铭心。被鱼刺卡本是件痛苦的事情，但在诗人的回忆里，却是暖心而又深刻的。诗人选取了生活中的一件琐碎小事，在平淡的描绘中却让读者感受到了一位父亲对孩子无微不至的怜爱与关心，那弯"明月"便是浓浓父子情的见证："在五月/我就想摸摸/时间的厚度/让一个人听一听鸟的啁啾"，这里有忧伤，也有温馨。每年的五月，诗人会情不自禁地想起父亲，五月成了连接自己与父亲的精神纽带。

可以说，《五月怀想》是诗人怀念已经离开的父亲的真情流露之作，通过对童年记忆的描绘，我们看到了父子间的拳拳深情。想起父亲的逝去，诗人充满伤痛与无奈，于是，思念便更深一筹。但童年父亲对自己的呵护，让诗人的心伤又得到了一丝抚慰。

二、《遥远年代的纹理》——挥之不去的故土情

作为从大山里走出来的瑶族诗人，黄爱平的诗歌总是与生他养他的大瑶山有着千丝万缕的关系。对故土那片深情是黄爱平诗歌始终不变的主题。黄爱平深爱着他的瑶山，深爱着他的民族和苦难同胞。

"一张至今结实的旧木椅/遥远年代的纹理/是父亲一生难解的命运/如火的情感早已熄灭于/洁净但粗糙的茶杯"。

"旧木椅"是实写，也是虚写。旧木椅上的"纹理"既是一种象征，或文化镜像，又是岁月变迁的见证，是真实生活的缩影，是父亲那一辈人人生经历的积淀，伴随着父亲一生的命运。父亲的命运是多舛的，是难解的，是苦难的。父

亲的离世，不仅带走了他的生命，也带走了他对故土的深情，带走了一个瑶家儿子对大山的挚爱。而今，如火的情感早已熄灭。

"什么曾经是我们心中最好的诗歌？"诗人据此发问，试图缓解内心的伤痛，或者希望通过诗歌抚平内心的伤痛。但通过这样的一个问句，却让读者不禁陷入对生活本质的探索。因为，除去生活的平淡与烦琐，一定还有如诗如歌的东西支撑着我们的精神世界。父亲虽然不会写诗，却能感受诗一般的美好，诗一般的纯粹，诗一般的追求：

"而今/你瞧我的草帽上满是瑶乡的阳光/庄稼想遵守了命令无言地站立/聆听果子从梢头掉下砸在庭院的叹息/你的骸骨悄悄深入到泥土内脏/你的向日葵保持其单纯的品质如初/你的孩子已成家立业/能明辨事物。"

父辈们虽然已经离去，但父亲对孩子的影响与教诲一直都在。父亲以无形和无言的精神力量支撑着诗人在人生道路上前进。"瑶乡的阳光"赐予"我"力量，庄稼是父亲留给孩子的财富。父亲虽已成为骸骨，却从泥土里继续送来养分。"向日葵"就是在父亲所输送的养分下茁壮成长，诗人就是那棵"向日葵"，"保持其单纯的品质如初"，"成家立业"，"能明辨事物"，成为一个有用的人。

这里的父亲是故乡民族同胞们的代表。大瑶山里住着世世辈辈勤劳淳朴的苦难同胞们，他们日复一日辛勤劳作，却不曾怨天尤人。他们一生艰难困苦，却始终积极乐观，安守本分，善良温暖。旧木椅上的纹理便是无数瑶乡儿女的见证，故乡带给了诗人绵绵不绝的创作源泉。

无论岁月如何变迁，时代如何变化，诗人却始终不忘那片深情的土地，始终牢记自己的身份，将父辈们的关心呵护与教诲叮咛时时谨记在心，"纹理"刻在岁月的额头上，犹如诗人对故乡的眷恋，是一种永不褪色的情感，对同胞的爱、对瑶山的爱一直都在，因为那是他的心灵家园，诗人始终保持着一颗赤子之心，唯其如此，年代久远了，流在身上的血不变，扎根瑶山的精神之根不变。

三、《回家》——艰辛的生命体验

《回家》以镜头回放的方式描述了父亲 1962 年从工作岗位回到家时的场景。"1962 年初冬/父亲回家/肩背老旧的解放包/鞋底/扬起一点点浮尘/阳光那么明亮。"诗歌开篇即标出"1962 年"这样一个年份，因为这是一个值得记住的年份，那年作者才刚出生，所以这里的描写既有纪实性，也有虚拟性："老旧的解放包"带有鲜明的时代印记，彰显物质贫乏下对精神的追求。

"阳光落入土道/黄叶落入土道/土道之上是天空/又蓝又高。"

这里用一个又一个短镜头连接起来，组成岁月的斑驳图：阳光、土道、黄叶、蓝天，诗人通过几个意象描绘出了一幅乡村暖冬图，安谧和谐的乡间小路使人身临其境，让读者感受着扑面而来的乡土气息："一片落叶击痛他的脑门/像一片瓦尖锐而脆。"生命不能承受之轻。经历了岁月的流逝，留下来的都是美好的记忆，哪怕这是一片落叶，而且这片落叶击痛了"父亲的脑门"，这样快乐的光景再也不会有了。

这里，诗人还有另一种思考：回家，本是一件喜悦的事。但父亲却近乡情怯。"落叶击痛他的脑门"提醒着他，已经到家，他要准备面对家人，面对生活。

"'日子过得真快'/他想/一个僻远的乡干部/他两手空空。"

父亲两手空空地回到家，这是一种歉疚。作为一个干部，他并不能带给自己的家庭更好一点的生活。结合时代因素来看，1962 年，本就是极其艰难的年代，生存对人们来说，都变得奢侈。父亲两手空空地回到家，内心对家庭充满愧疚。

"一个孩子在路边的柳树下/笨拙地读书/谁是他的父亲/谁给他讲述已经逝去的秋天/讲述鸟巢与河流/劳动与汗水/谁会告诉他/生活/是一件严肃的事情。"

父亲在回家的路上碰到了一个在柳树下读书的孩子，想到了自己也将为人父，想到了自己要肩负起教育孩子的责任。"谁会告诉他，生活是一件严肃的事情？"作为父亲，要用自己的生活积累去引导、教诲孩子。艰难困苦的岁月让父亲懂得生活是一件严肃的事情，让他很明白生活不是一件容易的事。"然而/你懂得生活吗/一路上/父亲扪心自问/懂得他的卑微/纯粹的幸福。"诗人假借父亲的自问，提醒自己，不要忘本，要懂得感恩。生活的艰辛虽然让父亲看到了现实严酷的一面，但他却懂得生活中哪怕是"卑微且纯粹的幸福"。这是一种向上的力量：尽管当下的日子让人压抑、困苦，但生活仍然有积极向上的一面，要懂得去发现生活中卑微而纯粹的幸福。

"他感到惭愧/在下午三点/在河边一个渡口的阴影里/站了很久。"

实际上，父亲为自己没有认识到生活卑微和纯粹的幸福而感到惭愧，为自己没有给家人带来更好的生活而苦闷。他站在阴影里，或许在思考着生活的本质，或者思考该如何教育自己的孩子关于生活的真谛。

"回家的路是如此的漫长/一旦你回到家里/你已经老了/你将在孤寂的群山里自言自语。"

回家的路就像是对生命本质的探索之路，生活不是随随便便被懂得，必须要亲身经历，用生活历练来丰富人生经验。等到真正懂得生活之后，父亲也就老了。这场探索之旅注定是孤独的。

　　"薄暮时分／只有母亲／远远地看见了他／父亲／像一位过时的乡村诗人／缓慢地走在山道上／弯弯曲曲／平平仄仄／我不认识他／事实上／我也不认识自己／这时我刚出生／不知道他的脏脸和烟卷／酒量和哭泣。"

　　父亲经历了生活的风霜回到了家，没有获得物质上的满足，却懂得了生活本就是不易的事实。父亲对孩子的教育，不是太多生硬的、教科书式的大道理，而是用自己的生活实践积累让自己的孩子明白生命生活的真谛。尽管当下的生活艰难困苦，我们却始终要怀抱希望，要取追寻简单纯粹的幸福。"我"不懂得父亲，因为"我"不是他，"我"没有经历过他的人生，生活只有亲身去体验，才能从中汲取养分。"我"特不认识自己，因为那时"我"才刚刚出生，生活对"我"而言，还有无限的可能，无尽的希望，也许等到那时，"我"就懂得了父亲的脏脸和烟卷，酒量和哭泣。

第八节　瑶山：永远的精神归途

　　瑶山留给世人的印象是古老而神秘的，漫长的与世隔绝使人们对它不甚了解。人们只能从他族历史的边角处获得关于瑶族历史的一星半点，或从口耳相传的歌谣里感受世代栖居于此的民族的酸甜苦辣和喜怒哀乐，黄爱平深深体会到一个民族诗人的责任与荣光，透过他的诗行《大瑶山组诗》和《归途》，人们重新审视和发现那个其实并不遥远的瑶山。

　　在黄爱平的心里，瑶山就是他永远的精神归途。无论他漂泊多远，停留多久，他总会回到他的故乡。在他心中，瑶山伫立在高远的天地之间，它浑厚而庄重，余晖堆满山，与薄云相伴，黑魆魆的夜影岿然不动，强暴的闪电也不能震下它的一躯一干；它的每一块岩石都记载着岁月的痕迹，沧海桑田被它见证和铭记；它像一个忠贞而悲壮的士兵，守护着这里古老的民族，它又是骄傲的，它把这里变成一个不足为外人道的宁静的世外桃源。山泉清澈，它见证了母亲每天舀水做饭的辛勤背影，稻谷在丰收的季节里，堆满了粮仓，淳朴的乡亲，在吊脚楼的廊子里围坐闲话家常，手边是老酒壶，盛满菊花酒，静静地躺在赭漆斑驳的桌面上……这就是瑶山在黄爱平的心中刻下的印记。从这样一方水土里走出来的诗人，对瑶山的依恋便如同儿子对母亲一般不忍割舍。瑶山代表着曾经如歌的岁月，安宁而温和，它已然融入诗人的灵魂里，成了他生命中不可分割的一部分。于是，在诗人跨出瑶山后的日日夜夜里，他不停地回忆着与瑶山有关的一切，他的目光也已不仅局限于自己的记忆，他开始追寻瑶山以往的故事和历史。"酒壶总有破碎的一天，破碎于自身一条隐隐的伤痕，破碎于遗忘、孤独边缘，也破碎于大醉的黑暗。"一语象征，道不尽的忧思。那破碎的瑶乡酒壶，每一个碎片都记载着不为人知的曾经，那些历经岁月洗礼而棱角不似从前的碎片，在阳光下安然地躺着，它们不能言语，但希望有人能懂。这些碎片象征着瑶族瑶山千百年来没能成系统流传下来的历史。能够记下来的人太少了，也许在某一次狂欢喝得酩酊大醉而忘却世俗之后，甚至在一场天灾之后，这里的人们就会被历史遗忘，外人更不会深入这片被重山包围的世外桃源，从此他们再不会知道有瑶山这个地方，留下一片事实的空白。诗人不想遗忘与瑶山有关的一切，也不愿被世人遗忘，他想把这段没有文字记载而更显珍贵的瑶山传奇拼凑完整，他想重新把这历史的酒壶拼好，让它以完整的姿态，再次盛满瑶山的佳酿。

人，为什么要有"归途"？因为，家园总是很远，被重山叠岭包围，在交通不便或案牍劳形的日子里，回家的路总是那么遥远，那么艰难。而无论多大的困难也挡不住回去的决心。瑶山上升起的炊烟、袅袅不绝的微风，像啼血的杜鹃在声声地呼唤着远方的亲人，身在异乡的游子也渴望回家，渴望再吃一口热气腾腾的混着柴火香气的白米饭，渴望听见纯朴而地道的乡音。想象着妈妈终日在门前坐着，想象着孩子的近况。如果没有家乡，人生总是显得那么孤独落寞，仿佛无根而被迫四处漂泊的浮萍。就像在夜深人静突然惊醒时，心里却没有一块可以稍微使人安定下来的角落，任由身体无助地颤抖，毫无皈依，生命是虚的。

回忆总是越忆越美，最美好的时光都在回忆里。可诗人对如此美好的回忆却感情复杂，他珍视、热爱，但又惋惜、嗟叹、焦虑。他希望与更多的人分享他记忆中的美好，可人们却对他的家乡不甚了了，因此在诗歌里，诗人会流露出自己的愁绪，甚至如何表达的茫然，他爱极了自己的回忆，"沉得深了，就有一种爱的脆弱"，诗人生怕它遭受任何轻视。它们发生在瑶山，那个悠远的小村落里，这些美丽的回忆，使诗情更浓，笔尖因此变得更柔软，甚至颤抖起来。

但诗人又是充满智慧的，他用温和美好的文字，记载他的梦想。他的梦想广大而深远，他爱瑶山，想要回去，用最恰切的语言形容，使人读罢身临其境、如沐春风；而诗的落笔，总是有着自己含蓄的志向，他不愿遗忘，愿更多人和他一样记得，如果记不得，他愿意用自己的努力，用诗意，使人们记得，这就是诗人超越自己的故乡而既定的使命与归途。也许有一天，在某一瞬间，当我们厌倦了案头烦琐而复杂的工作时，会突然想到，有这样一个神秘悠远的地方，它古朴得毫无夸饰，它是在大山深处默默伫立了千万年的瑶山，也是我们心里不可或缺的一角支撑灵魂安稳的存在。

第五章 李祥红论：传统神话的皈依与现代诗歌的转型

李祥红，瑶族，湖南江华人，2008 年加入中国作家协会。著有散文《坐看山行》《瑶家长鼓》，长篇叙事诗《猺·瑶·谣》《盘王的传说》《瑶族英雄赵金龙》，小说《姨婆》，长篇报告文学《江华瑶族》《漕滩村历史与未来断想》等，出版有诗集《沧桑瑶山》、论文《盘瓠传说与龙犬图腾研究》《瑶学研究与区域协作发展》等，散文《瑶家长鼓》1992 年获海南省作协"天涯"杯文学三等奖，散文《坐看山行》2004 年获河南省作协《散文选刊》优秀作品奖，小说《姨婆》2004 年获贵州省作协文学奖，歌曲《大瑶山，我的亲娘》获 2013 年度湖南省精神文明建设"五个一"工程奖。

第一节 中国新诗的转型与瑶文化的民歌传统

纵观李祥红的创作历程，其创作涉及诗歌、小说、散文、评论等，创作思想主要表现为：主张现实主义创作原则，少有现代主义的反讽，在细腻、豪放、刚健、沉雄的艺术风格间自由跳跃，追求多样化的艺术表现手法，走为瑶族而歌唱的创作道路，他用自己的文字奏响了一曲浑厚、深情的民族颂歌。

李祥红是瑶族作家群中著名的神话诗人。他在自己的工作岗位上思考，在大瑶山里踱步，深刻了解这片神奇的土地，更兼他的人生经历和多种社会角色的转换，形成了奇特的文学景观。关于李祥红的诗歌及创作，人们在思考，同时也在反思。可以这样说，对李祥红的关注，也是对瑶族文学的关注；对李祥红的思考，也是对瑶族文坛现状的思考。现实主义"是指作家按照生活的本来样子，通过艺术概括和典型化创作，以客观的叙述和冷静的分析来逼真地具体地再现生活的一种创作原则"。① 这里的现实主义不是马列文论中关于"塑造典型环境中的典型人物"的判定标准，而是强调现实生活的客观再现，主张思想感情的隐性流露。作为从生活底层一路坎坷走过来的李祥红，在他身上有着比常人更深厚的生活积淀和更深刻的人生体验与感悟。一个诗人和作家，面对现实，不仅是写什么的问题，更重要的是以什么态度、怎样写的问题。李祥红眼中的瑶族是一个充满了生命力的群体，他不仅坚持现实主义创作原则，而且用自己的创作实践，走出了一条坚实的现实主义创作道路。

评论难免述及作家的身份与经历。李祥红一直工作、生活在瑶山，曾任江华瑶族自治县委副书记、县长，应该说这种身份与李祥红的作品之间并非没有必然性的联系，因为这种身份，他的作品多了一些情怀，除此之外，他还是一个诗人，一个瑶族人，这三种身份的叠加使李祥红的作品呈现出斑驳的复杂样态，既有济世情怀、爱民本色、担当意识，又有原生态的清新与自然，这集中体现在诗作的意象选择上。意象是诗歌的灵魂，很多经典诗歌仅仅是意象的叠加就流芳百世，如读者耳熟能详的《天净沙·秋思》，"枯藤老树昏鸦，小桥流水人家，古道西风瘦马，夕阳西下，断肠人在天涯"。马致远连续使用了十个意象，共同构成了一幅秋景图，中间没有任何其他的内容，仅仅在最后以"断肠人在天涯"作结，但是读者能够明显体会到十个意象的色调是一致的，衰败、凄凉、寂落，跃然纸上，直透脊背，凉意从指尖渗往全身。

因此，诗歌的意境通过意象的连缀营造而成，李祥红的《沧桑瑶山》所使用的意象繁复多变，摇曳多姿，渲染出激情四射的瑶山生活图景，给人以强烈的美学体验。"诗有别材，非关书也；诗有别趣，非关理也。"诗之味在情，而情感的抒发绝不是直抒胸臆的粗暴直白，而是一个诗歌的方式，通过意象的选取，营造独有的意境，散发诗味。在庞大的幻想王国里，诗人皆有其风格，能够营造出独具鲜明个性的幻境。如果说卞之琳倾向于探究思辨色彩的时空、大小、有无、言意等相对主题，戴望舒则钟爱朦胧晦涩的情感和记忆，那么李祥红则酷爱基于瑶族的生活体验，虚拟一个空灵开阔的境界来。

李祥红有一首诗，叫《山巅之上》，充满着一种内在的忧郁和心灵的伤痛：
人，任何时候/都比山高
但人站得越高/总离太阳越远
山巅之上/风阵阵掠过
杜鹃花在五月开放/草依然在九月枯黄

---

① 柯秀经，胡长文.新编文学理论教程.天津：天津人民出版社，1996：188.

山巅之上／人的心境正如天空的心境／没有一丝云彩

任何一种声音／都可以远去／不留痕迹

只有目光和风／拟定一个目标

以哲人思索的方式／朝着天之尽头／忧郁地张望

如果说大自然带给李祥红的是一种虚无和孤寂，那么《山巅之上》则抛弃了"幼稚的叫喊"和"浮泛的概念"。在这样一首短小精悍，仅有 114 个字的哲理诗里，作者冷静又忧郁地表达了自己对人这样渺小独立的个体本身的思考，同时也体现出了在时间、历史这样无法改变的宏观背景下，作者对人的澄澈心境的追寻和现实人生的思索。

"人，任何时候／都比山高／"，诗歌开头以一种公共体验拉近，给读者以认同感与亲近感，同时也具有一种宏伟强烈的美感，这样的美感来自诗人对高山的贴近。在形体与观感上，"人"作为一个不起眼的个体，其力量是无比渺小的，而"山"作为巍峨磅礴、连绵不绝的宏观物体，是可以轻松碾压"人"的一切的。然而在此作者却说"人比山高"，并且是"任何时候"，这是一种多么傲然一切无比自信的心态！诗歌开篇作者就调动起了人的征服欲，充分肯定了人的主观能动性，给予"山脚下的人"无穷的信心。此外，从另外一个深层次角度来看，人的思想的确是要比山高的。西方浪漫主义作家卢梭曾说："人是生而自由的。"人的精神是绝对自由的，那么人的思想同理亦是绝对自由的，它可以在宇宙间无限制地驰骋，任意穿梭，伴着清风明月，伴着春暖花开。人的思想拔高了人的人格和形象，从精神思想层面来看，人的确是在"任何时候，都比山高"。

"但人站得越高／总离太阳越远／"，作者笔锋一转，在承接上一句"人比山高"的基础上，指出了"人站得越高"的负面结果——"总离太阳越远"。世人皆知"站得高看得远"的道理，故作者并没有在此赘述通识性的正面结果，而是另辟蹊径，从反面来写。另外，在人们的认知里，人站得越高，是离太阳越近的。而在这首诗歌里，却得到了相反的描述，这样打破常规认知的语句不仅使人产生疑问，同时也使得诗歌充满新意，并能牢牢勾起读者的阅读欲，引发读者深层次的思考。那么为什么李祥红说"人站得越高，总离太阳越远"呢？原因有二。但在解释原因之前，应对"太阳"这个意象隐喻的象征意义进行把握。其一，"太阳"是光明的，照耀世间万物，是一切美好事物的象征，代表着希望与未来。"离太阳越远"，是物象与精神在思维层面产生的一种认知和距离。"站得越高"是人所处的表面优势，可以看成是物质的，但太阳是恒定的，至高无上的，是无可企及的更高精神层面。诗人以俯仰的角度，表达了对高处的向往和敬畏，对辽远目标像风一样始终保持思考、探究、追逐的姿态。其二，跳脱出前面所指的政治范围，将其所指扩大至整个人类群体，从而使这句话具有普泛性意义。在这里"太阳"可以理解为最本真的生活。人站得越高，则越容易好高骛远，不接地气，与真实的生活产生隔阂和距离感，"夸父追日"终究是神话传说，"离太阳越远"未尝不是一种理性的态度。在此作者以这样一句具有反自性的"自相矛盾"的诗句，表达出自己对人生理性的思考，对生命崇高的敬畏。这种思考和敬畏是积极的，同时也暗含着作者超脱世俗人生的向往和决心。

可是真的超脱了吗？真的能够超脱吗？"山巅之上／风阵阵掠过／杜鹃花在五月开放／草依然在九月枯黄／。"万物依然遵循着自然规律，不会因为任何人而改变运转轨迹。花草的正常代谢与生殖，人与这一切也似乎没什么关系。鲁迅曾经说过，在历史发展、进化的过程中，一切不过是"桥梁中的一木一石"，必然随同历史的前进而"逝去"。但英国的迈克尔·英伍德却在《海德格尔》中说，"历史并非消逝远去的事物，它正是我们当前的状况"。的确，历史即当下。在这样更迭规律的状况里，我们的人生境遇的完全超脱显然是不可能的。大自然限制着我们的行为，社会文明约束着我们的举措，诗人寻找的超脱的境界像是被困在笼中的鸟，徒有一双会飞的翅膀，却没有在天空中翱翔的外部条件。"杜鹃花"依旧在"五月开放"，"草依然在九月枯黄"，这花花草草的生机世界突然不再那么盎然有趣，反而因为它们永远不变的秩序而显得冷漠无情。它们束缚着诗人想要自由的脚步，束缚着诗人想要挣脱一切的心灵，束缚着人类使之囿于自然与历史的枷锁之中。我们不能以"历史已经过去"来安慰自己，因为历史"正是我们当前的状况"。

那么真的没有任何办法了吗？诗人给出了自己的答案——"山巅之上／人的心境正如天空的心境／没有一丝云彩／任何一种声音／都可以远去／不留痕迹／"。诗人还是有着心灵深处的追索的。既然无法改变外部世界，那就回归自己的心灵吧！让自己的心境如"天空的心境"那般澄澈明亮，"没有一丝云彩"。作者在此采用了拟人和比喻的修辞，将"天空"人格化，将"云彩"比作声音，非常生动形象地展现出了人的内心的无比平静——"任何一种声音，都可以远去，不留痕迹"。在此诗人的思想颇像庄子的"逍遥游"思想，庄子作为没落阶级的代表，他自知现实的缠绕性与不可摆脱，然而他依然竭力逃避现实，追求绝对的精神自由，想要完全解脱尘世间的利害、得失、毁誉、是非。诗人亦是如此，明知不可为而为之，带着决绝，却也带着无限的希望，回归到自己的心灵当中，在纷繁的世间找寻内心的天堂。

"只有目光和风／拟定一个目标／以哲人思索的方式／朝着天之尽头／忧郁地

张望"。最后这句诗信息量很大。首先整句诗承接前面诗人寻求的心灵平静，紧接着给出了回归内心的方法——"目光和风，拟定一个目标，以哲人思索的方式"张望。这既给自己打了一剂强心针，又安抚了读者躁动迷惘的心。"只有"点明了方法的唯一性，除此之外，别无他法。"目光"和"风"，从物质和意识来看，"风"是有形的，而"目光"是无形的，但因为所处的位置的改变，人的思绪、人的思想、人的情感，此刻与"风"一样、朝着"风"行进的方向自由放飞，"以哲人思索的方式，朝着天之尽头，忧郁地张望"。"哲人思索的方式"是理性的，客观的，同时又是感性的，带有强烈个人主观性的。"朝着天之尽头张望"是一种仰视的视角，诗人已经站在山巅之上，却依然竭力向着"天之尽头"敞开怀抱，无比接纳，他不是不再为"离太阳越远"而感到悲伤难过，而是因为他清楚时间与历史是无法改变的，所以他像极了一个悲壮的武士——既然改变不了，那就让暴风雨来得更猛烈些吧！最后，"忧郁"二字将全诗的基调展现得淋漓尽致。这与前面以"风"一样的目光"拟定一个目标"是相勾连的，同时也与"人站得越高，总离太阳越远"这句前后呼应，将全诗的情感推向高潮——"忧郁地张望"。这容易让人联想到西方19世纪初期浪漫主义文学的基调，也是忧郁，并且作品中的主人公大都"忧郁成性"。综合两者来看，其本质原因在于外部环境与自我心理的强烈冲突。当社会存在与人的心灵产生极大的背离时，"忧郁"也就自然而然地产生了。诗人面对如此境遇，选择了以向幻想和过去的世界中沉溺的情感方式，借此营造出一个堪比外部世界相对淡定的内心城池。

李祥红的这首哲理诗以冷静忧郁的笔调表达了他对人生、社会以及自我心灵的深层思考。诗中情感蜿蜒跌宕，由起初"人比山高"的自信到在宏大历史状况里因渺小不足而产生的彷徨踌躇，再到选择回归内心"以哲人思索的方式，朝着天之尽头"张望的忧郁，最终诗人也并未得到一个可以让自己释然的正确答案。这就暗示了人类社会的复杂性以及人类在自然面前，在历史面前的虚无和孤寂感。若这种感觉并不能消除，那么至少可以缓解，诗人由此指出：沉溺于过去的世界吧，回归自我心灵，在澄澈如天空的心境里找寻宁静，在嘈杂的纷繁世界里坚守宁静，纵使忧郁，也要朝着天之尽头张望。

"诗心"无处不在，这是一种普遍的诗学意识，也正如沈宝基所言"以天为天，只见空碧；以心为天，无所不见"。① "真正的诗人，总是与最内在的自己或最复杂的万象相对照，而在这由冲突化为和谐的对照中，渐渐散发出纯粹的心

---

① 沈宝基. 游丝. 艺文杂志, 1944(1 – 2).

韵。"①尽管任何一种声音都可以远去，但是李祥红却还是选择"忧郁地张望"是追求真理，抑或是对现有处境的反抗。全诗散发出迷人的思辨色彩，但是这种思辨不像西方印象派和象征派那样，以玄思构制诗歌，而是通过意象的叠加和意境的营造表现人生与人性的哲理。西方诗人庞德和艾略特的诗歌与哲学实现了无缝对接，与文学的形象性分道扬镳，而在李祥红这里，诗歌必须是形象的。诗歌是文学的一种形式，而不是哲学的分支，因此诗人通过传统诗歌的方式，选择意象，精心裁取，让读者的灵魂升华，精神净化，完成生命的美善和岁月的超脱，从而步入理想的人生境界。

第二节　瑶寨习俗的诗歌母题与诗人创作的审美个性

一、民俗书写与文化寻根

瑶族作家群的形成发轫于21世纪初，从叶蔚林开始，到后来的李祥红、黄爱平、帕男、周龙江和陈茂智，他们大都是一种回望式的写作，也就是说，当他们由乡村进入城市后，再从城市回望乡村。而从时间上来说，也大都是回顾式的，即回忆式的书写。尽管他们大多仍然生活在江华，但是他们笔下的江华不是当下的江华，而是过去，因此他们采取的不是一种在场的姿态。

俄国作家果戈理曾说："真正的民族性不在于描写农妇穿的无袖长衫，而在表现民族精神本身。"②也就是说，民族性的描写在于他们是否写出了民族的魂，而不是民族的物质外壳。一个到瑶族旅游的背包客也可以写江华的瑶寨、瑶妹、瑶药和吊脚楼，但是那种书写不是民族文学，这并不是因为背包客不是瑶族人，而是因为他们很难写出瑶族精神之魂。李祥红就可以在通过姨婆的旱烟袋和雕琢翡翠的烟嘴刻画一个瑶族姨婆的泼辣、直爽和细腻，这些看似矛盾却发生在一个人物身上的性格，只有有着深彻民族性的人才能做到。这仅仅是一个细节，不是李祥红大书特书的重点，但哪怕是这样一个细节也能透露出瑶族姨婆的特质。汪曾祺说："我以为风俗是一个民族集体创作的生活抒情诗。作为小说，写风俗是为了写人。"③因此江华瑶族作家群的对民俗的书写，主要不在于生活习惯和各种习俗，而在于表现人物精神以及人物背后的具有民俗意

① 沈宝基. 谈诗. 文艺世纪，1945(2).

② 张铁夫. 普希金研究文集. 北京：译林出版社，2014：216.

③ 汪曾祺. 汪曾祺文集·文论卷. 南京：江苏文艺出版社，1993：229.

义的生活环境，民俗本身仅仅是物质外壳。他们首先为突出人物的性格而写民俗；再者，他们小说中的民俗描写是动态的、时代的。当然，他们小说中关于江华瑶族民俗的书写，也具有文化寻根的意义。

提起寻根，我们总想起 20 世纪 80 年代的寻根文学，彼时，寻根文学作为特定时期的特定称谓，用来命名这个时期的文学思潮。"贾平凹刻画秦地文化的雄奇粗砺而显示出冷峻孤傲的气质；李杭育沉迷于放浪自在的吴越文化而具有天人品性；楚地文化的奇谲瑰丽与韩少功的浪漫锐利奇怪地混合；郑万隆乐于探询鄂伦春人的原始人性……"①这些作家之后，寻根文学尽管取得了巨大实绩，但是也被评论界所诟病，他们不满作家总在过去的时空中流连忘返，不去关注火热的当下，"介入"一度成为文学进入当下的关键词，文学的作用被理解为要对时代做出积极的回应，反映时代的信息。但是很快，他们发现文学又太功利了，建构精神家园的重任旁落，之前令人生厌的启蒙和批判再次回到人们的视野。于是，具有寻根意味的作品浮出了历史的水面，江华瑶族作家群的写作整体上适应了文学自身发展的基本诉求。

江华位于湖南省的南部，属于湘南，是瑶族最集中的区域之一，被称为神州瑶都，有着深厚的文化积淀。李祥红、陈茂智和周龙江等人的写作以江华为对象，通过江华乡间民俗的书写进行瑶族文化的寻根。不过，江华瑶族作家群的文化寻根有别于 20 世纪 80 年代中期兴起的以韩少功等为代表的文化寻根派。韩少功们注意寻找民族文化中的负面现象，如《爸爸爸》中的丙崽是个畸形的产物，代表人性和文化的愚昧；当然其中也有如贾平凹的《商州系列》写出的是商州民风的淳朴，总体上显得较为驳杂，是一个多维立体的文学思潮。而江华瑶族作家陈茂智的《归隐者》、李祥红的《姨婆》《盘王的传说》中所寻找的却是民族文化中的正面现象，迄今为止没有从批判的角度寻找瑶族文化之根的作品。他们找寻的是江华瑶族文化中优良的传统和人性中的真淳。

这种寻找得益于 20 世纪 80 年代的"寻根文学"的启迪。而这一文学思潮的提出来自拉美作家马尔克斯获得诺贝尔文学奖这一事件的刺激。后一因素使得"寻根文学"不同于 80 年代前期仅仅在传统 / 现代的向度上理解现代化，而是将"西方"内化为文本构成，颇为自觉地建构"民族寓言"。在以"封闭的空间"和"停滞的时间"作为主要叙事特征的寻根小说中，虚位以待的正是一个"西方他者"的观看眼光。正因为这种"民族寓言"的书写内在地接受了"前现代—现代"这一纪年顺序所给定的地缘政治位置，"中国"的"非西方"的因而是

---

①　陈晓明. 表意的焦虑——历史祛魅与当代文学变革. 北京：中央编译出版社，2003.

"非现代"的位置，使得"寻根文学"不可能给出一个关于中国未来的叙述。① 可见在那样的环境中，中国的寻根文学并非为寻根而寻根，"根"是什么，"根"在哪里，也许无关紧要，作为一种写作策略，他们也从拉美作家马尔克斯获得诺贝尔文学奖获得了启示，并把它作为一个方法论指导自己的写作。但是如同陈晓明所说，"不可能给出一个关于中国未来的叙述"。因为寻根与他们而言仅仅是一个手段，而不是信仰。

与之形成鲜明对比的是，江华瑶族作家群则完全把"根"作为信仰，而不仅仅是写作的资源和题材。为什么他们一写作就是回到江华瑶族，回到深山瑶寨，如同鲁迅一写作就是回到鲁镇，余华一写作就是回到江浙小镇一样，只有回到这里，他们才会找到最熟悉的声音和感觉，那种熟悉让他们深刻理解微妙的细部，从石板的青苔感受温润的气息。

李祥红在《沧桑瑶山》的自序中说："在一个云雾弥漫的清晨，我什么也没带，一个人扎进了这莽莽苍苍的大瑶山，只是想凭借自己的力量，爬上对面山那高高的山峰，亮开喉咙，逐个叫着寨子里每一个人的名字，逗他们好玩。当时我只是走到对面山的山脚，天就黑了，我又饥饿又害怕，找不到回家的路。父亲见到我，劈面就给了我两个耳光，说我定是被山里的'懵懂鬼'懵了心窍。在山里，被'懵懂鬼'懵住而迷路的例子很多，须得狠抽两耳光把人打醒过来，人才清白。"②这是一种出发，是一种面对山外世界诱惑的心灵冲动。和其他大部分江华瑶族作家群一样，李祥红是土生土长的江华瑶族人，这种对瑶族山川的熟悉，不是其他作家到这里写生就可以体会到的，也不是因为"寻根"，跑到少数民族寻觅就可以捕捉到的，这是一种发自生命深处的彻悟。儿童时代，就一个人在大瑶山里和"懵懂鬼"捉迷藏，江华瑶族的一草一木已经烙进了他的心里，无须挖掘，无须隐藏，因此李祥红一写作也是回到江华，鲁迅如此，余华如此，沈从文如此，李祥红也是如此，因为他们都有着自己独有的精神资源。

"'寻根文学'的困境，集中表现为其宣言与创作实践的矛盾，它不期然地使'寻根'转为了'掘根'。而造成这种困境的原因，正在于隐含在关于'现代化'想象中的以'传统／现代'对应于'中国／西方'的地缘政治位置。"③反讽"是寻根文学的一个关键词，在他们的笔下，无论是传统还是现代，都是讽刺的对象，传统是丑陋的，现代是滑稽的，而在江华瑶族作家群这里，"根"就是生

①　贺桂梅. 人文学的想象力——当代中国思想文化与文学问题. 郑州：河南大学出版社，2005：47.

②　李祥红. 沧桑瑶山. 北京：作家出版社，2006：4.

③　贺桂梅. 人文学的想象力——当代中国思想文化与文学问题. 郑州：河南大学出版社，2005：47.

活和生存本身。

二、《姨婆》：传统与反传统的巧妙统一

李祥红发表在《中国作家》杂志上的《姨婆》是一篇写得很精彩的小说，具有中国古典小说的演义风格和瑶族特有的传奇色彩。由此看出，李祥红受中国传统文学影响颇深，又深得民间文学的滋养，他把从民间获得的传说故事以文字的形式记录，以小说作为江华瑶族传统文化重要的载体和见证。小说精心刻画的姨婆已成为一种文化符号，性格独特，血肉丰满，负载着江华瑶族文化的传统。李祥红正是通过这一人物形象的塑造，对江华瑶族文化的积淀进行了深入的开掘。

就李祥红的《姨婆》来看，他塑造了一个反传统的瑶族女性形象。姨婆一出场，其气质就与常人不同——"人长得高高大大。常穿的是一件黛青色长襟衣，下摆齐膝，一长排缀花布扣斜着从衣领直到腋下；头上裹着黛青色头巾，双脚用花带打着裹腿，模样显得干净利落、英姿飒爽。"从一个人的着装便可看出一个人的性格，姨婆显然是不同于大家闺秀的。在中国传统文化里，女性是柔弱的代名词，女人似水，女人要依附于男人，女人要乖巧，女人若不温柔就会被骂作"泼妇"。其实不仅仅是在中国的传统文化里是这样，就算是在现在社会，这样短浅刻板的印象依然存在。从古至今，对女性的束缚和捆绑从未消失过。女人应该做什么，女人不应该做什么，清晰地条条框框赫然贯穿整个历史。然而在李祥红的小说里，姨婆却一改传统，具有极其清晰的自我意识和鲜明的个性："她习惯抽旱烟，那根两尺长、缀着翡翠烟嘴的旱烟杆总叼在嘴角，时不时咂吧着，从嘴里喷出浓烟""姨婆年轻时是大龙山的土匪婆子，方圆十里是个响当当的厉害角色""她曾经跟土匪面对面地较量过一次，竟然把土匪斗败了"……这些行为任谁都不会想到会是一个女人做出来的。在大众潜意识里，凡是英勇的、与土匪做斗争的等"大力"行为，都应该属于男性范畴。但是姨婆却做到了，甚至做了比男性更英勇的事情。她在赶闹子的途中面对拦路抢劫的土匪用行话对答如流镇住作恶的土匪，用酒杯装茶油的方式机智巧妙地战胜土匪，最后帮助大家渡过难关；她在被土匪抓上山的危急时刻，从容不迫又十分巧妙地留下粿子碎末给丈夫指示方向；她侠肝义胆，设计帮助岑家丙夺回银砣；她深入匪窝帮助解放军把百十号土匪领下山……姨婆都用自己的行动向世人展示了一个充满正义感和豪侠之气的瑶族女性形象，同时岑家丙这个男性的软弱与姨婆的坚强勇敢形成了鲜明的对比，使得姨婆的形象更加高大立体，打破了世俗对于女性的认知和定位，着实令人钦佩。

姨婆这样的性格，既有她自己的个性，又有瑶族女性的共性。就她自己的个性而言，人与人之间的性格本就千差万别，她的豪爽性格的形成当然有她自身的因素在里面，在此不做赘述。而除此之外，姨婆这样性格的形成是与当地江华瑶族的自然环境和社会文化背景密切相关的。正如小说中"大龙山地处湘粤桂三省交界的三不管地区，山高林密"所描述的那样，江华瑶族自治县崇山峻岭，竹木参天，河流纵横，全溪潺潺。县内千米以上的高峰有 622 座，属于五岭山脉萌渚岭山系。县内复有姑婆山支脉——勾挂岭，她将江华划分为东西两部，称为岭东、岭西。岭东山势陡峭，沟壑深险，多属山地；岭西地势较为平坦，岩洞遍布，多属丘陵。在这样极端恶劣的生存环境中，瑶族同胞却能"化腐朽为神奇"，顽强地与恶劣环境做斗争，既改造了自然，又发展了自己，不仅没有被历史的洪流所淹没，反而创造了丰富多彩的民族文化，产生了强烈的民族认同意识。在自然环境和社会文化环境的双重影响下，瑶族人民形成了极具特色的民族性格——像姨婆那样泼辣、爽朗、勇敢、仗义。瑶族人民的性格是与瑶族当地的环境不可分割的，瑶族环境影响了瑶族人民性格的形成，瑶族人民极具特色的性格又是瑶族当地环境在文化层面的显现，二者息息相关，不可孤立而论。

小说中的姨婆，是个土匪婆子，但她替天行道，充满正义感，这种正义感不是某种思想体系里的伦理性思维，而是与生俱来的人性特质，是从内心自然而然产生的美好品质。作家正是以这种反传统的形式准确表现了瑶族女性泼辣的性格特征，而这也正是江华瑶族的传统所在，是其传统性格中的一部分。"姨婆"这个人物形象就像是一条纽带，将江华瑶族的传统与大众主流意识里的反传统的隔阂和矛盾巧妙地结合了起来，使整篇小说更值得耐心品味。

在小说的最后："姨婆跟岑家的婚事终究没有成功，不是因为岑家家道衰落，而是因为岑家丙实在太软弱，算不得真正的男子汉。用现在的话说，就是跟着这样的男人没有安全感。从此以后，姨婆改变了自己最初的想法，决计要找一个有能力保护她的男人。"李祥红是一个真正理解瑶族的作家，他能准确表现瑶族女性身上的矛盾。在他的笔下，姨婆不是一个典型意义上的土匪婆子，也不是"女汉子"，即使她手里总是拿着旱烟，但是上面镶嵌着翡翠；即使她和土匪面对面较量，斗败了土匪，但是她依然是一个女人。她需要安全感，需要男子汉为自己的生活保驾护航。这样描写就使"姨婆"这个形象更加真实，她再怎么泼辣勇敢，也不过是一个女人。姨婆的女性意识具有表面性和潜在性，这同样和江华瑶族的山体环境有关。她的女性意识的回归不是因为她的顿悟，而是因为现实环境的逼迫让她不得不迸发出潜在的力量，与男性社会的暴力土匪抗争，而回归女性意识，是人物性格发展的必然。换言之，抛开掉糟糕的现实环境，若是没有暴力的存在，那么姨婆的女性意识会是什么样子呢？还会像文本中所提到的那样泼辣吗？显然是不可同日而语的。姨婆最终决计要找一个有能力保护她的男人，实际上要寻找的就是安全感。她自己勇敢无畏，却依然想要找一个可以带给她安全感的人，女性本质的渴望呼之即出，这同样也代表了几乎所有女性的需求。姨婆不是什么激进的女权主义者，也不是什么强烈坚持"男女平等"的人，她只是一个瑶族山区的普通女性。她抽烟，她智斗土匪，她打抱不平，这些都是她发自内心做出来的，是她本心所愿，在她做这些事情的时候，她是模糊掉性别的，这些事不是男性应该做女性不该做，是姨婆看到了遇到了，她觉得需要人去做了，所以她去做。这是从一个独立个体的人本身出发去对待问题，而不是仅仅从女性角度出发。所以说姨婆女性意识的回归具有被迫性，她自己可能并未意识到什么诸如"女性主义"之类，她只是觉得应该这么去做，所以才这么去做，完全是出于其人性本质。而这也就使姨婆想要找一个"有能力保护她的男人"的想法显得合情合理。姨婆对自己的定位，就是一个普通平凡的寨子里的女人，她需要构建家庭，需要成为妻母，在这样的定位里，在温馨的家庭环境中，她不再是那个"圆睁双目，大喝一声：'我从你母亲床上来！'"的应对土匪的泼辣的土匪婆子，也不再是那个替天行道仗义助人的女侠。她褪下所有坚硬的面目，露出自己柔弱的一面，在家庭里，她应对土匪时的刀枪剑戟都幻化成了平凡生活里的柴米油盐酱醋茶，她的粗粝变换成柔软，当然是需要安全感的。这种"圆形人物"的处理并不是为了对艺术规律的遵守，而是李祥红对江华瑶族深刻理解的体现。

　　李祥红的《姨婆》中的女性意识，既不同于丁玲的《莎翁女士日记》中的叛逆与自由，也不同于鲁迅先生的《娜拉走后怎样》的"不是堕落，就是回来"，反倒是与莫言的《红高粱》中的奶奶的女性意识相类似，都带有地方风情民俗的显著特征。《姨婆》中的女性意识，是带着深深的瑶族传统文化烙印的，她不激进，甚至还有点落后，但是这正好非常真实地反映出了地方女性的性格特点和心理诉求。除此之外，跳脱出民族文化的视角来看，"姨婆"其实也是当下大多数女性的代表——坚强与温柔并存。女性之于安全感的追求并无任何不妥，人都有脆弱的时候，男性也需要安全感。"坚强"甚至于"刚强"，也并不仅仅只可适用于男性，女性也有无比刚强甚于男性的时候，诸如小说中的姨婆之于岑家丙。无论男性还是女性，他们的前提都是人，都有人性，人性中都有强弱两面。在此希望当代社会在对待女性时少些潜意识里的偏见，同时对男性也少些压力与标尺，人类的幸福指数才可以高一些。

　　姨婆斗败土匪，乔装成尼姑，戏耍袁团总，有胆有智，有谋有略，颇有传奇色彩。小说在书写她这段经历的时候，更注意突出她刚柔并济的性格。在李祥红看来，姨婆的这种性格也是瑶族人性格的重要组成部分。瑶民性格是一个复杂的综合体，女性可以柔性如水，也可以泼辣爽直。传统社会对女性形象的单一定位是社会附加给女性的，是"被定义"的文化统治，在这样一种形象定位中，女性作为对象是不在场的。男性按照自己的需要规定女性，实际上是男权意识的承续。李祥红刻意剥离附加在女性身上的符号，还原女性的内在质地，以姨婆的形象明确地指出，女性的生命是有活力的个体，有自己的话语权，有表达自己爱恨情仇的方式，如果被压迫，就可以反抗，并且能够打败凶悍的土匪，如果有爱情，就温柔如水，总之生命掌握在自己手中，这样，命运的自我掌控和性别的被定义就失去了存在的空间和必要。也就是说，女性的绝对温柔是传统社会礼教思想对女性的束缚，而如果回归人性，她们生命中也有强悍的原始强力。李祥红对女性性格的挖掘触及了瑶族文化的"根"，并有意识地以艺术的形式体现出来。不同的是，20世纪80年代的寻根文学与李祥红等瑶族作家的寻根有些许不同。"'寻根'小说对中国传统文化的回归，一般来说采取两种视角，其一，是以中国传统文化为客体，对其进行现代性的观照。在作为审美观照对象的传统文化中，作家们更感兴趣的是那些藏于民间的未被封建宗法专制主义所规范的非正统文化以及其中所涵含的神秘的自然风物习俗人情神话传说等。其二，以文化的视角来观照和透视人性，从中发掘出我们东方文化中有利于现代文明发展的因素。"①

　　与之相比，江华瑶族作家群则不同，他们对瑶族文化的回归不是把它作为客体，用现代性的视野进行观照，而是把瑶族文化作为主体，并不试图在文本背后嵌入价值和意义。在他们看来，江华瑶族作家群作品的价值就是文本本身，读者只需感受和体验瑶族文化之美足矣。寻根文学以文化的视角观照和透视人性，从中发掘东方文化中有利于现代文明发展的因素，也就是说，东方文化仅仅是作为现代文明发展的垫脚石，而非审美本身。

① 陈黎明.魔幻现实主义文学与"寻根"小说.文学评论，2006(2).

第三节　瑶族神话的想象诗学

一、民族基因的渗透与精神守望的回馈

"史诗"创作是在 20 世纪 20 年代现代主义兴起之后的一种具有国际性的诗歌流向。庞德的《诗章》，艾略特的《荒原》，卡洛斯·威廉斯的《佩特森》都是"现代史诗"的经典之作。《荒原》更是直接给中国诗歌以启迪，40 年代时，中国的诗人们树立起对历史和现实全景式把握的目标，以求能够在文本中实现艾略特的"人类综合的全部想象"。那时就已经开始在全球性战争的背景下思考人性、历史和文明等重大命题。但是史诗的写作意图虽然是宏大的，但是正如朱自清所言"'现代史诗'还是'一个悬想'"，李祥红的《盘王的传说》在民族经验的沃土之上，表达他对中心缺失的时代的思考。

他以想象力为杠杆，建构了神秘、奇幻的艺术世界与丰富、深刻的想象诗学，展示了独特的文学创作意义。诗歌是想象的艺术，是文学飞离"地面"与现实、从"此岸"到达"彼岸"的翅膀，中外文论史上的许多先哲与文论家们都对想象进行了深刻的论述，希望能够定义想象，探究想象的内在机理。康德就把想象看成是"在直观中再现一个其本身并不在场的对象的能力"。① 着重指出了想象的虚无性，我国南北朝时期的文论家刘勰认为，正是主客体的有机交融才使想象得以实现，他在《文心雕龙》中说，"神用象通，情变所孕；物以貌求，心以理应"。与这些理论思考不同的是，《盘王的传说》从实践层面凸显了什么是"文学想象"，它以过人的才华、不可扼止的浪漫与激情为切入对象，按照自己对瑶族祖先盘王的理解，凭借经验，通过"变形"，重塑盘王的形象，达到了"陌生化"效果，使之符合自我的情感需要；当然《盘王的传说》仍然以真实为底子，因为这个想象符合瑶族人心目中的盘王形象，创造出一个反常又似曾相识、合情但未必合理的"第二世界"。《盘王的传说》主要借助神话、民间传说、族裔经验等资源实现了想象的"穿越"之旅。

神话是人类想象的主要载体，马克思在《〈政治经济学批判〉导言》中说，希腊神话不只是希腊艺术的宝库，而且是它的土壤，成为希腊人幻想的基础。世界各大宗教的本质都是神话的想象，《山海经》《西游记》等神话又何尝不如此呢？人类既依据自己的经验又逸出它的范围，在广漠的太空和未知领域"构造"

---

① ［德］黑格尔.美学.朱光潜译.北京：商务印书馆，1979：357.

着完美的生存境界。因此，神话形式本身储藏着最为丰富的"想象"因素，没有想象就没有神话。同时，由于这类神话都联系着人类的起源，在"文学是人学"的内在逻辑中，它们不但刺激着"想象"的发生，而且还为之提供了取之不竭的"矿产资源"，文学因想象而"飞升"，神话使想象无限地丰富和流传，使文学神圣化。《盘王的传说》就讲述了瑶族这个族群的起源神话。

族源神话，似乎是每一个原始民族都有的。神话也是人类早期的主要精神资源，是原始初民想象力的主要载体，在神话之后，民间传说成为人们想象的主要体现，按照民俗学家巴思科姆的分析，它既"包括特定时空中的英雄或历史人物，也包括某一民族共同的神灵和祖先"①，对瑶族而言，这一共同的神灵和祖先就是盘王。瑶族曾经是一个不断迁徙的民族，关于盘王的神话叙述在这种迁徙过程中演化，成为民间传说的资源，并以此为原点，不断吸附原始社会的文化遗产，集纳瑶族人民的想象，又持续地扩展着普通民众的生活内容，成为瑶族的文化磁场。李渔在《闲情偶寄·审虚实》概括说："传奇无实，大半皆寓言耳。""无实"就是虚构，而虚构的基本思维方式是想象，它们几乎继承了神话所有的思维方式。只是在想象的灵动、活泼与丰富之中较之神话渗入了更深厚的现实感与理性而已。《盘王的传说》记载了大量关于民族起源的民间传说："盘王，是瑶族的祖先，相传，在远古时代，盘王是天上的一只龙犬……盘古开天辟大地，开天辟地垒青山，青山万仞开源流，源流江河万古长。相传在很久很久以前，华夏有个帝王叫做平王，平王是个仁德之君，治下臣民忠勇勤劳，君臣深受百姓拥戴，年年风调雨顺国泰民安，中原本来就是富庶之地，平王励精图治使中原成为人间乐土四海归顺天下无忧，政通人和国运昌隆，天帝怕下界失察，派下龙犬下凡明察暗访。"这里，盘王的前身、仁德和励精图治首先定义了瑶民对先祖的形象。

《盘王的传说》还讲述了盘王的"创业史"和"报国史"。从这些传说来看，它们与创世神话、儒家思想以及族群的生存经验有着广泛的联系，反映了瑶族对"来源"的追问与对"过去"的寻找，对生命的"自觉"与对命运在经验世界的"突围"。王国维在《宋元戏曲考》中说："上古之事，传说与史实混而不分，史实之中，固不免有所缘饰，与传说无异。而传说之中亦往往有史实之素地，二者不易区别，此世界各国之所同。"②因此，这种传说与史实"混而不分"的情状在瑶族的历史叙事之中也是常见的。盘王的传说均采用口头文学体系传达，瑶

① 武文.中国民间文学古典文献辑论.北京：民族出版社，2006：263.
② 王国维.王国维文学论著三种.合肥：安徽师范大学出版社，2014：192.

民在传达过程中都进行着自己的"想象、加工"，神话和传说也在传播当中丰富，没有严谨的编年史，所以又表现出集体的智慧与虚构，以至"传虚成实"者也不鲜见。清代阮元在《文言说》中提到，古人"传事"由于"转相告语，必有愆误"，这里的"愆误"就是故事在传播过程中的散落和添加，但总体上添加的内容多于散落的部分，就是民众的集体"想象"。所以，《盘王的传说》所叙述的与传说沟通并口耳相传的瑶族史，也蕴含着许多奇幻、神秘而富于原始风情的早期初民的人类"图景"，体现出"想象"的力量。但是故事背景被设定在周朝，平王、犬戎等历史名字昭示了盘王出现的最早源头。

在讲述周朝由盛至衰的过程中，《盘王的传说》穿插着许多"细节"，渲染着历史在想象中的"随意性"，如"戎王张狂成为平王心头隐患，这一回戎王陈旭又起争端，犯我边防伤我渔民恶意挑衅，平王在朝闻报之后拍案而起，降下圣旨晓谕群臣点将出征，无奈臣中难寻渡海猛将，众人环顾各个不敢应承，平王心急之下立下重赏，张贴皇榜遍寻天下讨贼能人"。如果按照历史事实，故事背景在周朝，戎狄是来自北方的少数民族部落，后发展成为匈奴，那么他们应该是草原部落，而非来自海上，渡海作战一说更是无从谈起，而实际上，这种看似荒唐的混编逻辑源自民间加工和想象的真实，而非历史意义上的真实。这实质上反映了历史与文学作品之间的区别。文学作品往往根据作者的创作意图、情感需求而运用联想、想象等方式对历史事实进行随意加工和修改。在《盘王的传说》中，平王是一个仁德的君主，重情重义，历史的事实是，平王被犬戎打败，发生了政权易主和更替，这明显是对平王的否定，不符合文本要求，不能让读者满意，而把戎王变更成来自大海彼岸的对手之后，性质就发生了变化，戎王就只是一个来自异邦的虚拟存在，实现了文本的内在逻辑平顺性，同时将平王的高大伟岸的形象凸显得淋漓尽致，符合作品人物塑造以及传统文化逻辑，满足了读者的观赏需求。

其实，像这种历史在想象中具有随意性的事情，在文学作品中是很常见的。比如《三国演义》中对刘备贤能爱民的极度夸张，对诸葛亮的无限神化等等，作者为了文本逻辑性和自身的情感表达需求，而将人物的某一方面特征不断放大，以至于鲁迅先生在评价这部作品时曾经说过："欲显刘备之长厚而似伪，状诸葛之多智而近妖。"所谓"夸过其理，则名实两乖"。也就是说，李祥红作品中的此戎王非彼戎狄，此平王也非彼平王，追根求源，亦能自圆其说，这是民间传说的本质特征之一。同样的民间逻辑同样也在《三国演义》里得到印证：关羽"过五关斩六将"，五关的名字今天仍在，六将也确有其人，但是如果关羽所闯五关的地点在地图上连线，我们发现，这根本就是不可能的，不符合基本的地理事实，其中混杂着时空的错乱和地理的无序，但就文本内在的平顺性而言，它是没有问题的，名字属实就够了，作品没有用到类似《西游记》中的天宫和凌霄殿，就符合民间传说的事实逻辑。《盘王的传说》亦同此理，平王仁德，但无力对抗戎王，在不影响平王形象的前提下，为了凸显盘王的大智大勇，反映了民众的良好愿望，这样虚构与民众的心理是契合的。它们既构成了历史的"总体性"，永远倾诉不尽，又成为"想象"之源，使《盘王的传说》显示出可挖掘的丰富性。

那么文学与历史到底是一种怎样的关系呢？应该明确的是，"文学与历史是同属于一个文化系统的两个子系统"①，而"系统是处于一定相互联系中的与环境发生关系的各组成成分的总体"②。文学与历史的关系必须一分为二地去看，二者既相互对立又相互联系，并在彼此联系的基础上与整个文化系统发生作用。所以，我们既不能抛开历史孤立地谈文学，也不能抛开文学孤立地谈历史，只有将二者结合起来，放置于整个文化大系统中去研究，才能得到全面而透彻的观点。从这个意义上来说，瑶族文学与瑶族历史的研究同样如此。

我们必须看到，在庞大的"历史"构成之中，还积淀着瑶族人坚韧的生存经验。周朝是奴隶制时期，也是最后一个奴隶制王朝。瑶族人的演进过程中交杂着野蛮的奴隶制、种族和部落的迁徙融合、战争，以及残酷的封建统治，他们大多在广西、湖南、云南一代生存，在那个历史时期，这些地方远离文化中心，气候条件极为恶劣，瘴气和湿气很重，即使到唐朝时，韩愈和柳宗元被贬谪，也是流放到这些地区。很多官员被贬之后，因为瘴气殒命，客死他乡。因此瑶族人生存在一个恶劣的空间和环境里，尽管屈原与斯达尔夫人都注意到南方由于气候温暖湿润而导致人们富于浪漫和幻想的特点；湘楚自古以来都是浪漫主义文化的重地，被称为"巫楚"，气候之"酷"所导致的生存"残缺"也会使人们倾向于思索，思考人与自然、当下与未来的关系。屈原的《天问》就是努力探寻宇宙的奥秘，或者以俗世享受反抗生命之"重"，体会灵魂的飞升，或者以"解脱"来"构造"下一辈子的幸福，从而使某些瑶族人的"想象"得到充分锻炼并异常发达。盘王是一只龙犬，盘王的报国、创业就是一个昂扬向上的神话。这些看似胡思乱想的叙述，说明使诗人的"想象"能力超越常人，进入了崭新的境界。

写作《盘王的传说》的李祥红凭借着"史诗"的自觉意识以及对神话题材的

---

① 何颖. 瑶族文学与瑶族历史的关系. 民族文学研究, 1992(4).

② ［美］冯·贝塔朗菲。一般系统论。自然科学哲学问题丛刊, 1979(1 - 2).

传统归趋，同样也在诗中追求宏大叙事的概括力和包容度，进而探讨文学如何虚构及其限度，想象的合理性与族群的集体无意识，"文本"如何通过想象生成"文学"，想象的基本质素与展现方式，想象的差异融合与作用力等问题，从而建构了瑶族文化独特的想象谱系。驾驭神话题材，同时也是李祥红反思现实的观照。这是李祥红带给瑶族文学的贡献，也是瑶族文学的特质之一。

二、复调：想象的本体特征与审美效果

就概念的创始和使用而言，复调是一个舶来品，它是巴赫金在研究陀思妥耶夫斯基的小说时，借用了一个音乐术语来概括其特征。就复调的实质来说，首先复调的所有声音都是独立的，它们各自发出自己的声音，既没有主旋律和伴声之分，又按照自己的声部行进，在相互的对立与协调中融为一体。《盘王的传说》充满了诗性的智慧，维柯在《新科学》中认为，"神"的时代，"无知"使原始人对外界产生了"惊异"与"好奇"，也推动了人们的想象，不过，由于个体意识尚未发生，精神生产方式也还未私有化，以集体想象的形式进行，缺乏理性的节制与引导。因此复调在一定程度上是原始初民的心理沉淀在今天的延续。原始初民的集体想象充斥着无节奏、众声喧哗、神秘性和非理性，纪律、节制和组织等后来形成的社会契约尚未形成。因此就复调的层面而言，《盘王的传说》呈现出以下几个特点：

狂欢化。这里有王朝的危机，有战争的场景，有神秘的创世神话、通悟的宗教体验和天人感应等。从天上到地下、从远古到未来、从现实到梦境、从日常到神幻，诗人为我们塑造了一个"超现实"的世界。不管是政治的想象力、还是民众的想象力，不管是回忆、拟人、推测，还是再现、迷狂、生死，不管是完整的认同，还是碎片式的印象，诗人在《盘王的传说》中都自由驰骋，纵横捭阖，以情感之翼穿梭于各种时空与命运之间，集纳了瑶族的过去、现在和未来。

神秘性。"文学的神秘想象主要体现在鬼魅灵异以及种种诡奇场景的构想与叙述，较多地带有超现实的非理性的特点。"①盘王的神话传说有着瑶人先民的思维原型，也是人们为了生存和发展，但却找不到有效途径或者无能为力去利用、控制与驾驭自然时的情感通道，也是自我力量虚幻化的"意愿"寄托，因此都有着暗示、象征或寓言性质。也使诗歌的经验在合理的期待视野以内，这种经验穿越经验走向"陌生"与"异域化"。

《盘王的传说》完整地恢复了这一"叙述"，除前述的种种创世神话之外，还

---

① 曾利君.中国现代文学中的神秘想象与叙述.成都：西南师范大学学报，2005（5）.

有笼罩着穿越、梦幻与通灵色彩的各种细节。读者的阅读经验和审美积累已经被经典框定，因此，这些神奇怪异的想象与叙述让读者在流连忘返中进入了另外一个世界，对读者的常规思维模式和阅读定势有着巨大的冲击力，非凡想象和异域风情交融在一起，也使我们在意义的悬置中感受着生命的浑融，并深入认识瑶族人民的精神、生活与心理。曹文轩认为，"想象不都是善的，还有一种坏想象：这种想象是粗野的、丑的和恶的。它使本来已经失去心理平衡的人类进一步失去平衡，以至绝望。它故意制造光怪陆离的情景，从而使人面对一片肮脏和丑恶。它野蛮地设计着情节，陷入一种鄙俗的迷恋。它无节制地夸大人的兽性，拼命将人推向动物世界，从而使人感到猥琐。"①与之相比，《盘王的传说》则体现了想象的奇诡、伟大和道德性，如在盘王下界帮助平王的过程中，不仅揭露了戎王的邪恶本质，而且还对其必败的命运给予无情的嘲弄。面对黑暗与野蛮，《盘王的传说》预示了邪恶势力必然毁灭的结局。马尔库塞认为："想象力的自由除了受制于感性外，从有机结构的另一极看，它还受制于人的理性。崭新世界或崭新的生活方式的最大胆的想象，仍然是由概念指导的，仍然遵循着代代相传的、精织于思维发展中的逻辑历史。"②说到底，想象与文本是存在空间的——另一种结构层面，这层面既独立于本身写作的语言之中，又融合在其他表现手法之中。

在诗歌中，面对繁复庞杂的经验与现实，什么是该过滤掉的，什么是有实践意义的，什么是弘扬真善美的价值，我们怎样在生活的碎片和无聊中寻找生命的崇高？《盘王的传说》是体现这些疑问的典型文本。作家都对之进行了认真的过滤与择取。首先，对于盘王及瑶族文化，作者一方面迷恋于它的神秘旖旎与精深博大，一方面又能以全知全能的视角，置身其外，进行冷静的价值判断，其中以民为本、以人为本的政治理想充分体现了诗人的人本思想，对政治统治的残酷、无情有着深刻的剖析与无情的批判。其次，尽管采用了全知全能的视角，但整体叙述无论是奇思异想还是客观描述，都是清醒而充满智慧的，层次清晰，脉络分明，与柏格森的直觉和意识流手法相比，尽管诗歌的结构宏大，但盘王下界—施展抱负—被人残害—受人敬仰的主线却一以贯之，并把它们聚合成一个完整的精神世界。

李祥红从这些特征入手，通过《盘王的传说》的繁复运用和暧昧的呈现，拓展了想象的自由和境界，深化了想象的意义担当及其导向，有效地推进并实践

---

① 曹文轩.第二世界.北京：作家出版社，2003：117.
② ［美］马尔库塞.审美之维.李小兵译.北京：生活·读书·新知三联书店，1989：111.

了想象形式的本土化，从而初步建构了自己的诗歌风格与想象经验体系。"神话往往具有超现实的特征，神话人物往往是超现实的，它们的神像往往是超现实的，即使他们长得与人类一样！也常常具有变化为自然物的神奇能力！具有超人的神秘力量，神话故事往往也超现实的，上天入地，移山填海，制服怪兽，长生不死，这些都是神话里头常有的故事。"①想象是文学的生命，也是文学区别于其他意识形态的重要内在质素。近年来，针对当代文学想象力的萎缩问题，莫言、马原、苏童、余华等人对之作出了力所能及的抵制与开掘，但在诗歌领域，随着诗歌写作质量的整体下滑，诗歌所受的关注也在下降，无论是在文学内部，还是文学外部，诗歌都面临着前所未有的危机，其重要的原因就在于想象力的萎缩，《盘王的传说》以创作实绩深化并拓展了想象力的自觉与创造性。

《盘王的传说》是想象力的"共同体"，神话的、逻辑的、权力的、时间的、政治的、文化的种种想象力都在其中交织、冲突、融合，从而使《盘王的传说》充满了引人入胜的艺术魅力。美国作家海明威主张的写作方式是"冰山理论"，也就是说在文本的内部，显现的内容要像冰山一样，只能有 1/8 在水面以上，7/8 在水面以下，水面以下的部分是隐性的内容，水面以上的内容是人的意识，水面以下的部分是潜意识。在《盘王的传说》中，想象所提供的"显义"是有限的，只是冰山一角，但它所孕育的"潜义"却是无穷的。李祥红有着自觉的瑶族文化意识，在《盘王的传说》中，诗人以全知全能的视角，自觉进入"中心"，这使他在表现瑶族的民族文化时更为自信，并未损坏诗歌自由的表达空间，怪诞与神奇、冷酷与热烈、拙与真等，都浓缩了他的想象力之"用"；中心意识也使李祥红本能地认可盘王的精神价值和人格特征，并推崇盘王的价值承担方式，这使《盘王的传说》获得了全新的表意策略和想象力。

《盘王的传说》还原了久被湮灭或者被误读的瑶族人民生活、精神与演化的进程。正如瑞典文学院在日本作家大江健三郎荣获 1994 年度诺贝尔文学奖的授奖词中所说的那样："以诗一般的力量，创造出一个想象的世界，通过现实生活和神话的浓缩，描绘了现代人类的苦恼与困惑。"②瑶族人的历史就是一部血泪史，封建统治者把他们作为防范的对象，采用高压政策，课以重税，防止他们做大，这使瑶族人们不断迁徙，在此过程中，他们最大的渴望就是过上稳定的生活，盘王的神勇智慧正满足了这种愿望。瑶族人民不甘心在封建统治下苟

---

① 吴天明.中国神话研究.北京：中央编译出版社，2003：4.
② 王琢.想象力论大江健三郎的小说方法.上海：上海文艺出版社，2004：3.

延残喘，但是在更为严密的国家机器面前，他们根本没有反抗的机会，民间神话中的盘王在此过程中不断完善充实，成为瑶族人真正的精神图腾。

无论是散文，还是诗歌，李祥红都努力建构自己的想象诗学，他以瑶族文化为根基，加上诗人与生俱来的卓越想象力，都使李祥红成为瑶族文学的旗帜性作家。

第四节　世界神话视界中的《盘王的传说》

神话在人类历史发展过程中的作用非常重要。古希腊神话缔造了一个空前繁荣的文明时代，影响了整个欧洲的思想世界和精神构成，各种艺术形式都从中汲取营养，直到今日，西方文学依然以古希腊神话为基本母题和原型。每个民族都有其神话故事，江华瑶族是一个充满了浪漫、坚韧和形象力的民族，《盘王的传说》就是其中的重要神话之一。

一、神话的历史还原

欧洲文学思想的两个源头分别是古希腊神话和《圣经》，从本质意义上讲，《圣经》也是神话，因此神话在西方社会思想中的地位至关重要。"我们把什么叫希腊神话？扼要地说，它们是关于神和英雄，即被古代城邦顶礼膜拜的两类人物的一整套故事。"[①]人们顶礼膜拜的人是神和英雄，而这些神和英雄的整套故事就是神话，人类在与外界环境的学习和斗争中需要精神资源和心理依托，而英雄和神可以充当这样的功能，从这个意义上讲，古希腊神话具有宗教的功能，这些神话还有人们的价值观和世界观，是他们对世界的基本认识和哲学思考，人们究竟应该以什么样的姿态看待眼前的世界，用什么样的精神处理各种不可预知的灾难，用什么让人们在强大的自然力量面前鼓起斗争的勇气。神话创造了各种的可能性，各种不可能在这里都被稀释和淡化，甚至被嘲讽，所以神话寓含的价值导向就是乐观激昂、自信自尊。希腊的神话和终生之间并非截然的对立，神生来就是神，人生来就是人，人与神生活在一起，人与神还经常孕育英雄的后代，所以古希腊的神具有很强的人味，一方面它接地气，另一方面又远远超过人的能力，因此人与神之间的限度在于能力的不可跨越和精神的相互沟通。"对不死性的追求，对解放——从此生起，或者在死后——每个人类个体中神性部分的期望，迎头碰上了希腊人的宗教智慧，按照这种智慧，任

---

① ［法］让－皮埃尔·韦尔南.神话与政治之间.余中先译.北京：生活·读书·新知三联书店，2005：261.

何人都不应该试图跟神来比高下。"①在古希腊的雕塑中，神的形象和人是一样的，也分性别，其形象完全以人为蓝本，按照人类的想象稍微变形和夸张。如英雄的身材魁梧，肌肉线条突出，面部棱角分明，眼睛炯炯有神，而女神则突出其柔美，身形要素中的女性元素较为突出，胸部饱满，表情柔和，手脚纤细，不同的是，他们具有强大的能力，是世俗大众中的英豪。所以人身上也有神性，古希腊神话是当时人们精神世界的反映，英雄众神是自然的人化象征，英雄性格是美化了的人的性格。因此如果深刻了解江华瑶族的文学和艺术特点，《盘王的传说》就是一个极好的切入点，它是江华瑶族人精神的镜中之像。

随着工业革命的进行，人们对世界的认识加深，对物质世界的改造能力急剧增强，神的力量全面"祛魅"，神失去了在人们心目中的力量，英雄的位置让位于科学。这个时代的人们不再畏惧自然的力量。随着尼采宣称"上帝死了"，人们也不再相信上帝的存在，意义让位于无意义，中心缺席，神话离场，人们发现只要掌握了事物的原理和合适的工具，即可主宰世间万物，从此人们开始乐观地认为，人是万物的灵长，自己才是英雄，是宇宙的精华，世界上比人类聪明和智慧的生物再也没有了，于是科学成了新的神话。进入商品经济高度发达阶段之后，现实生活中的造富神话取代了科学的神话地位，财富阶层成为了新的社会英雄，在整个权力机制和文化系统中占据中心地位。神话的意义逐渐转化向美学，不再是支撑人们精神世界的信仰，更多地成为文学原型，如《西西弗的神话》《金枝》等。因此西方的神话系统从古希腊神话到现代主义神话的发展是一个复杂的过程。

总之，神话在产生初期具有最强大的力量，是社会意识和思想的浓缩，其形式从早期异化的英雄，逐渐转变为现实生活中人的事迹和行为，丧失了它的生成性和社会思想基础。一个时代有一个时代的神话，旧的时代解体总是伴随着神话的终结，逐渐演变为回忆和故事，成为新社会对旧时代想象的范本，也是旧时代的符号和光辉岁月的祭奠，旧的时代毕竟曾经代表了一个历史时空的存在，人们不可避免地会用其中的一部分内容作为对它的回忆，而神话是旧时代的最好题材。神话一度被统治阶层利用作为麻痹公众的工具，如陈涉起义和刘邦起事，汉代及之后一直流传着汉高祖刘邦斩白蛇起义的神话，旨在是让公众认定刘邦的成功是上天赋予的命定结局，从而高度认可刘邦的至尊地位，自甘自愿地为新政权的成立奉献一切。

与之后各时代神话不同的是，人类早期的神话凝聚了某些人类的共同意识

---

① 让－皮埃尔·韦尔南.神话与政治之间.余中先译.北京：生活·读书·新知三联书店，2005：273.

和经历，不再是部分人经过杜撰而上位的工具，而有着最为广泛的认同基础，是人类思维中的集体无意识，也就是说，不管人们是否意识到，它就在那里，是人类意识中的内核性因素，是文学发展中不变的结构原型。具有社会理想、意识形态和审美结构的综合功能，在不同的时期和不同的艺术种类中，神话在这几个功能之间转换，或表现为一种世界观，或表现为虚假意识，或者表现为审美对象。

从希腊神话到基督教《圣经》，从科学的理性神话到金钱崇拜的发展过程中，可以看出，神话自始至终与宗教紧密相连，在人类社会早期充当着宗教的职能，以传奇的故事和伟岸的形象来鼓舞人们的勇气，发动人们的力量，完成思想统一的使命。"神话故事以其强力的灌输效果取得现实的唯一解释权，不容任何的怀疑和触动，这时神话表现在主流艺术和历史编纂中，特别是在培植社会精英的教育系统中充当意识形态教化的工具。神话的核心也从神灵与英雄转向上帝与圣徒，再至理性与财阀，从来不曾脱离其精英主义本质。"①

可见神话在不同的历史时期有不同的表现形式。现代神话是关于理性的神话，因为如果理性的力量被颠覆，基于科学基础上形成的所有逻辑关系就失去了因果链条，既定的前提条件并不必然性地带来可预知性的后果，知识、逻辑、因果、科技等支配社会运行的力量就被否定，知识改变命运，科学是第一生产力，这些现代社会里放之四海而皆准的真理就都成了泡影。可以看到的是，通过科技的力量，人从繁重的体力劳动中解放出来，被送往浩瀚无垠的太空，踏上古时遥想中的月球，而且通过理性和知识的力量，人们不再是王权和神权的附属品，而是独立自由的个体，民主公正的社会根基变得更为扎实。因为社会分工更加明晰，人与人之间的依赖性越来越强，个体只能是社会综合体中的一个环节，是科技链条中的组成部分，没有人可以凌驾于社会系统之上。这就激励着现代人按照理性逻辑的思路单线发展，一定的先决条件必然带来既定的后果。因此人们自信和理直气壮地按照人类的意志前行，推动世界的文明化，世界的规则被重置。在这种思想的指导下，人为自然立法，人是世界的尺度，造成了之前和谐共生的范畴走向矛盾对立，个体与群体、精神与肉体、人类与自然、男性与女性、科学与精神、理性与价值、理性与情感，都出现了混乱和对立。因此就有人认为现代性的世界就是"机械的、科学化的、二元论的、家长式的、欧洲中心论的、人类中心论的、穷兵黩武的和还原的世界。"②这种模式越

---

① 罗涛. 神话与后现代性. 理论与创作，2007(6).
② 王治河. 后现代哲学思潮研究(增补本). 北京：北京大学出版社，2006：292.

来越远离人类发展的本源。最为集中地展现关于科技、财富、文明和体制的现代神话就是美国盛行的"美国梦"，美国在现代的产生本身就是一个神话，一个成立仅有二百多年的社会组织就已经成为世界上最强大的国家，包容、开放、乐观，集约了西方国家所有的优势元素，当然这种成就与美国成立的背景有关，其时来自欧洲国家的资本主义的先进分子为了追逐更多的财富，到美洲大陆寻求更大的发展空间，因此美国民众有乐观精神和向上动力，同时，梦想也是美国人思想意识的核心部分。其中心内容是，"美国充满了机会，个人可以通过不懈的努力取得成功，开始一种新的生活，获得自己想要的财富与知识，甚至是幸福"①。对不同的阶层而言，他们都有属于自己的美国梦，农民的财富梦想就是到这块尚未开垦的大陆上通过辛勤劳动换取财富，并幸福地享用。

二、神话传说的现实隐喻

盘王的传说是瑶族的神话，李祥红的叙事体长诗《盘王的传说》是一部恢宏的瑶族史诗，他首先以最为传统的方式开始，"相传在很久很久以前……"，一种稍显老套的叙述手法，但它是对传统的接续，他不跟你绕弯子，直接把读者带到盘王传说的情景之中。相对来说，这样气势磅礴、宏大的史诗是鲜有的，神话和史诗在南方少数民族才略有浮现，尤其是华南珠江流域，没有重大灾难或战争引起整体迁移，文化的完整性保存得相对较好，文化也是一脉承袭。各民族先民创造的一系列创世天神和巨人的形象，集中地表现了民族的气魄，也显示了民族的性格和精神，成为了史诗的很好素材。

"克罗齐说：人类真正需要的是在想象重建过去，并从现在去重想过去，而不是使自己脱离现在，回到已死的过去。"②作为瑶族自治县的县长，《盘王的传说》寄托了李祥红的为政理想、社会抱负和为民情怀。李祥红也是一名共产党人，一个瑶族人，共产党人的身份决定了他全心全意为人民服务的宗旨，而瑶族人的民族身份则给李祥红烙上了独有的印记。盘王即是瑶族人的图腾，更是瑶族先民的神话，寄托了瑶族人的希冀和期许，承载着广大普通劳动人民的美好夙愿，"华夏中华有个帝王叫做平王，平王是个仁德之君，治下臣民忠勇勤劳"，我们无法苛求瑶族先民的民主意识，在那个特定的历史时期，他们只能把希望寄托在神明的君主身上。对于李祥红来说，要借鉴、学习和继承的就是盘王的为民精神，民主社会无所谓"明君"，但明君身上那种为民代言、为民谋

① 袁明.美国文化与社会十五讲.北京：北京大学出版社，2003：135.
② 朱刚.二十世纪西方文论.北京：北京大学出版社，2006：391.

福、为民而生的人生信仰则是每一个从政者应该学习的楷模。对于"夷邦戎王又犯边界挑起祸乱，戎王哪管百姓疾苦。苛税重赋自任逍遥"，百姓或者无能为力，或者敢怒而不敢言，尽管他们盼望能过上和平安宁的生活，能在和谐盛世的时代不受外敌的入侵，但是如果没有明君，希望只能是镜中花、水中月，暴君贪官最终要为自己的暴政付出代价，众叛亲离，千夫所指。在盘王的带领下，暴君结束了自己的统治，成为阶下囚，但是"盘王垂手放下刀叉，心生怜悯召唤黄羊……一代始祖驾鹤西去"，从这个意义上讲，盘王并不是一个成熟的政治家，为了打击对手不惜使用任何手段，打倒之后再踩上几脚，让他永世不得翻身，而盘王却起了恻隐之心。在管理臣民时，他用仁慈、仁义、仁心感化、救助他的子民，不怀戒备之心，所以被黄羊的利角刺透胸膛。"艺术作品本身并不是位于我们所猜想的源头的纯清火焰。相反艺术作品本身是一系列人为操纵的产物，其中有一些是我们自己的操纵（最突出的就是有些本来根本不被看作是艺术的作品，只是别的什么东西，作为谢恩的赠答文字、宣传、祈祷文等等），许多则是原作形成过程中受到的操纵。"①

　　瑶族人纪念盘王，忘不了这位英明圣主，他们心中的领导人跟盘王一样，全心全意为民谋福祉。李祥红理解盘王，他知道盘王是个不朽的传说，知道盘王一直活在瑶族人民心中，盘王想看到瑶族人民的生活更美，更富足，更快乐。李祥红更理解老百姓。他是瑶乡大山走出来的孩子，他跟千百万普通老百姓一样渴望过上幸福的生活。作为曾经的一县之长，李祥红用自己的行动实践着盘王的殷切希望——为民做主，造福一方。瑶族是一个具有悠久历史的民族，江华是瑶族的人口之都，瑶族人口多，瑶族支系多，瑶族生存状态很有特色，被外界誉为"神州瑶都"。作为诗人，李祥红的理想是把江华建成瑶族的文化之都，充满瑶族文化的元素和气息，原生态的瑶族生产生活风情浓郁，各种瑶族文化载体较为齐全、奇特。作为政府官员，李祥红的理想是把江华建成瑶族的经济之都，所有的经济生活和经济领域都打上瑶族的烙印，在民族地区发展上走在前列。在江华的城市新区，李祥红还和他的班子一起策划、兴办瑶族文化产业创意园，请各界文化人士入园激情创意，开创文化产业。让这个创意园成为瑶族文化研究的成果展示园，瑶族文化产业的孵化器，使瑶族文化的研究发掘成果转化为经济社会发展的产业，转化为推动江华发展的生产力。他想让全国人民和世界瑶胞形成这样一个概念："认识瑶族、研究瑶族最有代表性的地方就在江华，江华就是'神州瑶都'，当诗人与官员，以及人大代表的身份结合

---

①　张京媛. 新历史主义与文学批评. 北京：北京大学出版社，1993：14.

在一起时，李祥红诗意充盈的大脑便迸发出一个又一个的奇思妙想，而这些，又都是切实可行，正在实施的。"①

李祥红的政治身份、民族归属和精神资源是统一的，传说中的盘王与党的宗旨有一点是相似的，那就是把天下苍生的福祉放在第一位。而且瑶族的身份标签对每一个瑶族人来说都意味着自豪的心情、独有的历史和灿烂的文化，瑶族文化的发扬光大和符号的累积有利于江华地域特色的鲜明性。也正是因为这样，李祥红不遗余力地发掘瑶族文化，展示瑶族文化，并身体力行地阐释瑶族神话的意义和价值。"艺术作品是一番谈判以后的产物，谈判的一方是一个或一群创作者，他们掌握了一套复杂的、人所公认的创作成规；另一方则是社会机制和实践。为使谈判达成协议，艺术家需要创造出一种在有意义的、互利的交易中得到承认的通货。"②

瑶族是一个具有悠久的历史和丰厚文化积淀的民族，传奇的迁徙、独特的图腾和富有想象力的文化构成了瑶族摇曳的生存状态。与其他少数民族一样，瑶族一直被封建统治者压迫，为了生存，四处漂泊，湖南、广东、广西、云南等地方都有瑶族部落的存在，在这种流落迁徙中，瑶族没有形成自己的文字，其文化一直借由口头传播。江华是瑶族集中聚居的地方，传播民族文化，发掘民族文化的内涵，凝固瑶族文化的群体性想象，是李祥红义务传承民族文化的初衷。

《盘王的传说》是李祥红对民族身份认同的诗意表述，是世界认识瑶族文化的窗口，通过这个窗口，人们认识到了瑶族文化的要义和精髓。"诗，在一切人所共知的高贵民族和语言里，曾经是无知的、最初的光明的给予者，是其最初的保姆，是它的奶逐渐喂得无知的人们以后能够使用较为坚硬的知识。"③

三、史前神话人物的现代性还原

《盘王的传说》是李祥红探源瑶族文化和文明的源头，它是史前神话人物还原成圣君贤相的史诗性诗篇，过滤掉了原始文化的神秘和粗粝色彩。或者说，在诗作中，盘王更像是一个具有现代情怀的知识分子，为民请命，主动担当，甘于牺牲。盘王不再是那个史前神话人物，而是瑶族文化精神的化身，也是诗人的自我期许。诗人力图还原历史本相，用大量篇幅讲述盘王的受难经过和丰

---

①　宋勇. 神话传说的现实喻意. 理论与创作，2008(2).

②　张京媛. 新历史主义与文学批评. 北京：北京大学出版社，1993：14.

③　[英]锡德尼. 为诗辩护. 见：伍蠡甫. 西方论文选(下卷). 上海：上海译文出版社，1979：227.

功伟绩，以翔实的笔墨让读者回到那个苍凉的史前年代，长诗对盘王的刻画异常细腻，对情节的描述跌宕起伏，具有厚重的历史感和沧桑感。

这是诗歌的物质外壳，没有坚实的外壳，盘王的精神丰碑就是空中楼阁，有了这个坚实的外壳，盘王所有的精神内核才有寄托。

由于特殊的历史原因，瑶族一直四处迁徙，在长期的历史过程中没有形成自己的文字。湖南江华是其中的一个重要分支，但是这并不影响他们成为一个具有极强心理稳定性的民族。江华瑶族在长期迁徙过程中经口耳相传，形成了关于盘王的传说，这个仅仅存在于瑶族人口中的盘王时代究竟是怎样的一个时代呢？这一段没有文字记载的历史应该具有怎样的原始形态？它属于瑶族的文明时代抑或仅仅是瑶族的文化记忆？这个遥远的洪荒时代是否就是现代瑶寨之前的生存状态？英雄和神话的产生无疑是文明出现的重要标志之一，长篇叙事史诗《盘王的传说》正是这样一部为"瑶族文化之魂"树碑立传的开创性作品，它以立体化的文学想象全方位地考察瑶族史前文化的生成和发展，重塑了一个具有现代意识的神话英雄。

《盘王的传说》是一个充满了复调的文本，一方面，诗人尽可能地还原上古历史的神话气息，另一方面，盘王的精神内核又蜕尽了蛮荒时期英雄人物的愚昧气质，不再是一个单向度的传说中的人物，而是在远古和现代中混融的现代史前英雄。诗人宁愿认定以盘王这样的神话人物实有其人，朦胧残缺的神话传说时代被当作真切的历史来展现，由此鲜活地考察瑶族上古文化和文明状态。瑶族的历史不是一段虚空的往事，而是在精神昂扬的斗士领导下的群体，圣明神君并不意味着专制，而是民族文明的高度。尤其是主人公盘王这一神话英雄的形象给当前受物质和欲望的奴役的现代人新的寄托，也给惶惶不可终日的现代人昭示出某种精神的归路。

《盘王的传说》是以单一人物为抒情对象的长诗，衡量其文学价值的重要标准就是看诗人能否把这个人物塑造成具有当代意义的人物形象。《盘王的传说》所追述的是零碎模糊的神话时代，瑶族还没有迈入文明的门槛。人们依然在和暴虐的自然进行斗争，并赋予了自然人格化特征，因为在他们看来，一切处于人类对立面的对手都有潜在的神秘的力量支配，他们在和同类的依存与厮杀中摸索着文明的火种，身上更多地散发着原始野性的气息，洋溢着不屈不挠的斗争精神。尽管蒙昧、落后和野蛮是上古时期的宇宙主调，但是他们在不断扬弃中探寻，那些原始粗粝的神话传说记录了一个民族在文化不断发展的长河中迸发出的伟大想象和辉煌创造。神话英雄是这种想象的无意识表达，"每一个民族都有自己的创世神话，都有值得骄傲的传说时代。神话与传说将各个民族的来源追溯到洪荒时代，它是让人疑信参半的一些片段故事，是永远不能割舍的民族情结"。① 由于瑶族在历史上不断迁徙，被封建统治者视为异类，因此很多神话和传说已经失传，盘王的传说是他们在颠沛流离中的精神支柱，这些优美的神话记录了先民对瑶族的文化起源和文明到来时的追索和记忆。神话人物大多人兽同体，是人和神共同孕育出来的超能量英雄，这也符合早期人类的发展规律，他们的直立行走同样从四脚着地的状态转化而来，但是瑶族人把盘王也想象成人兽同体，这是因为只有这样，英雄人物的超能量才有所凭附。人们看到真正有力量的动物是狮子、老虎和豹子，各种动物都有在自然界呼风唤雨的独门绝技，或者凶猛异常，或者能快速奔跑，或者能在高空飞翔，只有人的力量是单薄的，在与大自然的斗争中，如果同时具备几种动物的技能，一定是自然界的宠儿。这种心理使瑶族人同样把盘王想象成了人兽同体的形象。华夏文明中的炎帝和黄帝都是人兽同体，炎帝是人身牛首，他会语言，能行走，尝百草，懂医学，掌农业，人身牛首就是基于这样的功能而倒推出的形象。在原始农业时期，牛是非常重要的工具，人是活着，还是死去，是饥饿，还是丰足，能否生存都直接决定于牛，所以人对牛具有很强的依赖性，而牛的繁殖不是掌控在人的手中，仅靠自然获取，这样牛的价值更加突出。黄帝据说长着四张脸，造舟车，兴文字，作干支，制乐器等，还有刑天，人身牛蹄，四只眼睛六只手。他们之间相互争斗，从审美的角度看，这些神话传说色彩怪诞，富于浓厚的原始气息，呈现出一派犷悍之美。《盘王的传说》中"龙犬自知非人容貌/仓促成亲有辱国朝/金钟罩住龙犬真身/约定七七四十九日再来拜堂"，可见盘王其实也是人兽同体。

《盘王的传说》的成就在于深入这样一个没有文字记载，仅靠传说和神话来演绎民族文化记忆的史前时代，以卓越的文学想象还原勾勒出洪荒时代社会发展变化的基本脉络和背景动因。长诗创造性把盘王还原成有思想和情感的形象，彻底剔除了人兽同体等笼罩在神话人物身上的荒诞因素，留其形，而去其魂，重塑神话人物的精神世界。遥远的上古文化和生活不再是考古学家挖掘出土的冰冷器物，而是由传奇英雄的惊天地、泣鬼神的壮举谱写而成的人性和人生的赞歌，是带着先民体温和生命热度的伟大创造。《盘王的传说》印证了这样一个历史观："人类并非是神的作品，事实正相反，连神也是人的作品，无所不能的神是人用自己的精神造出来的，人用自己造出来的众神统摄着自己，走过

---

① 张征雁. 混沌初开. 成都：四川人民出版社，2004：29.

了千代风雨，经历了万世磨难，追求向往自由与光明。"①在诗人笔下，盘王的神性已经被淡化，取而代之的神话人物一经诞生就具有文明时代的烙印，尤其具有现代社会文明的思维水平和人格特征。全诗具有鲜明的道德判断和细致的善恶价值观念。盘王是善良、正义和光明的化身，而盘王的反对者们则犹如阶级斗争中的反面人物，处心积虑，蓄谋已久，这样人物形象基本定格在文明时代阶级社会的时空中。

克罗齐说："一切历史都是当代史。"②历史的综合性和复杂性是之后任何人都无法复制和还原的，他们只能按照自己家的理解对历史进行阐释，而这种阐释是作者视角的素材重组。历史时间和现在时间之间的价值联系就在于作者的当下性，神话人物应该孕育特定的民族文化和性格心理的基因，文学作品的使命就是把这种神秘的文化基因破译出来，以文学的真实感给现代以启示。如果神话人物失去现代性的启示，就会削弱诗歌的审美价值。"亵渎神圣世界的非神化是现代的特殊现象。非神化不意味着无神论主义，它表示这样一种境况：个人，即我思，取代作为一切之基础的上帝；人可以继续保持他的信仰，在教堂里下跪，在床上祈祷，他的虔诚从此只属于他的主观世界。"③昆德拉在这里指出了神话和非神话之间的微妙关系，而实际上，对神话人物进行文学重塑并不意味着亵渎和非神话，而是对神话历史和心理的填充。

诗歌的上半部分是盘王勤政为民的时期，整体显现出昂扬向上、欢快轻松的气象，而随着盘王被害，诗歌的基调陡然变化，低沉愤怒的嘶吼让盘王的英雄悲剧达到高潮。作者大胆展开想象，一方面着力营造上古时期的洪荒氛围和开阔情景，另一方面又过分着眼于人物传奇命运的跌宕起伏，在此过程中，诗人为表现不同原始文化和推动情节进展而设计的史前瑶族画卷流于雷同和生硬，并没有很好地凸显上古人类对于宇宙自然的神秘感。

但是很多作家的写作现在倾向于被评论成为一种文化代言，"文化主义"泛滥，这是源于在经济全球化视角下，加之反经济全球化的失败，"文化主义"似乎成为仅有的"救命稻草"，极力引起人们对文化的关注。特里·伊格尔顿在《文化的观念》中论证了自然和文化的辩证关系，并以反对后现代主义的态度写道：

文化这个字眼本身包含着制造与被制造、合理性与自发性之间的一种张

---

① 张征雁. 混沌初开. 成都：四川人民出版社，2004：10.

② 韩震. 西方历史哲学导论. 济南：山东人民出版社，1992：460.

③ [法]米兰·昆德拉. 被背叛的遗嘱. 余中先译. 上海：上海译文出版社，2011：42.

力，这种张力斥责启蒙运动空洞的理智恰如它篾视那么多的当代思想的文化还原论一样。①

　　诚然，文化需要回归其原本的位置，而非一味哄抬，塑造其普遍性或者"能工制造"。《盘王的传说》诗歌的后半部分，大规模的战争描述为长诗增添了大气磅礴的史诗韵味。诗歌对盘王的描写采用了外部俯瞰的视角，以全知全能的方式勾勒盘王的全部行为，这样就避免了盘王情感体验、思维方式和语言表达的脱节，"无论是历史题材的创作还是对这类创作的研究与批评，准确体验在特定历史情境中人们可能具有的情感方式与行为方式都是具有首要意义的。如果借古人的口说的完全是今人的话，在整部作品中完全不能给出作为人类记忆的历史情绪与体验，那么这样的作品即使完全符合历史记载也绝对不是优秀的历史题材的作品"。② 李祥红尽管在资料收集方面做足了功夫，但在勾勒神话英雄人物和传奇叙述的时候缺乏特定的心态，缺少对人物内心世界的观照，更多地投入现代人的眼光和感情体验，现代化的痕迹过重。

　　新历史主义认为，"人不可能找到历史，因为那是业已逝去不可重现不可复原的，而只能找到关于历史的叙述，或仅仅找到被阐述和编织过的历史⋯⋯在怀特看来，不可能有什么真正的历史，历史的思辨哲学编撰使历史呈现出历史哲学形态，并带有诗人看世界的想象虚构性。这样，历史就不是一种，而是有多少理论的阐述就有多少种"③。根据新历史主义的理论，《盘王的传说》也许根本不可能找到那个历史的本相，也不能找到瑶族心目中的盘王，找到的只能是被诗人的个人思想和意愿阐述过的历史。从诗歌的抒情氛围、主题到文学审美等方面来看，似乎有两个方面的意识形态话语主宰着作家的历史叙述：一是传统意识形态主宰下的话语，一是公共主流意识形态主宰下的话语。"以对历史本质的规范化叙述，为新的社会的真理性作出证明，以具象的方式，推动对历史的既定叙述的合法化，也为处于社会转折中的民众，提供生活准则和思想依据。"④这也许是《盘王的传说》写作的动因和存在的全部依据。

　　作为一部严肃的长篇神话史诗，能在多大程度上还原民族心理历史的本相，或者重建历史语境，展现关于特定历史时间的人生场景和人性内涵，虽然

---

① ［英］特里・伊格尔顿，马修・博蒙特.批评家的任务.王杰，贾洁译.北京：北京大学出版社，2014：231.

② 李春青.关于历史题材创作的评价标准与方法问题.北京大学学报（社会科学版），2007(2).

③ 王岳川.海登・怀特的新历史主义理论.天津社会科学，1997(3).

④ 洪子诚.中国当代文学史.北京：北京大学出版社，1999：107.

取决于诗人的虚构和想象，但也绝对离不开对民族历史的把握和理解。这里的真实不是可以还原的历史，而是符合瑶族心理特征和对盘王的想象。对李祥红来说，要符合民族心理和习惯，但史前历史可供依赖的资料不多，甚至连基本的文字都没有，这一方面似乎为诗人提供了天马行空的想象自由，另一方面又面临被读者视之为胡编乱造的风险。《盘王的传说》力图勾勒还原出上古原始生活的壮阔画卷，避免落入戏说的窠臼和信史的陷阱，因此，我们看诗歌的每一章，诗人都在不厌其烦地赘述盘王的各个细节，心理活动、矛盾纠结和精神困惑都展现在读者面前，这些无疑是作者展开文学想象和抒情咏叹的基础之一。首先，作者做了大量的搜集、整理、研究工作，盘王传说的各个版本在细节的填充中不断充实，显示出诗人严肃的民族情结和严谨的写作态度。沿着主人公盘王的成长和命运，读者可以顺理成章地领略了上古文化和自然原生生活的神秘辽阔。其次，作者并没有照搬传说本身和口头记载，而是在此基础上重新加工，在盘王形象不进行根本调整的基础上，对细节重新改造，提炼出得民心者方能不朽的观点，通过民心思定的历史动向，把握住了历史的脉搏，创造力空前活跃的民族精神，破译了瑶族文化灿烂悠远、独具活力和魅力的文化密码。

从文学审美方面来看，《盘王的传说》犹如戴着镣铐的舞蹈，在既定的民俗心理和审美范式内，创造出了跳跃于历史、民俗和神话的诗歌样式。

四、地域书写与民族代言

以人类学为知识背景的地域性文化形态的书写，渐渐成为中国文坛的一种突出现象。李祥红的长诗《盘王的传说》讲述的是瑶族原始初民在远古时期的想象，长诗在地域书写方面展示出特有的艺术魅力，而且成为瑶族文化的精神代言人。

当下以人类学为知识背景的地域性文化形态的书写，渐渐成为中国文坛的一种突出现象。张承志痴迷于伊斯兰文化的传播，《心灵史》堪称宗教的心理圣经，阿来则在世界屋脊上面对雪山寒风静静地思索，以《尘埃落定》描绘藏文化的奇幻，红柯跃马天山成为“西去的骑手”，这些都成为近年来纯文学阅读界热切关注的对象。人是文化的产物，也是文化的符号，对人的生活形态的描写，必须要揭示其被特定文化影响和被制约的文化内涵。文学是人学，是描写人的生存状态、精神活动形态以及各种欲望的艺术文本，这就要求作家必须切实掌握特定对象的社会构成与人生状态，因此，体现地域性语言、民族风情和人文特点的各种礼仪、习俗、传统等成为作家展示的对象，这些都是特定自然环境中的产物。作品中的事件、组织和活动等情节设置，也必然由这种特定文化的内在动力所决定。也就是说，能够保持长久生命力的、有深度的作品在描写独特人生形态的同时，还必须揭示出一个地域成员认同和践行的族群价值与信念，揭示出这个地域群体文化生活的多重表现。在这样的视野下，我们就有了审视李祥红长诗《盘王的传说》的切入点，有了阐释这个瑶族文学重要作品的支撑。

　　《盘王的传说》标题本身就昭示着鲜明的民族标识和地域性，因为盘王是瑶族的先祖和图腾。这个标题具有三重含义：历史意识、瑶族的种族意识、地域性。首先，"传说"是历史，在长诗中，作者描述了瑶族的形成历史，其中涉及周朝时的犬王和盘王的传说，借用瑶族人对往昔历史的回眸，表现了一种历史意识；其次，标题强调了瑶族的先民就是盘王，"盘王是瑶族的祖先。相传，在远古时代，盘王是天上的一只龙犬"，盘王不是凡夫俗子，也不是与我们同类的人，而是来自天界的"龙犬"，但是他爱民，他的精神是瑶族人得以绵延生息的重要条件，形成了瑶族人的民族集体无意识，这是由环境制约而形成的种族意识；第三，"传说"凸显了作品的想象品质。李祥红在《沧桑瑶山》的自序中说："在一个云雾弥漫的清晨，我什么也没带，一个人扎进了这莽莽苍苍的大瑶山，不是幻想能遇上大人们常说的美丽山妖和山里住着的白胡须神仙，也不是为了得到传说中强盗掠得的迷人宝藏，只是想凭借自己的力量，爬上对面山那高高的山峰，亮开喉咙，逐个叫着寨子里每一个人的名字，逗他们好玩，让他们看到在山巅之上的我，是如何的英雄。谁知道，这一走竟惹出了不小的麻烦。好在家里那条通人性的老黄狗，嗅到了我的气味，带着惊慌成一团的父亲和乡亲，穿过密林，找到了早已哭得声嘶力竭的我。"[1]这种童年记忆已经积淀为一种潜意识，成为制约作家写作思维的一股暗流。也就是说，生在同样的地域环境中，同样的地理地貌和自然景观对人的思维方式的重塑，同样的生产生活方式以及由此形成的价值评判倾向，让李祥红可以非常顺利地进入瑶族人的生存语境。于是在长诗中，作家在一定程度上描写了对象的心理意识和价值取向，尤其是世界的认知方式，更展现了盘王鲜明的政治理想和为民情怀。

　　作者讲述远古时期瑶族先民的奋斗历史，以及在各种外力影响制约和涤荡下，瑶族人的生存形态和文化变异历程：一个伟大的民族随着不断的斗争和发展，逐渐形成不朽的篇章。在民族性逐渐稀释，乃至解构的今天，李祥红回到远古的历史，通过回溯，重构了民族的最初图景。

---

[1]　李祥红.沧桑瑶山.北京：作家出版社，2006：4.

应该说，李祥红不是历史的亲历者和见证者，盘王的传说也不可能是一段可以回溯的历史。但是作为回忆的主体和故事的讲述者，全知全能的叙事视角的多重功用，使长诗从众多方面，较好地展现了这个特殊种族生存形态。然而在纯文学日渐式微的当下，即使诗歌本身的内容再好，叙事视角和表现手法再丰富，都依旧是一种没有市场策略性的表现，加之在远古的想象里回忆，就可能更加缺乏设计感。这就使得读者对该诗歌的阅读兴趣大大减少，以《盘王的传说》为代表的纯文学的受众面在不断地缩小。

正如苏童所说："纯文学的读者是一个零一个零地在减少。"但我们又不得不看到，社会大众的阅读热情依然强盛，"读者阅读排行榜""作家富豪榜"上赫然在列的郭敬明、南派三叔、郑渊洁，分别以 2450 万元、1580 万元、1200 万元的年度版税收入，荣登第六届（2011）中国作家富豪榜前三甲，这证明着目前社会大众强烈的阅读热情依然旺盛。金庸在"2010 第五届中国作家富豪榜"上现身，2011 年又以 220 万版税的战绩荣登"2011 第六届中国作家富豪榜"第 19 位。川籍作家何马凭借《藏地密码》2008 年上榜，2011 年再次凭借《藏地密码神圣大结局》爆发，以 260 万元荣登第六届中国作家富豪榜第 15 位。

这种现象的出现，主要还是由经济决定的。在商品经济大潮的冲击下，文学"轰动效应"的丧失和文学热的降温，大众的文化心态和作家的创作心态都发生了很明显的变化——大众对文学的消费性需求压倒了教化性和认识性的需求，作家对生存的需求超越于精神的需求。社会大众的阅读热情高涨，却也只是针对俗文学而言。由于社会大众的知识水平、受教育的程度、审美水平、自我素养等参差不齐，导致在阅读方向上，俗文学以绝对优势压倒纯文学。

其次，这种现象产生的原因同样也与不同文学自身的特质密不可分。大众文学多以言情、武侠、警匪等为主要表现内容，追求悬念的设置和情节的曲折，以满足读者的休息、娱乐和消遣以及作者、刊物的经济效益。而纯文学则具有更强的自主性和独立性。它不像政治社会文学那样要受制于政治形势、伦理观念和道德习俗，也不像商品通俗文学那样要服从于金钱利益。因而它不必对读者道貌岸然地说教，也无须哗众取宠地献媚。它较远离现世生活，又较少顾及大众审美心理，它所着力建造的是一个自我独立而又圆满的艺术世界。所以这就使得大众文学的受众面范围十分广阔，它对个人的知识储备的要求是很低的，而相反，纯文学由于自身对读者的要求比较高，所以它的受众面是较为狭窄且固定的。

最后一个很重要的原因，即任河事物的发展都有一个极限，一旦太过则会走向歧路甚至反面。这种现象表现在作家们固守着原来的创作模式，不能有所创新和超越，所做的仅仅是修修补补的改头换面的工作。文学的特性在于创造，它不仅要超越前人、同代人，而且还要超越自我。而此时纯文学家们却只在自己所营造的迷宫里兜圈子。这种文学现象的产生，并不是某种单一原因所致，而是各种因素纠合在一起所产生的必然结果。从内部原因来看，首先源于创作者生活视野的狭窄。这批作家大多都在农村下放或就在农村长大，都有程度不同地接触并体验过平民大众的生活，这是他们得以成名并继续开掘的矿藏。但是，随着自身地位的确立，他们大多都进入都市开始过一种职业作家的生活，以至于中断了那种接触大众的机会。从外部原因来说，主要来源于评论的压力和盲目赞美。一方面，评论对作者创新的要求，使作者受到某种无形的压力，来不及将自己某一领地表现圆满，就匆匆地追逐下一个目标，从而失去了忍受寂寞、默默耕耘的耐心；另一方面，评论对于作品的盲目赞美也给作者造成了一种只要冒险犯禁就能得到喝彩的错觉。

必须看到的是，李祥红选择的题材，是一个呈现着人类原初生活形态、特色鲜明的族群文化的种族人生，它首先以奇异人生的形态展示激发着人们的阅读和思考兴趣。事实上，对各民族的原始图景的描绘，一直是诗歌和小说乐此不疲的题材，无论是汉族还是其他民族都对那段无法回溯的历史抱以极大的兴趣，因为人们总是想知道自己从哪里来。高度发达而种类多样的现代传媒，非但没有遗忘这样一个久说久新的题材，而且为李祥红的长诗进入大众阅读视野做了前期宣传广告铺垫，作者在故事类型的选择上已经获得了大众阅读的审美期待效应。瑶族在历史上不断迁徙，缘起于封建时代的民族政策。封建时代的文明中心在以中原为据点的北方，因此瑶族人被封建统治者迫害，流离颠沛，在不断迁徙中定居于今天的云南、广西和湖南等地。这些地区在历史上都属于边陲荒地。

李祥红作品中的盘王是一个开明的君主和圣贤的化身，但是这都仅限于传说，可以说，长诗就是大量民间传说的集纳，这些传说挟带着巨大信息量，使长诗具有一种历史的厚重感。瑶族民族精神概括起来就是人与自然在生存搏击中和谐相处的精神，这又表现在他们崇奉的盘王信仰中。瑶族人没有完整的宗教思想，没有系统的宗教教义，盘王作为瑶族人共同的先祖充当起了宗教的角色，它影响着瑶族人历史的发展和社会制度的形成以及运行态势。

盘王的奋斗、报国、牺牲，正是瑶族人在历史长河中轨迹的浓缩和生存经验。长诗描写带有浓郁原初形态的盘王。在李祥红的长诗中，我们也看到一个弱势民族奋斗初期的雏形，他们需要盘王这样的精神支柱为民族的生存提供动力。"世俗化即指将神圣移之于圣殿之外，在宗教之外的领域。如果说在作品的空气里，笑被无形地散布，小说的世俗化便是世俗化中最恶劣的一种。因为宗教与幽默是不能相容的。"①所以在诗歌中，李祥红没有一丝一毫的戏谑和幽默，尽管对故事进行了重塑，但全部是以带有仪式感的神圣方式勾勒盼望的形象。长诗展示了这样一种悖论：一方面，盘王英明神武；另一方面，它本身只是一只龙犬。

李祥红不仅仅作为代言人为瑶族人讲述盘王的故事，并且努力进入瑶族人的精神语境。作为传奇长诗，作家对地域以及种族文化符号的破译和对其文化行为的深层描写，必然涉及哲学、宗教、神话、心理学、语言学、民俗学等多方面的内容。这对作家的知识构成、价值认同和情感倾向都有着很高的要求。作家的阐释本就是一种介于读者与瑶族人之间的桥梁，读者通过李祥红的长诗了解瑶族先人这段故事。作为一个在江华长大的瑶族作家，李祥红需要"缝合"大众阅读层与瑶族文化之间的距离，因为诗人自身是瑶族人，对这段故事非常熟悉，而普通读者则基本没有认知，诗人必须尽最大可能地站在普通读者的立场上，用他们的价值评判标准，去阐释那个奇异的世界。作家的个人经历、既定观念和想象性因素在阐释瑶族人的生存形态，尤其是心理活动时还是发生了一定的偏差。作为"代言人"，诗人只能以想象的方式描述盘王的传说，毕竟那段历史无法回溯。但是李祥红毕竟是瑶族人，作为族群中的一员，他对瑶族文化有与生俱来的敏感，所以李祥红的代言并未显得"隔膜"，他就是在讲述自己的故事，而不仅仅是一个"代言人"的角色扮演。

①　[法]米兰·昆德拉.被背叛的遗嘱.余中先译.上海：上海译文出版社，2011：42.

第六章　陈茂智论：瑶族梦想的追寻与传统文化的承继

　　陈茂智，笔名一墨，男，瑶族，生于 20 世纪 60 年代末期，湖南江华人，大专文化，1987 年参加工作，当过教师、文化馆文学专干、报社编辑记者、县党政机关秘书，现在财政部门工作。1987 年开始发表作品，已在《民族文学》《湖南文学》《都市小说》《百花园》《佛山文艺》《戏剧春秋》等省级以上报刊发表各类文学作品三百余件，有作品入选《黄冈语文教材·高三语文》等多种选本，曾获"2001—2002《小小说选刊》全国优秀作品奖"，首届、第二届永州文艺奖等多种奖项，已出版长篇小说《归隐者》、中短篇小说集《静静的大瑶河》等，系中国作家协会会员，永州市作家协会副主席，江华瑶族自治县作家协会主席，《瑶族文学》主编。

第一节　乡土背景：徘徊于幽暗与澄明之境

　　陈茂智是湖南永州文坛一个十分有灵气的作家，才华横溢，但这种才华却不是李白式的天生飘逸，更没有诗仙那种大河奔涌的雄浑气势。出身寒微的陈茂智更像是细水长流的清澈山涧，明净淡然，月白风清。这也是一种风格，但创作风格和个人风格却不是生而至之的，风格这种东西，说到底是自己独特性的一种外部表现，它可以类似，却绝不会一模一样，丝毫不差。作家的作品风格更是熔铸了自己个人独特的经历和对人生严肃而认真的思考，像苏轼、像杜甫、像李白，他们各自的风格无不是结合了个人经历和对人生思考的独特表达。李白的豪放飘逸背后是铁杵磨成针的坚强毅力和尴尬身份的进退两难，以及出仕无途的抑郁难平，杜甫忧国忧民的基石是书香世家的家道中落和一生的颠沛流离，苏轼就更不用说了，少年成名不仅没有给他更好的前途，倒是为他的一贬再贬提供了起点，但也许正是这种苦难和粗粝的人生，打磨出了这些大文豪风采各异的圆润风格，成就了他们在艺术史上的不朽英名，诗人的不幸成就了诗坛的大幸；任何一个作者的才华都是地下深处的石油，唯有苦难这把镐才能将其开采出来。孟子曰"天将降大任于斯人也，必先苦其心志，劳其筋骨，饿其体肤，行拂乱其所为……"陈茂智的风格形成也是如此，他经历了孤僻的童年，辛劳的青年，以及至今仍身份尴尬的中年，也许正是这人生的种种不如意才造就了陈茂智性格中的沉稳踏实，以及作品中恬淡清新的意境。

　　1968 年出生的陈茂智幼年在狂吼和喧闹中度过，那个年代全民的偏激和疯狂在我们今天看来简直不可理喻。试想，一个处于启蒙年龄的孩子，父亲是运动中被批判的对象，学校早已没有课堂，每天听到的是高呼的口号，看到的是造反派层出不穷的大字报。没有人告诉孩子要尊老爱幼，没有书本告诉他们要温良恭谦让，在那样的环境中成长起来的孩子应该也是无知、冷漠甚至狂躁的，然而陈茂智却是个例外。面对外界的喧闹和侵扰，幼年的陈茂智并未受外界环境的负面影响，或许是沉默寡言的天性使然，又或许是作为那个贫穷山寨唯一知识分子的父亲的家庭熏陶，幼年时的陈茂智沉静得有些孤僻，常常是一个人在山坡看云、看草、看父亲藏在阁楼里的各种典籍，一个人回味着父亲讲给他的各种稀奇古怪的故事传说，与外界喧嚣的世界似乎格格不入的少年内心更渴望的是宁静平和。这个时候的少年是孤独的，但却并不寂寞。他有属于自己的精神世界，这个世界丰富而有活力，无论是天边的一朵云，还是身边的一棵草，伴着溪水的叮咚，在少年眼里都是静谧和美好的。没有冷眼，没有吼叫，也没有无穷无尽的所谓斗争，它们陪伴着这个沉静似水的少年阅读、思考、回味，没有人交流，就和山水对话，没有人陪伴就和山间的清风约定，更多的时候还是少年一个人安静地发呆，这样的孤僻在外人看来是难以理解的孤独，是一个孩子身上所不该有的深沉和安静，拘谨木讷，然而正是这份孤独造就了他的与众不同，这样的环境造就了他勤恳实在的性格。这个时期的陈茂智就已经显示出了他的对文字的敏感，老师经常会夸赞他的作文写得好，甚至某些时候会容忍他的一些小小的固执。其间有一次参加镇里作文比赛的机会，老师单独为他们进行了辅导，巧的是刚好辅导内容就与参赛作文题目相关，或许是投机心理抑或是贪图便宜省事的信手拈来，满以为胜券在握地参赛，结果却是出人意料地名落孙山，老师很不解，但是少年自己却十分清楚，就是那凑巧同题的辅导作文束缚了写作水平的发挥。陈茂智是个有心人，这件事让他想了很多，也让他领悟到创作最根本的就是要摆脱依赖，要注重创新。从此以后他便有意无意地注重创作的独到性，总是力求作品每一次都要有新的、能打动人的东西出现，也正是这样的经历让这个细心敏感的农家孩子对自己的创作更加的脚踏实地，更加的勤勉向上，不敢有一丝的懈怠，久而久之，这份诚恳也内化成了他性格中优秀的部分保存下来，甚至青年、壮年的陈茂智给人的感觉也是这样的诚恳和实在。

相由心生，眼睛是心灵的窗口，沉默寡言甚至有些木讷的陈茂智本人朴实得就像路边的一棵小草，但却有着一双似乎能够透视一切的眼睛，在和你交谈或者是不经意间的言语行为中，那双清澈如水又坚韧似岩的眼睛就已经默默地注意到你，洞察了你的思维，将你的观点融入自己的思考，或许你已经成为了他正在构思的作品中的一个人物，或许他已经在构思关于你的故事。这个世界从来都不缺乏这样的有心人，命运也从来不会辜负这样善于观察善于思考的人。这样的人不出手便罢，一出手必然会直中要害，一针见血地切中本质，他的见解一定是独到的、深刻的，经过了严密思考的中肯意见，因此他的周围朋友并不多，但每一位的交情都称得上真正的友谊，是那种淡如水的君子之交，他不会因为顾虑你对他的态度而有所保留，并表现得圆滑世故，他本人就像是一块玉，有石头的坚硬质地，不软弱，不轻易改变自己的形状，同时又有玉的润泽和通透，他是坦坦荡荡的君子，不谄媚，不亢不卑。这样的人就是一股清流，静静地流淌在滚滚红尘中。他的作品也同样深沉而有质感，他曾经写过的一篇颇受好评的小说《端阳水》，便是典型的代表。小说的情节很简单，语言丰富有张力，具有动人的魅力；营造的意境迷蒙而空灵，令人浮想联翩，又有一种说不尽道不完的丰富意蕴；单纯的情节却赋予了人物和作品深刻的思想内涵，更难得的是手抄的作品稿件，一笔一画，甚至每一处标点符号，无不透露着创作者的认真和虔诚，无论是形式还是内容，都显示出创作者成熟深刻的思考和对文字的纯熟驾驭，很难让人相信这样优秀的作品是出自一个青年人之手。不是每个人都能够做到不鸣则已，一鸣惊人的，但是陈茂智做到了，他以他勤恳的性格，执着地追求和对待每一个人的真诚热忱，做到了让自己的作品在永州文坛上成为了一个独特的存在。

然而陈茂智初次接触、真正创作并发表的处女作却并不是现在被人们所熟知和喜爱的小说，而是诗歌。那个时候的陈茂智刚刚高考落榜，失望的打击和急于证明自己价值的心情促使他参加了当时《新创作》《湖南文学》的刊授学习，并很快发表了一首写冬天弹棉花人的小诗，篇幅很短，只有十几行，但是却点燃了他进行文学创作的熊熊烈火，从此便一发不可收拾。然而这个时候，诗歌似乎已经不能表达他的所思所感，热爱思考，沉稳踏实的陈茂智急于找到另一种更恰当更便利的方式酣畅淋漓地表达自己对生活的观察、感悟和思考。他开始了小说创作，就像大多数刚步入写作行列的新手一样的，急于发表由衷的议论，急于宣泄内心积压的情感，所以难免会急于求成，一写就是上万字的篇幅，后来在老师的建议下开始写短篇，先后发表了很多优秀的短篇小说。这个时期的小说创作具有浓郁的乡土气息和田园牧歌式的恬静纯美风格。比如他至今颇受好评的小说《姐姐的园》，作品描写一个乡间女子追求美好的爱情故事，情节很简单，作者采用淡化情节的方式叙述故事，用清新淡雅的意境营造纯净美好的人性氛围，给读者留下了深刻的印象。读他的小说就像见到他本人一样，给人留下的感觉是简单、纯净、与世无争的，是清新而淳朴的，这种独特的淡雅使他的小说得到了越来越多的读者的喜爱。在这条路上越走越远的他，开始尝试进行多种文体的创作。1998 年，他创作的第一个话剧小品《垃圾的研究》在《戏剧春秋》第一期发表；12 月，他创作的另一个话剧小品《办嫁妆》在永州市"看变化，送改革"文艺汇演中获二等奖。除此之外，出于工作需要，他还创作了许多的曲艺和小品等类型的作品。这个时候的陈茂智完全有资本以老师的身份去指导别人，也可以接近领导，用自己的笔巴结讨好领导，谋个一官半职，为自己的后半生铺路架桥，但是陈茂智却并未因自己的作品被承认而沾沾自喜，好大喜功，他的纯朴本性里放不下的踏实和认真让他始终保持着忠于自己的内心，忠于自己的兴趣，正是这样的客观条件和他本人对小说创作的这份执着，迎来了陈茂智创作风格的转变。

　　哲学原理告诉我们，物质决定意识，作为精神产品存在的文艺创作的源泉就是现实生活，因此一个人现实生活中经历或正在经历的事情，他所关心的东西决定了他的思想和层次，反映在作品中就是不同的内容、观察角度和思想内涵。陈茂智早期的短篇小说创作大部分以纯美淡远的风格著称，这与他当时的生活有关。那个时期的陈茂智还在农村的小学做代课教师，接触的对象和工作环境的封闭性使他的作品更多的是走向自己的内心，探求和发现的是人们生活中精神上的意境和需求。后来经领导的提拔和朋友们的帮助，调到了县文化馆当文学专干，从事群众文化辅导和文化创作。这个时期的陈茂智走出了那一方纯净但狭隘的小天地，接触了大量的社会生活，用他那双敏锐的、沉稳的眼睛观察到现实生活中很多亟待解决的问题和处于社会变革时期人们经历的阵痛，庆幸的是在这个尝试多种创作类型的"多产"期，他始终没有放弃小说的创作，甚至以更专注的态度去对待自己的每一部小说作品，这个时期他更多的把目光投向了现实社会生活，关注关怀在这个时期社会急剧变化背景下人们的心理世界，这个时期他创作发表的《假币时代的爱情》《父亲的眠床》《茶树精》《放水》《幸福在窗外》等作品就是这个转折期的代表作。

　　他的第一部中篇小说《蛋白的家事》，生生地把隐藏在文明社会中封建的遗毒剥离出来，给人一种滴血的警示和正义的呐喊。发表在《湖南作家》上的短篇小说《游荡》是这一类型作品的代表。作品写了一个颇有才华和成就的诗人，因不满尘世的繁杂、猥琐，走不出整个社会愈来愈浓的重贪欲的黑暗，人性受到极度的压抑而精神彷徨，最后死在街头。整篇作品透露着浓浓的忧伤，传达给读者的是内心的沉重，这是作者的社会良知和社会责任感的体现。尽管如此，作者仍以他多情和美好的眼光看待生活，努力寻找生活中的美。《永远的微笑》是他发表在《小小说选刊》上的一篇获奖作品，发表后他先后收到除港、澳、台之外各地大、中、小学生的300多封来信，说这篇文章给了他们求学的决心和生活的勇气，其中有好几个在他的鼓励下考上了大学。2002年，他的另一篇小小说作品《山魂》在《湖南林业》第7期发表，被一个热心读者推荐，很快在《小小说选刊》第19期转载，并入选漓江出版社出版的《2002中国年度最佳小小说》。2003年5月，该作品荣获2001—2002年度全国小小说优秀作品奖，作者被邀请参加在河南郑州大学召开的颁奖大会和第五届当代小小说创作研讨会，后来入选《21世纪经典小小说》《黄冈语文读本·高三语文》教材《高考语文阅读题讲练赏析作品》等多种选本。作品以大瑶山深处森林防火哨卡高山瞭望员的生活为背景，用千余字的篇幅，几个普通的生活片段，反映的主题却是平凡人生崇高的责任感和质朴的人情美。这些作品的风格已然不同于陈茂智前期作品的纯美风格，但是在注入新鲜血液的同时却没有丢掉自己以往的精华，这一点是很难能可贵的。他在这个时期的小说作品少了一份空灵，却多了一份沉稳；减了一份清纯，却添了一份质朴。这样的变化不仅意味着陈茂智的作品走向了成熟，作品风格逐渐形成，更代表着作者个人的人生进入了一个新的境界。

陈茂智对生活的感悟能力极强，是一个天生的作家。这个世界上存在着形形色色各式各样的人，有的人对人对事敏感，有的人却钝感十足；有的人内心丰富细腻，有的人活得简单粗糙。每个人的内心世界都是独特的，各不相同的，没有高下之分，只有各成一家。就像我们在杂文中认识的鲁迅幽默深刻，在小说中认识的鲁迅淡漠冷静，在散文中认识的鲁迅亲切随和一样，对生活的感受不同形式的表达，反映出的个人内心风格也不同，对写作者来说，文艺作品就是一面镜子，不同的形式映照出不同的性格侧面。陈茂智的内心细腻，对生活中接触的人和事有自己的深入观察和独到见解，他找到了适合自己的表达方式和出口，小说是他最顺手的表达方式，在这里我们看到他对美好人性的呼唤和珍惜，也看到他对残酷现实的思考和悲悯，单单只有小说却并不足以满足陈茂智的表达欲望，尽管小说给他带来了许多的荣誉和口碑，但他并不故步自封，秉持的是一种开放的创作观念。他的散文《火塘琐忆》在多家刊物发表、转载，还获得了《文学自由谈》杂志举办的"火文明与人居环境"优秀作品奖；他创作的大型话剧《灵魂无价》得到过北京和省戏剧界专家、老师的肯定，此外他写过电影、电视剧本，报告文学，甚至还写过武侠小说等。这些多种体裁的尝试大大丰富了他的创作类型，也拓宽了他的作品题材范围，用他自己的话说，尝试各种新鲜领域，对自己有好处。

的确，在陈茂智并不短暂的创作生涯里，他始终在以一个初学者的尝试姿态勤勤恳恳地进行着创作，他的谦恭和对文学艺术孜孜不倦的追求让他成为了永州文坛别具一格的存在，他的农村生活、工作经历以及他沉默踏实的性格让他能够在这个浮躁的时代里保持一份难得的淳朴和沉静，他的执着和敏锐又让他在自己的创作事业上有目标有想法，过去的荣誉和成就已经证明他的不凡实力，现在的陈茂智更像是一座刚刚进行开采的金矿，未来仍有无限的潜能等待着挖掘。阅读陈茂智的作品，阅读陈茂智，会让人不由想起王维的"明月松间照，清泉石上流"，在松涛掩映下默默流淌的山间小溪，清澈明净，朝着自己认定的方向坚定不移地一路欢歌。

第二节　汉语叙事和民族想象的吊诡

陈茂智出生于 20 世纪 60 年代末，对文革这个特殊的历史时期基本没有印象，青少年时期在改革开放中度过，与这个革故鼎新的时代相对应，陈茂智的青年同样在多种思想的融合中成长。

作为一位在瑶族聚居区成长起来的作家，他成长的环境自然有着浓厚的本土文化色彩，这培养了他情感的真诚、观察的敏锐和思考的独立性。幸运的是，作为乡村知识分子的父亲，通过民间故事和书本给了他良好的文学启蒙，也使他萌生了做一个优秀作家的人生理想。尽管后来他有过一段游离在官场与文学边缘的经历，但最终天遂人意，文学成为他生命中最重要的一部分。陈茂智步入文坛没有偶然，他从高中开始写作投稿，有过文学青年的朦胧期和狂热期。他的起步是以小小说《绿篱》的发表开始的，这个作品最先发表在《湖南文学》刊授文学院的院刊上，后来在《百花园》杂志上正式发表，当年入选长江文艺出版社出版的《中国当代小小说作家代表作》一书。他的第一部短篇小说《姐姐的园》在《湖南文学》1995 年第 11 期"文坛新人"栏目推出，由此开始了他最初的创作。应该说，他从事文学创作的起点是比较高的。

与一些知名作家一样，陈茂智也有作品进入高中语文读本，这个作品就是他的获奖小说《山魂》。作品以大瑶山深处森林防火哨卡高山瞭望员的生活为背景，用千余字的篇幅，几个普通的生活片段，反映出平凡人生的崇高责任感和质朴的人情美。作品的入选，说明陈茂智的文学语言精致而成熟。因为中学语文教材选择文本的重要依据之一就是干净的语言，毕竟中学生学习母语的重要目的是掌握语言的基本范式。无论任何时候，朱自清的文章都会入选各种版本的大、中小学语文教材和读本，那种纯净的语言在现代文学中稀少而珍贵，哪怕是鲁迅都带有半文不白的旧时习气，有时还夹杂着外文单词，而朱自清的作品里从来没有食古不化、食洋不化。陈茂智同样如此。

陈茂智的作品大多以江华大瑶山为背景，瑶族人民的生活方式、生产习惯和风土人情构成了陈茂智作品的筋骨。他不擅长推介自己，也不擅长经营自己，只管在文学的园地里默默耕耘，多年细作之后，蓦然回首，却发现自己的作品早已灯火阑珊。从事文学创作多年，他已经在各种级别的刊物上发表了三百多篇作品，虽谈不上蔚为壮观，也有相当规模，但勿论全国，哪怕在湖南，很多人依然不了解陈茂智，这就是陈茂智的秉性，也是一个作家能够登上文学顶峰的重要条件。文学历史的长河中，如骆宾王那样少年英才，一出手即冠绝时代的上帝宠儿少之又少，甚至像海子那样的天才同样卧轨西去，他们的离世与其说是天妒英才，不如说是以这种方式给人类留下一个没有瑕疵的背影，创造一个用生命化成的传奇，他们留下的是艺术的极致巅峰，神性有余，而烟火不足。读者需要神性的光辉照耀，同样需要日常烟火的心理认同，那种在笨拙的人生脚步远征之后写下的文字，也许更能打动在现世生活中不能自拔的人们。一如陈忠实，很少有人还能读到陈忠实的早期作品，不知道类似《蓝袍先生》那样的作品有多少经典的因子，我们无从得知，陈忠实发表这种作品是否后悔过。但是如果没有早期稚拙的筚路蓝缕，就没有《白鹿原》的横空出世。《白鹿原》之前，也很少人知道陈忠实，但是默默耕耘的陈忠实终于迎来了拨云见日。所以深知文学运行规律的陈茂智从不刻意张扬与喧哗，不去迎合别人的眼光，不以当下的处境改变自己的作品格局。仍然以精致的构思和立意写作每一篇小说。所以陈茂智是一个非常理性的作家，他很少以激情的状态把作品写成自己都不认识的独有风华，激情来临时风卷残云，没有思路时一潭死水，他的写作总在合理的安排下有条不紊地进行，理性是陈茂智写作的关键词。

但这并不意味着作品就成为理念的注脚和主义的传声筒，而是在文字中充溢着诗意的氛围，他总是不厌其烦地用细腻的工笔架构诗意，甚至不合时宜地构思一个喧哗与骚动世界中的桃花源。他作品中的诗意是那种淡淡的笼罩，一旦进入其中，就无法摆脱，也不想摆脱，任何读者都想在这个无序的世界里感受诗意的栖居。

与曾在江华生活多年的前辈作家叶蔚林一样，在陈茂智的作品里，世界上的一切都是美好的。在欧美的文学审丑、苏俄的文学审美的世界文学背景下，中国由于独特的历史原因，对苏俄的作品有更多的出版和译介，他们都在这种文学氛围的影响下成长。而且江华这个以瑶族为主要少数民族的地域，民风淳朴、习俗依然，生活此间，一个人的灵魂就开始皈依，浸润在这里的一草一木、一山一寨里，因此陈茂智的作品里同样充满了诗意。写小说的人可以不写诗，但是伟大的文学作品都有诗的意境。如果说长篇小说的故事架构和叙述方式有更强的技术性的话，短篇小说就尤其重视诗意的建构。江华瑶族作家群是山清水秀的世界里孕育出的文学群星，籍贯广东，寓居江华多年的叶蔚林也因为这片土地而成为了一个充满诗意的作家。

美国文论家艾布拉姆斯曾经把生活与文学的关系经典地比喻为"镜与灯"，也就是反映与被反映的关系。而实际上，镜中之灯可能比眼前之灯更具独特的美感，镜花水月与春花秋华各具风情。文学的"倒影"来源于"生活"，但又不同于"生活"，它比"生活"多了一种韵味，这就是文学的氛围与情韵之美。正是因为江华的蓝天、白云、高山、峻岩、古木，其倒影和光照，酝酿出了江华作家群的气质和风格，也成就了陈茂智作品中的诗意品格和诗意之美。

陈茂智作品的内核均为诗歌。《姐姐的园》《绿篱》《端阳水》《童谣》《父亲的眠床》《静静的大瑶河》等篇章的韵味和氛围是对中国田园诗歌的回归，是对田园诗人的致敬和隔代回响。陈茂智的作品中注入了作家对人类精神状况的关注和诉求，有诗的韵律和意境，更有打破诗意的残酷和悲绝。《姐姐的园》写一个农村姑娘和城市青年的爱情悲歌，正当妙龄的"姐姐"经常从园子里摘几把南瓜花去城里卖，在此过程中结识了一个城市青年，两人互生爱慕，城市青年最终没能考上大学，"疯劲一上来，就掉下了河去，姐没拉住，也跟着跳了下去……"，这种作品涵盖了很多的时代性主题，如城乡差距，身份意识等，也有普遍性的母题，如爱情悲歌、士子失意等，但是这些主题在《姐姐的园》中并不存在。一切都是朦胧的，城市青年和农村姑娘的爱尽管纯净，但并非"山无棱天地合，乃敢与君绝"一样的如歌如泣，也没有"生不同床死同穴"那样的誓言，一切都是那样的自然而然，所有的故事单元都发生在具体的生活情景中。城市青年考不上大学，未能如母亲所愿，遂投河自尽，这从侧面显示了当时高考在城市青年人生前景发展中的决定性作用。在那个特定的历史时期，城市青年有两个出路，第一是接班，国企工人的后代可以直接接班，人生的轨迹从此确定，只能沿着这个轨道前行，而如果考上大学，则可以实现身份的转换和跨越，按照国家对大学毕业生的政策，统一分配到机关事业单位，拥有干部身份。而当母亲为城市青年铺就的人生道路梦碎，一切都成了泡影，结束生命也许比灰色的人生更能彰显生命的尊严，体制对人的强大吸引力可见一斑。

实际上，在文本中，由于时代的隔膜，读者根本体会不到现实的残酷，也不能深刻理解阶级、身份等要素，20 世纪 80 年代初的时代背景仅仅像一块后台的幕布，如果解读其中的文化语境，做语义学分析，就陷入了无意义的纠葛。沈从文的作品同样如此，《边城》爱情的悲歌，也能看出阶级、身份的影子，但是这些符号仅仅在告诉读者，小说中的故事发生在那个特定的历史情景中，就像童话故事中的"很久很久以前，在王国的城堡里有一个王子和公主"，没有人去纠结阶级与身份的差异，童话要阐述的就是爱心、理解、宽容这些人类的普遍性元素。所以用阶级分析的方法或者文化语境的思路去解析沈从文就失去了艺术的审美含义。在这一点上，陈茂智与沈从文是一致的，《姐姐的园》在去除了时代因素之后，文本中那种心与心相通的至真爱情和纯净的质朴永远散发着迷人的光芒。一个可以去除时代背景、去掉具体语境的作品才是有生命力的，如同今天的读者回味"关关雎鸠，在河之洲，窈窕淑女，君子好逑"，男女间的情愫与时代无关，与历史无涉。陈茂智的文学直觉就是淡化作品中凸出的时代性因子，抹平当代人与后代人对作品理解的代际差异，用诗性为作品镀上最亮的保护色。

由于字数的限制，短篇小说不可能像长篇小说那样可以大量地铺陈，在故事情节没有推进的情况下，人物的一段心理活动可以写上十几页，《复活》中聂赫留朵夫的自我忏悔就占据了大量篇幅；《金瓶梅》写到西门庆葬礼的法场，仅仅法事的细节就比得上一篇微型小说了。短篇小说没有这种空间可能性，它必须在选材的角度上精益求精，准确而新颖，尽量在短小的篇幅中蕴含深刻的生活内容。世界上的短篇小说巨匠莫不是如此，契诃夫、莫泊桑、欧亨利的短篇小说均以精致的谋篇取胜，格局精巧。陈茂智深得其中要义，在布局谋篇中下足了功夫，才使每一篇小说精巧别致，诗意盎然。《姐姐的园》《田野花开时》《山魂》《绿篱》《牵狗卖的女人》《小薇》等短篇在尺寸之间闪转腾挪，准确地把握精巧与深刻的尺度，既不让人感觉枯燥乏味，也不让人在故事情节中惊奇之后一无所获，空空荡荡。

陈茂智对文学充满了敬畏之情，任何公开的文字都经过了精雕细琢，其写作态度之严谨，可从一些报章小文中一窥端倪，他曾经在《法制日报》《湖南农村报》《文化时报》《湖南林业》上都发过小说，其中有《书包》《糖粒子·药丸子》《小翠》和《山魂》等，亦是短篇小说和散文中的上品。《山魂》被《小小说选刊》选载，获得"《小小说选刊》2001—2002 年度全国小小说优秀作品奖"，并入选《黄冈语文读本·高三语文》《2002 年中国年度最佳小说》《21 世纪经典小小说》《感动中学生的 100 个父亲》等选本，成为当代小小说的经典名篇和他精短小说中的代表作，这恐怕是对陈茂智写作态度的最好回应吧。

第三节　《归隐者》：逍遥与拯救

一、追寻"另一个世界"的归隐者

　　陈茂智的长篇小说《归隐者》开拓了民族文学的表现空间，可以称之为一部"新民族文学"。它将民族性与神性结合为一体，将理想的日常生活化与宗教的拯救意识糅合为一体，从特殊的角度处理了民族、民俗与现代社会的异化问题，试图寻求拯救人类的超时空、超自然的力量。作家以古老生活的"闲适"情调和瑶山深处香草溪的"逍遥"生活，实现对世俗生活的拯救与回归。把陈茂智的长篇小说《归隐者》称为一部"新民族小说"，在于这部作品有别于通常的民族文学作品的传统性，它超越了一般作品中地域的狭隘、思维的封闭和保守，将笔触和思考深入人类社会更为高远的生存理念和精神境界。这部作品的成功，既突出了地域文化和民族风情的独特性，又扩展了对人类生存与发展的精神空间，写出了人类追求诗意栖居的另一种可能。

　　民族与民俗小说在当代文学中属于较为稀少的门类，首先民族作家在书写本民族的风俗时，在写作策略上是有风险的，浓郁的地域风情让大部分读者找不到期待视野中的故事。因此常常放弃对本民族文化的发掘和书写，转而以广泛意义上的读者为接受对象。民俗作为一种审美元素，似乎渐渐从小说创作中淡去。究其原因，民俗小说既与时代有关，也与地域有关。但是随着社会的平面化越来越强，公众越来越趋向于生活在同一个空间里，他们很难读到更有想象力的语言和图景，民族与民俗小说反而拥有了更大的存在空间和必要性。

　　自 20 世纪 90 年代以来，全球化日益加剧，地域性被现代性和商业性所取代，民族性难觅，富有地域特色的风俗画卷日渐消失。在这种状况下，作家也就缺少了写作民俗和民族小说的客观环境。但是，这并不意味着民族风情已经从当代社会中消失，因为民族风情从根本上说是一种传统生活方式的表现。尽管现代化改变了人们的生活方式，现代生活方式成为了主流，然而社会是一个庞大的生存空间，容纳着多元的生活方式，人们在欲望的炙烤和商品经济的追赶下缺少精神的滋养，传统不会消失，只不过被稀释、切割而已。江华是一个少数民族风俗保存较为完好的地区，尤其难得的是，传统生活方式保留得相对完整，也比较强势一些。陈茂智生活在江华，天然拥有丰富而又独特的文学资源。当然这并非陈茂智所独有，每一个生活此间的作家都浸润其中。在他们的作品中，也能体会到湘南风情的魅力，香草溪其实就是江华的文学化表达。不同的是，民俗在其他江华瑶族作家那里仅仅是一个背景，或者一种装点，一种饰物。仿佛陈茂智才是江华瑶族民俗风情的痴情人和知情者。他把那些稀释了的、被切割了的民族风情汇集到一起，酿成了这一坛《归隐者》的好酒，我们翻开书页，就被它的醇正的瑶族风情所吸引，一点点地醉倒在香草溪里。

小说以香草溪为中心，在香草溪周围生活了大量的归隐者，比如村长麦庆富，爷爷是避居于此的失散小红军，比如民间神医卢阿婆，是湘妃庙里的花娘娘捡来的弃婴，比如吴盖草、邓百顺、丁乙道士、大嘴仙等，都是或远或近的外来客，都有自己的故事，由这里的人物辐射开去，于是作者的视线跟着这些人物延伸到社会的角角落落，将一个别具洞天的世外桃源立在了读者眼前。毫无疑问，陈茂智对瑶寨充满感情，也最有体悟。

作为一部民族和民俗小说，《归隐者》毫不掩饰归隐生活的诱惑力。小说中的归隐不是宗教意义上的皈依和回避，而是一种崭新的生活形态，这里的生活是传统的，没有狡诈、欲望和倾轧，现代社会和商品经济中的优秀品质与此无关，这里没有激烈的竞争，没有不断优化的自动化进程，没有昂扬上进的远景目标，有的是人性的回归和生活的本源。在陈茂智的笔下，香草溪的日常生活有滋有味，形成了一个自然的生态系统，文人才子，道士神医，收生婆，逃难者，避世者，应有尽有。潇洒的文人吴盖草来去自如；混世有术的邓百顺风流洒脱；卢阿婆巫医合一，能治百病，能奔阴曹地府，问神问鬼；麦庆富父子三代执掌香草溪，俨如部落酋长，与山民们友敬如初；大嘴仙看破红尘，在林泉间避世独居……总之，这是一个没有受过现代社会影响的世外桃源。

香草溪的日常生活是这么的有滋有味，充满活力，这里的人不是一群修道士一样的寡欲之徒，他们在香草溪里与天地融为一体。陈茂智的叙述里包含着一种人生观，他以达观的姿态去面对生活，笔下的香草溪也洋溢着自由、率性、达观的生活态度。相同的内容，不同的态度，这是香草溪带给读者的崭新世界。和贾平凹的商州系列一样，在商州，客人住在猎人的家里，男男女女甚至住在一张床上，第二天，继续上路。在香草溪，女主人给你打洗澡水，第二天还会叫上你吃饭，一切都是那么地自然而然。"简单"在陈茂智的笔下不仅是一种积极乐观的生活态度，而且是一种富有日常生活情趣的审美材料。他描写香草溪的景色时，往往会加进民情风俗的成分，凸显出湘南瑶山人情世故的单纯和民风的和美纯粹。但是，如果陈茂智止步于这一层面，那不过是理想的呈现而已。优秀的民族和民俗小说不能缺少审视的眼光和批判的精神。小说所写对象即那些香草溪的村民生活在乌托邦的世界里，他们不用去想怎么活着，怎样才能比别人过得更好。他们以哲学的方式活着，有丰富的精神世界，他们是简单的，但从来不庸俗。事实上，陈茂智在讲述香草溪的故事时，并不一味地呈现日常生活的风情，他的褒贬寓含其中，作家把叙述的诗意给予香草溪的所有成员。

如果陈茂智止步于这一层面，也就是把《归隐者》写成了一部地道的民俗小说而已。但是作家并没有停滞于此，他有更高的追求，因此他的《归隐者》更是新民俗小说。所谓新民俗小说之新，是相对于新时期以来的民俗小说而言的。之前的民俗小说借助民俗文化展现别样的世界，给读者一种对象的陌生感，从而以新颖性吸引读者，缺少文学意义上的追求和理想意义上的情怀。作家从过去崇尚民俗新奇感的俗套叙述中解放出来，转而以人的精神彼岸世界为观照对象，营造一种更加合乎人性的纯净世界。之前的民俗小说几乎形成了一种思维定势，仿佛民俗小说就是表现异于常规的世界，在这个世界里，人们的吃穿住行都和普通人不一样，作家就是重于挖掘民俗文化内涵，而对精神层面则缺少观照。说到底，民俗小说就是民族地区的展览和说明，类似于沈从文晚年研究的中国服饰。但陈茂智在这部小说中却要追问人性的问题，人究竟应该以什么样的方式存在，并以香草溪为样本，建构了一个理想的人性世界和精神王国。

在作家看来，香草溪是人类的镜像，通过香草溪，人们看到了自己的内心，看到自己内心的恶浊肮脏。

二、族裔血脉中现代文化人格的建构

《归隐者》的核心主要围绕"圆满"展开，旨在写出生命之轮运转时，"圆满"在运转中生命得以修复的过程。小说认为，逍遥的本质在于自足的圆满，现代性的无限延展也许不是人类发展的唯一方向，以线性的前行作为正确的终极真理遭到作家的质疑。也就是说，永远的前进未必是一定给人类带来光明，也许，归隐才是拯救自身的通道。

在中国现当代文学史上，那些体现意识形态主流的"宏大叙事"一直占据文坛显要位置，进取、向上和宏大成为文学的主流，而那些探索"个人的权利、个性的自由、个体的独立尊严"的作品则只能作为潜流或断或续地存在，在这种意识形态里，文学作为主流意识形态的脚本是时代的先锋，也是"载道"的工具，因此始终作为话语阵地的喉舌被追捧。其次，人类生存困境终极之思的作品也寥寥无几，而且常常遭到严厉批判和冷遇。但是进入新世纪以来，随着市场经济的发展走向深入，商品经济大潮此起彼伏，竞争意识空前提高，于是人们逐渐认识到，生命的质量也许并不一定与物质生活成正比，焦虑和浮躁甚嚣尘上，精神向度的自足成为文学观照的重要领域。

三、儒释道的合体

在《归隐者》中，作家并不急于表达他对现实的看法，读者也不能在小说中直接感受到作家的主体性和倾向性，所有的意义都是读者自己生发出来的，"人类生存的忧思""精神的诗意栖居之地"并不是作家直接告诉读者的。从一定程度上说，《归隐者》是儒释道的合体。首先，作家受儒家美学思想的影响，认为审美和艺术活动终究是一种社会现象，不能脱离和超越社会，不能不受社会政治伦理道德的要求所制约。程似锦是官场中人，一个从未入世的人根本谈不上出世，只有深谙并厌倦了官场邪恶的知识分子才想到归隐，归隐才有其深刻的价值。从这个意义上，作品贴近现实，反映了市场经济发展初期官场、商场中的人之迷茫，折射出一个浮躁的历史时代，全面准确地表现了作家的思想和人格。这是陈茂智把握现实的方式，他不是直接去揭露官场的丑恶，彰显人性的美好，而是以香草溪的隐喻折射现实和功利之外的精神田园。这也符合陈茂智的文化追求和审美理念：避开宏大叙事，转向人性的深度发掘。

《归隐者》的主人公叫程似锦，作者深思熟虑后给主人公取了一个蕴含丰富内涵的名字，寓意是前程似锦，按照常规的理解，作家应该给程似锦一个仕途光明的前程，而不是到香草溪疗伤，在山水田园里自己舔舐伤口。随着小说情节的推进，我们愈发了解作家的良苦用心，作品通篇弥漫着浓厚的道家哲学和美学色彩，作家以反讽的手法给那些热衷仕途、丧失人性的现代人一个惊醒。尽管在香草溪，没有霓虹灯下的灯红酒绿，没有车水马龙，没有喧嚣，没有繁华，但这并不代表没有生机和活力。恰巧相反，这里是一个自足的世界，知识分子、医生、农民，应有尽有，而且他们之间并不是截然的分工，而是服务别人的一种方式，也是自己存在的区别性标识，除此之外，所有人都和这里的花鸟虫鱼一样，是香草溪的一个组成部分。饶有兴味的是，反而是在喧嚣和浮躁的现代社会，人们总是在内心的苦涩和寂寞、失落和虚空中挣扎，欲望始终如同鬼魅般环绕在他们的周围。现代社会的男欢女爱也和商业节奏一样，在不断变换中寻求刺激和新鲜，但这并没有让他们有太多的快乐与满足，生活对他们来说依旧沉重如初，毫不见轻松半点。繁复多样的娱乐生活没有充实他们百无聊赖的晦涩人生，反而愈来愈走向无奈和空寂。反而是在香草溪，人们自由自在，自得其乐。但是作家一直保持着理性的清醒，香草溪不是"无论魏晋，乃不只有汉"的桃花源，它依然在现实社会中。那种地理意义上的阻隔随着公路的修通而结束，传统的自然状态被现代社会的竞争秩序打破，我们思考的是，程似锦进入香草溪，而香草溪也被现代社会同化，到哪里寻求精神的田园？按照进化论的解释，现代社会取代传统社会，商品经济取代自然经济，应该是社会的进步，但是人们却陷入了怅惘，那么人类怅惘什么呢？人生意义和价值又在何处？

现代社会的关键词是优化和完善，生活的便利性和便捷性越来越强，工作流程越来越优化，一切都在不断完善中发展，现代社会是一个渐臻完美的体系，这说明人们首先认定社会是有残缺的，永远有残缺，所以一直在追逐，永不止息，就像人们放置在驴子前面的红布一样，你看得见，也知道它存在，永远在追，但永远也追不上，社会发展流程的圆满度越来越高，而人类也在此过程中疲于奔命。《归隐者》对陈茂智来说就是写出了一段自己的心迹，写出生命之轮的价值也许不在于不停地追寻所谓的圆满，也许在若干年前，生活就已经圆满了，自然而自足就是圆满。可见程似锦的生存状态就有陈茂智的影子。圆满之意就是，如果人们总认为社会有残缺，不完美，有问题，就去寻找解决的答案，而答案刚刚解决，新的问题随之而来，那么人们不是进入了自我设置的魔咒吗？人与自然的和谐就是一种圆满，圆满仅仅存在于自足，欠缺是无法消除或克服的，人生的意义唯有回到本源，在与自然，与自己的和谐中安之若素。

陈茂智的确是写出了生命之轮和社会体系运转时的残缺，但也认为，这种残缺的修复是徒劳的，如同《西西弗的神话》，不停地把一块巨石推向山顶，而石头由于自身的重量又滚下山去，诸神认为再也没有比这种无效无望的劳动更为严厉的惩罚了。西西弗是个荒谬的英雄，这种荒谬在于其激情和承受的磨难。西西弗其实是人类的缩影，也许那种不断追求圆满和完美的做法也是一种徒劳。

陈茂智本来最擅长的就是发掘人的真性情，所以一开始就让程似锦道出了他难言的苦衷：官场太累，这本身就令常人费解，在普通人看来，他官居显贵，是很多人梦寐以求的人生状态，十年苦读，面壁苦思，难道不是为了一官半职么？而程似锦已经得到了，还躲避什么？一般人或许认为这是一种矫情，但他是如鱼饮水，冷暖自知。这也让我们联想到陈茂智本人，如果没有切肤之痛，又如何能够如此准确、深入地发掘到人物的心灵深处的苦涩？事实上即便有人能与之论说，陈茂智终究也是意难平。没人理解固然是一种苦楚，但灵魂的煎熬和欲望的炙烤才真正苦不堪言。自古以来就有"燕雀安知鸿鹄之志"之语，程似锦也有，但是在"心也累了、神也枯了"之后，鸿鹄难道一定比燕雀更懂蓝天的美妙吗？言语者往往有菲薄他人之嫌，实际上恰恰道出了现实中不同思想境界、不同精神层面的追求，使得人与人之间有时难以沟通和理解。在这个意义上，陈茂智与程似锦应该是重合的，当然这并非是他们经历的重合。作家没有程似锦那样的官场经历，但是他们都有一个心愿或难言之隐，那就是希望在天人合一的境界中体会自然之乐与生活之美。他们都通过香草溪圆了自己的梦，不同的是，程似锦最后还是要离开香草溪，而陈茂智可以在自己的作品里流连忘返。

香草溪其实是程似锦内心的一种揭示和写照。由于他的地位和环境受人艳羡，在世俗意义上是圆满的，但他却始终不安，一直试图寻找退回到简单而纯净的空间里，寻求真正意义上的圆满，找到追寻生命意义的突破口。其实程似锦的生活本来就不圆满，在这里陈茂智揭示的是人性中普遍存在的弱点和不足，欲望太多而且不断膨胀。作家要告诉读者，纵然表面上看，程似锦像自己的名字一样，前程似锦，所到之处，花团锦簇，众星捧月，但一切都是幻影。末了，他只能自己面对自己，独立面对世界。显然，官场上的失意与得意都没能挽救他，只有到香草溪之后，才看到生命的另一个维度。

程似锦到香草溪之后发现，官场前程就像是鸦片、赌博、狩猎、拳击等对人的作用，不过是春药，换来的是暂时的快感，暂时麻醉神经，忘却现实的失意和烦恼。一旦失去这些，他也就失去了现实的理想和追求，失去了面对现实的勇气和能力，失去了生命的不甘和抗争。最后当程似锦选择离开官场这个如同假面舞会一样的舞台时，他同样带着迷惘和不舍。我们可以认为香草溪里的人物是符号化的，谈不上所谓的典型性，与恩格斯定义的"典型环境中的典型人物"也相去甚远，因为香草溪不是典型环境，程似锦也不是典型人物，他们都有独特性。但是这些有血有肉的生命放在一起，共同构成了一个独特的香草溪世界。

道家哲学的融入也是这个小说的特点。在陈茂智看来，道家哲学可以成为人们失意时的精神抚慰，所以它一直是中国文人精神困顿时的选择。事实上，中国文人大多在儒释道之间徘徊，随着仕途的变化而变化，如苏东坡，"道家思想就是要使人的生活和精神达到一种不为外物所束缚、所统治的绝对自由的独立境界。道家美学从不主张而且反对用特定的社会伦理道德来规范人们的情感，强烈地主张自然无为"。① 陈茂智充分利用了道家的逍遥精神，让人物在无

---

① 李泽厚，刘纲纪.中国美学史.合肥：安徽文艺出版社，1999：267.

忧无虑的世界里逍遥，他们自成体系，自我满足，过着小国寡民的生活，适意逍遥，好不自在。一旦欲望成了现代人的上帝，那么一切价值也就随之取消。这是一种非常可怕而又荒谬的现代逍遥精神，没有信念引导的自由只会导致放纵和任性，走向为所欲为和无所不为。

四、荒原意识与灵魂救赎

程似锦的官场生涯尽管遭遇曲折，但并非不可挽回，但他恰恰失去了太多的自我，身心憔悴，为别人而活，按部就班地过着循规蹈矩的生活，后来摆脱了外在的体制束缚，进入香草溪去寻找灵魂的寄托和精神的解放。从物质意义上说，他是从现代社会退回到了传统社会，但却在精神上实现了升华。程似锦知道，继续呆在官场，自己什么也干不成。这种灵魂深处的苦闷，不是一般人的柴米油盐的短缺，不是物质生活的富足所能填补和替代的。在香草溪，他竟然将现实与幻觉混淆，得到了心灵的宁静和满足，摆脱了惶恐和虚空，深刻地体会到，原来"生命不能承受之轻"的原因是自己束缚了自己，与其说是体制捆绑了自己，不如说是自己没有走入自然的勇气。在鉴赏陈茂智的美学追求之余，我们从中恰恰看到了人物精神上的虚空，程似锦是现代社会人的化身，他需要的是精神的救赎。陈茂智这部作品的深刻之处就在于他借助程似锦的经历让我们照见了我们自己，不只是官场，商场、官场、情场的欲望都让人身心俱疲，因为我们经历过的几近相同的梦想、挫败、挣扎和绝望。一个程似锦倒下了，或许还有更多的程似锦面临困境，寻找精神出路就成为迫在眉睫的任务。

我们没有必要苛责陈茂智为什么不把程似锦塑造得更高贵、更理性、更坚韧，更多的人需要在现实生活中进取，需要在官场和商场上摧城拔寨，看穿了世事，看透了官场，后来人怎么面对每日都要度过的当下生活？作家的最重要的使命应该是反映和反思社会存在的现实问题，而不应苛求他们像社会学家一样研究解决问题的方法。如果按照作家提供的答案，支配社会发展的规则就要重写，但是这不可能。因此香草溪只能存在于文学的虚构世界里，但它可以为我们提供灵魂的彼岸和精神的后花园。余虹说："文学反映现实是不可能的，可能的只是构造现实。因此，无所谓反映的正确与错误。"①我们要思考的是，程似锦这样的人物究竟是社会转型期的典型，还是人类共同面对的话题？在社会转型期，规则与潜规则并存，光明与黑暗并存，一切污秽都随着大潮而翻滚，正直之人必然在一定程度上陷入苦闷、无奈和彷徨，程似锦正是这个时期的典

---

① 余虹."现实"的神话：革命现实主义及其话语意蕴. 艺术与精神. 北京：社会科学文献出版社，2000：87.

型。但是综观古今中外的佳作名篇，哪一部不是以表现人类的共性而引起读者共鸣的？至于说揭示人性的阴冷、幽暗之处的杰作又何其多也。反映平凡、乏味、庸俗、肮脏的都柏林现代城市生活的《尤利西斯》，就描写了布鲁姆等平庸、猥琐，或者精神畸形的人物，深为当时落后保守的爱尔兰所不容，还被一些人指控为伤风败俗之作。其中现代人的精神困惑和信仰危机最为突出。现代派文学中表现灰色意向的作品以庞德的《在一个地铁车站》最为经典。在官场中，人际关系表面上好像很热乎，见面寒暄，相互问好，彼此抬举，往来的饭局、聚会频频，似乎不像大都市的人与人间那样冷漠，然而实质上人们内心却孤寂异常，始终竭力寻找迷失的自我。周敏有首诗，"我走遍东西，能寻访了所有的人。我寻遍了每一个地方，可是到处不能安顿我的灵魂"，便是现代人的心灵写照。

　　《归隐者》和许多现代文学大作不同的是，《归隐者》以间接的方式描写了人的理想丧失后的挣扎和绝望，折射出人类灵魂的寂寞，香草溪和现代社会是人类的两个镜面，彼此对应，互通有无，因此在一定程度上说，《归隐者》充满了荒原意识和现代意识。在叩问存在意义的维度上，《归隐者》是最典型和深刻的作品。它通过对理想、传统、圆满等美好精神景象的书写，反证了一个时代在理想上的崩溃、在信念上的荒凉。它的精神预见性、对于现代社会人们精神命运和存在境遇的探查，的确是达到了一定的高度。

　　陈茂智本着要回答人之为人的存在意义这一超越现世的问题，在传达某种道家精神的同时，以传统境界构建新型逍遥精神，渴望重返本善人性以构建起新型拯救精神。遗憾的是，这一探索在面对"现代性"这个复杂问题时没有继续下去，而是悄然止步。但毕竟中国当代文学重新有了终极之思和神性之维，中国文学终于不再只向社会历史发问，也向人类的生存境遇、人的生命尊严、人的超越需求发问。

　　文学向终极发问并非一定要借助于宗教的方式，但宗教对人的生存价值和终极意义的深刻探讨不能不引起我们的关注和思考，在应对全球范围的"现代性"问题方面，任何试图绕开宗教精神资源所做的探索恐怕都难以持续、深入地进行。比如艾略特在《荒原》的结尾就提到要施舍、同情、克制，等待"出人意外的平安"。但是中国文化重视现世，缺少内在的超越性，彼岸性追求大多通过天人合一的形式进行，这里的"天"并非宗教的神性，而是自然，因此缺少所谓外在超越的宗教价值体系，所以必然对此种观点和认识存有挥之不去的怀疑和焦虑。在经历了市场经济和商品文化大潮的冲击后，中国传统文化还能否成为我们保守的精神家园？陈茂智同样不得而知，或者他在小说的最后给出了似是而非的答案。随着公路修进香草溪，电站、通信等各种工程陆续开工，香草溪传统和原生态的生存领地实际坍塌了，那种圆满的"自然人"体验终究要让位于现代意义上的社会人。香草溪只能是一段美好的回忆，而不是救赎的途径。苦难深渊近在脚下，灵魂渴求着超越而非沉沦和漠然。"艺术，原是要在按部就班的实际中开出虚幻，开辟异在，开通自由，技法虽属重要但根本的期待是心魂的可能性，文学和艺术，从来都是向着更深处的寻觅，当然是人的心魂深处。而且这样的深处，并不因为曾经到过，今天就无必要。其实，今天，绝对的信仰之光正趋淡薄，日新月异的生活道具正淹没着对意义的追求。"①

救赎的路在何方？香草溪的悲剧如同沈从文笔下的"边城"，美好而忧伤，在作家的自我否定之后，我们还是要思考，现代社会的线性发展是否要有配套的精神图式作为依托？如果有，究竟是传统文化还是宗教？共同理想还是伦理亲情？

五、病：现代社会的隐喻

程似锦是现代社会的缩影，一个贪污腐化的官员，最终逃脱不了在监狱中洗心革面、接受改造的宿命。程似锦知道自己的罪过，但是灵魂深处的污垢并未随着刑期的结束而荡涤一空。按照基督教的解释，人在犯错误之后，内心的不安和灵魂的惶恐会一直持续下去。程似锦的身体开始有病，而且还病得不轻，但是他总是找不到疗救良方。病痛的最可怕之处在于不知道得了什么病，程似锦即是如此。他只是觉得难受，归根结底，除了灵魂的不安之外，身体也有了毛病。程似锦的病无解，从灵魂深处到身体的表层皆是如此，罪恶的病毒已经在一定程度上吞噬了他，他需要寻找一个能够净化灵魂污垢和身体病毒的场所，最后他选择了香草溪。香草溪"是一条兰草镶边，四季流淌着花香，飞舞着蜂蝶，也让游客流连的迷人的洞流"。

但是程似锦进入香草溪之后反而雪上加霜，被一条疯狗咬伤，生命垂危，作家要把程似锦的命运彻底送入谷底，在已经不幸的命运里再扔一块石头！否极泰来，命运在触底之后的反弹才更具耀眼的光芒，他因为香草溪而重新找到了生命重启的契机。香草溪的世界是淳朴的，程似锦的病在这里受到了全方位的照顾，他几乎惊醒了香草溪的所有资源。因为程似锦遇到的都是好人。程似锦开始了香草溪的治病历程，首选遇上邓百顺，虽然是陌生人，邓百顺还是将程似锦背到自己的家中，为他治病，这是程似锦生命的转机，之后，程似锦的

①　史铁生.病隙碎笔.西安：陕西师范大学出版社，2002：102－103.

治病历程开始，"盖草的墨水当街卖，丁乙的茶油不煮菜；卢娘娘的口水治百病，瘸腿的百顺走世界"。而这些香草溪中智慧的化身义不容辞地为程似锦治病，他们不知道这个人来自哪里，做过什么，是不是坐过监狱，是不是来自曾经的官场，在他们的眼里，他只是一个病人，病人不是一个符号，而仅仅是一种状态。

香草溪和外面世界的最大区别之一是符号性，它不为任何人打上标签。在这里，生命是平等的，人与人之间没有差别，人与动植物之间也没有差别，人与自然界的花鸟虫鱼一样。卢阿婆和邓百顺与整个香草溪人似乎有个统一认识："外乡人来了香草溪就是香草溪的人。"从这个意义上说，香草溪也不是传统的，而是一个理想的乌托邦和美好的世外桃源。在传统世界里，人的符号性比现代社会更加明显，但是程似锦在失去现代社会赋予的符号之后，他发现自己的病开始痊愈了，当然这里边有香草溪人的不懈努力，更重要的是，作家要告诉读者，人只有回到本源，回到自然，回到人性，就会摆脱外界因素的桎梏，达到自在世界。程似锦的病是外界世界赋予他的符号，在他犯罪之后，整个社会都认定他是一个罪犯，程似锦无法洗脱内心罪恶感和肮脏感的支配，不可自拔，而这些符号和标签让程似锦无法知道自己究竟是什么样子，应该是什么样子，所以他病了。因此整部《归隐者》就是一个关于"病"的隐喻。

获得新生的程似锦决定要融入香草溪，因为只有这里才是生命的乐土，他要维护这个难得的精神田园。因此他走遍香草溪的角角落落，围篱寨，酒香谷，甚至深入高山峡谷腹地拜访"仙"气十足的大嘴仙。此时的他，不再觉得自己是一个罪孽深重的人，而是作为一个蜕变之后的自然人，归隐，并安定下来，也许是自己生命的最好归宿。后来他在山林深处建了一个小木屋，在此住下来，希望能和过去的自己决裂，简单生活，简单爱。

第四节　隐忧意识与济世情怀的深度表达

陈茂智在长篇小说《归隐者》中描写一个身患绝症、逃离官场的官员的隐居生活，作品以清新、淡雅的笔调，展示了南方山林香草溪的生态之美、景色之新和人文之奇，犹如湘南大瑶山徐徐展开的一幅民俗风情画卷，被誉为"现代版的《桃花源记》"。

一、香草溪：家园的坚守与失落

江华是少数民族地区，相对偏远封闭的地理环境，使这里的自然生态、民族风俗得以比较完好的保存。每一个写作者，都有一种与生俱来的故土情结，作为一个瑶族作家，陈茂智自然也不例外。他在这部小说里，为我们描绘出一幅优美、宁静的山居生活图景，很多场景、很多细节让我感动。比如，他所描绘的香草溪："香草溪是一条兰草镶边，四季流淌着花香、飞舞着蜂蝶，也让游客流连的迷人的涧流……"这条溪的源头，幽深、神秘，保留着近乎原始的良好生态。有这样一个细节让我难忘，小说中的主人公程似锦站在山顶俯视脚下的涧流深潭，那些鱼浮上来，深潭里顿时黑压压一片；鱼们翻出雪白的肚皮，深潭转眼变得像白雪覆盖一般；当鱼们沉入水底，深潭又是一片湛蓝。这些让人心动的描写，书中几乎随处可见。作者描写香草溪的美好，展现天人合一的自然生态，目的就是营建一片现代社会已经失落、难以找寻到的梦幻家园和人间仙境，一种理想的乌托邦。如此美好的家园，是"程似锦"医治身心创伤的净土，也是人类苦苦追寻的乐土，而这仅存的美好在遭遇外界来的种种侵袭之后几近破灭，现实与理想的剧烈碰撞无可避免，这种对人类生存处境的忧思，揭示和提升了作品精神隐忧和叩问心灵的主旨和内涵。

不仅如此，《归隐者》还写了现实和功利之外我们所向往的另一种生活，告诉我们生活中还有另一种可能性。作品有意淡化官场故事，用漫不经心的笔墨，带我们走进南方山林一个叫香草溪的古老瑶寨，让我们在他精心营造的平和、宁静的氛围里，去领略大自然的纯静美好，去感受瑶族民间那些奇异的风俗，去亲近偏远瑶寨里那些善良、朴素的人们……在这些淡淡的笔墨背后，作者用他的真诚和善良，给这个社会奉献了一个疗伤治病的良方：人人向善，每一个都做好自己的事让群体得益，而不是让个体借助群体的力量满足自己的私欲。

香草溪作为另类生活的一个独特场景，寄托了人类生存的理想。作者把潇湘人文风俗与瑶族风情渗透其中，使地域文化与自己所追求的人生态度融合起来，努力在现实与理想之间寻找一种平衡，这种平衡更多是一种心理和精神的状态，是人类对自己家园的坚守。

陈茂智笔下的南方山林香草溪，犹如废名笔下的竹林、沈从文笔下的边城、张炜笔下的野地，大地上的万物，亦即大地整体本身，汇聚于一种交响集奏之中。美国哲学家罗尔斯顿指出："每一个荒野地区都是一处独特的大自然，每一处自然之地都有其独特的自然景观。"①作为与现实世界对照而存在的香草溪，与喧嚣、烦乱和污浊的现实世界相比，是一片宁静自然、没有纷争的人间

---

① ［美］霍尔姆斯·罗尔斯顿.哲学走向荒野.刘耳，叶平译.长春：吉林人民出版社，1997：97.

乐土。这不仅体现出作者对自然、对生命的热爱，同时寄托了对自然和谐生存状态的无限向往。

小说不仅描写了香草溪如诗如画的自然美景，还表达了对破坏自然行为的揭露与批判。面对现代社会的物质化和商业化，作者深感精神家园的残破，痛感人类灵魂的飘零。作者融入了海德格尔自然的家园理念，试图从人与人、人与社会的生态视角出发，执着地追寻一种自然、和谐的新型人际境界，表现出回归自然、回归乡土的家园情怀。同时，小说还塑造了一批"自然人"形象，这些人物有着共同的特点：他们远离城市栖居于偏远的荒野山林，过着简朴的、原始的田园牧歌生活，这些人正如劳伦斯作品中的"自然人"。像吴盖草是香草溪的第一才子，身无一文只要有一瓶墨水就衣食无忧；奉丁乙是方圆数十里有名的道士，佛道双修，惯常吃素；邓百顺是香草溪少有的"文化人"，喜欢在竹林练字、溪边摸鱼；"神医"卢阿婆会接生，懂草药，百病都会医，还能奔阴曹地府问神问鬼，被人们奉为修行最好的"圣人"；还有根普老人，是瑶山有名的长鼓王，能用最原始的灯草医治传说中的斑茅瘀。而在小说中，最能体现作者生态思想的人物是大嘴仙，可以说他是作者塑造的一个深居山林的实实在在的自然人。作品通过塑造这样一批乡野人物形象，表达了对恬淡宁静、简朴自然诗意栖居生活的向往和找寻。

小说还精细地描写了南方山林香草溪的美，更多体现作者对人类生存状态的一种观照，在如此浮躁、忙乱的时代，香草溪的宁静、美好，既是一种对人类家园的守望，也是对人类心灵回归的热切呼唤。在时代奔涌的大潮裹挟之下，香草溪的宁静、美好仍是难以避免地被打破，这里要开矿、要修电站、要修公路，贪欲与道义，守望与毁灭，生存与发展的矛盾，现实与理想的碰撞，凸显了作者的悲悯情怀和隐忧意识，在看似平静、浪漫的基调之下，使作品更具有现实主义的悲剧色彩。

二、归隐：精神的安抚与拯救

事实上，《归隐者》犹如魔镜的两面，一面是现实的生活，一面是虚幻的理想。如果仅从一个贪官的救赎来理解，肯定窄了，作品深层次表现得更多的是对人类生存处境的忧思。陈茂智是一个瑶族作家，写的也是一个偏远的瑶寨，但他和他的作品所展示、所揭示的，完全跳出了瑶族、跳出了瑶山，而是直击整个人类的生存状态，叩问人的内心，剖析人的精神。阿来是藏族作家，他的《尘埃落定》表现的是藏族的人文历史和藏区的生活，但他作品所具有的沉雄大美的品格，使这一史诗性巨著具有了世界性意义。阿来也曾说过写《尘埃落定》，"在研究土司制度当中的共通性"①。我一直认为，文学不存在中心与偏远的问题，每一个作家都可以以自己为中心，去关注应该关注的东西，去写自己适合写的东西。

《归隐者》看似写"归隐之地"和"隐者"生活，其实还是写当下的现实，是对现实与理想的诗意表达，是对浮躁内心的安抚，是对精神回归的痛苦追寻。从表面上看，《归隐者》淡化了矛盾和情节的冲突，但这部作品从较深的层面写出了人的灵魂的那种撕裂的疼痛感，颇具感染力。原因在于：这部小说体现了一个瑶族作家的文化自觉与精神回归。小说中程似锦的遭遇，折射出官本位思想对人性的摧残，他的灵魂觉醒和精神嬗变，昭示传统道德文化对人心灵的滋养和安抚；祁剧表演艺术家明蝉是传统文化的守护者，她的命运让人唏嘘之余，也引发我们对传统文化能否最后坚守而深深担忧。

某种意义上，《归隐者》所写的"归隐"，看似宁静的背后，很深刻地揭示了生活的残酷，表现了作者对人类命运的隐忧。书中程似锦等一系列人物都在"归"与"隐"中苦苦追寻，程似锦官场失意、病魔缠身，在绝望中希图"找到一种理想的死法"；吴盖草、邓百顺、灵芝等为了生存外出打工，在现实的种种遭遇面前，内心感到还是离不开香草溪这块土地；药儿、豆豆为了事业与爱情，仍在"出走"与"回归"问题上两难取舍……这种欲归而不得、欲隐而不得的矛盾纠葛和残酷现实，正是一种对现实的揭示和对灵魂的拷问，体现了作者的担当意识和社会责任。

如果把《归隐者》这本书简单归于官场小说，或者说是一本描写瑶族风情的乡土小说，我都觉得有失偏颇，甚至是一种误读。小说把现代社会普遍存在的一种精神疲惫、精神迷茫、精神焦灼、精神狂躁，以一种"无法确诊又真实存在的"病症，通过程似锦这个独特个体揭示出来，并以一种普适的情怀，呼唤医治这种人类社会顽疾的良方。这种良方到底找到没有呢？如程似锦一样逃避尘世，归隐山林？虽然有一定的疗效，但收效甚微，无法从根本上解脱病痛。更何况，在现代社会，要真的寻找到如"香草溪"这样的净土、乐土，更是难上加难。但作者通过他作品中的人和事，还是提出了一个最简单、最浅显的药方：人人向善，每一个都做好自己让群体得益，而不是借助群体的力量满足自己的私欲。我想，这种救赎才是人类对自己真正的拯救。

必须看到，《归隐者》是一部充分体现作家担当的好小说，书中的香草溪是当今社会难得的一块净土、乐土，程似锦看尽繁花归于宁静之后的生活态度，

① 阿来访谈，来自凤凰网。

是多数人身心的向往，足以引起大家的共鸣，与当今社会那种自私、贪婪、心浮气躁，甚至种种暴戾之气相对比，这种亲近自然、回归本真的倾向值得推崇，也应该成为人类拯救自我的良方。

与此同时，作品从瑶族文明中发现理想的生存方式和生命形式，描写人类文明进步的同时也伴随着生命萎缩和纯真人性的丧失，着力表现原始与现代、文明与自然的冲突，表现出对古朴民风的迷恋，对炊烟袅袅、鸡鸣犬吠的瑶寨生活的依恋和对梦幻世界的追寻。恩格斯在《自然辩证法》中曾警告人类，我们不要过分陶醉于我们人类对自然界的胜利，对每一次这样的胜利，自然界都将对我们进行报复。的确，人类文明对自然的破坏表现在外来人的征服统治欲望，对自然资源的掠夺使瑶族人逐步失去可以栖居的古朴原始的家园，田园牧歌式的农耕文明的魅力正在逐步丧失，人对自然的背离和生命本性在逐渐失落。从这一点出发，《归隐者》这部书所表达的不仅仅是人们对现实的归隐和逃避，而是一种精神的安抚与拯救。

三、诗意栖息：审美价值的凸显

如果仅仅从精神、道德层面来理解《归隐者》这部小说，很容易陷入说教的窠臼，也会使这本书的品位和价值大打折扣。作者注意到了这一点，他将更多的笔触指向山水自然，指向人性，通过自然山水的渲染，通过人性的展示，提升作品的内在品质，也使这部小说具有洗涤身心、触动灵魂的功效。而这种效果，正是作品所呈现的审美追求与审美价值。曾经看过一部苏联的谍战电视剧《春天的十七个瞬间》，剧中男女主人公在春天的原野上漫步的场景反复出现，这种抒情和浪漫的场景与残酷的战争环境、险象环生的间谍暗战背景相融合，产生了动人心魄的审美效果。陈茂智这部小说，将恬静、幽美的自然生态与现实有机融合，通过很多微妙的细节，将自然美、风情美、人性美展示出来，描绘出香草溪这样一个诗意的栖居之地，使读者从中享受到养心养眼的审美愉悦，使作品具有感化人性、润泽心灵的审美效果，凸显了作者脱俗的审美追求。

《归隐者》描绘的生存空间是一种诗意的栖居地，这里的山林、溪流、草木都是圣洁的，这里的空气和水都是纯净的，这里有别具特色的、淳美的瑶族风情，生活在这里的乡民是那样质朴、善良……这些诗性甚至唯美的表达，正是历代隐者所追求的理想栖居之所。这种生存境地或者精神领地的营造，与难以阻隔的严酷现实和渲染其中的隐忧情绪相碰撞，构成了银瓶乍破的美学效果。

换言之，原始、古朴的香草溪不仅风景优美、民俗奇特，而且人们善良、淳真、质朴。这里不仅有堪称完美的生态环境，而且有着珍贵奇特的瑶族民俗风情，更重要的是这里的人们没有身处都市社会普遍存在的那种"病"。人与人之间没有距离，没有做作，心与心之间是透明的。就像一个家，弥漫着温馨和亲情，这就是香草溪的魅力所在。在小说中，香草溪美丽的生态自然环境既是主人公程似锦的生活环境，又是作家所寄寓和讴歌的理想家园和致力表现出的审美意象，它象征着一种感悟人生的境界，一处超越城市污浊、回收人性的美好净土。因此，美丽的香草溪是人们理想家园的回归所在。回归香草溪不仅是无数走出瑶族山寨的香草溪人的愿望和梦想，如大嘴仙、丁乙、盖草、药儿等，更是像程似锦之类身居都市社会的人们，寻找心灵安宁和慰藉的梦想与追求之所在。正如作家所述："这样的氛围和环境，正是越来越多的都市人所向往的。"

因为，隐逸体现出超尘出世、回归自然的行为与心态。人类社会有了政治结构和权力斗争，就有了归隐者对于回归于人性本身的追求，古代隐士与主流社会疏离、独善其身、高蹈出世、淡薄名利的豁达情怀深受推崇，他们对禁锢的主流价值系统的叛逆，张扬主体性及凸显隐逸人格精神成为后世隐者的精神支柱和思想动力，他们的人生由官场转向山野，由官员转向放逐，这种转变表现为独特的精神追求及人格重构，他们在真正回归自然、身心融入自然后，感受到了归隐生活带来的浓浓的自然情趣。作品描写程似锦真实的人生经历和深沉思索，对人生深沉的忧伤和悲悯体验，对人生短暂和无常的领悟，对世事无常和无奈的命运感的悲哀，对人生富有哲理意味的思考和追寻，都是在恬静的自然和淡淡的忧伤中表达出来。

作为瑶族文学的新收获，在《归隐者》这本书里，古老瑶寨的山民崇尚自然，信仰天地，保持着一种淳朴原始的生存状态，一种天、地、神、人浑然和谐的诗意境界。在人们的记忆中，乡村被作家誉为诗意的栖居地，成为人类最后可以退守的精神家园。然而，随着中国现代化的快速推进，城市商业文化、价值观念和生活方式渗透到乡土社会的每个角落，不断冲击和解构着乡村传统文化。像小说中的明蝉是一位很有风骨的祁剧艺术家，但因剧团的解散只能靠自己那几百块钱养老金艰难度日。尽管她可以凭自己的嗓音和专业的演技在红白喜事上唱唱流行歌曲就可以赚很多的钱，但明蝉觉得这个世道与自己格格不入，最终只能选择平静地离开。因为在她看来，祁剧这场戏唱了这么久，已经没了观众了。明蝉的离去象征着乡村传统文化逐渐走向消亡。作为地方传统文化的祁剧正如贾平凹《秦腔》中清风街雄壮苍劲的秦腔一样，在现代社会中已经失去了往日的生命力，逐渐沦为替村民送葬的挽歌。

作品呈现出乡村传统文化在现代化冲刷下的荒凉与溃败，在深层次上触及中国现代化进程中的精神困惑与价值迷惘，体现了作者对乡村传统文化的坚守和精神家园的守望。人的生存既是物质的，又是精神的，它自应趋向于双向的完善与完美。人们本应利用物质的富有，进而建立最具人性的社会关系和精神家园。然而，在商品经济和消费主义的影响和蛊惑下，当前对物欲的追求淹没了对生存的理解，人们一味地追求物质利益，追求腐化堕落的生活享受，踯躅于灯红酒绿、金迷纸醉的现代荒原。诗人荷尔德林曾诗意地言说了当今时代的性质，称这是"一个贫乏的时代"。"一方面，对自然环境的无止境掠夺使人类正在失去可以栖居的物质家园；另一方面，重物质轻精神所导致的精神危机又使人类正在失去可以慰藉灵魂的精神家园。"在小说《归隐者》中，作者试图通过找寻疗治人类精神病痛的诗意家园，以让人类走出冷漠、孤独和痛苦的精神荒原。

毕竟，"诗意地栖居"是人类永久的梦想，也是根植于现实的追求。小说表达了作者对崇拜物质的现代社会的隐忧，流露出对物质文明过程中精神美的捍卫和诗意栖居的找寻，并告示人们必须在道德上、精神上拯救自己，才能够拥有美好的家园。

陈茂智作为一个瑶族作家，具有强烈的警醒意识和感恩之心。在他看来，文学是他心灵的朝圣。多年来，因为心中始终有文学梦想，有文字的温润，他得到了文学之外的众多眷顾，也得到了文学之外的很多收获，是文学丰富了他贫乏的人生，是文学成就了他的荣耀。长篇小说《归隐者》是宏大叙事中的诗性追求，书中的丁乙、盖草等是隐喻，也是象征，作家心中总有一个"修庙"的信念，"虽不能至，然心向往之"。《归隐者》所传递出的向善、向好的愿望，不仅得到广大读者的认同，引发了大家强烈的情感共鸣，也应该成为医治社会沉疴的对症良方。

第五节   反讽：救赎与被救赎的四重奏

反讽通常指的是："说话人企图表明的含义和他表面讲的话不相一致。"① 就是言在此，而意在彼。反讽是英美新批评的核心概念之一，布鲁克斯（Cleanth Brooks，1906—1994）的定义是："语境对一个陈述语的明显的歪曲，我们称之为反讽。"②

---

① ［美］M·H·艾布拉姆斯.欧美文学术语词典.朱金鹏，朱荔译.北京：北京大学出版社，1990：160.
② ［美］克利安斯·布鲁克斯.反讽——一种结构原则.袁可嘉译.见：赵毅衡."新批评"文集.天津：百花文艺出版社，2001：379.

小说《归隐者》的故事背景就在当下。商品经济之门重启已历时 30 多年，现代性价值观念在社会现实中进一步强化，但是在发展的背后，人们发现精神和灵魂无处安放，于是反思现代性的理性观念，寻求感性的解放是先锋艺术家和哲学家思考的命题。而《归隐者》很好地切入这一时代主题，通过反讽这一具有解构力量的武器，对人存在的价值、救赎的主体、发展的意义等进行了解构和反思。

发展是永恒的真理，落后总是带来各种各样的问题，而在小说《归隐者》中，我们发现直线进化并非人存在价值的唯一出口，物质的发展并未一定带来幸福与和谐。对程似锦来说，世界的发展日新月异，但却找不到精神的安放之所，只有到了香草溪之后才治愈了精神和肉体之痛。小说给我们的思考是，当人类精神的外壳不在时，现代性发展的真理又到哪里寻找价值的依托？显然小说的反讽性追问直指现代性的价值中心，对其构成了巨大的解构。

进步是现代性的价值追求，在现代文明的语境里，人生就是通过追求进步而获得生命的意义和价值。然而，《归隐者》中的进步和落后共生，或者成为压抑个体的新的异化力量。现代社会体制按现代性原则建立起的规范本身也具有"与时俱进"的品质，但它对趋势、力量和权威的臣服远超过对生命本身的敬重。如香草溪最终也要成为现代化社会中的组成部分，这是趋势使然，也是程似锦以现代社会发展改变香草溪的必然。

小说开头是程似锦在官场的贪腐情节，但之后笔锋一转，程似锦进入香草溪之后，就不再涉及官场，因此官场和贪污腐败仅仅是小说反讽结构中的一个端点，尽管这个端点是读者最为关注的话题，但是作家却把读者引入了另一个世界。小说以绝大部分篇幅写香草溪，一切以香草溪文化为主体铺述故事，完全从官场贪腐这个混浊世界里脱节出来，将读者引入一个清新洁净的全新天地里去体验另一种生活。程似锦在这里经受了灵与肉的洗礼，身体康复，心灵重生，小说自始至终充斥着一种救赎情怀。

在我们的思维意识里，现代与传统的关系是先进与落后的关系，正是由于现代的到来，为传统文化带来了救赎，而实际上我们看到，被救赎的不是作为传统和封闭化身的香草溪，而是程似锦，程似锦仅仅是现代社会的符号，一个患病的体制内政客。这样，救赎与被救赎的关系颠倒，形成了巨大的反讽。经历了香草溪的程似锦回到省城，被关进了监狱，但是，此时的程似锦在灵魂上已经得到了救赎，既然如此，监狱与香草溪的区别仅仅在于地理位置不同、环境不同、周围的人不同，没有如画的风景，心灵自由，天地皆宽。程似锦在给组织的信中坦言说："这个国家，养一个无用的官员远比养一头牛养一头猪，或者种一棵树一株水稻的代价要大得多，我不知道能量守恒是不是绝对的，如果是，我希望死亡后我能被跟我相当的一头猪所替代，最好跟相当的一棵树替代，让这棵树为这个世界多制造一点氧气，而不是制造废气与麻烦。希望这些氧气只养活一些鸟和一些花朵，而不是养活一些跟我一样蠢笨、自私、贪婪的人"。

香草溪的环境是梦幻般的美丽，梦幻般的馨香，梦幻般的缥缈，梦幻般的遥远，俨然化外之地，这是《归隐者》救赎情怀坚实的物质外壳。

小说《归隐者》通过多层面的反讽策略，在对立的结构中对真相、崇高和救赎、自由等宏大叙事话语进行解构批判。需要指出的是，在小说中，反讽的对立结构双方在分量上是不对等的，现代社会和传统社会、外部世界与香草溪的比例是悬殊的，如作量化分析的话，可以归为一比九，而实际上，现代社会已经将传统文化、理想、温情和崇高包围，前者和后者的比例是九比一。作家将两者的比例反转，意在重置力量悬差，拉大张力跨度，形成意味深长的反讽结构。而实际上，小说最后，公路修进了香草溪，水电站开工，香草溪也要变成一个现代化的工业地带，最后的家园被弃掷，田园牧歌被轰鸣的机器取代，温情主义的结局又消解了艺术批判的深度，在"进化"被误读和亵渎的社会氛围中，《归隐者》最终构成了艺术对现代社会与艺术自身的双重消解。

叙事学家米克认为反讽是"虚假语言的运用：现在它是修辞学里的一种辞格——以反讽性褒扬予以责备，或者以反讽性责备予以褒扬"。"反讽"出现在柏拉图的《理想国》，意指一种引诱他人上当的欺诈和油腔滑调的修辞手段，如苏格拉底在对话中佯做无知、故意赞同别人并加以引申，使对话者陷入谬误境地以反证自己正确观点的谈话方式。古希腊时期反讽就作为修辞方法进入了戏剧表现领域，阿里斯托芬等喜剧作家在其作品中曾非常娴熟地运用反讽这一艺术形式，如在戏剧中设置一种反讽角色人物，通过他与另一个炫耀自夸的角色相对立，进而以自己的明智和人格的内在力量反衬对方的缺点。布鲁克斯认为，"表示诗歌内不协调品质的最一般化的术语"[1]，"反讽作为对语境压力的承认，存在于任何时期的诗甚至简单的抒情诗里"[2]。加塞特却认为，"文学现代性的决定性标志"。卢卡契在文学类型史的研究上，将小说视为"反讽本身的等价物"[3]。

① 赵毅衡.新批评——一种独特的形式文论.北京：中国社会科学出版社，1986：56.

② ［美］布鲁克斯.反讽——一种结构原则.袁可嘉."新批评"文集.北京：中国社会科学出版社，1988.

③ ［比利时］保罗·德曼.解构之图.李自修译.北京：中国社会科学出版社，1998：28.

　　反讽最基本的特征在于通过悖逆对立的两项昭示出一种哲学思考和人生态度。"反讽不仅被视为诗歌语言的基本原则，而且成为诗歌的基本思想方式和哲学态度，反讽把貌似不相容的对立观念、事件组合到一起，微妙地引导读者通过发挥自己的智力而理解作者，潜在地、间接地、幽默地表现深邃的哲学反思，同时也增添作品的活力、魅力和持久力。"①

　　陈茂智的小说《归隐者》讲述了中国当下生活中的田园神话，一个名叫程似锦的官员进入香草溪之后发生的故事，程似锦是小说的穿线人物，但却不是主角。在一座名叫香草溪的封闭农村，围绕程似锦得病之后的痊愈，香草溪人为程似锦治病的全过程，呈现了一幅中国传统乡土农村的多维图景。与之前的乡土文学不同，陈茂智不是把乡土作为落后和愚昧的象征，而是一种文明的既定形态，那种文明方式在中国存在了几千年，随着中国现代化进程的突然加速而解体，但是人们很快发现，现代文明也是一种"病"，对欲望的追逐让人们迷失了生命的方向，道德滑坡、精神迷茫让人们在现代社会的进程中渐行渐远。蓦然回首，传统社会并非一无是处，它不是现代社会的反面，不是非此即彼，甚至还是对现代社会不可避免的缺陷的弥补和救赎。《归隐者》给人们带来了诸多的人生哲理思考，从艺术表现方式来说，"反讽"的多层面运用是小说呈现出巨大魅力的重要手段。在言语反讽中，我们说的是一回事，指的却是另外一回事。这样，在言语反讽中不可避免地存在着表面意义和隐藏意义，语言外壳与真实意指之间的对照与矛盾就显得相当强烈和鲜明，但是正是通过这种强烈鲜明的矛盾，使听众能够透过表面意义读出作品的隐藏意义，"言语反讽并不是要掩盖住真正的意思不让读者知道。相反，它希望能通过这种隐蔽的方法唤起读者积极的参与的欲望，促使他们捕捉并识破其言外之意，从中得到更多的乐趣和深邃的思考。"②

　　小说《归隐者》运用了多种反讽方式，小说中的一些语言"言在此而意在彼"，表达的是否定语言能指的含义，构成了最常见的语言反讽。如在小说的最后，进入香草溪的老板，口口声声要改变这里人的生活方式，改变穷困的面貌，改造香草溪，而实际上，真正需要改造的反倒是这些老板，他对香草溪的改造实际上是破坏了弥足珍贵的美好。常规思维中的救世主，实际上却是被解救的对象。那些先进、发展和现代等崇高的概念，并非进化论意义上的单向价值，它有其自身的局限性和致命的弊端，如程似锦的病，都具有非常明显的"言

①　臧运峰.新批评反讽及其现代神话.北京师范大学 2007 年博士论文.

②　郑戈.论反讽的几种形式.文艺学新世纪，2007(1).

此意彼"的反讽意味。

相较于言语反讽的局部性，情景反讽追求一种整体化效果。"情景反讽具有较强的隐蔽性，但这种不着痕迹的悖逆也赋予文本以较为广阔的阐释空间。"①情境反讽或命运反讽在小说中有诸多表现。

小说的开头写道：

那个人是在农历二月里的一个阴雨天走进香草溪邓家的。这个人一到寨子里，狗们立刻就精神起来，他走一步狗们就吠叫一声。当他放下背包，弯下腰要找一根木棍支撑自己因久病而羸弱不堪的身子时，一只耷拉着耳朵和脑袋的脱毛老狗，冷不丁扑了上去，在那个人的腿上咬了一口。那个人大叫一声，惊得所有的狗都竖起了耳朵。此起彼伏的狗吠声搅得一个寨子顿时都惊慌起来。"出事了！出事了！一个外乡客被狗咬了！"消息通过人们狗们很快传遍了香草溪一个接一个的寨子。

小说要写的香草溪是一个别有洞天的世界，但是一开头，就让程似锦这个身患绝症的人雪上加霜，表面上看，这是程似锦的灾难，实际上，程似锦被狗咬的消息迅速传到了香草溪，一个接一个传开，这就为接下来香草溪的几个传奇人物出场奠定了基础，更为重要的是，程似锦也因此迎来了生命的转机。他的病开始得到救治，走上一条生命的救赎之路。除了这种情景，小说也不同程度地表现出命运的反讽：程似锦在香草溪改过自新，重新找到了灵魂的安放之所，但是检察院反贪局也找上门来，带走了这个灵魂已经被洗礼过的贪官，检察院的人在程似锦的木屋里检查了个遍，但没有找到任何东西，他们不相信，这里没有藏任何东西。

小说的最后，陈茂智用一种寓言的方式给读者提供了一广阔的想象空间：

当一胖一瘦两个陌生男人走进他的木屋的时候，已是大雪满山的冬天了。

两个男人一人背着一个硕大的背包，进来就嚷着累，把背包放下就说讨杯茶喝。似锦看他们的样子，像个前来旅行的背包客。他用烧化了的雪水给他们煮茶。他煮茶的那一套已经很地道了。两个男人捧着茶杯很有兴致地饮茶，直夸似锦的茶好。似锦说，茶是山里的野茶，水是天地间的雪水，煮茶烧的也是山里的野杜鹃和青冈木，茶水自然也就好了。

"大雪满山的冬天"正契合了《水浒传》写林冲逼上梁山的景物描写："那雪下得正紧"，这是移情的妙处。拉康说："移情乃是无意识现实的登台。"②程似

---

① 郑贺.论反讽的几种形式.文艺学新世纪，2007(1).

② ［法］拉康.精神分析的四个基本概念.见：研究班（第11卷）.巴黎：巴黎出版社，1973：133.

锦误以为检察院反贪局的两个办案人员是背包客，用自己已经熟练的手法给他们沏茶，"茶是山里的野茶，水是天地间的雪水，煮茶烧的也是山里的野杜鹃和青冈木，茶水自然也就好了"，这是程似锦人生现状的隐喻，山间田野，自然自在，悠然自得。两个反贪局的人也称赞程似锦的茶好，但是身份的限制要求他们必须带走程似锦。而在他们与程似锦聊天的过程中，了解了他，要带走程似锦时，还说，"我们一起出去吧，似锦兄!"执法者与罪犯称兄道弟，他们完全被程似锦的人生境界所折服。但是法律要让任何人为其过错付出代价，而不是现在灵魂是否已经得到洗礼。

"戏剧性反讽是作者间接地表达自己观点的一种方法，因为反讽作品的故事是在两个层面上展开的，一个是叙述者或剧中人看到的表象，另一个是读者体味到的事实。正是通过表象同事实二者之间的对立张力，产生强烈的艺术效果。二者的反差越大，反讽越鲜明。"①戏剧性反讽主要是读者的无所不知和故事角色的有所不知形成的。

小说中最具反讽的例子是在小说的最后一章：

直接导致程似锦受到调查的，还是药儿。药儿一路过关斩将，最终在北京举办的青年歌手电视大奖赛中脱颖而出。在众多媒体的追踪采访中，她以让人垂泪的感恩之情，说了在她背后一直给她信念与希望的支持者……一直在调查程似锦失踪案件的有关部门，通过种种迹象最终锁定了香草溪。

程似锦帮助药儿参加在北京举行的歌手大奖赛，成为乐坛新星，"她以让人垂泪的感恩之情，说了在她背后一直给她信念与希望的支持者"，却让检察机关寻迹而至，锁定香草溪，本意是报恩，却让恩人蒙难，程似锦的避难生涯就此结束，跟着"胖子和瘦子"两个检察官离开了挚爱的香草溪。通常情况下，犯罪分子在伏法之后，读者一定会拍手称快，但是程似锦伏法之后，读者非但没有拍手称快，反而有一种无奈的苦涩。从客观上讲，程似锦的确犯了罪，应该受到法律的制裁，但当这种制裁到来时，我们还是会怅然若失，戏剧性反讽则让人唏嘘不已。J.加百尔说："观众的无所不知和角色的有所不知形成对照，从而产生反讽。反讽总带有令人满足的色彩，它来自观察者的高视点位置和全知心态"。②

小说就整体叙事结构来说，就是巨大的戏剧性反讽。程似锦和香草溪都没有把自己置于救赎者的位置上，但却彼此救赎，香草溪把程似锦从肉体到灵魂

---

① 郑弢.论反讽的几种形式.文艺学新世纪，2007(1).

② 戴锦华.电影理论与批评.北京：北京大学出版社，2007：113.

的救赎，但是在此过程中，程似锦也帮助香草溪修桥修路，这看似是一个相互救赎的结构，但是程似锦对香草溪的帮助却让香草溪更快地结束了它淳朴的田园性格，商品经济的大潮很快就会席卷而至，这里的人们也很快就能学会斤斤计较，也会唯利是图，这是不可逆转的，在那样的条件下，程似锦再次进入香草溪被狗咬伤之后，不再会受到那种精心细致的照顾。程似锦仅仅出于改善他们生活条件的考虑，但是却扼杀了一个美好的世界，救赎与杀戮再次矛盾地联系在了一起。救赎与被救赎重置，两对看似矛盾却统一的做法纠葛在一起，构成了反讽的四重奏。这种反讽在读者那里得到深刻的两相对照，从而超越了故事角色的视角限度，使小说意味深长。

　　作为现代艺术法则的反讽从古希腊时期就具有严肃的批判精神内核，至今日，很多作品已经不再为作品蒙上鲜明的喜剧外观，或者是美好的想象，或者是温情的场景，或者是平静的叙述，但是都潜藏着对生存境遇和人生价值的深层探求。反讽实际上是对传统的颠覆和固有秩序的解构，但是陈茂智既没有嘲弄传统，也没有讥讽固有的秩序，当把这些要素纠缠在一起时，就呈现出隐现的多重反讽结构。作家不希望读者读懂其言外之意，也不想被识破，实现意义的增值，或许这只是作家天才创造力之余的自我消遣吧。

第六节　《姐姐的园》：体制围城与爱情寓言

　　改革开放以后，西方现代文明打破了中国传统的乡土生活方式。城市成为农村人的向往，体制成为城市人的向往，干部和体制身份成为一个特权身份的符号。在那个特定的历史时期，城市和农村、体制内与体制外的鸿沟是无法抹平的，这两对矛盾的冲突在不同时期、不同的文本中以各种方式呈现。陈茂智的小说《姐姐的园》在《湖南文学》1995 年第 11 期"文坛新人"栏目推出，距今已20 多年，但作品留下的时代烙印、蕴含的思想内涵和作品本身所散发的艺术魅力，深刻而隽永，至今让人难以忘怀。作品以"园"为小说的核心意象，展现了这两对矛盾的不可调和。城市和体制反馈给乡村的是冷漠和拒绝，无论你多么痴情，多么认真，也无论你是不是以获得城市身份和体制身份为目的，它都对你冷漠，那是一个冰冷的围墙，如同"姐姐的园"。

一、乡村身份与城市的"他者"

　　费孝通先生在他的社会学名著《乡土中国》中开篇明义：从基层上看去，中国社会是乡土性的。改革开放以来，中国基本的社会体制、经济形势发生了巨大的变化，尽管这种变化已经改变了大多数人的生活，但是在湘南这样一个相对封闭的地方，商品经济的发展没有改变这里的基本面貌，而且 20 世纪 80 年代末、90 年代初依然是计划经济向市场经济转型时期，很多地方没有完成转型。因此"乡土"依然是中国人最深刻、最无法回避的文化记忆。乡土作为中国现当代文学最持久的主题之一，它一方面与中国所经历的漫长封建社会形态和乡土伦理文化有关，另一方面也与中国社会前现代文明与现代文明的转换始终未完成有关。乡土与城市的碰撞与冲突从"五四"延续到当下，并在不同历史时期呈现出不同的面貌，吸引了作家持续的关注，正如巴尔扎克对外省人与巴黎之间奇妙的关系抱有的热情，巴黎和外省一直是巴尔扎克作品的关键词。

在农村与城市、体制内与体制外的矛盾中，陈茂智《姐姐的园》是一个具有寓言性的文本。小说中的主人公是姐姐和城市的后生，作家甚至没有给他们一个正式的名字，这更增加了小说的寓言性，人物在小说中就是一个符号，是谁并不重要，重要的是他们分别代表城市和乡村。在那样一个把体制视为高于一切的年代，无论是城市，还是农村，他们都无法挣脱体制对他们的捉弄。姐姐善良、勤劳，与城市后生恋爱，最后城市后生没有考上大学，母亲就逼迫他继续参加高考，"城市后生一心要娶姐姐，他娘却不答应，还要他再考，就疯了。姐姐去看他的时候，他撞破了房门，跑了出来，疯劲儿一上来，就掉下了河去，姐姐没拉住，也跟着跳了下去……"（《姐姐的园》）被体制和命运抛弃的两个人或死或疯。作者淋漓尽致地刻画了一个处在历史变革十字路口处的年轻人迫切地渴望爱情，却被现实的枷锁击得粉碎的现实，以及他们的挣扎与不甘，憧憬与失落，斗争与彷徨。文本在一个开放性的社会结构空间里，多层次地展现了农村女青年"姐姐"在追求爱情时遭遇的来自体制、社会、家庭等方面的责难和阻碍，以及长期在计划经济体制生活下的城市平民把考上大学作为进入体制的唯一途径。商品经济思维还远远没有被普通家庭所接受，人性的枷锁还没有解放出来，刚刚从"文革"中走向改革开放的人们面对背负着的沉甸甸的"过去"，如果考不上大学怎么办，尤其是城市青年，考上大学，身份就变成了干部，从考上大学的那一天起，就可以享受干部待遇，吃商品粮，拿国家工资。但是如果没有考上大学，就只能成为工人或者社会闲散人员，身份成为区分人的唯一标志。但在处理"姐姐"面对城市的美好憧憬时，作家站在人性的立场上，把同情和赞美全部给予了乡村的"姐姐"。城市后生在面对爱情和身份的选择时，义无反顾地选择了"姐姐"，作家没有悲情地把城市后生处理成一个负心汉，先是考上大学，之后又抛弃了姐姐，而是让他考不上大学，却执意违背母亲的意愿，不愿复读，要娶姐姐，以死挣扎。用死亡去争取爱情的权利，似乎这样的情节只有在封建社会才会发生，如《孔雀东南飞》中的焦仲卿与刘兰芝，但那种传统家法却生生地扼杀了美好的爱情。在陈茂智《姐姐的园》中，时代已经进入改革开放初期，人们依然把改变身份作为命运的唯一出口，这又不得不提方方颇有争议之作的《涂自强的个人悲伤》，涂自强坚韧而执着地考上了大学之后，与自己青梅竹马的采药有了"不同的路，是给不同的脚走的；不同的脚，走的是不同的人生"①。这首小诗从一出现，涂自强这令人悲悯的人生就渐行渐远了。犹如一首苍凉的挽歌真实地叩响着生命不公的天秤。这样的情节反复出现，也预示着悲伤的结局，涂自强的悲伤不是个人的悲伤，是时代下渴望赋予身份认同的缺失，是方方直面现实勇敢冷静的探寻，而非具象轮廓式的粗线条描摹。这两部优秀小说都充分说明了旧时体制对人们的影响之深。

《姐姐的园》中没有恶人，即使逼迫城市后生重新复读、让他参加高考的母亲也是善良的，她当然想让儿子成为一个在社会上有身份的人，这是出于母亲望子成龙的初衷。姐姐的母亲也不是坏人，她用锁把姐姐锁在园里，也是为了她的安全，一个疯子是无法在社会上正常生活的。所有的人都是善良的，但却酿成了心酸的悲剧。时间虽然已经过去了 20 多年，但是今天公务员考试的热度依然不减，很多大学生毕业之后依然把公考作为最佳出路。这虽无可厚非，但是社会教育资源和关注焦点一直在公务员考试这个区域内，本身就说明思想解放的程度依然不够。社会更需要让精英人才进入各个创新领域，工业、农业、医学等各方面都需要人才，需要关注，而非千军万马走独木桥似的进入公考的窄路。可以说，如城市后生的人群依旧，而且今天这个群体还在增大，农村适龄青年在大学毕业之后，也把进入公务员队伍作为未来的最佳前途。《姐姐的园》就是这样一部展现青年人为坚持爱情而付出巨大代价的小说。姐姐和城市后生仅仅是众多被身份问题毁掉的人中的两个个体。

即使社会已经发展到了多元开放的阶段，但彼时的湘南依然缺少包容的环境。姐姐对城市没有安全感，恐惧，而又向往。当我和姐姐一起到城市里时，姐姐带着我，"末了，她沉下脸来，叮嘱我，到了城里，紧拽住她的衣角，莫走丢了！"她担心我在城市里丢了，这是对城市未知不安定因素的恐惧。"姐独个儿又去过城市几次。每次回来，都光鲜不少，身上时不时添了一些好看的东西。"这是城市商品丰富性的体现，也是吸引姐姐这样的农村女孩的基础。

小说没有把视点投向文化人格和人物属性，而是更多地把关注重心放在体制和身份对人性和爱情的桎梏上。城市青年为了爱情跳进河里，说明即使在改

---

① 方方.涂自强的个人悲伤.十月，2013(2).

革开放之后的时代，个人的力量依然非常有限。我们也应该看到，虽然来自母亲和社会的阻力不会大于封建时代的焦仲卿和刘兰芝，但是城市后生以结束自己生命的方式抗争，显然缺乏足够的智慧和韧性。这个人物的性格是非常单薄的，作为受过一定程度教育的知识者（在那个时期，高中毕业的知识水平是很高的），他传递出的信号更具讽刺性和悲剧意味，兼具现代知识者和城市身份的他能否以健全理智的心态面对高考失败带来的挑战以及爱情的挫折，成为现代文明进步的重要衡量尺度。而培育了这种性格的城市平民文化形态究竟还有多少生命力完成自我的剖析和探寻，还有多少更新能力在新时代继续？一方面是体制和身份的外在桎梏，另一方面是人物性格中韧性的自我缺失，作家认为前者才是铸成悲剧的根本原因，是有时代的局限性的，小说的写作时间是1995年。因此把城市后生的性格弱点全部归咎于体制显然并不合理，毕竟以高考的方式选拔人才是相对公正公平的，而公众依然把进入体制作为唯一的发展前途是时代的惯性使然。城市后生就生活在这样的环境里，他无法选择自己的出身和境遇，能力也不足以支撑他进入大学深造，成为体制阶层的获益者，但是通过城市后生，我们不禁反思，以身份判定人的价值的合理性是否还在继续？这种情形在今天到底还具有怎么样的价值？

二、被遗忘的典型

富有意味的是，《姐姐的园》中的人物被赋予了质朴、善良、踏实等美好的品质，姐姐的温柔、善解人意和宽容象征了生活在这片土地上人们的道德品格。而与此形成对比的是，城市里有的只是保守、固执、狭隘，以及城市后生母亲的强势和虚荣。在那个特定的时代，体制和身份具有构成一种稳定社会生活形态的本质特征，它代表着一种权力和地位，所有的人都希望进入这个体系，而实际上这种初衷已经脱离了国家工作人员的准则。对姐姐来说，城市是一种生活方式，更是爱情的归宿，姐姐的"园"不是桃花源，而是为城市后生的母亲提供香葱、南瓜花的地方。城市后生高考梦想的破灭并不意味着他可以自然而然地娶姐姐，成就自己的爱情，母亲的坚决反对意味着体制对他依然是陌生和拒斥。城市后生遭遇的挫折和困惑不单是他一个刚步入社会的人所经历的，那一代人都不再理所当然地享有铁饭碗的工作，国家对知识的尊重要求年轻人必须进入高校学习，因此他们普遍都要接受高考优胜劣汰的严格挑选。城市后生的独特在于，他有一个把前途看得高于一切的母亲，而且她把对前途的寄托放在身份的转型上，对普通平民来说，高考几乎是最为便捷的唯一方式，但这也最终成为他的催命符。我们甚至在小说中看不到他的性格特征，作家对他的描述止于外貌和与姐姐的交往，"白衬衫的后生还戴副眼镜"，这是当时知识者的普遍打扮和衣着，教师、干部和其他知识分子都是这样，如同改革开放之前，公众都穿着男女不分的军装。陈茂智在作品中就是要抹掉他身上的所有符号，告诉读者，进入体制内并不是所有的青年的向往，向社会上层的流动并非总是压倒爱情的坚守。农村青年向城市流动是时代的奋斗典型，如路遥《人生》中的高加林。但对一个有抱负的作家来说，对别人的重复就是对自己的侮辱。一个城市青年，没考上大学前，与农村姑娘恋爱，似乎是突破了城乡壁垒，但考上大学之后，在城市户口与天之骄子的双重身份加持之下，负心，分手，悲情，这些特定历史时期发生在街头巷尾的剧情虽催泪，却缺乏对时代的深度解读。所以作家精心选择了一个没有考上大学的城市青年。

陈茂智用这种方式表征他的独特性与典型性。他不是一个奋斗者的形象，也不是农村青年的代表，更不是千千万万从农村到城市的知识分子的典型。他是一个普通的城市青年，仅仅想娶自己心爱的姑娘，作家甚至没有让这位城市后生的爱情、前途和功名发生冲突，他是那么的普通，普通到没有远大的理想，没有现实的抱负，也不为了母亲的愿望去"头悬梁、锥刺股"，这个普通到尘土里的青年最终无法逃脱现实的牵制，跳河自尽。而这也正是小说人物不可替代的"鲜活"之处。小说的写作时间是 1995 年，但是 20 多年过去了，直到今天，这种类型的小说人物形象依然稀少，充分显示了作家对生活、对社会、对人生超拔的理解力和洞察力。敏锐地把握不被关注的"众多群体"，是一个优秀作家的区分性能力，从这一点上说，陈茂智的写作前途应该更为广阔，他在文坛的地位与他创作的成就还不匹配，或者说，他的创作天分还没有得到充分地挖掘。

小说命名为《姐姐的园》，但是城市后生的确不应该被忽视和忽略。在那个年代，甚至到今天，很多农村青年的自卑和自尊都源于自己的农村身份，而城市后生恰恰相反，城市身份没有给他爱情的特权，他要的仅仅是爱情。为了得到他原认为唾手可得的爱情，垂死挣扎，宁死不屈，但是一切都无济于事。我们甚至想，如果城市后生考上大学，他是不是就可以娶了姐姐呢？答案当然是否定的。母亲逼迫他考上大学，就是为了体制内的身份，而如果有了这样一个金灿灿的标签，他与姐姐的差距反而被瞬间拉大，因此无论城市后生是否考上大学，他与姐姐的爱情都注定是一个无解的方程。他们的悲剧在于，城市青年爱上了农村青年，从这个意义上说，小说的深层结构是城乡矛盾的不可调和。

城市后生在激烈的高考独木桥上辗转挣扎，为了母亲和心爱的人，他一定要考上大学。而当他高考失败的时候，城市平民的身份并没有给他提供超规格的上升资源, 他依然要回到家里, 等待招工, 如果幸运, 成为国营企业的工人可能是他最好的归宿, 面对考上大学就可以改变命运的机会, 母亲是不甘心的, 毕竟工人和干部是两个迥然不同的身份, 这是不可跨越的鸿沟, 即使同在国营企业, 干部永远是干部, 工人也永远是工人, 最优秀的车间工人也不能企及最基层的干部, 这就是身份标签。从某种程度上说, 这是一种极不合理的制度, 也正因为如此, 城市后生的母亲才竭尽所能地让他考上大学, 人生成败只在于此! 但是对城市后生本人来说, 身份、体制和功名都不可得, 娶到自己心爱的姑娘才是心之所向。由于时代的隔阂, 今天的读者也许无法理解他与母亲为何有那么大的差异和迥然不同的文化逻辑支撑点。无论母亲的思维和文化逻辑是否具有天然的合法性, 囿于这种文化思维下的城市后生都面临不可回避的两难, 不上大学母亲不答应, 上大学而不可得, 而作为小说核心故事架构的城乡爱情其实是一个早已注定的结局, 一切都是命定, 在这样的思维之网里, 他无可逃避。

三、身份标签的悲剧性误读

如果城市青年考上大学, 功成名就, 地位权力都有了, 又是城市出身, 而姐姐的农村出身必然带给她身份的自卑, 加之知识背景差距造成的理解力鸿沟, 他们同样要面临悲剧的命运。这些乡村与城市身份、地位、文化差异的表征符号反而没有在小说中出现, 小说也无法给我们一个推理式的假设, 但是不同阶段的历史在城乡冲突中呈现出惊人的延续性。

维特根斯坦说: "一个人语言的界限就是他世界的界限。"①语言是思维的产物, 一个人思维的界限也是他世界的界限。当城市青年的思维依然停留在家庭的逻辑中时, 他已经限定了自己的"属地", 当爱情与前途不可兼得时, 要有足够的智慧面对母亲和恋人, 而他即便考上了大学, 走进了体制, 拥有了身份的标签, 他依然是一个平庸的人, 他的文化属性依然是"城市后生式的"。而他的母亲如果是一个农村妇女, 她也会给儿子足够的宽容, 因此小市民是母亲无法摆脱的"文化胎记"。城市青年和姐姐的梦想就是结婚, 相爱的人结婚是每个人都有的梦想的权利, 有梦的人生是有希望的。文本如果仅仅到此为止, 不免乏善可陈, 可贵的是作者走得更远, 进一步展开处理"梦想照进现实"后的破碎。作品的情节非常简单, 整体感觉是诗化的, 小说尽管在展现城乡矛盾、体制和身份与爱情的矛盾, 但是在小说中, 城市是温情的, 姐姐每次到城市之后,

---

① [奥]维特根斯坦.逻辑哲学论.陈启明译.商务印书馆, 2003: 26.

都更加光鲜，快乐地回到家里，根本就没有城乡二元结构中的对抗，也没有露出冷酷无情的面目，在城市青年没有考上大学之前，他们的恋爱甚至得到了城市后生母亲的允可，但是随着高考失败，功名的梦破了，他们梦中的爱情生活画卷轻易至多是黄粱一梦。具反讽意味的是，在城市后生和姐姐身后充当"背景"的恰恰都是他们的母亲，一个代表城市，一个代表农村。城市后生的母亲对儿子提出了强烈的前程期望，姐姐的母亲则任其发展。从人性的意义上说，姐姐的母亲更加温情，但是最后仍然不能摆脱疯掉的命运。他们虽然都希望通过自己的努力终成眷属，但事实是劳燕分飞亦不可得，最后双双落水而亡，令人扼腕。姐姐坚持了数年的梦想在接触到现实时立刻碎裂，乡村对城市一厢情愿的追随并不会得到城市平等的对待。城市后生的背后有母亲，它是城市和体制力量在姐姐恋人身上的化身。破坏姐姐和城市后生爱情梦想的不是母亲，也不是高考，而是他们把干部身份作为唯一的追求。城市后生、姐姐和两个母亲构成了一种奇妙的镜像关系，城市后生映照的是母亲的干部身份梦，也同时折射出体制强势话语力量对爱情弱势力量的压迫与征服。城市后生暧昧的身份关系既是当时社会现状的隐喻，也是乡土文化与城市文明的转喻。

个人要想挣脱社会整体意识形态的束缚非常艰难。从一定程度上说，城市后生和姐姐虽然生活在 20 世纪 80 年代末 90 年代初，但是生活方式、信仰、价值观依然无法摆脱当时具体的语境。他们的思维方式依然是传统的，家庭不仅是生活的港湾，还是个人生活和思想的束缚。很多书写改革开放之后青年人生活、思想和爱情的作品呈现出一致性、整体性，他们的文字更专注现代大都市80 后一代的生存态度、情感方式，或者干脆是农村青年的思想和奋斗历程，或者是半生不熟的城市素描，或者是旧有传统的再延续。而对普通的城市底层青年则少有关注。《姐姐的园》正是在这样的整体性中发现了裂缝，真实的城市平民青年并不总是出入于现代都市幻影中的酒吧、KTV 或者高档会所，他们遇到的问题并不比农村青年少。作为城市青年后生，他身上没有鲜明的时代特征，仅以高考作为时代的胎记也并不具有显著的区分性，改革开放的气息几乎没有在这个家庭身上留下什么痕迹，这正是《姐姐的园》的独特之处。但是，也许是为了凸显城市后生母亲的关切，也许是对中年女性语言方式的生疏，文本中当城市后生与姐姐见面时，"那后生正撑了伞要出来，却被他娘叫住了：林啊，你书不读，瞎撞些啥呀？告诉你，这次要是再考不上，可就怨不得娘啦！……"这与母亲在叫林的后生学习中所起的作用截然不同，文本中，母亲要求后生复读一次不够，还要再复读，一定要考上大学，但是在警告儿子时，却以一种推卸责任的话语搪塞，这样的细节显得很不真实，在艺术处理上也略显生硬。

《姐姐的园》留下的问题并没有完结。两个鲜活的生命结束了，留给我的只是一个"红影子"。如果只是简单地误读为姐姐的殉情，显然是肤浅的。在作品中，我的母亲有什么错？姐姐有什么错？两个善良的农村女性都成为了悲剧的受害者。而对后生母亲而言，要求孩子有光明的前途，她有什么错？而对城市后生来说，考不上大学，两次落榜，他想追求自己的幸福，娶心爱的女孩，又有什么错？但是一个在冰冷的河水中失去了年轻的生命，一个孤苦伶仃，中年丧子。未来所有人要完成心理、思维、身份转化的道路也许更加漫长，改革开放的道路不会停滞，时代的发展依然向前，这种发展首先应该是人性的解放！

《姐姐的园》的写作时间是 1995 年，但是在小说的开头就屡次提到"红影子"，这种印象的连缀的手法，颇有西方现代派的神韵，但是就整体风格而言，小说又是传统的。今天看来，尽管历史时空已经转换，但是小说留下的思考依然继续。在当下年轻人彻底解放的时代，他们不再像《姐姐的园》中城市后生和姐姐那样在长辈面前要表现得唯唯诺诺、毕恭毕敬，不再唯长辈的意志是从，两代人之间的关系已经发生了颠覆性的变化。也就是说，过去那种尊敬长辈的文化传统在新的政治文化环境下已经失去了存在的土壤，代之而起的是以后代的利益为出发点的新的伦理原则。新的伦理原则只是以后代的心理需要和精神需要为出发点，而不仅仅是家庭利益的延伸，光宗耀祖、光耀门楣、家业兴旺这些伦理都开始退潮，之前的伦理本质上是父辈利益在后代身上的折射而已。因此，从表面上看，母亲是为了孩子的前途考虑，但实际上后代的主体意识是被忽略的，在这样一种伦理关系下，两代人之间的沟通变得更加艰难。另一方面，由于对子女赋予了极高的期望，而这种期望与子女自身的个体需求并不重合。《姐姐的园》中，城市后生的母亲希望儿子能够考上大学，拥有干部身份，而他两年高考均告失败，认为娶了姐姐才是最大的幸福，也就是说，他们的标准是不同的。在这样的背景下，两代人的距离越拉越大，代沟几乎也就成了无法逾越的深壑。城市叫林的后生虽然参加了两次高考，而心却一直在姐姐身上，两个人一直在偷偷约会，表面在备考，实际却在恋爱，两代人各行其是。

陈茂智能写出《姐姐的园》这样的作品，归根结蒂是因为他真正了解年轻人的心理。那个时候作家还年轻，因此小说就是年轻人在写年轻人，但是就小说的整体风格而言，我们丝毫看不到青春文学的气息，那种行文的老道、思考的深沉和印象的闪烁已经超出了普通青年作家的范畴。

这部小说也感觉到了父辈一代的焦虑，他们缺乏安全感，只有进入了体制内，拿到了铁饭碗达到了极致安全的境地，但是作家并没有在"铁饭碗"这样一个带有时代鲜明气息的关键词上进一步深入，而是以普适性的爱情题材将深层结构的"铁饭碗""体制"等这些主题掩盖了起来，从而形成了表层与里层并存的双层结构。他跨过社会焦虑所带来的叙述局限，以一种开放的眼光和宏阔的思维去处理爱情、体制、身份、代沟等问题，从而为我们提供了讲述爱情故事的另一种方式，因此从一定程度上说，这是一部超越爱情的小说。

四、从叙述到意境：与未来读者对话的预置

在具体的时代背景下，铁饭碗、体制、干部身份都是绕不开的话题，如同今天大部分作品都绕不开商品经济这个背景一样。但是作家不想让小说成为时代的传声筒，经过一刹那的亮光之后迅速消失，而是具有超越时代的意义。一方面时代背景绕不开，另一方面又不想辜负自己的写作信仰，爱情题材的外衣就是一个非常智慧的选择。但是作家要超越爱情进行真实的叙述，并不是很容易的事情。陈茂智是怎么做到这一点的呢？在这部小说中，他找到了一个非常好的切入点，这就是"园"。"园"是一个非常具有象征性的意象，它是姐姐到城市的借口，因为她可以到城市里卖南瓜花，和自己心爱的人约会，更为重要的是，它还是姐姐的心锁，她从这里出发，向往城市和爱情，但身心俱灭，终不可得，最终让灵魂回到这里，把自己心爱的菜园当作自己灵魂的皈依之所。如果说人在现实中要受到各种规约的话，那么在园子里，姐姐可以自由想象，"园"预示着一种爱的辞格，作为农村与城市、内与外、灵魂与肉体的交流。那是一个封闭的空间，更是一个无限广阔的世界，它给姐姐提供了一个自己的天地。

小说主人公之一的姐姐是一个花季初开的少女，她在花样年华开始的时代，花苞初绽，从人的生命成长角度看，这是人的自我意识逐渐萌发的关键时期，也是最富有梦想的时段，也许不同时代、不同背景人的梦想会大相迥异，但梦的实质又有某种一致性，那就是找到自己心目中的白马王子——最心爱的人，姐姐同样如此。古往今来，人们不管做了多少梦，梦的丰富性只是体现在每种类型的具体场景和人物有所不同而已，在那个时代，这个年龄阶段的少女和别人约会是不被允可的，因此姐姐到城市里和恋人约会后，"快到家的时候，姐反复叮嘱我，回去，什么都别向妈妈说，只说街上好玩，还吃了碗好吃的米豆腐……"。这大概说明了她的爱情梦想在很大程度上溢出社会的规约，遵循着生命基因中人类共有的思维方式，因此梦想是突破人与人交往障碍的永恒桥梁。陈茂智通过主人公的梦想进入几个年轻人的生活和心理，这就增强了人物的真实可信性，并没有矫情与做作的痕迹。作者让他的主人公——城市后生和姐姐做了一个美丽的爱情梦想，那种默契甚至让双方母亲都一无所知。城市后生也正是因为这个爱情的梦想才参加了两年高考，以满足母亲的心愿。实际

上，满足母亲的心愿和希冀是必须付诸的现实，自己的爱情只是一个梦想。故事的发展紧紧围绕这个梦想，做梦—入梦—梦碎，这恰是陈茂智的高明之处。由这个爱情之梦的牵引，也带来了一系列的甜蜜，虚幻的梦与现实之间的桥梁就是高考。也就是说，城市后生在现实生活中为了前途参加两次高考，而在潜意识中是为实现爱情梦想而做出的努力。这未尝不是每一个年轻人都有过的经历，也不在乎前途的梦想能否实现，有多大的虚幻成分，因为即使考上大学，母亲也不会让他娶一个没有文化的农村姑娘；也不在乎他的梦想是崇高还是渺小，自私还是无私，关键是有这样一个梦想给灰暗的现实增添了亮丽的色彩。读者可以想象连续两年的高强度复读给他带来的压力，以及面对母亲和邻居时的自卑感，他在现实生活中常常遇到难堪和无奈，因为这个爱情梦想的存在，无形中化解了他的难堪和无奈，给予他面对现实挑战的勇气，这是支撑他复读的动力所在。作家在讲述《姐姐的园》的故事时悄悄融入了作家自己的经验，他也有过自己的高考，自己的爱情，自己的梦想。通过这种方式，陈茂智找到了与未来读者对话的可能性，所以当我们今天再次读到这个故事时，依然思绪万千。他所讲述的是一个永远困惑着人类成长的故事，一个如何面对梦想与现实矛盾、当下与未来矛盾的故事。

　　当然，陈茂智之所以能够实现与未来读者对话，还有很重要的一点，就是他并没有让自己的经验凝固在特定的叙事上。陈茂智出生于 20 世纪 60 年代末，这一代人已经形成了自己特定的宏大叙事方式，特别是处理梦想和现实之间的矛盾时更是如此。在这一代人的文学世界里，矛盾本身就是一个宏大叙事的话题，梦想必须服从现实，而通过宏大叙事，现实也变得越来越坚硬，越来越正确，越来越远离现实。如果陈茂智仍采用这种宏大叙事，采取与时代同步、与现实同行的写作策略，他就不可能达到与未来读者对话的目的，也只能写出一种带有鲜明时代色彩的故事，充斥着"铁饭碗""商品粮""干部身份"等诸多时代热词的宏大叙述，双层结构的叙述更是无从谈起。城市后生只是一个以父辈的价值体系重新塑造的年轻人形象，不可能为了爱情以死抗争，而这样的形象也许只存在于"梦想"中，与人类的精神共性和年轻人的真实状态相去甚远，更是无法达到与未来读者对话的目的。陈茂智所采用的是一种诗化的细小叙事，诗化叙事并不是把现实妖魔化，相反它强调现实的温情。姐姐到城市后生的家里给他们送南瓜花，他的母亲并不知道这就是他的恋人，于是笑着对她说，"哟，就是送小葱南瓜花的妹子呀！真像花儿小葱水灵鲜嫩哟！""姐姐的脸愈发红艳起来，那后生在一旁傻傻地笑"。这是一个非常温馨的画面，城市后生的母亲从来也没有把姐姐当作敌人，也从来没有阻挠两个人的爱情，因为她并不知晓他们的梦想，尽管站在一起，却没有任何芥蒂。但是梦想隐匿下的短暂温情被高考失利的结果无情击碎。实际上，高考仅仅是让他们梦醒的最后一根稻草，谈不上罪魁祸首可言。整个故事没有跌宕起伏的矛盾冲突，没有化不开的情感纠葛，一切都自然而然，却最终酿成了悲剧。

这是陈茂智高明的处理方式，他拆解了梦想与现实的沟壑，切合了人类务实态度的本质，但梦想又给琐碎和庸碌的现实生活灌注了一种面向未来的念想。小说的基本情节以爱情故事原型为表层结构，但这里边没有三角恋，没有虐恋，就是平平淡淡的爱情，两人都心甘情愿，却千辛万苦都不能走到一起。无论是梦想还是现实，陈茂智都处理成诗化叙事，小说中没有跌宕起伏的戏剧式冲突，没有传统小说娓娓道来的情节构制，他以诗化的笔墨写出了一个凄美的爱情。诗化叙事在小说叙事中并不是主流类型。宏大叙事和私人化叙事都曾经占领时代的文坛，而诗化叙事除了在 20 世纪 30 年代乡土文学中大放异彩外，也只有沈从文和汪曾祺师徒沉浸其中，但是年轻的陈茂智却挑战性地使用了这种叙事方式。这就与现代主流审美习惯形成了反差，但必须注意到，诗化叙事即是作为年轻作家的陈茂智挑战当下的一种策略，更是以作品向同样来自三湘的沈从文致敬。他们以诗化叙事否定了过去的宏大叙事，其中有他们的价值观和世界观，这是陈茂智的作品能够不断突破自我的关键所在。

陈茂智把体制、身份、命运这些价值问题转化为梦想与现实的问题，从而使对话不会因为价值判断而产生摩擦。比如姐姐每次到城里找叫林的后生，都带着南瓜花，这样做对自己的母亲有借口，是见林后生母亲的中介物，借此她可以和恋人见面，所以他们的约会实际上是在暗地里进行的，这与当下动辄宾馆开房形成了鲜明的对比，也更显示了历史场景的真实性。他们的亲昵是在河道旁的小木屋，把"绿油油的葱和一篮灿烂的南瓜花挂在那根有些发黑的木柱上"，他们的爱恋既有掩饰，也有大胆的亲密，符合人性本能和时代特征，这些细节显然都涉及了年轻人的爱情渴望，而陈茂智又分明将自己所代表的一种价值观附着在城市后生和姐姐的身上，但陈茂智不说这是价值取舍的问题，而是在继续复读和爱情间做出了自己的选择，他说"我要娶她"。作家通过诗化叙事引导城市后生明晰他的价值选择。男女之间率真的、无所羁绊的交往完全颠覆了传统的价值观，陈茂智却不对此做出是非判断，他没有谴责城市后生的母亲，也没有对高考有一丝一毫的不满，他只是将此作为一种真实的存在呈现出来，真实的即是合理的。作家通过两个人的简单爱情梦想将年轻人的情感生活引渡到关于理想追求的宏大叙事中。自"五四"以后，自由恋爱就作为一种被广泛认可的爱情价值被广为推行，快一个世纪过去了，这对年轻人简单的爱情之梦依然无法实现。我们不必藐视这个年轻人胸无大志，因为这恰是小说的核心价值所在。爱情就是爱情，它有自己独立的存在价值，不是功名和财富的附着物，不是盛世繁华的陪衬。作品蕴含的命题是，体制和身份一定要凌驾于爱情之上？说到底，我们很难把小说界定在爱情小说和现实批判的区间内。

五、国民性批判的承续

小说基调是朦胧的诗情和淡淡的忧伤，但这不仅仅是一般的爱情小说，还是一部超越爱情的国民性批判，如同上文所说，"五四"已经过去了将近一个世纪，自由恋爱依然是镜中花、水中月，在坚硬的现实面前，所有的宣言和准则都不名一文，因此小说充满了国民性批判的隐忧。通过与未来读者的对话，作家有效地将自己的想法传递给后代们。陈茂智借一个爱情的故事表达了他对理想与现实的矛盾的独特理解。也就是说，梦想与现实的互相转换不仅是一种叙述的策略，而且是一种主题的寓意。城市后生两次复读没有考上大学，爱情之梦随之破灭，梦想在现实面前化作了水蒸汽，他发现，梦想的水蒸汽已经悄悄地浸润到了现实的土地上。无真爱，毋宁死，城市后生以决绝的姿态做出了自己的选择，因为他知道，无论高考是否成功，都不能和心爱的人结合，对他来说，真爱是一个并不遥远的虚幻的梦，但永远遥不可及。

小说把题目命名为《姐姐的园》，但是在国民的心中是否也有一个困守自己的"园"呢？作家不仅仅是写时代爱情的悲剧，更带有深刻的国民性批判，那种对国民思想的深刻体察隐含着深深的忧虑。因为他们总是把美好生活和未来梦想寄托在权力机制里，但是这种思想与人类发展的总体方向背道而驰，作家担忧，在这种宗教式的权力崇拜和身份图腾中，民众会沦为自我设定的幻境的奴隶，失去了人性最宝贵的精神自由。这样一种批判性思考应该是很有震撼力的，也是十分沉重的。但是因为采用了一种诗化的笔调，悲剧的氛围渲染得不够，而且小说的批判性结构隐藏较深，这也是作家为了与未来读者对话而做出的必要牺牲吧。

第七节　回望与探索：烛照现实的微光与亮色

客观分析，在湖南文学界，地处湘南以瑶族作家队伍为主要创作力量的少数民族文学创作，比之湘西以土家族、苗族作家队伍为主要创作力量的少数民族文学创作，无论从作品的影响还是从作家的创作成就，无论从作品的数量还是作家队伍的整体实力来看，差距显而易见。这种差距，既是劣势也是优势，它让人警醒，也让人奋发。

陈茂智就是其中在不断警醒自己又在奋发努力的作家之一。

陈茂智的创作，始终以广阔的江华瑶山为背景，有着浓郁的民族特色和鲜明的地域特征，"大瑶河""风城""香草溪"已成为他作品中特有的地理坐标和文学符号。回望他已有的文学创作成果，无论是描写田园牧歌式的短篇小说《姐姐的园》《田野花开时》《小薇》《绿篱》《童谣》，还是以描写官场失意者身心救赎和灵魂皈依的长篇小说《归隐者》，或是以揭露和剖析现实社会对家园的毁灭，对人性、道德的伤害和摧残的中篇小说《静静的大瑶河》《蛋白的家事》《苦楝泪》《乡村旅游》等，都体现了他作为一个写作者的强烈社会责任感。他是一位有着深刻人文思想和隐忧情怀的瑶族作家，因之，也是一位值得关注、让人期待的作家。他在对文学保持一贯热情，以韧性和毅力始终不渝地自觉坚守的同时，也在试图寻找自身的突破。从近年来的创作看，无论在题材的拓展，还是在作品思想内涵的挖掘方面，不时给文坛和关注他的读者带来一些振奋和欣喜。

《陶罐中的火焰》是他发表在《民族文学》2016 年第 4 期上的一部中篇小说，在这部新作中，他把目光回溯到了隋唐时期的道州盆地，描写了一个有关道州矮奴凄美、悲壮的故事。小说根据《新唐书·阳城传》中的一段记载展开故事，通过朝廷征募矮人进宫为线索，描写了两个家庭在残酷的历史环境中的悲惨遭遇。制陶匠何玉文与龙舟画工柳涤尘是同庚兄弟，兄弟俩同一天生下儿子，但宝贝儿子的降生并没有给这两个家庭带来快乐，而被州府列为"土贡"的恐惧和担忧如刀剑高悬，让两个家庭陷入绝境。出于兄弟义气，何玉文最终将自己的亲身儿子星汉送进了自己烧制的陶罐，使星汉作为州府选定的"福娃"，被蓄养在高不过两尺的陶罐中。一个活生生的孩童被人为地禁锢在无法伸张腰身的陶罐中，这一关就是 18 年，其中的悲苦可想而知。然而事情并没有完，这中间，龙舟画工柳涤尘的身份出现逆转，他因为过人的才学被选为州抚的书记官（师爷），但每年对福娃的例行巡检却使他内心受到煎熬。为了报恩，让何玉文能续继香火，他甚至授意妻子与何玉文私会；他冒着丢官杀头的危险，屡屡进谏取消岁贡矮奴的例制。但这些愿望终究还是没有达成，何玉文"义"字当头，以君子所为敬重柳家老小；柳涤尘因苦谏冒犯朝廷获罪，最后入狱被处死。作品在揭示封建统治者苛政之恶的同时，更多地把笔触倾注在这块土地上人性的美好、人情的温暖和道义的神圣上，通过普通人物的"义"与"善"和民情风俗的纯朴与美好的描写，层层加深人间暖色的渲染和涂抹，从而赋予了作品更强烈的悲剧色彩。最后，矮奴以自己卑微之身拼死反抗，在龙舟燃烧的火光中完成了生命的重生。这最后的火光颇具隐喻意味，让后人看到了民间对苛政、对黑暗社会制度坚强反抗的意志和力量。后来在新任道州刺史阳城多次冒死进谏的努力下，"岁贡矮奴"这一苛政陋习最终被废止。

陈茂智善于将复杂的社会问题融于平常生活去思考，在人性、人情和民俗风情的美好与单纯中去追问和探索。短篇小说《糯米唇》发表在《湖南文学》2015 年第 12 期，与《姐姐的园》一样，作品同样写的是一块菜园、一个女孩的故事，但时隔 20 年后，整个社会已发生深刻的变革，在城市化、打工潮的冲击下，农村留守女孩豆芽坚持亲手经营自己的菜园，把它当作生活和精神的寄托，但现实还是无法让她独善其身，在历经外出打工的艰辛和伤痛之后，她最终回到早已破败的乡村，把老船工为她守护的菜园作为自己心灵的休憩之地，最终获得了美好的爱情……作品没有过多渲染繁华都市的物欲横流和人性险恶，而是把笔墨放在凋零乡村田野一块充满绿意与生机的小小菜园，把乡村生活的静谧、美好和人情的温暖与善良描写得淋漓尽致，让人追忆怀想，引人深思。这种人性的温暖和回归，让人看到了尘世中的一抹亮色。

纵观古今中外文学大家的成长历程，作家的个人经历和生命体验，一定程度上影响着作家的创作，决定了作品的高度和品位。多年的创作实践和丰富的生活阅历，使陈茂智在创作上进一步走向成熟，他把自己对生活的观察、对人生的理解、对生命的体验和感悟，融入自己的创作和作品之中，使他的作品更具有时代碰触的质感、灵魂挣扎的痛楚和寻找内心安宁的禅意。他的长篇小说《归隐者》是这样，短篇小说《最后一条大鱼》亦是这样。《最后一条大鱼》是他作品中最具禅味的一篇短篇小说，小说写了乡村渔夫老于头，在乡村日渐衰败、生存环境破坏加剧的严酷现实面前，以一己之力抗争、呐喊，终因势单力薄，在灾难中像一尾大鱼归于洪水中的大河。作品的笔调看似轻松，但所表达的情感却是沉重的。古树进城，使全村的大树都被卖到城里，连渔夫栓锁渔船的歪脖子古樟也不能幸免；疯狂的采砂，导致河道遭到破坏，到处险象环生；无节制的电鱼捕鱼，使捕鱼为生的老渔夫生计无望……在金钱至上、物欲横流的现实社会中，曾经宁静美好的乡村也难以幸免，成为城市化的牺牲品。但陈茂智没有把作品简单地写成一个环保小说，也没有把笔触停留在对现实的批判上。他通过渔夫老于头捕鱼、养鱼、放鱼，最后自己成为河里的一条鱼这一演变过程，写了现实的残酷和良知的觉醒。作品写到洪灾来临，"洪水涌进鱼塘，有人叫老于头快去三癫子那里借电鱼机，把鱼塘里的鱼捞上来。老于头无动于衷，说捞鱼干什么，天老爷知道河里没鱼了，要所有鱼塘里的鱼都回到河里去……"原本对采砂深恶痛绝的他，在洪水把捞砂船卷走的那一瞬，出于善良的本能，拼命去拉栓船的铁链子，"老于头像一条被钓上岸的鱼被铁链子拉着卷进河里的时候，蠢子支书看见他还在河里游，那样子很好看，就像一条在水里游动的鱼。他说，真的，老于头真的就像一条河里的鱼。他是一条鱼，一条活的大鱼，一心一意要游到河的深处去"。在小说结尾，陈茂智用了一句简单的话："没有鱼的河还算是河吗？老于头说的没错，河里没有鱼了，天老爷会想办法。"这看似轻松、简单的一句话，却蕴含着天道自然、因果轮回、生死交替的哲学思考和宗教禅意。人类，该警醒自己，审视自己的所作所为！人类的每一次灾难，都不是偶然的，正如恩格斯在《自然辩证法》中所说的，我们不要过分陶醉于我们人类对自然界的胜利，对于每一次这样的胜利，自然界都将对我们进行报复。

陈茂智最初以小小说创作的不俗成就走上文坛，无论从作品发表的数量还是质量，以及他持续不断的创作热情，都可以看出他对此文体的情有独钟。他的获奖小小说《山魂》成为名篇，奠定了他在全国小小说创作领域的地位。这种简洁、明快的文体使他更从容、更快捷准确地反映社会生活。他在致力于中、长篇小说创作的同时，依然保持每年都有一定数量的小小说作品在报刊发表。《水井里长出白蘑菇》是2014年得到广泛好评的小小说新作，作品写了农村留守家庭的一幕悲剧，砖头老汉两口子留在村里，负责照看两个儿子托付给他们的孙儿孙女。老伴一时疏忽大意，在跟村里人打麻将的间隙，一双孙儿却掉进了水井里。砖头老汉在地里摘花生回来，准备挑水煮花生给孙儿吃，在井里发现了溺死的一对孙儿。他悲痛欲绝，把老伴扯到井边，告诉她井里长出了两朵白蘑菇……他把老伴推入井中，自己也跳了下去。这种无法想象的伤痛，造成读者心灵的巨大震颤。小说发表后，很快被选刊选载，并被列入小小说当季排行榜，受到评论界的关注。

文章当为时世而作，作家应自觉担负自己的社会责任，赋予作品应有的思想内涵，这是陈茂智一贯坚守的创作方向。纵观他的小说创作，无一不体现了作者这一创作思想和艺术追求。他的作品从不以歌风颂月为能事，从不矫揉造作、无病呻吟，其作品的清雅、孤傲、脱俗，在一定层面上使他在创作数量上受到局限，也使他的作品缺乏更广泛的传播空间。为此，他在题材和表现形式上仍在努力寻找和探索，希图能找到更适合自己、使受众能普遍接受的契合点。但现实与愿望总有距离，在文化多元化发展的今天，他的作品和作品所传递的思想，他的创作和他个人自身，至今关注的也仅是少数。真正认识到他作品价值并为之鼓与呼的，更是少之又少。这种创作的艰难与无奈，常常使作家陷入沉郁与忧思。但他没有颓废和消沉，他的文字始终清丽而温暖，以他作品所传递的悲悯与善良，于暗夜中点亮一荧灯火，在雾霾中擎起一星火光，照亮自己也照亮别人。他就像一个固执的农夫，守望着自己的文学领地，守望着一块春天的麦田。

第七章　帕男论：民间叙事传统与村落文化共同体建构

帕男，又名楚天行、楚歌、潇湘孤客、一勺，瑶族，1965年生于湖南省江华瑶族自治县。1982年考入中华人民共和国成立以来第一所私立大学湖南九嶷山学院中文系汉语言文学专业学习。1985年毕业后被湖北省十堰人民广播电台录用，先后在该台从事记者、文学编辑工作。1987年3月，由云南省人才交流中心引进至楚雄日报社工作，历任记者、编辑、副刊部副主任、主任，《楚雄晚报》主编，主任记者，楚雄同图传媒有限公司总经理、楚雄文学院院长，楚雄州文化局副局长、楚雄州文体局副局长，武定县新农村建设工作总队副总队长、万德乡副乡长（兼），政协楚雄州第九届、第十届常委，云南省第七届文联委员；现任楚雄州文联专职副主席、楚雄州作家协会副主席，系中国作家协会会员、中国少数民族作家学会会员、云南省作家协会会员。第三批楚雄州中青年学术技术带头人，楚雄州宣传文化系统"四个一批"人才。先后两次受到云南省委、省政府表彰奖励。

作为从江华走出来的瑶族作家，帕男从1982年开始业余文学创作。30余年来出版的作品不少，成果颇丰：1995年由云南德宏出版社出版了诗集《男性高原》，1996年由云南民族出版社出版了报告文学集《高原潮》，1999年由北京燕山出版社出版了报告文学集《阳光地带》，2001年由作家出版社出版了诗集《落叶与鸟》，2003年由云南民族出版社出版了散文集《多情的火把花》，长篇纪实文学《裂地惊天》，2004年由云南民族出版社出版了长篇纪实文学《穿过神话之门》、长卷散文《天地之孕》《魂牵五台》（合著），2010年5月由云南民族出版社出版了散文集《一抹秋红》、诗集《帕男诗选》，2011年4月由云南民族出版社出版了长卷散文《一个皇帝出家的地方》，2016年由云南民族出版社出版了长卷散文《滇，我的那个云南》、报告文学《芳泽无加》，2017年由云南出版集团云南人民出版社出版了长卷散文《火之韵》，由云南民族出版社出版了长篇报告文学《大江歌罢》、长篇报告文学《格局》、散文集《俚语湘南》、诗集《落花，是一个旧时代的禅让》《只有水不需要剃度》《等我驾到》《在云南在》和《第三十七只兽的阵亡》。另著有长篇纪实文学《梦断天堂路》、长篇小说《爱过了就分手》《墙外佳人笑》。

帕男先后有 50 多件作品获得了全国、省、州的奖励，其中长卷文化散文《天地之孕》、长篇报告文学《裂地惊天》分别获得了第一届、第二届楚雄州政府文学奖"马缨花文学奖"一等奖；《帕男诗选》获全国鲁藜诗歌奖、第三届楚雄州政府文学奖"马缨花文学奖"二等奖、第十九届柔刚诗歌奖主奖提名、中国首届城市诗歌奖二等奖。本人策划、主编，由李夏创作，云南民族出版社出版的《鼎食匠乡》一书，荣获中国版协科技出版工作委员会、西部地区优秀科技图书评委会组织的第 19 届（2010 年度）中国西部地区科技图书三等奖。

帕男还主编出版了一系列著作，主要有：《彝人天堂丛书》：《山灵水韵》《踏舞天堂》《鼎食匠乡》《一地风俗》《化佛传说》，《泥土的情绪丛书》：《一抹秋红》《帕男诗选》《沾满泥土的情绪》，《武定人文地理丛书》：《一个皇帝出家的地方》《活在传说中的人和事》《唱不完的酒歌和情歌》《用来咀嚼的风土人情》。

帕男是云南诗歌活动的重要组织者，2004 年由其创立的大型主题诗会"我与春天有个约会"，每年举办一届，已经成功地举办了 11 届，每届诗会的规模都在百人以上，汇集了全国和云南省众多的著名诗人包括李瑛、屠岸、牛汉、莫言、吉狄马加、雷抒雁、洛夫、彭荆风、晓雪、犁青、桑恒昌、汪兆骞、绿蒂、梁若冰、赵恺、李松涛、张同吾、北塔、洪烛、祁人、刘向东、老刀、张玉太、周占林、简明、谷和、梁尔源、龚学敏、朱零、于坚、雷平阳、张昆华、张永权、杨浩、董宏君、谢克强、严彬、张颐文、欧之德、杨红昆、胡性能、陈鹏、冉隆中、王曼玲、何小竹、曹寇、学群、荣荣、张执浩、肖寒、唐不遇、谢小青、张伟锋、玉珍、安闯、吴永强、王步成、杨碧薇、李有兰、伊蕾、叶舟、铁夫等；主题诗会"我与春天有个约会"得到云南省委宣传部的充分肯定，被誉为"云南诗歌的盛会"。

帕男还创办了在全国较有影响的《37 度诗刊》，出任总编辑。

第一节 一个瑶人的文化圣经

一、在水乡和高原间穿行的写作信仰

人们经常说为别人其实是为自己，为别人求一个平安，也是完成自己的心愿。无论哪个宗教，虔诚的信徒都寓含着功利的动机，希望通过向佛祖或基督祈愿，获得安宁和超度，但是又有多少人为了他人而走到上帝的面前？所以帕男的诗歌充溢着人道主义精神，是向宗教的真正皈依，闪烁着辩证的思想。

这首诗是帕男诗集《落叶与鸟》里的一首小诗《祈祷》：

撇开所有的法事/选择高山上/一个石头/一棵老树/双手合十/许一个愿吧/干脆省了供物/省了香烛/就用一根瘦瘦的树枝/那祈祷好比麦子/小小的/一个愿就为一滴雨水/为尊者或妇孺求一个平安/当然也为自己

巴赫金在《陀思妥耶夫斯基诗学问题》中指出："我们关心的是语言里的词汇，而不是这些词汇在确定的独一无二的文句中那种个人独特的用法。"[①]确实如此，在任何具有成熟诗艺的类型中，总有特定的符号讲述着相对恒定的含义。诗人们或多或少地也采用一些母体意象、象征方式和结构模式，因此我们也有可能超越具体的单个文本而从集体的意象、母体等模式出发，洞见具有普遍性的心理秩序和情感诉求。例如与《祈祷》颇为类似的《森林之魅》穆旦在诗篇中运用了拟诗剧的形式，祭奠在惨烈的野人山之战中死去的士兵，设计"森林"与人进行一种仪式性的对话，最后以"葬歌"作为尾声："静静的/在那被遗忘的山坡上/还下着密雨/还吹着细风/没有人知道历史曾在此走过/留下了英灵入树干而滋生。"这里表达的不是"托体同山阿"的超脱，而是试图"用自然的精神来统一历史"[②]。《祈祷》也不外乎如此，用一场"法事"在"高山"之上，"老树"之中，进入自然内部肌理，尝试以生态的思维方式，进而呈现出生物界的新鲜视角——它所内含的仪式感，"撇开所有的法事"也因为其矛盾性，而抬高了对自然和生命的敬畏之心。生物世界自然也是一个与人类社会酷似的优胜劣汰的世界，正如李少君的《仲夏》一诗"仲夏/平静的林子里暗藏着不平静/树下呈现了一幕蜘蛛的日常生活情节/……/蜘蛛趴伏一角/静候猎物出现/……/前者

---

① [俄]巴赫金.陀思妥耶夫斯基诗学问题.白春仁，顾亚铃译.北京：生活·读书·新知三联书店，1988：223.

② 唐湜.穆旦论.中国新诗，1948(4).

不费心机/后者费尽心机/但皆成自然"①。"皆成自然"的收束也正是把人置于自然生态的同等谦卑地位而来。《祈祷》一诗中，人类不再是主体关照的那双眼睛，而是与"高山""老树""麦子"混为一谈，自成一体，所以才有了"为尊者或妇孺求一个平安/当然也为自己"。某种意义上说，整首诗歌就是一个法事，但是帕男开头就说，"撇开所有的法事"，作家明确无误地告诉你，我不是在说宗教，也不是在讲述哲学，那些抽象的形而上与我无关，我只想回归人性的本真，回归自然的本真，所以作家用了很多非常具体的意象，高山、石头、老树、香烛、树枝、麦子、雨水都是自然界和生活中的常见物什，连缀在一起，共同构成了一幅虔诚的画卷。

一个真正把写作作为信仰的人才可能写出这么落英褪尽、朴实无华的诗篇，如同帕男说，自己"除了写作无他好"，这不仅仅是一种爱好，而且是把它作为生命的全部寄托，除了诗集《男性高原》《落叶与鸟》《帕男诗选》和《在云南在》外，还有与散文集《多情的火把花》《天地之孕》《魂牵五台》《一抹秋红》和多部报告文学集，"几乎将所有的情感都送给了这广袤彝山"。

对部分作家来说，写作就是一种职业，自己站在文本之外，以客观冷静的姿态俯视作品中的一切，包括人物、事件、冲突和意象、意境、情感，就是把它展现给你。对有的作家来说，写作是自己改造世界的一种工具和方式，如鲁迅，写作的指向和针对性非常强，就是要通过"呐喊"，唤醒"铁屋中沉睡的人们"，让国民摆脱蒙昧，自主、自立、自强，而不是在无意识中充当麻木的看客，或者成为刽子手的帮凶，至于毫无价值追求的泡沫式写作更没有谈论的价值。

帕男不属于上述几类作家，他在行走中写作，在苦难中思考，在无奈中诉说，帕男的一生少有悠闲和自如，他没有少年成名的才情，当然少年天才成长的土壤是特殊的，特殊的读书氛围，特殊的家庭构成，特殊的地理特征，总之，他们一出生的后天土壤是最适合天才成长的，而这些帕男都不具备。他出生在一个农家，一个湘南的封闭山区，家中父母都是农民，自己还要承担大量的农田劳动，少年时期承担着长兄的职责，看护自己的弟弟妹妹，总之，仅就文学天才的土壤而言，很难说有正向的引导价值。所以帕男的文学之路注定如杜甫一样，跋涉于万水千山，行走于各个阶层，在特定的氛围中形成具有地域特色的至美文字。

帕男作品的美学价值源于其独特的成长和生存环境。这种环境深刻地影响了帕男，在湘南他经历了儿时的耕作劳苦，莫名奇妙地在初中毕业后失去了进

一步学习的机会，高中毕业后因为报名的失误无法进一步深造，理科生的帕男被学校转移至文科，也许因为当帕男站在人生的十字路口时，上天故意给作家开了另一个玩笑，为文学留下一个传奇，为世界留下一段精彩。帕男给云南边陲留下记录社会的经典文字，完善我们这个民族的文学版图，淡化了边缘和中心的失重关系，为边缘地区文学话语权的确立增加砝码，而非让他们继续被遗忘。这个使命无法留给那些把进入中心作为成就而沾沾自喜的人，或居帝都，或久居商业中心，他们让文学的桂冠更加璀璨，锦上添花自有其独特的存在价值，难道雪中送炭的再造就应该被遗忘？文学史写作的纠偏终会大道朝天，帕男在云南当代文学中的地位是毋庸置疑的。

在湘南江华瑶族自治县出生，成长，治学，少年时期对作家风格的形成的起了很大的作用。江华瑶族是一个文风浓厚的地方，尽管这里非常封闭，但确实文学土壤非常肥沃，帕男在这里出生、启蒙、上学。没有人会怀疑作家儿时记忆的成长作用。无论作家在之后的生活中走多远，儿时记忆永远是作品中的核心意象和故事原型。鲁迅生活在北京和上海，但是一写作还是回到儿时记忆中的绍兴小镇，几乎所有经典作品的底色都是鲁镇，《祝福》《药》《孔乙己》《狂人日记》等，《呐喊》和《彷徨》中的大部分作品均是如此。余华后来移居北京，但是作品中那种潮湿的感觉无疑是在提示读者，故事发生在江南小镇，而非北方的任何一个地方。帕男同样如此，不过与鲁迅和余华不同的是，帕男的文风并非传统意义上的江南风格，也非北方的粗犷，而是有南方的温润和艰苦生活留下的坚韧不屈。

帕男在云南生活了30年，完成了最长的一段职业生涯，高原的粗砺对帕男来说，并没有任何地理意义上的不适，因为从早年到成年，他并不缺少磨难。云南高原和内地不同，那里的天更蓝，空气更加清新，是最容易引起诗人深思和遐想的地方。在城市，也许你的视线就是从高楼到高楼，从墙壁到墙壁，到郊外才能看到200米以外的地方，视线的阻隔让城市的人在狭小的圈子里徘徊，因此现代主义的很多作品都显得匠气有余，而灵气不足，更为重要的是无法给读者带来从视觉、听觉到感觉的全面更新，只能在修辞和句式中寻找诗歌的可能性。但是文学作品的真正生命是作家带给读者的崭新世界和灵魂冲击，帕男的《男性高原》无论在意象的选用，还是意境的构造上，都超出了当代文学的视野，以雄浑的男性气息、阔远的高原气象和玄思的另类气质开拓了云南诗歌的现有格局。这是高原赐给帕男的最佳礼物，当然帕男之前积累的文学素养也起了重要的催化作用。

二、文字风格的互渗：在报人与诗人之间的转换

文学史的一个现象是，部分作家的职业是报人，他们以文字为生，在长期的写作过程中形成了成熟的文字风格，如金庸开创了我国近现代通俗武侠文学的最高峰，其作品通常是以报纸连载的形式刊出，包括章回体的沿用同样是基于吸引读者不断读下去的初衷。章回体小说的源头是话本，也就是书话才人和说书艺人说书的脚本，所以在每次写完之后都留下一个扣子，下一次解开，也就是"欲知后事如何，且听下回分解"。如此环环相扣，金庸直接沿用了这种艺术形式。因为报章体文章与说书艺人的脚本之间有着内在的本质联系，即以大多数读者为接受对象，随时接受被茶客和读者淘汰的命运。当然还包括诺贝尔文学奖的获得者海明威，他是 20 世纪世界文学史上的一座高峰，其文字简洁明快，被成为"电报体"，这种风格的形成与海明威直接从事新闻工作，为报社撰写文稿有着直接的关系。再者，报业人的职业特性决定了他们要经常奔波在事情发生的第一线，对社会的最前沿有着敏锐的认识，能够深刻洞察社会最细微处的发展动向，因此其文字通常峭刻犀利，帕男的文字非常犀利，这在江华瑶族作家群中是不多见的，其他的江华作家如李祥红、叶蔚林、陈茂智等文章的风格均温文尔雅，而独帕男的文字带着桀骜不驯和坚忍不拔。帕男的大部分职业生涯都以新闻工作者的身份出现，诗歌和散文是他在逃离了公共文字之后的个人解脱，他需要一个空间发挥没有释放完的才华，更为重要的是，在这里，他带着对世界的重新理解写下更加富有灵性和犀利的文字，思想更加自由，有时候读者是自己，有时候读者是后来者，你不用去假定这段文字读者无法理解怎么办，文本的本意和引申意之间的张力是不是过大，担心超出了读者的期待视野，影响了报纸的发行量，一如鲁迅的《野草》，是写给自己的内心，或者写给未来的人们。所以帕男的文字显现出两种完全不同的风格，纪实文学和长篇通讯具有非常强的可读性，《裂地惊天》《梦断天堂路》《穿过神话之门》《滇，我的那个云南·云南生态文明记》《大江歌罢》《芳泽无加》《格局》具有蓬勃的力量，读者可以在阅读中找到明显的在场感觉。在场是新闻媒体人写作的境界之一，而在帕男的文学和长篇通讯中，你只要去读，就被带入其中，感觉自己进入了那种特定的氛围。《裂地惊天》是云南的地震现场，帕男当时带领报社的同事们在没有单位专车的情况下，包出租车挤进现场，采集到了第一手的资料，而且带着地震现场的喧嚣、震荡、不安、惶恐，夹杂着地震后的残破和苍凉感，这些都成就了帕男报告文学的独特风格：鲜活的现场感、温热的个人情感和不自觉的带入感。

帕男似乎有两幅笔墨，它们的共性特点是简洁、明快，但是在新闻媒体领域，他表现出了更多的克制，语言和文字更加规范，具有基本文字常识的人都可以迅速读懂并认可。而在诗歌和散文领域，帕男则天马行空，无论文字的本意和引申意之间的距离有多远，而他在本意和引申义之间的张力中自由跳动，如同在黑夜里划过夜空的精灵，或者森林中跳上跳下的松鼠，茫茫夜空，自由自在，无拘无束。在一首题为《矛盾》的诗作中，他是这样书写的：

"桃花在最漫长的那个夜里/达成与春风的默契/谁相信触碰桃花的轻佻名声/会像瘟疫一样/"

首先，诗名叫作《矛盾》。在第一节诗中"桃花"与"夜"的意象构成了第一重矛盾，即主观与客观的矛盾。诗人用"最漫长"一词将桃花与黑夜融进了一个时间维度，在这幅画卷中二者仿佛被赋予了人的形态。起始写春风与桃花达成了默契，这里可以看作是一种主动的交流。可是，这春风沉醉的夜晚却被接下来如同瘟疫般的流言所侵蚀。春风轻触桃花，本来是两情相悦的默契，却因为外在因素的干扰，而让春风背负上了轻佻名声，美感瞬间消失而变得污浊起来。

如果是一个足够成熟的男人/就不会把欲望泪垒成一座坟墓的样式/让别人深耕到更多的隐私/

在这一节中诗人的意象变得更加晦暗，将人们自身隐藏的欲望看作是"坟墓"样式。而坟墓给人的感觉往往是压抑的、神秘的。所以，人们将自己内心那种压抑的、隐晦的欲望埋进自己内心狭小的空间中。本来这一席之地是不想被他人窥探的，却没想到这种遮掩的方式引来了更多人想要深耕的欲望。欲望的埋藏与发掘欲本来就是人性的体现，可是前者是个人的意志，而后者是外界所带来的。在这之间，就还是构成了第一重矛盾的一个衍生，究竟自己以为被深深埋葬的秘密，在他人眼中是否早就如同一件皇帝的新装呢？

"更不要指望还有荆轲/可以赤裸裸地使用匕首/去了断亘古以来的恩怨/干旱中/和麦子高度相近的秧苗/或是饥肠辘辘的一片犁铧。"

在这一节中，不得不折服的是诗人天马行空般的想象和流水行云般的笔触。诗人从上一小节的阴郁氛围中跳脱出来，笔锋一转将视野投掷到了历史的长河中。这种跳脱不仅不显得突兀，反而用历史的话语权加深了诗歌的厚重感。荆轲图穷匕见，最终刺秦失败，他显然不是诗人口中那所谓的"足够成熟"，但他"去了断亘古以来的恩怨"的勇气却被世人代代流传。此外，干旱中如麦子高的秧苗亦或辘辘的犁铧，都是不符合逻辑思维的，是矛盾的，这里将上面两重矛盾做了更深一步的挖掘，表面上还是在讲个人欲望的隐藏，可是诗人却通过"匕首""秧苗""犁铧"等意象，说明了人的欲望终有一天会显现出来，与其遮遮掩掩不如坦坦荡荡地面对。

帕男在这首诗里使用的意象非常繁复，而且语言技巧的运用也是收放自如。例如，在"如果是一个足够成熟的男人"这一节中，诗人用了一个假设句，就可以启发读者去思考：在诗人看来什么样的行为才是"足够成熟"呢？此外，诗人通过这些奇诡的矛盾意象，构成意象间的张力，从而创造了一个与读者对话的空间，给予读者充分想象，充分解读的空间。应该说，这样的诗想象奇特、新颖、大胆，诗人的想象力是不羁的，农田、历史、荆轲、匕首、坟墓、瘟疫，你能想象这仅仅是一首诗中的一个节段吗？

而从诗的主题意蕴来看，诗人在天马行空中其实是思考了有关现实哲理的问题，即作为个体与社会间的关系。从"流言"到"坟墓被深耕"再到"了断亘古恩怨"，诗人层层递进，从最初被流言袭来的惶恐到慌乱中的无处隐藏，最后写到坦然面对的勇气。所以，诗人对这种矛盾关系的提出与解答，隐晦地贯穿于诗中。人与人之间与其向他人遮掩不如坦然面对，鼓励人们即使在最恶劣的环境中，也要保持自我人格的独立与完整！

时间之河与帕男的脚步同时走向了20世纪80年代中期的云南，他最终到了楚雄日报社。在这样的事业单位，编制身份是工资保证和社会地位的通行证，帕男并没有介意，他在肆无忌惮地挥洒着自己的才华，之后楚雄日报最终为帕男解决了编制问题。然而云南在我国的西南边陲，尽管气候温暖湿润，民众质朴宽容，但是气候不适、语言不通、习俗差异、观念相左等，仍然困扰着帕男的创作。在云南的这段时期，他到工厂、矿山或到农村，获取一线的素材。这时的帕男已经转变成为了一个新闻记者，实地采访，通讯速写，报告文学成为帕男这个时期文字的主色调。云南对记者来说既是一个挑战，也是一种磨砺，泥石流、洪灾、地震，这些灾难几乎从来没有间断过，不是穷山恶水，却从未有过稳定的生存繁衍，走在事件的最前沿，还原事实的真相，反映群众的疾苦和愿望，以有力的文字发出真实的声音，这时候，他已经忘记了自己是一个诗人，或者说，他对诗人的定义本来就与众不同。诗人就是站在污水和不幸的旁边，把记者和诗人身份合二为一，这也许是实现责任担当的最佳途径。杜甫没有这样的机会，辛弃疾没有这样的可能，但是在这个新闻媒体可以发挥巨大价值的时代，帕男义无反顾地以记者的身份实现了诗人的灵魂重塑和责任担当。也许危险和死神一直站在自己的身后，一不小心就和它就打了一个照面，但是帕男从未畏惧，"作为一个记者，你靠现场越近你的新闻就越真实，就越能感染别人"。

诗人与报告文学似乎天生就是敌人，在诗人看来，报告文学直接用显性的文字描摹现实，而诗歌以上帝的目光观照芸芸众生，如果说报告文学是现实的朋友，是一面镜子，诗歌则是现实的宗教，闪烁着神性的光辉，抚慰躁动的心灵，超度邪恶的欲望。对帕男来说，他无须为了诗歌的纯粹标榜什么，诗歌和报告文学都是表达现实的一种方式。对地震，作家可以用诗歌寄托哀思，振奋人心，也可以用报告文学还原灾难发生后的真相。2003年，大姚县昙华乡接连发生了6.2级和6.1级两次强烈地震，导致重大人员伤亡和重大的财产损失，帕男在报社没有专车前往的条件下，租车到灾区，白天采访，晚上写作，昼夜不分，创作完成了20多万字的长篇报告文学《裂地惊天》，获得各级政府的表彰，名利并非帕男的追求，但是能够被肯定，帕男更加认识到了文学的价值和文字的力量。

纯文学总是以孤傲的立场和遗世的姿态看待其他文字，尽管步履蹒跚，无人关注，但是帕男从来没有厚此薄彼，以纯文学作家的身份鄙视新闻写作的价值，也从来没有以新闻记者的受宠而疏远纯文学，直到今天，帕男依然以用心写作作为衡量文字价值的尺度。

三、"文革"前失学，"文革"后成长：冷峻笔墨的形成

帕男的创作力无疑是强盛的，他的表达不是应景而作，而是内心深处不可阻遏的冲动，规则与潜规则、表层与深处、辉煌与平庸同时出现在一个平面上，看得见刀光剑影，看不见暗流涌动。帕男的人生节点与"文革"正好吻合，"文革"前，帕男完成了自己的中学时代，并不意外地失学了，之后高考重启，帕男的理科志愿被改成了文科志愿，以几分之差名落孙山。不甘心的帕男上了一个不包分配的民办高校，被排除在工作分配体制之外，毕业之后，四处流浪，半个中国留下了帕男的足迹，也正是在这个过程中，帕男对社会和人生有了更加深刻透彻的认识，形成了冷峻的行文风格，他有一首诗《刀具》：

"冷冷的刀具／总是展开臂膀／从容地和一切生命结伴／刀丛中／恍惚有影／一路踉跄／"

冰冷的刀具总是张开臂膀和一切生命结伴，而诗人正是用"刀具"来表现生活中人们摆脱不掉又让人感到冰冷的一种社会现实。诗的第一句就写刀具冰冷的状态，这没有任何温度的刀具时常从容地张开臂膀与人结伴，诗人一开始便用凄冷的笔调营造了一种压抑的氛围。在这样肃穆死寂的氛围里，人们一路踉跄前行。在刀丛中，这些渺小的身影不能停也停不下来，因为身旁满是结伴而行的刀具在虎视眈眈。

"别强装笑向刀具/那森严未必可敬/壁垒消弭/只在世俗的眼里/"

这一句诗是作者向刀影、自己所说的，它表现了在这残酷的社会现实中部分人靠着卖笑而苟且的生存状态。但如果逃离了世俗的困境，就会发现这一切都消失了它的意义。

"光芒四射的背后/是无休止的杀戮/黎明在星光中骤起/血色大地/兽行昭彰"

如果说前两句诗人的着眼点在于个人与社会，那结尾的这句诗人则用宏大的叙事场面表现了在这个光怪陆离的社会中人与人之间的生存状态——竞争。在现实中，人们在光芒中享受着、在杀戮中苟且着、在希望中重生着。历史的规律无法改变，物竞天择，适者生存，人们如同一头头洪水猛兽保全自己在社会中的一席之地，残忍而又现实。

刀，在现实生活中是中性的，但在帕男的诗歌中，他一开头就说，"冷冷的刀具/总是展开臂膀/从容地和一切生命结伴"，刀已经被人格化了，如同一个幽灵，有生命的地方，就有刀。这种相互争斗是一切生命的本性，而互相斗争的本质也仅仅是为了更好的生存。所以诗人说，光芒四射的背后，是无休止的杀戮，这才是历史的本质，尽管是一个血淋淋的现实。帕男透过刀光剑影看到的是血色大地，兽行昭彰。他从纷繁的现象中直击事物的本质，并毫不留情地揭示，形成了自己冷峻的笔墨。

在《城市人》里，帕男对城市人生活有着辛辣的讽刺，刻骨铭心的批评。

看不惯鱼贯而入的乡下人/嫌弃满身的汗臭/满嘴的粗话/发黄的牙齿啃噬城市肌肉/

在这句诗中，诗人写"城市人"看不起"乡下人"的原因宛如"剔骨刀"般的犀利言语直击读者的内心。他写乡下人啃噬城市的肌肉，在这里"肌肉"其实是城市人华丽而又虚伪的外表，而肌肉都是乡下人用辛劳、甚至是生命换来的。

"城里人脱下的皮鞋/是乡下人擦亮的/乡下人是城市生活的抹布/城里人一无所知。"

诗人在这里不再使用充满想象力的意象，而是以现实的口吻直指那些城里人所嫌弃的汗臭、粗话其实不就是他们自己身体的一部分吗？而且，这一部分任劳任怨甘愿作为一块抹布，去替自己的兄弟姐妹拂去脸上的尘土，让他们光鲜亮丽地生活。可是他们万万没有想到的是，他们只拂去了脸上的尘土，而内心的尘土越积越厚甚至想将他们掩埋。

在那个特定的历史时期，城乡两元体系是一个不争的事实。诗人帕男本就来自温情的湘南小乡村，所以他能敏锐地捕捉到乡村是革命胜利的战利品，在革命中做出牺牲的农村人转移到城市，遂成为了两个分割的世界。诗人以现实为己任，将自己的笔杆转而化作一杆标枪，向自我感觉良好的城市人的病态心理进行投掷。

四、"夜宴"：人类普遍的精神镜像与原型

人们经常在生活中充满警惕，只有在个别场合才会放下戒备。每个人都为自己留下一个精神的空间，在这个狭小的空间里，可以为所欲为，可以肆无忌惮，可以放下白天的伪装，让人性舒展自如，在这里，每一个细胞都觉得养分充足，丰盈无比。这其实是人类普遍的精神镜像，只不过不同的群体有着不同的表现形式而已。帕男有一首诗《圈子里的夜宴》，理解这首诗，就要从整体意蕴去把握诗人的思想情感。这是一首有关圈子里的夜宴，但这个"圈子"代表了什么呢？如果按照诗人的身份来推断，这大概是一群文人们的夜宴。但如果是将诗人的身份抛弃，那么我们每个人都会成为这个圈子中的一员。所以，这首诗表面是写文人的圈子，实则更能引发读者对应到自己生活的圈子里来阅读。这种普泛性，也表现出了帕男诗歌深刻的主题意蕴。

号角暗哑了/生锈的栅栏轰然倒塌/有犬仓皇奔突/向着着血色的夕阳举盏效忠/你也仅仅是一条丧家之犬/在乞怜的目光中苟延残喘/嗷嗷　嗷嗷/滥觞中/搔首弄姿/

首先，在混乱喧嚣的社会环境中，生锈的栅栏突然倒塌，每个人都仓皇奔突。置身在这喧嚣的场景中，我们更多的也许只是迷茫。诗人用"丧家之犬"来形容这种迷茫无助的状态，而为了在这种兽形昭彰的环境里面生存，丧家犬只好在滥觞中随波逐流迎合所谓的潮流。这一节诗与诗人的另一首小诗《刀具》仿佛在某种意义上有着前呼后应的联系，都表现出了人们在这血色大地之中苟且的生存状态。

"老狼夜宴/欢场只剩几许浪笑/刀俎在后/待宰岂止是你　堕落如泥/烹者/把你烧糊了/不能下酒/掂一掂　自己还有多少分量/在众目睽睽下/你假装高潮迭起/那是为了买春人的恩赐/耕者/依旧在闲花中徜徉。"

在狼群的夜宴中，丧家犬只能尽力地去配合那几声浪笑来凸显自己活着的价值。但是，它并不知道其实自己只是只待宰的牲畜，毫无分量。这不仅反映了文人圈子中一些作家的直观感受，而且放在普通大众的生活圈子中亦是如此。每个人，每天都拼命地想展示出自己的价值，向往融入一个圈子中去，可是到头来仅仅发现自己只是那个圈子里谈笑风生的谈资。当希望落空，从空中被重重抛落；当自己被狼群肆意撕咬，自己在这个圈子、在这个社会虽不甘心

却要接受依然没有立足之地的现实，这是多么痛的一种体悟。

　　帕男用他独特冷峻的创作视角、抽象的笔触深刻地揭示了当下曾经怀揣着梦想的人却在圈子里渐渐失去自己的本心，变得麻木从而随波逐流的一种现象。这些关系就像一个圆圈，一旦踏入就像死循环，迷失自我的同时也找不到出口。帕男通过这样一首强而有力的诗歌，想要呐喊出的是一种对于追寻本心的夙愿，从中展现出了一种强烈的时代气息。

　　清代的黄景仁写过一首诗，"十有九堪白眼，百无一用是书生"，所谓的知识分子和文人在商品经济大潮下狼狈不堪，报社记者为真相奔走呼告，为第一手资料而踏破铁鞋；作家用文字为人类构建永恒的精神家园，但是他们依然要在现实生活的困境中踟蹰。对于这种文人的精神和生存困境，元朝的乔吉有首散曲："朝三暮四，昨非今是，痴儿不解荣枯事。攒家私，宠花枝，黄金壮起荒淫志，千百锭买张招状纸。身，已至此，心，犹未死。"文化人格最终归结于自我调侃和自我安慰，在浩浩狼烟和刀光铁血面前，他的文化人格，只能归结于灭寂和苍凉，归结于一场无可奈何的悲剧性体验。但是一群相似境况的知识分子的聚首仍然让人兴奋十足，心灵的共鸣和相同的际遇在夜宴的狂欢中达到高潮。帕男诗中"圈子里的夜宴"中的圈子即是一个知识分子的精神磁场，所以"夜宴"是帕男们鼓舞自己的聚会，也是人类精神的原型性困境。"人天然具有理性；他是能够意识到自己存在的生命。人能意识到他自己、他的同伴、他的过去以及未来发展的可能性。"[1]这种天然理性与非理性同时共存，在不同的场合体现出不同的侧面，当政治的统驭制度、道德的伦理秩序和职场的层级属性要求个体呈现出理性时，个体必须呈现出合乎要求的理性，否则就是离经叛道，或者被边缘化，或者被现有的秩序淘汰出局。而作为同等地位的非理性则被长期压抑，因此它需要合理的通道去释放，使人成为丰润的个体，而不是异化的牺牲品。酒充当了非理性的合适工具，"夜宴"借助酒成为了非理性狂欢的盛大节日和最佳场合。从情感上说，"对自身作为一个单独实体的意识，对自身短暂生命历程的意识，对自己无意志而生、反意志而死的事实的意识，对他会先于自己所爱的人而去或者自己所爱的先于自己而去的意识，对自身孤独与疏离的意识，对自己处在大自然与人类社会中无力感的意识；所有这些意识都使他孤独、破碎的存在变成无法忍受的牢狱。如果他不能把自己从这样的牢狱中解放出来，如果他不能以这种或那种方式同他人、同外部世界沟通起来，那

① ［美］弗洛姆.爱的艺术.李健鸣译.上海：上海译文出版社，2008：45.

么他就会发狂".① 如同弗洛姆所说，人是理性的动物，所以在白天，社会以既定的方式有序运转，晚上一切都归于沉寂，但人毕竟是人，"人能意识到他自己、他的同伴、他的过去以及未来发展的可能性"。夜宴由此产生，他们需要在夜里，聚集在一起，尽情狂欢。"人类最深层次的需要是克服疏离感，是逃离孤独监狱的需要。达到这一目标最根本的失败意味着疯狂。因为，完全离群索居的恐慌只有通过对现实世界的根本的规避、逃离才能克服。疏离感消失了，因为与人疏离的世界在当事人看来也早已消失了。"②而克服疏离感的最好途径就是夜宴。

"在众目睽睽下/你假装高潮迭起/那是为了买春人的恩赐/耕者/依旧在闲花中徜徉"，夜宴上，所有人尽情进入狂欢状态，哪怕是假装高潮，因为只有这样，自己和他人才能摆脱疏离感，达到这一目的——摆脱疏离感——的一种途径在于各种各样的狂欢状态。这些狂欢状态可以采取自我促成的恍惚情形，有时候可以借助于药物的帮助(毒品等精神麻醉剂)。许多原始部落的宗教仪式提供了还原夜宴的活生生的画面。"在短暂的极度兴奋中世界消失了，与世隔绝的疏离感觉也随之消失。如果是集体的迷狂纵欲，那么参加者还会体验到一种与集体、他人融合无间的感受，这样就使效果更加明显。但慢慢地，随着焦躁感的逐渐增加，就必须重演这一仪式，这样方能缓解疏离孤独感的再度复发。只要这种狂欢状态是一个部落的集体行动，那么就不可能引起焦虑感或罪恶感。这样的一种行为是'正确的'，甚至是一种美德。"③

第二节　精神故乡的迁徙——从瑶族到彝族

江华瑶族自治县非常偏僻，与广西接壤，是少数民族聚居区。作为故乡的江华在帕男的心目中是一个复杂的图景，一方面，那里有自己的父亲、母亲和兄弟姐妹；另一方面，苦难的童年和心酸的青少年时代又让帕男刻骨铭心。因为那种生活已经烙进了帕男的骨子里，他非但不痛恨这样的生活，反而有一种复杂的、爱恨交加的感情，他的诗歌《问候故乡》这样倾诉自己的情怀

"你好 故乡/你看见了吗/我在风中招手/我实在不习惯/用自己修改过的声音问候/你习惯吗/我只好招手/还有什么比招手更亲近/再也找不到一种/能够

① ［美］弗洛姆. 爱的艺术. 李健鸣译. 上海：上海译文出版社，2008：45.

② ［美］弗洛姆. 爱的艺术. 李健鸣译. 上海：上海译文出版社，2008：45.

③ ［美］弗洛姆. 爱的艺术. 李健鸣译. 上海：上海译文出版社，2008：93.

替代的形式/无法不说这叫亲近/"

诗人一开篇就说自己不习惯用改变了的乡音来向亲爱的故乡问好，所以用饱含深情的招手来表达，这是一种对故乡多么崇敬的情感！

每天的向往/都在一方被揉皱的梦中/寄托相思

下面一句，诗人再一次将含情脉脉的眼神投掷到了故乡，那是诗人每日魂牵梦萦的故乡。诗人这种细腻情感的表达集中体现在了"揉皱"这一词语，说明诗人将对故乡的深切思念是被压在心灵底端的，虽然时常翻动那记满故乡的书页使之泛黄、揉皱，但他却不动声色。这种激烈而又隐忍的矛盾情感，正是诗人对故乡真情的流露。

故乡，在帕男的作品中不是一段历史，而是一个原型意象，对故乡的问候，其实是对童年时期生活的致敬，因此他对童年的磨难不是诅咒，也不是怀念，而是深情的问候。"原始意象是同一种类型的无数体验的心理残迹，每一个原始意象中都有着人类精神和人类命运的一块碎片，都有着在我们祖先的历史中重复了无数次的欢乐与悲哀的残迹，并且整个地始终遵循同一条路线。它宛如心里中的一道深深开凿出的河床，生命流在这道河床上突然奔涌成大江，而不是从前那样在宽阔然而清浅的小河中慢泻。"①可见，故乡是江华作家群精神和命运的完整记忆，即使是一块碎片，也弥足珍贵，诗人在《梦里冯河》里干脆直接以咏叹调的方式从五岭山脉写起，一直流出到故乡的冯河和云朵："那是祖母的源头/也是母亲的源头/自从五岭山中/徜徉而来/注定了我要一生守候/"

诗人写祖母的源头、母亲的源头其实就是在写故乡，对故乡诗人是"注定一生守候"的。因为那是他生命的源头，是他灵魂的源头。

"虽然别无选择地走了/是沿着溅满碎浪的山峰/一直走到了一朵云下/但心如一枝水柳/永远铆在了红土上/由此总有木叶和山歌/在我的梦中一阵阵唱响/更有碎浪"

这一节既表现出了诗人对故乡的敬意，更体现出了一份深沉而隐忍的爱。诗人用了一个"铆"字就强而有力地表现出自己对故乡那份坚定不渝的情志，这在帕男的诗歌中所占的篇幅不多，但却是最为深情纯粹的咏叹调。

德国汉学家顾彬认为中国作家无论离开故乡多久，最终都要重新回到故乡，无论莫言、余华，还是王安忆，"无论他在上海、在香港还是在北京，他们都写不出中国城市的味道，他们写的北京、上海，包括王安忆的作品在内，都非常抽象。莫言也在北京住了20多年，他把北京的风格写出来了吗？并没有，

---

① ［瑞士］荣格.西方心理学家文选.孙名之译.北京：人民教育出版社，1983：83.

他写的是他的故乡山东高密"。① 王安忆一生都在写上海，莫言在写山东高密，余华在写江浙小镇，他们的精神据点一生没有离开脐带的源头，也正因为这样，他们的风格因此而鲜明，读者看到作品很快就知道这是哪个作家写的，山东的粗线条难道和上海的吴侬软语是一回事？但是成也萧何败萧何，正如顾彬所说，这样失去了文学的活性。

而在帕男的笔下，湘南瑶族和云南彝族完全是两种不同的风情，"男性高原"的粗砺与湘间小调是不同的，仅仅是竹子，湘南之竹和云南之竹都各有风情，"面对竹林/如面对分手的情人/婆娑的舞姿/是要表示一切依旧/却谁也不愿回忆。"帕男将面对竹林的情感想象成为"分手的情人、婆娑的舞姿"，这不禁为整片竹林蒙上了一层既暧昧多义却又有些感伤的荫翳。这种通过感觉、视觉相融合颇具创新力的想象使竹林的形象更加立体、丰富地呈现在读者眼前。

"梅雨穿透遮护的雨具/手挽手于竹林/窃窃私语的方式/使竹林羞涩难耐/有时竹林里了无鸟做窝/许多本该动人的故事/因此丧失了诱惑"

诗人分别用了窃窃私语的、羞涩的，来突显出湘南瑶族竹林的那种婀娜多姿。并且，这种形象是朦胧的，是带着楚湘文化亘古以来独有的、神秘的魅力，让人读来如痴如醉。

而云南的竹子则是另外一番景象，"好在山下的云南/ 还耕种着 26 亩地/每一亩地都生长着一个民族/大致相近的口音/才有如此亲和/即使每当因渴慕而争执，也总会把各自的风俗摞在一起/用激情的火把/照亮心的暗角/从此/高高山下的云南/总是泰然自得春风满面"。

诗人对云南竹林的描写与湘南竹林的温婉神秘不同，云南的竹林更多了一抹热情奔放的色彩。造成这种不同的原因：一是不同民族自身的特色；二是诗人主观情愫的带入。诗人在写湘南竹林的时候，是带着回忆的情绪在创作，所以带有一种朦胧的美感。而对云南的竹林更多的是一种直接而热烈的描写，所以意象也大多采用"火把"等明亮的事物。读完这两首诗，呈现在读者眼中的湘南之竹便应该是那倾国倾城貌的林黛玉，云南之竹则是肌骨莹润的薛宝钗。

相同的喻体，不同的本体，源自诗人对湘南和云南两个地方地域风情的深刻理解，湘南温柔多情，云南激烈粗粝。"现在（包括过去和未来的现在化）的自己（个人独特的主观）的内在体验（感情、感觉、情绪、愿望、冥想）的直接的（或象征的）语言表现。"②从细腻到激情，从瑶族到彝族，帕男的文字以别样的

---

① 顾彬新浪博客.中国作家：过精英生活怎么写百姓文章，2012 年 11 月 30 日查询。

② ［日］洪田正秀.文艺学概论.陈秋峰，杨国华译.北京：中国戏剧出版社，1985：47.

方式为民族文学标识出了崭新的维度。

第三节　天地之孕：跨文化的底层叙事

帕男的诗歌中多有智慧和哲理的诗篇，也有充满讽刺和幽默的表现世情的精品。《天·地·人》这首诗里说："人面千种/要读就读眼神/哲人的头颅里/早把眼睛当了窗户/万物递进/逃不过眼睛/眼睛里充斥了真善险恶/休怪眼睛/泪水随意飘洒/惟有面对真人/眼泪才会清纯。"诗人将眼睛写作洞察心灵的窗户，这看似是一个很常见的比喻，可是帕男却将这一意象上升到了哲理范围。他在写唯有面对真人，眼泪才会清纯，但其实现实生活中，每个人所流出的眼泪都是透明的。所以，这里不能仅仅从现实世界出发去看诗人所说的"眼睛"以及"眼泪"，而是要以一种抽象的思维去理解，作者所谓的"眼睛"。在这里眼睛与心灵是合二为一，眼清心自清，心清人自清。所以，真正、美好的情感是由内心而发的。正像诗人所说的人面千种，人与人之间的关系不在于外表而是透过表面去看本质。

拉美诗人何塞·马蒂说："诗是我心灵的一部分，也是我的武器，我的诗没有一首是杜撰的，它就像眼睛里流出来的热泪，伤口中淌出来的鲜血。"[①]

帕男同样如此："那年月里/是谁不慎/一篙扫落太阳/掉进深潭。"诗的这一句写黑暗岁月里，不慎落入黑潭，那里没有一缕阳光照耀。在这种绝望的坏境中，诗人紧接着写道："黑发是夜的兄弟/是夜走失的帘布/每当充满情绪的头颅晕眩/帘布顿作头帕/让窗无法感受无棂的撑持/俨如无锁的门叶一样柔弱。"在这一节中，诗人采用黑发、帘布、头帕、窗、门叶等意象，紧接着写黑发在黑夜中为眩晕的头颅做帘布抵御外界的干扰，突然笔锋一转写窗因为没有灵柩的支撑而显得柔弱。诗中写到心灵与现实，我们甚至可以想象到在最黑暗的时光中，是诗歌填满了诗人柔弱的内心。

谢冕先生说，"可以为诗骄傲的是，在所有文学艺术样式中，它最先、最丰富也最全面地保留了时代和现实生活的情感的投影。这些投影不同于我们业已熟知的那种全知的描绘与再现，它断然排斥了直接观照的方式，而代之以总体象征性地对于生活，特别是人们内心情感的被动的直述和直描，它是无情的反叛。想在这些诗中寻找关于实际生活的图解与阐析，只能是徒劳。注重诗人自

---

① ［古巴］何塞·马蒂. 何塞·马蒂诗文选. 毛金里译. 北京：作家出版社，2013：76.

我的内心世界对客观事物和社会生活的融解和包容，已经成为一种明显的趋势"。① 在江华瑶族作家群中，叶蔚林是一个旗帜性的作家，他是江华瑶族作家群的峰顶，正是在他的影响下，江华作家群落的写作无论在质量上，还是在数量上都达到了前所未有的程度。叶蔚林出生于广东惠阳，从部队转业之后定居江华；帕男则出生于江华，现居于彩云之南楚雄彝族自治州，从生活地点上说，前者的终点是江华，而后者的起点在江华，总之江华给了他们创作的灵气。但更为重要的是，因为叶蔚林的落脚点在江华，作品的精神底色纯净，有较强的归宿感，强调文学要有"根"，《在没有航标的河流上》《蓝蓝的木兰溪》《五个女子和一根绳子》都是瑶族人生活方式的化石，是如屠格涅夫一样干净的世界，也是有别于沈从文湘西描写的别样空间，所以湘西的世界在沈从文的文字里，而湘南的世界则在叶蔚林的作品中。

　　帕男则不同，江华给他的是灵气、血液和感觉，而对世界的理解方式和生命的理解在流浪中完成，从湖南江华到云南楚雄，他从未走进文学圈子中的政治中心、文化中心和商业中心，从边缘到边缘，从中南到西南，无论从地理意义上，还是文化意义上，他总是在边缘，但是在文学意义上，边缘并非是一个落后的代名词。帕男的文学创作从诗歌开始，20世纪80年代是一个诗歌的年代，在这样的时代氛围中，他将自己对生活的理解转换成诗歌，遂结成了最初的诗集《男性高原》，之后，2001年由作家出版社出版了诗集《落叶与鸟》，诗集《帕男诗选》《落花，是一个旧时代的禅让》《只有水不需要剃度》《在云南在》《等我驾到》和《第三十七只兽的阵亡》。

　　纯文学的大部分作品离不开三种文体：诗歌、小说和散文，这是纯文学领域的基石，只有在这些领域的成就才可以标举造诣，因此中国作家纷纷以纯文学作为自己对艺术追求的侧影，而对于直接把文学虚拟性和新闻写实性结合在一起的报告文学则较为排斥，这也成为报告文学不够纯粹的口实。作为一个诗人，帕男在报告文学领域颇有建树，1996年由云南民族出版社出版了报告文学集《高原潮》，1999年由北京燕山出版社出版了报告文学集《阳光地带》，长篇纪实文学《裂地惊天》，2004年由云南民族出版社出版了长篇纪实文学《穿过神话之门》，2016年由云南民族出版出版了长篇报告文学《滇，我的那个云南》《芳泽无加》《大江歌罢》和《格局》；另著有长篇纪实文学《梦断天堂路》《大冲刺》等，在并不以报告文学为主打文体的作家中堪称奇迹，他是诗人中最好的报告文学作家之一，也是报告文学作家中最好的诗人之一。读他的诗歌，你能

---

① 谢冕.朦胧诗选——历史将证明价值.北京：中国青年出版社，2009：2.

感受到强烈的现实气息，对黑暗的批判、讽刺和嘲弄从来不吝笔墨，不在意强烈的主观情绪是否影响了诗意的建构，他的灵魂镜面中容不下一丝黑暗的斑点，眼里容不下一颗滞涩的沙子，因为他是一个诗人，因为他的灵魂过于纯粹。

流浪是帕男艺术生命的关键词。据帕男本人讲，他每次在街上听见《流浪者》这首歌都眼睛湿润，眼圈发红，"流浪的脚步走遍天涯，没有一个家。冬天的风啊夹着雪花，把我的泪吹下。走啊走啊走啊走啊，走过了多少年华？"帕男的文学影响和成就不会让他居无定所，但是精神的流浪让帕男总是能够在歌声中感受到发自心灵深处感叹。他不会觉得自己属于什么地方，什么地方才是自己的归宿，或者在精神上为灵魂寻找依托和慰藉，而是把精神和灵魂放置在众生的喜悦和苦痛、束缚和解脱、浮躁和入定的混乱状态中。

与帕男的创作文体相对应，他的身份随之变化，记者、诗人、作家、行政官员，抑或文化名流，但是这些外在的符号无法改变帕男的自我放逐心态。俄罗斯作家是自我放逐精神中最为集中的群体，他们经常心甘情愿地把自己放在命运的十字架上，为了真理、平等和自由奔走呼喊，很多人被沙皇流放到北高加索等人烟稀少的极寒地区，自生自灭，让诗人们的肉体在蚀骨的寒风和暴雪中逐渐失去温度。在那里，你看不见烟火，看不见灯光，看不见街道，看不见教堂，只有萧索的树木和皑皑的白雪，你想自由，就让你在无拘束的环境中死去。但是诗人们依然坚定前行，在那样的环境中写下了直击灵魂的文字。冰天雪地盖不住诗歌的优雅，沙皇也不能。帕男也有流浪的心态，但是与俄罗斯诗人生活的社会背景不同，我国的经济发展、政治制度、人文水平和人权状况都在日新月异地发展，人民安居乐业，社会非常稳定。国家不幸诗家幸，乱世出诗人，俄罗斯恶劣的社会环境孕育了一大批优秀诗人。作为诗人的帕男知道，我们的国家和民族需要诗人，需要作家的批判和思考，冷峻的眼光和中肯的声音永远是民族内省的动力，无论世事怎样变迁，真正的诗人永远不会多余，关键在于诗人是否能够站在边缘审视时代，给民族泼去清静的冷水，让民众保持清醒的神志。这与时代是否繁荣无关，与国家是否强盛无涉，保持对社会的真切触摸，对生活深刻感悟……保持流浪的心态，就保持了诗人的存在价值，保持了对社会责任的始终不渝。

因此帕男的自我放逐和流浪心态并非源于对社会的整体性印象，而仅仅是诗人的本能和担当，选择了文学，选择了诗歌，就选择了与现实为敌。更重要的是，帕男的这种心态是在一段自我与时代的纠结中形成的。经历是作家风格的基石，帕男出生于 20 世纪 60 年代末，少年时期正好与狂风暴雨的"文革"重合，尽管在穷困的僻壤，彼时的江华同样与时代同步，公平被遮盖，民主被荒废，人权被弃掷，这样的环境注定了帕男多舛的命运。帕男五岁那年就被送进了乡村小学，原因是父母亲没有时间在家里看护孩子，还不如送到学校里去。彼时的湘南比其他农村还要穷困，而且江华属多山地区，帕男每天上学都要带上那个沉重的松木板凳，往返于学校和家庭之间，否则容易丢失。在那个物质稀缺的时代，家庭的任何器物都是珍贵的，一个只有五岁的孩子只能按照现行的时代路辙和物质水平生活，懵懵懂懂地融入那个不知所以的时代里。家长要"抓革命，促生产"，哪有闲暇去管孩子的事情？于是，他们就在自然而然的状态下学会了自治，哥姐拖着弟妹一起上学，放学之后领着弟妹一路回家。苦与不苦都无关紧要，重要的是那段尽管艰难却充满了田园牧歌的儿时回忆。帕男在家中排行第二，仅仅大帕男几岁的姐姐，要和父母下田种地，自己就要带着弟弟妹妹，每天早上早早起床烧菜、做饭、穿衣。那时帕男仅仅10岁，刚刚进入初中。从家到学校的路有三四公里，中间山路夹着河流，离家远了，路程难了，上山下坡就不再是田园牧歌，而是苦难。

如果仅仅是这种自然条件的恶劣，也很难在帕男的心理上烙下深刻的印记。命运的转折总是与升学联系在一起。对中国的知识分子来说，科场胜负常常成为人生的重要转折，或者没有走上科场就折戟沉沙，或者在科场上失意落魄，或者在科场夺魁后"一日看尽长安花"，总之科场成败决定士子命运，而帕男连科场的机会都没有得到。1978年，帕男初中毕业，这对中国是一个非常特殊的年份，之前还是"文革"的滚滚洪流，之后就迅速进入改革开放时期，从计划经济到市场经济，从以阶级斗争为纲过渡到以经济建设为中心，但那也是满目疮痍、百废待兴的时期，旧体制已经瓦解，新制度尚未稳固，莫名其妙中被剥夺了上学权利的帕男并不甘心，父亲到处申冤，却无疾而终，自己到县城讨说法，却不知道跟谁说理去。跑遍整个县城，双脚磨出鲜血，却只能重新复读，而这也是经过了苦苦抗争之后的最好结局。短暂的等待之后，中国迎来了高考制度的重启，推荐制被废弃，从上到下全面推行考试制度，帕男也就顺理成章地读上了高中。高考成绩仅差几分，与大学擦肩而过，只好重新回到农村。这种经历与路遥《人生》中的高加林基本一致，拼命劳动挣工分，日出而作，日入而息。如果是一个从官场回归田园的知识分子，也许这是一种难得的情景，毕竟有人白天辞官去，有人星夜赶科场。对年轻的帕男来说，精彩的人生还没有开始，他不可能在这样的重复中消磨，知识改变命运，时代的主题、历史的变迁、社会的变化与帕男彼时的心境形成了高度统一。

正是在这样的经历中，帕男对人生、对世界、对社会有了崭新的认识，看到社会的不公，审视人性的丑恶，成为帕男作品的主调。与公办院校的擦肩并没有让帕男就此失去进入高等学府的机会。在私立大学还是一个陌生概念的时期，敢为天下先的湖南人就开始创办了一所真正意义上的私立大学，这给了帕男重新读书的希望。九嶷山学院设在湘南九嶷山区的舜源峰下，四围均为山林，学院矗立其中，仅一条蜿蜒于山间的小路通向山外，犹如陶渊明笔下的世外桃源，自然环境十分清静，但是办学条件也非常艰苦，教室是"文革"之后留下的破庙，墙壁四处漏风，院长办公室是一个被隔板围成的小屋，还要兼当宿舍，女生宿舍同样在这个破庙，男生宿舍在远离教学地点七八公里的地方。这种办学方式与战时的西南联大非常相似。西南联大创造了中国高等教育史上辉煌的顶峰，人才辈出，星光灿烂，由于日本占领了华北，北京大学、清华大学、南开大学三所高校的师生到云南的昆明办学，条件也是非常艰苦，但是由于大师云集，战时的艰苦条件并没有成为阻碍西南联大培养优秀人才的问题，相反在之后一个世纪的时间里，中国各方面的顶级大师都源自这里。也许正是由于战时的缝隙让师生们更加珍惜教育的来之不易。在那个时候，日本的飞机经常光顾昆明，师生们在两个校区上学时，经常在路上遭遇飞机炮火的轰炸，听见轰鸣声，趴下躲避，之后拍拍身上的尘土，继续到教室上课。九嶷山学院并未产生在战时的环境中，但是在封闭、落后、贫穷的山区，帕男和他的同学们依然找到了知识的快乐。那里没有城市的喧闹、繁华和便捷，师生们上课条件就是一盏煤油灯、一份讲义夹、一张小板凳，而这些已经足够。南方的多雨连绵培育了文人的细腻，也滋养了女人的温柔，但当屋漏碰上连阴雨，感觉还要雨临头，一切的风景和浪漫都一扫而空。条件不会因为你的厌烦而收敛，无论痛苦与否，它就在那里；无论接受与否，它也在那里，于是，帕男和他的同学们就不再郁闷，学生们都背着蓑衣，头顶斗笠，依然地听老师讲课。

苦中作乐是对抗不利环境的最有效的办法，没有现实的安逸，没有可口的饭菜，精神食粮总是应该有的。学校是精神食粮最丰富的地方，颜回不是也"一瓢饮，一箪食"吗，古人尚且如此，自己当然也能。"穷且益坚，不坠青云之志"让他们战胜苦难，"立言、立德"让他们在艰苦的条件下不忘记知识分子存在的价值，没有失去人生的航向；"修身齐家"以传统儒家思想的个人修养准则为这些青年人树立了典范。所以纵使吃不饱肚子，一日三餐的柴米油盐都要翻阅几座山头到集市上去买，阴雨连绵时几乎断炊，帕男和他的老师同学们反而乐在其中，能够在那样的环境中支撑到毕业，这也是帕男在之后的人生道路上从未丧失人生理想的重要原因，他的作品也因此而更加扎实，对现实的批判没有虚空的说教，对理想的追求没有扭捏的矫情。

作品境界从苦难中来，从经历中来，也从精神的煎熬中来。他曾经到中国二汽所在地湖北十堰当一名教师，但很快发现，这里并不是自己的最终归宿，仅仅三个月之后，他就离开了讲台。之后他到了十堰电台，满腔的热情没有带来应有的回报，但是他知道这也许是最符合自己的职业，能把自己的爱好、专长和生存完美地结合起来。但是复杂的人际关系和莫名其妙的人事调动让帕男无所适从。在那个改革开放刚刚起步的历史时期，内陆省份的经济发展程度和选材用人科学性水平还很低，离开也许是最好的选择。之后的颠沛流离是帕男对人世苍凉和人情冷暖的理念发生质变的时期，湖北、江西、福建、广东、广西、内蒙，那张民办院校的毕业证无法给他带来一个稳定的工作和可靠的生计，能力和现状之间的疏离并没有让帕男感到文字的无力，相反，这种流落成就了诗人之幸。在此之后，帕男开始逐渐摆脱生存的困扰，不用为了生存而屈膝，他开始重新梳理自己的写作方向。多年的漂泊沉淀了他进一步文学创作所需要的全部积累，在功成名就之后，仍然有一个遥远的声音在召唤这个为诗歌而生的作家。17 年来对云南高原的全部感情需要一个途径喷发出来，需要诗行凝固下来，在这种情绪的支配下，德宏民族出版社出版了帕男的第一本诗集《男性高原》，被认为是"对云南高原诗坛不小的贡献"。

尽管真正为帕男留下文坛坐标的依然是新闻性的稿件，通讯《红土地向你出示黄牌》被评为第四届全国地市报好新闻二等奖，编辑作品在第七届、第八届全国地市报好新闻评选中获奖，本人获编辑奖；长篇通讯《背负哀牢》《星宿情缘》《山魂》分获全国记协、中国作协联合举办的第四届、第五届、第六届"中华大地之光"征文评比特等奖、一等奖、二等奖；新闻论文《走进读者未必远离党性》获第五届"中华大地之光"征文三等奖；《山里的女人》《活祭》分别获得首届、第三届全国"箫韶杯"文学大奖赛一等奖、优秀奖，还有《这也是一片爱的土地》获第四届云南省新闻奖，等等。另有近 20 件作品入选《跨世纪一代的足迹》《流淌的金沙江》《全国地市报好新闻选》《中华大地之光获奖新闻选》等10 多个选本。

帕男的艺术创造没有因为文体的区分而把自己归属在某个特定的领域，他的文学才情在诗歌之外的领域依然熠熠夺目，长篇小说《爱过了就分手》《墙外佳人笑》展示了帕男对长篇小说的构制能力。在经过了一段时间的爬行和思索之后，帕男开始转向散文的创作，从次序上讲，这是很反常规的，因为首先诗歌是文学皇冠上的明珠，其对语言控制能力、意境能力和音乐感知能力的要求最高。文学的极致是诗歌，但帕男的文学创作从诗歌开始，反而在文坛耕耘20余载之后才有散文集问世，甚至报告文学的创作时间也在诗歌之后。对帕男来说，诗歌是"自己的园地"，如周作人一样喝苦茶，听冷雨，看风起，只是情趣不同，意境不同，都是作家精神的后花园。从这个意义上说，散文是最没有"技术含量"的，不似诗歌那样精雕细琢，也不似小说那样工于机巧，更不像报告文学那样直击现实，而是在褪尽繁华之后的深沉，放下一切技巧和构思，它仅仅是感情的凝聚和灵魂的物化，因此帕男的散文显得最为厚实。2003 年由云南民族出版社出版了散文集《多情的火把花》，长卷散文《天地之孕》《魂牵五台》（合著），2010 年 5 月由云南民族出版社出版了散文集《一抹秋红》、2011 年 4 月由云南民族出版社出版了长卷散文《一个皇帝出家的地方》、2017 年由云南民族出版社出版了散文集《俚语湘南》、云南出版集团云南人民出版社出版了长卷散文《火之韵》。

第四节　信仰之路：跨身份的多元思考

帕男在诗歌中缔造着一个居于自己的思考国度，是一个帝国，而且是一个关于理性思考的帝国。帕男在诗歌创作中溶入了丰富元素概念。既是复合的，又是独立的。主要分为鱼科元素，季节元素，气候元素，雨元素，雪元素，故土元素，怀父元素，灵魂元素，爱情元素，风情元素，风景元素，典故元素，昆虫元素，文艺元素，现代元素，历史元素，石头元素，伤痕元素，戏剧元素，男性元素，近代元素，法律元素，文化元素，留守元素，圣战元素，生物元素，植物元素，自由元素，民生元素，蓝色元素，黑色元素，红色元素，海洋元素，宗教元素，死亡元素，生存元素，反思元素，非独立元素，神秘元素，审美元素，非批评元素，视觉元素，判逆元素，绘画元素，线条元素，空间元素。诗歌的元素非常丰富。

在这么一个将诗歌艺术与哲学思考相互依存的思考领域里，帕男自由地完成了一个诗人关于社会，关于人性，关于宗教，关于历史，关于现实，关于民族关于道德领域的思考。同时在这些思考的过程当中，还包括了帕男本身自我发展自我完善自我理想的觉悟提高升华的思考。这些多层次领域的思考形成了帕男诗歌作品的理论体系的意义：

——同时也是一个独立性的诗歌体系。

——你无法在帕男的作品中找到他对任何其他诗人摹仿的痕迹，也无法从别人的作品中看见摹仿帕男的痕迹。

——从某种意义上来说这种独立的诗歌模式是帕男诗歌创作及其存在的最大价值，他能只通过一句简单的民族方言就能完整地延伸出一个关于民族历史沿革，与主流文化求同存异的置换过程。

——折射出一个民族由来已久深邃的人文元素。

——他总是从一些司空见惯的微小的客观层面中去展开宏观意义的思考。

——其实是一种局部思考与整体思考相互促进的结果。

——他仅仅从一个脱离躯体的羽毛，就将培根，尼采，王小波精心设计精心构建的个人主义自由王国在瞬间摧毁，从一个漂流的桃花落樱的瞬间，就将大唐盛世的衰落过程跃然纸上。他信仰狼性，但是却从一群狗的没落中寻找到一个民族文化畸形的演变因子。他信仰海洋文明，他信仰海洋文化，他崇拜彼岸的自由及其个性的张扬价值的张扬，但是仅仅是一个母亲低头的动作，就将我们的思绪拉回现实。

——帕男崇尚宗教，但是却果断地在诗歌中演绎了一个宗教的虚伪与虚无缥缈。

——他崇尚圣山的神圣，但却又极其同情着一个关于女性的悲哀。

——圣母玛利亚缔造了圣山——但是却把这份神圣的桂冠交给了男人。

——女人的悲哀不仅是性别的因素，不仅是社会的因素，不仅是宗教的因素，不仅是男人的因素，恰恰是她们自己为自己的存在作出了否决的决定，是一种自我强加的桎梏而已。帕男崇拜光明，却又把光明形容为每一次天亮都是意外的物质——这种向往光明同时而又拒绝光明来临的心理状况是帕男精神分裂及其人格分裂的有力证明。

——中国诗歌一直缺乏的是一个改写中国诗歌历史的契机和勇气。中国诗人一直也在为改写中国的诗歌历史而努力。从某种程度而言，他们的付出是卓有成效的。但是他们在中国近一个世纪的新诗历程中，从来就没有从质的方面真正突破过西方世界诗歌流派意识及其诗歌理论的阴影。所以在这一个世纪的时间里，中国诗人在浪费着时间。而在这一个世纪的时间里，西方世界却诞生了无数的诗歌巨人。

——他们当中有的甚至被成为伟大的诗人。我们现在就来看看这些改写了的西方世界。

——至少是他们本国诗歌历史的诗人。帕男指出："我们曾经天真地以为中国每诞生一个新式的诗歌流派，就推动了中国诗歌的历史进程。实际上，流派只能充其量是某种诗歌写作特征的标志，与诗歌的改革与发展进程没有任何关系。20 世纪 80 年代文学创作的爆炸都没有形成中国真正意义的文艺复兴，何况是一个诗歌的流派。

同时，我们所看见的一系列流派在中国的诞生之后的后续效果是颓废的，几乎没有任何实质性的意义。海子在某种程度上被我们称为中国诗歌的改革者,但是他的作品除了所谓的危机感思考之外,也并没有从真正意义上实现对西方世界意识流的颠覆或者说某种超越。以精神病患者收场的海子成为中国诗歌某种意义上的丰碑人物,我们并没有看见人民在怀念或者说在缅怀所谓的丰碑人物。海子的思想是智慧的,充满思辩色彩,但是我们理论界的失误就是在于评价海子的时候,并没有从人民的角度及其更加广泛性的角度出发去客观的理性的评价,导致海子失去了在人民群众中广泛流传的机会。"我们从以下这些改写了的西方世界——至少是他们本国诗歌历史的诗人的经历当中可以看出,他们之所以在某种程度上被成为伟大意义的诗人,就是因为具有特别重要意义的群众基础及其民间基础或者说以强大的历史背景作为自己诗歌创作的强大理性基础。

实际上,帕男在整体的创作过程中,一直进行的是一个关于肯定——否定的辩证法创作机制(肯定和否定作为一对哲学范畴,最早是由古希腊爱利亚的芝诺提出来的。但他以及后来的形而上学者,都把肯定和否定绝对地对立起来,看不到肯定和否定的辩证关系。对此,柏拉图、普洛克洛、B.斯宾诺莎在个别方面已有所认识。G.W.F.黑格尔在唯心主义的基础上,阐述了概念中肯定和否定的辩证关系。马克思主义哲学吸取了黑格尔的论述中合理的东西,在唯物主义的基础上,揭示了客观事物中肯定和否定的辩证法。

唯物辩证法认为,事物内部的肯定和否定是相互区别、相互对立的。肯定和否定两个方面彼此有着明确的界限:肯定不是否定,否定不是肯定,二者相互对立和排斥。但是,肯定和否定这两个对立的方面又是统一的,相互联系和相互制约的,它们在同对方的区别、相互关联中获得自身的规定性,并以对方的存在作为自身存在的前提。如资本主义社会这一确定的事物,其肯定方面是资产阶级,否定方面是无产阶级,双方是相互规定的,都在同对方的联系中而存在。同时,肯定和否定的区别和对立不是僵死的凝固的,它们可以在一定条件下相互转化、相互过渡。事物自身的肯定和否定两个方面,由于内在的矛盾而彼此进行着斗争,当肯定的方面处于矛盾的主导地位时,事物保持其原来的性质和存在;当否定的方面在一定条件下取得支配地位时,事物就超越自身,转化为自身的对立面,一事物就变为他事物。新事物是对旧事物否定的标志,它自身内部又包含着肯定和否定自己的两个方面,这两个方面又在新的条件下既对立又统一,展现出新的矛盾运动过程(见否定之否定规律)。

把握事物内部肯定和否定这两方面的辩证关系,对坚持辩证法、反对形而上学具有重要意义,唯物辩证法的否定观以对肯定和否定的辩证理解为前提。

我们从冷风下,那些熟睡的青铜里,我们从神的崇拜那里,我们从圣母玛利亚那里，我们从拜占庭那里，看见帕男关于男性与女性与宗教关系的最深刻论证就是，女人创造了宗教与神灵，却从此被隔离在宗教与神灵的门外。女人被隔离在宗教与神灵的门外并不是最为可悲的事情，可悲的是女人在创造宗教与上帝的同时，自己拒绝了自己。孔子创建了伦理，但却一直在歧视女性"唯小人与女子难养也"。当拜占庭一生未婚的现实成立时，女性在男性中的地位远远低于权势的地位。当权势被崇拜，女性的角色价值已经被无限制地遭遇否定。女性试图以纯洁等道义与肉体的纯洁感动上帝感动权势崇拜的男人，但事实上却是"都知道　这样的纯洁，甚至知道　远远纯过了有的新生事物　，不管以任何新生事物为例　所有关于纯洁的词语　都会虚脱无形　。有时　尤其在课堂。还只是一幅挂画　我们就屏不住了。有形的　肯定是招牌　但不是凶器。是男人们的宗教　这些有形的，也深嵌到了我的信仰里　我穷尽一生　都将以朝圣者的名义"——（《圣山》）。

第五节　升华之路：跨境的诗歌与比较

1987 年，还是在帕男第一次发表诗歌的时候，约瑟夫·布罗茨基（Joseph Brodsky，1940—1996）以其"为艺术英勇献身的精神"，成为继法国的加缪之后，又一位年轻的诺贝尔文学奖获得者，他依然被称为是俄罗斯流亡者布罗茨基。早在 1972 年，他已被苏联当局驱逐出境。更早在 1964 年，他就以"社会寄生虫"的罪名被判刑和流放。而最早，在 1955 年，诗人便退学浪迹社会。他干过包括搬运尸体在内的各种活计。是个犹太人。布罗茨基有着强烈的敏感、沉郁和嘲讽的意味，并极具高贵的人性，猛烈抨击着时代的邪恶："我们并没有爱过我们的女人／但她们已经怀孕。"这些经历非常巧合地在帕男的流浪过程中被一一的重复。或许是这些相同之处，促成了帕男"为艺术英勇献身的精神"，他用微薄的收入为我们自费出版了那些诗集。理论界对这些诗歌的普遍评价是"这些诗作，谈不上晦涩，但却让人感到又有那么一种怪味。以寻常的眼光去捕捉点什么，那只会曲解了作者的原意；粗粗地浏览然后放弃，之于作者来说，总会有一点怅然若失的感觉。因为，这些诗作的真情实感所至，诗中所呈现的意象或者意象群，都是作者生活的脚印和心灵的烙印，是那么普通那么平凡，却又那么别有意味"。

"这是一部有着血肉和灵魂，有着作者真切体验和真情实感的诗作，尽管个别篇什的"意"与"象"还不是那么圆融整一，水乳交融，但篇篇都充溢着劲健的生命活力，几乎令人步入了"欲辩已忘言"的境地。""我的感受便是：尽管诗人忽而左闪右避，忽而直截了当，忽而轻轻勾画，忽而浓墨重彩，最终还是向读者展示了一条蔓延在崇山峻岭间的没有起点也没有终点的森森古道。在这条古道上，步履蹒跚地走着各色人等，便是现实生活中的芸芸众生，当然也包括诗人自己。诗人唯一引以自豪的，便是已经自觉地意识到了与各色各样的人们生活在一起，同喜怒，共欢乐的自己，是怎么也无法超越走在这森森古道上的芸芸众生的。也许，这种意识，便是一种精神上的超越。"

"这条森森古道，便是诗人利用艺术表现的形式，对空间和时间的聚焦。当然，这种聚焦是对着人而来的。人是路的主人。在诗人的笔下，走在路上的各色人等，没有在体力和智慧上高出芸芸众生的超人，也没有振臂一呼应者云集的伟人，所有的人，都是凡人，当然也包括了诗人自己。现实生活中的凡人，总是有欢乐，有痛苦，更有那些说不上欢乐还是痛苦的观望与等待，以及为此而不知不觉付出的辛劳和汗水。每一个人的青春年华就在这样的不知不觉中耗费了。"

帕男之所以将自己的诗歌《男性高原》选择在 1996 年出版，完全是因为希腊当代诗人奥·埃利蒂斯（Odysseus Elytis, 1911—1996）的去世而促成了他出版《男性高原》的决心。奥·埃利蒂斯是 1979 年诺贝尔文学奖获得者。授奖给他的原因是："埃利蒂斯从源远流长的希腊传统中汲取营养以强烈的感情和敏锐的智力，展示了现代人为争取自由和从事创造性活动而进行的斗争。"帕男继承了埃利蒂斯超现实主义等现代创作手法，埃利蒂斯与希腊的现实生活和文化传统相结合，创造出了一种崭新的诗歌语言，被誉为"新希腊诗派之父"。他的不少作品在西方各国都有译本，在世界上具有广泛影响。帕男这些方面的代表作品有《每一次天亮都是意外》《谁比黑的背景更加深厚》《天将晚，你要去哪里》《当第一次谈到信仰问题》及其《繁》《锅》等。——悲伤和渴望/都在此时/萦绕/像一滴朝露/夜光是一匹黑马/把远去 视作唯一/撵走了风尘/也会灼痛/因为 还留有昨夜的残羹/只能安坐/在叶尖/构成一道谐趣的风景——帕男《每一次天亮都是意外》。

从"南风在这些雪白的院落里吹荡/在弧形的拱门中发出尖利的叫声，告诉我/莫非是疯狂的石榴树/在光亮中跳跃撒下丰收的欢笑。""许多年前的某个阳光灿烂的夏天，当我在小镇风石堰读到这些诗句时，那种激动竟难以言喻。我知道：我遇上了一位充满阳光和阴影的幻想家。在他那里，夏天可以变化为裸体少年，姑娘则可以成为一颗透明的橘子。"我们从这些文字当中可以看出奥·埃利蒂斯的语言张力。而这种语言张力的魅力也同样体现在帕男《繁》当中——那么多/哦/到繁的程度了/我就只有一个/一个/从昨天陪伴到明天的/女人/其实沉默多好　沉默 连唯一的女人/也看不出我的寂寞/夜/也多寂寞/湖泊/也多寂寞/都要依靠可怜的/那一点点/风浪/寂寞/怎么像闹市里/淹没着的/每一个叫卖者/寂寞/其实大有文章可作/还是寂寞/寂寞像我/只是没有着力点/没有可以搬开寂寞的勇气/唯一是多么重要/不单纯/指某个女人/繁也多么重要/繁/才显得寂寞的程度 寂寞多了　只不过像弹拨不出声音的琴弦 像我　像一把搁置很久的旧吉他 ——帕男《繁》

约瑟夫·布罗茨基在获得诺贝尔文学奖时说："我认为，瑞典皇家学院是为了表彰整个希腊诗界，以及引起世界对一个传统——一个从荷马到当代始终贯穿于整个西方文明的传统的注意。"或许帕男将来是否会摘取世界文学奖的桂冠已经并不重要，重要的是帕男在自己的诗歌中传承了本民族的文化及中华民族的主流文化或者说东方古老文化与世界文化的交汇。

帕男已经从困惑走向觉醒。最后的信仰在那相对于冰冷的角落被扼杀，生命何惜？斩钉截铁地、拒绝了一切接济，在被传说与土地旷世之恋中，苦渡，这还不如，冷冻了双眼，冷冻了灵魂；帕男让生命再次颓废，而当那没有生命的颓废真的悲伤是真的赤裸的时刻，毅然去追寻生命空洞的记忆——依然是没有生命的颓废逃避着悲伤；曾经一个本来可以生长的日子却变得那么衰老，帕男恐惧于生命的苍白，精神的流浪，竟然第一次觉得我这样空，我的理想就被搁在一边，这在我的记忆里，我总和真实的东西，那么靠近，还有和别人的哀伤那么靠近，以至于对安静对空变得惧怕；看得见的也离我很远，在近处的，或说，触手可及的，都是那般空洞和凄凉；帕男让母亲试图怀有一个金属的信念，然而，最终连同所有的幸福所有的悲伤，破碎到连一个画家都无法描绘，因为画家。从未画出过一座山的脾气。

最后，我们在谈论帕男在中国诗歌中的特殊地位时，首先有一个比较明确而理智的原则立场就是，我们不是某种意义的权威。帕男的诗歌内涵非常丰富。其他评论家已经为他创作了两部传记，可实际上我们对他诗歌本身的分析研究的容量不足他诗歌的百分之三的内涵。或许连这一指标都没有达到。一个诗人在诗歌里倾注的思想是多义性多层次的，任何一个权威性的评论家都不能说，他真正解冻（读）了某一诗人。我们曾经说鲁迅的抬棺人换了一批又一批，或许就是这种说法的另一种诠解。事实上，包括诗人自己都不能完全解释自己在诗歌中到底记录了一个什么样的人物、事件或者说是表达了某种思考。我们准备继续把帕男诗歌的分析研究工作进行下去，因为这是一个可能永远没有终结的任务。林语堂一个人的著作都可以发掘到 50 卷以上——但依然不是一个终结。我们所定义的帕男在中国诗歌中的特殊地位，其实只不过是一个参照系统而已。帕男在诗歌创作中参考其他诗人进行自己的诗歌创作，而其他诗人也会参照帕男的诗歌模式进行创作。因此，我们在分析研究帕男诗歌地位的工作是一个十分客观的工作。我们仅仅只是把我们所知道所理解的帕男呈现在读者的面前而已。

第八章 周龙江论：散文世界的瑶人经验与文学情绪

周龙江，笔名白夜，男，瑶族，生于江华瑶族自治县贝江乡，毕业于零陵师专中文系。曾任教师、大型国有林场办公室主任、县委办秘书、市委组织部干部，现在永州市人大机关工作。

20世纪80年代开始文学创作，在《人民文学》《民族文学》《湖南文学》等报刊发表诗歌、散文、小说、报告文学等文学作品200余篇，计约30万字。多篇作品获全国和省级征文奖。著有诗集《静静向你走来》（人民日报出版社），《文艺报》《湖南作家》《文坛艺苑》发表评论文章予以推介。1993年加入湖南省作家协会，曾任永州市作家协会副主席，1995年出席湖南省第四次青年作家代表大会。

第一节 彰显瑶乡特色的真挚吟唱

周龙江在江华瑶族作家群中有着显著的文体探索意识和自我反思精神，他的写作从《静静地向你走来》到《瑶家之夜》，文体、创作观念、艺术经验都在不停地变化之中。

一、从历史宏观到性情微观：作家把握世界方式的转型

从某种意义上说，每个人的写作都是对自我与世界关系的一种确认，因而，写作风格和内容的变化意味着作家对世界的把握方式发生了巨大变化，作家在自觉或不自觉地调整着自我与世界的关系。这种调整在一定程度上说明，作家的散文写作伦理也在发生变化。作家的变化与散文的演进是同步的，"文化大散文有一个普遍而深刻的匮乏，那就是在写作者的心灵和精神触角无法到达的地方，往往请求历史史料的援助，以致那些本应是背景的史料，因着作者

的转述，反而成了文章的主体，留给个人的想象空间就显得非常狭窄，自由心性的抒发和心灵力度的展示也受到了很大的限制"。①

周龙江的散文写作同样经历了这种从题材到风格的变化，从最早的《台儿庄思绪》《圆明园遗址黄昏》《永州访古》，到之后的《给一位瑶家阿妹》《今夜的月亮》《山寨女教师》《怀念山路》，我们看到，周龙江散文中有相当一部分也是文化大散文、历史大散文，之后转变为关注人性和人情，从宏大的历史转到细微的小路和底层的人物，这是作家在主动调整自己和世界的关系，如果作家自己和世界的关系恒定不变，写作风貌的变化也是无从谈起。从这个角度看，周龙江内心的世界图景在过去的时间里已经悄然地发生了重大的变化，他的作品变得更加知性、随性和自如，这是因为他在长期的阅读自省、生活体察中不断建构起来的新的自我。针对宏大叙事式散文的广泛流布，谢有顺认为："一种远离事物、细节、常识、现场的写作，正在成为当下的写作方向，写作正在演变成为一种抛弃故乡、抛弃感官的话语运动。这种写作的特征是向上和盲目升华。但是，在这个背景里，我更愿意亲近一种向下的写作 ——所谓向下的写作，就是一种重新解放作家的感知，系统的写作，或者说，是一种将感官的知觉放大的写作。"②

实际上，谢有顺指出了当下散文的要害，全面概括了大历史、大文化写作的流弊，切中肯綮，其为人诟病之处也在与此。周龙江的《台儿庄思绪》从反面着手，他赞扬的也是英烈之气，也是为国英雄，但是屈从反面切题，"台儿庄没有特色"，本该是中国抗日战争凭吊圣地的台儿庄应该有特色，但现实是"没有特色"，正面的赞扬从反面切入：

"台儿庄没有特色。我的心，却固执地驱使我千里迢迢到这里来，究竟为了什么？"作者为加强语气特意使用了"固执"二字，此固执是一种深入骨髓的驱使，是血脉相连的中国心在召唤着隐忧的他本能地回到革命圣地台儿庄。此为寻到，寻找什么呢，此处以问句起头设置悬念，引出下文，引人入胜。

"居然没有纪念馆也没有旅馆。借宿一位老乡家。问他几十年前的事，他笑笑说：那时还不曾出世，只是听老人们讲，几十万兵马厮杀呢，那春泥尽被血水浸得发黑。"突显这未开发的民风淳朴的原生态台儿庄，周龙江既来此便植根于此，其中"老乡"二字一下拉近了作者与台儿庄的距离。语言简朴平淡有味，遥想台儿庄曾经烈烈征师，茫茫血雨，如今皆成历史，化作云烟。烽火之

---

① 谢有顺.重申散文的写作伦理.文学评论，2007(1).

② 谢有顺.重申散文的写作伦理.文学评论，2007(1).

色已寻不见，此处正是一片和平之景。

　　将散文的触角伸向历史早不新鲜，但周龙江和叙述对象之间建立的不是一种纯粹的知识关系，这和余秋雨式的知识展览截然不同；也不是以虚无的情感煽动读者莫须有的"苦旅"情怀，那种裹挟式的抒情不容你有思考的余地。

　　"玉米秸。横七竖八地躺在地上。——我怦然心动，疑神是走进了当年血战之后的沙场：横七竖八的尸体，血液渗进泥土又被散发出来的腥味，摸摸索索跌跌撞撞穿行于刀戟丛中的夜风中……"这是一种散文化的时空转换，作者的思绪随着台儿庄的风土民俗之貌追溯到那马革裹尸的战乱年代。"我怦然心动"，即作者寻到了本能驱使来此的目的，而之后的是对其描述，恍惚之间作者似乎看到了当年赤血奔流，黄云黯淡之貌，形容极具感染力。

　　这一段表现的是周龙江深入自己的内心，并将自身独特的精神世界用细腻的笔触记录了下来，淋漓尽致地展现了周龙江江华瑶族文化体系中所信仰的"万物有灵"思想，瑶族人民神灵崇拜观念中，万物皆有灵魂，猫狗牛羊，草木虫蛇。周龙江善于从思维主体自身的感知情感去揣度万事万物，认为这些事物具有与人相同的感受情感等经验——在夜深朦胧中他感受到在这片受伤的土地上曾存在过的各个生物在呼吸着，虽然他们的肉体早已消失，但其灵魂仍然存在着，并附会于神圣的农作物玉米秸与夜风之中呻吟着，散文化的描述极具神秘色彩。

　　"我心发冷，赶紧抬脚想逃走。"这是作者的内心独白，恍惚中的那尸横遍野的景象令作者无比震骇，更是在感同身受地经历惨烈战争过后深深烙印在周江华内心深处的民族烙印伤痕在隐隐作痛，人性的本能驱使着周江华离开。

　　"头顶是冷漠的星空。"作者仓皇离开着，期望抬头寻求慰藉却看到的是更加"冷漠的星空"，徒增伤悲。以"冷漠"修饰星空，实则在指责战争的无情冷血，不会给处于困厄中的人们带来丝毫安慰，只会徒增伤害罢了。

　　"前面那黑乎乎向我奔来的巨大身影是树还是别的什么精灵？"受着中国民众自古以来到现在一直存在着对由感官直接感受到的自然力的影响，周龙江此刻有幻觉出现，疑是曾遗尸遍野的游魂即那民族精魂，抑或是瑶族文化系统所崇拜的某种被赋予神权植物奔来，他仓皇奔向远方，前路曲折未知，运用问句引人思考。

　　"翌日醒来已迟。老乡告诉我，又是一个艳阳天。"以瑶族文化传统中的太阳崇拜中的太阳象征美好的事物。黑夜过后是光明，艳阳天象征最温暖的日子，"又"字象征和平年代人们过上了幸福美好稳定的生活。

　　"秋天的台儿庄，有极好的阳光。"台儿庄曾因为日本侵华而破碎过，是中国无数烈士英勇抗战，众志成城才铸就此刻和平的生活。这突显了战争的残酷与人性的光辉。台儿庄也因为经历过比其他地方都要黑的黑暗，所以才拥有更加弥足珍贵与灿烂的阳光。先抑后扬，暗指台儿庄的特色即拥有极好的阳光，与正文最开头遥相呼应。

周龙江在历史暂时黑暗的迷雾中洞察光明的火把，从往日痛苦的伤痕中看到健康的肌理，他赞扬着英雄烈士的英勇刚强，亦警示着我们铭记历史珍惜我们所得的幸福，这是万千的中国人们前赴后继斗争而来的，来之不易。

作为作家，周龙江受瑶族道教信仰的影响，周龙江写景极尽朴素自然之美，且充分调动自身主体意识，感受一草一木的生命，富有真情实感，极具神韵。

作为思想者，周龙江不断尝试用文学拯救和重新构建人类日渐缺失的精神家园，他在文中不遗余力地望着当前社会人们深情诉说着："我们之所以看不到黑暗，是因为有人正尽全力，把黑暗挡在我们看不见的地方。且行且珍惜。"

周龙江在生命的记忆里越是走向台儿庄，台儿庄就越深入周龙江。他走进了历史，却返归了自己的成长中的生命，这是周龙江的散文显得更加开阔、自由和内化的原因。

尽管这种风格的散文有整体性缺陷，这篇《台儿庄思绪》有时代文坛的流弊，但并不代表没有优秀的散文作品，《台儿庄思绪》即为艺术上成熟的作品之一，思想上也毫无矫揉造作之感。"在这个人人都可以到散文的领地里来一显身手的时代，散文已不神圣。散文在很多人看来是一种最容易操作、最不需要敬畏的文学体裁。其实，散文绝不是眼下许多人所认为的那样。散文不仅是一种自由自在、最适宜于展露心性的文体，散文还是一种有难度的文体。散文的难度不是入门的难度，也不仅仅是写作技巧方面的难度，而是思想或精神的难度。"①散文之所以没有了难度，是因为写作者对文学失去了敬畏之心，思想没有了高度，写作也就没有了难度。散文成为了一个什么都能盛得下的庞大容器，不是诗歌，不是小说，不是剧本，干脆就叫散文。周龙江在这里重新赋予了散文难度和高度，把思想性重新纳入散文创作的内容之中。

二、灵魂之痛：底层生存者的温情与关切

周龙江散文的转型呈现出较为明显的内化特点，即从历史回到当下，从宏观回到微观，从英雄回到众生，作家开始了对底层生存者的温情与关切，"把你

---

①　陈剑晖.散文的难度.南方文坛，2007(5).

弯弯山道上的脚印收集起来，未必就不是一篇感人的诗章；把你简陋教室里的身影叠印起来，未必就不是一座辉煌的雕像。把你掺和着清苦和寂寞的日子，把你满腔的忠诚，播撒在这僻远的山山岭岭，在那些打赤脚拖鼻涕的山里，孩子的心田长出希望，在那些世世代代且不识丁的猎人伐木人放排人的脸上开出欣慰"。在周龙江的作品中，经常用到"雕像"这个意象，作家对姿势有本能性的关注，因为它是生命高度、人生态度和生活温度的定格。"文学的日渐贫乏和苍白最为致命的原因，就是文学完全成了'纸上的文学'，它和生活的现场、大地的细节、故土的记忆丧失了基本的联系。我尤为看重作家借由眼睛、耳朵、鼻子、舌头这些感官以及记忆所发现的真实世界———当苍白的虚构遍地都是，唯有真实才能复活文学的心。"①在《山寨女教师》这篇散文中，作家提及了猎人、伐木人、放排人，他们世世代代目不识丁，是典型的底层生存者。他们朴实厚道，乐观勤劳，但是作家并不是简单地给予底层生存者同情，而是力图发现解决底层生存问题的途径，"山寨女教师"就成为了必然选择，她和他们一样同处于社会的底层，但是女教师拥有知识，而知识是改变命运的最佳杠杆。只有拥有知识，"山里的孩子不再只是熟悉独木桥、野兔子和那轮老是被树枝刮破的月亮了……"。以底层解救底层，以知识改变命运，以温情关注众生，也许正是周龙江散文转型的旨归所在。"许多散文研究者总是热衷于从文章学或写作技巧方面来研究散文，对散文的思想不屑一顾。即便有的注意到了思想，一般也只是从爱国主义、集体主义、大公无私和献身精神等所谓积极、正面的价值取向着眼，这自然是狭隘和肤浅的理解，是带着鲜明意识形态烙印的'思想'，这样的思想与直面灵魂、直指人心的散文在本质上是相悖的。"②散文应该有骨骼和血液，所以很多作家便首先为散文植入思想，然后组织细节，调动情感，以论证思想的合理性和深刻性，也就是所谓的理念先行。他们的散文不是情感的流露和思想的凝聚，而是几何证明题一样的公式排列。周龙江的关注对象、情感旨归和思想底色均真实而细腻。

　　周龙江的散文集《静静向你走来》从大开大合的历史凭吊，到深沉低徊的文化追思，整体风格上正如谢有顺所说，"生活的现场、大地的细节、故土的记忆"太少，"旧文化、旧人物的缅怀和追思"太多。彼时的周龙江早就有着文字的巧手妙心，到历史和文化中摘取瑰宝，与时代文坛的散文大势保持一致，但是很快，他就开始转向，改去体会并采摘生活里的一串串感激、感动和感悟。

---

① 谢有顺.重申散文的写作伦理.文学评论,2007(1).

② 陈剑晖.散文的难度.南方文坛,2007(5).

由此我们可以看得出来，作家与世界的关系发生了根本性的变化。人自来到世上，并不是一个独立的存在，不能安逸于喧闹和繁华之外，就必然被不断地推向世界的旋涡之中。成长的过程便是不断被固定于语言的象征秩序的过程，并由此获得一个为世界所接受的身份。对大部分人而言，你做什么工作，生活在什么地方，有着什么样的社会身份，都直接影响他的气质和行为方式，他自己安心地藏身于社会身份的外套里与世界激情相拥，或虚与委蛇。人虽是万物的灵长，但更多时候其命运却更像一棵树，被固定于某个地方，或者是一块石头，充满了宿命的味道，你无法选择在哪个地方安放，也无法选择什么时候在雨水冲刷中粉蚀。所以，你可以发泄不满，你也可以安于现状，但你无法移动，石头是你难以超越的身份限制，你无法摆脱石头的命运。写作却是写作者对被世界固化身份的一种融化，真正服从于内心的写作，一定是对一种更加流动的、自由的身份的寻找。

《静静向你走来》的周龙江总是努力去寻找生活的传统回归。但是在我看来，传统回归不是写作的策略，而是生命意识的回归和生活思维的转型。从宏大场景中出走的人们，常常会走到这里来，在生活经验所绽放的语言花朵中释放内心的焦虑，感受生活本身。他们发现生活就是《林区的女司机》和《山寨女教师》，这两篇散文其实是作家回归生活的典型写照。

第二节　瑶乡世界里的审美意蕴

一、性情书写：古典诗意的审美避风港

周龙江总是在古典情怀中舒缓人与世界的紧张关系，《如梦令》的题头是"青青河边草，绵绵思远道"，"应当有一块绒绒的草地，栖息我疲惫的灵魂……"此时当然可以引发多方面的感慨，周龙江试图在从喧嚣的世界中抽身，去寻找村野的逍遥，想象美丽少女的脚步。这篇散文说明了周龙江成熟多姿的笔致，这类感悟性散文的核心是作者的"性情"，其功能则是舒缓写作者与世界之间的紧张关系。在这种文章中作者可以"兴观群怨"，也可以"移情净化"，这是传统的并且也是主流的审美关系，这种关系保持了写作者跟世界的部分疏离，以感悟消解了作者对世界、对自我的批判性立场。

如果说《林区女司机》和《山寨女教师》中的周龙江更乐于采摘生活中的诗意，抒发疏离而又紧贴生活的小感悟，因而其写作的核心是性情的话，那么到了《生命的雕像》，周龙江成为了一个智性的思考者，此时，他阅读的目光越过

了古典文学而到达更广阔的空间，"真正意义上的哲理散文，不仅仅是那些哲人和思想家们的个人情感表达，也不囿于朋友、师长之间的忆念，而是那闪烁着的睿智的思想的光芒，是一种对存在的"诗性证悟"。解读哲理散文，就要透过文字的表象，抵达思想者的心灵之谷，才能真正把握文理真谛。海德格尔说，"哲学活动就是询问那超乎寻常的事物。然而，正如我们已经提及的，这种发问对自身有一种反冲力，所以，不仅所问的东西是超乎寻常的，而且发问自身也是超乎寻常的。这就是说，这种发问不是就在路边，不是我们某时某日可以漫不经心地，甚至意外地碰上的，也并非存于日常生活的习惯秩序中，以至于我们由于需要甚至规程而不得不发问。这种发问也不会在满足紧急生计需要的圈子内提出来。这种发问本来就与日常秩序无关。它完全是自由自在的，完全并真正地立足于自由的神秘基础之上，立足于我们称之为跳跃的基础之上。因此，尼采说，哲学就是在冰雪之间和高山之巅自由自在的生活。于我们现在可以说，哲学活动就是对超乎寻常的东西做超乎寻常的发问。这也正是哲理散文创作的态度，不过这种思想的方式需要文学的灵性叙述和诗意感悟来激发和催生。"①《生命的雕像》两者都不是，它的哲理性是在散文的文学韵致之美中散发出来的，而不是直接对哲学的解读，也不是心灵鸡汤式的生活感悟，哲学从生命中来：

"早春二月的土地上，哪怕只有一丝春风吹过，哪怕只有一滴春雨降临，柳树都能凭着她的敏感的心感觉得到！"周龙江瑶族文化体系中所信仰的"万物有灵"思想中，强调万物皆有灵魂，崇尚人与自然的和谐相处。以至瑶族作家群体善于从思维主体自身的感知情感去揣度万事万物，认为这些事物具有与人相同的感受情感等经验，正如这里运用拟人化的手法所表现的是柳树的温柔敏感多情，正是作者所向往讴歌的纯粹的美好事物和人格的体现，更是来自瑶山深处内心清澈纯净的周龙江精神世界的一种真实写照。

且江华瑶族的母系氏族传统留下的民族记忆以及女性独有的特征更加贴近周龙江内心的柳树形象，故周龙江将人称代词写作"她"，十分贴切。此处行文如涓涓流水，叮咚有声，如娓娓而谈。春风吹拂，枝条飘动，春雨润如酥，使人倍感情真意切。

"只要有生命可以起始的温度，她就会不犹豫地绽放出星星点点的柳芽，像是举起鹅黄色和嫩绿色的旗帜，欢呼春天。"周龙江全身心地动用自己的视觉、听觉、想象、幻想，眼见"绽放"柳芽，"举起"旗帜，耳听"呼唤"春天，去享

---

① 　韩伟，王彩凤.哲理散文与散文的哲理意蕴.甘肃社会科学，2006(2).

受柳树的美好与抚爱。此处基调是明朗、欢快、昂奋的，语言清新明丽，"鹅黄色""嫩绿色"富有色彩性，运用比喻、拟人等多种修辞手法，寥寥数语便将柳树的生动活泼、单纯善良淋漓尽致地展现在读者眼前，沁人心脾。

周龙江抓住了柳条的特点，准确、生动地用诗的笔调描绘着一幅春回大地、万物复苏、生机勃勃的景象。在柳摇曳呼唤中，周龙江深切地体验到了生命的自由、活力和灿烂，这亦是展现了他自身赤子一般的情怀和温柔敦厚的性格。

于是春天便格外振奋起来。在柳树的呼唤下我们迎来春天，春天象征的是周龙江始终在寻觅着、营造着一个灵魂深处的理想世界——纯粹美好的梦的世界。这是作者心向往之所幻想建构的澄明的精神世界。

"那阳光一如瀑布流淌，滋润一切的生命。"将"阳光"具体形容为瀑布，给人以恢宏的视觉冲击感，震撼人心。作者以诗的笔调，用火热的情感、清丽的色彩，通过生动的描绘，体现单纯美好温柔的柳树的形象，歌唱万物的生命力，赞美春天里的阳光，传递出作者内心蕴含着的向往美好、蓬勃向上的真挚情感。

这篇散文是周龙江的生命之歌，文似晶莹剔透，一目了然，但它却像一杯醇酒一般，蕴含了绵长而清冽的韵味与芳香，具有作者尝试建构人们纯澈美好精神家园的深远意义。

从中，我们看不到丝毫的哲理散文痕迹，没有抽象的言说，也没有"总结"式的感悟，但在如诗的语言中，我们能够感受到，他们都是生命的雕塑。所以，作者是不会仅满足于状物，而是一番颇具禅味的演绎。周龙江用这种方式与古代人物对话，但是叙述对象已经成为他重构自我身份的他者。他的写作观念和心中的世界图景从历史的大幕到生命的情怀，原有的历史和文化写作转为性情写作，作品中那个相对固定的自我想象却开始瓦解，《生命的雕像》除了文字的老练与灵气并存一以贯之外，最大的特点是变化。

到周龙江非常成熟的感悟文字《善与善的循环》时，他的文字已经洗尽铅华，此时周龙江的文字比之前内敛处更内敛，灿烂处更灿烂。这段文字里透露的既是作家真善美的最后一块拼图，更是感悟的目光，这种文字是智性感悟的升级版，他一定也深深感受到，当下社会"善"的匮乏。

二、生命书写：回溯和重铸

在《静静向你走来》中的很多文章里，周龙江开始了对自我的审视和重铸，原来的那些感悟，在对世界深层人情物理的想象性把握的同时，也隔绝了与自我悲剧性命运的联系。此时的周龙江，在现实中对照自己，回眸中重建自我，这使他散文的取景范围大大拓宽，也使得他的散文成为了自我成长史的透视镜，更成为了以文字重塑自我的基石。"生命正是在困厄和严峻中展现出奇异的光彩！悬崖上的树，苍劲，雄奇，高贵！群峰壁立。那野麂子也爬不上去的悬崖，生命根本无法驻足的悬崖啊，当初，偏偏就有一粒或几粒树的种子落在了上面！是鸟雀衔来的么？是山风送来的么？反正是命运有意无意的安排了……期期艾艾是无济于事的，种子懂得在绝境中拼出一条希望之路。"①以树的形象诠释生命，周龙江以这种方式实现了生命书写的回溯与重铸。

《生命的倾诉与呐喊——听贝多芬〈生命交响曲〉》的主题依然是生命，但从音乐入手，音乐、文学、政治在他那里是一种复杂的纠缠关系，外于自我生命的因素显然要被排除在《生命的倾诉与呐喊——听贝多芬〈生命交响曲〉》之外。散文的写作时间是1986年，那时周龙江只有23岁，所以一开头，作家就说，"生命愤怒了"，借《生命的倾诉与呐喊——听贝多芬〈生命交响曲〉》展望自己对生命的有限理解，在音乐里获得了对生命的理解和激情。此时，音乐其实就是作者的情人，它是寻求空间的周龙江的一个生命瞭望台，是向着过去出发的心灵渡口。作者一直追求音乐和心灵之间的和谐关系，此时的周龙江在散文中找到了各种打开自我生命感受的通道，《野葡萄》用的是野生资源，《山鹰》用的是猛禽。可以说，这些散文中周龙江借着对每一件细微之物的描绘，回溯自我的成长历程，并由此完成新的自我认同。

最为可贵的是，作家从一个被世界固定的位置上逃逸出来，开始绘制自己生命记忆的地图。他的视野里不再是公共的图景，也不是固定的角度，更不是虚无的历史，他在记忆的不断后撤中回眸，成长记忆便成了一幅波澜起伏的画卷，而过去也重新塑造了现在的自我，使他永远保持重新出发的状态。但是周龙江创作的毕竟是艺术散文而非思想随笔，所以他追求智性、审美的结合，而非纯粹的对生命的智力思索。如果从理性的角度看，他的很多文字似有可以继续推进的地方。

人们特别是文化人会去追求精神返乡，追求生命的本真状态。随着写作的深入，很多作者会发现写作的持久和更新，对写作者提出了"伦理重构"上的挑战。

写作有赖于新鲜的经验、奇特的想象，"我期待这一种真实话语的崛起，期待眼睛、耳朵和鼻子能在文学中重新复活。散文依据的毕竟多为一种常识（诗

① 周龙江.静静向你走来.北京：人民日报出版社，2001：18.

歌则多为想象），它不能用故作深沉的姿态来达到一种所谓的深刻，许多的时候，散文的深来自体验之深、思想之深。真正的散文家必须在最为习焉不察的地方，发现别人所不能发现的事实形态和意义形态。[①] 很多作者往往是从这些要素的某一方面出发而进入文学的世界，但更深入的文学行走，却有赖于作者对经验、想象和语言的伦理重构。

第三节　纯真与博大的情感投射

散文的情感是当下颇有争议的一个话题。因为在散文创作的世界里，很多作家把自己的视野投向外面的世界，抒情的主体不是自己的情感，而是宏观的大我。这种潮流甚至一度超过了以情感为圭臬的散文写作方式，但是与许多人公开倡导散文情感的虚假和虚伪不同，周龙江强调散文情感的真实，并将之视为生命。因为"散文的后面站着一个人"，读者看到文章，一定要能在文章背后看到站着的那个人，"当故事越来越变成胡编乱造，当虚构也成了精神造假的幌子，散文的写作，似乎也在偏离真心和自然的轨道，加入了虚假写作的合唱之中。举目所见都是宏大的历史追溯和山水感叹，唯独见不到那个渺小、真实的个人。这可能是当代文学最重要的困境之一了：在一种写作的背后，却看不到一个真实的人"。[②] 总体来说，周龙江散文的情感始终坚持真、善、美的内在统一，但又有其独特的关系结构与变化，这主要表现在个性与共性、历史与当下、民族与世界的辩证关系中。细心体察周龙江散文的情感世界，可以感到作家心弦的律动与震颤，在江华的文坛上，在瑶族文学的长廊里，他都是一种美好呈现文学与人生书写。

应该说，中国散文面临的最大困境之一即是如何对待情感的问题，如果作家把自己的情感从散文中过滤出来，散文就失去了真实的情感脉搏，而如果在"小我"中徘徊，读者很难把自己的情感融入其中，即在散文情感的有与无、真与假、大与小、浓与淡等关系的理解和把握上，陷入执其一端的境地。为了迎合读者的普适性口味，作家淡化了情感在文章中的分量，将知识、概念、理论堆砌起来。这种做法固然使散文挽回了一大部分读者，但是情感的缺失无疑降低了散文的品格，使散文陷入身份暧昧的窘迫之中。个人情感缺失而公共情感堆积的散文可能暂时让读者唏嘘，甚至流泪，如以极富感染力和裹挟力的语

---

① 谢有顺. 重申散文的写作伦理. 文学评论, 2007(1).

② 谢有顺. 散文的后面站着一个人. 当代作家评论, 2006(3).

言，带着读者进入洪流，但很快，读者发现情感的苍白无济于事，自己只不过是被透支了情绪而已。有的散文不能说没有情感，但虚情假意、矫情滥情，"历史，你为什么那么无情；苍天，难道我只能在你的手掌中狗苟蝇营，不，不，我要戴上你丢下的白手套，与你决斗"①，简单来看，散文中的呼告非常震撼人心，但那是一个伪情、伤情的散文天地。还有不少散文只重一己之情，眼光如豆、视野狭小、无病呻吟，所有的目光离不开浴缸、宾馆、口红和胭脂，浅薄而单一，这样的散文只是作者的个人日记，与读者和时代几无关涉，因为没有博大的温情就不可能感动人心，更难以感天动地。周龙江散文也进入历史，如《台儿庄思绪》；也有自我的呓语，如《以你为情人》，但却始终坚守情感世界的真、善、美，不断探寻情感的内在关系结构，细心体察情感琴弦的律动与震颤，从而给读者以极大的震动，留下了美好的印象。周龙江以瑶族世界作为观照对象，而又不是把瑶族历史作为散文书写的全部，可以说，情感世界既是进入周龙江散文的一把钥匙，又是考察周龙江散文价值意义的关键之所在。

作为散文情感，它实际上非常真实地反映了作家的内心图景和情感向度，这也是为什么散文往往不像其他文体那样容易被遮蔽。小说甚至直接宣称自己的本质就是虚构，因为虚构是想象力的别名，借此炫耀作品的想象力，但是散文则完全不同，读者会先入为主地认为，作家在讲述一个真实的故事。虽然时代沧海桑田，社会发展趋于多元，但周龙江散文中的情感却有着不变的真纯，与瑶族风俗形成了一致性的对应关系。周龙江散文中写过不少爱情故事，写过不少家庭关系，也写过不少师情和友情，还写过不少山川名胜；然而，他对爱情的专一、家庭的温暖、友情的美好等却始终如一。我们几乎看不到言不由衷、见风使舵，尽管文学与生活并不呈对应关系，但是在周龙江的世界里，两者几乎是同一的。以爱情为例，《我爱过的女人就在对岸》《从前的女友》《伐木工的情书》《情歌》《女儿梦》都是如此，尽管在功利主义和商品经济的影响下，人们的世界开始对纯粹的爱情产生怀疑，把门第因素、学历层次、收入水平作为衡量标准，有的甚至倡导庸俗的爱情和婚姻观；然而，在周龙江散文中却一直将爱情视为纯洁、神圣、美好的灯塔，照亮了人生的暗角，也清洗着人性的污浊。那种真纯的爱情其实就在《伐木工的情书》中，"当他走出工棚，满山乳白色的云雾，定然是他寄来的温柔"。由此可见作者爱情观的纯粹与高尚，它不能被渗入任何杂质和水分，更不能受污染和遭到践踏，它与身份无关，与地位无涉。周龙江散文的情感纯度就表现在矢志不移的理想维度上，更表现在

① 余秋雨.文化苦旅.上海：东方出版社，1995：26.

追求的信念与行为上，其情感之真与美也就跃然纸上。当下的散文往往充斥着太多的世俗污浊之气，小女人散文、学者散文、官员散文占据了文坛创作的大部分空间，我们可以看到，他们以作者职业为区分，或者官腔和宏词大调，或者炫耀渊博的学识和空阔的视野，或者在女人的闺房里窃窃私语，而少有清纯、温润、古雅和爽朗的情愫，周龙江散文当属后者。

刘勰曾有言："故立文之道，其理有三：一曰形文，五色是也；二曰声文，五音是也；三曰情文，五性是也。五色杂而成黼黻，五音比而成韶夏，五情发而为辞章，神理之数也。"相反，如"繁采寡情，味之必厌"①。可见情感之于为文的重要性！宗白华说："深于情者，不仅对于宇宙人生体会到至深的无名的哀感，扩而充之，可以成为耶稣、释迦的悲天悯人；就是快乐的体验也是深入肺腑，惊心动魄；浅俗薄情的人，不仅不能深哀，且不知所谓真乐。晋人富于这种宇宙的深情，所以在艺术文学上有那样不可企及的成就。"②从这个意义上说，周龙江也是如此，他一直强调深情之于散文的重要性。林非说："只有将真正使自己感动得无法抑止的情绪，很自然和诚实地表达出来，才有可能充分地去感动读者。"文学必须以文学的方式温润读者，而不是重述历史，阐释哲学，它有自己独有的力量。因为"古今中外多少优秀的佳篇，都充分地流露和倾泻着自己的情感，有的像炽热耀眼的阳光，有的像奔腾呼啸的大海，有的像壮怀激烈的咏叹，有的像伤痛欲绝的悲歌，有的却又像欢天喜地的赞颂；当然也有与此很不相同的情形，那就是异常含蓄与蕴藉地表达自己的情感，从表面看来似乎并不强劲和猛烈，但是在欲说还休的抑扬顿挫之中，可以让读者更深切地感受到这股感情潜流的曲折回旋。"③周龙江自觉地把情感注入散文的肌理之中，他的作品是从内心深处流淌出来的生命之歌。仅从题目即可见出周龙江散文热烈如火的情感，像《想望春天》《怀念山路》《我爱过的女人就住在对岸》《生命的倾诉与呐喊》等均为如此，情真意切，直截了当，毫不伪饰，这是激情的燃烧与迸射，是星光的闪烁与照耀，这些题目能一下子就能抓住读者的心，引起一种心灵、情感和精神的共鸣。

---

① 刘勰.文心雕龙·情采.范文澜注.北京：人民文学出版社，1998.

② 宗白华.论《世说新语》和晋人的美.见：艺境.北京：北京大学出版社，1998：138-139.

③ 林非.林非论散文.南昌：江西高校出版社，2000：101.

第四节 《静静地向你走来》：人与自然的诗意达成

一、生态审美视域中的自然生命

生态审美视域是以人与自然的和谐共生为旨归，在作品中体现生命的互惠、相依。生态审美视域关注作品中的一切生命，赋予作品中的自然生命以前所未有的审美地位和审美意义。生态审美视域文本中的自然生命不再是简单的客体，而是生态的主体，人与自然走向天然融合。

20 世纪 90 年代以来，随着工业化程度的提高和消费量的升级，大量废气、废渣、废水占据了河流水道、良田和天空，呼吸新鲜的空气、饮用干净的水源成为了奢侈，全球生态危机加剧。我国的生态问题尤其严重，北方城市经常处于雾霾天气之中，受此影响，生态问题日益受到人们的重视，生态意识逐渐渗透到了社会生活的各个方面，而文学的生态审美也逐渐走进了公众视野。

文学的生态审美是把人类置于地球的整体生态链之中，不再强调人是万物的主宰，改变"人类中心主义"的审美立场，以人与自然的和谐共生，实现人与自然的共生存在为立足点来观照一切生命。这种审美立场使自然描写在当代文学中获得了前所未有的地位，在生态审美视域中，人对自然生命的审视，首先体现为尊重自然生态，确证自然生态的生命意义和内在价值。尊重自然生态，即尊重一切生命存在的权利，承认一切生命存在的价值。对人类来说，不仅要尊重自己的生命，更要尊重自然生物的生命，不仅从伦理视域中尊重，更应从审美视域中尊重。在文学中也应给予自然生命和人一样的尊重。

即使在文学的本质被重新定义之后，也仅仅达到了"人的文学"的高度，也就是说，"五四"以降树立的新文学把人的位置树立到了前所未有的高度，是一种以人为中心的审美关系，所描写的自然是"人化"的自然。在文学中，人把自己置于自然之上，以自然的主宰自居。但在生态审美视域，自然生态并非以人类中心主义为审美立场的"人化自然"，人类仅仅是世界的一个组成部分。

在当代社会逐步走向经济繁荣和物质生产容量日益膨胀的背景下，城市化以毋庸置疑的速度与力度走进每一个人的生活，改变了社会的具体形态。当城市以它钢筋水泥的冷漠与高楼大厦的阻隔统治了生活，人们普遍感到生命的幻象与迷茫以及生存的挤压，寻找精神的田园，找到避开都市喧嚣的净土，找寻诗意栖居的所在，成为所有人的心之所往。每人心中都矗立着一个富有美感的大自然。当我们从审美的角度和欣赏的心理看待大自然时，大自然就与人类和谐共生，仿佛驯服于我们主观世界的掌控，显示出安静纯美和柔顺温婉的一面；当我们以大自然的主人的姿态出现，并且无度地向大自然索取时，它又常常脱离了我们主观世界的笼盖，显露出强悍烈性的暴力和乖戾张扬的性格。周龙江在表现和刻画大自然时，已经把景物内化，赋予景物强烈的自我情感，并没有把它的真实本质和丰富内涵完全表现出来。

二、美学意蕴的画境与精神维度的田园

自新世纪以来，江华的当代散文创作有了显著的变化和长足的进步，特别是散文创作的精神内涵、艺术探求、内容表达等方面皆显现出新的气象。本节以周龙江散文创作中表现出的人与自然的诗意达成、山水情结与文化心理相结合的特质为研究对象，探讨周龙江散文的精神内涵拓展、艺术表达方式微变和审美意向新态。

周龙江跻身于散文艺术的诗意时空时间不长，作品的数量不多，但质量很高，散文作品也多散见于地方性的报刊，并没有在散文界引起应有的关注。不过，周龙江的散文创作给江华瑶族文学带来一股自然清新、淳朴恬淡的文风。他的散文以实现对自然的回归为旨归，让读者有一种熟悉感、亲切感、沉醉感。因为周龙江生活在极具自然美感特质的湖南江华，这样的环境不仅使他得以同大自然有着长时间的亲密接触，而且能够在随意的行走间与自己深度融合，思想交融和诗意达成浑然一体。从某种意义上讲，他的大多数散文都是这种艺术传达和审美再现，是山水情结与文化心理的艺术再现。

就文学与生活的关系而言，作家不仅同他置身的具体生活环境有着深刻的内在关联，而且环境反过来孕育人的兴趣爱好、心理特性、情感个性以及人生意向、审美方式等，因此生活与文学不仅仅是一种反映与被反映的关系。对周龙江来说，具体生活环境就是由工作的湘南江华和四周的自然环境共同构成的充满着自然特质和淳朴内蕴的环境。周龙江拥有这些得天独厚的条件不是因为采风的需要，去接近朴实的人们，而是因为作家本身就生活在他们中间，拥抱大自然，并以自己的情感内力、精神透视、美学观照对它们进行主体介入、深性领解和多重向度的感悟，从而寻找到一种表达质朴生活的内涵的方式，揭示大自然淳厚意蕴并不是写作的动机，而是内容本身，即通过对画境的有意创造彰显它们的内涵和意蕴。进入周龙江的散文艺术世界，就一下子进入了江华，进入了作家构建的艺术画境。周龙江无疑从自然里汲取到了充足艺术营养的智者，他以自由的个性、灵动的才思、充沛的情感、审美的灵魂，融合自己的内在力量，以此作为精神的基础，形成了《静静地向你走来》的多维景观。作为一个

具有敏锐观察力、知性思维力和随性情感力的作家，他以艺术笔触作为创作的基点，形成了强大的合力，在这种力量的驱动下，他把春光明媚的原野、幽深的丛林、曲折的山路、绵延起伏的山脊、静谧柔静的森林湖当作制图的线条，用语言文字将它们连缀贯通为一种溢满着精神维度、美学意蕴的画境。从而给他的散文内涵定下了一个艺术基调，这便是大自然的钟爱和眷顾。

周龙江的散文《静静地向你走来》可以视为我们开启作家散文思想性和艺术性的钥匙，也是作家为我们的美学阅读视野敞开的一扇充满动感的声色光影的大门，门外精彩绚丽，门里是富于作家个性的、对大自然美进行赞誉的文字。或者说《静静地向你走来》为他的整个散文创作定下了思想内容和艺术风格的基调。作家仿佛是一个超越了现实时空的精神行游者，一个冲破了诸多生存藩篱的自由人。诗人的视野从教师到伐木工，从女兵到晨跑者，从历史到当下，从春天到冬天，但是他又能在四季时序之外从容领略时光序列中大自然的运行规则和内在律动，并以闲适雅致、温情冲淡的笔调再现了大自然的声色光影、情态姿仪和内在力量。所以周龙江的笔触总是情感丰富而又从从容容，在作家舒缓的笔势和情绪的视界中，大自然似乎并不是人类社会的外化世界，而是化为一体，既有情态姿仪的美丽，又有富于个性色彩的形象化理解与阐释。"吸吮了太多的阳光雨露/吸吮了南方所有的精血/南方森林呵/茁壮成浓茂的情感。"（《南方森林》)①这既是作者对南方景物的理解、悟会和认同，尽管这种理解很朴实，甚至还有点自以为是的浅显，但又有身在其中的自豪感，对久居城市的人来说，这种自豪是那么地天经地义；对北方人来说，这一切都是那么地令人向往；对作家而言，这些就是他自豪的全部，是他对自然真实内涵的一种独特的情感体验和理智认同。

第五节 《潇水》：血管澎湃着瑶山的涛声

周龙江不仅散文写得好，他的诗歌也很不错。比如《潇水》这首诗，就颇具特色。诗人以母亲河潇水为写作对象，深情地歌颂了故乡历史的悠久、风貌的灵秀和对瑶族儿女无私又宽容的哺育。

一、寓意丰富的审美意象

意象是中国古代文论中的一个重要概念，古人认为意是内在的抽象的心

---

① 周龙江.静静地向你走来.北京：人民日报出版社，2001：99.

意，象是外在的具体的物象，意发于心而借助象表达出来；20世纪初英美现代派诗歌在讨论创作时，也将意象提到核心位置。诗人通过选取合适的意象，将心中之情寄寓其中，营造委婉优雅的诗歌意境，而读者也能在丰富蕴藉的艺术天地里品出千种滋味。

《潇水》一诗，不过25行，却向读者呈现了"萌渚""潇水""青藤""村庄"近30个意象，内容可谓充实丰富。而这数量庞大的意象，诗人并不是简单罗列，又做了巧妙的艺术处理，例如将"汉子"和"女子"，"柳宗元"和"何绍基"，"我"和"我的爱人"等同类意象并列，将"流水""波涛""群山"按由近及远的观察方式排列，由此使诗歌结构严谨完整又错落有致，不致缺漏亦不失活泼。

从意象内容看，既有直接意象亦有间接意象，直接意象即描述性意象，间接意象又包含比喻性意象和象征性意象，而观其整体，诗中意象显示出较强的代表性和象征性。诗人以"潇水"为主要描写对象，"潇水"在这里既属直接意象又属间接意象，既是那条发于萌渚九嶷，流经永州，汇入湘江的瑶族母亲河，又是凝结了诗人及江华所有瑶族儿女乡情乡愁的文化符号。在对潇水的描写中，诗人描写了它的"泡沫""流水""波涛"和它岸边的"洗衣码头""筒车"和"吊脚楼"，以及"竹排"和"群山"，令人想起叶蔚林的小说《蓝蓝的木栏溪》。在这些描述性意象中，勾勒出故乡温婉沉静又灵动秀气的风貌，同时这秀气中又不失阳刚的生命力，"洗衣码头"等意象则是对生活场景的再现，在缓慢的生活节奏中，我们看到了瑶族儿女在潇水滋养下安乐祥和的生活画卷。自然之美和生活之美并不由直接的抒情呐喊出来，而是通过这些描写性意象来涂抹，作者对故乡热爱之深之切，也如蜿蜒潇水，绵绵流进读者心中。除此之外，作者使用了"花朵""青藤""叶子"来分别比喻我和我的爱人、潇水、村庄和古城以及很多的受过哺育的优秀儿女，比喻使得诗歌更加生动，被潇水滋养的村庄和村庄里的人与潇水的关系如同树叶花朵与藤蔓，"我们"是如此的离不开潇水，而"我们"的存在，也毫无疑问为潇水增添了喜悦和灵动。诗人描绘了这样一种难舍难分的关系，其对故乡的感恩和深情也就不言而喻。在象征性意象中，"山歌""湘妃竹的传说"等都可视作其列，"山歌"是瑶族文化的代表，而"湘妃竹的传说"其意味更显丰富，既显示了永州或者说瑶族的悠久历史和深厚的文化底蕴，又蕴含了瑶族儿女浪漫深情的民族精神，虽是简单的两个物象，其内涵却余味无穷。

在意象的选取上，作者并没有随心所欲，大量铺陈，而是认真地考究了其代表性，比如优秀儿女代表"何绍基"，比如"山歌"之于瑶族文化，由此以点带面，由小见大，通过简单的意象有力传达出深厚而丰富的情感。

二、独具匠心的诗性语言

用"诗性"来形容诗歌语言，显得有些多此一举，此处"诗性"，旨在强调诗歌语言的优美和谐，用"诗"写诗的独特技法，以及由其传递出的丰富蕴藉的情感。下面，我从诗歌语言的四个特点详细解读。

首先是语言的凝练性。诗歌因为体例短小，使得诗歌语言成为跳跃流动，重表情达意而轻语法规范的特殊语言样式，往往一个词或一个字的巧妙使用，对整首诗的画面描写或情感表达起到画龙点睛的作用。本诗中，"潇水静静蜿蜒/如青藤爬向远方"①中的"爬"和"我灵魂的桅杆/总在渴望揳入你所有的水域"中的"揳"用得极妙。"爬"字显示出了潇水的弯曲和长，流得不快但并不静止的水况，也象征着瑶族的悠久历史和瑶族人不急不躁、不卑不亢的生活情态以及绵绵不息的生命力。"揳"是捶打的意思，需要极大的激情和力量，如若不是对家乡爱得发狂和深沉，何至于将自己如钉子钻木般"揳"进潇水呢，诗人的乡情由此可见一斑。此二字言简意赅却内涵丰富，绝佳地体现了诗歌语言的凝练性。

其次是语言的弹性。古代文论中即有"诗无达诂"的说法，即对诗歌的解释并没有统一性和确定性，正如一千个读者心中有一千个林妹妹，诗歌因其语言的弹性，要求读者在赏析时有灵活跳跃的思维，充分发挥想象力，参与创作中，最终完成并理解到诗歌的内涵。在《潇水》中作者提到的"汉子""女子"是怎样的脸庞怎样的性格，"山歌"又唱着怎样的情意，诗人并没有详细描述，我们也不得而知，这种只给出轮廓而不进行细节刻画的朦胧感，需要读者尽情联想，才能真正得到美的享受。

再次是语言的音乐性。诗歌语言的音乐性指节奏的轻重缓急、韵律的和谐悦耳、音调的抑扬顿挫，由此带给读者听觉的享受。《潇水》采用了长短句间隔的句式，在用韵上"古城""爱人"、"花朵""跌落"、"一样""发光"等押韵有序错列，使读者有能读能诵的愉悦感。其中化用柳宗元"欸乃一声山水绿"的"晓汲清湘的唐代渔翁只一声欸乃/山水便绿了百年千年"一句，不仅给读者余音绕梁般的快感，其化用古诗的创作手法也使得诗歌更有悠扬的韵味，而随后又笔锋一转，"你的流水在天空下青铜一样发光/深沉的波涛无疑贯穿了不朽的精神"的直接抒情又将音调变得刚硬，声调缓急顿挫的彼此配合给读者带来曲折

---

① 中国作家协会.新时期中国少数民族文学作品选集·瑶族卷.北京：作家出版社，2014：327 – 328.本文所有诗句引用均出自该篇，不再另注。

回环的审美体验。

最后是语言的夸张性。诗歌为了表达强烈的情感，往往用超出常规的夸张词句放大情绪，以便得到更佳的阅读体验。在《潇水》中，共三次出现"百年千年""千里万里""千年万年"这样的"大"数字，血液如何得以那么长时间的沸腾？这显然是与实际生活不符的。作者用了夸张的手法，来表达他对家乡极致的爱与深情，也增加了诗歌的浪漫性。

总之，周龙江在这首短短的 25 行诗里，书写了瑶族悠久的历史、深厚灿烂的民族文化、祥和惬意的生存面貌、坚韧的民族精神和民族生命力等丰富内容，一方面源于他对家乡深沉的爱与关怀，另一方面得益于他对诗歌意象的考量和对诗歌语言的锤炼，也打开一扇门带领读者走进瑶乡，享受到一场精神盛宴。

第九章　金锦云论：古典诗学与精神原乡的重建

金锦云，男，瑶族，1969 年生，湖南江华人，毕业于零陵师专政教系，当过教师、律师、机关干部、乡镇党委书记，现在国有水电企业任职。已在《文艺报》《文学风》《楚风》《当代汉诗》等刊物发表诗歌、散文等作品多篇(首)，出版有诗集《一朵微笑》，系湖南省作家协会会员。

第一节　瑶乡情结与精神家园

一、普适性的乡土原型

故乡是作家心中永远的精神归宿，无论什么时候，什么情况下，一写作就是回到故乡，所以我们总能在他们的作品中找到故乡的影子，鲁迅的作品中有绍兴，余华的小说在潮湿的空气里释放着压抑的情绪。福克纳和莫言都以摹写故乡而闻名，甚至成为他们最为显著的标签。他们分别在"约克纳帕塔法县"和"高密东北乡"这两个寂寂无名的僻壤构筑起无限的时间领域。

金锦云在富有象征性的精神家园里阐释着无尽的乡土情结，他不遗余力地构建自己心中的"江华瑶族自治县"，沉醉其中，无法自拔。与马尔克斯和莫言等作家不同，金锦云并不试图表现江华的神秘多姿，而是回忆其作为生命依托的情感载体，在《依偎故乡》中，"故乡/接纳我所有的悲怆和失落/用她的暖/抹去我流淌的委屈和泪水"，所以在一定程度上说，故乡是一个人格化的母亲。金锦云并不以传说、记忆乃至幻想的方式返回历史，而是以细碎、可感的生活场景还原曾经的过去，"催我回乡的电话一声紧似一声/声声扣我心弦/漂流已久/我的帆淡淡老去/乡情如风"(《依偎故乡》)，故乡没有奇怪的事情发生，故乡不是遥远的过去，更不仅仅是形而上意义的精神家园。从动因上说，这种故乡情结是多种因素共同作用的产物。首先金锦云生活的地方是经济条件落后、地理位置偏僻的少数民族地区，民风淳朴，保留了大量先民遗迹和传统习俗，形成了一个封闭的小循环系统，而社会生活的外部则气象万千。20 世纪 70 年代末以后的中国开启了改革开放的大幕，传统社会的组织方式和生产方式被颠覆，市场经济以水银泻地般的力量无孔不入地进入社会的每一个毛细血管，效益取代伦理和道德，成为公民行为习惯的最新驱动力量。这种变化直接让人们的生活节奏加快，心理压力倍增，因此在金锦云看来，尽管江华不是神秘的，但却拥有一个迥异于外部的世界，在这里，花草丰茂，水土肥沃，民风淳朴，人性本真，具有类似于乌托邦和桃花源世界的典型特征。

　　金锦云刻意去掉了一直附着在民族文学身上的格式化标签，那些格式化的民族文学作品中堆积了大量少数民族特征的符号，以浮华的陌生化吸引读者，直接造成作品精神的空洞和诗性的缺失。据此，金锦云并没有让故乡成为一个想象中的奇异世界，诡异的习俗、神秘的力量、吊诡的符号等，都没有在金锦云的诗歌中出现，多次提及的反而是身边的亲人。《依偎故乡》中："偎我入怀的/终是母亲/催我回乡的电话/一声紧似一声/声声扣我心弦"，来自故乡的电话，总是会引起漂泊在外游子的内心悸动，诗人将实在地、真实发生在生活中的事件放入诗中，用诗人内心真切的感受贴近读者的心灵。"漂流已久/我的帆淡淡老去/乡情如风/轻轻抚摸我的发际"，故乡，是一个人永远也割舍不断的血脉，它牵绊着每位游子漂泊而又孤寂的心灵，诗人用朴实无华的乡愁唤起读者内心最易触摸却也是最深层的共鸣。谈及故乡想到最多的是母亲，母亲的电话，母亲抚摸我的发际，都是诗人对故乡最深刻的心理印记。即是故乡的"原味"，也是母亲的味道，"我喜欢苦瓜/和本地橘子的味道/苦瓜是青涩的/而橘子真实的酸溜/都走过一些童年的片断……/苦瓜和本地橘子的味道/经年唤起/云雾里 山坡下/奶奶的白发"。故乡并非一个抽象的、毫无生机的概念，它是青涩的苦瓜、酸溜的橘子还有奶奶的白发串联起的记忆，轻松而又湿软的记忆。金锦云用"苦瓜和本地橘子的味道"找寻潜藏在文化背后一缕又一缕真实而又素朴的情感，用"一声紧似一声"的电话追寻瑶族之子强大的归属感。金锦云有关故乡的诗歌中很少出现陌生的意象，这与瑶族另外一位诗人黄爱平诗中反复表述浓烈的"瑶山情怀"有别，诗人选取有关故乡的记忆都是稀松平常、触手可及的共同回忆，这些记忆甚至大部分都不是瑶族所独有，而是每一个平凡人的童年里都可能找寻到的情感共鸣。民族的就是世界的，民族情感与人类普遍情感常常是共通的，金锦云隐去了瑶族文化中晦涩难懂的一面，将乡情扩展到更宽更广的世界舞台上。

母亲、奶奶、原味，我们找不出这里有明显的地域特色和文化传统，而是以普适性的亲情作为故乡的原味。福克纳说："我写了《士兵的报酬》一书，觉得写作是个乐趣，可是后来我又感到，不仅每一部书得有个构思，一位艺术家的全部作品也得有个整体规划，打从写《沙多里斯》开始，我发现我家乡的那块邮票般小小的地方，倒也值得一写，只怕我一辈子也写它不完，我只要化虚为实，就可以放手充分发挥我那点小小的才华。"①早期的福克纳天马行空，成熟之后，他开始把所有的笔墨都集中在故乡，他的18部长篇小说和3部短篇小说集大多以约克纳帕塔法县为背景，所以作家在成熟之后回到故乡是世界性的普遍选择。莫言在经历了写作的初期积累之后，接触到了福克纳，看到了《喧哗与骚动》，他意识到，"我立即明白了我应该高举起'高密东北乡'这面大旗，把那里的土地、河流、树木、庄稼、花鸟虫鱼、痴男浪女、地痞流氓、刁民泼妇、英雄好汉……统统写进我的小说，创建一个文学的共和国"。② 我们绝对不能以经济发展程度作为衡量故乡的情感标准，甚至在一定程度上，类似约克纳帕塔法县、山东高密和湖南江华这些地方都比较落后，或者抱残守缺，或者因循守旧，而这恰巧构成了一个与现代社会隔绝的世界，为作家的追忆和建构提供了丰厚的沃土。对故乡，金锦云没有爱恨交织的复杂情感，没有痛苦与不安，没有批判与嘲弄，有的只是温暖和美好。

应该说，与很多偏僻的农村一样，地处南岭大山深处的江华，比之繁华都市，在物质上说，它对人的馈赠是微薄的。回到青少年时期，这里的农民没有出路，没有前途，这是一种更深刻的真实！韩少功和莫言笔下的故乡都是灰色的充满了苦难、贫穷、辛酸、压迫，莫言说，"我的家乡经常停电，水又苦又涩，冬天又没有取暖的设备，我害怕艰苦，所以至今没有回去"。对常年生活于此的人来说，没有亮光的夜晚是无聊孤寂的，没有电，就意味着切断了一切现代性的生活方式，所谓诗意的栖居至多是现代社会舒适房间中的遥远想象。彭学明等作家的故乡则是诗情画意的描写和热情洋溢的歌颂，他笔下的故乡湘西是经过过滤的。莫言看到的是人性自由在外物压迫下的异化，彭学明看到的是透明至美的本真世界。与他们不同，金锦云既不批判故乡的落后和愚昧，也不投入热情的赞歌，而是人们心灵深处最柔软的那块亲情。

故乡与母亲在一定程度上同步伴生，莫言说："汽车一进高密地界，看到了熟悉的河流和土地，听到了熟悉的乡音，我的心中就涌着一种十分激动的情

---

① 王宁.诺贝尔文学奖获奖作家谈创作.北京：北京大学出版社，1987：190.
② 莫言.说说福克纳这个老头.当代作家评论，2014(2).

绪。进了村子后，看到我的母亲浑身尘土从胡同口艰难地对着我走来时，我的眼泪再也止不住了"①。同样，金锦云说，"离开故乡／怀了一腔的热忱……／苍茫了心"，这种爱根植于人的血液，是生养他的母亲和土地与生俱来的亲近和依恋。故乡是一个人最初的胎记，生于斯，长于斯，这种印记终生不褪。

金锦云的诗歌不刻意追求鲜明的地域性，而着眼于表现社会和人生的普遍性和永恒性。他的故乡情结建立在宽广、深厚的底蕴之上，通过情感的对比和起伏折射出人类的普遍性家园情结，进而升华为对人性的诠释和拷问。金锦云虽然立足于江华这样一个偏僻小县，但是他的诗歌建立在宽广、深厚的底蕴上，对作品中隐含的地域性与普适性的关系，使江华这个方寸世界具有一种适用于大千世界的普遍性，形成了"归—去—来"的人类心理模式，离开故乡、再回故乡，回忆故乡，一个具有原型特征的循环结构。诗人恰当地稀释了作品的乡土特色浓度，如《瑶家老情歌》："今天的夜晚／月色如水／……几十年的羞涩和踯躅／倾泻在铺满月光的地上／……"悠悠的月光是瑶家老情歌最忠实的记录者，见证了"几十年的羞涩和踯躅"。每到夜晚，痴痴缠缠、羞羞怯怯的情意便伴随着绵长的歌声在空明的夜晚氤氲开来。今天的月色一如往常一样皎洁如水，但曾经弥漫在这月色中的歌声却消失了，因为"时尚的目光／一把／将歌扔到老远／只有我／这个路人／把这些碎玉一样的歌／一颗颗拾起"。时尚汹涌而至，那些古老的记忆则被无情地遗忘在角落里。面对文化遗忘的悲痛，诗人早已失去愤怒的气力，也没有选择执拗地呐喊，无助地徘徊，而是像"路人"一般沉痛地将这些"碎玉"小心翼翼拾起，如同世间最珍贵的宝物般收藏。愤怒只能达到一时的宣泄，在过往者心里也只是风过无痕，因此诗人选择了无言的沉默，留给世人一个厚重的背影。当代少数民族作家主体逐渐觉醒，并自觉地承担着弘扬和振兴本民族文化的历史使命。金锦云的骨子里印着瑶族文化清晰的刻痕，瑶族文化的时代性、精神性、命运性时刻都与他紧紧相伴，但他并未充当"文化复兴"热切的呼吁者，而是默默地成为"文化寻根"的践行者。既不需要激荡起伏的情感表达，也不需要循环往复的主题呼吁，诗人诗歌的抒情对象是瑶家老情歌，但是全诗除了一句"瑶家的大婶和阿婆"之外，再没有瑶族的任何痕迹，唯一具有地域特征的"山歌"一词，与瑶族也没有必然性联系。作品表现出一种博大的现代文化眼光，流露出与人类精神共性、世界性的现代文化意识相通的思绪。

民族性格、民族命运、民族风情与诗歌没有过多的瓜葛。金锦云站在人类

①　逢春阶.靠近莫言，倾听莫言.河北日报，2012－12－26.

情感和世界文化的角度，而非民族历史的视角俯视个人的生活状态，从而使他的作品在平实中具有开阔的胸襟和囊括万物的浩气。尽管金锦云的诗歌大多以江华为底色，但他始终清醒地知道自己的读者不只在江华，而是整个华语世界，或者超越民族的藩篱。他诗歌中的情感既是江华瑶族的精神世界，也是一代中国人，乃至整个人类的故事，他创造的形式、想象的情感、发现的空间在某种意义上为民族文学开辟了新的维度与可能。

他启发读者思考：尽管时代变幻，背景悬置，人类的精神世界是否一直以相似的模式存在？这个世界是什么样的？我们为什么要活着？我们究竟要回到哪里？因此在他的诗歌中我们随处可以发现与生活息息相关的命题：爱情、时间、成功等。费孝通说："在我看来，在社会现象的底子里有着生理性的心理现象。我可以承认爱、恨、喜、怒，是多种生理性的心理现象，从生物基础上发展出来的。但是爱谁、爱什么、怎样爱法，这些具体表示人类感情的对象和方式却是受着文化的规定，和其他行为一样的，所以应当列在社会学上的。"[①]除此之外，金锦云还关注当下生活中的时代幕布：党委书记、八一战友、矿工农民，诗人不遗余力地赞扬这些具有时代气息和标签色彩的群体，并非表现一种匍匐姿态，而是真实地再现自己生活的这个时代。回避这些因素非但不能体现诗人的超然，更为诗歌留下了空泛与无力的口实。金锦云诗歌是当下中国的一个缩影，他的创作具有现实的普遍性意义。

二、江华：作为开放性艺术世界的故乡

金锦云把故乡作为一个开放性的艺术世界来处理，把发生在天南地北的事情都放到湖南江华这块具有象征性的土地上来写，把在外地获得的丰富的感受带回到故乡来加工。因此在金锦云的诗歌世界里，江华和故乡仅仅是一个文学的概念，而不是一个地理名词。因此江华是一个开放的范畴，而非封闭的空间，是在诗人童年基础上想象出来的一个文学幻境。诗人试图使它成为中国的缩影和全人类的标本，体现他们的痛苦和欢乐。这样，金锦云就在江华这个穷僻小县的故土上写着天下的人与事，赋予作品更为深刻的、具有人类普遍性的主题，充盈着人的生命意识和生存精神。

金锦云把乡土材料和乡土色彩同现代社会的实质、人的生活、人的本质和人类文明的普遍意义有机地结合起来，以民族性的外壳表现人类普遍性的生活主题，如《倒水湾的瑶歌》，"倒水湾/是姑婆山下一个村寨/一个圩场/这里生产

---

① 费孝通. 乡土中国. 上海：上海人民出版社，2007：441.

玉米/油茶/生产茂林　修竹/更盛产瑶歌……每天清晨起来/他们就开始打扮/就开始唱歌"。贾平凹是以怀旧的方式拥抱他的商州故地，以商洛文化的淳朴、率真、真诚、古道热肠、侠肝义胆来映照现代都市文明的虚弱与颓废。金锦云则以质朴的情感吟咏生养他的故土，以瑶族生活的清新、平和、简单、质朴来联结人类文明普遍的意义。著名诗人艾略特十分推崇"透彻"的、"跃出诗外"的诗。他说："要写诗，要写一种本质是诗而不是徒具诗貌的诗……诗要透彻到我们看之不见的意义，而见着诗欲呈现的东西；诗要透彻到，在我们阅读时，心不在诗，而在诗之'指向'。'跃出诗外'一如贝多芬晚年的作品'跃出音乐之外'一样。诗人寥寥几笔勾勒出倒水湾的村野生活，不只是简单画面的倒影，诗外更是承载着人类社会最原始也最难能可贵的质素：纯净。在诗人的笔下，倒水湾像是与世隔绝的世外桃源，那里的人们丰衣足食，快乐无忧，如同沈从文笔下悠扬的"边城"一般，纯净美好、纤尘不染。这里供奉着人类精神家园的雅典小庙；传递着诗人对遥远的、深不可测的未来的张望；更寄予着人类对原始纯真生活的向往。如果说"边城"是沈从文在那个战火纷飞年代的精神净土，倒水湾就应该是金锦云在物欲横飞时代的理想圣地。诗人将瑶族小村寨的生活质素与人类的普遍意义追求相联结，让其故乡情结获得了意义上的升华，从而使他的作品能够出自故乡而超越故乡。

在金锦云的创作世界里，江华是一个流动的疆域和没有边界的文本，是诗人取之不尽的创作源泉。在过去的时间里，金锦云经常离开江华，到很多发达省份，到更大的城市，足迹遍及很多地方，但他的心从来没有离开过江华。他从脚下这片土地中汲取力量，从故乡里寻找生命的熨帖。江华不是广义的故乡，而是有着一定的人类学意义的变化缓慢的农业社会。费孝通在《乡土中国》中明确给乡土社会下了定义，"乡土社会是安土重迁的，生于斯、长于斯、死于斯的社会。不但是人口流动很小，而且人们所取给资源的土地也很少变动"。①

金锦云的诗歌可以说是个人/民族式的，他总是把人类的共性情感藏匿在民族乃至自己情感的躯壳之下，站在人类的高度俯视个人的生活状态。诗人与江华那种内在的血缘关系，对民族文化、民族心理、民族故事的巧妙处理，使他具有了超越民族和时代的诗性气质，这和以西方诗歌为圭臬，抑或直接模仿西方诗歌的诗人迥然不同，他是有根的。"乡下人为孩子提名，最普通的是'阿根'，人也有根的，个人不过是根上长出的枝条，他的茂盛来自这个根，他的使命也在加强这个根。这个根就是供给他生长资料，供给他教育文化的社会：小

---

① 费孝通.乡土中国.上海：上海人民出版社，2007：48.

之一家一村，大之一乡一国。"①金锦云的根深叶茂来自于江华，这就和西方文化的个人本位有了区别，与中国传统文化产生了共鸣，抓住了中国社会转型期这个独特的时代精神风貌。诗人的《一朵微笑》就像一棵参天大树，它和江华瑶族历史的泥巴长在一起，它是江华的寓言、传奇和王国，更是人类精神的缩影，它通过对自己故乡生活的回忆，传达了某种带普遍性的人类生存状况；将庸常的故乡生活场景转化为对人生生存的领悟和发现。此外还有《亿万年的天空》，"天空下／伫立／今天的我……谁是旧曾的相识？／……"诗人仿佛化身为几千年前的陈子昂，孤独地站在塔顶，望向苍茫的天空，发出悲怆的感慨："前不见古人，后不见来者，念天地之悠悠，独怆然而涕下。"一时之间，偌大的天地，竟找不出一个与我共鸣之人，又是何等的悲哀啊。诗人总是孤独的，有思想、有灵魂的诗人更是孤独的，金锦云内心怀揣着对民族、对国家甚至对整个人类深沉的爱，却茫然地找不到熟悉的光明。于是"我把时光掰开／一片，一片／赋予窗外冰凉秋风"却发现当"明天阳光普照之时／今天的生命归于尘埃／而我们／又可以阻挡些什么呢"。诗人没有只将眼光局限在民族情感上，而由"窗外冰凉秋风""明天的阳光"等常见的景象，联想到人类生存的意义，把视野放之整个人类乃至全宇宙。人类之于宇宙，人类就如同渺小的蝼蚁，毫无牵挂地来到这个世界又毫无羁绊地离开，最终化为细小的风尘融入尘埃之中，悄无声息。诗人冯至曾在他的《十四行诗》中写道："什么是我们的实在？／从远方什么也不带来／从面前什么也不带走。"人类看似在这个世界上留下了不可磨灭的记忆，但在时间的长河中，一切都将变得虚无，这就是我们的"实在"。人类的存在不是为了生命的结果而是为了生命的过程。诗人对于生命的哲思从一个特定的地方、特定意象的特定情感切入，揭示生活的本质，反映人性的普遍内容。

第二节   现代诗歌直觉与古典诗学的皈依

一、古典诗学的皈依

"在一起的人／在一起的时间久了／总是习惯淹没浪漫。"诗人用平实的语气，仿佛在叙述一段真切的生活，一开口就是数不尽的忧伤，不深不浅地弥漫开来。没有华丽的辞藻，没有堂皇的修饰，诗人只是捧着一颗真诚的心，就一点点叩开了你冰封已久的心灵。浪漫被淹没了，曾经的温柔也在柴米油盐酱醋

---

① 　费孝通. 乡土中国. 上海：上海人民出版社，2007：297.

茶的生活中溃不成军，"初始的温柔熬不过时间"，可诗人依旧未能忘记那未可磨灭的想念，如同"人生只如初见"的惊喜，"而想念如影随形/不思量，不相忘"。在一起的时间久了，激情早已退却，但彼此成为习惯，一旦离开，想念就会突如其来。情感就如同烟瘾一般，喜欢上很容易，一旦要将它带离你的生命，你就会觉得无所适从，思念的洪闸决堤，"在沉寂的瞬间/轰然扑来/猝不及防"（《想念是一种不可磨灭》）。诗人用富有意境的短句，描述了一个在情感中司空见惯的事实。这是一首融合了古典情致的诗作，内敛、静谧，那些我们习以为常而又难以名状的感觉被描摹得淋漓尽致。金锦云诗境的寓意从不以大道至简的形式给读者做最终陈述，却可以直接触摸到那种令人诵读之后，回味到不忍离去的绵密情愫和淡淡忧伤。他不以古典情怀构建套版化的意境，也不用抽象的言辞掩饰情感的空洞。他的诗歌既有古典情怀，也寓含着不可重复的青春期，融合之后，渐至化境。

显然金锦云有着精湛的古典诗学素养和敏感的现代诗歌直觉，两种底色共同构成了金锦云的写作幕布。因为这种多维度的幕布，金锦云的诗歌多姿多彩，古典情怀与现代忧伤并存，生命赞歌与生活苦痛同在，所以把金锦云的诗歌归入任何门类的研究都显得过于简单。金锦云是一个瑶族诗人，这种民族标签首先给人一种先入为主的印象，以为他会在瑶族风情的原生态描摹中无法自拔，把它作为一种写作策略。读者误以为这一类的诗就是金锦云的全部，或者误以为这样的诗才是金锦云的书写中最值得关注的部分，也最能看出金锦云之于中国当代诗歌的贡献。而事实上，这很可能是把金锦云的读者引向并不足以真正体现他的诗艺和精神水准的地方，不仅无助于人们对金锦云意义的逼近和抵达，反而会在无形中限制和取消。

金锦云诗歌的古典并非源于对形式感的追寻，而是因为古典最能表现金锦云的思绪。金锦云不是作协的专业作家，写作只是他丰富精神世界和文化追求的一种方式，正因为如此，他的诗歌才少了一些匠气，多了几分洒脱和性情。也正是在这样的境况下，中国古典诗意得以萦回、繁衍的那种特定的物质和精神土壤，随着人生阅历的丰富和道路的延伸而形成契合。尽管在音律和句式上没有与古诗词保持一致，但金锦云的诗歌依然保持着丰盈的古典诗意，它承继了千年诗歌传统和诗学规范，诗意的生成早已形成了它自身的典范和惯例。这种典例和范式遂形成了人们的集体无意识，人们会在阅读和写作时自觉不自觉地遵循或者暗合模板，以满足想象中读者的期待视野，以致这样的写作和阅读，越来越无可避免地成为无休止的复制，所谓新创作的诗歌也只不过是旧模板的衍生物，你只能明显地看到一种量的积累，却很难见到某种质的突破。同一个平面上的展开比比皆是，维度的拓展却鲜有涉及。这种承继带来的直接后果是，古典诗歌的陈陈相因使其失去了文学桂冠的支撑，因为语言上的萎缩，古典诗歌也失去了起码的肌理和张力。至于重新与时代形成唱和，回应人们内心世界的真正关切则更无从谈起，诗的本原被抛掷，现实世界问题的解决、人生问题的探求、精神灯塔的构建自然更不必说，以及与此直接相关的种种深刻的生命体验，越来越不沾边。

二、古典诗学融入现代诗歌直觉

很多传统的物像在金锦云的诗歌中被赋予了新的含义，例如这首《村口那棵树》："树，不知不觉就长高了/时光如白驹过隙/丰满之后终归慢慢凋零……"诗人看似只是通过树的丰满到凋零的生长变化，简单叙述一个惯常的自然现象——盛极必衰，感慨事事的沧桑巨变，实际上蕴含了无限的联想与哲思。"爱到极时/分离远好于疼痛的相守/日子就慢慢过去……"痛苦的爱也如同盛极必衰的树一般，到达顶点之后，自然而然也会在时间的冲刷中慢慢磨平伤痕，终归静寂。世间的很多事物都是如此，你以为这段爱情深深烙刻在你的生命中，但当现实的惨痛逼迫你不得不放弃时，你恍然大悟：世上没有谁离不开谁，也没有谁是谁的谁。即使分离，时钟始终转动，丝毫不会因为你的痛苦放慢步伐。"树"是自然界再平凡不过的意象，诗人却把它与人生的真谛相关联，揭示人类情感曲折发展的奥秘，寻求人类共通意义共鸣。他在自然的空旷之中，体悟人生；在平凡的生活中，创造诗意，这应该就是一个睿智而又孤寂的人生动而没有杂质的心灵独白。把"树"放在新的语境中，它的意义便在金锦云的诗中出现了某种微妙的逆转，像一个历经沧桑的老人，原谅所有，宽容所有，爱到所有。一方面，树的形象、诗境与人相互扶持，相映成趣，让人认同、归趋，建构了一个价值的皈依和意义的乌托邦；另一方面，它又是一个可疑的所在，一个自相矛盾和抵牾的凝合体，它不是那种按照线性逻辑一直推下去的引导型诗歌，反而一点都不会让人放松。读者在语言的渗透下为之焦虑甚至不安，成为了遍布陷阱和充满畏途的所在。所有一切在它面前流露出的神色，显然更多的是稚嫩和臣服。这首诗明显地不同于我们所熟知的那种偏重于感性、随性和原味的所谓古典的路数，而是娓娓道来，取代了含蓄蕴藉的古典的美感典范，毋宁说，它在摆脱一种古典诗意的诱惑。"树"的境遇作为一个隐喻，实际上预示了人们的某种实际处境。大自然的意象，把爱的力量和自然的力量有机地结合在一起。这种无性别意识的意象，有一种爱的力量在推动前行，虽然"分离好比过疼痛的相守"，却在真诚和抗争面前，剥离文明的虚伪。

在市场经济越来越深化的历史背景下，社会变革的速度前所未有，世界的碎片化特点凸显，你会突然发现，原以为一切都是安排好的，这个世界的秩序也在既定的轨道上前行，后来发现所谓的秩序其实根本不是那么回事，也就是说，此前那种天经地义突然间不复存在了，自己原先的依托，那些曾给自己提供了规范和支撑的信仰正在渐次剥落。人们突然发现存在主义原来这样真实，你一下子深切地感受到了被一种什么力量所推动，产生了被抛掷到了这个世界上来的感觉。金锦云在破坏了这种平衡和圆润之后，又给了这个世界新的力量，只要坚持，树依然可以成为统摄性的力量。

类似的还有《无望的鱼》："请将忧伤挂成我今生/漂泊的拐杖/驱逐像蛇一样弯弯曲曲的岑寂。"以"鱼"为意象，而能导致鱼陷入无望的只能是赖以生存的水的缺乏。一旦鱼离开了水，就如同人离开了空气一般，无法存活。当与你日日交融在一起的东西突然抽离时，如同鱼的无望一样，人的生命也将干涸。于是，"我"陷入了极度的痛苦之中，挣扎在死亡线的边缘，"忧伤"逆流成河，与"岑寂"也不能共存，只能将内心巨大的伤痛挂成拐杖，今生艰难地前行。当"黄昏的最后一个落日"来临，"是我滚落最后一滴/硕大的泪"。死亡终于在黄昏来临，"我"为了纪念生命中最重要的东西——水，耗尽了全部精力，走向尽头。这首诗中主题和内容的幻想色彩极为浓厚，诗人使用"无望的鱼"作为意象，巧妙地表达了"我"在失去生命中的某样东西时，如同离开了水的鱼，内心巨大的痛苦仿佛濒死的绝望。将抽象的情感化为具象的实物，把读者的灵魂引入另外一个神秘孤寂的空间，化身为那条在生死边缘挣扎的"鱼"感受死亡带来的孤寂与悲伤。

也许，金锦云的《树》《无望的鱼》，都是在与古典诀别，这样的说法有点令人难以信服，因为事实上，《树》《无望的鱼》里边，显然并不缺少古典的场景和要素；但这里的古典场景及其要素与《依偎故乡》《瑶家老情歌》《原味》相比，性质的不同却又是那样一目了然，它们应是分别属于两个不同范畴的"古典"，也就是说，金锦云的诗里，事实上存在着两个不同类型的"古典"。

《村口那棵树》《无望的鱼》所处理和演绎的，是属于人的生命经验中灰色无奈的处境。按照雅斯贝尔斯的说法，它是最能揭示人存在意义的一种境遇，或者说，它们很可能是促成人真正领悟存在及其意义的最有效的方式。这是因为，人真正感知存在不能仅凭抽象思想，也不能以虚华的外表和琐碎的堆叠印证真实的存在，只有在某个具体特定的情景中，才有可能与真实的存在相遇，如果没有这种较为极限的情况，真实可能潜藏在表象的浮萍之下，所以唯其如此，才有可能体会无法用抽象思想表述的真实存在。在《村口那棵树》《无望的鱼》中，虽然古典时代的物象、行为和场景依然是金锦云写作灵感的重要来源，但显然不再是其全部的源头了。金锦云已经找到了新的写作资源，它们的精神指向不再是对古典时代的意义的延续和皈依。

读《无望的鱼》，总是不由自主地会感到压抑和踌躇，它最后迸裂出的那种令人感到震撼的痛楚，爱着，恨着，掺杂着无怨无悔的宽容与自戕，这种纠结很难找到一个合理的解释。苦痛不可能无缘无故，亦无可能空穴来风，每个人都可能在工作和生活中面临各种各样的挑战和压制，也可能在春风得意时顿觉忧伤，但是能够写出《无望的鱼》这样的诗歌，不会是虚拟的抽象情感体验，而是对某一重大的心理挫折或精神迷惘做出的诗歌反射。

金锦云之于鲁迅，在精神上有着较为深刻的联系。鲁迅一直对传统和古典怀有着十足的警惕，尽管他的很多作品直接取材于传统题材，如《故事新编》，但以反讽的姿态出现，戏谑历史，面对当下。因为鲁迅认为，把古典和传统当作一种取之不尽用之不竭的资源，并不是合理的选择，一代又一代人对传统和经典不断阐释和延展，几乎早已消耗殆尽。即使在艺术形式方面，鲁迅也不因袭传统，不随从俗流。

金锦云绝不是与现实不发生关系的那种精神的高蹈者。《我的心里，住着一座城》讲述了一个传统话题：城乡情感矛盾，那种感情是复杂的，既不同于余光中的《乡愁》，发出中华游子的集体心声，他们因为历史的原因被迫妻离子散，身在海外，心在家乡，那是一种身心分裂的痛苦；也不同于杜甫的"月是故乡明"，以明显的情感倾向诉说思乡之苦。而是另辟蹊径，在情感的纠葛中导入了另外一个维度，我们熟悉于这样的维度，但却回避对城市的更内心的感受，比我们所熟悉的却更平实、质朴，更贴近情感的真实，因而也更让人信服。似乎也可以这么说，把情感和呈示在情感中的人性，还原到它们的某个原初的状态，在两种情景的对比中呈现人在社会发展过程中被裹挟的感受，不悲不喜，反而引起某种让人震惊的效果，是这首诗表现出其特有精致性的根本原因之一。

事实上，这样的效果在我们的阅读中得到了兑现。"青春年少时/我的心里/住着一个村庄"，村庄对青春年少时的我来说是长在心里的一个梦，因而村庄是那时的"我"可望而不可即的，承载着"我"所有美好的、甜蜜的期许，"村头的老屋/住着坚强的父亲/和母亲手上的老茧。"村庄里有稳重如山的父亲和辛劳慈爱的母亲还有老旧而又温暖的家，裹藏着"我"渴望已久的亲情。那里"住着简单的童年"还有"篱笆、断墙、老树/瓦背灰白"，一切都是梦里的村庄的模样，唯有"炊烟被黄昏打湿……"梦终究是梦，好似炊烟一般，总是会在云雾中消散。亲情是诗歌中永恒不变的主题，诗人却将温暖的家放置在青春年少的梦中，看似真实，实际虚无缥缈、若即若离。用虚幻的梦境描绘潜藏在"我"心中真实的渴望。全诗在淡淡的口吻背后，潜藏着沉着的惆怅与遗憾，仿佛微笑式的悲伤：表面波澜不惊，深层则暗流涌动。现实中的亲情成为惯常，但当这种惯常变成心中遥遥无期的梦时，这种情感就变得弥足珍贵。余华《活着》中的老富贵，在经历了太多的生死离别、天灾人祸后，竟然依旧顽强地活了下来，如同沙漠里倔强的梭梭草，将根深深地扎进了天地泥土之中。无常的命运来给你了太多震撼，老富贵的活着似合情合理，实则内心是蕴含着几代亲人逝去的悲痛的。这与梦中的亲情"微笑式的悲伤"有着异曲同工之妙。很多文本表面越是云淡风轻，实则是让读者久久无法自拔。金锦云刻意将悲伤隐匿在脉脉温情之中，用毫不真实的梦去包裹本以为触手可及的亲情，给人一种说不出的悲伤之感。这是诗人对情感真实的追寻，用含蓄内敛的语言，营造出自己心灵皇冠上的明珠，在命运的征途中，洒脱洋溢而又不失对生活及人生痛楚的感受和思考。

可以说，金锦云的《村口那棵树》《无望的鱼》《我的心里，住着一座城》等文本中的意境都没有呈现出纯净的单一维度，这与古典诗歌形成了截然的反差，某种搅拌的性质和多维的情感使诗歌泛出异样的光泽。就诗感而言，读上去既庞杂又单纯，虽卑微却高贵，在说不清道不明的悲伤和幽默中徘徊，在无以名状的彷徨和前行中沉思，弥漫着错杂与混沌的诗意。

三、"宏大抒情"的新维度

可能因为工作性质的影响，金锦云的诗作中还有一部分是"宏大抒情"，与以主流意识形态和国家意志为对象的宏大叙事相似，宏大抒情同样把抒情的对象定格在主流空间内。但是金锦云在处理这些题材时，没有经过自己的拔高和提纯，也没有提升到信仰和主义的高度，而是以相对客观的视角，记录当下社会生活中的"正能量"。在以消解神圣和戏谑崇高为价值观的大背景下，把关注的视角投入宏大抒情，是一种极大的冒险，可能成为背叛诗歌精神的口实，或者脱离了诗歌的纯粹。但毋庸置疑的是，社会发展的简单事实和文明进步证明了国家管理的合理性，说明大部分的干部是合格的，架构的主流是经得起历史检验的。所以在金锦云的诗中，宏大抒情占据了相当一部分篇幅，如《星期天的傍晚——一个乡镇党委书记素描》《激情坚持》《写给八一》《坚毅》《生命》《山火》《村支部书记》，仅从诗歌名字就可以看出，作家丝毫不避讳其主题内容和价值选择，在《星期天的傍晚——一个乡镇党委书记素描》中，诗人以不动声色的描述，以工笔细描的方式勾勒出了一个乡党委书记的形象，全诗没有任何的价值倾向性，所以在一定程度上，这首诗是诗人的自画像。

这些诗歌的描写对象都是党政军基层干部，他们工作辛苦，与百姓进行面对面的沟通，直面各种不可回避的矛盾和问题。他们的共性是都来自基层，或者是村干部，或者是乡干部。诗歌的抒情对象基本限制在这样的范围之内，细节刻画十分琐细。之所以这样，是因为诗人本身就扎根基层，与民众建立了鱼水般的情谊。在把人和人的价值归之于虚无的处境和背景下，诗人并未随波逐流，也不简单地高唱赞歌，而是别出心裁地将心思放在了对这些细节的描述上，这不能不让人觉得格外意味深长。大唱赞歌的诗歌大多作为演讲和诗朗诵的脚本，否则就可能被认为是讽喻，所以金锦云的这种琐碎刻画其实是源自内心深处的真实外显，但在无意间成为了此类题材诗歌的唯一策略性选择。诗歌并不长于刻画，与堂皇却显得较为异己的政党或国家伦理比较起来，还是生活中那些琐碎的细节更具亲和力，也更具真正的持久性。所以金锦云的诗歌与郭小川、贺敬之的"政治抒情诗"截然不同，他不用"楼梯体"烘托情感，却转而把视角对准细微的局部，诗人与其说是长着一双天真无邪的眼睛，不如说是对人有着情真意切的精神之美，政治情怀与心灵善良达成了契约，从而以相同的形式表现出来。金锦云并非对社会上出现的各种于有形无形之中取消和剥夺了生命价值和个人尊严的做法熟视无睹，对他们的处境和遭遇没有同情，因为在诗人看来，在伤疤上撒盐，或者把镁光灯聚焦在伤疤上，无助于问题的解决，只能放大阴暗面，造成无谓的情绪传染。以这样的一种心理状态，怀着一种明媚阳光般的情绪体验，诗人随心所欲地记录着基层工作者的点点滴滴，没有激情澎湃，没有刻意拔高，没有直接呼告，多少显得有些"缺心眼"，但却很真实。

同为宏大抒情诗，与上述诗歌形成鲜明对照的是《踊身跃入的石》，"巨大的岩石/奋不顾身地踊入/轰隆隆的机器/骨骼和关节吱咯作响……"与《星期天的傍晚———一个乡镇党委书记素描》《激情坚持》《写给八一》《坚毅》《生命》《山火》《村支部书记》中的主人公都执着于当下不同，这首诗中更"基层"的矿工却定位于历史，这真正反映了诗人的世界观和价值观：人民永远是历史的主人，是推动社会发展的最根本的力量。在《踊身跃入的石》中，诗人没有采用工笔细描，也没有使用写意白描，甚至没有一个定格的形象，反而以宏观视角，站在历史的高度，讴歌矿工，他们与天地同在！诗人找到了自己的价值支撑，一种足以让自己内心平静的立足点，一种个人的自足性。也就是说，在时间的这个节骨眼上，他们在与各种高高在上的奢侈浮华的对照中泰然自若，"清风作伴，与水为邻"，他们可以不必再为自己与外部环境之间的尖锐、沉重的压抑和紧张关系所支配和驾驭，可以"重拾我亿万年的悠然、卸下沉甸甸的责任，游戏山水虫鱼，俯视人间万物"，他们不比任何人卑微，仿佛是从被动不堪的处境中，一下子获得了解脱、解放和自主，至少大地和自然都这样认为，他们让一份历史的真实重新回到了自己的身上。

可能连他们自己也未必能清楚地意识到，不去追求所谓的符号，不在意别人的眼神，价值永远不会因为无语而泯灭，多年以后，他们当之无愧地摆脱了此前或此刻的卑微、屈辱和被人鄙夷的地位，被历史重新定位。尽管有"想象性解决问题"的嫌疑，与真正的现实性的解决还存在着不小的距离。然而，精神和心理上的被尊重，毕竟也是人性的重要构成部分，认识到和没认识到，完全是两码事。如果精神屈服于物质，那么像矿工这些群体，为人类创造了价值和财富，却永远不被尊重，这会不会是在给那些肆无忌惮、或尽管有所忌惮、却借助形形色色的冠冕堂皇的名义耀武扬威的人提供精神的支撑？他们在享受物质财富之后，还要贬低那些支撑着社会大厦的底层民众，抑或推卸、洗刷罪愆的借口。悖谬横行时，只有诗人还在充当历史的良心！

弗罗斯特说"我们需要学会在隐喻中生存"[1]，而《踊身跃入的石》中矿工的历史际遇，是否还暗示了诗与历史的关联是偶然而又宿命的这层意思呢？这一重新定位，其实是对悖谬的反驳，不仅给写作带来了某种历史的纵深，也带来了历史的幽秘，因为底层民众没有话语权，他们总是沉默，没有或没能来得及与浅薄者辩驳。历史自有公论，个别人的闲言碎语掩盖不住事实的真相，而常常总是由后来者或别的什么人替他们补叙的，时隔多年之后，历史总是凭借依稀的记忆还原真实的场景。

第三节　用声音打开文学的场域

金锦云诗歌给人的印象是自然端庄，他写诗的姿势不是在沙发上，而是一张宽大的明代椅子，空间从容，正襟危坐，如同一个经历了世事沧桑的开明地主。诗歌通常给人的印象或者是强烈的情感抒发，或者是慵懒的自我缠绵。读金锦云的诗，我们会感到诧异，诗歌怎么可以如此从从容容？在读者心目中，诗歌总是与强烈的情感相联系，诗人虽不必总抱以热烈的咏叹，明显的情感倾向该还是有的吧！但金锦云这样的诗人，把情感的倾向融到骨子里，而不是表面上的装腔作势。他在正襟危坐中以急切的眼神和微倾的身姿流泻自己的情

　[美]迈克尔·莱文森.现代主义.田智译.沈阳：辽宁教育出版社，2002：140.

感，而非高腔大调。把诗歌当成联结过去、现在、未来的载体。

曼德尔施塔姆说："在'狂飙'的洪流之后，文学的潮水必须退回到它自己的渠道，而恰恰正是这些不可比拟的更为谦逊的世界与轮廓将被后世所记忆。"①20世纪80年代的中国是各种浪潮此起彼伏的时期，改革、启蒙、反思，狂飙突起，瞬即湮灭。以意识形态为主导的整体性文化传统又一次动摇，第三代诗人高举后现代的大旗，以集体性的语言行动，向传统发出声讨，消解一切神圣与庄严，解构过后，一地碎片。可以说，到如今这股力量已走过了整整30年。而人类精神的图景却无暇顾及，诗作中有浴缸、舞灯和都市，却没有池塘、夜色和故乡。

在金锦云的诗歌中，关于传统，他始终有着一种相对明晰的态度。本文选择以声音的视角切入，从声音传统中去洞悉金锦云的诗歌。所谓声音，包括两个层面：诗歌的节奏和音乐性、人和自然界的物理性声音。20世纪初，新诗运动首先从形式的革命开始，白话诗曾经成为一代文化巨子最有力的武器，鲁迅、周作人、刘半农都曾经深入其中，在众声喧哗中，将诗歌的形式变革推向了风口浪尖。以平仄、格律、押韵为主导的声音系统全部崩塌，但是作为一种文化运动，新诗仅仅充当了破除文风的工具，而其自身的价值范式被刻意忽略了。之后，以闻一多和徐志摩为代表的新月诗派试图拨正，重建诗歌的应有范式。在这种不断的调整中，节奏作为一种诗歌的声音表达，逐渐浮出水面。可以说，诗歌与声音之间的关系，一直处于不断地被讨论却又极富争执的语境中。新时期文学中的当代诗歌再一次充当了文化冲锋的角色，而艺术性却渐行渐远。就这点而言，金锦云的诗歌与声音之间饱含着丰润的关联性，因为诗歌艺术是依赖于音乐性的艺术，就是说，诗歌的音乐性与生命的内在律动之间有着必然的联系，这是诗人的命运，金锦云诗歌中所彰显出的情感特征，通过句式、停顿、词的选择等方式展开，是诗人艺术形式的当然之选。

一、内在节奏的生成

在抒情性上，金锦云几乎从未远离过回望自我。他习惯于书写"我"，将"我"作为其表达的主人公形象，可以说，他一生的创作，都在呈现一种"我"式的抒情。比如这首《这块与你有关的土地》：

这块与你有关的土地
数十年后

---

① [俄]奥斯普·曼德尔施塔姆.曼德尔施塔姆随笔集.黄灿然译.广州：花城出版社，2010：124.

与**我**有关
我关乎她风起时节
我关乎她花开傍晚
我关乎她兴衰成长
她的名字在每个角落每页纸张
触动**我**的思想
勾引**我**轻微的震颤
拨动**我**浑身的亲切和不安
这块土地
她的名字，与**我**有关
我可以想见她的服装
我可以想见她的脸庞
我可以想见她妩媚的样子
我可以想见她深渊般的眸子
幽怨哀惋的目光
这块土地与**我**有关
我渴望去看一看
一个人独自
凭吊那儿盈盈逝去的忧伤
可以摘一束野菊
可以掬一捧山泉
可以和迎面而来似曾相识的人
再喝一碗米酒
可以把心底的泪
放在无人注意的路旁
那里的泥土
认识**我**的泪水
留下过**我**的忧伤
古道长亭
漫天碧草
我的目光随风远行
在你飘飞的衣袂上驻足
终身为你守望

亲爱的

我注定是一朵飘飞的云呐

与一只飞鸟相伴

总在风起时

在无边的涛声里

一声声的呼喊

你归来的帆

为了叙述的需要，这里完整地引用了诗歌，并把"我"字加粗。这从以上加粗字体可以看出，这首诗中的"我"总共出现了17处。诗篇从"你"的视线转向我，又转向她，最终返回自身，尽管他的诗歌中，人称极富变化，但无论是"你"或者是"她"，都是被观照的对象，离不开"我"的视域。于是，金锦云的诗歌便呈现出独具自我观照性的美学特征。此点特征不乏其例，"给我片刻宁静／又是午夜／喧嚣的逐渐静寂／又是一个落寞的灵魂"。诚然，抒情性必然要指向自我，然而，很多诗人并不想让诗歌中直接出现大量的"我"，力图淡化叙事色彩，凸显诗歌的跳跃性，或者抽离出个体化的抒情方式，而自觉迈入以"他者"为主体的表述中。但这在提升了诗歌智性和神性的同时，也弱化了诗性。金锦云对知性和诗性的追寻不是通过诗歌主体"我"的回避，而是在精神向度上予以凸出，如《天空掠影》："地球是圆的／天空也是绝对的蓝／云有时似独立的一朵棉／沁人的白／有时一簇一簇的若即若离……宇宙的一泼墨／成就这幅辽阔的画。"

"地球是圆的，天空也是绝对的蓝"，这种对象的客观化陈述，与鲁迅"门前有两棵树，一棵是枣树，另一棵也是枣树"截然不同，诗人的方式是欣喜的，大自然原来如此慷慨，它让地球是圆的，让天空是蓝的，一切都是那么美好。而到最后，"人都作了井下观／一叶果真障目／真实在真实的背后／一直等候有人去开启"，蕴藏了深刻的哲理和智慧。

对诗歌，金锦云喜欢言说，他的诗歌中总是有一个听众，这种假定是诗歌本身与诗人之间的默契。聆听者，或是自己的朋友，或是自己。如此开放性的特质，使金锦云极容易打开自我，在文本中建立一种场景式的情感表达。如《不惑之年》："昨日称之为青春的／今日全部换了容颜／似乎所有的道义／非要在今日方得明白／不再怨恨／试着去原谅所有的陷害和背叛／不再计较。"这种自我言说中显现着对话式的声线，他以过来人的姿态在诉说。正是抒情与言说，将金锦云的诗歌推向了内在的节奏化层面。渴望言说的欲望，预示着他的诗歌常常在表达上不断地寻找对话的可能，这种对话以"对自己说"的形式，在与读者交流。

二、场景与意象的乐感叠加

"泥土""风""蒲公英""古槐""浪花""太阳"等意象的重复，构成了一幅富有生机的乡土风情画卷。在他的语意群落中，这些语词，无疑是一曲昭示生命活力的赞歌。这些意象叠加之后，映射在他的生命样态里，成了金锦云诗歌创作中一道美丽的风景线。也正是因为这些意象本身的多姿多彩，使其诗歌在节奏上明显地带有欢快，却不失低沉的音乐效果。以他的《一个没有故事的夜》为例，"没有故事的夜/如此轻轻/我听见/露珠滴落的声音/叶脉流动的声音/种子破土的声音……"，这个本是一个没有故事的夜晚——沉寂静默，却因为"露珠滴落的声音""叶脉流动的声音""种子破土的声音"重新充满了生机与活力，但这种生机并未打破一个没有故事的夜晚的静谧，反而与此完美融合，应和似的出现。"听见这个夜/拍打我的背/吟哦母亲儿时的歌谣……"没有故事的夜晚并不是一个没有温情的夜晚，儿时的记忆席卷入"我"的脑海，"听老师朗朗书声/一声紧，一声慢/愈来愈远/愈来愈细……"，诗歌中充满了各种各样的声音，露珠滴落的声音、叶脉流动的声音、种子破土的声音等都是万物生命复苏的气息。整个诗篇不断复现的声音构成了一抹无限延伸的镜像，透视着"我"的整体情绪。与这种生命力量相连缀的，则是诗歌的句式。诗篇长短句参差交错，描摹对象是"声音"，以"听"领起，听见夜，听见母亲粗糙的手，听我的呼吸匀匀称称，听老师朗朗书声，这种循环往复的叠句让诗歌具有了一种难以名状的音韵之美，以极尽简练的笔触，勾勒那勃勃生机之境。在这一场景中，文字显得极为紧致，缩短了情绪的延宕。

而与之相反的是另一场景，各种声音"一声紧，一声慢/愈来愈远/愈来愈细"，在"我"的视线里，声音由近而远，由铿锵转向缥缈，由急迫转为舒缓，诗句伸向了柔情的她世界，可见，诗歌在长短句间有不同的情景，也因而多了几分层次感。但两种情景，都立足于表现生命之美。

布罗茨基说："写诗的人写诗，首先是因为，诗的写作是意识、思维和对世界的感受的巨大加速器。一个人若有一次体验到这种加速，他就不再会拒绝重复这种体验，他就会落入对这一过程的依赖，就像落进对麻醉剂或烈酒的依赖一样。一个处在对语言的这种依赖状态的人，我认为，就称之为诗人。"[①]布罗茨基的表述对金锦云是适用的，但金锦云在语言上的依赖，已经远远超出个体

① ［俄］布罗茨基.文明的孩子.刘文飞译.北京：中央编译出版社，1999：40.

的生命承受。金锦云的诗歌非常圆润，句子的整饬都经过了细致的打磨和处理，能够看出来，诗人经过了不断的修改，词语的选择、句式的调整、韵律的设计都几近完美。与那些把诗歌当作情感突然迸发的急就章相比，金锦云无疑是一位"苦吟"诗人，将诗歌作为一门精致的技艺，他对于文字的锤炼度，远远超出同时代的其他诗人。金锦云从未摆脱词语本身的依赖，始终将个体的生活世界嵌进诗歌的世界里。

　　金锦云诗歌中意象与场景的叠加、声音的实验，打开了一个诗性的世界。就声音的命题而言，好的诗歌文本所呈现的是完满的节奏感。钱谷融说："历来中国文人非常重视朗诵与高吟，就是想从声音之间，去求得文章的气貌与神味的。就个体言，气遍布于体内各部，深入于每一个细胞，浸透于每一条纤维。自其静而内蕴者言之则为性分，则为质素；自其动而外发者言之，即为脉搏，即为节奏。"[1]声音是诗歌的精神命脉，也是区分于其他文体的重要特点所在，回归这条线索，无疑会为汉语诗歌的发展开拓更为系统的研究路径。就这点而言，金锦云的诗歌，必将成为这条线索中的显著个案。

---

[1]　钱谷融.钱谷融论文学.上海；华东师范大学出版社，2009：31.

第十章 众声喧哗：江华作家群的文化自觉

　　很长一段时间，江华瑶族作家群的创作主要是以诗歌和散文为主，小说写作不是很多，长篇小说出版得更少，这就极大地限制了其影响力的拓展。不过，近年来发生了一些可喜的变化，不仅小说写得多了，长篇小说也出版了几部，特别是陆萌的网络小说创作，更是来势不错。也有一直致力于文化阐释工作如潘雁飞与文化研究或文学评论写作的如周生来等，都做出了不俗的成绩。

　　江华一些作家出道很早，原本就有很好的艺术追求，后来由于生活或工作等原因，放弃了创作或转向别的方面如影视的写作，而且做出了瞩目的成就。例如江南雨就是如此。20世纪90年代，江南雨就有中篇小说《酋长和他的部落》发表在《芙蓉》杂志1991年第2期。这部作品以深山瑶寨簸箕湾为特定场景，描写了受运动冲击解职回乡的"父亲"在时代浪潮中的人生沉浮和情感际遇，以优美、哀伤的笔调状写湘南大地的民情风俗，表现瑶族山民人性的善良和美好，从一个侧面揭示了动乱年代对人性的摧残。当年，湖南文艺出版社还在江华举办了"江南雨作品研讨会"，省内外一些知名评论家对这部作品进行了评论和推介。作为一个在20世纪80年代就在《芙蓉》《漓江》等大型文学刊物上发表过多部中短篇小说的江华瑶族作家，江南雨的创作才华广受关注，被普遍看好是极有潜力进入中国文学顶尖作家行列的瑶族作家。遗憾的是，90年代中后期，特别是新世纪以来，他几乎没有创作出比较有影响的小说作品，转而从事戏剧和影视文学创作。值得一提的是，他在影视文学创作方面，也取得了不俗的成绩，电影《故园秋色》一炮走红，获中国电影华表奖最佳故事片奖。江南雨与王青伟等人一起，成为湖南较有影响力的影视编剧。而从另一个角度来看，江南雨放弃他来势看好的小说创作，不能不说是瑶族文学领域的一大损失。他由小说创作发端，继而步入堪称热门的影视创作领域，可以看成是一个作家的华丽转身，为瑶族作家找到了创作的自信，但这种镜头叙事也可看成是对民族文化的挑战与消解。江南雨的创作是否回归，仍是圈内文学界人士议论的话题，也是大家始终未能忘却的热切期盼。

进入新世纪以后，江华涌现出一批小说、散文和诗歌等文本都写得不错的作家或诗人，呈现出江华作家群的文学底色与瑶乡气派。

蔡文波对潇水文化、瑶族文化情有独钟，已在省、市报刊、杂志发表散文、散文诗、诗歌近150多篇（首），2014年由湖南人民出版社出版发行个人散文专集《我的大瑶山 我的母亲河》，受到文坛的关注。

陈永祥自1989年开始发表文学作品，至今已在国内各级文学刊物发表文学作品100余篇。其中，散文《香草，香草》获散文百家优秀奖，《盘王赋》获第十一届中国盘王节全球征文优秀奖，并出版有《江华民族民间故事集》和散文集《山里那些嫂子》，显示了很好的创作态势。

贾跃平钟情于古典诗词的写作，在《词刊》《中华诗词》等各级报刊发表诗文作品数百余篇（首），同时坚持散文创作，《诗情画意的秦岩》获"中国当代散文奖"，《思父依然无穷尽》获首届真情人生全国纪实散文征文三等奖等，他会继续在古典诗词和散文创作上坚定地走下去。

1937年出生的彭式昆，曾用笔名梁津，1961年毕业于湖南师院（今湖南师范大学）中文系，历任高中教师，工人，建筑设计师，校长，县文联副主席，是江华从事文学创作较早的作家之一。他的业绩入载《中国当代著作家辞典》等，有作品刊于《民族文学》《湖南文学》《小溪流》《散文选刊》《散文百家》《文化时报》等报刊，并以执行主编名义推出过《江华历代诗文选》和《江华民族民间歌谣集》，为江华文学的健康发展作出了应有的贡献。

唐崇慧1990年开始发表作品，2004年加入湖南省作家协会。业余以诗歌创作为主，作品曾先后在《民族文学》《诗歌报月刊》《湖南文学》等报刊发表，诗歌《大钟》入选《诗选刊》2005年第9期。他有自己的创作理想和文化自觉，信奉"诗为心声"，认为无论先锋与否、流行与否，叙述和抒情是诗歌最基本的要素。

郑万生自1994年从事文学创作以来，已在全国近百家报刊、杂志、文学期刊发表各类体裁文章3000余篇，达250多万字，作品先后60多次在全国各地获奖。诗作《相遇的日子》入选《中国现代诗选》《秋影》入选《野草诗人三百吟》《魂系橄榄梦》入选《青春风采》一书，并获全国青春诗歌大赛优秀奖，也有一批散文作品获奖，同时著有散文集《森林的眼睛》。近年来，致力于生态文学、历史文化等思考和写作，并渐入佳境……

此外，一些生活、工作在外地的江华作家，对瑶族文化十分痴迷，除了在全国较有影响的帕男外，还有张宏志的小说创作也很不错，他的一系列作品总是围绕深厚的瑶文化血色基因而展开，而诗人东皮的纯净世界不仅扛起了灵魂救赎的大旗，而且与瑶人的文化乡愁一起，生动地再现了一种新时代瑶民的梦想。

第一节　周生来：找寻远去的乡愁

周生来，笔名周璞，男，湖南省作家协会会员。1964年11月出生于江华一个平地瑶家庭。自幼喜好文学，小学时曾阅读过大量中外名著。1986年毕业于华中师范大学中文系，大学时开始在校报上发表作品。擅长散文和文学评论，至今有数十篇散文和文学评论作品散见于报端。

一、瑶族文化的守望者

周生来的散文创作朴实、自然。早期作品主要以瑶族习俗和江华风景为题材，发表的第一篇散文《奇异的婚礼》就是介绍瑶族婚姻习俗，特别是对瑶家姑娘出嫁习俗作了详尽描述。后来的作品主要撰写日常生活中的真实情感，善于以小见大。《母亲的盆景》描写80岁的妈妈用家中废弃的盆景种些辣椒、茄子、豆角的过程，语言朴素自然，写出了儿子与母亲之间的情感交流，感情真实而细腻。《平生路上行》则记述自己数年骑自行车的经历和感受，语言简练。

周生来不仅进行散文创作，也对文学评论有兴趣。他的文学评论始于影评。20世纪80年代以来，他写了一批影评，曾获得永州市影评征文大奖。在此基础上，他尝试进行文学评论，主要选择瑶族作家或是描写瑶族风俗的作家作品进行评述。例如，《试论民间文学对古华小说创作的影响》竟断断续续写作了十余年，系统地评价了古华小说创作受民间文学、特别是瑶族文化的影响。而《守望冲突回归》则是对陈茂智长篇小说《守望者》的主题进行了深刻的分析，全面阐述了陈茂智的创作思想和心路历程。

作为瑶学文化研究专家，周生来的文学创作和文学评论也根植了生他养他的故乡，他从瑶族文化中吸取养分，然后来描述和歌颂瑶族人民。正如他用《瑶族的"歌手"》来评价瑶族学者黄晋和他的《发现瑶都》一书一样，他也是用同样的感情来进行创作的，他和黄晋一样，也是瑶族人民深沉的"歌手"。灼灼其华的瑶文化是激发他创作灵感的源泉。历史形成的"盘王节""耍春牛""敬鸟节""坐歌堂与送亲"等节庆活动，热闹非凡、引人入胜。瑶民"依山险而居"，登山唯恐不高，入林唯恐不深。"南岭无山不有瑶"，千百年遗留下来的原始自然风光和瑶族风情深深地吸引着周生来。作为一个生在江华、长在江华，也曾经较长一段时间工作生活在江华的游子，他对江华的地域文化十分关注，主编出版了《瑶族风情》和《江华瑶族自治县民族民间文学丛书》等反映江华地域文化的书籍，对江华这座文化宝库进行深度发掘和弘扬光大。

周生来还有一篇评述性文章，叫作《找寻江华人远去的乡愁》，这是他对张华兵的10万字的大文化散文《穿越潇贺古道：寻找南岭走廊上的地域文化印记》（以下简称《穿越潇贺古道》）进行的书评，却是一篇独具慧眼的有理性有深度有新意的好文章。他认为：地域文化是最容易写又最不容易写的一个主题。说容易，每个人都有自己的故乡，那熟悉得不能再熟悉的一山一水一草一木，因情感的倾注，在各人眼里都有别样的美丽。尤其是离开家乡在外闯荡的游子，谈起家乡都有说不完的话。说不容易，往往"不识庐山真面目，只缘身在此山中"，难以跳出地域看文化，大多地域文化作品仅仅停留在现象描述的层面上，绘形容易绘神难。最终的效果是："在你眼里的最美家乡，在别人眼里不过尔尔。"

但对周生来而言，江华的美不是"儿不嫌母丑"的自恋，而是自然美、生态美和人文美的高度融合。他深深感觉到：江华的地域文化丰富的内涵，远远不是"神州瑶都"四个字能够概括的。譬如，就江华的族群文化而言，瑶族中的平地瑶和高山瑶，汉族中的本地人和客家人，都有着各不相同而又互有联系的独特文化个性，有待更多掘宝人慧眼识宝。周生来自幼在家乡大石桥乡下听老人讲过蛇郎与三姐的故事，而这样的故事后来居然在相邻的广西富川瑶族自治县听到具有相同文化基因的白龙与刘仙娘的传说，他顿生"草蛇灰线，伏脉千里"之感。如果深入探究，不难发现这些地域文化传承与变异的轨迹。但是，很少有人能够静下心来认真研究，在细节中探寻地域文化的神髓。

二、唤醒沉睡的集体记忆

文明有冲突，文化有隔膜。周生来主张"以理解化矛盾、借宽容助融合、用真诚促和谐"。那么，什么是文化？美国人类学家威斯勒认为，文化就是生活方式。台湾学者龙应台说：文化不过是代代累积沉淀的习惯和信念，渗透在生活的实践中。现在说起文化，似乎谁都可以说出一大套，琴棋书画是文化，吃喝拉撒也是"文化"，而文化的本质却往往被忽略了。周生来颇为遗憾地指出，说起江华地域文化，人们只会简单地想到瑶歌瑶舞、民风民俗等具象的文化形式，但很少人去深入探究这背后抽象的文化精神：过山瑶、平地瑶、梧州瑶、客家人等各种不同族群是如何融入江华的？为什么江华能成为"瑶都"？各传统村落的各种不同节日和庙会，隐藏着怎样的文化密码？这样的思考是深刻的，具有很好的自警意识和文化自觉。

在《找寻江华人远去的乡愁》一文中，周生来还提出了一些很有针对性的问题，例如：为什么瑶族人要在盘王庙里敬仁王？相公岭与姑婆山的神灵之间是什么关系？这些看似司空见惯的习俗其实都隐含着丰富的历史和文化内容。他认为张华兵《穿越潇贺古道》一书中披露了许多难能可贵的细节：如从水东村王氏族谱，探寻到客家人在江华的变迁史；从沱江镇山口铺村一个破败的武穆神庙，牵出了岳飞征战萌渚岭的故事；在谈及潇贺古道与南岭走廊对江华的影响时，写到1986年著名经济学家于光远曾提出"西江走廊"概念，其范围就涵盖了江华区域，等等。周生来觉得"如果不是长期对江华文化的关注和研究，这些细节是很难发掘得到的"。从对张华兵的肯定中可以见出他本人对瑶族文化的忧患意识和担当精神。

不仅如此，周生来认为张华兵《穿越潇贺古道》为我们讲述了一个个有血有肉的"江华故事"。如书中写秦岩和秦兵营遗址，并没有简单地停留在对文物本体的描述上，而是以此为背景，全景式地展现秦征岭南的那段波澜壮阔的历史，把地域变迁融入国家进程中，让人读起来有种酣畅淋漓的感觉。又如西汉冯乘置县和明朝沱江建城的历史，也是通过马王堆出土驻军图和明皇太后的传奇故事来展现，有史实，有解读，行文流畅，引人入胜。周生来联想到自己在江华工作时曾经发起的一个活动，即发掘江华的"十古文化"：众多的古亭、古桥、古民居……这些历史文化遗珠散落在瑶山大地，是江华不可复制的文化资源，足以"唤醒江华人久远的乡愁"和"沉睡的集体记忆"。

作为湖南瑶族文化研究中心主任、广西瑶学会副会长，周生来对地域文化、特别是对瑶族文化的持续关注，这种天然的、发自内心的热爱说到底就是一种文化乡愁。在周生来看来，江华人的乡愁，是沱江边上的"回头山"，是大山深处的吊脚楼。在潇贺古道上，有着太多江华人过去与未来的梦想。周生来颇为欣赏张华兵诗意而深沉的书写："谁在路上，遗失了故乡？谁在远方，不停地呼唤？谁的马蹄，敲击着岁月？谁的行囊，装得下家园？"周生来认为这一串问号的背后，是对故乡的找寻，是对生命意义的追问，是包括张华兵和他本人在内的瑶族人共同寻找的生命答案，为了远去的乡愁，为了共同的梦想，他真诚地希望有更多的朋友一道上路，去寻找，去发现，去收获，因为，这是弘扬民族精神的光荣职责，也是伟大时代赋予瑶族人民的神圣使命。

第二节 潘雁飞：瑶族文化的审美阐释者

潘雁飞，1966 年生，男，湖南江华人，汉族，1988 年 7 月开始工作，先后
任教江华县三中、二中语文教师。1993 年至今在湖南科技学院（前身零陵师
专、零陵学院）中国语言文学系、新闻传播系任教。文学硕士、教授，先后任湘
潭大学、湖南科技大学、长沙理工大学兼职硕士生导师。湖南省高校青年骨干
教师。现任湖南科技学院人文与社会科学学院院长，湖南科技学院永州民间文
化与"瑶文化"研究所所长，潇水流域文化资源研究与开发协同创新中心主任；
中国寓言文学研究会理事，湖南古代文学学会理事，湖南舜文化研究会副会
长，湖南瑶族文化研究中心理事，永州市舜文化研究会会长，永州市瑶族文化
促进会副会长。

一、坚韧的心路历程

潘雁飞主要从事古代文学与文化传播、舜文化与瑶族文化研究。在省级以
上学术刊物发表学术论文 60 余篇。其中多篇文章被中国人民大学报刊复印资
料全文转载并被《新华文摘》摘录论点。主要代表作有《从"在宗载考"看〈诗
经·小雅·湛露〉的诗旨》《论屈原赋的舜帝意识》《神人以和——舜的精神内
核》《舜的礼乐教化和文化建设》《一个民族智慧而坚韧的心路历程——瑶族
〈盘王大歌〉的文化解读》《零陵香的复杂演绎及其所包蕴的湘漓文化特色》等。
出版《多维文化视野下的中国文学》（2007 年湖南大学出版社）专著等 3 部。

他在当代文学评论领域主要代表作有《新时期小说的寓言化创作倾向》《新
时期小说创作寓言化的历史根源和现代契机》《〈太白山记〉寓言论》《试论韩少
功的思父意识》《用大气吹响的生命号音》《灵动而凝重的乐章》等。其中《新时
期小说的寓言化创作倾向》被人大报刊复印资料《中国现当代文学研究》全文复
印（1993 年 11 期），并被《新华文摘》摘录论点（1993 年 12 期），认为：新时期
小说创作寓言化倾向是由来已久的一个重要文化现象。对新时期小说的研究，
理论界习惯走一条断代的探讨模式，诸如伤痕文学、知青文学、寻根文学、新
写实、先锋派小说等。对文学内部一以贯之的规律却有视而不见的遗憾。"寓
言是作者另有寄托的故事"，我国新时期部分代表作家及其优秀作品中有不少
可视为寓言小说或有寓言化倾向。新时期小说寓言化的历史根源和现代契机，
乃是中国古典文艺的表现传统与西方现代文艺表现手法两者相结合的产物。这
一寓言化倾向使得小说易于深刻表现文学的永恒母题，使我们看到了传统表现

性特征新生的可能，具有走向世界的意义。因此，我们应该扩大文学批评的视野，用寓言的眼光去审视新时期小说中有寄托有深度或模糊多义的作品，并从中总结出规律。可以说本文是最早提出这一观点的评论文章。《〈太白山记〉寓言论》收入山东文艺出版社《中国新时期文学研究资料汇编》乙种之《贾平凹研究资料》(2006年版)，《论韩少功的思父意识》收入《中国新时期文学研究资料汇编》乙种之《韩少功研究资料》(2006年版)。

潘雁飞还主持了省部级课题4项：教育部人文社会科学课题《湘粤桂瑶族史诗文献整理研究》，湖南省社科基金一般课题《古瑶族史诗中的山水意识及其影响下之民族精神》和《晚周诗文舜帝意识的传播研究》，以及湖南省社科基金成果评审课题《瑶族史诗与〈诗经〉周族史诗比较研究》，同时，他还承担了湖南省教育厅重点课题《瑶族史诗〈盘王大歌〉传播范式研究》，对瑶族文化的阐释做出了瞩目的成就。

二、探寻瑶族的文化印记

在潘雁飞看来，他认为江华的文学创作还是较有实力的，如诗人黄爱平、李祥红，小说作家陈茂智，散文作家魏佳敏等，在湖南乃至全国都是有些影响的，但与江华人悠久的文学传统、良好的文学生态及深厚的文学资源不够协调，我们期待有深度、有影响的史诗性作品的出现，尤其是瑶族文学创作更应如此。

作为一个对瑶族文化持续关注和不断阐释的大学教授，他在读完张华兵《穿越潇贺古道》一书后，很欣喜，当即写下一篇评论文章，题为《一页风云散，变换了时空》。文章认为，由于历史的积淀和自然山水与人文文化、人文教化的天然组合，在潇水两岸和潇贺古道之中已分不出哪是自然山水，哪是人文文化和人文教化，它们已亲密无间地融为一体，自然山水中就是人文文化和人文教化，人文文化和人文教化也是自然山水。

一是体现文化的多元性，作品其实是寻找南岭走廊上的中国文化印记。江华在"天地所以隔内外"的核心区域，东西连接汉壮瑶畲，南北沟通海陆华夷，南北东西文化交流荟萃，各种文明在这个地方交汇碰撞融合，文化的多元性特别明显。

二是体现文化的久远性，因为久远所以深厚。江华文化积淀厚重，我们应该去提炼、升华、呈现它。《穿越潇贺古道》在这方面做了一件很有意义的事，以古道为线索，用大文化散文的形式呈现了出来，进行文化的传承与传播。

三是文化的整体开放性与封闭性是并存的。从宏阔的历史空间看，潇贺古道的文化是呈开放状的。不同文化碰撞的结果不是排斥而是融合与接纳。如江华沱江城凌云塔、豸山寺、吕祖阁、文昌阁汇聚在咫尺之间，"山水塔庙亭台楼阁组合在一起，使豸山这一风水宝地成了佛、道、儒、俗各种文化融合之地，江华古文化的集大成者"。又如江华码市的所城村，"与周边村落有着明显区别。这里的村民语言与风俗与瑶山里的山民们明显不一样，他们不是聚族而居，而是百家杂居，更像一座小城的居民"。潇贺古道在文化上的更重要开放性，在于它东西连接了汉壮瑶畲，南北沟通了海陆华夷，四周与几个大经济区相接，南北东西文化交流荟萃，古道上一座座凉亭便是开放接纳东西南北文化的最佳传播场地。多种族群接触混杂联结融和，你来我去，我来你去，我中有你，你中有我。如书里讲到的客家人与本地人混居的江华水东村中，其德仙岩仙人与相距百余里的码市娘娘庙里的娘娘（德仙岩仙人妻）演绎的异文版"牛郎织女"故事，便是一种开放式的文化融合。

同时也应指出的是，这种整体的开放性与局部的封闭性是并存的。这突出表现在"食尽一山则他徙"瑶族族群。一方面瑶族支系众多，各有不同的社会组织、风俗、信仰、仪式，且相对封闭固定，不轻易改变。这无形中制约了瑶族经济和社会的发展。如过去"过山瑶的社会基本是一种家屋社会，以核心家庭为基础，并没有形成基于血缘继嗣分支的家族组织"。另一方面，也毋庸讳言，正是这种相对封闭性，倒是形成了一幅幅别具风情的南岭风俗画卷，众多的非物质文化遗产得以保护。

四是体现出文化的传承性与传播性。潇贺古道各族群的文化是代代相传承的。本书有较好的揭示。如瑶族世代相传的盘王节，从远古的传说到现代盘王节。其调盘王、还盘王愿的核心内容代代相传近 1700 余年。其他富于瑶族特色的赶鸟节、牛王节等莫不如是。这种传承有时还表现出一种特有的韧性。如上伍堡瑶对仁王的信仰就是如此。仁王俗名李云溪，曾为状元，在朝为官，为唐高祖冤杀，后又被唐高祖追封仁王，成为萌渚岭平地瑶的保护神，往往有求必应，上伍堡村民世代供奉，并举行"度曼尼"仪式，超度姑娘的灵魂上天与仁王永远在一起。仁王庙重修多次，即便改革开放后，仁王不被地方宗教部门认定，当地居民则以修盘王庙的形式祭祀仁王，其信仰的传承韧性可见一斑。

值得指出的是，文化的传播，在潇贺古道周边主要表现为"瑶化"和"汉化"两种形式。瑶族的节日影响汉族及其他少数民族，汉族的生活方式也影响其他民族。只要走访一下潇贺古道周边的古村落，就会对这种文化的互为传播有明显的感受：井头湾村平地瑶、梧州瑶、汉文化相互传播影响，其古建筑群则是瑶汉杂居天井门楼式民居的典范，宝镜村则是瑶汉杂居民居建筑的博物馆，水东村的客家人既受瑶族文化渗透，更是影响了瑶人的饮食文化，客家人带来的米粉肉、豆腐丸，最终演变成了瑶家"十八酿"，最后又成为江华各民族共有的当家菜。《穿越潇贺古道》以大文化散文的方式，既追寻了这方热土上独有的地域文化印记，同时也用更多的篇幅探寻并描述了中华民族共有的中国文化印记。

第三节　魏佳敏：镀亮瑶寨的精神之灯

魏佳敏，男，70后，湖南省作家协会会员。他自学生时代起便酷爱文学创作，至今已在国内各级报刊、文学期刊上发表各类文学作品近50万字，并多次获奖，在省市文学界有一定反响。

一、瑶文化的寻根情结

在魏佳敏看来，所谓瑶文化是愚昧封闭的观念并不确切，实际上它通过潇贺古道这条文化通道，一路走来，瑶文化是开放多元的，应该有这种文化自信和民族自信。他反思自己的创作应该回到最熟悉的地域写作，为自己朝夕相处的亲人写作，胜过写远方那些生命感受和内心接触不到的东西。文学作品应体现瑶文化的寻根情结，所谓寻根就是寻找生命的根、寻找精神家园。潇贺古道不仅是一条历史古道，更是瑶族人民心目中一条充满希望与痛苦的生命苦途，一条勾连起太多内心情感与文化记忆的朝圣之路。

魏佳敏的创作依托瑶族历史文化，选择母地瑶寨作为他散文创作的生命原址，因为叙事需要设定一个时空节，避免身体精神的无限游离，蛮荒虚无，这个源头是一个叙事域的收敛点，也是另一个叙事域的发散点，这是一种艺术直觉和生命自觉。

魏佳敏善思考，他的作品很独特，眼光捕捉到的平凡甚至是一个偏僻瑶寨精神亮度的宽广领域，母地瑶寨那些物化的人与事，亦经由他笔下的文字，均贯注了一股强烈的生命气息，从而都拥有了亮丽的此岸与幽黯的彼岸。母地瑶寨的所有事物的耗散与保留也从而具有了符号或形象意义，这就是一个作家本真地参与打捞民风民俗，民族民情，从而收获了事物内在观照的沉潜魅力。

例如，获奖作品《瑶路如歌》，他选取了一个别致的角度，没有正面去写公路，也没有正面去写修路的过程，更没有去写路的那种新与旧的对比。他只是抓住瑶族的一个最亮的文化符号——歌谣，和那个爱唱歌的老瑶胞，来书写一个民族的内心世界，来抒发一个民族的浪漫情怀，来彰显一个民族的精神向度。然后，再一层层地剥开所要书写的主旨，将瑶族这样一个庞大而又多灾多难的民族对路的渴望和向往传递给我们。这个民族的漫长行走，就是一种现实人生的苦旅，更是一种内心渴求的精神寻根。他们的寻根之路在哪里？在大山的空旷与神奇里，在一个民族永不屈服的坚守中。

相对于庞大的散文创作群来说，魏佳敏的瑶族题材散文，与其说是加入，不如说是逃离，尽管文本形式上，他展现的是对湘南特别是瑶山细微或卑微人事的相思和回乡，瑶山的大美和人性的大善构筑了我们无法离弃的景观与存在，魏佳敏的词语为我们带来了柔性与硬度，宽度与深度，人物物人同构了浑然一体的生命游动，五岭瑶山万千姿态，皆是多维生命之展示。

比如，他的散文《蛊钵》就是这样的生命展示，他写道："和许多孤独者一样，离乡人也常做思乡之梦。常梦见故乡母地，梦见童年。但不一样的是，在这些万花筒般的斑斓梦境里，总会涌现出水叶阿婆那只蛊钵来。朦胧中，这蛊钵的意象，犹如映在心镜里的一个幽影，不仅拂不去，闪不开，隐约间，甚至还会发出一种好听的声音，如同是谁在低沉地吟唱，哀怨而又缠绵。渐渐地，在这歌声的缭绕中，这蛊钵便游移出了梦之外：一觉醒来，万境归空，它竟仍然端坐在离乡人的眼前，并且更为清晰和真实，恍若凝住了梦里的所有情景，在绽出了许多埋在时光暗处的细节之时，也唤醒了离乡人内心诸多的记忆和思绪。"这里，我读出了一种特殊的神秘感：蛊钵是神秘的，水叶阿婆是神秘的，离开了的水叶阿婆更是神秘的，而跟着离开的蛊钵继而也成了谜中谜。魏佳敏的这篇散文中没有解锁一个瑶山卑微的疯婆子和一个最不起眼的钵的终极秘密，我可以读到对生命的尊重和生存的沉重，水叶阿婆和蛊钵都消失了，但仿佛徘徊在瑶山。

二、母地照亮了心灵屋宇

在魏佳敏的作品中，有许多关键词：母地，骨音，神糯，竹灵，圣浴，心笛，梦窠，火脉，巫镜，碓语，它们或具有空谷幽兰般的圣象，或具备开悟般的梦幻智光，或有如缭绕不绝的梵音，你深入文本的丛林，就有挥之不去的东西轻易而舒缓地进入你的内心，你也俨然成为一位智慧达人，在纸上在瑶山奔跑。

不可否认，魏佳敏笔下的瑶山，自然就是指他自己生活工作的地方，一个名叫"江华"的瑶族自治县。"该县隶属湖南永州市，地处潇湘之源，与湘、粤、桂三省（区）接壤，面积达 3248 平方公里，人口达 51 万之多，以瑶族为主，是中国 13 个瑶族自治县中瑶族人口最多的县，被誉为'神州瑶都'。蜿蜒苍莽的五岭山脉萌渚岭山系盘亘其中，县域内最高峰姑婆山海拔竟达 1703 米。"他说：

"尽管用如此精准的数字与术语来描述，但给读者的感觉与印象，瑶山还是混沌模糊的一团。因为真实的千里瑶山，无法凭借这么一段枯燥的文字就能将其搬到纸上。语言文字的作用，仅是用符号来传达意义，以唤醒人们某些记忆与经验，使其得到某种梦幻般的呈现。正是为了能获得这样一个美好之梦，我才渴望用自己的文字来抒写瑶山，数年的如痴如醉，便留下了这些与瑶山有关的浅薄文字。"

魏佳敏所写的这些人和事，大都是那么平常无奇，普通至极，且多半屈居底层，难以为人所知。只是常常庆幸诞生于内心的这些语词，全都深深地浸透了生命的各种体验，虽然和自己的平淡人生一样，是卑微、懦弱、草根的，都是大地上最不起眼的尘屑细物，但它们又恰好铺就了一条抵达到现实之外的神奇路径，让自己与瑶山里的物与人产生了某种精神交流，打开了一个独属于自己的心灵世界。虽然在现实生活里，为开辟出这条路径，经历了不少艰辛与磨砺，付出了很多，失去的也很多，但仍"衣带渐宽终不悔"。因为，穿越千年烟云，和作者同行的，还有瑶族这么一个"永远在路上"的古老神秘民族，他们正是心怀一个寻找生命家园的亘古之梦，才祖祖辈辈，世世代代一路走来，撒播、散居在岭南山脉的道道皱褶里。

和许多瑶族创作者一样，这盘踞于作者内心的绵延瑶山，它绽放的原点，正是孕育诞生他生命的故乡，一个现实里叫作"到江源"的偏僻山村。尽管该村地处湘南道州西北一隅，并不在江华县域内，但却和千里瑶山的瑶寨别无二致，全是吊脚楼，古树，高山，溪流，野花，香草，还有古歌、巫术与传说。奇巧的是，作者的外公，一个黄氏族人，竟是唐宋时期莫徭蛮裔，与当今的瑶族应该是有着共同的血脉勾连。母亲虽已离世数载，毫无疑问，他的身骨里却还涌流着她的，也是瑶家人的血水。

两年前他回了一趟出生地，与江华相隔的道县，那里物是人非。一种难以言表的惆怅、失意与痛楚满怀于心。从此，他将故乡唤作"母地"，在一组文字的题记中他挥笔写道："在离乡人的敏感内心里，'故乡'这个语词已太过公共化了，冷硬，老旧，无法将他的生命原址重新唤出。按这个湘南山寨的古老习俗，一个人生出来了，包裹他血肉的那件母亲的小小胞衣会被埋入泥土里，化为这片大地的一部分。因此，'母地'一语便从离乡人撒满方言土语籽粒的梦里生长了出来，微颤几下，如同一束小小的光，照亮了他的心灵屋宇。"

作为一名作家，魏佳敏永怀一颗感恩的心，他要做一个镀亮瑶寨精神之灯的人，通过自己的笔端，让祖祖辈辈生活在大山中的瑶民同胞走出瑶山，走向湖南，走向更加辽阔的未来。

第四节　瑶人：流浪的宿命

瑶人 原名吴兴国，1973 年生于江华，现在广州工作。他在诗歌《风里，总有一些事》的结束语中不无宿命地写道："然而在那片心的草原——上/流浪/才是主题。"从中不难看出，贯穿瑶人的诗歌整体的，是一种暧昧又朦胧的怅然。而这种怅然源于何处？是怀想旧日温情时，却不知乡关何处的怅然？还是面对现代文明，不知如何融入的失落？

一、血液里的漂泊

某种意义上，这种怅然是由来已久的，是根植在炎黄子孙血液里的一种漂泊感。瑶人"风中凋零的故事"，是李后主的"雕栏玉砌"，是沈从文的"吊脚楼"，也是郁达夫的"春风沉醉"。因为贫穷与落后，被迫离开故土谋生，成为了漂泊者。而故土也正在被现代文明一点点侵噬，往日那些繁华都在风中凋零，人就成了永恒的漂泊者。

故乡正在消逝，而城市依然陌生。"清脆的键盘声里/怎么也找不到/和心情有关的句子。"无处安放的，不只是那些飘零在风中的情绪，还有诗人尴尬的身份。当熟悉的瑶族文化，被现代文明不断冲击，岌岌可危，生长在这片土地上的黎民，又能如何呢？守在故土上，则意味着与故土共同消亡。可离开故土，又何尝不是走入另一种消亡。没有了瑶山故土的滋养，精神在一点点枯竭下去。那么，怎么办呢？诗人说，我不知道。"谁在掩埋过去/我却在纠结的情绪中/昏昏欲睡"，有人已经坦坦荡荡地丢弃了过去，丢弃了故土，像是丢弃一片落叶。只有没有过去的人，才能融入新的故土。而诗人，咀嚼着过去所给予的甜蜜与沉重，继续纠结，继续前行，继续淹没在铺天盖地的茫然中，像是被母亲遗弃在旷野的孩子，找不到来时的路，也走不出这片精神的荒原。

在诗人平静的呐喊中，我听到，无所归依的不只是一位诗人，一片土地，还有一种文明，一种对生存的焦虑和对未来无限的渴望。

二、第三种孤独

应该看到，在瑶人的诗歌中，风、夜、树、枯萎、季节这些简单日常的意象被反复咀嚼，让人感觉有一丝淡淡的苦涩沁入舌尖。这种苦涩，除了在故乡带来的漂泊感与城市的陌生感之外，还包括了第三种孤独。这种孤独，带着忧伤，也带着固执，是诗人与生俱来的，源自他对外界敏锐的感知与对人生困境的洞察。

只有真正热爱生活的人，才会对自然的变化如此敏感，才会在季节的更迭中沉思人生。在《夜和心情无关》与《带走一个季节》中，诗人反复书写内心的迷茫与纠结，似是要在纸上推演出人生的结果。"看路灯的执着/将夜幕/掀开了一角/在月色中/灌满猎猎的风"，风吹进了夜幕，也吹进了诗人空荡荡的心。心之所以空荡，是因为人在这个社会没有归属感。不是天地不肯收留这颗孤独的心，而是心不肯走进这片天地。"冬天就这样走了/寒风中/带走了一个季节"似是对时间的妥协，极不情愿地承认了过去的确是过去了，消逝了的故土也无法重新回归。无法与世界通融，无法与时间妥协，这是人生的困境。

当诗人终于明白"风里/总会有一些故事/会走向凋零/"，明白"却早已酝酿/另一个故事的开始/"时，诗人完成了对自我的超越，走出了人生的困境。他不再纠结时间的流逝，不再纠结失落的故土，他终于释怀，缓缓道出饱经风霜的生命的真谛——"生离和死别/瓜熟和蒂落/只是作为——铺垫/一个季节的成熟"。风的心事难以揣摩，就如命运的无常。世事如此难料，若是执着于得失，无异于作茧自缚，把自己永远困囿于尘世的囚牢。无论这个囚牢是故土，还是别的什么，一旦有所执着，便不可能超脱。正因为此，"在那片心的草原——上/流浪/才是主题"。流浪，是一种对放逐人生的态度，是对未来的不确定，是民族性格使然。流浪不仅仅是一种生命方式，更是一种精神追求。既然失去了故土，不如坦然承认自己漂泊者的身份，随遇而安，反而能获得新的自由。在人生共同的困境中，我们每个人都应当成为流浪者，失去的就让它失去，该来的也总会来临。

第五节　东皮：孤芳自赏者

东皮，原名吴新权，1969 年出生于江华，现在厦门工作，著有诗集《孤芳自赏》，其中写于 2007 年 12 月 27 日的《三十九行练习作品 第 1 号》是其抒情短诗中代表性作品，抒情性很强，层次性也很强，但对读者来说确有难懂之处。

一、祝福的字母与强大的安静

读者阅读时往往会遇到阅读难点，甚至怀疑自己是不是"有资格的读者"。如何解释这些阅读难点就成为必要而迫切的问题，否则，我们很难走近东皮的这首诗，也就难以深入了解东皮丰富的内心世界。

首先，"从今天开始/早餐可以吃得很奢侈/书也是一样。"对诗人来说，书籍同每日必需的粮食是一样重要的。在一般人的观念里，早餐可能没有占到很重要的地位，但是从健康的角度考虑，早餐却对人很重要。早餐吃得奢侈，就不单纯是为了温饱，而是追求一种物质的享受。读书也要如此，不要为了读书而读书，而是要真正地把读书当成提升自我人格的过程，为了自己心灵那份对美的追求与执着。"书也是一样/我们可以在书上镀上一层纯银/却不是奢侈的举动"，对作家和学者而言，粮食和书籍都是不可或缺的营养。吃饭是为了活着，而读书是为了活得更加丰富多彩。书籍中蕴含着作者的思想，是书籍之中最神圣的东西。通过阅读书籍我们可以和古今中外的人进行心灵的对话，可以丰富自己的灵魂。

其次，"书里面有我们写满祝福的字母/安静而强大"。书籍中蕴藏的温暖并且鼓舞人心的力量被作者喻为书籍对读者的祝福，这种力量悄无声息，却又可以在读者心中形成一道围墙，阻隔外界的风雨和磨难，鼓舞人不畏挫折继续前进。"一般情况下/我们不要去打扰她们/这些字母会自动找到伴侣/她们一起生活/一起生儿育女/我们不要打听别人的隐私/千万不要"，在作者心中，书籍并不是死板、无生气之物，相反，书籍和人一样，可以"自由恋爱"并且"生儿育女"，作者不仅把书比拟成人，并且真正把书当作人来对待，不去干涉他们的生活，不去打扰他们，由他们在最自然的环境下生长，这种对书籍发自内心的爱护，是常人难以理解的。

第三，"这是一种容易失去自我的愉悦的短途/结束的时候/就是被鄙视的开始/我们不懂得鄙视/这种眼光一般行走在他们自己的庭院里/所以我们可以沉默不语"。作为一名少数民族诗人，作者在刚刚接触汉族文化、阅读汉族书籍时，他的内心一定有或多或少的隔阂和差异感，所以他对汉族的文化存有一种敬畏之心，在不断的学习和阅读之中，知识与观念的融合，容易导致自身文化的忽视与缺失，一个丧失了自身文化而完全融入外族文化的人，在内心上可以算得上"如丧家之犬"了，在文化自信和文化自觉上，他们如同失去了心灵家园的孤儿，被大家注视和侧目，他们也会因为丧失了原有民族的本真而感到羞愧和无地自容。

第四，"我们在温暖的房间里放置一本古诗/并不是为了天天阅读/有时候/一些小虫儿有些困倦/古诗就是很好的旅馆啦/为人/应该多一些怜悯/这是和禅道没有关系的说法/可以大胆放置在我们的心头/作为心灵的装饰"。一本书，代表着一位作家、一种文化，古诗里感化人心的力量，能让整个房间都变得温暖，心灵也可以凭此找到一个停泊的港湾。"小虫儿"不是指真正的小昆虫，而是作者在隐喻自己，茫茫书海，作者只能算其中的一只小虫，在书籍中遨游，偶尔啃啃书，得到些心灵的愉悦。但这正是"小虫儿"最值得骄傲的地方，他从书中学到了宽容待人，并受用成为了自己一生的财富。

最后，"那些经过排练刻意表演出来的话剧/是用来冲击钱袋的/一文不值/或者/字字千金/都无法成为最后的评语/我们只能在某个故事片里安静地等待/一种预定的陈述/简单而明晰"。自己的人生，终将由自己把握，活得多姿多彩、为自己而活，是一生；活得枯燥乏味、为别人而活，亦是一生。活成由别人观看的"话剧"，就只能由外人评说，但生活是由自己体验的，外人的评价或好或坏终不会决定性地影响到自己的人生体验。我们要做的就是走好自己人生的每一步，虽然生活可能看上去像一部早已设定好剧情的故事片，但我们要尽己所能来享受生活中的每一个细节与过程，活出真正的自我。

这首《三十九行练习作品 第1号》，不仅写出了作者对书真挚热烈的感情，更表达了作者对自己的民族身份以及民族文化的深沉的热爱，体现了作者与世无争的人生态度，这些方面均体现了这首诗歌和作者本身的魅力。

二、瑶族诗人的独特性

与《三十九行练习作品 第1号》不一样，东皮的诗《三十九行练习作品 第80号》则夹杂了叙事性与抒情性，逻辑清晰，颇有哲理意味，彰显了东皮作为一名瑶族诗人的独特性和唯一性。

首先，"2011年1月1日清晨/我们和往常一样准点醒来/幸好幸好/这是活着的迹象/所有人都认为这是一件值得庆贺的事情/于是开始相互联络/大家动用各种各样的工具/有打电话的/有发短信的/也有登录博客空间留言的/还有发电子邮件的/更有一些小屁孩有事没事就用腾讯QQ闪你"，新年伊始，爱热闹的年轻人总喜欢"跨年"，大家聚在一起狂欢，倒数着"三！二！一！"，人们疯狂地倒计时，多年不聊一句话的老朋友也许能借此机会送上一句祝福。作者一如往昔地准时醒来，甚至还感谢上苍自己仍然活着。新的一年本应有喜气洋洋，显然，作者并没有，这样的生活状态和外界的热闹与祝福格格不入。正如朱自清在《荷塘月色》中所写道："热闹是他们的，我什么都没有。"东皮在这里只是感叹，因为毕竟自己还活着，还能有剩下的时间可以由自己支配，这已经是世界上最幸福的事情了。每天新生的太阳都是对人生最好的奖励，亲朋好友间一句问候，终是过眼云烟，只有自己才能支配自己的生活，才可以活成自己想要的样子。

其次，"或许只有我例外/我在一处高如云端的场所/简约地回顾过去的时间/看往事娓娓道来/一些段落有标记/一些没有/人们都说人生到了某个年龄/

回忆就成了一种常态/我始终不相信/直到今日打破了多年的坚持/终于汹涌倾泻/终于不可收拾"，和外界的喧闹不同，在阳历新年的第一天，"我"选择了回忆过去。现在的处境和以往显然大大不同了，心境也有了较大的变化。站在过来人的角度回顾过去的人和事，也包括过去的自己。往事如过电影一般，有些清晰，有些模糊，但这都是自己亲身经历过的事情。外界越是喧嚣，就越是愿意在心中寻得一处宁静的港湾。表面上坚持着多年不去回想历历往事，因为那正是内心最柔软的地方而不愿触及，但在这样一个热闹的时候，更能衬出"我"内心的孤独，回忆如泉涌，不知涌上心头的是欢乐的多，还是痛苦的多呢？

再次，"我努力让自己停顿一下/回到现实的窗台上/阳光正好/明媚无比/我从云端深处往下看去/白云青山绿水/精彩世界/美好人生/所有能够享受的物质清清楚楚明明白白/这时候我多么想告诉你我的心情"，强撑着一直不愿回忆过去的"我"，一旦落入回忆的旋涡，便深深陷了进去，"努力"从回忆中抽出，回到了现实，才发现现实生活也是这么的美好，处在"高如云端的场所"，同时也是处在人生的高处，俯瞰现实，同时也俯瞰自己过去的人生，发现不管是之前多么紧张害怕的事情，只要经历过，就可以轻松带过了。正是过去经历过的事情，才造就了现在的自己。这时，"我"多想把自己的心情告诉给"你"，不管是亲人，朋友，抑或是恋人，那种想第一时间分享心情的感觉，相必你我都体验过。

最后，"好吧坦白地说/这时候我只想写一封信/准备好纸张笔墨之后/我才发现/我把所有人的名字都忘记了"，可能是把自己隐藏在云端太久了，太久没有和亲近的人有心灵的沟通与交流，再次回到现实之中，提笔却不知写给谁，那种内心的孤独一下涌上了心头，在最需要倾诉的时候却没有人可以倾听，这可能是"我"内在孤独的最大的释放，也是全诗情感的最高点。

可以说，东皮的这首《三十九行练习作品 第80号》，写出了"我"内心对世界的理解与对人性的认识，诗人对由内心孤独压抑着的灵魂的释放，写出了内心深处的渴望。这种渴望，既是个人的，又是集体的，也显示出瑶民与任何其他民族一样，都应得到一样的自由，一样的尊严。

第六节　陆萌：网络文学的试水者

陆萌，原名罗智，80后作家，湖南省作家协会会员，湖南省网络作家协会理事，自2004年开始网络小说连载以来，已累积发表中、长篇小说十余篇，近两百万字，已独立出版书籍四本，与他人合作出版散文集一本。在江华这个偏僻的瑶族人民集中居住地，陆萌积极投身于网络文学的创作，这需要勇气，更需要智慧。

一、带着爱去周游世界

陆萌创作小说的最先目的，是源于热爱，而选择网络作为载体，则是因为这个时代，网络是最适合于小说发展与传播的媒介。这是一个全民阅读、全民写作的时代，网络以最低的门槛，海纳百川地接受着任意文学爱好者的创作。如果说 2017 年是网络文学的昌盛时期，各类网络小说数以千万计，每天有几十万甚至上百万的网络小说作者在网络上更新他们的小说，各种热门 IP 被影视公司高价购买并制作成影视剧，独有中国特色的网络小说已风靡亚洲甚至世界，那么 2000 年时，那时《终于爱情》的作者陆萌，根本没有预料到网络文学会有如今盛况，那时候的她，虽然打着"带着爱去周游世界"旗号，实际上只是一种写作的幻想，她本人还是一个在家里手写创作小说的传统写手，每次写完，然后到网吧里将它们一字一句的敲上网络，是地地道道网络文学创作的试水者。

那时候还是台湾、香港的言情小说及武侠小说的天下。那个时候起点文学网站也还刚刚起步，那个时候还是论坛比网站更兴盛的时候，她将文笔稚嫩的作品发表在网上，唯一的目的，就是希望能看到偶尔有的那么一两条评论，每一条评论，都如获至宝。

真正开始连载中、长篇小说，始于 2004 年底，那时候各大文学网站都已有了较为规范的管理模式，越来越多的网民开始在网上阅读小说，阅读的范围也不再局限于港台热门，网上出现了"不是原创我不爱"的声音，这种声音，是对网络原创小说的初步肯定与期盼，这个时候的陆萌，大约是感受到了网络读者们对小说原创的爱好，正式以每天固定的更新模式，连载她的第一部小说《战凤》。

那个时候的写作，陆萌凭的全是一股热情，没有制定大纲就敢开写，想到哪里写到哪里，有人在文下评论叫好，码字的积极性便一发不可收拾，有人在文下批评，就会被评论影响继而反思修正，每日的更新与修改，就像是一场与读者间互动着的写作。

第一部长篇小说在网上结束连载后，陆萌才开始真正思考，自己的写作，是不是纯粹就是宣泄自己脑中天马行空的构想，是不是能将现实生活进一步融入自己的小说，更能贴合读者的阅读喜好。于是从第一部长篇小说结束后，陆萌连续创作了三部中长篇小说——律政佳人系列，得到了网民的喜爱。这一系列小说中将陆萌自己生活中遇见的人与事融合进小说，固而终于形成了陆萌式接地气的网络言情小说，读者时常评论小说中反映的就是现实中的他们，他们的所思所想，他们的行为规则，他们所处的环境，与小说太过于吻合，有着强烈的代入感。

陆萌便将这种接地气又朴实的写作方式继续了下来。有了几十万字的铺垫与磨炼，陆萌的文笔已有长进，在创作过程中，她更喜欢将自己周边的环境、人文、美食写入书中，例如她在《遇见另外一个》书中，就将男主角设定为瑶族，请女主角吃的第一顿饭，是在他父母准备的瑶族特有的佳肴十八酿，这一情节的设定与陆萌长期生活在瑶族聚居地——江华有着莫大的关系，她还会将永州的美食东安鸡、宁远血鸭等作为一个细微的情节体现在文中；2008年的那场影响湖南特别是永州的雪灾，也被她为推动情节发展以及主角间的情感迸发而记载进小说之中。也时常有读者能通过这样小的细节，给陆萌留言，猜测着她所处的方位、她所写文章之间的联系等，这是一件极有意思的事情，能有什么比读者如此细心地阅读更值得欣慰的事情呢？

二、网络文学的营养价值

除了接地气这一标签外，陆萌还有一个标签，就是"律政"。她自己是一名法律工作者，她的小说中，男、女主人公通常以从事法律相关职业为背景，小说来源于生活，她在小说创作过程中，大行普法之价值，陆萌越来越意识到，网络小说的影响力在逐渐扩大与加深，自己的创作不能太过平面化，不能只是用感情去挑逗一下读者的情感就完事了，网络文学也应该有它的营养价值，要有正确的是非观，要引导人们对美好的向往，要向善，要充满正能量，于是她在体现自己的创作价值过程中，将自己平时的所知、所学、所感悟，更多地带入小说创作中，虽然里面的小道理、小知识点并不能让人醍醐灌顶般大彻大悟，但总能让人在阅读时猝不及防地明白些什么，她认为这样便足矣。

再之后，便有了成果，已网上写作更新六年、累积发表百万字的陆萌在2010年这一年，出版了三本书籍，每一本能出版的小说，都是以许多部没有机会出版的小说为基础的，她的小说没有大红大紫，也没有泯然于众，就是坚持以她的态度，进行她的创作。而此期间，她还经历了一系列因为网络小说版权侵权事件的维权行动，通过维权行动，让她反思在网上发表小说的利与弊、应当如何进行版权保护，此后在网络上发表小说便不再过于随意化，对与版权购买商签订的合同也开始较真，时常因为版权问题，辗转多家文学网站，每每都要重新凝聚人气，每每都以一个新人的姿态一次又一次试水，一次又一次离开。

在 2015 年和 2016 期间，陆萌出版了《去爱吧，像没受过伤一样》，以及与他人共同创作散文合集《小寂寞》，但此时的网络文学创作，又进入到了一个新的阶段，出版业被网络文学冲击，不如往昔繁荣，网络小说创作已到了全民创作的时代，越来越低龄化的网络小说作者与读者、篇幅越来越长的网络小说，网站越来越频繁的更新要求，出版社越来越严苛的版权合同，让陆萌意识到，自己介于传统文学与网络小说之间的创作方式，或许已经跟不上速食时代迅猛发展的脚步，还是创作如果回到本初，一切自己开心便好，这条路走到如今，谁说就继续不下去呢？

试水终身又何妨！作为一个江华人，陆萌在网络文学创作上已经开辟出一片新天地。于她而言，宇宙洪荒，她就做那一粒沙；时间长河，她就做那一滴水。时间终将证明：陆萌的选择是值得的！

小结

江华作家人才辈出，大家有一种你追我赶、并驾齐驱的创作氛围。除了上面分析多名作家之外，这里还要特别介绍一下另外两个作家：文霖和刘朝善。

1968 年出生的文霖，也从事过网络文学的写作，网名为湘江浯溪，他在网易和新浪都开有博客，并不断更新，系湖南省作家协会会员，编过杂志，撰写过瑶族文化论文。他在散文创作中，追求散文的语言表达、思想的融会和想象力的延伸。他喜欢对文字反复推敲，多次修改，这在新媒体时代十分难得。他深知，要想把作品写出品质来，除了有较高的文学鉴赏能力和文字编撰能力外，平时的学习和积累也是必不可少的。他的文字融入自己对文学的理解和感悟，颇有创新意识和超越精神。

文霖敬重地域性的文化名人，崇拜品行高洁的元结、柳宗元、周敦颐、陶铸、叶蔚林等，并以他们为榜样，自觉磨砺文学的锋芒。他的散文《城市的绿岛，心灵的春天》获得湖南省作家协会举办的散文诗歌大赛一等奖，散文《拜谒水长城》获得北京作家协会举办的全国散文大赛一等奖，等等。他悟出"绚烂至极归于平淡"的道理，认为"写作离不开名利，但一定要远离功利性和单一性，写出朴实的生命现象和普适价值"。这不仅是生命的意义，也是写作的最终目的。

与文霖有了一代之隔的刘朝善在文学创作上不甘人后，他有着瑶人反省的意识和隐忍的情怀。这名生于 1981 年的年轻人很有悟性，是湖南省作家协会会员、湖南省诗歌学会会员和鲁迅文学院湖南省诗歌创作培训班学员。他 2000 年开始从事文学创作，至今已在《厦门文学》《创作与评论》《散文诗》等报纸杂志发表过诗歌、散文百余篇，作品入选《中国全球通第二届短信文学大赛优秀作品》和《2016 湖南诗歌年选》等。

初涉诗坛时，刘朝善恰逢"80 后"的诗歌运动，他以宗教般的虔诚投身其中。十余年来，他的诗坚持从现场出发，从感同身受出发，他的倾诉大都建立在一种含蓄和隐忍的语境中，所扩展的诗意既有温情款款的一面，也有沉郁苍茫的一面，诗歌所折射的哲学意义让人惊惶。他有着过于成熟的人生体验，那些随情愫入诗的诗行所表现出来的伦理，其震撼力不仅表现在一般的道义层面上，同时还表现为徐志摩式的华丽形态，对时过境迁的过往既恋恋不舍又潇洒离开，"不带走一片云彩"。他的部分诗作在叙事中带有一种预言性，而且大部分隐喻以一种舒适的形态呈现，对所隐喻对象进行有意识的疏离，对人生母题的持续思考，拓宽了他的诗歌题材的广泛性。

他的诗作《迟暮之歌》，让人读到了一种悲剧意识，这种悲剧意识不是与生俱来的，但这种意识让整首诗的基调变得沉重和低沉，诗的情调是黯淡的，正如诗里所写到的黄昏一样，黯淡无光，诗中雨的影子和雨的声音讳莫如深地出没在精心设置的语境中。雨既像是一个现实中代表残忍和无助的象征，又像是隐喻某种不确定的事实被岁月驱赶着，但当诗人目睹了这一切并顺手翻开一本叫生活或者叫生存的书，原来生活所呈现的精彩和颓废都是在沿着一条虚无的小径走去，方向就是缥缈。那特定的年龄，原来就是一首迟暮之歌。

而在《冬天的雨》这首篇幅稍长的诗歌中，刘朝善把生活的意义既放到哲学的层面进行思考，又在现实的层面予以追问，使这首诗的意义演绎到了淋漓尽致的境界。他的诗歌一方面具有汉诗的心灵性，另一方面也颇具虚实相生之美，他的修辞技巧以及运用汉语表现情感的不愿觉醒的执着都达到了相当的高度，也许这就是刘朝善所有的南方气质和情怀，在委婉和繁复之路上行走，姿态从容。但他的语言所涵盖的思想也缺少一种深邃感，又或许过于沉浸对自我的照顾而凸现了题材的局促和逼仄。而他的气场和语言的张力让我有理由相信，假以时日，他定将喷薄而出。

这一章主要从一个侧面，对江华作家群进行勾勒式的叙写，从中可以看见作家们对故土的热爱，以及对本民族优秀文化的弘扬，这是从血管里流出来的一份自觉，既是个性的，又是共性的，所有这一切都将成为江华文学的希望所在。

第十一章　民族文学的精神原点与生命寻根

　　马克思主义理论认为，每一个民族无论其大小，都是独一无二的，都有其独特的优秀特质。文学的根脉扎在这种特质上，文学创作离不开各个民族优秀的精神母体。文学既强调原创性，又强调传承性，而且原创性和传承性具有相当的独立性。我们的文学创作必须重视民族特色和民族风格。

　　中国是一个多民族国家，不同的民族有不同的语言，不同的民族也有不同的文学，这种差异性是对汉文化理性资源的丰富与发展。因为各个民族独具特色的文学大大激发了汉文化母语的活动，高蹈文学的创造力和审美功能，彰显新的审美感受和艺术张力，同时各个民族的不同类型的作家互相激励、互为补充、携手前进的局面，确保了我国文学发展繁荣持续性活动，同时保证广大读者日益增长的精神需求。全球化语境下追求所谓的本土化或地域性，说到底，是跟民族文学的鲜明特征分不开的。包括江华瑶族作家在内的每个民族的作家都要以宽阔的胸怀和开放的姿态，书写自己民族的文化自信，写出本民族特有的"精神生活的花朵和果实"，这是伟大时代赋予给各个民族有抱负、有雄心的作家的责任与使命。

第一节　寻找民族文学的精神原点

　　必须看到，当前我国民族文学创作主体在选择坚守还是寻求突破中颇为摇摆不定。换言之，究竟是站在当下、立足本土，还是跳出本民族的文化场域，寻求更为广阔的个人空间，成了许多民族作家首先面临的现实选择，也是一些民族作家虽然反复调整创作姿态，却仍然无法找到自身立场和发展策略之尴尬所在。

　　每个少数民族都有自己的文化谱系，这个谱系和整个中华民族的文化谱系之间是否兼容，是每一个民族作家都必须思考的问题。一个显而易见的事实是，如果仅仅把作品的受众对准本民族，其作品的影响范围势必被限制在狭小的空间内，失去了更为广阔的传播性和影响力，而如果从本民族的文化中跳出来，抹去民族底色和背景，在形式与内容上淡化本民族，甚至与本民族割裂，失去与本民族文化和精神的实质性联系，虽然可能打开普通读者习惯性的接受通道，作品的特色和优势也将因之失去。

毋庸讳言，和汉语言文学的主导地位相比，民族文学和地域文化在主流价值方面处于劣势和边缘地带，但在文学意义上，中心与边缘并没有截然的分野，边缘并不意味着弱势，中心也不意味着强悍。对作家来说，现实生活中的偏远一隅或许永远处于边缘的位置，却并不妨碍它成为在文学意义上的中心，这是文学的特性，也是文学存在的伦理。放眼世界，相对于欧美白人而言，非洲黑人和拉丁美洲民族在政治、经济中显然处于劣势和边缘地带，但他们的文学与欧美白人文学毫不逊色。不过，并非每个作家都能认识到文学的这种内在支配规则和生态规律，也不是每个作家都能在文学的土壤里耕耘多年之后，走向自己熟悉的园地，用柔软的笔触绽放坚韧的生命之光，展示文学的强大魅力。于是，我们看到一些作家，甚至是颇有成就的作家遗憾地离开了自己的精神原点，义无反顾地走向视觉熟悉却与心灵隔膜的暧昧地带，踟蹰于不知所以的迷茫之中，比如李佩甫的《城市白皮书》、余华的《兄弟》、张爱玲的《赤地之恋》《秧歌》和《小团圆》等。在中国，几乎所有的出色作家都把乡村当作他们的精神原点和心灵田园，鲁迅一写作就是回到江南小镇，莫言小说的故事背景大多在山东高密。唯独张爱玲是个异数，她对上海都市的描写到位而传神，叙述的针脚在上海的高楼大厦、霓虹灯和咖啡吧随意游走，似乎不经意间就缝制出绚丽华彩的文学图案，但是离开了都市，张爱玲的叙述就陷入了空前的混乱和无节制的泥泞之中。

所以问题的关键在于，能否在中心和边缘、民族和国家主题文化之间建立一种联系，从而有效地解决彼此之间的精神抵牾。湘西作家在这方面有着自己独特的思考。比如，从湘西走出来的土家族作家彭学明，他以《湘西女人》《祖先歌舞》和《娘》等湘西为题材的散文奠定了他在文坛的地位。湘西成为彭学明作品的精神背景和创作母题，它鲜明的地域标签说明作家已经形成了自己的风格，但同时也成为指陈其缺乏变化和题材单一的口实，因此作家容易产生挑战其他写作领域（例如《雅安》等）的冲动和激情，这是作家突破自我的潜在动力和心理趋向，事实证明这些作品并不成功。

因而，在书写原乡时，民族作家展现自己的创作优势。彭学明无论表现湘西的山、湘西的水、湘西的女人、湘西的风俗，都能把其写得独到而神韵十足，虽然被称为小沈从文，但彭学明和沈从文不同，他的笔触一旦离开湘西，灵性也随之消失，对彭学明而言，这是一种警醒。因为像沈从文这样的作家毕竟不多，而且沈从文的两套笔墨之间也是不平衡的，沈从文的标志性意义仍然是以湘西为精神背景的作品，无论是以小说形式出现的《边城》《长河》，还是以散文形式出现的《湘西》《湘行散记》都是如此。每个作家都有自己的"自留地"，马尔克斯笔下的马贡多、贾平凹笔下的商州、汪曾祺笔下的高邮，都是作家的精神之乡，所以，原乡的独特性在于一种精神上的原点。民族文学的重要价值之一在于他为中国文学提供了新的精神避难所，这是民族文学作家精神立场的关键所在。

　　支撑这种观点的是中国文学的湘西书写。作为一个极具地域性特色的群体，当代湘西少数民族作家的创作持续繁荣，原因之一就在于对自己精神原点的清醒认知。著名画家黄永玉最近在《收获》杂志连载的长篇小说《无愁河上的浪荡汉子》，再次把文坛的焦点聚集在湘西。小说以大开大合的叙述风格、宽广的精神内涵、奇异的民族习俗，再现了20世纪二三十年代湘西的真实镜像。新时期以来文学湘军的作家如孙健忠、石太瑞、蔡测海、彭学明、张心平、吴雪恼等，作品都是以湘西为背景，构成了文学湘军民族作家的中坚力量。更年轻一代的民族作家，如被称为文学湘军"五少将"的田耳、于怀岸等作家，也是聚焦湘西，发现湘西，寻找湘西之美，他们的创作取得了瞩目的成就：孙健忠、蔡测海均获得两次全国少数民族文学奖；石太瑞甚至获得三次全国少数民族文学奖；而彭学明、张心平也先后斩获全国少数民族文学创作"骏马奖"；田耳收获了鲁迅文学奖，又和于怀岸获得湖南省青年文学奖；向启军获得毛泽东文学奖；龙宁英获湖南省首届文学艺术奖。其中，孙健忠、蔡测海的湘西生活背景与土家题材及《醉乡》《远处伐木声》和《家园万岁》等体现出的含蓄蕴藉、刚柔相济风格，深入到湘西的精神内核。《魔幻湘西》是孙健忠的魔幻系列小说集，小说的素材均为湘西土家族神话和传说，这些神话和传说是民族记忆堆叠成的集体无意识。魔幻现实主义文学风格的形成源自本土文化血脉中的固有基因，也是人类精神的灵魂拷问。这部小说集从不同侧面刻画出了湘西土家族的精神面貌和民族性格。作家深入土家族民族文化的褶皱深处，构筑了地域性与人类性兼具的艺术世界。

　　湘西作家不但在地域风情和习俗景物方面彰显民族性，而且向更深的层次挖掘，田耳《衣钵》的故事从大学毕业生的就业开始，主人公李可接受高等教育，学习现代科技，却在无形中皈依了土地，做了一个道士，呈现了湘西巫傩文化的神秘力量。黄青松的《名堂经》对成语的解读，是基于当代土家人特有的生命认知。龙宁英的《古歌》重新审视苗族的内心和灵魂。这些湘西作家的原籍均远离湖南省会长沙，居民生活的地区多被大山阻隔，那里的生活还停留在非常原始的阶段，与整个国家的现代化面貌相比，这些地域的边缘性是毫无疑问的。但湘西无以伦比的优势是文学和文化意义上的湘西，在这里，山清水秀，古色古香，一砖一瓦都透露着现代文明中所缺失的因子。这里生活着苗族、土家族、侗族、回族等少数民族，民俗文化繁复多样，民族民间文化源远流长，富有传奇色彩的民间故事、欢快优美的民歌、花灯等都形成了独特浓郁的地域文化形态。至于巫神、祭祀等文化活动就更能把现代人带回悠远的精神空间。这些都是湘西人的心理寄托在现实生活中的真实投射，凝聚着湘西人的汗水、热情和理想，是湘西文化最原始的基因，直接映射着湘西人的集体无意识，更能体现湘西的民族精神。它就像填满了湘西全部内容的容器，容器里的内容固然重要，而容器的本身质地同样重要。小城建筑、吊脚楼群、墙漆斑驳的门窗、石狮石兽及石鸟、屋檐破瓦等都构成了湘西的有形外表。祠堂、四合的庭院、临空戏台则承载着湘西人的文化理想，也承载着作家关于湘西的全部想象。石板路和吊脚楼这些民族地区特有的风物对其他作家来说可能意味着陌生和惊喜，但对湘西作家而言，这是天然的，是他们的生命重要组成部分，一山一水，一树一木，皆为生命，而非寄托在历史和典故中的外壳，无须借景生情，无须感慨万千。他们用自己的毛孔写作，用每一个毛孔触摸湘西的山山水水，以原乡作为自己的精神原点，为读者开辟精神的栖息之地。

地域文化和国家主题文化从来就是一个言说不尽的话题，如何使两者之间辩证统一在每个作家身上都有不同的答案。沈从文认识到了国家主流文化的主宰地位，同时又深刻认识到自己的精神原点和文化之根在湘西，他找到了国家主题文化和地域文化之间的共通点，他的作品总使读者能在湘西的风土人情之外，感受到精神上的共鸣。新时期以来湖南作家的湘西书写亦是如此。放眼全国，很多民族作家也是在原籍中成长，而后又离开原籍到区域或者国家的文化中心城市，在两种文化的交融中思考、纠结、平衡。所以对民族作家而言，既不能讳言国家主流文化的统摄力，也更应该认识到原乡精神的出发点和时代意义。

第二节　消费时代下江华作家群的挑战与使命

　　显然，寻找民族文学的精神原点也是江华作家群的创作诉求。但不可讳言，这种诉求能否实现或多大程度上得以实现，与主流文化的价值导向有关，更与各个时代的审美追求有关。比方，在消费主义大旗上，寻找民族文学的精神原点遇到的挑战可能更大。

　　必须看到，在江华当代文学史的版图上，读者津津乐道的首先是叶蔚林的创作实绩，也许叶蔚林的创作经历会给当下的江华瑶族作家群更多的启迪。叶蔚林在创作初期的小说也较为粗糙，自代表作《在没有航标的河流上》之后而一炮走红，这篇小说获得了《文艺报》1977—1980 年度 5 个一等奖之一。他的短篇小说《蓝蓝的木兰溪》荣获 1979 年度全国优秀短篇小说奖，之后陆续发表了《酒殇》《黑谷白狐》《五个女人和一根绳子》《美丽野鸡坪》《天鹅岭林涛》《割草的小梅》《菇母山风情》等一系列以湘南菇母山的风土人情为背景，瑶文化浓郁，风格独特，语言优美，意境清新，地域色彩浓厚。也就是说，叶蔚林的成功可以首先归结为浓郁的瑶文化气息，关于这一点，当下的江华瑶族作家群已经吸收了其成功经验。其次是作品的发表平台较高，能够引起足够的重视。叶蔚林的小说发表在《文艺报》上，这是中国作家协会的机关报，其权威性和关注度在文学界首屈一指，能够到达这个平台本身就说明叶蔚林的创作能力达到了相当高的水平。而且这个平台的传播能力极强，很容易得到国家级层面的肯定与认可。再者，叶蔚林的创作以小说为主，具有较高的艺术价值。

　　新世纪瑶族作家对世界的关注以及对艺术的追求与叶蔚林的创作诉求已经发生了较大的变化，他们的家国情怀建立在对本民族深层的积弊的针砭和对未来美好生活的寄托上。而早年寓居在此的叶蔚林，更多地把江华当作他的第二故乡或精神漂泊地。因而，即便是写小我，他也表现出特殊年代特殊的爱。正如有学者指出的那样："叶蔚林笔下的菇母山人物的爱情都是以悲剧收场，这种悲剧性的爱情本身就是一种深层次的爱，是种超凡脱俗的爱，是人性至美的表现，同时也是叶蔚林矛盾思想、复杂心理的缩影，根本上来说这是一种时代的悲剧。"[①]叶蔚林是一个文化资源，他写小说时用瑶族生活素材成全了他的文学梦想，他成功后，他就成了瑶族文学的精神资源了。

　　不过，当前社会跟叶蔚林生活的年代无法比拟，眼下消费因子无处不在。

① 　陈敬胜.论叶蔚林新时期小说中的人文情怀.湖南工业大学学报，2008(5).

江华瑶族作家群的创作与之前对比可以发现，江华人在江华的生存体验得到了日渐增强的关注度与书写力度，而且在他们积极的书写中，江华瑶族体验的普适价值得到了一定的强化，也就是说，所有人对朴实、善良和自然的认同是一致的。他们对江华体验感性质地的重视与对江华体验的普适价值的追求，建构了江华瑶族作家群的积极姿态。

第三节　重视江华体验的感性质地

"文化是人的创造物，而文化反过来又在化育着人。"①江华瑶族先民创造了独特的瑶族文化，而江华瑶族文化反过来滋养着江华瑶族作家的地域写作。确认自己的文化身份，重视江华体验的感性质地书写，是江华瑶族作家群创作出与这种独特的文化相匹配的文学作品的首要条件。法国的孟德斯鸠认为，"南方感受性敏锐……在北方的国家，人们的体格健康魁伟，但是迟笨……你将在北方气候之下看到邪恶少、品德多、极诚恳而坦白的人民。当你走近南方国家的时候，你便将感到自己已完全离开了道德的边界；在那里，最强烈的情欲产生犯罪……在气候温暖的国家，你将看到风尚不定的人民，邪恶的品德也一样地无常。"②斯达尔夫人认为："存在着两种完全不同的文学，一种来自南方，一种源出北方。""南方的诗人不断把清新的空气、繁茂的树林、清澈的溪流这样一些形象和人的情操结合起来。北方各民族萦怀于心的不是逸乐而是痛苦，他们的想象却因而更加丰富。"③地域之间风格迥异，说明文学的地域性是非常明显的。

从文学史的角度看，"原乡意识"是古今中外许多优秀作家的共性之一，也有的称之为"家园意识"，这种意识的原型有的是物质上的，有的是精神上的。仅就中国现当代文学史上的作家而言，鲁迅有他的鲁镇，沈从文有他的湘西，张爱玲有她的老上海，贾平凹有他的商州，陈忠实有他的白鹿原，莫言有他的高密……他们一写作就是回到这个地方，并成为支撑其文学大厦的基石，每个作家依托其"原乡"建构精神世界，在这个世界里，他们游刃有余，自在呼吸。在一定意义上说，正是因为带着独特的地域体验开始寻找自己的文化身份，他们才最终在中心文化中确认了自己的位置，走出了地域文化的限制。他们的地

---

① 阮金纯.云南民族文化的人格精神.西南民族大学学报(人文社科版)，2009(8).

② ［法］孟德斯鸠.论法的精神(上册).许明龙译.北京：商务印书馆，1961：230.

③ ［法］斯达尔夫人.论文学.徐继曾译.北京：人民文学出版社，1986：145－147.

域性不是简单的外在描述，还包括细腻的内心体验。

当然，在书写江华瑶族体验的感性质地时，我们有必要重视书写的几个不同层次。"最表象的层次就是作家所创作的作品主要关注'本土的人和事'；第二个层次是使用'本土的话语方式'，即方言书写；第三个层次，作家可能不写本土的人和事，也不用方言，但他有'本土的人文性格'，即所写的人物、表达的思想感情、体现出来的审美倾向等具有本土的特殊的人文气质；而最高的一个层次，作家既可以不写本土的人和事，不用方言，也可以不简单地表露他的本土人文性格，但他的某种追求、他的终极理想目标是和'本土的文化精神'相通的。"①由此出发去考察当下江华瑶族作家群的文学作品，我们发现，大多作品已经能够以普适性的语言和艺术表现方式书写江华的人和事，对江华的人文性格以及江华文化精神的揭示还需要加大深度与广度。尽管每个作家的体验都是独特的，而能够贴切地传达那些体验的语言首先应该是他们熟悉的方式。这一点也可以从帕男、李祥红和陈茂智等作家的创作中得到证明。

第四节　追求江华体验的普适价值

对地域文学的认识首先是对自身文化属性要有充分的认识，以文学的标准，而不是以少数民族文学的标准看待江华的文学创作，放在全国背景下，用相同的标准去衡量江华，而不是退而求其次。因此，还应该隔着一段时间以及空间的距离来打量我们自身。对江华文学的创作而言，必须从江华体验开始，但同时，绝不能在简单呈现江华体验处匆忙结束，比如，可以从瑶族风俗开始，但不能仅仅停留于追求民俗本身的层面上。可以从瑶寨风景开始，但不能仅仅停留在追求风景展示的层面上。尽管这可以作为一个写作策略，"地域文化的自然景观（山川风物、四时美景）与人文景观（民风民俗、方言土语、传统掌故〕是民族化、大众化的一个重要标志，是文学作品赋有文化氛围、超越时代局限的一个重要因素。答案很简单：相对于变幻的时代风云，地域文化显然具有更长久的（有时甚至是永恒的）意义。它是民族性的证明，是文明史的证明。它能够经受住时间的磨洗、战乱的浩劫，昭示着文化的永恒生命力"②。这说明，以风景和风俗为展示对象可以赋予文学作品文化氛围，超越时代性，但是作品背后必须有精神，有人性，追求江华瑶族的独特体验的普适性价值，应该是江华

① 毛迅，李怡. 巴金：告别的与无法告别的. 现代中国文化与文学（第四辑）. 巴蜀书社，2007.
② 樊星. 当代文学与地域文化. 文学评论，1996（4）.

文学的应有之义。

从这个角度，我们来反观江华瑶族作家群在文学界的创作和定位，会发现那些广告性质的宣传、试图彰显其江华特色的评论，都是可以再商榷的。因为，如果江华作家把这种宣传与评论奉为圭臬，用以指导之后的小说创作，就会导致很长一段时间里对江华文学劣势的过分复制与张扬，而不能更有效地使江华文学走出江华，在全国范围内形成一个地域性特色的作家群。毕竟，由此出发，江华文学会走在一条错误的路上。在江华瑶族作家群中，有的对人性充满追求，把自己的终极理想目标和江华瑶族文化相通，这种文化精神就是基于对世俗规范的反叛而体现出来的青春气质和激情特征，如陈茂智的《姐姐的园》。或许通过这样的努力，江华文学才能解决地域性与普适性的矛盾，最大限度地让瑶族的地域文化意义得以生成，在地域与反地域书写的悖论式行进中实现境界的升华。诚如斯图亚特·霍尔所言，"文化身份就是认同的时刻，是认同或缝合的不稳定点，而这种认同或缝合是在历史和文化的话语之内进行的。不是本质而是定位。因此，总是有一种身份的政治学，位置的政治学。在历史、文化和权力的不断'嬉戏'"①。

在这个话语霸权不再有效的时代，地域与普适，边缘与中心，都可以发出自己独立声音的时代，我们承接着文化中心的影响，以焦虑之心审视自身，从内在的独特体验出发并朝着普适价值努力，这样，对中心文化才不会再有盲目崇拜，对中心文化的反抗才不会无的放矢。只有这样，江华文学才能产生出更有影响力的经典作品。

---

① ［英］斯图亚特·霍尔.文化身份与族裔散居.见：罗钢，刘象愚.文化研究读本.北京：中国社会科学出版社，2000：211.

结语：风中的梦想与生命的滋养

湖南是全国少数民族总人口排名第六的大省，又是一个多民族大省，全国56个民族，都有居民在境内生活。据"五普"调查，全省有汉族人口5686.35万人，占总人口的89.9%，少数民族人口641.07万人，占10.1%。少数民族总人口比宁夏全省总人口630余万（据官方2010年统计）还要多出10多万人。在一次实地调研中，我发现江华县瑶族作家群的实力不凡。截至2015年底，江华人口只有53万人，但其中瑶族人口35万人，占总人口约67%，是全国瑶族人口最多、面积最大的瑶族自治县，被誉为"神州第一瑶城"。而在这34万瑶民中，竟涌现出4个中国作家协会会员、19个湖南省作家协会会员，以及近百十个市县级作家协会会员，并有一人获得全国少数民族文学骏马奖和多次获得省市"五个一"工程奖等。这样的文学成绩，不说是一个只有53万多人的瑶族自治县，就是跟全国绝大多数市县区相比，其文学成绩都十分傲然。不仅如此，在2014年由中国作家协会编写的权威选本《新时期中国少数民族文学作品选集·瑶族卷》中，就有江华的帕男散文《东亚笔记》入选，同时入选该书的诗歌则有江华的周龙江《潇水》、黄爱平《怀念父亲》（组诗）、瑶人《夜和心情无关》（三首）和东皮《东皮的诗》（二首）等，江华作家如此大面积地入选中国作家协会编写的带有文学编年史特色的读本，充分显示了江华作家群的创作实力。

在此，我十分乐意将江华这个不同凡响的作家群推介给广大读者，他们是：

第一梯队作为核心层级的是中国作家协会会员：黄爱平、李祥红、帕男、陈茂智；

第二梯队作为中坚力量的是湖南省作家协会会员：江南雨、彭式昆、陈茂智、周龙江、周生来、孙春涛、唐崇慧、郑万生、金锦云、于春林、贾章雄、蔡文波、蒋祖智、唐自水、张建新、魏佳敏、陈永祥、文霖、罗智；

　　第三梯队作为动力层级的是来势可喜的文学新人：张华兵、唐晓君、刘波、刘朝善、黎明柳、蔡咸军、罗金勇、周军、李荣喜、唐世日、刘莉、蒋萍、蒋斌；

　　第四梯队作为基础层级的则是成百上千的文学爱好者，尽管他们的名字没有列入本书中，但不可否认的是，他们对文学热爱的强度将决定江华文学未来的纯度、亮度和高度。

　　虽然，这份名单也有一些令人伤感的地方，即像瑶人和东皮、甚至包括帕男这样的作家诗人出于种种客观的原因，他们与江华本土作家有了一定的"疏离"，他们或是由于生活的需要，或是由于发展的需要，或是由于追求梦想的需要，不得不离开故乡，到异乡去打拼或继续漂泊，对他们而言，写作只是一种自证的方式，而不是将生活变得更具诗意。与其说这些作家诗人的写作是一种情绪释放的替代性满足，不如说由于割舍掉的乡愁促使他们一次次拿起手中的笔，听命于内心深处的呼唤。因此，"融合"成为他们的唯一选择。他们无论写下，瑶山、瑶民、漂泊、寻找等等，成为他们与江华本地作家一样永恒的主题。

　　因缘际会，我有幸去了江华，不是一次，而是多次。那里的青山绿水，那里的独特地理，那里的风土人情，那里的人文风貌，吸引着我，也感动着我。对从事文学研究的高校教师而言，繁重的工作让每一次出行都显得非常奢侈。当大部分时间在海量的文本阅读中磨蚀之后，有时会觉得自己是不是对得起逝去的年华。当阅读仅仅是一种工作，写作也仅仅是一个职业，我会经常望着案头的书稿凝思失神，但又能怎样呢？有多少人能摆脱烦琐的纠缠，优雅地阅读、淡定地思考？不是想读什么，就读什么；而是需要读什么，就必须读什么。当阅读和写作都变成了一种职业，还会有什么快乐可言？

　　令人感动的是，通过与江华这些作家的接触，我感觉他们带着泥土的芬芳和松林的味道，与我长期接触的体制化和格式化的一些人不同，他们活得纯粹，不做作，不虚伪，非常真诚，非常刻苦，非常努力。他们在条件极其艰苦的情况下，仍然做着"作家梦"，对文学的热爱和执着令人动容。当问及他们文学创作的动因时，他们毫不例外地都说到要为自己的民族做一点实实在在的事情，要传承本民族的优秀文化，并坦言，在全球化语境下，瑶族作为弱小民族所承受的种种压力，他们也因此感谢其他民族、特别是强大的汉民族对他们的理解、支持和包融。

　　跟江华作家接触越多，阅读他们的作品越多，我越觉得有责任要为他们做一点什么。于是，我想到了这样的一个课题：我要站在全球化的历史背景下，对一个少数民族县作家们的作品进行一次全方位的阐释，通过实地考察和全面阅读，我试图以"田野作业式的发掘"和"解剖麻雀"的方式，找出他们的文化传承和汉文化的共生共融的关系。当年费孝通就是通过对中国东部太湖东南岸开弦弓村的实地考察写成了《江村经济》一书，费老聚焦的虽是一个小小村落，反映的却是经济体系与特定地理环境的关系，以及与这个社区的社会结构的关系。费孝通通过一个村庄经历的巨大变迁，从人类学和社会学视角深入分析乡村经济的动力和乡贤文明的原流等，对后来的乡村经济和乡贤文明产生了广远的影响。而共和国的缔造者毛泽东通过对湘潭、湘乡、衡山、醴陵、长沙等五个县的农民运动进行一个多月的实地考察，最终写成了《湖南农民运动考察报告》，对中国革命和中国社会的发展都起到了极为重要的推动作用，这些伟人的行动都极大地启发并鼓励我去做好这样一个工作：即从文学、民俗学、叙事学和传播学与审美学等视角对江华瑶族作家群及其作品进行一次集中考察，深入分析他们作品的文化传承、审美特征、身份认同和民族寓言等，积极探讨这些问题：面对全球化浪潮下强势文化的多重挤压，包括这些作家群在内的江华瑶族人民，他们的文明如何得以保存，他们的文化如何得以弘扬，他们的文学如何得以生存？

换句话说，我试图考察或分析的虽然只是一个少数民族自治县及其他们的作家，但完全可以置换成别的少数民族县和少数民族作家，或者可以说江华和江华作家群是全国少数民族自治县与少数民族作家的文化镜像和时代缩影。

我把自己的想法跟江华作家进行了沟通，得到他们的全力支持。在往后的日子中，我时常会收到江华朋友的问候，或是他们寄来的快递，这些快递当然大多是他们的新作。我喜欢读他们的作品，不是说他们的作品达到了多么高的一个层次，而是感受得到他们的纯粹，他们的善良，他们的诚实与欢哭。每次读完之后，总有期待，如果过一段时间没有江华的快递，心里就空落落的，就像远方的朋友没有了音讯一样，蓦然方知，阅读还是有快乐的。之前认为，如果能把职业和快乐结合在一起，该是何等幸事！现在看来，我做到了。

当然，作为一个职业阅读者，我会毫不留情地批评或赞美他们的作品，心之所思，言之所出，毫无隐瞒，他们反而喜欢我这种推心置腹的沟通方式，时间长了，沟通竟然成为了一种习惯。我不知道，写作与批评的关系对于文学发展而言，是促进，还是阻碍，总之，这些零碎的阅读和沟通一直持续了下来。终于有一天，当我打开电脑，打开那个叫"江华瑶族作家"的文件夹时，才意识到几年之间，竟然写下了那么多的文字！

坦率讲，如果以文学的经典性标准衡量，江华作家的创作还有很长的路要走，我也经常用世界文学的眼光去评判他们的作品，因为民族文学不是弱小品类的代名词，它是一种特色，而不是借此降低标准的理由！

　　但无论如何，作为湖南边缘的一个县级行政区域，一个少数民族自治县，能够出现这么多的作家和文学作品的确难能可贵。在浮躁的社会大环境下，他们平静地审视自己的内心，把文学作为审美的信仰，用自己的灵魂去膜拜，用生命的亮色点染精神深处的一池春水，所以，我总是对他们充满敬佩。

　　从这本书中，读者也能看到，江华作家在小说、散文、诗歌等各种文体上都取得了一定的成绩，形成了阵容齐整、层级分明、数量可观的作家群，因此把这个作家群放在全球化的语境中，对他们的作品进行细读和分析，对我国地域性少数民族文学发展研究具有一定的开拓性意义和较强的学术价值。正如瑶人的诗歌《梦》中所写道的："很想借风的翅膀／穿过海的宽广／让牵牛花的触角／攀上那扇向海的小窗／轻轻地／将风铃撞响。"的确，瑶族人民也有自己的梦，这是伟大的中国梦的一部分。瑶族人民的梦比任何其他民族的梦都不会逊色。他们也有能力、有热情、有智慧实现自己的梦想。因此，我希望这种研究带有问题意识和针对性，能够使江华作家群形成明确的群落意识和位置感，让他们明确自己的价值坐标，并对已经取得的成绩感到欣慰。

　　鲁迅先生说，"一切都是中间物"，但愿我的研究能够吸引更多的目光关注江华文学，让更多的人研究江华文学。如此，一切都会是有价值的。

　　值得一提的是，真是应了"好事多磨"这句古训。这本专著在写作过程中还出现了一个令人痛苦和尴尬的小插曲，让本来顺畅的工作平生多了些枝节，也让我对现代科技的神话有了新的认识。原来，到 2015 年春节的时候，我大约已经写了 12 万字，整个冬天我都在湿润的记忆里度过，夜深人静之后，一个人在键盘的敲击声中，从一天穿梭到另一天，几乎每次都在两天新旧的交接点上撕去一页的日历。那段日子是痛苦而充实的，但心情也随着研究的推进而欣慰。然而，突然有一天，我的电脑上出现了"请将磁盘插入驱动器"的字样，不知道是怎么回事，总之 U 盘读不出来了。我经常随身带个 U 盘，不管是在家里、办公室，还是出差，只要有时间，就可以打开电脑，看资料，写文章……随时随地从上次结束的地方重新开始。这个看起来非常高效的习惯，看起来非常靠谱的U 盘，不知怎么的，竟突然不工作、失效了、"抛锚了"……我脑袋"轰"的一声，刹那间不知所措了。在接下来的一个多月的时间里，我开始和 IT 行业的精英们进行了频繁接触，数据急救中心、传说中的黑客、朋友中的高手，等等，都找遍了，求助遍了，但一切都无济于事，我只能接受这个沉重而无奈的现实：病毒太强大，所有的数据都无法恢复了。

　　不管有多少个日日夜夜，不管自己曾经为某段文字多么自鸣得意，也不管那些酣畅淋漓的表达和文本有多么贴切与契合，一切都过去了。电脑这种现代工具瞬间击碎了我所有的好感，"消失"竟然就那么悄无声息地发生了，没有预警，没有痕迹，真让人欲哭无泪。

我像大病一场，如果不是责任与热爱，恐怕再也无法重新进行这份写作。这件事情，我从来不敢跟江华作家朋友提及。每当他们跟我讨论书稿的进展，我都要能温和而坚定地说，放心，一切都在有序进行中。每每望见朋友那份信赖的眼神，我感觉肩上的担子又重了一份。在那之后，我将压力化为动力，加快了书写速度，虽然写作依然在键盘的敲击声中开始，但已经拷贝了多份，不怕电脑数据再次失灵。

经过新的努力和冲刺，书稿最终得以完成。我的设想或"野心"是：站在全球化语境下，以中国经验和中国诗学的艺术立场，对传统文化视域下中国民族文学、特别是湖湘文化视域下江华作家群的作品做一次较为系统的疏理和总结，通过创作资源和审美境界的形成路径等多个维度对江华作家群进行阐发，试图为湖南民族文学乃至整个中国民族文学的研究作出积极的思考。全书立足于中国经验和文学的地域性、传统文化和主流价值的学术目标，紧扣新的历史时期文学实践的发展与变异，突破文学疆界，汲取文化研究的创新方法，将全球化语境和中华美学精神结合起来，既深入中国文学话语形态的内部，又以世界视野把握其成就与不足，用解剖麻雀的方式，为江华文学创作、特别是中国民族文学的雄健发展贡献自己的绵薄之力。

此时此刻，我要感谢所有关心这本书稿的朋友，是他们给我无限的宽容，感谢江华的各位作家，是他们给了我重启这个课题的勇气，他们用辛勤的劳动和优美的文字带给我无限的精神享受和灵魂洗涤，感谢大瑶山和大瑶河，每次前往，总有栖居于此的冲动，她给了生命中的另一种滋养。

参考文献

一、中文文献

（一）学术专著

［1］白朗.月亮是丽江的夜莺：一个纳西族人对故乡的人文追述.重庆：重庆出版社，2007

［2］北岛.北岛诗歌集.海口：南海出版公司，2003

［3］冰心.冰心文集.上海：上海文艺出版社，1984

［4］蔡测海.家园万岁.北京：北京大学出版社，2013

［5］曹文轩.第二世界.北京：作家出版社，2003

［6］昌耀.命运之书.西宁：青海人民出版社，1994

［7］陈平原.20 世纪中国文学资料汇编.北京：商务印书馆，2002

［8］陈晓明.表意的焦虑——历史祛魅与当代文学变革.北京：中央编译出版社，2003

［9］陈晓明.现代性与中国当代文学转型.昆明：云南人民出版社，2003

［10］戴锦华.电影理论与批评.北京：北京大学出版社，2007

［11］丁郎父.中国民间歌曲选集·选编说明.北京：金城出版社，2005

［12］方锡德.中国现代小说与文学传统.北京：北京大学出版社，1992

［13］费孝通.乡土中国.上海：上海人民出版社，2007

［14］费孝通.中华民族多元一体格局.北京：中央民族大学出版社，1995

［15］傅浩.叶芝.成都：四川人民出版社，1999

［16］耿占春.回忆和话语之乡.桂林：广西师范大学出版社，2003

［17］古华.古华获奖小说集.广州：花城出版社，1984

［18］古华.古华中篇小说选.北京：人民文学出版社，1982

［19］广西壮族自治区编辑部.广西瑶族社会历史调查.南宁：广西民族出版社，2009

［20］郭沫若.沫若文集.北京：人民文学出版社，1963

［21］郭绍虞，罗根泽.中国近代文论选.北京：人民文学出版社，1959

［22］海子.海子诗全编.上海：上海三联书店，1997

［23］韩震.西方历史哲学导论.济南：山东人民出版社，1992

［24］贺桂梅.人文学的想象力——当代中国思想文化与文学问题.郑州：河南大学出版
社，2005

［25］洪子诚.中国当代文学史.北京：北京大学出版社，1999

［26］黄爱平.黄爱平诗选·后记.北京：作家出版社，2004

［27］黄书光等.瑶族文学史.南宁：广西人民出版社，1988

［28］黄永玉.比我老的老头.北京：作家出版社，2005

［29］黄永玉.无愁河的浪荡汉子·朱雀城.北京：人民文学出版社，2013

［30］黄永玉.一路唱回故乡.北京：作家出版社，2006

［31］季羡林.简明东方文学史.北京：北京大学出版社，1987

［32］宗白华.宗白华全集.合肥：安徽教育出版社，1994

［33］柯秀经，胡长文.新编文学理论教程.天津：天津人民出版社，1996

［34］乐黛云.比较文学与中国现代文学.福州：福建教育出版社，2015

［35］黎正光.仓颉密码.广州：广东人民出版社，2009

［36］李怀荪.湘西秘史.北京：作家出版社，2015

［37］李祥红.沧桑瑶山》.北京：作家出版社，2006

［38］李泽厚，刘纲纪.中国美学史.合肥：安徽文艺出版社，1999

［39］林非.林非论散文.南昌：江西高校出版社，2000

［40］凌宇.重建楚文学的神话系统.长沙：湖南文艺出版社，1995

［41］刘起林.红色记忆的审美流变与叙事境界.北京：中国社会科学出版社，2015

［42］刘勰.文心雕龙·情采.范文澜注.北京：人民文学出版社，1998

［43］鲁迅.鲁迅书信集.北京：人民文学出版社，1976

［44］鲁迅.中国小说史略.北京：人民文学出版社，1995

［45］路文彬.历史想象的现实诉求——中国当代小说历史观的承传与变革.南昌：百花洲文
艺出版社 2003

［46］罗钢，刘象愚.文化研究读本.北京：中国社会科学出版社，2000

［47］毛迅，李怡.现代中国文化与文学（第四辑）.成都：巴蜀书社，2007

［48］茅盾.茅盾评论文集.北京：人民文学出版社，1978

［49］帕男.男性高原.昆明：云南民族出版社，1996

［50］彭学明.娘.长沙：湖南文艺出版社，2012

［51］钱谷融.钱谷融论文学.上海：华东师范大学出版社，2009

［52］钱穆.湖上闲思录.东大图书股份有限公司，1984

［53］史铁生.病隙碎笔.西安：陕西师大出版社，2002

［54］孙健忠.魔幻湘西.长沙：湖南文艺出版社，2013

［55］孙健忠.甜甜的刺莓.昆明：云南人民出版社，1982

［56］陶东风.文化研究：西方与中国.北京：北京师范大学出版社，2002

[57] 汪曾祺. 汪曾祺文集·文论卷. 南京：江苏文艺出版社，1993

[58] 王春林. 不知天集：王春林文学批评编年. 太原：北岳文艺出版社，2016

[59] 王国维. 王国维文学论著三种. 合肥：安徽师范大学出版社，2014

[60] 王宏印. 新诗话语. 天津：百花文艺出版社，2008

[61] 王宁. 诺贝尔文学奖获奖作家谈创作. 北京：北京大学出版社，1987

[62] 王治河. 后现代哲学思潮研究（增补本）. 北京：北京大学出版社，2006

[63] 王琢. 想象力论大江健三郎的小说方法. 上海：上海文艺出版社，2004

[64] 王佐良，周珏良. 英国二十世纪文学史. 北京：外语教学与研究出版社，1994

[65] 闻一多. 闻一多全集. 北京：人民文学出版社，1994

[66] 吴福辉. 带着枷锁的笑—乡村中国的文化形态：论京派小说. 杭州：浙江文艺出版社 1991

[67] 吴天明. 中国神话研究. 北京：中央编译出版社，2003

[68] 吴晓东. 文学性的命运. 广州：广东人民出版社，2014

[69] 吴炫. 新时期文学热点作品讲演录. 桂林：广西师范大学出版社，2004

[70] 伍蠡甫. 西方论文选. 上海：上海译文出版社，1979

[71] 武文. 中国民间文学古典文献辑论. 北京：民族出版社，2006

[72] 武文主. 中国民间文学古典文献辑论. 北京：民族出版社，2006

[73] 夏晓虹. 梁启超学术文化随笔. 北京：中国青年出版社，1996

[74] 现代汉诗百年演变课题组编. 现代汉诗：反思与求索. 北京：作家出版社，1998

[75] 谢冕，唐晓渡. 鱼花石或悬崖边的树. 北京：北京师范大学出版社，1993

[76] 谢冕. 朦胧诗选—历史将证明价值. 北京：中国青年出版社，2009

[77] 阎连科. 四书. 台湾：麦田出版社，2011

[78] 杨金砖. 永州当代文学作品选. 北京：中国文史出版社，2006

[79] 杨匡汉、刘福春. 西方现代诗论. 广州：花城出版社，1988

[80] 余虹. 艺术与精神. 北京：社会科学文献出版社，2000

[81] 余秋雨. 文化苦旅. 上海：东方出版社，1995

[82] 俞剑华. 中国画论类编. 北京：人民美术出版社，1957

[83] 袁明. 美国文化与社会十五讲. 北京：北京大学出版社，2003

[84] 张京媛. 新历史主义与文学批评. 北京：北京大学出版社，1993

[85] 张铁夫. 普希金研究文集. 北京：译林出版社，2014

[86] 张系国. 让未来等一等吧. 洪范书店有限公司，1984

[87] 张征雁. 混沌初开. 成都：四川人民出版社，2004

[88] 赵毅衡. "新批评"文集. 天津：百花文艺出版社，2001

[89] 赵毅衡. 重访新批评. 天津：百花文艺出版社，2009

[90] 赵志忠. 中国少数民族民间文学概论. 沈阳：辽宁民族出版社，1997

[91] 中国写作研究会华北分会. 写作论. 北京：北京师范大学出版社，1984

[92] 中国作家协会.新时期中国少数民族文学作品选集·瑶族卷.北京:作家出版社,2014

[93] 周龙江.静静向你走来.北京:人民日报出版社,2001

[94] 周宪.文学与认同:跨学科的反思.北京:中华书局,2008

[95] 朱刚.二十世纪西方文论.北京:北京大学出版社,2006

[96] 朱光潜.文艺心理学.合肥:安徽文艺出版社,1996

[97] 朱立元.当代西方文艺理论.上海:华东师范大学出版社,2005

[98] 宗白华.艺境.北京:北京大学出版社,1998

(二)期刊论文

[1] 艾四林,王贵贤.民族性、时代性和人民性与马克思主义的发展.清华大学学报(哲学社会科学版),2008(1)

[2] 蔡先金."刑天"神话的历史解读.东岳论丛,2008(1)

[3] 曾利君.中国现代文学中的神秘想象与叙述.西南师范大学学报,2005(5)

[4] 陈剑晖.散文的难度.南方文坛,2007(5)

[5] 陈敬胜.论叶蔚林新时期小说中的人文情怀.湖南工业大学学报,2008(5)

[6] 陈黎明.魔幻现实主义文学与"寻根"小说.文学评,2006(2)

[7] 陈训明.普希金关于文学民族性与人民性的论述.国外文学,2002(2)

[8] 陈原.与自己的灵魂中的耻辱短兵相接——读彭学明长篇散文《娘》.创作与评论,2012(5)

[9] 董迎春.当下诗歌写作:从"反讽"到"歌唱".海南大学学报,2009(6)

[10] 董迎春.回归诗性,建构经典——当代诗歌书写的精神向度.广西民族大学学报,2009(1)

[11] 樊星.当代文学与地域文化.文学评论,1996(4)

[12] 方方.涂自强的个人悲伤.十月,2013(2)

[13] 丰子恺.音乐与文学的握手.小说月报,1992(8)

[14] 韩伟,王彩凤.哲理散文与散文的哲理意蕴.甘肃社会科学,2006(2)

[15] 何圣伦.中国少数民族文学现代化进程中的民族性问题思考.文艺争鸣,2015(7)

[16] 何颖.瑶族文学与瑶族历史的关系.民族文学研究,1992(4)

[17] 黄丽梅.出走:三位湘西作家创作的共同主题.中央民族大学学报(社会科学版),1985(87)

[18] 黄小明,陈利敏.论瑶族"还愿"仪式中"长鼓舞"的多元文化性——广西恭城瑶族民间舞蹈现状田野调查.北京舞蹈学院学报,2008(3)

[19] 黄永玉.黄裳浅识.中华读书报,2006(6)

[20] 孔占芳.神话和传说:小说虚构中族群文化的隐显读阿来的《尘埃落定》.民族文学研究,2004(4)

[21] 兰喜喜.《娘》是真诚与自由的言说.创作与评论,2012(5)

[22] 李春青.关于历史题材创作的评价标准与方法问题.北京大学学报(社会科学版),2007

（2）

[23] 李辉. 主题变奏七十弦——黄永玉文学创作概述. 书城, 2012(9)

[24] 李继凯. 民间原型的再造——对沈从文《边城》的原型批评尝试. 中国现代文学研究丛刊, 1995(4)

[25] 李骞. 智慧的诗意写作. 民族文学, 2007(2)

[26] 李怡. "走向世界"、"现代性"与"全球化"20 年来中国现代文学研究的三个关键语汇. 南京大学学报(哲学·人文科学·社会科学版), 2004(3)

[27] 林建华. 符号学与少数民族文学. 广西右江民族师专学报, 2004(5)

[28] 刘保昌. 民族文化精神的再现与重铸——土家族文学创作实际与困境. 西南民族大学学报(人文社科版), 2008(12)

[29] 刘俐俐. 走进人道精神的民族文学中的文化身份意识. 民族研究, 2002(4)

[30] 刘英. 全球化时代的美国文学地域主义研究. 国外文学, 2010(2)

[31] 龙长顺. 孙健忠作品的乡土气息和民族特色. 求索, 1982(6)

[32] 罗涛. 神话与后现代性. 理论与创作, 2007(6)

[33] 马建辉. 全球化语境中文学的民族性与人民性的问题. 河北学刊, 2001(6)

[34] 莫言. 说说福克纳这个老头. 当代作家评论, 2014(2)

[35] 聂茂. 苦难叙事的力量与湘西精神的书写——与作家彭学明对话. 创作与评论, 2012(5)

[36] 牛学智. 彭学明的《娘》属于中国. 创作与评论, 2012(5)

[37] 庞朴. 文化传统与传统文化. 中国社会科学季刊, 1993(4)

[38] 彭学明. 中原大地上的散文风貌与风骨. 南方文坛, 2011(5)

[39] 阮金纯. 云南民族文化的人格精神. 西南民族大学学报(人文社科版), 2009(8)

[40] 沈宝基. 谈诗. 文艺世纪, 1945(2)

[41] 沈宝基. 游丝. 艺文杂志, 1944(1, 2)

[42] 宋勇. 神话传说的现实喻意. 理论与创作, 2008(2)

[43] 孙健忠. 谈醉乡. 小说界, 1984(1)

[44] 陶东风. 日常生活"泛艺术化"实践的符号学反思. 当代文坛, 2010(3)

[45] 王富仁. 论当代中国文化界. 新华文摘, 2002(3)

[46] 王明亚. 娘是一条崎岖的路. 创作与评论, 2012(5)

[47] 王宁. 文学研究中的文化身份问题. 外国文学, 1999(4)

[48] 王岳川. 海登·怀特的新历史主义理论. 天津社会科学, 1997(3)

[49] 肖太云. 文学地理学维度下的中国当代少数民族文学扫描. 民族文学研究, 2012(5)

[50] 谢有顺. 散文的后面站着一个人. 当代作家评论, 2006(3)

[51] 谢有顺. 重申散文的写作伦理. 文学评论, 2007(1)

[52] 叶圣陶. 文艺谈(十五). 晨报, 1921(4)

[53] 袁珂. 山海经写作的时地及篇目考. 中华文史论丛, 1978(7)

［54］张福山，傅光宇.试论神话中的灵性、神性和人性.思想战线，1982(3)

［55］张建永.最珍贵的文学经典教材和亲情教育读本——对彭学明自传体散文《娘》的感悟和追问.创作与评论，2012(5)

［56］张世英.超越在场的东西.江海学刊，1996(1)

［57］张新颖.要是沈从文看到黄永玉的文章.小说评论，2016(1)

［58］张永中.远离与回归——简论湘西当代作家对本土语言的探求.吉首大学学报(社会科学版)，1996(1)

［59］郑焱.论反讽的几种形式.文艺学新世纪，2007(1)

［60］周会凌."自我"与"他者"审美歧途中的"湘西形象".吉林大学学报，2015(3)

［61］朱斌.当代少数民族文学文化身份研究的反思.民族文学研究，2012(4)

二、外文文献

［1］［爱尔兰]叶芝.叶芝文集卷三.王家新编选.上海：东方出版社，1996

［2］［德]爱克曼.歌德谈话录.朱光潜译.北京：人民文学出版社，1978

［3］［德]黑格尔.美学.朱光潜译.北京：商务印书馆，1979

［4］［德]西格蒙德·弗洛伊德.文明及其缺憾》，傅雅芳译.合肥：安徽文艺出版社，1987

［5］［俄]别林斯基.别林斯基论文学.梁真译.上海：新文艺出版社，1958

［6］［俄]布罗茨基.文明的孩子.刘文飞译.北京：中央编译出版社，1999

［7］［苏]斯大林.斯大林选集.中共中央马克思恩格斯列宁斯大林著作编译局.北京：人民出版社，1979

［8］［法]艾田伯.比较文学之道：艾田伯文论选集.胡玉龙译.北京：北京三联书店，2006

［9］［法]罗兰·巴尔特.写作的零度.李幼蒸译.北京：中国人民大学出版社，2008

［10］［法]让－皮埃尔·韦尔南著.神话与政治之间.余中先译.北京：生活·读书·新知三联书店，2005

［11］［加拿大]弗莱.神话——原型批评.叶舒宪选编.西安：陕西师大出版社，1987

［12］［美]艾凯.世界范围内的反现代化思潮：论文化守成主义.张信译.贵阳：贵州人民出版社，1991

［13］［美]弗洛姆.爱的艺术.李健鸣译.上海：上海译文出版社，2008

［14］［美]海登·怀特.后现代历史叙事学.陈永国，张万娟译.北京：中国社会科学出版社，2003

［15］［美]吉尔伯特、罗兹曼.中国的现代化.沈宗美译.南京：江苏人民出版社，1988

［16］［美]马尔库塞.审美之维.李小兵译.北京：生活·读书·新知三联书店，1989

［17］［美]尼尔·波兹曼.娱乐至死.章艳译.桂林：广西师范大学出版社，2004

［18］［美]萨义德.东方学.王宇根译.北京：生活.读书.新知三联书店，1999

［19］［美]萨义德.文化与帝国主义.李琨译.北京：生活·读书·新知三联书店，2003

［20］［美]苏珊·桑塔格.沉默的美学.黄梅等译.海口：南海出版公司 2006

[21]［美］韦勒克，沃伦.文学理论.刘象愚译.北京：生活·读书·新知三联书店，1984

[22]［美］叶维廉.中国诗学.北京：人民文学出版社，2006

[23]［秘鲁］略萨.中国套盒——致一位青年小说家的信.赵德明译.天津：百花文艺出版社，2000

[24]［日］洪田正秀.文艺学概论.陈秋峰，杨国华译.北京：中国戏剧出版社，1985

[25]［瑞士］荣格.心理学与文学.冯川，苏克译.上海：上海三联书店，1987

[26]［瑞士］荣格.西方心理学家文选.张述祖等译.北京：人民教育出版社，1983

[27]［英］戴维·罗宾逊著.尼采与后现代主义.程炼译.北京：北京大学出版社，2005

[28]［英］连摩尔，伯蓝.叶芝.刘蕴芳译.上海：百家出版社，2004

[29]［英］叶芝.叶芝诗集.傅浩译.石家庄：河北教育出版社，2003

[30]［英］叶芝.叶芝文集卷二.王家新编选.上海：东方出版社，1996

总跋：阳光多灿烂，生命就有多灿烂

　　人生有许多意想不到的事情发生，于我而言，这种意想不到的事情发生的频率还颇高。直到今天，我仍然感觉在做梦：一个地地道道的农家孩子，跳出农门，一脸兴奋地来到城里，吃上了"皇粮"；一个不安分的乡村医院的检验士，怀着对文学的无比向往，毅然辞掉工作，热情鲁莽地到北京、上海等地求学、漂泊；一个研习唐宋诗词的年轻学子，在"铁肩担道义"之现实力量的感召下，排除众多诱惑和其他选择，欣然成为省城第一大主流媒体的编辑、记者；一个在新闻战线上崭露头角、在文学创作上渐入佳境的"土疙瘩"，竟然放弃好不容易争来的一切，操着浓重的乡音，奔赴"长白云的故乡"新西兰，在 The University of Waikato（怀卡托大学）这所刚刚诞生过80后美女总理 Jacinda Arden（杰辛达·阿德恩）的综合性大学，攻读博士，并且破天荒获得全额奖学金，成为该校自建校以来第一位在人文社会科学院获此殊荣的亚洲学生；一位慢慢适应了异国他乡"慢生活"的游子，在顺利地取得学位后，又毫不犹豫地返回中国，手执教鞭，供职于中南大学，由助教直接破格晋升为教授、学科带头人……所有这一切，在我的人生履历上，都没有任何的暗示或预见，也许这就是命运吧，它将生命中看似偶然、实则必然的点点滴滴，以跌宕起伏的神奇方式，天衣无缝地嵌联起来，使之成为完整的、丰富的和真实的"我"，而这个"我"原本也可以是破碎的、单薄的和虚幻的"他者"，只要任何一次选择出现偏差，任何一次行动出现失误，任何一次前进出现犹疑，都不可能成为"现在的我"。

　　为此，我深深感恩。我庆幸变成"现在的我"。没有大福大贵，没有声名显赫，我只是一个走在大街上不会被任何人追着签名的普通人，身材矮小，长相平平，既不要出门时戴着口罩，又不用担心归来时被人拍照。上有老，下有小，每日三餐，粗茶淡饭。简单的生活，真实的情怀。山清水白，云卷云舒。

　　这一切，我都看见，体味，并且感悟。我欢喜。

　　人生苦短。人的一生有许多设想，但真正把设想变成现实的并不多，而愿意花费十年甚至更长时间对待一个设想并把它做出来的更是鲜见。我有幸成为这"鲜见者"中的一员。我常常想：我究竟有什么功德，让老天如此垂爱于我？特别是今天，当我面对《中国经验与文学湘军发展研究》这个宏大工程的最终成果：七卷本文集、三百余万字厚厚的作品，这份感恩尤其强烈。我十分惊讶：这是我的作品，是我的汗水、心血和智慧的结晶吗？

　　想想还真不容易。这十余年来，除了正常的教学，其余绝大部分时间，包括春节、中秋和双休日等几乎所有的节假日，我都义无反顾地坚守在故纸堆和自己的陋室里，查找，阅读，整理，写作。我像一个着了魔的人，强迫自己以一当十地往前走。肩膀痛，脑袋胀，眼睛涩，腰椎突出，都不能阻止我昂首挺进的步伐。

　　记得1980年诺贝尔文学奖获得者、波兰著名诗人米沃什曾经说过："直接锁定一个目标，拒绝被那些提出各种要求的声音转移你的注意力。"是的，这些年来，外面的诱惑、喧嚣和纷扰，包括应酬、闲聊、茶会、聚餐等等，都最大限度地从我的生活中清除出去。我明白自己在做什么，也明白拒绝的是什么。我的生活只有两点：学校与家，我每天往返于这两点之间，从容不迫，少有例外。别人的誉毁或议论都无法改变我内心的召唤。在奔向目标的过程中，我一直很清醒，不为热闹所动，不为喧嚣所困，不为得失所扰，守得住初心，耐得住寂寞。花开花落，冬去春来。我像一个辛劳的农民，守护自己的一亩耕地，日出而作，日落而息；我又像一棵倔强的水稻，忠诚于脚下的这片土地，纵然风吹雨打，也能淡然面对。

　　回首自己的学术生涯，我似乎一直行走在边缘甚至是荆棘丛中，没有鲜花和掌声，唯有自己给自己鼓劲，其间酸甜苦辣，冷暖自知，不足为外人道。十多年前，"中国经验"这个话题并没有像今天这样受到普遍关注。有关"文学湘军"的研究也断断续续地有过一些，但系统性和整合性或者说深度和广度都远远不够。而把"中国经验"和"文学湘军"关联起来，做全方位考察和研究的更是少之又少。因为热爱，也因为熟悉，我毅然决然投身其中，像一个苦行僧，手持油灯，怀揣自己的心跳，倾听文字敲打的声音，不计后果，默然前行。

　　我希望《中国经验与文学湘军发展研究》能够站在世界文学视野下，以"中国经验"为轴心，全面立体、客观真实地对新时期以来的湖南作家及其作品进行归纳、梳理、分析与整合，形成较为系统、相互独立又相互联系、完善又详细的"湖南作家创作图库"或"文学湘军精神谱系"。这样做，首先要突破的是"区域规制"和"专题研究"的单一视阈，我积极借助中华美学、传播学、心理学、社会学和民族学等跨学科理论知识，对全球化语境下中国特色的文学湘军进行全景式的还原、检视和呈现。这里所说的"中国特色"，是指文学湘军固有的地域底蕴、文化传统、时代背景、政治觉悟和创作诉求等宏大叙事所彰显出来的文本特质和品相；这里所说的"全景式"，是指本书系既有对文学湘军中的老作家或知名作家的历时性研究，又有对文学湘军中的中坚力量、新锐作家的共时性的阐释，还有是对名不见经传、但颇有潜力的文学新人或文学"票友"的"发现性"考察与分析，力图涵盖文学湘军的方方面面，带有较强的史料性和体系性，其中主要包括：人民文学的道路选择，家国情怀的叙事冲动，民族作家的生命寻根，文学湘军的湖湘气派，官场书写的价值重建，70后写作的艺术追求，诗性解蔽的精神原乡，等等。整个研究既聚焦文学湘军的总体气质和思想特性如人民文学和家国情怀等，又分析江华作家、湘军点将和政治叙事的文化传统和精神亮度，还对文学湘军五少将和阎真小说等进行文本细读和深入阐释。与此同时，本研究十分重视和充分吸纳国内外学术前沿最新研究成果，尤其是新时期文学研究中学术同行的立场观点和思维方法，通过作家及其作品的内在逻辑与话语建构，以及"镜与灯"式的对话与互证，努力从价值承载、中国智慧、闳阔意境、灵魂拷问、文化认同和个性追求等"文学深描"的多个维度上，对文学湘军书写中国经验的作品风格、人文关怀和内在特质进行从上到下、从局部到整体、从内到外的独到准确而富有深度的审美、品鉴、观照和把握。

　　古人云：非穷愁不能著书。此话在今天似乎不大成立。我们的生活早已走出了"菜色脸孔、营养不良"等物质上的贫困。比照鲁迅先生"一要生存、二要温饱、三要发展"的人生观，我做研究的动因更多的是为了"挑战"：一份或明或暗的责任或"自恃"，一种若有若无的担当或"自赌"，一缕时隐时显的对自我才情的检验与"自期"。因此，摆在面前的这七大本厚厚的书稿，既不是"穷则思变"的结果，也不是"不平则鸣"的见证，更不是"为赋新词强说愁"的镜像。

　　实际上，我有很多理由来说服自己走了一条并非贸然选择的道路，除了身在争创世界一流大学和一流学科的"双一流"这样氛围的全国重点大学，就得按照学院派的规制进行自我提升和创新发展，以确保"为稻粱谋"的高枕无忧以及"我行我素"的理直气壮，从更深层次上则可以实现我的另一份雄心或验证我的另一种企图：即在小说、散文、诗歌和报告文学或纪实文学等创作样式的书写之外，在文学评论的场域里我是否也可以有一番作为？这样均衡发展，固然损害了我在某一文体创作方面可能取得的应有成就，但人生的历练比某个方向的高度更令我满怀憧憬或心存异想。我希望用各类尝试、积极创新、不断"挑战"和体量庞大的超负荷"驾驭"来让自己的内心暴露得更为完整，也许这样的"完整"反而显得更为破碎。那又如何？没有经历，何谈成败？不经风雨，哪有彩虹？何况文学的马拉松赛不在于一时的成功或失败。既然命中注定，此生无法弃书远行，也不能特立独行，我乐意做一介抱书笃定的"穷困"书生或一只携书奋飞的"多栖"候鸟。不管怎样，是持续不断的写作向我提供了对于人生的丰富、深邃、充盈、真实的一切。我只有深入这一切，才能触摸真正的人生，探究命运的真谛，找到"现在的我"。我欢喜。

我笃信：奔跑的姿势离目标最近。时间是公平的，它会告诉我，未来是什么。

饮水思源。此时此刻，我要衷心感谢一直以来鼓励和支持我的领导、师长、同行和朋友们：

原湖南省委宣传部的魏委部长，湖南省社科基金规划办的骆辉主任，湖南省文联党组书记夏义生、原负责纪检工作的管群华书记，湖南省作家协会原主席唐浩明、现任主席王跃文和党组书记龚爱林，湖南省广播电视出版局的尹飞舟局长，湖南省社会科学院的周小毛院长，长沙市委常委、宣传部部长高山，长沙市文联党组书记王俏，等等。魏委部长高度的责任感和强烈的担当精神，骆辉主任的大局意识和对人文社科工作深沉的爱，夏义生书记"腹有诗书"的气质和丰沛的学术情怀，以及管群华书记的敬业精神、唐浩明主席的儒雅大度、王跃文主席的风趣洒脱、龚爱林书记的勤勉刻苦、尹飞舟局长的静水流深、周小毛院长的上善若水、高山部长的沉稳睿智、王俏书记的兰心蕙质，都给我留下了极其深刻的美好印象。他们都是学者型领导，是我的良师益友，不仅非常重视我的学术研究，而且嘘寒问暖，热情鼓励，同时高屋建瓴，提出许多中肯意见，令人感动。

中南大学校长田红旗，校党委副书记蒋建湘，校党委常委、副校长周科朝，以及校科研部人文社科处处长彭忠益等等，他们站在建设世界一流大学和一流学科之国家战略的宏观层面上，为中南大学的长远发展日夜操劳，竭忠尽智，不仅对重点院系、重点学科和重点人才给予应有的支持，以确保中南大学在中国乃至世界范围内的影响力和美誉度，而且对中南大学一般院系的学科和人才也给予了不遗余力的关心和爱护。在我的印象中，田红旗校长平易近人，虚怀若谷，锐意进取；蒋建湘书记严于律己，勇于担当；周科朝校长温文尔雅，谦卑正直；彭忠益处长热情大方，谦逊有加。他们怀着高度的职业操守、敬业精神和忧患意识，对中南大学的学科建设和发展，竭尽全力，积极作为，彰显了领导的魄力与担当，弥足珍贵。不仅如此，这些领导对我个人的教学、科研乃至日常生活等，都给予了足够的关心和爱护，充满着人情味和人文关怀。

　　文学与新闻传播学院原院长欧阳友权、原书记胡光华，现任院长刘泽民、书记肖来荣，以及副院长阎真、白寅、范明献，副书记马国荣，包括以晏杰雄为代表的诸多同事，都无一例外地对我伸出友爱之手，令我感受到集体的温暖和生活的美好。欧阳友权教授将我引入中南大学，对我有知遇之恩，作为国内知名学者，他不仅在教学和生活上给予我无微不至的关怀，在科研工作上给予我无私的支持，而且在最初当别人用怀疑的眼光看待我时，他一直强调学术的积累，坚信"是金子终会有发光的时候"。胡光华书记谦逊有加，无论台前幕后，一有相求，必鼎力相助。刘泽民院长宽厚真诚，温敦儒雅，待我如一名兄长。肖来荣书记虽是典型的"理工男"，骨子里却有着诗人气质和人文情怀。阎真童心永驻，白寅英俊豪气，范明献任劳任怨，马国荣宅心仁厚，晏杰雄才华横溢，其他同事都十分优秀，乐于助人，保持了文新院一直以来的"包容、自由、个性"的优良传统。

　　一路走来，风雨兼程。我要特别感谢的还有：硕士生导师刘庆云先生，博士生导师林敏先生和副导师玛丽娅女士，他们对我的职业规则和人生目标产生了极其重要的影响，都是我生命中的"贵人"和"恩人"，没有他们的悉心栽培和倾力扶持就没有我的今天。著名文学评论家雷达先生出于对后学的关爱和提携，欣然拨冗，写下热情洋溢的总序，令我终生难忘。撰写封底推荐语的14位名家都是我的良师益友，都对我的创作与研究给予大力支持，令我感动和自豪。青年作家唐朝晖为书系的后期制作献智献策；从未谋面的作家和书法家诸荣会题写了书名，并在封面设计上提了许多建设性意见，让我领略了作品和人品合而为一的人格魅力。

　　此外，我的师妹贺慧宇为人正直、善良、真诚，重情重义，诗文均佳，她和她的先生对我的科研工作给予温暖如春的可贵支持，让我深怀感激之情。以社长吴湘华和责任编辑浦石为代表的中南大学出版社的朋友们，他们的细心与耐心、效率与责任，以及对本书系所付出的辛勤劳动，我都看在眼里，感铭在心。以刘朝勋、李磊、曹雪冬、陈畅、徐宁、向柯树等为代表的弟子们也为这套书系贡献了自己的心血和智慧，在此一并谢过。

　　当然，最应该感谢的还是我平凡而温馨的家人：92岁高龄的老父亲，在生活条件极其简陋的老家，以顽强的生命力和乐观精神，健康地活着，让我倍感欣慰；而以劳动模范著称的岳母几乎包下了所有家务，起早摸黑，任劳任怨，虽然很少阅读我创作的文字，包括我对她由衷的赞美，但她知道我在做正经事，做有意义的事情，毫不犹豫，全力支持；我的岳父性格温和，虽中风两次，留下后遗症，但努力锻炼，做到生活自理，不给晚辈增添压力；我的妻子，低调内敛，性格温柔，美丽善良，淑兰香远，是我一生最大的骄傲和成功，她不仅默默地支持我的工作，而且承担了耐心教育女儿、陪伴女儿成长的关键角色；我的女儿，聪明伶俐，活泼可爱，每每以出其不意的精彩和"创造性"的言语逗得我捧腹大笑，让我感受到学术枯燥中的亮丽，生活沉重中的轻盈。这些生命中的缘，我都珍惜，并深深感恩。

阳光有多灿烂，生命就有多灿烂；

内心有多愉悦，生命就有多愉悦；

境界有多辽阔，生命就有多辽阔。

眼下正是金秋十月。窗外小鸟啾啾。我伫立窗前，天高地远，心旷神怡。空气中弥漫一股淡淡的甜味，远处的山峦朦胧着一片黛色，一团火光突然闪亮出来，像一颗红豆，种在遥远的天际上。那难道不是新的起点吗？命运之神再次向我招手，新的征程、新的挑战已经出现，我审视"现在的我"，白发慢慢增多，这是岁月的沉淀和时间老人打磨的结果。我自嘲一下，卸下疲惫，收拾行囊，从零开始，准备出发。这一切，我欢喜。

2017 年 10 月 31 日于岳麓山下抱虚斋

图书在版编目（ＣＩＰ）数据

民族作家：文化认同与生命寻根／聂茂著. --长沙：
中南大学出版社，2018.11
ISBN 978－7－5487－3038－5

Ⅰ.①民… Ⅱ.①聂… Ⅲ.①少数民族文学－文学研
究－中国－当代 Ⅳ.①I207.9

中国版本图书馆 CIP 数据核字（2017）第 249450 号

民族作家：文化认同与生命寻根
MINZU ZUOJIA：WENHUA RENTONG YU SHENGMING XUNGEN

聂茂 著

□**责任编辑** 陈应征 浦 石
□**责任印制** 易红卫
□**出版发行** 中南大学出版社
社址：长沙市麓山南路 邮编：410083
发行科电话：0731－88876770 传真：0731－88710482
□**印 装** 长沙市宏发印刷有限公司

□**开 本** 710×1000 1/16 □**印张** 24.25 □**字数** 445 千字
□**版 次** 2018 年 11 月第 1 版 □2019 年 4 月第 2 次印刷
□**书 号** ISBN 978－7－5487－3038－5
□**定 价** 300.00 元